# DONGSUH MYSTERY BOOKS 50

## TOWARDS ZERO

# 0시간으로

애거서 크리스티/안동림 옮김

동서문화사

## 옮긴이 안동림 (安東林)

고려대 대학원 영문학과 졸업. 1957년 〈신태양〉에 중편 《지옥도》를 발표,
이어 〈현대문학〉에 단편 《분노시대》《꽃의 의미》를 추천받고 문단에 나온
뒤 장편 《팔계전》《소설 노자》 평론 《사막의 영웅 로렌스의 정체》《소로우
의 동양적 자녀관》 등을 발표. 지은책 《이 한 장의 명반》《신역 장자》《신
역 벽암록》 공저 《이화학당》 옮긴책 사이러 《제삼제국의 흥망》 메일러 《나
자와 사자》 업다이크 《달려라 토끼》 페렌파하 《한국전쟁》 등이 있다.

## DONGSUH MYSTERY BOOKS 50

### 0시간으로

애거서 크리스티 지음/안동림 옮김
초판 발행/1977년 12월 1일
중판 발행/2003년 1월 1일
발행인 고정일/발행처 동서문화사
창업 1956. 12. 12. 등록 16-345 (윤)
서울강남구신사동 540-22 ☎ 546-0331~6 (FAX) 545-0331
www.epascal.co.kr

*

이 책의 출판권은 동서문화사 (동판)가 소유합니다.
의장권 제호권 편집권은 저작권 법에 의해 보호를 받는 출판물이므로
무단전재와 무단복제를 금합니다.

편찬·필름·제작 일체 「동판」 자본으로 이루어짐에 따라
출판권 소유권자 「동판」에서 제조출판판매 세무일체를 전담합니다.
사업자등록번호 211-90-02201
ISBN 89-497-0131-6 04840
ISBN 89-497-0081-6 (세트)

# 0시간으로

차례

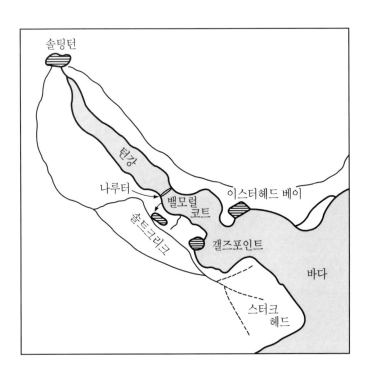

솔팅턴

턴강

나루터

밸모럴
코트

이스터헤드 베이

솔트크리크

갤즈포인트

바다

스터크
헤드

로버트 그레이브즈에게

친애하는 로버트

당신이 내 소설을 좋아하신다고 하므로 이 책을 드립니다. 읽으실 때 아무쪼록 당신의 날카로운 비판력을 발휘해 주세요. (요즘 당신이 하시는 일을 보니 비판력이 굉장히 날카로워졌더군요!) 이것은 당신의 머리를 식혀 드리기 위한 소설이지 문학적인 감식안을 어지럽히기 위한 것은 아닙니다!

애거서 크리스티

등장 인물

캐밀러 트레실리언 부인  부자 노부인. 미망인

메리 앨딘  트레실리언의 먼 친척 동생

네빌 스트렌지  만능 스포츠맨

오드리  네빌의 첫 아내

케이  네빌의 둘째 아내

에드워드 (테드) 라티머  케이의 남자 친구

토머스 로이드  오드리의 사촌 오빠

허스틀  집사

제인 밸릿

앨리스 벤섬  } 하녀

에머 웰즈

스파이서  여자 요리사

앤드루 맥허터  자살에 실패한 남자

트리브스  유명한 변호사단의 한 사람

로버트 마이클  경찰서장

러전비  경찰의

존즈  형사부장

배틀  총경

제임스 리치  경감. 배틀의 조카

# 프롤로그

11월 19일

난롯가에 모여 앉은 사람들은 대부분 법률가나 법률에 취미를 가지고 있는 이들뿐이었다.

변호사 마틴딜, 왕실 고문변호사 루퍼스 경, 카스테어즈 사건에서 이름을 떨친 젊은 대니얼즈와 고등법원 변호사 두셋, 클레버 판사, 루이스 앤드 트렌치 법률사무소의 루이스, 그리고 트리브스 노인 등이었다.

트리브스 씨는 거의 80살 가까운 나이로 그야말로 산전수전 다 겪은 노인이었다. 유명한 변호사단의 한 사람으로 그 가운데에서도 최고 지위에 올라 있었다. 수많은 미묘한 사건들이 불기소 처분되도록 애써 온 인물로, 영국의 이면사(裏面史)에 대해 누구보다도 잘 알고 있으며 또한 범죄학의 권위자이기도 했다.

경솔한 사람들은 이 트리브스 노인은 이제 회고록이나 써야 할 사람이라고 말했다. 그러나 그에게는 뛰어난 분별력이 있으므로 회고록 따위를 쓰고 있을 리 없다.

현역에서 물러난 지 이미 오랜 세월이 흘렀는데도 트리브스 씨만큼 회원들로부터 의견을 존중받는 사람은 없었다. 가냘프기는 하나 뚜렷하고 나직한 그의 목소리가 일단 들리기 시작하면 모두들 경의를 품고 귀기울이는 것이었다.

바야흐로 화제는 그날 런던 중앙법정에서 해결되어 세상에 알려진 사건이 중심이 되어 있었다. 살인 사건으로, 피고가 무죄 판결을 받았던 것이다. 지금 이 자리에 모인 사람들은 그 사건을 다시 돌이켜 보고 전문가의 입장에서 비판하는 데 몰두하고 있었다.

검사측은 증인 가운데 한 사람을 너무 믿다가 실패하고 말았던 것이다. 늙은 검사 디프리치는 스스로 변호인측에게 뚫고 나갈 길을 만들어 준 사실을 깨달아야만 했다. 젊은 변호인 아서는 그 하녀의 증언을 최대한으로 이용했던 것이다.

판사 벤트모어는 배심원에 대한 증거를 세우는 데 있어 사건을 정확하게 파악하고 있었지만, 마침내 장애에 부딪치고 말았다. 배심원이 그 하녀의 증언을 믿어 버린 것이다.

배심원이란 실로 이상하다. 도대체 무엇을 믿고 무엇을 믿지 않아야 할지 알지 못하면서도 일단 머리 속에 새겨 넣어진 사실들은 포기하는 일이 없는 것이다. 배심원은 증인인 하녀가 고지식하게 진실을 말하고 있다고 믿어 버렸으므로 모든 일은 끝장나고 말았다.

의학적인 증언도 배심원의 머리 속에 얼마쯤 남아 있었다. 하지만 그것은 온통 길다란 술어며 과학상의 전문어일 뿐——더욱이 보잘것없는 증인들 가운데에서 이 과학자 선생은 계속 헛기침만 하고 더듬거리며 간단한 심문에 "네" "아니오"라는 대답조차 못할 뿐만 아니라 마치 하나밖에 모르는 바보처럼 같은 말만 되풀이했다.

"그런 상황 아래에서는 일어날 수 있는 일일지도 모릅니다만……."

그리고 모든 것이 똑같았다!

모두들 조금씩 이야기하고 있었지만, 대화가 차츰 드문드문 끊어지고 산만해져 웬지 알맹이가 없는 듯한 느낌이 들었다. 한 사람 또 한 사람, 그들은 트리브스 씨에게로 머리를 돌렸다. 트리브스 씨는 아직까지 이 토론에 대해 한마디도 하지 않았기 때문이다. 그리하여 모두들 누구보다도 존경하는 이 선배로부터 결론의 한마디를 듣고 싶어 기다리고 있는 게 틀림없었다.

트리브스 씨는 의자 깊숙이 앉아 안경을 닦으며 다른 생각을 하고 있는 것 같았다. 그는 문득 그 자리의 침묵을 느낀 듯 번쩍 머리를 들었다.

"왜 그러지? 내게 무슨 질문을 했나?"

젊은 루이스가 말했다.

"래먼 사건에 대한 이야기를 하고 있었습니다."

그는 기대하는 듯이 입을 다물었다.

"그래, 그래, 나도 그 일을 생각하고 있었네."

모두들 귀기울였다.

트리브스 씨는 여전히 안경을 닦으며 말을 이었다.

"그런데 이것은 내 개인적인 생각이네만, 아무래도 쓸데없는 생각을 하고 있었던 것 같네. 맞아, 쓸데없는 생각이야. 나이 때문인지도 모르지. 하지만 나만큼 나이들면 그런 공상에 젖어도 괜찮지 않을까?"

루이스가 대답했다.

"물론이지요, 옳은 말씀이십니다."

그러나 그는 기묘한 표정을 지었다.

"나는 이 사건에 제출된 여러 가지 법률적인 문제 같은 건 생각해보지도 않았네. 물론 흥미진진하기는 해. 아니, 정말 재미있네.

저, 만일 유죄 평결이 내려졌다면 아직도 공소할 수 있는 훌륭한 이유가 있었을 거야. 하지만 나는 법률적인 문제보다도——그렇지, 그 사건에 관련된 사람들에 대해 생각하고 있었네.”

모두들 깜짝 놀랐다. 사건 관계자에 대해서는 증인으로서 믿을 수 있는가 없는가 하는 것밖에 생각하지 않았기 때문이다. 피고가 유죄인지 아니면 판결대로 무죄인지에 대해서는 아무도 생각해 보려 하지 않았던 것이다.

트리브스 씨는 깊은 생각에 잠긴 듯이 말을 이었다.

“여러분도 알다시피 인간이란 여러 종류, 천차만별의 성격, 그리고 갖가지 몸집과 용모 등 모두들 서로 다르네. 머리좋은 사람이 있는가 하면 나쁜 사람이 더 많거든.

그리고 곳곳에서 모여드는 걸세. 랭카셔, 스코틀랜드, 이탈리아 태생의 요릿집 주인도 있고 중서부 어디서인가 온 여교사도 있어.

그 한 사람 한 사람이 그 사건에 휘말려 들어가 11월의 어느 흐린 날 모두들 런던의 법정에 나오게 되었네. 한 사람 한 사람이 저마다 작은 역할을 맡게 되지. 그리고 그 모든 사람이 드디어 살인 사건의 재판정에 서게 되는 걸세.”

그는 잠시 말을 멈추고 무릎을 가볍게 두드렸다.

“나는 잘 씌어진 미스터리 소설을 좋아하네. 하지만 대부분 첫 부분이 나쁘지! 모두 살인으로 시작되거든.

그러나 살인이란 종말에 와서 이루어져야 하네. 이야기는 그 훨씬 전부터 시작되어 있었지. 경우에 따라서는 몇 년 전부터 어떤 사람들을 어느 날, 어느 때, 어느 장소로 이끌어 가며 그 요인과 사건으로 이야기를 시작하네.

그 하녀 아가씨의 증언을 예로 들어볼까. 잘 생각해 보게. 이를테면 여자 요리사가 하녀의 애인을 가로채지만 않았더라도 그 하녀가 일자리를 내던지고 래먼 사건의 공판정으로 달려가 변호인측의 중요한 증인이 되지는 않았을 걸세.

그 주제페 앙트넬리——한 달 동안 형과 교대하기 위해 멀리서 달려온 그 사나이만 해도 그렇네. 그 형이란 사람은 눈뜬 장님이나 다름없어. 주제페의 날카로운 눈이 보아 낸 것을 그 형은 결코 보지 못하네.

그리고 만일 그 경관이 48번지의 여자 요리사에게 정신을 빼앗기고 있지만 않았더라도 그렇게 순찰을 늦게 돌지는 않았을 텐데……."

그는 조용히 고개를 끄덕여 보였다.

"모든 것이 어느 한 점을 향해 집중되어 있네. 그리고 그때가 다가오면 폭발해 버리는 걸세! 0시간! 그렇지, 모든 것이 이 0시간의 한 점으로 집중되어 있네……."

그는 다시 한 번 되풀이 말했다.

"0시간으로……."

그리고 가볍게 몸을 떨었다.

"추우신 것 같군요, 좀 더 난롯가로 다가오십시오."

"아닐세. 속담에 이런 말이 있네. '누군가가 내 무덤 위를 걸어갔다 (까닭없이 몸이 떨릴 때 쓰는 속담).' 그렇지, 나는 이제 집으로 돌아가야겠네."

그는 예의바르게 고개숙이고 나서 조용히 방을 나갔다.

한순간 무어라 표현할 수 없는 침묵이 흘렀다.

이윽고 왕실 고문변호사 루퍼스 경이 입을 열었다.

"트리브스 노인도 망령이 들었나 보군."

그러자 윌리엄 클레버 경이 말했다.

"굉장한 머리입니다. 정말 날카롭습니다. 하지만 아무래도 나이가 나이니까요."

"심장도 약해졌습니다. 앞으로 얼마 못 살 겁니다."

루이스가 말했다.

"하지만 건강 관리를 잘하고 계시던데요."

그 무렵 트리브스 씨는 즐겨 타는 자동차 다임러에 오르고 있었다. 그리고 한적한 곳에 자리잡은 집으로 자동차를 달리게 했다. 충실한 집사가 코트를 벗겨 주었다. 그는 난롯불이 잘 타고 있는 서재로 들어갔다. 침실은 서재 안쪽에 있었다. 심장을 생각하여 층계를 오르내리는 일을 삼가기 위해서였다.

그는 난로 가까이에 앉자마자 편지 묶음을 집어 들었다.

그의 마음은 아직도 아까 클럽에서 이야기한 그 공상에 사로잡혀 있었다.

트리브스 씨는 마음속으로 중얼거렸다.

'그렇지, 이 시간에도 살인의 막이 열리려 하고 있다. 만일 내가 유혈과 범죄의 미스터리 소설을 쓴다면, 먼저 난로 앞에 앉아 편지를 읽고 있는 한 노인으로부터 이야기를 시작할 거야. 스스로도 깨닫지 못하는 사이에 0시간으로 다가가는 노인이니까. 0시간으로……'

그는 한 통의 편지를 뜯어 그 속에서 꺼낸 편지지를 멍하니 내려다보았다.

갑자기 그의 표정이 달라졌다. 공상으로부터 현실로 되돌아온 것이다.

"아니, 또 골칫거리가 생겼군! 정말 힘든 일이야. 대체 몇 해 동안이나 이런 일에 골몰해야 하지! 이렇게 되면 내 계획도 모두 틀어져 버리겠는걸."

# 문을 여니 사람이 있다

1월 11일

입원해 있는 그 남자는 침대에서 조금 몸을 움직거리며 신음하기 시작했다.

당직 간호사가 의자에서 일어나 그에게로 갔다. 그녀는 베개를 고쳐 환자를 편안하게 눕혀 주었다.

앤드루 맥허터는 고맙다는 말 대신 코를 울렸을 뿐이었다.

이 사나이는 반항과 고통으로 마음이 몹시 혼란했다. 이미 모든 일이 다 끝나 있어야 했다. 모든 일에서 손을 끊고 있어야 했다! 그 벼랑에 튀어나와 있던 재수없는 나뭇가지!

하필이면 그 벼랑 위에서 데이트를 할 게 뭐람. 그것도 추운 겨울 밤에. 쳇, 그들은 쓸데없는 참견을 한 거야!

그 두 사람만 없었더라면……그리고 그 나뭇가지도! 그것으로 깨끗이 끝나 버리지 않았겠는가──깊고 얼음같이 찬 물 속에 빠져 잠시 동안 허우적거리기는 하겠지만 드디어 의식을 잃게 된다──아무 짝에도 쓸모없는 한 인생의 종말이 다가오는 것이다.

그런데 지금 나는 대체 어디에 있는 것인가? 어깨뼈까지 부러져서 자살 미수죄로 경찰 재판소에 끌려 나갈 것을 각오하며 병원 침대 위에 멍청하게 누워 있다니.

제기랄! 나 자신의 생명이 아닌가? 그렇지 않은가?

만일 그때 성공했더라면 정신이상자로서 편안하게 묻힐 수 있었을 텐데! 정신이상자! 아니, 그때처럼 내 정신이 말짱했던 적은 없었어. 그래, 나 같은 입장에 놓이게 된다면 자살하는 것이 가장 정상적인 행동일 테지.

불치의 병을 앓고 있는데다 아내는 다른 남자와 달아나 버리고, 꼼짝달싹할 수 없는 막다른 골목에 이르러 버리고 말았다. 직업도, 애정도, 돈도, 건강도, 희망도 없다. 따라서 이런 모든 일에 종지부를 찍어 버리는 것이 오직 하나의 해결책이 아니겠는가?

그런데 지금 이처럼 바보 같은 모습을 하고 있지 않은가. 이윽고 신앙심 깊은 치안판사로부터 너 자신의 것, 오직 너만의 것, 무엇하고도 바꿀 수 없는 너의 목숨을 왜 소중히 여기지 않느냐고 설교를 듣게 될 것이다.

그는 화가 나서 몸부림쳤다. 온몸이 불덩어리처럼 달아올랐다.

간호사가 다시 다가왔다. 빨강 머리에 착하지만 좀 멍청해보이는 얼굴을 한 젊은 여자였다.

"많이 아프세요?"

"뭐, 대단치 않소."

"수면제를 드릴까요?"

"필요없소."

"하지만⋯⋯."

"이만한 고통쯤 견뎌내지 못하고 잠도 잘 수 없는 사람이라고 여겨지오?"

그녀는 동생에게 웃어 보이듯 조용히 미소지었다.

"의사 선생님이 뭘 좀 드시게 하라고 말씀하셨는데요."

"의사가 뭐라고 하든 상관없소."

그녀는 쟁반 위의 덮개를 벗기고 레모네이드 글라스를 남자 쪽으로 조금 내밀었다.

그는 좀 멋쩍어져서 말했다.

"너무 무뚝뚝하게 말해서 미안하오."

"괜찮아요."

그는 기분나빠하는 데 대해 그녀가 조금도 마음쓰지 않으므로 좀 우울했다. 간호사 특유의 무관심 앞에서는 어쩔 도리가 없다. 그는 다만 환자일 뿐 남성이 아닌 것이다.

"왜 자꾸 쓸데없는 짓을 하지. 귀찮게……."

"어머나, 비위맞추기가 몹시 힘들군요."

"비위맞추기가 힘들다고? 뭐가 그렇게 힘들지?"

간호사는 차분하게 말했다.

"아침이 되면 훨씬 좋아지실 거예요."

사나이는 침을 삼키고 나서 말했다.

"간호사는 정말 사람 같지가 않아. 당신은 도무지……."

"어떻게 해드리는 것이 환자들을 위해 가장 좋은 일인지 우리는 잘 알고 있어요."

"바로 그것이 비위에 안 맞는단 말이오! 환자를 위해서, 병원을 위해서, 세상을 위해서라고 하면서 늘 쓸데없는 참견만 하거든! 어떻게 해주는 것이 가장 좋은지 잘 알고 있다고 했지? 나는 자살하려고 했었소. 알고 있겠지?"

그녀는 고개를 끄덕였다.

"내가 벼랑 위에서 뛰어내리든 말든 무슨 상관이람. 내 마음대로

지. 나는 죽고 싶었단 말이오. 막다른 골목에 몰려 있었단 말이오!"

그녀는 나직이 혀를 찼다. 그것으로 형식적인 동정을 나타낸 것이다. 이 사나이는 환자이므로 되도록 마음을 가라앉혀 줘야지.

"내가 자살하고 싶다는데 어째서 모두들 말리지?"

그녀는 아주 진지하게 대답했다.

"그래서는 안 되는 일이니까요."

"왜 그래서는 안 되지?"

그녀는 의아한 눈길로 그를 보았다. 자신의 신념은 변함이 없지만, 말솜씨가 없어 자신의 기분을 잘 표현할 수가 없었던 것이다.

"글쎄, 그야 그래요. 자살하려 하다니 나쁜 일이고말고요. 좋든 싫든 살아가야 하지 않겠어요."

"당신은 왜 살지?"

"그야 내가 죽으면 슬퍼할 사람이 있거든요."

"나에게는 그런 것이 없소. 내가 죽었다고 해서 슬퍼할 사람이 이 세상에 하나도 없소."

"친척도 없으세요? 어머님이나 누이들……아무도?"

"그렇소, 아내가 있었지만 달아나 버렸소. 무리도 아니오. 나는 쓸 모없는 사람이니까."

"하지만 친구분은 있을 게 아니에요?"

"없소, 친구를 만들 위인도 못 되니까. 내 말 좀 들어 보오. 나도 옛날에는 낙천적인 성격이었소. 좋은 직업이 있고 아름다운 아내도 있었지. 그런데 자동차 사고가 일어난 거요.

내 주인이 운전하고 있었고 나도 함께 타고 있었소. 그는 사고가 나자 내게 30마일의 속도로 운전하고 있었다고 말해 달라고 부탁했소. 정말은 50마일 가까운 속도였는데 말이오.

누구를 치어 죽인 것도 아니고, 다만 나의 주인은 보험금이 탐났던 거요. 나는 주인이 시키는 대로 대답하기가 싫었소. 거짓말하기 싫었던 거요. 나는 거짓말은 질색이오."

"맞아요, 당신이 옳았어요, 정말로."

"그렇게 생각하오? 나는 내 고집 때문에 일자리를 잃게 되었소. 주인은 몹시 화내며 나 같은 녀석은 두 번 다시 일자리를 얻지 못하도록 하겠다고 호통쳤지요. 아내는 내가 다시는 취직할 수 없다는 것을 알게 되자 정나미가 떨어졌는지 내 친구와 달아나 버렸소. 친구는 지금 훌륭하게 성공했소. 하지만 나는 갈수록 몰락해 갔지요.

술을 좀 배우게 되었소. 그래서 웬만한 일을 잡더라도 오래 지속될 수가 없었소. 드디어 건강을 완전히 해치게 되었소. 의사는 다시 회복될 수 없을 거라고 말했지요.

이렇게 돼버린 이상 더 살아서 뭐하겠소? 가장 쉽고 깨끗한 방법은 죽는 것밖에 없다고 생각했소. 내 목숨이야 나에게든 남에게든 아무 쓸모없는 것이니까."

몸집작은 간호사가 중얼거렸다.

"그런 것은 잘 모르겠어요."

그는 웃었다. 이제 기분이 좀 좋아진 것 같았다. 그녀의 순진한 고지식함 때문에 기분이 좀 풀린 것이다.

"나는 대체 누구를 위해서 살아 있는 것이오?"

"당신으로서도 알 수 없는 일이에요. 하지만 반드시 언젠가는……."

"언젠가는? 언젠가라는 날은 없소. 다음에는 보기좋게 성공할 테니까."

그녀는 세게 고개를 저었다.

"그렇지 않아요, 이제 자살은 못하실 거예요."

"왜?"

"그런 예가 없으니까요."

사나이는 간호사를 노려보았다.

'그런 예가 없으니까요.'

그는 자살 미수자였다. 끝까지 그렇지 않다고 주장하고 싶었지만, 그의 타고난 정직함 때문에 입을 다물어 버리고 말았다.

다시 한 번 자살할 작정인가? 정말 그런 생각이었단 말인가?

아니, 결코 그렇지 않다고 그는 별안간 깨달았다. 특별한 까닭은 없었다. 솔직히 말하면 이 간호사가 전문적인 입장에서 해준 한마디 때문이었을 것이다. 즉 자살 미수자는 두 번 다시 자살하지 않는다는 말 때문이었다.

그리하여 그는 더욱더 이 간호사에게 어떻게든 도의적인 면에서 납득시켜 주어야겠다고 생각했다.

"누가 뭐라 해도 나는 내 생명을 마음대로 할 권리가 있소."

"아니, 없어요."

"왜? 어째서 없다는 거요?"

그녀는 얼굴이 빨개졌다. 손가락으로 목에 건 자그마한 황금십자가를 만지작거리며 대답했다.

"당신은 잘 모를 테지만, 틀림없이 하느님께서는 당신이 필요하다고 여기고 계세요."

그는 똑바로 간호사를 노려보았다. 아픈 데를 찔린 듯한 표정으로, 그는 그녀의 이 순진한 신앙심을 짓밟고 싶지 않았다.

그는 장난스럽게 말했다.

"결국 나는 언젠가 사나운 말을 붙잡아 금발의 귀여운 아기를 구해 낼 수도 있을 거라는 말이오? 그렇소?"

그녀는 고개를 끄덕였다. 그리고 열띤 어조로 말했다. 마음속에서 하고 싶어 솟아나고 있는데도 입에 걸려 나오지 않는 말들을 어떻게든 뱉어 내려고 애썼다.

"다만 어디에선가 살고 있다는 그 사실 때문인지도 몰라요. 특별히 무슨 일을 하고 있어서라기보다 어느 때, 어느 곳에 살고 있다는 그 사실만으로도, 저, 잘 표현하지는 못하겠지만, 당신이 언젠가 어떤 거리를 걸어가고 있으리라는 그것만으로도 어쩐지 아주 중요한 듯 여겨져요. 스스로는 그것을 모르더라도 말이에요."

빨강 머리의 몸집작은 간호사는 스코틀랜드 서부 해안 지방 태생으로 그녀의 가족 가운데에는 미래를 볼 수 있는 사람이 있었던 것이다.

그녀는 틀림없이 9월 어느 날 밤 길을 걷고 있는 어떤 남자의 모습을 멍하니 머리 속에 그리고 있었는지도 모른다. 그리고 무서운 죽음의 손으로부터 누군가를 구출해 주는 것을……

2월 14일

그 방에는 오직 한 사람이 있을 뿐이었다. 그리고 그 사람이 종이 위에 한 줄씩 써나가는 펜 달리는 소리만이 들려 올 따름이었다.

종이 위에 적히는 글을 읽고 있는 사람은 아무도 없었다. 만일 있었다고 한다면 자신과 자신의 눈을 의심했을 것이다. 왜냐하면 지금 씌어지고 있는 것들은 세심한 주의를 기울여 면밀하게 짜여진 살인 계획이었기 때문이다.

육체가 정신의 지배를 받고 있다는 것을 이따금 깨달을 때가 있다. 즉 육체가 자기의 행동을 지배하고 있는 그 자신과는 아무 상관도 없는 것에 따르고 마는 경우이다. 그리고 한편 정신이 육체를 소유하고 지배하여 육체를 사용하게 됨으로써 그 목적이 이뤄지게 되는 것을 의식하는 경우가 있다.

의자에 앉아 글을 쓰고 있는 사람은 말하자면 이 후자의 상태에 있었다. 지배하고 있는 것은 정신이었다. 맑고 냉정한 이성이었다.

이 정신은 오직 하나의 생각과 목적만을 가지고 있었다. 즉 어떤 사람을 이 지상으로부터 없애 버리려는 것이었다. 이 목적을 이루기 위해 계획은 종이 위에 자세하게 기록되고 있는 것이다.

어떠한 가능성, 어떠한 우연성도 모두 계산에 넣고 있었다. 그리고 아무리 어리석은 사람이라도 할 수 있는 쉬운 일이어야 하는 것이다.

이 살인 계획은 다른 유익한 계획처럼 모든 것이 격식에 맞는 건 아니었다. 어떤 점에서는 둘 중 하나를 택할 수 있도록 두 개의 행동을 정해 놓고, 더욱이 정신은 이성을 바탕으로 하고 있으므로 예측할 수 없는 일에 대해서도 준비해 두어야만 한다.

그러나 줄거리는 뚜렷하고 면밀하게 짜여져 있었다. 시간, 장소, 출입구, 희생자!

그는 고개를 들었다. 그리고 종이를 집어 들고 주의깊게 읽어 보았다. 됐다, 모든 것이 명확하게 짜여져 있다.

진지한 얼굴에 미소가 떠올랐다. 도무지 올바른 정신이라고는 생각할 수 없는 미소였다. 그는 깊은 숨을 몰아쉬었다.

인간이란 조물주인 신의 모습과 비슷하게 만들어진 것이기 때문에, 지금 거기에는 신의 환희가 소름끼칠 듯한 희화(戱畵)로 나타나 있었다.

됐어, 준비 완료, 모든 사람들의 반응이 예측되고 고려되어 있다. 많은 사람의 마음속에 있는 선과 악은 한 악마의 뜻대로 놀아나게 되어 하나의 조화를 이룩하게 된다.

다만 아직 한 가지 부족한 것이 있다……

미소를 띤 채 그는 날짜를 적어 넣었다. 9월 어느 날이었다.

그리고 크게 웃음을 터뜨리며 그 종이를 갈기갈기 찢어 방 한구석에서 타고 있는 불속으로 집어 던졌다. 이제는 안심이다. 작은 조각까지도 다 타버렸다. 계획은 이미 그것을 만들어 낸 사람의 머리 속에만 존재하게 된 것이다.

3월 8일

배틀 총경은 아침 식탁에 앉아 있었다. 그는 턱을 잡아당기고 조금 전에 부인이 울면서 건네 준 편지를 읽고 있었다. 그의 얼굴에는 아무 표정도 없었다.

총경의 얼굴에는 이제까지 표정이 나타난 적이 없다. 마치 목각으로 된 가면 같은 얼굴이었다. 단단하고 다부져, 보는 사람에 따라서는 인상적이기도 했다. 배틀 총경은 머리가 좋다는 것을 나타내 본 적이 한 번도 없었다. 그렇다, 확실히 그는 재기가 넘쳐흐르는 사람은 못 되었지만 그 대신 뭐라고 표현하기 어려운 강력한 힘을 가지고 있었다.

배틀 부인은 울면서 말했다.

"정말 믿어지지 않아요, 실비아가!"

실비아는 배틀 부부의 5남매 가운데 막내딸이었다. 16살로, 메이드스턴의 학교에 다니고 있었다.

그 편지는 그 학교 여교장 미스 앤프리로부터 온 것이었다. 조리있고 빈틈없는 부드러운 느낌을 주는 편지였다. ——요즘 학교에서 이따금 작은 도난 사건이 일어나 골치를 앓아 왔는데, 겨우 해결을 보게 되었다. 실비아 배틀이 자기가 했다고 털어놓았으므로 상담을 요청하니 되도록 빨리 만나 뵐 수 있었으면 좋겠다는 내용의 편지였다.

배틀 총경은 편지를 접어 주머니에 넣으며 말했다.

"내게 맡겨 주오, 메리."

총경은 일어나 식탁을 돌아가서 부인의 볼을 가볍게 두드렸다.

"염려 마오, 괜찮을 거요."

그는 침착하게 아내를 안심시키고 방에서 나갔다.

그날 오후 미스 앤프리의 근대적인 방에 배틀 총경은 단정하게 앉아 있었다. 단단하고 커다란 손을 무릎 위에 올려놓고 미스 앤프리와 마주앉아 여느 때보다도 더욱 전형적인 경관같이 보이려 애쓰고 있었다.

미스 앤프리는 나무랄 데 없는 여교장이었다. 개성이 뚜렷하고 현실적이고 진보적이며 엄정한 규율과 근대적인 자율 정신을 갖추고 있었다.

그녀의 방은 미드웨이 학교의 정신을 나타내고 있었다. 모든 것이 엷은 오트밀 빛이었다. 노란 수선화가 꽂힌 큰 단지와 튤립과 히아신스 화분이 있었다. 고대 그리스의 훌륭한 복제화 한두 장, 전위적인 조각이 둘, 벽에는 이탈리아 초기 그림이 두 장 걸려 있었다.

이러한 분위기 속에 짙은 감색 드레스를 입은 미스 앤프리가 앉아 있었다. 그녀의 얼굴에는 어딘지 충실한 그레이하운드 개 같은 느낌이 떠올라 있고, 맑은 푸른 눈동자는 도수 높은 안경 너머로 성실함을 보이고 있었다.

그녀는 잘 다듬어진 목소리로 말했다.

"중요한 것은 올바르게 다뤄 줘야 하는 일이에요. 우리들이 고려해야 할 것은 학생 자신의 신상에 대한 일이지요, 배틀 씨. 실비아 자신의 일 말이에요.

그것이 무엇보다도 중요한 일이에요. 이 일로 따님의 인생이 어긋난다든지 하면 큰일이니까요. 나쁜 짓을 저질렀다는 의식에 사로잡혀 고통받게 하면 안 돼요. 벌을 주더라도 아주 조심스럽게 해야 할 거예요.

그리고 또한 이 하찮은 도벽 뒤에 숨겨진 것을 찾아내야 할 거예요. 아마 열등의식 같은 게 아닐까요? 그래요, 따님은 게임을 잘 못하거든요. 다른 일에서 사람들의 눈길을 끌고 싶다는 막연한 바람이라고나 할까요? 즉 자아를 주장하고 싶다는 욕망이겠지요.

그러므로 이런 일에는 무엇보다도 신중을 기해야 할 거예요. 그래서 먼저 당신을 만나고 싶었던 거예요. 실비아에게 세심한 주의를 기울이셔야 할 거라고 말씀드리고 싶었어요. 거듭 말씀드립니다만, 이 사건 뒷면에 있는 것을 찾아내는 게 무엇보다도 중요한 일인 것 같아요."

"그래서 내가 여기까지 찾아온 게 아닙니까?"

배틀의 목소리는 조용하고 여교장을 쳐다보는 표정에는 아무런 변화도 없었으며, 눈은 평가하듯 여교장을 똑바로 바라보고 있었다.

미스 앤프리가 말했다.

"따님에게는 정말로 상냥하게 대해 왔어요."

"고맙습니다."

"아시다시피 이런 젊은이들을 나는 진심으로 사랑하고 있으며 또 이해하고 있답니다."

배틀은 아무 대답도 하지 않았다.

"지장이 없다면 딸을 만나 봤으면 하는데요, 선생님."

그러자 미스 앤프리는 다시 힘주어 그에게 다짐했다.

"정말로 조심하셔야 해요. 따님은 이제 겨우 어린아이에서 여성으로 눈뜨기 시작한 무렵이므로 괴롭히지 않도록 조심해 주세요."

배틀 총경은 그리 초조한 빛을 보이지 않았다. 다만 무표정한 얼굴이었다.

한참 뒤 미스 앤프리는 그를 자기 서재로 안내했다. 복도에서 한두 명의 여학생과 마주쳤다. 학생들은 예의바르게 비켜섰지만 그 눈에 호기심이 어려 있었다.

아래층 방보다는 그녀의 개성이 나타나 있지 않은 작은 방으로 배틀 총경을 안내한 다음, 곧 실비아를 이리로 데려오겠다고 하며 미스 앤프리는 나가려 했다.

배틀 총경은 그녀를 불러 세웠다.

"잠깐만 기다려 주십시오, 실비아가 그 도난 사건에 관련되었다는 것을 어떻게 알게 되었습니까?"

미스 앤프리는 위엄있게 말했다.

"배틀 씨, 내 방법은 심리적인 것이에요."

"심리적이라고요? 그렇다면 어떻게 해서 증거를 잡으셨습니까?"

"네, 그런 것은 이미 다 알고 있답니다, 배틀 씨. 당신들로서는 직업이 직업이니만큼 이해할 수 없는 것도 무리가 아니겠지요. 하지만 심리학은 범죄학 분야에서도 인정받고 있지요. 틀림없다고 뚜렷이 말씀드릴 수 있어요. 실비아 자신이 처음부터 끝까지 인정했으니까요."

"그 점은 이해가 갑니다. 하지만 어째서 그 애에게 의심을 품게 되었는지 알고 싶습니다."

"글쎄요, 학생들의 캐비닛에서 곧잘 분실 사건이 일어나므로 나는 전교생을 모아 놓고 그 이야기를 하게 되었어요. 그때 무심코 학생들의 얼굴 하나하나를 지켜 보니 실비아의 표정이 뭔가를 말하고 있었지요.

나는 죄의식 때문에 고민하고 있는 듯한 고통스러운 표정을 보고 순간적으로 깨닫게 되었답니다. 그래서 나는 그 애가 저지른 실수를 정면으로 다그치지 않고 스스로 인정하는 방향으로 이끌어 나가야겠다고 생각했지요. 가벼운 테스트를 해봤어요. 언어의 연상 테스트예요."

배틀 총경은 고개를 끄덕였다.

"그 결과 따님은 자기가 한 일을 모두 인정하게 되었지요."

아버지가 말했다.

"알겠습니다."

미스 앤프리는 조금 머뭇거리더니 방에서 나갔다.

배틀 총경이 창 밖을 내다보고 있노라니 다시 문이 열렸다.

그는 천천히 돌아앉아 딸을 보았다.

실비아는 문 앞에 서서 등뒤로 문을 닫았다. 키가 크고 살갗이 가무잡잡하며 여윈 몸매였다. 차분한 얼굴에 눈물 자국이 남아 있었다.

실비아는 반항적인 태도가 아니라 오히려 겁먹은 듯한 표정으로 나직이 말했다.

"나, 왔어요."

배틀 총경은 잠시 동안 딸의 얼굴을 지그시 바라보고 있었다. 그리고 나서 깊이 한숨을 쉬었다.

"너를 이런 학교에 보내지 않았어야 하는 건데. 그 여자는 바보 같더구나."

실비아는 깜짝 놀라 자신의 일조차 깜박 잊어버린 듯했다.

"미스 앤프리 말씀인가요? 교장선생님은 굉장히 좋은 분이에요. 우리는 모두 그렇게 생각하고 있어요."

"흠, 그렇다면 완전한 바보는 아닌가 보구나. 그만큼 자신이 훌륭한 사람이라고 생각하게 만들 수 있다면 말이다.

하지만 역시 미드웨이는 네게 좋지 않아──나는 잘 모르겠다만──그리고 다른 곳에서도 흔히 이런 일이 있는지는 모르겠지만 말이다."

실비아는 두 손을 모았다. 그리고 얼굴을 감쌌다.

"미안해요, 아빠. 정말 미안해요."

"왜 그러지? 이쪽으로 오려무나."

그녀는 마지못해 천천히 아버지 쪽으로 다가왔다. 그는 딱딱하고 큰 손으로 딸의 턱을 감싸더니 그 얼굴을 찬찬히 보았다.

그는 다정하게 말했다.

"아직 모든 일이 다 끝난 것은 아니야."

딸의 눈에 눈물이 넘쳐흘렀다.

배틀은 천천히 말했다.

"잘 들어 봐라, 실비아. 네 일은 잘 알고 있어. 틀림없이 무슨 일인가가 있는 것 같구나. 하지만 누구에게나 약점은 있는 법이다. 그런 일은 아무것도 아니야. 어린아이란 뭔가를 자꾸 욕심내게 되고, 약한 것을 자꾸만 괴롭히고 싶어하지.

너는 정말 좋은 아이였어. 얌전하고 착한 아이였지? 무엇하나 귀찮은 일을 저지른 적이 없었어. 이따금 내가 걱정한 일이 있다면, 그것은 만일 물건에 눈에 띄지 않는 흠이 있을 경우 사용했을 때 그것이 눈깜짝할 사이에 산산조각나 버리지나 않을까 하는 것이었지."

"나같이 말이지요!"

"그래, 너같이 말이다. 너는 억지로 쪼개져 버린 거야. 그것도 어이없는 방법으로, 너무나도 어이가 없어서, 아버지도 이런 일은 태어나서 처음이란다."

갑자기 딸은 경멸하듯 말했다.

"도둑 같은 것은 늘 보아 오셨잖아요!"

"그야 그렇지. 그런 사람들의 일은 잘 알고 있어. 아니, 그러니까 말이다, 알겠니, 내가 아버지가 아니라——아버지란 아이들에 대해 잘 모르고 있는 법이란다——경관이므로 네가 도둑이 아니라는 것을 잘 알 수 있단 말이야!

너는 결코 물건을 훔친 일이 없어. 도둑에는 두 가지 형이 있지. 하나는 돌발적인 강한 유혹에 진 사람——하긴 이런 경우는 그리 흔하지 않아. 아주 정당하고 정직한 사람이라면 유혹을 물리치는 데 있어 놀랄 만큼 강한 힘을 지니고 있기 때문이지.

그리고 또 한 가지 형은 남의 물건을 훔치는 것을 당연하게 여기고 있는 사람이야. 너는 이 두 가지 형의 어느 쪽에도 속하지 않아. 너는 도둑이 아니야. 너는 다만 거짓말쟁이일 뿐이야."

"하지만……."

배틀 총경은 말을 이었다.

"하지만 모든 것을 인정해 버렸지? 그래, 나는 잘 알고 있어. 옛날에 한 성녀가 있었지. 그 성녀는 가난한 사람들에게 줄 빵을 가지고 나가곤 했어. 그런데 성녀의 남편은 그것을 싫어했지. 그래서 그녀를 붙잡고 그 바구니 속에 뭐가 들어 있느냐고 물어 봤어.

그녀는 겁이 나서 장미가 들어 있다고 대답했단다. 그런데 남편이 바구니 속을 열어 보니 정말로 장미가 들어 있지 않겠니. 기적이 일어났던 거야!

자, 알아듣겠지? 만일 네가 성 엘리자베스고, 바구니 속에 장미꽃을 넣어 가지고 나가는 것을 보고 너의 남편이 다가와서 그 속에 뭐가 들어 있느냐고 물었다고 하자. 너는 겁에 질려서 '빵이에요'라고 대답하는 거야."

총경은 입을 다물었다. 그리고 다시 부드럽게 말을 이었다.

"이것과 똑같은 일이 일어난 게 아니냐?"

오랜 침묵이 이어졌다. 갑자기 딸은 고개를 푹 수그렸다.

배틀이 말했다.

"자, 이야기해 보렴. 있었던 일을 그대로, 대체 어떤 일이 있었지?"

"교장선생님이 우리들을 모두 불러모았어요. 그리고 이야기를 시작했지요. 그런데 내 얼굴을 쳐다보시기에 나는 내가 그런 줄 생각하고 있나 보다고 여기게 되었어요!

나는 스스로도 내 얼굴이 빨개진 것을 알 수 있었어요. 모두들 나를 쳐다보고 있었지요. 나는 도저히 견딜 수가 없었어요.

이윽고 모두들 나를 보며 뭐라고 소곤거리기 시작했어요. 나는 '모두들 그렇게 생각하고 있구나' 하는 것을 알게 되었지요.

그 뒤 어느 날 밤 교장선생님은 나와 학생 두세 명을 불러 놓고 언어 게임 같은 것을 시작했어요. 선생님이 어떤 말을 하면 우리들이 그 말에 대답하는 거였어요."

배틀은 어이없는 듯 신음했다.

"이윽고 나는 그것이 어떤 뜻을 가지고 있는지 알게 되었어요. 그래서 나는 마비된 것처럼 되어 버렸지요.

쓸데없는 말을 하지 않으려고 무척 애썼어요. 전혀 관계없는 일을 생각하려고——다람쥐나 꽃 같은 것을 말이에요. 하지만 교장선생님은 날카로운 눈길로 날 지켜 보고 있었어요. 마치 구멍이라도 뚫을 듯이.

그리고 그것이 갈수록 더 심해져 왔는데, 갑자기 선생님이 내게 말을 걸기 시작했어요. 굉장히 부드럽게……정말 아주 이해심 깊은 말투였어요. 그래서 나는 그만 울음을 터뜨리고 말았어요. 그리고 내가 그랬다고 말해 버렸지요. 아빠, 말해버리고 나니까 마음이 후련해졌어요."

배틀은 자기의 턱을 어루만졌다.

"그랬었구나."

"이해되세요?"

"아니, 실비아, 난 잘 모르겠구나. 나라면 그렇게 되지 않았을 테니까. 만일 누군가가 내게 하지도 않은 일을 했다고 말하라고 한다면, 나는 그 사람의 턱을 갈겨 주고 싶을 거야.

그러나 네가 왜 그런 일을 하게 되었는지 잘 알고 있다. 그리고 그 날카로운 눈길을 한 선생이 이론이라는 것을 잘못 이해하고 있는 전형적인 예라고 할 수 있겠지. 색다른 심리학을 비장의 무기처럼 자랑하고 있는 견본이야.

자, 지금부터 이러한 혼란을 깨끗이 정리해 버려야겠다. 미스 앤프리는 어디 있지?"

미스 앤프리는 눈치빠르게도 그 가까이에서 서성거리고 있었다. 배틀 총경이 무뚝뚝한 어조로 다음과 같이 말하자 그녀의 동정하는 듯한 미소가 입술 언저리에서 얼어붙고 말았다.

"딸에게 공정한 판단을 내리기 위해 지방 경찰을 불렀으면 합니다."

"하지만 배틀 씨, 실비아 자신이⋯⋯."

"실비아는 남의 물건에 결코 손대지 않았습니다."

"그야 아버님으로서 그렇게 생각하시는 것이⋯⋯."

"아니, 나는 아버지 입장에서 말씀드리는 게 아닙니다. 경찰관으로서 말씀드리는 거지요.

이 사건을 경찰에 넘겨주지 않겠습니까? 경찰관이라면 신중하게 조사할 수 있을 테니까요. 어딘가에 감춰 둔 물건을 찾아낼 수 있을 테고, 그리고 지문도 남아 있을 겁니다. 좀도둑이니 장갑을 끼고 훔쳐야 한다고는 생각도 못했을 테지요.

그리고 딸은 내가 데려가겠습니다. 경찰이 내 딸이 범인이라는 증거——네, 확실한 증거를 잡게 된다면 나는 언제든지 딸을 법정에 출두시키겠습니다. 그보다 더한 곳에라도 보내겠습니다. 그리 두렵지 않습니다."

5분쯤 뒤 실비아를 옆에 앉히고 자동차를 몰아 교문을 나오며 배틀이 물었다.

"그 애는 누구지 ? 좀 곱슬거리는 금발에 얼굴이 붉고 턱에 점이 있는 아이 말이다. 푸른 두 눈의 사이가 아주 멀더구나. 복도에서 마주친 아이 말이다."

"올리브 퍼슨즈 말이에요 ?"

"그래, 그 애가 범인으로 붙잡히더라도 나는 그리 놀라지 않을 거야."

"왜요, 그 애가 겁에 질린 것 같았나요 ?"

"아니, 새침해 있더구나 ! 내가 경찰재판소에서 싫도록 보아온 그 새침한 표정이었어 ! 틀림없이 그 애가 범인이야. 하지만 여간해서는 털어놓지 않을걸. 여간해서는 !"

실비아는 한숨을 쉬었다.

"어쩐지 나쁜 꿈을 꾸다가 깨어난 듯한 기분이에요. 아빠, 정말 미안해요 ! 나는 왜 그렇게 바보였는지 모르겠어요. 어째서 그런 짓을 했을까요 ! 생각만 해도 소름이 끼쳐요."

"이젠 됐다."

배틀 총경은 한 손으로 실비아의 팔을 가볍게 두드려 주며 위로의 말을 되풀이했다.

"걱정할 것 없다. 이런 일은 하느님이 우리에게 시련을 주기 위해 내리신 거란다. 적어도 나는 그렇게 생각하고 있지. 그렇게밖에는 생각할 수가 없어⋯⋯."


4월 19일

하인드헤드의 네빌 스트렌지네 집에 햇빛이 내리쬐고 있었다.

4월 중에 꼭 한 번쯤은 있는 다가오는 6월의 더위를 뺨칠 만큼 무더운 하루였다.

네빌 스트렌지는 층계를 내려왔다. 흰 플란넬 양복 차림으로 라켓을 들고 있었다.

만일 온 영국 안에서 가장 운좋고 더 이상 나무랄 데 없는 인물을 고른다면 전형위원회는 틀림없이 이 네빌 스트렌지를 뽑을 것이다.

그는 영국에서 가장 이름난 제1급 테니스 선수였으며 만능 스포츠맨이었다. 윔블던의 결승전에 출전한 일은 없지만 예선에서는 몇 회전인가까지 승리한 적이 있었고, 혼합 복식에서는 두 번이나 준결승전까지 올라갔었다.

그는 아마 테니스 분야에서만 챔피언이 되기에는 너무나 만능이었는지도 모른다. 골프도 잘하고, 수영 솜씨도 뛰어나며, 알프스도 몇 번이나 등반했다. 35살로 빛나는 건강미를 지녔으며 남성답고 부자인데다 갓 결혼한 아름다운 부인이 있어 정말 겉보기에는 아무런 고민도 걱정도 없는 것 같았다.

그런데도 이처럼 맑은 날 아침에 층계를 내려오는 네빌 스트렌지의 얼굴에는 뭔가 어두운 그림자 같은 것이 떠올라 있었다. 아마 그 아닌 다른 사람의 눈에는 보이지 않는 그림자였는지도 모른다. 그러나 그 자신에게는 그것이 분명히 느껴졌다. 그 일을 생각할 때마다 눈동자가 흐려지고 표정이 어두워지며 마음마저 혼란되는 듯한 느낌이었다.

그는 뭔가 무거운 짐을 떨쳐 버리려는 듯이 어깨를 움직이며 홀을 가로지르고 거실을 지나 가장자리를 잔디로 장식한 베란다로 나갔다. 아내 케이가 쿠션 위에 앉아 오렌지 주스를 마시고 있었다.

케이 스트렌지는 25살로 굉장히 아름다웠다. 날씬하면서도 알맞게 통통하고 짙은 붉은 머리칼에 나무랄 데 없는 살결이어서 조금만 화장을 해도 아주 돋보였다. 본디 검은 눈동자와 눈썹은 빨강 머리에 어울리지 않는 법이지만, 이것이 일단 어울리게 되면 굉장한 효과를 나타내게 되는데 그녀의 경우가 바로 그러했던 것이다.

남편은 태연스럽게 말했다.

"여, 공주님, 아침 식사 메뉴는 뭐지?"

"당신 것은 선혈이 흐르는 듯한 콩팥과 송이버섯, 그리고 베이컨 롤이에요."

"좋군."

그는 곧 지금 말한 음식 앞에 앉아 커피를 따랐다. 잠시 동안 정다운 침묵이 이어졌다.

케이가 발톱을 빨갛게 칠한 발을 육감적으로 움직이며 말했다.

"정말 좋은 날씨로군요. 영국도 그리 나쁜 곳은 아니에요."

이 두 사람은 남부 프랑스로부터 막 돌아온 참이었다.

네빌은 신문의 제목을 죽 훑어보고 나서 스포츠란을 들여다보며 다만 헛대답을 했을 뿐이었다.

"그래……?"

그리고 그는 토스트와 마멀레이드로 손을 가져가며 신문을 내려놓고 편지를 폈다.

편지는 굉장히 많았지만 거의 대부분 찢어 버렸다. 광고나 선전물이었던 것이다.

케이가 말했다.

"저 거실 빛깔이 마음에 들지 않는데, 다시 칠해도 괜찮겠어요?"

"마음대로 하구려."

케이는 꿈꾸듯 말했다.

"공작빛 같은 푸른 색이 좋아요. 그리고 상아빛 쿠션을 놓겠어요."

"그 속에서 원숭이가 놀게 되겠군."

"당신이 바로 그 원숭이에요."

네빌은 또 한 통의 편지를 찢었다.

"아 참, 셔티가 나더러 6월 끝 무렵에 요트로 노르웨이에 가지 않겠느냐고 하더군요. 우리들, 못 가게 된다면 좀 우울하지 않겠어요?"

그녀는 흘끗 네빌을 보고 나서 차분하게 큰소리로 말을 이었다.

"나는 가고 싶어요, 네빌."

걱정스럽고 이상스러워하는 듯한 표정이 네빌의 얼굴에 떠올랐다. 케이가 반항하듯 물었다.

"그 재미도 없는 캐밀러 할머니에게 꼭 가야만 하나요?"

네빌은 눈살을 찌푸렸다.

"물론이오. 알겠소, 케이? 우리는 전에도 갔잖소. 매슈 경은 나의 후견인이오. 그와 캐밀러가 나를 돌봐 주었단 말이오. 만일 내게 고향이 있다면 그 갤즈포인트 저택이 내 고향이오."

"네, 알겠어요. 꼭 가야 한다면 그렇게 할 수밖에 없겠지요. 그리고 그 할머니가 돌아가시면 재산을 모두 차지할 수 있게 될테니 아부도 좀 해야겠지요."

"아부한다고 해서 될 문제가 아니오! 캐밀러가 재산을 좌우하는 것도 아니니까. 매슈 경은 캐밀러가 살아 있는 동안에는 그녀에게, 그 뒤에는 우리에게 재산을 물려주겠다고 했소. 내가 말하는 것은 애정 문제요. 당신은 어째서 그런 것을 모르지?"

잠시 입다물고 있다가 케이가 말했다.

"나도 잘 알고 있어요. 그저 일부러 그렇게 말해 보았을 뿐이에요. 하지만 나는 정으로 그들을 대하려 하는데, 그들은 나를 미워하고 있어요! 나를 미워하고 있단 말이에요!

트레실리언 부인은 그 긴 코끝으로 나를 내려다보고, 메리 앨딘은 나와 이야기할 때에도 내 어깨 너머로 먼 곳만 보고 있어요. 당신은 아무것도 몰라요. 이런 일들을 당신은 모르고 있단 말이에요."

"당신에게 모두들 늘 친절히 대해주고 있잖소. 만일 그렇지 않다면 내가 가만히 있지 않으리라는 것을 잘 알고 있으니까."

케이는 검은 속눈썹 아래에서 호기심어린 표정으로 남편을 지켜 보았다.

"그야 앞으로도 친절히 대해주겠지요. 내게 나쁘게 대하면 당신이 가만히 있지 않으리라는 것을 잘 알고 있으니까요. 하지만 그들은 나를 쓸모없는 사람이라고 생각하고 있어요."

"그래? 하지만 그것은 어쩔 수 없는 일이잖소?"

그의 말투가 좀 달라졌다. 그는 일어나서 케이에게 등을 돌리고 바깥 경치를 바라보았다.

"그래요, 당연한 일일지도 몰라요. 그들은 오드리에게 모든 것을 바치고 있으니까요. 집안좋고 냉정하고 핼쑥한 오드리! 그런데 내가 그녀의 주(株)를 모두 빼앗아 버린 셈이 되었지요. 캐밀러는 나를 눈의 가시같이 생각하고 있어요."

그녀의 목소리는 조금 떨리고 있었다.

네빌은 돌아보지 않았다. 그의 목소리는 생기가 없고 우울한 느낌이었다.

"캐밀러는 노인이잖소, 70살이 넘었소. 그 나이의 사람들은 이혼이라는 것을 굉장히 싫어하오. 캐밀러는 자기가 얼마나 '그녀'를── 오드리를 사랑하고 있는지 생각해 보고 나서 이혼을 인정했으니까."

오드리라는 이름을 입에 올렸을 때 그의 목소리가 조금 달라져 있었다.

"그들은 당신이 그녀에게 너무 심하게 대했다고 여기고 있어요."

“그렇소.”

네빌은 낮은 목소리로 말했는데, 아내에게는 그 목소리가 들리지 않는 것 같았다.

“여보, 네빌. 그처럼 어리석은 말씀을 하셔서는 안 돼요. 그녀가 원해서 이런 소동이 일어난 것이니까요.”

“아니, 그렇지 않소. 오드리는 소동 같은 것을 벌인 적 없소.”

“그래요, 하지만 당신은 내 말뜻을 아시잖아요. 그녀는 집을 나가 병으로 고생하며 언제나 어두운 표정으로 여기저기 돌아다니고 있었지요. 그래서 소동이라고 말한 거예요.

내 생각으로는 오드리는 깨끗이 진 게 아니에요. 나는 남편을 만족시킬 수 없는 아내는 깨끗이 물러나야 한다고 여겨요! 첫째 당신과 그녀는 서로 통하는 것이라고는 아무것도 없잖아요.

테니스도 못하고 빈혈증인데다 너무 닳아빠진 것 같아요. 마치 쟁반을 닦는 헝겊처럼 말이에요. 생기라고는 찾아볼 수가 없어요. 그녀가 정말로 당신을 사랑하고 있다면, 우선 당신의 행복을 위해 좀 더 당신과 비슷한 사람을 만난 일을 기뻐해 줘야 할 거예요.”

네빌은 홱 돌아섰다. 그의 입가에 차가운 웃음이 떠올라 있었다.

“굉장한 스포츠맨이군! 연애와 결혼의 게임은 어떻게 싸우는 거지!”

케이는 웃으며 얼굴을 붉혔다.

“내가 좀 지나쳤는지도 모르겠군요. 하지만 어차피 이렇게 되어 버린 일이니 하는 수 없잖아요. 잠자코 따르는 수밖에 없어요.”

네빌이 조용히 말했다.

“오드리는 잠자코 따랐소. 나와 당신이 결혼할 수 있도록 그녀는 이혼해 주었지.”

케이는 좀 망설이듯 말했다.

"네, 나도 그것은 알고 있어요. 하지만⋯⋯."

"당신은 한 번도 오드리를 이해해 준 적이 없었소."

"네, 이해해 준 적은 한 번도 없어요. 솔직히 말해 오드리에게는 도무지 호감이 안 가요. 그녀의 어디가 그런 느낌을 주는지 모르지만요. 대체 무엇을 생각하고 있는지 알 수가 없어요⋯⋯그녀는 그래요, 뭔가 두렵게 하는 것이 있어요."

"그렇지 않소, 케이!"

"하지만 그녀는 나를 초조하게 만들어요. 아마 머리가 좋기 때문일 거예요."

"당신은 정말 어리석군!"

케이는 웃음을 터뜨렸다.

"언제나 그렇게 말씀하시는군요!"

"사실이 그렇잖소!"

두 사람은 미소지었다. 네빌은 그녀에게로 다가가 몸을 숙여 이마에 입맞추었다.

그는 속삭였다.

"아름다운 케이."

"정말 굉장한 케이예요. 즐거운 요트 여행도 포기하고 남편의 딱딱한 빅토리아풍 친척에게 냉대받기 위해 따라 나서니 말이에요."

네빌은 다시 돌아와 테이블 옆에 앉았다.

"케이, 만일 정말로 요트 여행을 가고 싶으면 셔티와 함께 갔다 오구려."

케이는 놀라며 바로 앉았다.

"그럼, 솔트크리크와 갤즈포인트 쪽은 어떻게 되는 거지요!"

네빌은 좀 부자연스러운 목소리로 말했다.

"9월에 일찍 가면 되겠지."

"네빌, 하지만……."

"7, 8월에는 토너먼트가 있으므로 갈 수 없소. 하지만 8월 끝무렵에는 세인트 루에서 게임이 끝나니 거기서 바로 솔트크리크로 가면 될 거요."

"그러면 되겠군요. 안성맞춤이에요. 하지만 나는……저, 그녀는 9월이면 늘 거기에 있잖아요?"

"오드리 말이오?"

"네, 그녀가 거기에 가는 것을 미루게 할 수도 있으리라고 여기는데……."

"왜 그런 생각을 하지?"

케이는 의아스러운 표정으로 남편을 지켜 보았다.

"그렇게 되면 우리는 모두 거기서 만나게 되잖아요. 당신은 아무렇지도 않으세요?"

"그리 이상할 것도 없잖소. 이제 그런 일은 아무것도 아니오. 모두들 사이좋게 지내면 안 된단 말이오? 그러면 일이 훨씬 더 간단해질 거요. 당신 자신도 2, 3일 전에 그렇게 말했잖소!"

"내가요?"

"벌써 잊었소? 둘이서 포 부부 이야기를 했었지. 당신은 사물을 있는 그대로 보는 것이 사리를 잘 아는 문화적인 방법이며, 레너드의 새 아내와 전 아내가 사이좋은 친구가 된 것이 그 좋은 예라고 했잖소."

"네, 그래요. 나는 그렇게 생각해요. 하지만 오드리 쪽에서는 그렇게 생각하고 있지 않을 거예요."

"정말 어리석군."

"아니오, 어리석지 않아요. 잘 들어 보세요, 네빌. 오드리는 당신을 굉장히 사랑하고 있었어요……나는 그녀에게 조금도 양보하고 싶지 않아요."

"그렇지 않소. 오드리는 진심으로 좋은 친구가 되기를 바라고 있을 거요."

"오드리가 바라고 있다고요? 그녀가 그것을 바라고 있는지 어떤지 당신이 어떻게 아시지요?"

네빌은 좀 당황했다. 그리고 좀 기분이 언짢은 듯이 기침을 했다.

"사실은 어제 런던에서 우연히 그녀를 만났었소."

"내게는 그런 말 안 하셨잖아요."

네빌은 안절부절못했다.

"그래서 지금 말하고 있잖소. 정말 우연한 일이었소. 공원을 가로질러 가는데 그녀가 내 쪽을 향해 걸어오고 있더군. 설마 내가 피해 버렸어야 했다고 말하는 건 아니겠지?"

"천만에요. 그래서요?"

"나는 음, 우리는 걸음을 멈추었소. 그리고 나는 그녀와 걸어왔던 길을 되돌아갔소. 그녀를 위해 내가 할 수 있는 일은 그것밖에 없다고 생각했으니까."

"그래서요?"

"그리고 의자에 앉아 이야기를 나누었소. 그녀는 정말 상냥했소. 아주 친절했소."

"그거 참, 다행이군요."

"우리는 여러 가지 이야기를 했소. 그녀는 아주 자연스럽게 얌전히 앉아 있었지. 그저 그뿐이오."

"어머나!"

"그녀는 당신이 건강하냐고 물었소."

"친절하군요!"

"그리고 당신에 대해 좀 이야기했는데, 솔직히 말해서 그녀는 아주 기분이 좋은 것 같았소."

"귀여운 오드리!"

"나는 이런 생각이 머리에 떠올랐소. 만일 당신과 오드리의 사이가 좋아진다면 얼마나 좋을까. 그리고 모두들 서로 사이좋아질 수 있다면…….

그래서 올 여름 갤즈포인트에서 그것을 실현시킬 수 있지 않을까 생각했소. 그곳에서라면 자연스레 그렇게 될 수도 있을 듯싶소."

"그런 생각을 하셨단 말이지요."

"음, 나의 착안이오."

"당신은 그런 생각을 한 번도 말하지 않았어요."

"그렇소. 하지만 그때 처음으로 그런 생각이 난 거요."

"알겠어요. 아무튼 당신이 그렇게 말하자 오드리가 굉장한 아이디어로 여기게 되었단 말이지요?"

그제야 비로소 네빌의 마음을 알았다는 듯이 케이는 눈을 깜박였다.

"그것이 어떻다는 거요, 공주님?"

"네, 아무 일도 아니에요! 다만 그것이 굉장한 아이디어인지 어떤지에 대해서는 당신도 오드리도 생각해 보지 않았나요?"

네빌은 아내를 보았다.

"그런데 케이, 왜 그토록 신경쓰지?"

케이는 입술을 깨물었다. 네빌은 말을 이었다.

"당신 자신이 그렇게 말했잖소. 2, 3일 전에 말이오."

"이제 그런 이야기는 그만둬요! 나는 다른 사람의 이야기를 한 거예요, 우리들의 이야기가 아니란 말이에요."

"하지만 내가 그런 생각을 한 것은 그 때문이었소."

"어리석은 말 그만둬요. 나는 그런 일 믿지 않으니까요."

네빌은 당황하여 그녀를 지켜 보았다.

"하지만 케이, 어째서 그 일에 그토록 신경쓰오? 아무래도 당신이 싫어할 이유가 없는 것 같은데."

"그래요?"

"음, 그야 질투라든지 그런 감정이 있을지도 모르지만 말이오."

그는 말을 끊었다. 그리고 좀 달라진 목소리로 계속했다.

"알겠소, 케이. 아무튼 당신과 나는 오드리에게 너무 심한 짓을 했소. 아니, 그 이야기를 하려는 건 아니오. 당신하고는 아무 관계도 없소. 나 자신의 일이오. 그렇게밖에 할 수 없었다고 해도 소용없소. 다만 이 일이 잘 해결된다면 나도 마음놓을 수 있을 거요. 훨씬 행복한 기분이 될 수 있을 거라고 여기오."

케이가 천천히 말했다.

"그럼, 당신은 행복하지 않았단 말이지요!"

"정말 어쩔 수 없는 사람이군. 왜 그런 말을 하오? 물론 나는 행복했소, 무척 행복했소. 하지만……."

케이가 말을 가로막았다.

"하지만 뭐지요? 이 집에선 언제나 '하지만'이라는 말이 붙는군요. 어쩐지 무서운 그림자가 따라다니는 것 같아요. 오드리의 그림자가."

네빌은 그녀를 보았다.

"당신은 오드리에게 질투하고 있다는 말이라도 하고 싶은 거요?"

"질투 같은 것은 하지 않아요. 다만 그녀가 무서울 뿐이에요……네빌, 당신은 오드리가 어떤 사람인지 모르고 있어요."

"8년 동안이나 함께 살던 사람을 모르고 있다고 말하는 거요?"

케이는 거듭 말했다.

"그래요. 당신은 오드리가 어떤 사람인지 몰라요."

4월 30일

트레실리언 부인이 말했다.

"정말 어이가 없군!"

그리고 베개 위에 몸을 기대고 날카롭게 방 안을 노려보았다.

"정말 놀랐어! 네빌은 머리가 돈 거야."

메리 앨딘이 말했다.

"네, 좀 이상한 것 같아요."

트레실리언 부인은 가느스름한 코가 높고 옆얼굴이 아주 아름다웠으며, 특히 얼굴을 아래로 수그렸을 때는 그 잘생긴 코 덕분에 굉장히 인상적이었다. 이미 70살이 넘어 몸이 쇠약해졌지만, 그 타고난 젊은 기분은 조금도 사라지지 않았다. 반쯤 눈을 감고 누워 그녀는 일상 생활이며 감정 같은 것에서 이미 오랫동안 떨어져 있었지만, 이 혼수에 가까운 상태로부터 그녀는 아주 날카롭게 닦인 정신력과 신랄한 혀를 가지고 나타나는 것이었다.

그녀는 자기 방 한구석에 놓인 커다란 침대의 베개에 몸을 기대고, 마치 프랑스 여왕과도 같이 어전회의를 열곤 했다. 먼 친척인 메리 앨딘이 그녀와 함께 살며 그녀를 돌봐 왔다.

두 사람은 아주 사이가 좋았다. 메리는 36살이었지만, 세월이 흘러도 그리 변화하지 않는 매끄러운 얼굴을 하고 있었다. 30살쯤으로 보이기도 하고 45살쯤으로 보이기도 했다.

좋은 집안에서 자랐음을 알 수 있는 아름다운 모습으로 검은 머리칼 뿌리쯤에서 자라고 있는 한줌의 흰머리가 한 가닥 개성을 더해 주고 있었다. 이것은 한때 유행한 적이 있었지만 메리의 그것은 진짜로, 소녀 시절부터 그러했던 것이다.

그녀는 트레실리언 부인으로부터 건네 받은 네빌 스트렌지의 편지를 읽고 있었다.

"정말로 좀 이상한 것 같아요."

부인도 말했다.

"너도 이것이 도저히 네빌의 생각이라고는 여길 수 없겠지! 누군 가가 그 애의 머리 속에 집어 넣은 거야. 틀림없이 둘째 아내일 테지."

"케이 말씀이에요? 케이의 생각이라고 여기세요?"

"그래, 정말 그 여자다운 생각이야. 현실적이고 도무지 품위라고는 없잖아! 만일 부부의 성격이 맞지 않아 세상에 공표하여 이혼해야 만 될 입장이라면, 적어도 보기흉하지 않게 헤어져야 하지 않겠어.

전 아내와 둘째 아내가 사이좋게 지낸다니, 나는 생각만 해도 소름이 끼쳐. 요즘 아이들은 시작과 끝을 모른다니까."

"그런 것이 신식이잖아요."

"내 집안에서는 그런 일을 용서할 수 없어. 그 손톱을 빨갛게 칠한 여자를 한 번 초대했었으니, 내가 할 일은 다 한 셈이야."

"하지만 그녀는 네빌의 아내예요."

"그건 나도 알아. 그러니까 그녀가 매슈의 마음에 든 거야. 매슈는 네빌을 굉장히 좋아하여 언제나 이 집을 자기 집처럼 여기라고 말하고 있었으니까.

그 애의 아내를 승인해 주지 않으면 틀림없이 사이가 벌어지게될 것 같아서 나는 모든 것을 꾹 참고 이 집으로 그 여자를 초대했던 거야. 나는 그녀가 싫어. 혈통도 집안도 애매하잖아!"

"하지만 부모님은 좋은 것 같던데요."

"그렇지 않아. 전에도 말했듯 그녀의 아버지란 사람은 사기도박을하다가 들켜서 클럽에서도 쫓겨났지. 다행히도 그 뒤에 곧 죽어 버렸지만 말이야. 게다가 어머니란 여자는 리비에라에서 꽤 악명이 높았어.

그리고 그녀의 과거는 형편없어! 줄곧 호텔에서 살아왔지. 딸이나 어머니나 똑같아!

그녀는 테니스 코트에서 네빌을 만나 필사적으로 따라다녔지. 그리하여 네빌이 결국 아내와——알겠니, 누구보다도 사랑하고 있던 아내와 이혼하고 자기와 함께 될 때까지 네빌을 쫓아다닌 거야! 그녀가 나빠!"

메리는 가볍게 미소지었다. 트레실리언 부인도 남성에게 약한 옛날 사람들의 기질 그대로 언제나 여자 쪽이 나쁘다고 말하는 특징이 있었다.

"하지만 엄밀히 말해서 네빌 쪽도 역시 나쁜 게 아닐까요?"

"그야 네빌도 나빠, 늘 잘해 주던 아름다운 아내가 있었는데도——틀림없이 너무 잘해 줬을 거야——그 애를 위해서 말이지.

그건 그렇고, 그녀가 악착같이 따라다니지만 않았더라도 그애는 언젠가 정신차렸을 텐데. 그런데 그녀는 그애와 결혼하고 싶어했던 거야!

그래, 나는 늘 오드리를 동정하고 있어. 정말로 나는 오드리를 사랑하고 있어."

메리는 한숨을 쉬었다.

"세상일이란 정말 힘들어요."

"그렇고말고, 정말 그래. 그처럼 어려운 형편에 놓이면 사람들은 어떻게 해야 할지 모르게 되거든. 매슈는 오드리를 사랑하고 있었고 나도 그랬어.

그야 오드리가 네빌과 즐겁게 지낼 수 없었던 건 가엾지만, 그애가 좋은 아내였다는 것은 누구도 부정할 수 없을 거야. 물론 그애는 네빌이 좋아하는 스포츠를 좋아하지 않았어. 모든 것이 정말 마음에 안 맞는 일뿐이었지.

내 처녀 시절에는 이런 일이 없었는데. 물론 남자들이 기회 있을 때마다 외도를 하곤 했지만, 그것 때문에 결혼 생활을 망치는 일은 용서받지 못했어."

메리가 솔직히 말했다.

"그랬었겠지요, 하지만 요즘은 흔한 일이 되어 버렸는걸요."

"정말 그래. 너는 상식이 많은 편이구나. 네 말이 맞아. 옛날 이야기만 자꾸 해봐야 소용없지. 이런 건 요즘 흔해빠진 일이야. 케이 모티머 같은 여자가 남의 남편을 빼앗아도 모두들 아무렇지 않게 생각하니까!

"당신 같은 사람 말고는 말이지요, 캐밀러!"

"나 같은 건 아무래도 상관없어. 케이 같은 여자는 내가 인정하든 하지 않든 조금도 마음쓰지 않으니까. 놀기에 너무 바쁜 거야.

네빌이 여기 올 때는 그녀도 함께 올 수 있고, 그녀의 친구들도 환영하고 있잖아. 하긴 그녀의 꽁무니만 따라다니는 형편없는 젊은 남자는 다르지만 말이야. 그의 이름이 뭐였지?"

"테드 라티머 말이에요?"

"그래, 그녀의 처녀 시절 친구 말이야. 그런 일만 하고 다니면서 어떻게 먹고 사는지 모르겠어."

"머리로 먹고 살지요, 뭐."

"그럴지도 모르지만, 그 남자는 얼굴로 먹고 산다고 여겨져. 네빌의 아내에게는 반갑지 않은 친구야! 지난해 여름, 그들이 여기 있는 동안에 그 사나이가 찾아와 이스터헤드 베이 호텔에 묵고 있는 게 못마땅했었지."

메리는 열려 있는 창 밖을 내다보았다. 트레실리언 부인의 저택은 턴 강이 내려다보이는 벼랑 위에 있었다. 강 저편에는 새로 만들어진 피서지가 있고, 넓은 모래밭의 수영장과 바다가 보이는 둑 위에 현대적인 방갈로와 큰 호텔들이 늘어서 있었다.

솔트크리크는 그 언덕 옆에 흩어져 있는 그림 같은 어촌이었다. 그곳 사람들은 고풍스럽고 보수적이어서 이스터헤드 베이와 거기에 오는 피서객들을 철저히 경멸하고 있었다.

이스터헤드 베이 호텔은 트레실리언 부인의 저택 바로 앞에 자리잡고 있어서, 메리는 폭좁은 강 너머로 눈길을 끌 만큼 새로운 모습으로 서 있는 건물을 바라보았다.

트레실리언 부인은 눈을 감고 말했다.

"나는 정말 기뻐. 매슈가 저 품위없는 건물을 보지 않았다는 것이 말이야. 그가 살아 있을 무렵에는 이 강변이 무엇 하나 더럽혀지지 않았었지."

매슈 경과 트레실리언 부인은 30년 전에 이 갤즈포인트로 옮겨 왔었다. 배에 미쳤다고 해도 지나치지 않을 매슈 경이 타고 있던 보트가 뒤집혀 부인의 눈앞에서 파도 속으로 사라지고 만 것은 9년 전의 일이었다.

사람들은 트레실리언 부인이 갤즈포인트를 팔아 버리고 솔트크리크를 떠나리라고 생각했는데, 부인은 그렇게 하지 않았다. 그대로 눌러앉아 살면서, 다만 달라진 것이라고는 보트를 모두 팔고 보트 오두막을 헐어 버린 일뿐이었다.

갤즈포인트에는 손님들에게 빌려 주기 위해 매어 둔 보트가 한 척도 없었다. 그래서 나루터까지 걸어가서 보트를 빌려 와야만 했다.

메리가 좀 망설이며 말했다.

"그럼, 네빌에게 편지를 보내 그의 의견은 우리 계획과 맞지 않는다고 할까요?"

"나는 오드리가 오는 것을 방해하고 싶은 마음은 조금도 없어. 해마다 9월이면 오게 되어 있고, 또 그 애에게 계획을 바꾸라고 부탁하고 싶지도 않아."

메리는 편지로 눈길을 보내며 말했다.

"네빌의 편지에 따르면 오드리는 그 계획에 찬성하고 있다고 하는 군요. 케이와 굉장히 만나고 싶어한다는 거예요."

"그건 정말 믿을 수 없는 이야기군. 네빌도 세상의 많은 남자들과 마찬가지로 자기가 믿고 싶다고 생각하는 것을 믿어 버리고 만다니까!"

"하지만 직접 그녀와 만나서 이야기했다고 씌어 있어요."

"당치도 않아! 아니야, 그럴 리가 없어."

메리는 뭔가 말하고 싶은 듯이 부인을 보았다. 부인이 말했다.

"마치 헨리 8세 같잖아."

메리는 여우에게 홀린 듯한 기분이었다.

트레실리언 부인은 설명을 덧붙였다.

"양심 말이야, 알겠어? 헨리는 늘 캐서린에게 이혼이야말로 정당한 것이라고 설명을 계속해 왔거든. 네빌 자신도 오드리에게 큰 타격을 주었다는 것을 알고 있어. 그래서 이번 일로 그것을 누그러뜨려 주고 싶어진 거야. 그래서 그 애는 오드리에게 '모든 일이 잘되어 나가고 있소. 가서 케이와 만나 보구려. 그런 것은 조금도 염두에 두고 있지 않소'라고 억지로 말해 들려 주려는 거지."

"그럴까요?"

트레실리언 부인은 흘끗 메리를 쏘아보았다.

"대체 너는 무슨 생각을 하고 있는 거지?"

"나는 도저히 이해할 수가 없어요."

그녀는 말을 끊었다가 다시 이었다.

"아무래도 네빌답지 않잖아요. 이 편지 말예요! 당신은 어째서 오드리가 모두들과 만나고 싶어하지 않으리라 여기시지요?"

"대체 그 애가 어떻게 그런 일을 할 수 있겠어? 네빌에게 버림받은 뒤 그 애는 목사관에 사는 아주머니 로이드 부인한테 가서 완전히 절망해 있단 말이야. 예전에 비해서 마치 유령처럼 되어 버렸지. 그 애에게는 이혼이 큰 타격이었던 거야. 그 애는 아주 감상적이고 내성적인 성격이거든."

메리는 불안하게 몸을 움직거렸다.

"그래요, 너무 감수성이 예민한 것 같아요. 여러모로 달라져 버려서……."

"굉장히 쓰라린 고비를 많이 넘긴 셈이지. 이혼당하고, 네빌이 다른 여자와 결혼하고…… 그러나 오드리는 어쨌든 그 하나하나와 싸워서 이겨 왔어. 그런데 지금 와서 새삼 옛 상처를 건드리고 싶지 않은 것은 당연한 일 아니겠니?"

메리가 조용히 말했다.

"하지만 네빌의 편지에는 그렇게 적혀 있어요."

노부인은 의아한 표정으로 메리를 보았다.

"너는 정말 말이 많아. 대체 왜 그러지? 여기서 모두들을 만나게 하고 싶다고 말하고 싶은 거냐?"

메리 앨딘은 얼굴을 붉혔다.

"설마 그런 일을……."

"이 말을 네빌에게 꺼낸 것은 혹시 너 아니니?"

"그런 말씀 하지 마세요!"

"그야 그렇겠지. 하지만 아무래도 네빌의 생각이라고는 믿어지지 않아. 정말 그 애답지 않은 일이야."

부인은 입을 다물었다. 그리고 얼굴을 붉히며 다시 말을 이었다.

"내일은 5월 1일이지? 그래, 3일에 오드리가 덜링턴 부부와 함께 에스뱅크로 올 거야. 겨우 30마일밖에 떨어지지 않은 곳이니 점심 식사나 같이 하자고 편지를 보내 줘."

5월 5일

"마님, 스트렌지 부인이에요."

오드리 스트렌지는 널찍한 침실에 들어오자 커다란 침대 쪽으로 가서 허리굽혀 노부인에게 입맞춘 다음 미리 마련된 의자에 앉았다.

트레실리언 부인이 말했다.

"잘 왔어."

오드리가 말했다.

"뵙게 되어 정말 기뻐요."

오드리 스트렌지에게는 어딘지 이해할 수 없는 파악하기 힘든 면이 있었다. 보통 키로 손발이 작았다. 머리는 잿빛도는 금발이고 얼굴이 굉장히 핼쑥했다. 사이가 먼 눈의 빛깔은 밝은 청회색이었다. 예쁘장한 달걀형의 핼쑥한 얼굴에 똑바로 뻗은 작은 코가 오똑 솟아 있다. 이런 혈색을 하고 있어서 귀엽거나 아름답다고는 할 수 없는 용모였지만, 어딘지 사람의 마음을 끄는 데가 있었다.

그녀는 어딘지 모르게 유령을 연상케 했는데, 오히려 유령 쪽이 살아 있는 인간보다 훨씬 더 실감나게 여겨질는지도 모르겠다…….

그녀는 아름다운 목소리를 가지고 있었다. 작은 은종 소리같이 부드럽고 맑은 목소리였다.

잠시 동안 그녀와 노부인은 서로의 친구며 세상일에 대해 이야기를 나누었다.

트레실리언 부인이 말했다.

"너와 만나고 싶기도 했지만, 실은 네빌한테서 이상한 편지가 왔기에 너를 오라고 했다."

오드리는 고개를 들었다. 크게 뜬 그녀의 두 눈은 차분하고 조용했다.

"어머나, 그러세요?"

"그 애가 터무니없는 편지를 보내 왔더구나. 암, 터무니없고말고! 글쎄, 그 애와 케이가 9월에 여기로 온다는 거야. 너와 케이가 사이좋게 지냈으면 좋겠으며, 너도 그것을 바라고 있으리라 여긴다고 편지에 씌어 있더구나."

부인은 입을 다물었다.

이윽고 오드리가 차분하고 맑은 목소리로 말했다.

"그것이 그렇게 나쁜 일일까요?"

"아니, 오드리, 너 진심으로 말하는 거냐?"

오드리는 다시 잠자코 있다가 부드럽게 말했다.

"저는 오히려 좋은 일이라고 생각해요."

"정말로 너는 케이와 만나고 싶으냐?"

"네, 그래요, 그렇게 하면 이젠 모든 문제가 다 해결되어 버리지 않겠어요?"

트레실리언 부인은 이제 가망없다는 듯 되풀이했다.

"문제가 해결되어 버린다고?"

오드리는 더욱 부드러운 목소리로 말했다.

"어머니는 정말 좋은 분이세요. 만일 네빌이 그렇게 하고 싶다고 한다면……."

부인은 딱 잘라 말했다.

"네빌이 어떻게 생각하고 있든 그런 것은 문제가 안 돼! 네 의견을 말해 보렴. 그것이 가장 중요하니까."

오드리의 볼에 엷은 핏기가 올랐다. 조개 껍질과도 같이 엷고 섬세한 분홍빛이었다.

"네, 그렇게 했으면 좋겠어요."

"그래, 그렇단 말이지."

"하지만 물론 어머니 마음에 달렸어요. 어머니 집이니까요."

트레실리언 부인은 눈을 감았다.

"나는 늙은이야. 이제 무엇 하나 결정적인 일을 생각할 수가 없어."

"그런데 저, 저는 다음에 언제쯤 올까요? 언제라도 편리한 때에……."

"여느 때처럼 9월에 와. 네빌과 케이도 올 거야. 나는 늙은이지만 어떻게든 남들처럼 신식 방법으로 행동해 보일 테니까. 이제 됐어. 이것으로 결정되었으니까."

부인은 다시 눈을 감았다. 이윽고 반쯤 감은 눈으로 옆에 앉은 오드리 쪽을 보며 물었다.

"이로써 네가 바라는 대로 된 셈이냐?"

오드리는 깜짝 놀라며 말했다.

"네, 그래요, 정말 고마워요."

"오드리, 그런 일을 하더라도 쓰라린 생각을 하지는 않겠지? 너는 네빌을 진심으로 사랑하고 있잖니. 그런 일을 하면 옛 상처를 다시 들쑤시는 셈이 돼."

트레실리언 부인의 목소리는 차분하고 정이 스며 있었다.

오드리는 장갑낀 자기의 작은 손을 내려다보았다. 그녀의 한 손이 침대가에서 꽉 쥐어져 있는 것을 부인도 알 수 있었다.

오드리는 고개를 들었다. 그 눈동자는 조용하고 아무 그림자도 없었다.

"그건 이미 다 끝난 일이에요, 깨끗이."

트레실리언 부인은 아까보다도 더 힘없이 베개에 기댔다.

"그래, 너 자신이 더 잘 알고 있을 테지. 나는 피곤해. 혼자 있었으면 좋겠다. 아래층에서 메리가 기다리고 있을 거야. 밸릿을 보내 달라고 말해 줘."

밸릿은 부인에게 헌신적으로 봉사하고 있는 하녀였다.

그녀가 방으로 들어와 보니 부인은 반듯이 누워 쉬고 있었다.

"나 같은 건 어서 이 세상에서 없어져 버려야 할 텐데, 밸릿. 이제는 도무지 남의 마음을 짐작 못하게 되어 버렸다니까."

"어머나, 그런 말씀을 하셔서는 안 돼요! 피곤하셔서 그러신 거예요."

"그래, 피곤해. 발 밑의 깃털 방석을 꺼내고 강장제를 한 알 줘."

"마님을 이토록 흥분시킨 것은 스트렌지 부인이겠지요. 정말 좋으신 분이지만, 그분도 강장제를 드셔야 할 것 같아요. 건강한 편이 못 되니까요.

마치 여느 사람 눈에는 보이지 않는 것이 그분 눈에는 보이는 듯한 느낌을 줘요. 어떤 강한 개성을 지니고 있기 때문인가 봐요. 이를테면 그분은 억지로라도 자기의 존재를 느끼게 하는 사람인 것 같아요."

"맞았어, 밸릿. 정말로 그래."

"그리고 그분은 곧 잊혀지지 않으리라는 느낌을 줘요. 나는 네빌 씨가 때때로 그분 생각을 하고 계시지 않을까 여겨져요.

새로 오신 스트렌지 부인은 정말 미인이에요. 그래요, 더할 바 없이 아름답지만, 그 오드리 양은 모습이 안 보일 때 문득 생각날 것 같은 타입의 사람이에요."

트레실리언 부인이 갑자기 소리죽여 웃으며 말했다.

"그 두 여자를 서로 만나게 하다니, 네빌도 정말 어리석어! 후회할 사람은 바로 그 자신일걸!"

5월 29일

토머스 로이드는 파이프를 입에 물고, 손을 잘 움직이기로 말레이시아에서 으뜸가는 급사가 굉장히 바쁜 듯이 짐꾸리는 모습을 지켜보고 있었다. 이따금 그는 밀림 쪽으로 눈길을 돌렸다. 지난 7년 동안 늘 보아 온 눈익은 경치와 지금부터 6달 동안 이별해야 하는 것이다.

다시 영국땅을 밟다니, 웬지 기묘하게 여겨졌다.

동료인 앨런 드레이크가 안을 들여다보았다.

"여, 토머스, 어떤가?"

"이제 다 챙겼네."

"나와서 한잔하지 않겠나? 제기랄, 샘이 나서 미치겠는걸."

토머스 로이드는 느릿느릿 침실에서 나와 친구 쪽으로 갔다. 그는 아무 말도 하지 않았다. 토머스 로이드는 본디 말이 없는 사나이였다. 친구들은 그의 침묵으로부터 그 반응을 정확하게 잴 수 있는 습관에 익숙해져 있었다.

늘씬한 몸집에 솔직하고 진지해 보이는 얼굴, 지그시 바라보는 생각깊은 눈, 걸음은 게같이 옆으로 조금 기울어지게 걸었다. 이것은 언젠가의 지진 때문에 그렇게 된 것이었는데, 그로 말미암아 게 신선 (神仙)이라는 별명이 붙었다. 더욱이 오른팔과 어깨도 좀 부자유스러웠으므로 사람들은 그의 걸음걸이가 좀 이상하여 눈에 띄는 걸 부끄러워하기 때문이라고 생각했지만 그 자신은 그런 것을 조금도 느껴보지 않았다.

앨런 드레이크가 술을 섞어 저었다.

"가서 잘 놀고 오게!"

로이드는 무슨 말인지 알아듣기 힘든 대답을 입 속으로 중얼거렸다.

드레이크는 의아스러운 표정으로 그를 보았다.

"여전히 망설이고 있군. 어떻게 하면 좋을지 모르고 있나 보군. 지난번에 귀국하고 나서 몇 년이나 됐지?"

"7년, 아니 벌써 8년째로군."

"그럼 너무 오래됐구먼, 마치 이쪽 사람이 다 되어 버린 것 같잖나?"

"그럴지도 모르지."

"자네는 언제나 인간 종족이라기보다 말 안 하는 무리들 편에 속해 있었지. 이제 떠날 준비는 다 됐나?"

"그래, 조금쯤⋯⋯."

그 무신경한 청동상 같은 얼굴이 갑자기 붉은빛을 띠더니 벽돌 빛깔로 변했다.

앨런 드레이크는 밝은 놀라움을 나타내며 말했다.

"애인이 생겼나? 호, 얼굴이 붉어지는 것을 보니 아무래도⋯⋯."

토머스 로이드는 좀 쉰 목소리로 말했다.

"바보 같은 소리 하지 말게!"

그는 예스러운 파이프를 꽉 깨물었다. 그리고 스스로 이야기를 계속했는데, 이것은 전에 없던 일이었다.

"뭐, 조금은 우정도 달라져 오겠지."

앨런 드레이크가 이상하다는 듯이 말했다.

"지난번에 왜 갑자기 귀국을 취소해 버렸을까 생각하고 있었네. 그것도 출발하기 바로 전에 말이야."

로이드는 어깨를 으쓱했다.

"맹수 사냥 쪽이 더 재미있으리라고 여겨졌기 때문이지. 게다가 집에서 나쁜 소식이 왔었거든."

"그랬었지. 깜박 잊고 있었군. 형님이 돌아가셨다고 했지? 자동차 사고로."

토머스 로이드는 고개를 끄덕였다.

그러나 드레이크는 아무래도 그 일 때문에 귀국을 취소한 것은 좀 지나치다고 생각했다. 어머니도 누이동생도 있을 텐데. 그런 경우에는 어떻게 하면 좋을까. 그때 그는 문득 생각해 냈다. 토머스는 형의 사망 통지가 오기 전에 이미 배의 예약을 취소했었던 것이다.

앨런은 친구를 묘한 표정으로 바라보았다. 이상한 사나이 토머스!

3년이라는 세월이 흐른 뒤에 그는 겨우 다음과 같은 질문을 할 수 있었다.

"자네와 형님은 사이가 좋았나?"

"에이드리언과 나? 그리 좋은 편은 못 되었네. 우리는 서로가 좋아하는 길을 나아갔거든. 그는 변호사였어."

드레이크는 생각했다.

'그래, 전혀 다른 인생이야. 런던의 변호사 사무소, 파티, 혀 하나로 살아갈 수 있는 인생.'

에이드리언 로이드라는 사람은 이 늙고 말없는 토머스와 전혀 다른 사나이였으리라고 드레이크는 생각했다.

"어머님은 건강하시겠지?"

"어머니? 음."

"그리고 누이동생도 있었지?"

토머스는 고개를 저었다.

"아니, 있는 줄 알고 있었는데. 그 사진에는……."

"친누이동생이 아니야. 먼 사촌 누이지. 고아였으므로 우리와 함께 살게 되었다네."

청동상 같은 얼굴에 또다시 구릿빛이 떠올랐다.

'그랬었군' 하고 드레이크는 생각했다.

그는 물었다.

"그녀는 결혼했나?"

"했나 보더군. 그 네빌 스트렌지와."

"테니스 선수로 여러 가지 스포츠를 잘한다는 사나이 말인가?"

"음, 하지만 지금은 이혼했어."

"그래서 모든 것을 알아보려고 집으로 가는 거로군."

그러나 사려깊은 드레이크는 화제를 돌렸다.

"낚시나 사냥을 하러 갈 건가."

"우선 집으로 갈 걸세. 그리고 나서 솔트크리크에서 배를 탈 생각이야."

"나도 그곳을 잘 알고 있네. 조용하고 좋은 곳이지. 품위있고 예스러운 호텔도 있더군."

"음, 밸모럴 코트야. 거기서 묵든지, 아니면 그곳에 살고 있는 친구 집을 찾아갈 걸세."

"좋겠지."

"음, 솔트크리크는 아담하고 좋은 곳이지. 누구로부터도 방해받을 염려가 없어."

"잘 알고 있네. 거기에서는 아직 한 번도 사건이 일어난 적이 없지."


5월 29일

트리브스 노인이 말했다.

"참 난처한 일이야. 요 25년 동안 나는 리헤드의 맬린 호텔에 묵곤 했었는데……그곳이 헐리게 된다는군. 정면을 넓힌다나.

어리석은 일이지. 어째서 그 바닷가의 땅을 그대로 두지 않는지 모르겠어. 리헤드에는 거기가 아니면 볼 수 없는 좋은 점이 있었는데. 별천지였어. 아, 정말 별천지였지."

루퍼스 경은 위로하듯 말했다.

"그러나 거기에 아직 달리 묵을 만한 곳이 있을 겁니다, 틀림없이."

"이제 나는 리헤드에 갈 수 없을 거야. 맬린 호텔에서는 매케이 부인이 내 기분을 하나에서 열까지 잘 알아서 일해 주었는데. 해마다 같은 방에 묵었었지, 서비스가 한결같았거든. 게다가 요리도 굉장히 좋았어, 정말 좋았지."

"솔트크리크 쪽으로 가보시면 어떻겠습니까? 그곳에 예스러운 좋은 호텔이 있습니다. 밸모럴 코트라고 하지요.

누가 경영하고 있는지 가르쳐 드릴까요? 로저스라는 사람입니다. 부인은 마운트헤드 경의 요리사였지요. 런던에서 가장 솜씨가 좋았습니다. 급사 우두머리와 결혼하여 그 호텔을 경영하고 있답니다.

당신에게 알맞은 곳이라고 생각되는군요. 조용하고 재즈밴드 같은 것도 없으며 요리와 서비스도 굉장히 좋답니다."

"그것도 괜찮겠군, 좋은 생각이야. 지붕달린 테라스는 있나?"

"네, 담이 있는 베란다와 테라스가 뒤쪽에 있지요. 햇빛드는 쪽이든 그늘 쪽이든 마음대로 잡을 수 있습니다. 마음에 드신다면 그 가까이에 살고 있는 분을 소개해 드리지요. 트레실리언 노부인입니다. 바로 가까이에 살고 계십니다.

아름다운 저택이지요. 부인은 병으로 누워 있지만 그래도 굉장히 명랑한 분이랍니다."

"그 판사의 미망인 말인가?"

"그렇습니다."

"나는 매슈 트레실리언을 알고 있었으니 부인과도 만난 적이 있으리라 여기네. 아름다운 부인이었어, 오랜 옛날 이야기지만 말일세.

솔트크리크는 세인트 루 가까이에 있지? 거기에 친구 몇몇이 있어. 솔트크리크를 참 잘 생각해 냈네.

편지를 보내 자세한 것을 물어 보도록 하지. 8월 중순 쯤에 갔으면 하네. 8월 중순에서 9월 중순까지. 차고도 있겠지? 그리고 개인 운전수는?"

"있고말고요, 완전한 최신 설비가 되어 있지요"

"왜냐하면 알다시피 나는 위층으로 올라가는 데 조심해야 하거든. 엘리베이터가 있겠지만 아래층 방이 좋겠네."

"그건 염려 마십시오. 틀림없이 마음에 드는 방이 있을 테니까요."

"그렇다면 내 걱정거리는 깨끗이 없어졌군. 거기서 트레실리언 부인과 옛정이나 나눌까."

7월 28일

짧은 팬츠와 카나리아색 스웨터를 입은 케이 스트렌지는 몸을 내밀어 테니스 선수들을 지켜 보고 있었다.

세인트 루의 남자 단식 준결승에서 네빌은 다음 대 테니스계의 샛별로 손꼽히는 젊은 메릭과 싸우고 있었다. 그의 뛰어난 기량에는 이견의 여지가 없었다. 서브 중 몇 개는 도저히 받아낼 수 없는 것이었다. 그러나 이따금 코트를 사이에 두고 연장자로서의 경험과 신경전을 벌일 때에는 엉뚱한 공을 마구 쳐댔다. 스코어는 최종전에서 3대 2였다.

케이 옆으로 다가온 테드 라티머가 비꼬듯 말했다.

"승리에의 길을 개척해 나가는 남편을 지켜 보고 있는 아름다운 부인이라!"

케이는 깜짝 놀랐다.

"어머나! 당신 거기에 있었군요. 전혀 몰랐어요."

"언제나 옆에 있잖소. 이제 그런 일쯤은 알만도 한데."

테드 라티머는 25살로 굉장한 미남이었다. 하긴 동정심없는 사람들은 '이탈리아 혼혈아!'라고 했지만.

그는 알맞게 햇빛에 그을린데다 춤을 아주 잘 추었다.

그의 검은 눈동자는 표정이 풍부했고, 그의 목소리는 배우같이 잘 울렸다.

케이는 15살 때부터 그를 알고 있었다. 주앙 레 팡(리비에라의 해수욕장)에서 몸에 올리브를 바르고 일광욕을 하고, 춤이며 테니스를 함께 즐기기도 했다. 두 사람은 친구며 또한 동지였다.

젊은 메릭은 왼쪽 코트에서 서브를 넣고 있었다. 네빌의 백핸드는 굉장히 세어서 코트 끄트머리에 아슬아슬하게 들어갔다.

테드가 말했다.

"네빌의 백핸드는 정말 굉장하군. 포(4점타)보다 더 멋진데. 메릭의 백이 약하다는 걸 네빌은 잘 알고 있거든. 그는 그것을 노리고 공격하는 거요."

체인지——4대3——스트렌지의 리드.

그는 다음 게임을 자기의 서브로 시작했다. 메릭은 무리하게 받아냈다.

"5대3."

테드가 말했다.

"네빌이 이기겠는데."

그러자 메릭이 다시 힘을 냈다. 경기가 신중해졌다. 공을 치는 페이스가 달라진 것이다.

테드가 말했다.

"저 녀석 네빌을 이기겠는걸. 게다가 풋워크(발놀림)가 일급이야.

볼만하군. "

메릭은 차츰 5대5로 육박해 왔다. 7대7이 되고, 드디어 9대7로 메릭이 승리했다.

네빌은 미소지은 얼굴로 좀 슬픈 듯이 고개를 내저으며 악수하기 위해 네트 쪽으로 왔다.

테드가 말했다.

"젊음 때문이지. 19살 대 35살이야. 그런데 케이, 왜 네빌이 한 번도 선수권을 빼앗지 못했는지 가르쳐 줄까? 그것은 네빌이 깨끗이 지는 것을 좋아하기 때문이오. "

"바보같이. "

"틀림없소. 네빌은 어떠한 때나 나무랄 데 없는 스포츠맨이오. 져서 화난 얼굴을 보인 적이 한 번도 없었소. "

"그야 당연하지요. 누구나 다 그렇잖아요. "

"아니, 그렇지 않소. 늘 화내는 사람들을 흔히 볼 수 있지. 펄펄 뛰는 녀석들, 그러면서도 모든 기회를 잡는 녀석들을 말이오.

그러나 네빌은 넉다운을 당해서 질 때까지 줄곧 싱글벙글 웃고 있거든. '강한 자가 이기는 것이다'라는 생각뿐이오.

정말 학교에서 가르쳐 주는 스포츠맨십 같은 건 모두 쓸데없는 거요! 내가 학교에 안 다닌 것은 정말 잘한 일이오. "

케이가 그쪽으로 몸을 돌렸다.

"어머나, 심보가 나쁘군요! "

"확실히 나쁘오! "

"네빌이 싫더라도 너무 그렇게 노골적으로 말하지 말아요. "

"어떻게 그를 좋아하겠소? 내 애인을 빼앗아 간 사나인데. "

그의 눈길이 케이에게 달라붙듯 못박혔다.

"나는 당신의 애인이 아니었어요. 그런 사이가 아니었잖아요. "

"그 말이 맞소. 우리 두 사람 사이는 아무것도 아니었으니까."

"이젠 그만둬요. 난 네빌이 좋아서 결혼한 거예요."

"그리고 그 녀석은 좋은 사람이오. 모두들 그렇게 말하지!"

"당신 나를 괴롭힐 생각이에요?"

그는 미소짓고 있었다. 그리고 그녀도 미소지었다.

"올 여름은 어떻게 할 생각이오, 케이?"

"멋진 요트 여행. 테니스에는 이제 싫증이 났거든요."

"대체 언제부터 계속하고 있었소? 지난달?"

"그래요. 9월엔 2주일쯤 갤즈포인트로 갈 거예요."

"나는 이스터헤드 베이 호텔에 묵겠소. 이미 방을 예약해 두었소."

"굉장한 모임이 될 거예요! 네빌과 나 그리고 네빌의 전부인, 게다가 휴가로 돌아온 말레이시아의 농장 주인."

"재미있겠는걸."

"그리고 그 보잘것없는 사촌 누이가 있어요. 물론 그 재수없는 할멈에게 달라붙어——아무리 그래 봐야 재산은 네빌과 내게로 올 텐데요. 그녀에게는 한푼도 가지 않을 거예요."

"아마 그 사실을 모르고 있을 거요."

"좀 이상해요."

그러나 케이는 말하기를 망설이는 듯했다. 그녀는 만지작거리고 있던 라켓을 지켜 보았다. 그리고 갑자기 숨을 삼켰다.

"아, 테드!"

"갑자기 왜 그러오?"

"잘 모르겠어요. 그런데 이따금 소름이 끼치곤 해요! 깜짝 놀라거나 이상한 기분이 드는 거예요."

"당신답지 않은데."

그녀는 불안스러운 듯 미소지었다.

"어머나, 그래요? 아무튼 당신은 이스터헤드 베이 호텔에 묵을 거지요?"

"모두 계획대로요."

탈의실 밖에서 케이를 만나자 네빌이 말했다.

"남자 친구가 와 있더군."

"테드 말예요?"

"음, 그 충실한 개라기보다 도마뱀 말이오."

"당신은 그가 싫은 거지요?"

그는 어깨를 으쓱했다.

"아니, 그리 마음쓰지 않소. 그를 데리고 다니는 것이 기쁘다면……."

"당신, 질투하는 거예요?"

그는 깜짝 놀라며 말했다.

"뭐라고, 라티머를?"

"테드는 아주 매력적이잖아요?"

"확실히 그렇소. 남아메리카인 특유의 달콤한 매력이 있더군."

"당신은 질투하고 있는 거예요."

네빌은 그녀의 팔을 다정하게 잡았다.

"아니, 그렇지 않소, 공주님. 당신에겐 당신의 클럽이 있어도 상관없소. 그리고 당신만 좋다면 모든 사람들로부터 구애받더라도 상관없소. 어쨌든 나는 당신의 소유자니까. 실제 소유는 90퍼센트까지 승리할 가능성이 있다고 하잖소."

케이는 입을 삐죽거렸다.

"어머나, 굉장히 자신있군요."

"물론이오. 당신과 나는 끊을래야 끊을 수 없는 사이니까. 운명이 우리를 결합시킨 거요. 운명이 우리를 만나게 해준 거요.

우리들이 칸느에서 처음 만났을 때를 잘 기억하고 있겠지. 그리고 나서 나는 에스트릴로 가게 됐는데, 그곳에 도착하자마자 처음으로 마주친 사람이 바로 아름다운 케이 당신이었소! 그때 나는 '이것이 운명이구나' 하고 깨닫게 되었지. 그리고 나는 이제 달아날 수가 없게 되어 버렸다오."

"운명 탓도 있었겠지만, 나 때문이었지요!"

"나 때문이었다니, 무슨 뜻이오!"

"당신은 칸느에서 에스트릴로 가게 되었다고 하셨지요? 내가 어머니에게 부탁하여 준비하도록 한 거예요. 그래서 당신이 그곳에 도착하자마자 맨 먼저 이 케이와 만나게 된 거였어요."

　네빌은 여우에게 홀린 듯한 표정으로 그녀를 지켜 보았다. 그리고 천천히 말했다.

"그런 말은 한 적 없잖소."

"네, 말하지 않는 편이 좋으리라고 생각했기 때문이에요. 당신이 너무 으스댈까봐요! 하지만 나는 언제나 계획을 잘 짜요. 계획없이는 아무 일도 되지 않거든요.

　당신은 늘 나더러 어리석다고 하지만 그러나 나는 내 나름대로 머리가 좋아요. 나는 어떠한 일이라도 꾸밀 수 있어요. 때로는 미리 준비하고 계획해 두지 않으면 안 되는 일도 있거든요."

"두뇌 활동이 굉장한가 보군."

"부디 마음대로 웃으세요."

　갑자기 네빌은 이상한 고뇌를 담아 말했다.

"나는 이제야 내가 결혼한 여자에 대해서 알게 되었소. 내 운명이 아니라 케이 때문이었군!"

"당신 화나신 것 같군요. 화났어요, 네빌?"

　그는 멍하니 말했다.

"아니, 화나지 않았소. 다만 나는 생각하고 있소."

8월 10일

부자며 좀 색다른 귀족인 코널리 경은 마음에 드는 자랑스럽게 여기는 큰 책상 앞에 앉아 있었다.

그것은 그를 위해 일부러 큰돈을 들여 주문한 것으로, 그 책상에 비해 방 안의 가구들이 너무 초라한 느낌이었다.

그 겉모습이 너무도 웅장하여 이 책상 덕분에 더욱 작아 보이는 평범하고 뚱뚱한 키작은 사나이 코널리 경이 오도카니 앉아 있어도 그 위용을 해치지 않았다.

이 볼만한 광경 속에, 이 또한 사치스러운 장식류에 꼭 어울릴 것 같은 금발의 비서가 들어왔다. 소리없이 미끄러지듯 걸어와 종이 한 장을 이 높은 사람 앞에 놓았다.

코널리 경은 그 종이로 눈길을 보내며 말했다.

"맥허터? 맥허터? 대체 누구요? 들어 본 적 없는데. 이 사람하고 약속을 했었소?"

금발의 비서가 사정을 설명했다.

"맥허터라? 아, 맥허터로군! 그래, 그 사람이야! 좋소, 들여보내시오. 어서 데려오오."

코널리 경은 기쁜 듯 싱글벙글 웃었다. 기분이 아주 좋았다.

의자 등받이에 기대앉으며 그는 안내되어 들어온 사나이의 무뚝뚝한 얼굴을 쳐다보았다.

"자네가 맥허터인가? 앤드루 맥허터?"

맥허터는 우뚝 선 채 웃지도 않고 멋쩍은 듯이 대답했다.

"그렇습니다."

"허버트 클레이 밑에서 일하고 있었지? 그렇잖나?"

코널리 경은 다시 싱글벙글 웃었다.

"잘 알고 있네. 클레이는 운전면허증을 압수당하고 말았지. 그것도 모두 당신이 그를 감싸 30마일로 달렸다고 증언해 주지 않았기 때문일세! 그는 새파랗게 질려 있었지!"

그 웃음이 더욱 노골적이 되었다.

"사보이 그릴에서 우리에게 다 이야기해 주었지. '그 돌대가리 스코틀랜드 녀석'이라고 하던가. 그리고 막 지껄여대더군. 그때 내가 무슨 생각을 했는지 자네는 아나?"

"아니오, 전혀."

맥허터의 목소리에는 어쩐지 짓누르는 듯한 울림이 있었다. 코널리 경은 아무 거리낌없이 다만 그 무렵 자기 자신의 반응을 돌이켜보며 유쾌해 하고 있는 것이다.

"나는 마음속으로 생각하고 있었지. '이 사람이야말로 내가 찾고 있던 사나이다! 거짓말하라고 해도 할 수 없는 사나이다'라고.

자네는 나를 위해 거짓말할 필요는 없네. 나는 그런 식으로는 살지 않으니까. 나는 자네처럼 정직한 사람을 구하기 위해서라면 이 세상 끝까지라도 갈 용의가 있어. 더욱이 그런 사람은 겨우 두셋밖에 없거든!"

키작은 귀족은 줄곧 싱글거려 그 날카롭고 원숭이 같은 얼굴이 웃음 때문에 더욱 형편없이 되어 버렸다. 맥허터는 흥미없는 표정으로 무뚝뚝하게 서 있었다.

코널리 경은 웃음을 그쳤다. 그의 얼굴이 극단적으로 긴장되었다.

"일자리가 필요하면 내가 구해 주지."

"일자리만 있으면 무엇이든 하겠습니다."

"중요한 일이 있네. 그것은 훌륭한 자격을 갖추지 못한 사람에게는 줄 수 없는 일이지. 자네에게는 자격이 있어. 훌륭히——나는 어느 모로 보나 믿을 수 있는 사람에게 그 일을 맡길걸세."

코널리 경은 잠시 말을 끊었다. 맥허터는 여전히 입을 열려고 하지 않았다.

"그런데 자네는 내가 믿을 수 있는 사람일까?"

맥허터는 서슴없이 대답했다.

"내가 물론 그렇다고 대답하는 것만으로는 좀 믿기 어려우실 텐데요."

코널리 경은 웃었다.

"자네라면 틀림없어. 자네야말로 내가 찾고 있던 사람일세. 남아메리카에 대해 잘 알고 있나?"

코널리 경은 자세한 설명으로 들어갔다.

50분 뒤 맥허터는 보도 위에 서 있었다. 흥미있고 보수가 굉장히 많은, 더욱이 장래성이 아주 좋은 일거리를 얻은 사나이로서.

운명은 한 번 흐리고 난 뒤 다시 그에게 미소를 던진 것이다. 그러나 그는 그 미소를 받고 마주 웃어 줄 기분이 들지 않았다. 크게 기뻐할 마음은 조금도 없었다. 하기야 조금 전의 회견을 생각해 보면, 유머에 민감한 그로서는 금방이라도 쑥스러운 웃음이 터져 나올 것 같았지만, 이 출세의 실마리가 실은 전 주인의 험담 때문이었다는 데에는 뭔지 신랄하고 시적인 공평함이 있었다.

자기는 운좋은 사나이라고 그는 생각했다. 그런 일은 아무래도 좋다! 오직 스스로 살아 나가려는 것뿐이다. 특별히 정열이 있는 것도 아니고 즐겁지도 않다. 그러나 하루하루 알차게 살아 나가 보자.

일곱 달 전, 그는 자살하려고 했었다. 그런데 그저 우연히 목숨을 건질 수 있었다. 그는 그것이 그리 기쁘지 않았다.

그러나 지금은 자살할 생각이 없었다. 그러한 단계는 영원히 지나가 버린 것이다. 자살 같은 건 냉정한 상태에서는 할 수 없는 것이다. 절망이며 비애며 정열 같은 자극이 없이는 도저히 할 수 없다. 인생이 그저 잿빛의 연속에 지나지 않는다는 느낌만으로는 자살할 수가 없는 것이다.

아무튼 이번 일이 자신을 영국에서 떠날 수 있게 해주어 기뻤다. 9월 끝 무렵에는 남아메리카를 향해서 떠나게 될 것이다. 그때까지의 몇 주일 동안은 여러 가지 준비를 하고, 그 일의 복잡한 요령들을 익히느라고 바쁠 것이다.

그러나 떠나기 전에 한가한 때가 1주일쯤은 있을 것이다. 그 1주일을 어떻게 보내지? 런던으로 갈까? 어디로 갈까?

어떤 생각이 희미하게 그의 머리에 떠올랐다.

그는 혼잣말을 했다.

"거기로 가자. 잘 생각했어."

틀림없이 재미있을 것이라고 그는 생각했다.


8월 19일

배틀 총경이 내뱉듯 말했다.

"이로써 내 휴가도 다 망쳐 버린 거야."

배틀 부인은 실망했지만, 경찰관의 아내로서 보내 온 긴 세월이 그 실망을 마음속에만 간직할 수 있는 능력을 길러 주었다.

"하는 수 없지요. 게다가 이것은 재미있는 사건이잖아요?"

"뭐, 그렇지도 않소. 외무부를 깜짝 놀라게 했거든. 그 말라빠진 꺽다리들이 사방으로 '쉿! 조용히!' 하며 뛰어다니고 있소.

그러나 곧 끝날 거요. 그리고 모두들 면목을 세울 수 있게 될 테지. 하지만 내가 아무거나 마구 써대는 바보라 하더라도 회상록 속에 쓸 만한 사건은 아닌 것 같소."

"그럼, 우리 휴가를 포기해 버려요."

부인은 어떻게 하겠느냐는 듯이 말했지만 남편은 다부지게 그 말을 가로막았다.

"그렇게 할 필요는 없소, 당신과 아이들은 브링턴으로 가구려. 방을 3월부터 예약해 두었으니까 내버려두기는 좀 아깝잖소? 나는 이 일이 해결되고 나면 거기에 가서 짐과 1주일쯤 지낼 생각이오."

짐이란 배틀 총경의 조카 제임즈 리치 경감을 말한다.

"솔팅턴은 이스터헤드 베이와 솔트크리크 바로 앞이니까 말이오. 바닷바람도 세지 않고 수영도 얼마쯤 할 수 있을 거요."

배틀 부인은 코웃음을 쳤다.

"짐은 사건을 도와달라고 당신을 끌어넣기만 하잖아요."

"이런 계절에는 사건 같은 게 일어나지 않소. 울워스의 가게에서 여자들이 좀도둑질을 하는 것이 고작일 거요. 아무튼 짐은 상관없소, 더 이상 머리쓸 필요는 없다니까."

"그렇겠지요, 잘 해결되리라고는 생각하지만, 그래도 실망했어요."

배틀 총경은 설득하듯 부인에게 말했다.

"이러한 사건도 하느님께서 우리를 위해 내리신 시련인 거요."

## 흰 눈과 붉은 장미

### 1

토머스 로이드는 솔팅턴에서 기차를 내리자 플랫폼에 메리 앨딘이 기다리고 있는 것을 보았다.

그녀에 대해서는 희미하게 기억하고 있을 뿐이었으므로, 지금 그녀를 다시 만나니 그 활발한 태도가 좀 놀랍기도 하고 또한 기쁘기도 했다.

그녀는 그를 세례명인 토머스라고 불렀다.

"잘 왔어요, 토머스. 정말 오랜만이군요."

"묵게 해주어서 고맙습니다. 방해되지 않을까 걱정스럽군요."

"천만에요. 반대로 대환영이에요. 저기 짐꾼이 당신의 짐을 들고 오는군요. 이쪽으로 가져오라고 소리지르세요. 이 앞에 자동차를 세워 두었으니까요."

짐은 포드 안에 실렸다. 메리가 운전석에 앉고 로이드는 그 옆에 앉았다. 자동차가 달리자 메리의 운전 솜씨가 아주 훌륭하고 주의깊으며 전후좌우의 판단도 정확하다는 것을 로이드는 알 수 있었다.

솔팅턴은 솔트크리크에서 7마일쯤 떨어져 있었다. 자동차가 작은 시장을 지나 큰길로 나가자 메리 앨딘은 그의 방문에 대해 다시 화제를 돌렸다.

"토머스, 당신이 오시게 된 것은 정말 하느님의 선물과도 같아요. 어쩐지 모든 것이 성가시게 되어 버려서 제3자, 그래요, 조금이라도 좋으니 제3자라고 할 수 있는 분이 계셨으면 했어요."

"무슨 말씀이지요?"

그의 태도는 여전히 흥미가 없는 것 같아 보였다. 오히려 형식적으로 묻고 있는 듯한 느낌이었다.

메리 앨딘으로서는 그 점에서 특히 위로를 받는 듯한 태도였다. 그녀는 누군가와 이야기하고 싶어 견딜 수 없었다. 그것도 너무 노골적으로 흥미를 나타내지 않는 사람과 이야기하고 싶었던 것이다.

"다름이 아니라 우리들은 좀 입장이 난처하게 되어 버렸어요. 알고 계시겠지요? 오드리가 여기 와 있어요."

토머스 로이드는 고개를 끄덕였다.

"게다가 네빌 부부까지."

토머스 로이드의 눈썹이 치켜 올라갔다. 크게 한숨을 쉬고 나서 그는 말했다.

"그건 좀 잘못된 일이 아닐까요?"

"네, 그래요. 그런데 그게 모두 네빌의 생각이랍니다."

그녀는 말을 끊었다. 로이드는 잠자코 있었다. 그러자 마치 로이드가 믿지 않으리라고 생각했는지 그녀는 다시 한 번 다짐하듯 되풀이했다.

"모두 네빌의 생각이에요."

"대체 어째서?"

한순간 메리는 쥐고 있던 핸들에서 손을 떼었다.

"그것이 요즘 사고방식이라나요! 모두들 서로 친구라는 거예요. 이상한 사고방식이지요. 하지만 그 일이 순조롭게 되어가리라고는 누구도 생각할 수 없어요. 그렇잖아요?"

"글쎄, 그럴지도 모르지요. 새로 온 부인은 어떤 사람입니까?"

"케이 말예요? 물론 미인이에요. 굉장히 아름다워요. 게다가 아주 젊어요."

"그래서 네빌이 꼼짝 못하는가 보지요?"

"그야 겨우 1년 전에 결혼했으니까요."

토머스 로이드는 천천히 고개를 돌려 그녀 쪽을 보았다. 입술에 가벼운 미소가 떠올라 있었다.

메리는 당황해 하며 말했다.

"그렇게 확실히 말할 생각은 아니었어요."

"상관없습니다, 메리. 아마 그렇겠지요."

"그래서인지 그들에게서는 도무지 공통점이라고는 찾아볼 수가 없어요. 이를테면 그들의 친구 말인데……."

메리는 갑자기 말을 끊었다.

"네빌이 그녀와 만난 것은 틀림없이 리비에라에서였지요? 그 일에 대해 나는 잘 모릅니다. 다만 어머니의 편지를 보고 알았을 뿐이지요."

"그래요. 처음에는 칸느에서 만났다더군요. 네빌이 반해 버렸는데, 나는 그전에도 그런 일이 있지 않았을까 의심하고 있어요. 아무 탈이 없을 정도로 말예요. 나는 언제나 네빌만 정신을 똑바로 차리고 있었더라면 아무 일도 없었으리라 생각하고 있어요. 그는 오드리를 사랑하고 있었으니까요."

토머스는 고개를 끄덕였다. 메리는 말을 이었다.

"그가 이혼하려고 했었다고는 도저히 생각할 수 없어요. 하지만 아무리 타일러도 여자 쪽이 들어주지 않았어요. 그가 이혼할 때까지 단념하려 하지 않았지요. 그럴 경우 남자가 어떻게 되는지 아세요? 자만심이 생겨 버려요. 철저하게."

"그녀도 네빌에게 반해 있었습니까?"

"그야 그랬겠지요."

메리의 말투는 웬지 애매했다. 그의 묻는 듯한 눈길에 그녀는 얼굴을 붉혔다.

"나는 왜 이토록 심술궂을까요! 늘 그녀를 따라다니는 남자가 있어요. 지골로(여자에게 빌붙어 사는 남자) 같은 미남자로 그녀의 옛 친구래요. 나는 네빌이 부자인데다 유명인이라는 점에서 이 결혼 뒤에는 뭔가 숨어 있는 게 있을 거라는 느낌이 들어요. 왜냐하면 그녀는 돈이라고는 한푼도 없었던 것 같으니까요."

그녀는 좀 부끄러운 듯한 표정으로 입을 다물었다.

토머스 로이드는 생각에 잠긴 듯 대답했다.

"흠."

"하지만 이것은 다만 심술에 지나지 않아요! 그녀는 흔히 말하는 글래머고, 틀림없이 신경이 날카로운 중년 노처녀에게 자극을 준 걸 거예요."

로이드는 그녀를 똑바로 보고 있었지만 그의 가면 같은 얼굴에는 아무 반응도 없었다. 이윽고 그가 물었다.

"그런데 눈앞에 가로놓인 귀찮은 일이란 뭐지요?"

"실은 나도 잘 모르겠어요. 정말 이상해요. 물론 처음에는 오드리와 이야기해 보았어요. 그런데 케이와 만나는 걸 아무렇지도 않게 생각하는 거예요. 오히려 아주 즐겁게 여기는 것 같았지요. 내내 그래요.

그토록 이해심 많은 사람은 그리 없을 거예요. 그야 오드리는 모든 일에 틀림없는 사람이지요. 네빌과 케이를 대하는 태도도 훌륭해요. 그러나 그녀는 모든 일에 아주 내성적이어서 대체 무엇을 생각하고 느끼는지 짐작하기가 어려워요. 하지만 아무래도 그녀는 그 일을 그리 걱정하고 있는 것 같이 보이지 않아요."

"걱정할 이유는 없잖습니까? 어쨌든 벌써 3년 전 일이니까요."

"오드리 같은 사람이 잊을 수 있을까요? 네빌을 굉장히 사랑하고 있었거든요."

토머스 로이드는 의자에서 몸을 움직거렸다.

"아직 32살이니 앞날이 밝잖습니까."

"하지만 그녀는 굉장히 타격을 받았거든요. 심한 신경쇠약이 되어 버리고……"

"그렇다더군요. 편지로 읽었습니다."

"한편으로 생각해 보면 내가 오드리의 뒷바라지를 하게 된 것은 당신 어머님을 위해서 잘한 일이라고 여겨져요. 자기 자신의 슬픔 때문에 정신을 차리실 수가 없으셨으니까요. 당신 형님이 돌아가신 일로 말예요. 정말 안된 일이었어요."

"음, 가엾은 에이드리언, 늘 속력을 너무 냈었지요."

침묵이 이어졌다. 메리는 솔트크리크로 이어진 언덕을 내려가는 모퉁이를 돌아가면서 손을 뻗어 신호를 보냈다.

이윽고 좁고 구불구불한 길을 내려가며 그녀는 물었다.

"토머스, 오드리를 잘 기억하시지요?"

"글쎄요, 벌써 거의 10년이나 만나지 못했으니까요."

"그럴 거예요. 하지만 어렸을 때의 일을 잘 기억하고 있을 테지요. 당신과 오드리는 마치 친오누이 같았으니까요."

로이드는 고개를 끄덕였다.

"오드리는 어딘지 좀 이상한 데가 있지 않았어요? 아니, 이렇게 말하면 뭣하지만, 지금도 그녀에게는 어딘지 묘한 데가 있는 듯한 느낌이 들어요. 오드리는 굉장히 공평하지만, 그 평정함이 오히려 부자연스러울 정도니까요.

하지만 이따금 우리들 눈에 띄지 않는 무슨 비밀 같은 게 있다는 생각이 들어요. 어쩐지 걷잡을 수 없는 심한 감정에 별안간 사로잡힐 때가 있는 것을 가끔 느낄 수 있어요. 더욱이 그것이 무엇인지 도무지 알 수가 없거든요! 하지만 그녀가 정상이 아니라는 것만은 분명히 느끼고 있어요.

틀림없이 뭔가 있을 거예요! 나는 걱정스러워요. 그 집안에는 누구라도 느낄 수 있는 공기가 감돌아요. 모두들 신경질적이 되어 안절부절못하고 있지요. 그런데도 그것이 무엇인지 도무지 짐작할 수 없는 거예요. 토머스, 나는 이따금 무서워 못 견디겠어요."

"무섭다고요?"

로이드가 언제나처럼 한가롭고 좀 의아스러운 듯한 말투로 이야기했으므로 그녀는 웃음을 터뜨렸고, 덕분에 기분이 회복되었다.

"어이없는 이야기로 들릴지 모르지만……하지만 정말이에요. 당신이 오셔서 모두들 살아났어요. 기분전환이 되니까요. 자, 다 왔어요."

자동차는 마지막 모퉁이를 돌았다. 갤즈포인트는 강이 내려다보이는 높은 바위벽 위에 있었다. 양옆에 험한 벼랑이 강변을 따라 솟아 있었다. 정원과 테니스 코트는 그 왼편에 있었다. 차고는 나중에 지어진 근대적인 건물로 길에서 좀 떨어진 건너편에 있었다.

메리가 재빨리 말했다.

"나는 자동차를 넣고 오겠어요, 허스틀이 안내해 드릴 거예요."

나이 많은 집사 허스틀은 낯익은 사람답게 자연스러운 태도로 토머스에게 인사했다.

"잘 오셨습니다, 로이드 씨. 정말 오랜만입니다. 마님께서도 굉장히 기뻐하실 겁니다. 방은 동쪽에 마련해 두었습니다. 곧 방으로 들어가시지 않으시면——다른 손님들은 모두 정원에 계십니다."

토머스는 고개를 저으며 응접실을 지나 창문이 열려 있는 테라스 쪽으로 걸어갔다. 그는 한순간 거기에 멍하니 서서 밖을 바라보았다.

테라스에는 두 여자가 있었다. 한 사람은 강이 내려다보이는 난간 모서리에 앉아 있었고, 다른 한 사람은 그 여자를 뚫어지게 지켜 보고 있었다.

처음 여자가 오드리, 다른 여자는 케이 스트렌지가 틀림없다고 그는 생각했다. 케이는 누가 보고 있으리라고는 꿈에도 생각지 못하고 있는 듯한 표정을 드러내고 있었다. 토머스 로이드는 여자들에게 그리 주의를 쏟는 편이 아니었지만, 케이가 오드리를 싫어하고 있다는 것을 곧 알아차릴 수 있었다.

오드리는 강을 내려다보며 다른 한 여자의 존재에 대해 무관심한 태도를 보이고 있었다.

토머스가 오드리와 헤어진 지 벌써 7년이 흘렀다. 그는 지금 그녀를 찬찬히 지켜 보고 있었다. 그녀는 달라졌을까, 만일 달라졌다면 어떻게?

역시 달라졌다고 그는 생각했다. 옛날보다 여위고 핼쑥해졌으며 이 세상 사람이라고는 생각할 수 없는 용모──그러나 그밖에도 뭔가가 있었다. 그로서는 뚜렷이 말할 수 없는 무엇인가.

마치 가죽끈에 단단히 묶인 채 모든 움직임에 주의를 기울이고 있는 듯한, 그리고 언제나 자기 주위에서 일어나고 있는 어떤 하찮은 일이라도 빠짐없이 다 알고 있는 듯한 느낌. 그녀는 뭔가 비밀이 있는 사람처럼 보였다. 그러나 대체 어떤 비밀일까?

이 4, 5년 동안에 그녀의 신상에 일어난 일에 대해 그는 조금밖에 모르고 있었다. 슬픔이며 실망 같은 것은 예기하고 있었지만……그러나 이것은 어딘지 그런 감정과는 달랐다. 마치 그녀는 모두들의 눈길을 끌기 위해 보물을 손에 꽉 움켜쥐고 있는 어린아이 같았다.

그리고 그의 눈길은 또 다른 한 여자, 현재의 네빌 스트렌지 부인에게로 옮아 갔다. 아름답다. 틀림없는 미인이었다. 메리 앨딘의 말 그대로다. 오히려 위험하게 느껴질 정도였다.

'만일 그녀가 칼을 쥐고 있다면, 오드리 옆에 두어서는 안 되겠는데…….'

그러나 그렇다 하더라도 어째서 그녀는 네빌의 전아내를 미워하고 있을까? 이미 끝나 버린 일인데. 오드리는 현재의 두 사람 생활과 아무 관계도 없는 것이다.

테라스 쪽에서 발소리가 들리더니 네빌이 집 모퉁이를 돌아 모습을 나타냈다. 몹시 더운 듯한 모습으로 손에 신문을 들고 있었다.

"그림이 든 신문이오, 이것밖에 없었소."

그러자 동시에 두 가지 일이 일어났다. 케이가 말했다.

"어머나, 굉장하군요, 보여 주겠어요?"

그리고 오드리는 돌아보지도 않고 그저 기계적으로 손을 내밀었다.

네빌은 두 여자의 한복판에서 걸음을 멈추었다. 난처한 표정이 얼굴에 떠올랐다.

그가 뭐라고 말하기 전에 케이가 신경질적으로 외쳤다.

"보고 싶어요, 내게 주세요, 어서, 네빌!"

오드리 스트렌지는 깜짝 놀라 돌아보더니 손을 거둬들이고 좀 당황하며 입속말로 중얼거렸다.

"어머나, 미안해요, 나는 내게 말한 줄 알았어요."

토머스 로이드는 네빌 스트렌지의 구릿빛 목덜미에서 피가 거꾸로 흐르는 것을 보았다.

네빌은 세 발자국쯤 걸어가서 오드리에게 그림이 든 신문을 내밀었다.

오드리가 더욱더 난처해 하며 말했다.

"어머나, 하지만……"

케이는 거칠게 의자를 차고 일어나 홱 돌아서서 응접실 문 쪽으로 재빨리 걸어왔다. 그녀가 서슴지 않고 걸어 들어왔으므로 로이드는 미처 몸을 피할 겨를이 없었다.

케이는 깜짝 놀라 주춤 물러섰다. 그녀는 사과하는 토머스를 가만히 지켜 보았다.

그는 그녀가 어째서 자기가 여기에 있는 것을 몰랐는지 비로소 알았다. 두 눈에 눈물이 가득 괴어 있었던 것이다. 분노의 눈물이다.

"어머나, 당신은? 아, 말레이시아에서 오신 분이지요?"

"그렇습니다, 말레이시아에서 왔지요."

"나도 말레이시아에 있었으면 얼마나 좋을까. 어디든지 좋아요, 여기만 아니라면! 이런 저주받은 집은 정말 싫어요! 이 집에 있는 사람들은 모두 싫어요!"

격정적인 광경은 언제나 토머스를 풀죽게 하고 만다. 종기에 손을 대듯 그는 케이를 바라보며 조심스럽게 중얼거렸다.

"네, 그……"

"저 사람들이 조심해 주지 않는다면 나는 죽여 버릴 거예요! 네빌도 좋고, 저기 있는 저 핼쑥하고 더러운 고양이도 좋아요."

그녀는 그의 옆을 지나 문을 쾅 닫고 방에서 나갔다.

토머스 로이드는 막대기처럼 우뚝 서 있었다. 어떻게 해야 좋을지 도무지 짐작이 가지 않았지만, 아무튼 젊은 스트렌지 부인이 나가 버렸으므로 저도 모르게 마음이 놓였다. 그는 선채로 그녀가 거칠게 닫고 나간 문을 쳐다보았다. 이번의 스트렌지 부인이라는 사람은 마치 살쾡이 같군.

네빌 스트렌지는 프랑스식 창문의 공간에 서 있으므로 창문에 그림자가 비쳤다. 그는 어깨를 헐떡이고 있었다. 그리고 어떻게 해야 좋을지 모르겠다는 듯 토머스에게 인사했다.

"여, 잘 오셨습니다. 로이드 씨가 와 계신 줄은 몰랐군요. 그런데 내 아내를 못 보셨습니까?"

"지금 막 나가셨는데요."

네빌은 아내의 뒤를 따라 응접실에서 나갔다. 지쳐 있는 듯이 보였다.

토머스 로이드는 천천히 열려진 프랑스식 창문을 지나 밖으로 나갔다. 발소리도 그리 나지 않았다.

그가 몇 야드 떨어진 곳까지 가도 오드리는 돌아보지 않았다.

그는 그녀의 그 특징있는 눈이 크게 뜨여지고 입술이 열리는 것을 보았다.

그녀는 테라스 난간에서 미끄러져 내려 두 손을 벌리며 이쪽으로 왔다.

"어머나, 토머스, 그리운 토머스! 정말 잘 오셨어요."

그가 그 조그많고 하얀 두 손을 잡고 그녀에게로 몸을 수그렸을 때, 이번에는 메리 앨딘이 프랑스식 창문으로 나왔다. 테라스에 있는 두 사람을 보더니 흠칫 걸음을 멈추고 잠시 지켜 보다가 천천히 돌아서서 다시 집 안으로 들어가 버렸다.

## 2

네빌은 2층 침실에 있는 케이를 찾아냈다. 이 저택의 오직 하나뿐인 큰 침실은 트레실리언 부인이 차지하고 있었다.

부부가 함께 온 손님일 경우에는, 마음대로 드나들 수 있는 문이 사이에 있고 뒤쪽에 욕실이 딸린 두 개의 방을 주게 되어 있었다. 작고 좀 떨어져 있는 방이었다.

네빌은 자기 방을 지나 아내의 방으로 들어갔다. 케이는 침대 위에 누워 있었다. 눈물에 젖은 얼굴을 치켜 들더니 그녀는 화난 듯이 소리쳤다.

"당신이군요! 지금쯤 올 때가 되었다고 생각하고 있었어요!"

"대체 왜 그러는 거요, 케이? 미치기라도 했소?"

네빌은 조용히 말했지만, 노여움을 참느라고 코가 벌름거렸다.

"왜 그 신문을 내게 주지 않고 오드리에게 주었지요?"

"정말 당신은 어린아이 같군! 겨우 그림이 든 신문을 가지고 이렇 듯 법석을 떨다니."

케이는 지지 않고 되풀이했다.

"당신은 내게 주지 않고 오드리에게 주었어요."

"어째서 안 되오? 그게 대체 어떻다는 거요?"

"나에겐 중대한 일이에요."

"나로서는 뭐가 나쁜지 모르겠군. 남의 집에서 묵을 때는 그런 히 스테리를 일으키지 말아야 할 것 아니오. 다른 사람들 앞에서 어떻 게 행동해야 한다는 것쯤은 알고 있잖소?"

"어째서 당신은 그것을 오드리에게 주었지요?"

"달라고 했으니까."

"나도 그랬어요. 게다가 나는 당신의 아내예요."

"그런 경우에는 연장자, 더 정확히 말하면 가족이 아닌 사람에게 주는 것이 예의요."

"그녀는 나를 빼돌린 거예요! 그녀는 내게 이겨야겠다고 생각하고 있었어요. 그리고 이겼어요. 당신이 그녀 편을 들어 준 거예요!"

"당신은 마치 질투쟁이 저능아 같군. 제발 마음을 가라앉히고 사람들 앞에서 예의 바르게 행동해 주오!"

"오드리같이 말이지요? 그렇지요?"

네빌은 냉담하게 말했다.

"어느 모로 보나 오드리는 숙녀답게 행동하오. 그녀라면 웃음거리는 되지 않지."

"그녀는 나로부터 당신을 떼어버리려 하고 있어요! 나를 미워하여 복수하고 있는 거란 말이에요."

"이거 참, 케이, 그 연극 같은 어리석은 소리는 그만두오. 정말 지긋지긋하오!"

"그렇다면 우리 이 집에서 나가요! 내일이라도 말예요. 이런 곳은 정말 싫어요!"

"이제 겨우 나흘밖에 안 됐소."

"충분해요! 나가요, 네빌!"

"자, 들어 보오, 케이. 이제 그런 말은 하지 마오. 우리는 2주일 예정으로 이곳에 왔소. 그러므로 나는 2주일 동안 여기에 있을 생각이오."

"그랬다가는 후회하게 될 거예요. 당신과 당신의 오드리 말예요! 당신은 그녀를 훌륭하게 여기고 있어요!"

"아니, 오드리가 훌륭하다고는 여기지 않소. 다만 굉장히 사람이 좋고, 내가 그처럼 가혹한 짓을 했는데도 친절하고 너그러우며 마음 착한 여자라고 생각하고 있소."

"그것이 틀렸단 말예요."

케이는 침대에서 벌떡 일어났다. 그 미친 듯하던 노여움도 가라앉고 말았다. 그녀는 본래의 얼굴로 돌아와 있었다. 냉정하다고 해도 좋을 정도였다.

"오드리가 당신을 용서하고 있다고 생각하세요, 네빌? 한두 번 그녀가 당신을 바라보는 것을 나는 본 적이 있어요. 그녀는 무슨 생각을 하고 있는지 모르지만, 뭔가가……그래요, 그녀는 자기가 생각하고 있는 일을 누구에게도 눈치채이지 않도록 하는 성격이니까요."

"미안하지만 그런 사람은 얼마든지 있소."

케이의 얼굴에서 핏기가 가셨다.

"당신 나를 비꼬는 거예요?"

그 목소리에는 어딘지 소름끼칠 듯한 날카로움이 있었다.

"글쎄, 당신은 말수적은 사람이라고 할 수 없으니까. 그렇잖소? 조금이라도 마음에 들지 않는 일이 있으면 곧 입 밖에 내어 버리지. 스스로 어리석은 짓을 해서 웃음거리가 될 뿐 아니라 결국 나까지 말려들게 하잖소!"

"이제 하고 싶은 말을 다 했어요?"

그녀의 목소리는 얼음 같았다.

네빌 역시 차가운 목소리로 말했다.

"내 말이 부당하다고 생각한다면 할말이 없소. 그러나 이것은 거짓 없는 진실이오. 당신은 어린아이보다도 자제심이 없거든."

"그래요, 당신은 신경질 같은 것을 결코 내지 않아요. 당신은 물고기——꺼림칙한 냉혈 물고기예요! 당신도 때로는 자신을 잊고서 나에게 고함지르고 꾸짖고 지옥으로라도 떨어져 버리라고 소리지르잖아요!"

네빌은 한숨을 쉬었다. 그의 어깨가 축 늘어졌다.

"이거 참."

그리고 발길을 돌려 방에서 나가 버렸다.

### 3

트레실리언 부인이 말했다.

"너는 17살 때와 똑같구나. 그때와 똑같이 벙어리라니까. 여전히 말이 없어. 왜 그렇게 말을 안 하지?"

토머스 로이드가 애매하게 말했다.

"잘 모르겠습니다. 말주변이 없나 봅니다."

"에이드리언하고는 완전히 달라. 에이드리언은 굉장히 머리가 좋고 말이 많았는데."

"그 때문인지도 모르지요. 언제나 이야기는 형에게 미뤄 버렸으니까요."

"가엾은 에이드리언. 앞날이 기대되었는데."

토머스는 고개를 끄덕였다.

트레실리언 부인은 화제를 바꿨다. 그녀는 토머스에게 면담을 허용하고 있었다. 그녀는 한꺼번에 방문객을 만나는 습관이 있었다. 그렇게 하면 피로가 덜하고 방문객들에게 주의를 집중시킬 수도 있었기 때문이다.

"너는 꼬박 하루 동안 여기에 있었지? 우리들의 입장을 어떻게 생각하고 있느냐?"

"입장이라니요?"

"우물거리지 말고 똑똑히 말해 줘. 내 말뜻을 잘 알고 있잖니. 내 집에서 일어나게 된 영원한 삼각 관계 말이다."

토머스는 조심스럽게 말했다.

"어쩐지 좀 시끄러운 것 같군요."

트레실리언 부인은 좀 악마적인 미소를 떠올렸다.

"솔직히 말해서 토머스, 나는 오히려 재미있단다. 내가 좋아해서 이런 일이 일어난 건 아니니 말이다. 정말이지, 나는 이렇게 되지 않도록 애썼단다. 그런데 네빌이 말을 듣지 않더구나. 그 두 사람을 어떻게든 만나도록 해보겠다면서. 그 애는 자기가 뿌린 씨앗을 스스로 거두기 시작했다니까!"

토머스 로이드는 의자 위에서 몸을 조금 움직거리며 말했다.

"이상하군요."

"설명해 보려무나."

"스트렌지가 그런 사나이라고는 생각하지 않았습니다."

"네가 그런 말을 하니 재미있구나. 나도 그렇게 느꼈었거든. 도무지 네빌답지 않은 일이라고. 그 애는 여느 남자들과 마찬가지로 싫은 일이나 재미없는 일은 절대로 피하려 하는 성격이거든. 어쩌면 네빌의 생각이 아닐지도 모르지. 하지만 만일 그렇다면 대체 누구의 생각일까? 정말 모르겠구나."

트레실리언 부인은 잠시 입을 다물었다. 그리고 희미하게 어조를 높여 말을 이었다.

"설마 오드리의 생각은 아닐 테지?"

토머스는 곧 대답했다.

"그럼요, 오드리는 아닐 겁니다."

"그렇다고 그 재수없는 젊은 여자 케이의 생각이라고도 믿어지지 않아. 그녀가 일류 배우가 아닌 이상 말이다. 이렇게 되니 웬지 그녀까지 딱하게 여겨지는구나."

"그녀가 그리 마음에 들지 않지요?"

"그래, 어쩐지 머리가 텅 비고 늘 들떠 있는 것 같아서 싫어. 하지만 방금 말했듯 나는 그녀가 가엾게 여겨져. 그녀는 등불 주위에 몰려든 모기같이 그저 맴돌 뿐 어떻게 해야 할지 모르고 있는 것 같아. 신경질을 부리고 무례한 짓을 하고, 마치 어린아이같이 제멋대로야. 이런 모든 일들이 네빌 같은 사나이에게는 역효과를 가져올걸."

토머스가 조용히 말했다.

"오드리 입장이 굉장히 난처할 겁니다."

트레실리언 부인은 흘끗 그를 보았다.

"너는 변함없이 오드리를 사랑하고 있나 보구나, 토머스?"

"그렇습니다."

그의 대답은 아주 차분했다.

"어렸을 때부터였지?"

그는 고개를 끄덕였다.

"그런데 네빌이 나타나 그 애를 네 눈앞에서 채어가 버렸어."

"네, 그랬지요. 기회가 없었습니다."

"겁쟁이!"

"나는 언제나 느린 개였으니까요."

"충실한 짐말이지!"

"친절한 토머스 아저씨라고 오드리는 나에 대해 생각하고 있었지요."

"충실한 토머스, 이것이 너의 별명이었지?"

그는 어린 시절을 떠오르게 하는 그 말을 듣고 저도 모르게 미소지었다.

"아! 그 말을 벌써 몇 년 동안이나 들어 보지 못했었군요."

"그것이 지금에 와서는 너에게 도움될 거야."

부인은 더없이 맑고 사려깊은 그의 눈길을 받으며 말을 이었다.

"충실함이란 오드리처럼 쓰라린 경험을 겪은 사람이라면 누구나 고맙게 여기는 법이란다. 토머스, 평생을 통한 개 같은 헌신은 때로 보답받을 때가 있지."

토머스는 손가락으로 파이프를 만지작거렸다.

"내가 가슴을 펴고 돌아온 것도 그 때문입니다."

## 4

메리 앨딘이 말했다.

"자, 이제 모두 다 앉으셨지요."

집사 허스틀이 이마를 닦았다. 그가 조리실로 들어가자 요리사 스파이어 부인이 그의 표정을 유심히 살폈다.

허스틀이 말했다.

"어쩐지 조용할 것 같지가 않소. 정말이지 솔직히 말하면 요즘 이 집에서 주고받는 이야기며 행동들이 모두 달라진 것 같소. 내 말뜻을 알겠소?"

아무래도 스파이어 부인에게는 이해되지 않는 듯했으므로 허스틀은 말을 이었다.

"모두들 저녁 식탁에 앉자 미스 앨딘이 '자, 이제 모두 다 앉으셨지요'라고 말하지 않겠소. 정말 소름끼치더군! 마치 많은 맹수들을 우리 속에 가둬 놓고 쇠문을 닫는 맹수사 같은 기분이었소. 갑자기 모두 다 덫에 걸리고 만 듯한 느낌이 들었소."

"어머나, 허스틀 씨, 뭔가 잘못 드신 것 아녜요?"

"소화가 안 돼서 그런 게 아니오. 모두들 목을 졸리는 듯한 느낌이었다니까. 현관문이 쾅 소리내며 닫혔소. 그러자 스트렌지 부인, 우리들의 스트렌지 부인, 즉 오드리 양이 마치 총알에 맞은 듯 소스라치게 놀랐고, 다음 순간 쥐죽은 듯 조용해져 버렸다오.

　모두들 정말 이상하오. 마치 갑자기 입을 여는 것이 무서워진 듯 침묵이 이어지더니 이윽고 이번에는 또 생각나는 대로 한꺼번에 지껄여대는 거였소."

"그런 경우엔 누구나 얼떨떨하게 되지요. 집안에 스트렌지 부인이 두 사람, 아무래도 정상적이 아니잖아요."

식당에서는 집사 허스틀이 말한 것처럼 침묵이 이어지고 있었다. 메리 앨딘이 케이를 돌아보고 말을 건 것은 굉장한 노력이었다.

"당신 친구 라티머 씨를 내일 저녁 식사에 초대했어요."

케이가 말했다.

"어머나, 고마워요."

네빌이 입을 열었다.

"라티머라니? 그가 여기 와 있소?"

"이스터헤드 베이 호텔에 묵고 있어요."

네빌이 말했다.

"우리도 언제 거기에 가서 저녁 식사나 하지. 나룻배는 몇 시까지 있지?"

메리가 말했다.

"새벽 1시 30분까지 있어요."

"밤에는 춤도 추오?"

케이가 대답했다.

"많이들 추고 있어요."

네빌이 케이에게 말했다.

"당신 친구로서는 그리 즐겁지도 않을걸."

메리가 당황해서 말했다.

"우리들도 언제 한 번 이스터헤드 베이로 가서 수영해요. 아직 덥고 거기라면 깨끗한 모래톱이 있으니까요."

토머스 로이드가 낮은 목소리로 오드리에게 물었다.

"내일 요트 놀이를 하고 싶은데, 함께 가겠니?"

"가고 싶어요."

네빌이 말했다.

"우리도 함께 갔으면 좋겠는데요."

케이가 말했다.

"당신은 골프하러 가겠다고 했잖아요?"

"링으로 가려고 생각하고는 있었지. 지난번에는 굉장히 성적이 나빴거든."

"안됐군요."

네빌은 기분좋게 말했다.

"대체 골프라는 그 자체가 가엾은 게임이라니까."

메리는 케이에게 당신도 골프를 하느냐고 물어 보았다.

"네, 유행이니까요."

네빌이 말했다.

"케이는 조금만 더 노력하면 기술이 향상될 겁니다. 스윙 솜씨가 좋으니까요."

케이가 오드리에게 물었다.

"당신은 아무 스포츠도 하지 않으세요?"

"네, 거의. 유행이어서 테니스는 좀 하지만 서툴러요."

토머스가 물었다.

"아직 피아노를 치고 있겠지, 오드리?"

그녀는 고개를 저었다.

"요즘은 안 쳐요."

네빌이 말했다.

"당신은 꽤 잘 치는 것 같았는데."

케이가 말했다.

"당신은 음악을 싫어하는 줄 알고 있었는데요, 네빌."

"잘은 모르오."

네빌은 애매하게 말하고 나서 덧붙였다.

"오드리는 어떻게 한 옥타브까지 손이 닿을 수 있을까 생각하곤 했었지. 저렇게 작은 손으로 말이오."

오드리가 디저트 나이프와 포크를 놓았을 때 그는 그녀의 손을 보았다.

그녀는 좀 얼굴을 붉히고 당황하며 말했다.

"나는 새끼손가락이 길잖아요. 그 때문일 거예요."

케이가 말했다.

"그렇다면 당신은 틀림없이 고집이 셀 거예요. 그렇지 않으면 새끼손가락이 짧을 테니까요."

메리 앨딘이 말했다.

"그게 정말이에요? 그렇다면 나는 고집이 세지 않겠군요. 내 새끼손가락을 보세요. 이처럼 짧잖아요?"

토머스 로이드가 그녀를 보며 말했다.

"당신은 고집이 세지 않을 거요."

메리는 얼굴이 빨개졌다. 그리고 빠른 말투로 말을 이었다.

"우리들 가운데 누가 가장 고집이 세지 않은지 새끼손가락을 비교해 봐요. 내 것은 당신보다 짧아요, 케이. 하지만 토머스, 당신은 내 것보다 짧군요."

"나하고 비교하면 두 사람 다 길지요. 보세요."

네빌이 한 손을 쭉 내밀었다

케이가 말했다.

"하지만 한손만이잖아요. 왼쪽 새끼손가락은 짧지만 오른손은 길어요. 왼손이 선천적이지만 오른손은 생활에 따라 변해가는 거예요. 따라서 당신은 타고난 고집쟁이는 아니지만 후천적으로 차츰 고집이 세어진 거예요."

메리 앨딘이 말했다.

"케이, 손금도 볼 수 있어요?"

그녀는 왼쪽 손바닥을 펴서 내밀었다.

"어떤 점쟁이가 나는 두 번 결혼해서 어린아이가 셋이라고 말했어요. 나는 우물쭈물하고 있어선 안 되는 거예요."

케이가 말했다.

"작은 그 십자선은 아기가 아니예요. 여행을 뜻해요. 해외여행을 세 번 한다는 뜻이에요."

"그것도 믿을 수가 없는데요."

토머스 로이드가 물었다.

"여행은 몇 번쯤 하셨습니까?"

"한 번도 안 했어요."

그 목소리는 도무지 맞지 않는다는 듯한 어조가 깃들여 있었다.

"여행하고 싶습니까?"

"네, 그럴 수 있다면……."

로이드는 그 느릿한 태도로 그녀의 반생을 돌이켜보았다. 언제나 노부인의 뒷바라지만 해왔다. 모든 일에 조용하고 뒤처리를 잘하며 게다가 철저한 보좌역으로.

그는 호기심에 못 이겨 물어 보았다.

"당신은 트레실리언 부인과 오랫동안 살아왔지요?"

"네, 거의 15년쯤 돼요. 아버지가 돌아가시고 나서부터 그분의 신세를 지게 되었지요. 아버지는 돌아가시기 몇 년 전부터 도무지 살아날 가망이 없을 만큼 중병이었어요."

그리고 그가 알고 싶어하는 질문에 그녀는 대답했다.

"나는 36살이에요. 그것을 알고 싶었던 거지요?"

"나는 생각하고 있었는데, 당신은 저, 몇 살이라 짐작할 수가 없습니다."

"어머나, 그렇게 말하시면 어느 쪽으로든 해석이 가능하게 돼요!"

"그렇군요. 그런 뜻으로 말한 건 아닌데."

우울한 듯 동정을 담은 그의 눈길이 메리의 얼굴에서 떠나지 않았다. 그녀는 그것이 귀찮게 느껴지지는 않았다. 로이드의 기분이 정말 순수한 동정으로부터 나온 것인 만큼 부끄러움 같은 걸 느낄 여유가 없었던 것이다.

그의 눈길이 자기의 머리칼을 보고 있음을 느끼고 그녀는 이마 위 한줌의 흰머리로 손을 가져갔다.

"젊었을 때부터 이랬어요."

토머스 로이드는 솔직히 말했다.

"나는 그것이 좋은데요."

그는 줄곧 그녀를 지그시 바라보고 있었다. 가까스로 그녀는 즐거운 말투로 이야기할 수 있었다.

"어떻게 생각하세요?"

토머스는 햇빛에 그을린 얼굴을 붉혔다.

"아니, 그렇게 바라보시다니 실례가 아닙니까? 당신에 대해 생각하고 있었습니다. 당신은 대체 어떤 사람일까 하고."

"마음대로."

그녀는 재빨리 대답하고 식탁에서 일어났다. 그리고 오드리의 팔을 잡고 응접실로 들어가며 말했다.

"내일 저녁 식사 때에는 트리브스 씨도 오실 거예요."

네빌이 물었다.

"누구지요?"

"루퍼스 경의 소개장을 가져오셨어요. 아주 유쾌한 할아버지예요. 밸모럴 코트에 묵고 계세요. 심장이 약해서 고생하시는 듯한데, 정신은 굉장히 맑아서 여러 재미있는 분을 많이 알고 계시더군요. 직업은 변호사예요."

케이가 불만스러운 듯 말했다.

"여기 찾아오는 사람들은 모두 노인들뿐이로군요."

그녀는 키큰 램프 아래 서 있었다. 토머스는 그녀를 바라보고 있었는데, 자신의 시야에 들어오는 것이면 얼마든지 보이는 그 여유있는 관심을 케이에게 쏟고 있었다.

그러자 갑자기 케이의 격렬하고 정열적인 아름다움에 그는 마음을 빼앗겼다. 생생하고 화려한 아름다움, 풍만하고 자랑스러운 생기에 넘친 아름다움이었다.

그는 케이로부터 오드리에게로 눈길을 옮겼다. 은회색 드레스를 입은 그 핼쑥한 그림자 같은 모습으로.

그는 살며시 미소지으며 중얼거렸다.

"흰 눈과 붉은 장미로군."

바로 옆에 앉아 있던 메리 앨딘이 물었다.

"뭐라고 하셨지요?"

그는 다시 한 번 되풀이했다.

"저 이야기책에 나오는 것 같은……."

"정말 실감나는 표현이에요."


5

트리브스 씨는 감개무량한 듯이 포도주 글라스를 들이켰다. 정말 좋은 술이다. 게다가 요리 솜씨가 좋은 나무랄 데 없는 만찬. 이것은 트레실리언 부인과 하인들의 마음이 잘 맞는다는 증거다.

여주인이 병중인데도 집안은 정리정돈이 잘되어 있는 것 같았다.

술이 취하기 시작했을 때 부인들이 식당에서 나가 주지 않은 것은 유감스러운 일이었다. 그는 옛 풍속대로 하는 것이 더 좋았지만, 그러나 요즘 젊은 사람들에게는 그들 나름대로의 풍속이 있는 것이다.

그의 눈길은 네빌 스트렌지의 아내인 빛나도록 아름다운 젊은 여인에게로 쏠렸다.

오늘 밤 그는 케이에게 완전히 넋을 잃고 있었다. 그 싱싱한 아름다움은 램프 불이 비치는 방 안에서 빛나고 있다. 그 옆에는 테드 라티머의 윤기흐르는 검은 머리의 얼굴이 그녀 쪽으로 기울어져 있었다. 그는 그녀의 비위를 맞추고 있는 것이다. 그녀는 의기양양해서 자신이 넘쳐흐르는 듯했다.

이러한 눈부신 젊음을 보는 것만으로도 트리브스 씨의 늙은 가슴은 뜨거워져 왔다.

젊음, 젊음을 이길 사람은 없는 것이다!

그 남편 역시 반해 버려 첫 아내를 버린 게 틀림없다. 오드리는 그 옆에 앉아 있었다. 확실히 매력적이고 숙녀다웠다. 하지만 트리브스 씨의 경험에 비춰 보면 예외없이 버림받는 타입이었다.

그는 오드리 쪽으로 눈길을 돌렸다. 그녀는 고개를 숙이고 앞에 놓인 접시를 바라보고 있었다. 그녀의 태도 속에 감춰진 어떤 확고부동한 것에 트리브스 씨는 감명을 받았다.

그는 좀 더 날카롭게 그녀를 관찰해 보았다. 대체 오드리는 무슨 생각을 하고 있을까? 조그만 조개 껍질 같은 귀 위로 치켜 올려진 머리칼이 굉장히 매력적이다.

문득 주위 분위기에 놀라 트리브스 씨는 제정신으로 돌아왔다. 그는 재빨리 일어났다.

응접실에서 케이 스트렌지가 똑바로 전축이 있는 데로 가서 댄스 음악의 레코드를 틀었다.

메리 앨딘이 트리브스 씨에게 미안한 듯이 말했다.

"재즈는 싫어하시지요?"

트리브스 씨는 정중하게 마음에도 없는 말을 했다.

"아니, 그렇지 않습니다."

"이따가 브리지를 할까요? 하지만 지금 3회전을 벌일 수는 없어요. 트레실리언 부인이 당신과 이야기하고 싶어하시거든요."

"그거 참 잘됐군요. 트레실리언 부인은 아래층에서 여러분들과 이야기를 나누시는 일이 없습니까?"

"네, 예전엔 바퀴의자를 타고 아래층까지 내려오셨었지만요. 그래서 엘리베이터를 만든 거예요. 하지만 요즘은 자신의 방이 더 마음에 드시는가 봐요. 마음에 맞는 사람이라면 누구하고나 그곳에서 이야기하시지요. 마치 여왕님이 알현하는 것처럼 말이에요."

"정말 이야기를 재미있게 하시는군요, 미스 앨딘. 나는 트레실리언 부인의 태도에서 왕후 같은 위엄을 느끼고 있습니다."

방 한복판에서 케이는 느린 템포의 댄스 스텝을 밟고 있었다. 그녀는 소리쳤다.

"그 테이블 좀 치워 주세요, 네빌."

그 목소리에는 고집스러운 자신이 가득 차 있었다. 눈이 반짝거리고 입술은 반쯤 벌어져 있었다.

네빌은 테이블을 치우고 아내 쪽으로 다가섰지만, 그녀는 일부러 테드 라티머 쪽으로 몸을 돌려 버렸다.

"자, 테드, 같이 춰요."

테드의 팔이 그녀의 몸을 꼭 끌어안았다. 두 사람은 춤을 추었다.

몸을 흔들고 비스듬히 넘어지기도 하면서, 스텝은 나무랄 데 없었고 보고만 있어도 절로 즐거워지는 춤이었다.

트리브스 씨가 중얼거렸다.

"이건 정말 직업적인 솜씨인데."

이 말에 메리 앨딘은 좀 놀랐다. 그러나 트리브스 씨는 다만 단순한 감탄의 기분으로 말했을 뿐이었다.

그녀는 그의 슬기로워 보이는 작고 정돈된 얼굴을 지켜 보았다. 마치 뭔가 자기 혼자만의 생각을 쫓고 있는 것 같은 방심한 얼굴이라고 그녀는 생각했다.

네빌은 순간 망설이듯 서 있더니 이윽고 창문 옆에 서 있는 오드리 쪽으로 걸어갔다.

"함께 추겠소, 오드리?"

어디까지나 예의바른 말투였으나 친밀감은 없었다. 다만 예의로서 그 말을 한 데 지나지 않는다고 해도 좋을 듯했다. 오드리 스트렌지는 좀 망설였지만 고개를 끄덕이며 그쪽으로 다가섰다.

메리 앨딘은 뭔가 무난한 화제를 꺼냈지만 트리브스 씨는 그 말에 대답하지 않았다. 이 노인은 귀가 어두운 것도 아닌 듯싶고 예의바른 사람이므로, 들은 척도 하지 않는 것은 다만 그가 무엇인가에 정신을 빼앗기고 있기 때문이라고 그녀는 생각했다.

그러나 트리브스 씨가 춤추는 사람을 보고 있는지, 아니면 저쪽 구석에 혼자 서 있는 로이드를 지켜 보고 있는지 그녀는 잘 알 수가 없었다.

갑자기 놀란 듯이 트리브스 씨가 말했다.

"이거 실례했습니다. 뭐라고 하셨지요?"

"아무것도 아니예요. 다만 9월치고는 맑은 날씨가 계속된다고 말했어요."

"정말 그렇군요, 비가 안 와서 야단났다고 호텔에서 말하고들 있더군요."

"호텔에서는 불편한 게 없으세요?"

"덕분에요. 하지만 처음 도착했을 때는 정이 떨어지더군요. 왜냐하면……."

트리브스 씨는 말을 끊었다.

오드리가 네빌로부터 떨어지며 사과하듯 나지막이 웃었다.

"더워서 못 추겠어요."

그녀는 얼른 창문 쪽으로 가서 테라스로 나갔다.

메리가 중얼거렸다.

"어머나! 따라가면 될 텐데 바보같이!"

입속말로 하려 했는데 트리브스 씨가 알아듣고 놀라서 돌아보았다. 메리는 얼굴을 붉히며 난처한 듯이 웃었다.

"생각하고 있던 것을 그만 입 밖에 내어 버렸군요. 하지만 정말 조마조마해요, 저 사람은. 느림보라니까요."

"스트렌지 씨 말입니까?"

"아니, 네빌이 아니예요. 토머스 로이드 말이에요."

토머스 로이드는 가까스로 움직이려 하고 있었지만 그때는 이미 네빌이 좀 망설인 뒤 오드리의 뒤를 쫓아 밖으로 나갔다.

순간 트리브스 씨의 눈길이 걱정스러운 듯 똑바로 밖으로 쏠렸으나, 이윽고 그의 관심은 춤추고 있는 두 사람에게로 되돌아왔다.

"정말 훌륭한 춤솜씨로군요. 저……라티머 씨지요?"

"네, 에드워드 라티머예요."

"그래, 그래, 에드워드 라티머야. 스트렌지 부인의 옛 친구였지요?"

"네."

"그런데 저 멋쟁이 젊은이는 무엇으로 생활하고 있지요?"

"글쎄요, 실은 나도 잘 몰라요."

트리브스 씨는 별스럽지 않은 한마디에 잘 알겠다는 기분을 담아 말했다.

"흠, 과연."

"저분은 이스터헤드 베이 호텔에 묵고 있어요."

"정말 기분좋은 곳이지요."

트리브스 씨는 말했다. 잠시 뒤 그는 꿈꾸듯 말했다.

"좀 재미있는 머리형이군요. 정수리에서 머리 쪽으로 각도가 특이합니다. 머리를 깎아 눈에 잘 띄지는 않지만 정말 색다른데요."

이윽고 다시 꿈꾸듯 그는 말을 이었다.

"예전에 보았던 저런 머리형의 사나이는 늙은 보석상에게 폭행한 죄로 10년 징역을 선고받았었지요."

메리가 소리쳤다.

"설마 당신은, 그런……."

"천만에요, 그런 뜻이 아닙니다. 당신은 오해하고 있군요. 당신 댁의 손님을 중상할 마음은 조금도 없습니다. 나는 냉혈적이고 무참한 범죄자란 오히려 매혹적인 미남자일 수도 있다는 말을 했을 뿐입니다. 이상하게 들릴지 모르지만, 그것은 사실입니다."

그는 조용히 웃어 보였다. 메리가 말했다.

"저, 트리브스 씨, 나는 어쩐지 당신이 무서워요."

"바보 같은 소리를……."

"아녜요, 정말이에요. 당신은 아주 날카로우세요."

"내 눈은 옛날부터 그랬지요."

그는 말을 끊었다가 다시 이었다.

"글쎄, 이것이 다행인지 불행인지 이 자리에서는 말할 수가 없군요."

"어째서 불행하다는 말씀을 하세요?"

트리브스 씨는 애매하게 머리를 저었다.

"사람이란 때로는 중대한 책임을 져야 할 입장에 놓이게 되는 일이 있지요. 어느 쪽이 정당한 길인가 하는 것을 정하는 일은 아무래도 쉽지 않습니다."

허스틀이 커피 쟁반을 들고 들어왔다.

메리와 노변호사에게 건네 주고 나서 토머스 로이드 쪽으로 가져갔고 그는 메리가 시키는 대로 쟁반을 낮은 테이블 위에 놓고 방에서 나갔다.

케이가 테드의 어깨너머로 말했다.

"이 곡으로 마지막이에요."

메리가 말했다.

"나는 오드리에게 커피를 갖다 줘야겠어요."

그녀는 찻잔을 들고 프랑스식 창문 쪽으로 갔다. 트리브스 씨는 그 뒤를 따라갔다. 메리가 문턱에 멈춰 서자 그는 그녀의 어깨너머로 밖을 내다보았다.

오드리는 난간 모서리에 앉아 있었다. 밝은 달빛을 받아 그녀의 아름다움은 생기를 되찾고 있었다. 색채보다도 오히려 선의 아름다움을 갖춘 사람이다. 턱에서 귀까지의 보기드문 그 선──입가의 우아한 모습, 그리고 귀여운 고갯짓이며 작고 똑바른 코.

그 아름다움은 오드리 스트렌지가 나이든 뒤에도 남아 있으리라. 겉보기만의 육체와는 아무 관계가 없다. 골격 그 자체가 아름다운 것이다.

그녀의 반짝이는 드레스가 달빛의 아름다움을 한층 더 돋보이게 해 주었다. 그녀는 꼼짝하지 않고 앉아 있고, 네빌 스트렌지가 그 옆에 서서 그녀를 지켜 보고 있었다.

네빌은 한 걸음 그녀에게로 다가서며 말했다.

"오드리, 당신은……."

그녀는 몸을 움직여 벌떡 일어났다. 그리고 귀를 만져 보았다.

"어머나! 내 귀고리가 떨어져 버렸어요."

"어디? 내가 찾아 주지."

두 사람 모두 몸을 수그렸다. 어색하게 당황하며. 그리고 서로 부딪치고 말았다. 오드리가 뒤로 물러서자 네빌이 소리쳤다.

"아, 잠깐만, 내 소매 단추가 당신 머리칼에 걸렸소. 꼼짝말고 있구려."

그가 버튼을 떼어 내는 동안 그녀는 얌전히 서 있었다.

"아, 머리칼이 뽑히잖아요. 서투르군요, 네빌, 빨리 해요."

"미안, 미안, 왜 이렇게 잘 안 되지."

달빛이 밝아서 두 사람의 방관자에게는 오드리에게 보이지 않는 것이 잘 보였다. 아름다운 은빛 머리칼을 풀어내고 있는 그 네빌의 손 끝 움직임까지도.

그러나 오드리도 떨고 있었다. 갑자기 추워진 듯이.

뒤에서 낮은 목소리가 들려 왔으므로 메리 앨딘은 깜짝 놀랐다.

"실례합니다."

토머스 로이드가 두 사람 사이를 지나 밖으로 나갔다.

"내가 해드릴까요, 스트렌지 씨?"

네빌이 몸을 일으키자 그와 오드리는 재빨리 떨어졌다.

"아니, 괜찮습니다, 풀렸습니다."

네빌의 얼굴은 조금 핼쑥해져 있었다.

토머스가 오드리에게 말했다.

"춥지 않아? 안으로 들어가서 커피라도 마시지."

그녀는 토머스와 들어갔으나, 네빌은 돌아서서 바다를 바라보고 있었다.

메리가 말했다.

"나는 여기서 기다리고 있었어요. 하지만 안으로 들어가는 편이 좋겠어요."

오드리가 대답했다.

"네, 나도 안으로 들어가겠어요."

모두 함께 응접실로 돌아왔다. 테드와 케이는 더 이상 춤을 추고 있지 않았다.

문이 열리며 검은 옷을 입은 키크고 여윈 여자가 들어와서 공손히 말했다.

"마님께서 트리브스 씨를 방에서 뵈었으면 하십니다."

## 6

트레실리언 부인은 진심으로 트리브스 씨를 환영했다.

두 사람은 곧 즐거운 옛이야기와 같은 집안 친지들에 대한 회상으로 꽃을 피웠다. 30분쯤 뒤 트레실리언 부인은 만족스러운듯이 한숨을 쉬었다.

"아! 정말 흐뭇해요. 소문이며 옛 스캔들을 이야기하는 것만큼 재미있는 일은 없어요."

트리브스 씨는 고개를 끄덕이며 말했다.

"하찮은 심술 같은 것도 인생의 약이 되거든요."

"그건 그렇고, 우리 집안의 영원한 삼각 관계에 대해 어떻게 생각하세요?"

트리브스 씨는 조심스럽게 어이없는 듯한 표정을 지어 보였다.

"삼각 관계라니, 무슨 말씀입니까?"

"어머나, 시치미떼지 마세요! 네빌과 아내들 말예요."

"아, 그일 말입니까! 지금 스트렌지 부인은 굉장한 미인이더군요."

"오드리도 그래요."

"네, 그분도 매력이 있습니다."

트레실리언 부인이 소리쳤다.

"당신은 오드리를 버린 남자의 기분을 이해할 수 있다고 말씀하시는 건가요? 그토록 좋은 아이를 케이 따위 때문에……"

트리브스 씨는 차분하게 대답했다.

"알고말고요. 흔한 일이지요."

"정떨어져요. 내가 남자라면 그런 여자에게 곧 싫증을 느껴 이런 바보 같은 짓은 안 했더라면 좋았으리라 여길 텐데!"

"그럼요, 그런 일도 흔히 있지요. 일시적인 정열이란 결코 오래가지 않는 법이니까요."

"그럼, 그 뒤에 어떻게 되는 거지요?"

"대개는 자신들이 어떻게 처리해 나가겠지요. '두 번째 이혼'이라는 것도 흔히 있으니까요. 남자가 제3의 여자와 결혼하지요. 동정심 깊은 여자와 말씀입니다."

"그런 말을! 네빌은 일부다처제를 부르짖는 모르몬 교도가 아니예요. 당신의 의뢰인이라면 또 몰라도!"

"처음의 두 사람이 다시 결혼하는 수도 있습니다."

트레실리언 부인은 고개를 저었다.

"천만에요! 오드리에게는 자존심이라는 것이 있지요."

"그렇게 생각하십니까?"

"절대로 그래요. 그렇게 머리를 가로저어 나를 초조하게 하지 마세요."

"내 경험을 말씀드리고 있는 겁니다. 애정 문제에 관한 한 여자란 자존심이고 뭐고 없지요. 자존심이란 부인들이 곧잘 입에 올리는 말입니다만, 실제로는……."

"당신은 오드리를 이해하지 못하고 계세요. 그 애는 네빌을 그야말로 굉장히 사랑하고 있었어요. 너무 사랑했는지도 모르지요.

네빌이 케이 때문에 그 애를 버리자——그렇다고 해서 네빌을 나무라는 것은 아니예요, 여자가 꼭 달라붙어 떨어지지 않으면 남자란 누구나 어쩔 수 없지요! 그 애는 두 번 다시 네빌과 만나려 하지 않았어요."

트리브스 씨는 조용히 기침했다.

"하지만 지금 여기에 와 있잖습니까?"

트레실리언 부인은 당황하여 말했다.

"그건 그래요. 나는 요즘의 저런 사고방식을 이해하고 있다고는 결코 말할 수 없지만, 오드리는 그런 것에 마음쓰지 않으며 아무렇지도 않다는 것을 보여 주기 위해 여기에 온 게 아닐까요?"

트리브스 씨는 턱을 쓰다듬으며 말했다.

"네, 있을 수 있는 일이지요. 그녀라면 그런 식으로 자신을 설득하는 일쯤은 할 수 있을 겁니다."

"그럼, 당신은 그 애가 아직도 네빌을 사랑하고 있다고 여기신단 말인가요? 오, 그런 일은 당치도 않아요!"

"있을 수 있는 일입니다."

"나는 용서하지 못해요. 이 집안에서는 결코 그런 짓을 할 수 없어요."

트리브스 씨는 염려스러운 듯 물었다.

"당신은 벌써 걱정하고 계시는군요? 무엇인지는 몰라도 심상치 않은 일이 있는 것 같습니다. 네, 분위기만으로도 그걸 느낄 수 있습니다."

트레실리언 부인이 날카롭게 물었다.

"당신도 그렇게 느끼고 계세요?"

"네, 실은 그 때문에 당혹해 하고 있었습니다. 여러분들의 진심은 잘 모르겠지만, 내 생각으로는 화약이 있는 것 같습니다. 그것도 언제 폭발할지 모르는 화약이."

"그런 말씀은 그만두시고, 어떻게 해야 좋을지 그 방법을 가르쳐 주세요."

트리브스 씨는 두 손을 쳐들고 어깨를 으쓱해 보였다.

"실은 나도 뭐라 말씀드려야 할지 모르겠습니다. 틀림없이 초점은 있습니다. 그것을 분리시킬 수만 있다면 좋겠는데 너무 확실치 않은 점이 많아서요."

"오드리에게 떠나라고 말할 생각은 없어요. 내 생각으로는 굉장히 곤란한 입장에 놓였으면서도 훌륭하게 처신하고 있으니까요. 예의 바르게, 더구나 여러 사람으로부터 외톨이가 된 채 말이에요. 나무랄 데 없는 행동이라 여기고 있어요."

"네, 그 말씀이 맞습니다. 그러나 그것이 또 젊은 네빌 스트렌지의 마음에 짙은 인상을 주는 결과가 될 수도 있지요."

"네빌의 태도는 훌륭하다고 할 수 없어요. 그 애에게 그렇게 말해 줄 거예요. 그렇다고 그 애더러 이 집에서 떠나라고 할 수도 없어요. 매슈는 그 애를 양자처럼 생각하고 있었으니까요."

"알고 있습니다."

트레실리언 부인은 후유 한숨을 쉬고 나서 낮은 목소리로 물었다.

"매슈가 여기서 물에 빠져 돌아가신 것을 알고 계세요?"

"네."

"내가 계속 여기에 남아 있으므로 모두들 놀라고 있어요. 어리석은 사람들이에요. 여기에 있으면 늘 매슈를 가까이에서 느낄 수 있답니다. 이 집 구석구석에는 그분의 추억이 스며 있어요.

다른 곳으로 옮겨 간다면 얼마나 쓸쓸하겠어요. 처음에는 하루 빨리 매슈 곁으로 가고 싶다고 생각했었어요. 특히 몸이 쇠약해지기 시작했을 때는. 하지만 마치 저 썩어 가는 문처럼 여간해서는 죽지 않는 불치의 환자예요."

부인은 화나는 듯 베개를 때렸다.

"정말 아무 재미도 없어요! '죽을 거라면 어서 빨리 죽어 버렸으면' 하고 늘 바라고 있어요. 죽음이 내 뒤쪽에서 천천히 소리없이 다가와 병상으로부터 천천히 나를 죽음으로 몰아넣는 것은 싫어요. 점점 더 기력이 떨어져 사람들에게 폐만 끼치게 되니까요!"

"그러나 모두들 아주 헌신적인 사람들 뿐이잖습니까. 충실한 하녀가 있겠지요?"

"밸릿 말인가요? 당신을 안내해 온 하녀 말이지요? 그래요, 정말 고맙게도 더할 나위 없는 할멈이에요. 몇 년 동안이나 나를 돌봐왔어요."

"그리고 또 있잖습니까? 미스 앨딘 말입니다."

"그래요, 메리가 함께 있어 줘서 얼마나 고마운지 몰라요."

"친척이십니까?"

"먼 사촌이에요. 이기심이라고는 조금도 없는 한평생 남을 위해 살아가는 사람이지요. 아버지를 돌봐 드리고 있었답니다. 현명한 분이었지만 너무 엄했었지요. 아버지가 돌아가시고 나자 여기에 와 있어 달라고 부탁했는데, 그 뒤부터 정말 큰 도움이 되었어요.

이른바 '말벗'이라는 것이 얼마나 무서운 건지 당신은 잘 모르실 거예요. 정말 어리석은 존재지요. 쓸데없는 말을 지껄여 미치게 만들어 버려요. 그 정도 말밖에 못하는 것이 말벗이라는 거예요.

그런데 박식하고 이성적인 메리가 와준 것은 정말 다행스러운 일이에요. 그녀는 제1급 머리를 가지고 있어요. 남자 못지않은 머리지요. 폭넓고도 깊은 책읽기로 무엇 하나 화제에 궁한 일이 없어요.

더욱이 지식뿐 아니라 집안일도 잘 돌보지요. 살림을 꾸려나가는 것은 말할 나위도 없고 일하는 사람들을 잘 부리며, 허영심이니 질투 같은 감정도 모두 없애 준답니다. 어떻게 해서 그녀가 그런 일을 할 수 있는지 나는 잘 모르겠어요. 재능이라고나 할까요."

"오랫동안 함께 계셨습니까?"

"12년, 아니 그보다 더 되었어요. 13, 4년쯤 될 거예요. 그녀 덕분에 많은 위안을 받았지요."

트리브스 씨는 고개를 끄덕였다.

트레실리언 부인은 반쯤 뜬 눈으로 그의 모습을 바라보고 있더니 갑자기 물었다.

"왜 그러시지요? 뭐 걱정스러운 일이라도 있으세요?"

"아니, 아무것도 아닙니다. 하찮은 일인데, 정말 당신의 눈은 아주 날카롭군요."

"나는 사람들을 관찰하는 것이 즐거워요. 매슈에게 뭔가 걱정거리가 있을 때면 곧 그것을 알아차렸지요."

그녀는 '후유' 한숨을 쉬며 베개에 기댔다.

"이젠 쉬게 해달라고 말씀드려야겠군요."

그 말투는 여왕이 하는 바로 그대로였다. 조금도 예의에 벗어나는 듯한 느낌이 들지 않았다.

"굉장히 피곤해요. 하지만 아주 즐거웠어요. 또다시 놀러와 주세요."

"그럼, 말씀대로 하겠습니다. 너무 폐가 되었다면 용서해 주십시오."

"천만에요. 나는 언제나 갑자기 피로해져 버리곤 한답니다. 나가시기 전에 벨을 좀 울려 주세요."

트리브스 씨는 커다란 술이 달린 예스러운 벨 끈을 조용히 잡아당겼다.

"굉장히 오래된 거로군요."

"벨 말씀이세요? 네, 그래요. 전기 장치가 된 요즘 것은 내게 맞지 않아요. 고장이 자주 나고 몇 번이나 울려대야 하니까요. 이것은 결코 부서질 염려가 없거든요.

위층 밸릿의 방에서 소리가 나게 되어 있지요. 그녀의 침대 바로 위에서 말예요. 그래서 반응이 늦을 수가 없어요. 만일 늦으면 또 잡아당기니까요."

트리브스 씨가 방에서 나올 때 트레실리언 부인이 다시 끈을 잡아당겨 머리 위 어디선가 벨 울리는 소리가 들렸다. 그가 천장을 바라보니 그곳에 전선이 달리고 있었다. 밸릿은 재빨리 내려와서 그의 옆을 지나 여주인의 방으로 들어갔다.

트리브스 씨는 엘리베이터를 쓰지 않고 천천히 걸어서 아래층으로 내려왔다. 그의 얼굴에 어떤 의문스러운 그림자가 어려 있었다.

모두들 응접실에 모여 있었다. 메리 앨딘이 함께 브리지를 하자고 권했지만, 트리브스 씨는 이제 곧 떠나야 한다며 공손히 사양했다.

"호텔이 너무 구식이어서요. 한밤중까지 외출하는 일은 생각할 수도 없답니다."

네빌이 말했다.

"아직 시간은 많습니다. 지금 10시 30분이니까요. 설마 문을 잠가 버리지는 않겠지요."

"물론 그런 일은 없겠지요. 정말은 밤새도록 문을 잠그는 것 같지 않더군요. 9시에 문을 닫지만 손잡이만 돌리면 안으로 들어갈 수가 있지요. 그곳 사람들은 아주 태평스러운 것 같은데, 아마 이 지방 사람들이 정직하기 때문이겠지요?"

메리가 말했다.

"정말로 이 지방에서는 대낮에 문을 잠그는 사람이 없어요. 우리도 하루 종일 열어 두지요. 물론 밤에는 잠그지만요."

테드 라티머가 물었다.

"밸모럴 코트는 어떻습니까? 그 건물은 빅토리아 시대풍의 기묘하게 높은 집이지요?"

트리브스 씨가 말했다.

"이름에 어울리는 집이지요. 그리고 서비스도 빅토리아 왕조식입니다. 침대며 요리도 좋고, 커다란 빅토리아 왕조 시대 장롱도 있지요. 마호가니로 만든 훌륭한 욕조도 있고."

메리가 물었다.

"처음에는 뭔가로인해 정이 떨어지셨다면서요?"

"네, 그렇습니다. 편지로 아래층 방을 두 개 예약해달라고 단단히 부탁해 두었었지요. 나는 심장이 약해서 층계는 좋지 않거든요. 그런데 와보니 아래층 방을 얻을 수가 없어서 몹시 화났지요.

그 대신 맨 위층에 방을 두 개 잡았습니다. 아주 기분좋은 방임에는 틀림없었지만요. 항의했더니 이 달에 스코틀랜드로 떠나기로 했던 단골 손님이 병이 나서 방을 못 비우게 되었다는 겁니다."

"루컨 씨 말씀이세요?"

"그런 이름인 것 같습니다. 그런 사정이므로 양보하지 않을 수 없었지요. 다행히도 훌륭한 자동 엘리베이터가 있어서 그리 불편하지 않습니다."

케이가 말했다.

"테드, 당신은 왜 밸모럴 코트에 묵지 않지요? 거기가 더 가깝고 좋은데요."

"글쎄, 그곳은 나에게 맞지 않소."

"하긴 당신 같은 사람에게는 좀 맞지 않을 거예요."

무슨 이윤지 테드 라티머의 얼굴이 새빨개졌다.

"그게 대체 무슨 뜻이지?"

메리 앨딘은 안 되겠다고 판단하여 곧 최근의 신문 기사로 화제를 돌렸다.

"켄트 주의 도시에서 일어난 트렁크 사건으로 남자가 구속되었대요."

네빌이 말했다.

"이로써 두 사람째입니다. 이번엔 진범이면 좋겠군요."

트리브스 씨가 말했다.

"비록 그렇더라도 구류시켜 둘 수는 없지요."

로이드가 물었다.

"증거 불충분 말입니까?"

"그렇습니다."

케이가 말했다.

"하지만 결국에는 증거를 찾아낼 수 있을 것 아녜요."

"언제나 그렇다고는 할 수 없습니다, 부인. 범죄를 저지른 사람이 얼마나 자유롭게 그 주변을 쏘다니고 있는지 아신다면 아마 깜짝 놀랄 겁니다."

"그런 사람들은 결코 발각되지 않는다는 말씀이세요?"

"아니, 그 정도가 아니라 이런 사람이 있었습니다."

트리브스 씨는 2년 전 세상을 시끄럽게 만든 사건에 대해 이야기하기 시작했다.

"경찰에서는 그 아기를 죽인 범인이 누구인지 잘 알고 있었습니다.

의심할 나위가 없었지요. 그러나 경찰은 힘이 없었습니다. 그 사나이는 두 사람의 증인에게 거짓 알리바이를 증언하도록 했지만, 그 알리바이가 거짓임을 알면서도 번복시킬 수가 없었지요. 그래서 살인범이 석방되게 된 겁니다. "

메리가 말했다.

"어머나, 참 무서운 일이군요. "

토머스 로이드가 파이프를 똑똑 두드리며 조용한 상념에 잠긴 목소리로 말했다.

"그것으로 내가 여느 때 생각하고 있던 것이 확실해졌습니다. 즉 때에 따라서는 법적인 수단에 호소하지 않더라도 상관없다는 겁니다. "

"그게 무슨 뜻이지요, 로이드 씨 ? "

토머스는 파이프에 담배를 담기 시작했다. 그리고 생각에 잠겨 자신의 손을 뚫어지게 보면서 무뚝뚝한 말투로 이야기하기 시작했다.

"이를테면 당신이 어떤 범죄 사실을 알고 계신다고 합시다. 그런데 그 범죄를 저지른 사람을 현행 법률로서는 어떻게 할 도리가 없는 경우, 즉 법망에 걸리지 않는 경우에는 법에 호소하지 않고 자기 손으로 선고내려도 상관없다는 거지요. "

트리브스 씨가 열심히 말했다.

"이거 정말 큰일날 말씀이로군요, 로이드 씨 ! 그런 일은 결코 인정받지 못합니다. "

"그렇지 않습니다. 나는 사실이 증명해 줄 거라고 생각합니다. 법률이 무력한 것뿐이니까요 ! "

"그렇다고 해서 개인의 행동이 용서되는 건 아닙니다. "

토머스는 미소지었다. 아주 부드러운 미소였다.

"나는 그렇게 생각하지 않습니다. 만일 누군가가 교수형에 해당된다면, 나는 그 목을 죄는 일쯤 맡아도 상관없습니다!"

"그렇게 하면 이번에는 당신 자신이 법률에 의해 벌을 받게 됩니다!"

여전히 미소지은 채 토머스가 말했다.

"물론 일단 하겠다면 조심해서 일을 시작해야지요……아니, 실제로 교묘하게 처신해야만 합니다."

오드리가 맑은 목소리로 말했다.

"발각될 텐데요, 토머스."

"솔직히 말해서 나는 발각되리라고 생각지 않습니다."

"한 가지 예를 알고 있습니다만……."

트리브스 씨는 말을 끊고 변명하듯 덧붙였다.

"범죄학은 나의 취미가 되어 있어서요."

케이가 말했다.

"부디 계속해 주세요."

"나는 범죄 사건에 대해 꽤 광범위한 경험을 해왔지만, 진심으로 흥미를 느낄 수 있었던 것은 몇 안 됩니다. 대개의 살인범은 어이없을 만큼 형편없는 자들이어서 말할 가치조차 없지요. 그러나 한 가지 흥미로운 실례를 말씀드리겠습니다."

케이가 말했다.

"부탁해요, 나는 살인을 굉장히 좋아하거든요."

트리브스 씨는 분명 사려와 주의를 기울이면서 천천히 이야기하기 시작했다.

"그것은 어린아이에 관한 사건입니다. 그 아이의 나이와 성별은 말씀드리지 않겠습니다.

두 아이가 화살을 가지고 놀고 있었습니다. 그런데 한 아이가 다른 아이의 급소를 화살로 쏘아 그만 그 애가 죽어 버리고 말았지요, 검시 법정이 열렸으나, 쏜 아이는 완전히 머리가 돌아 버렸지요. 그래서 그 사건은 많은 동정을 받게 되어 이 불행한 하수인에게 동정이 쏟아졌던 겁니다."

트리브스 씨는 입을 다물었다.

테드 라티머가 물었다.

"그것뿐입니까?"

"그렇습니다. 실로 유감스러운 과실이었지요. 그런데 아시겠습니까, 이 이야기에는 다른 면이 있었던 겁니다. 어느 농부가 그 과실 치사가 일어나기 전 가까운 숲속 오솔길을 지나가다가, 좁은 개간지에서 그 애가 활쏘는 연습을 하고 있는 걸 보았었지요."

그는 말을 그쳤다. 그가 말하는 바를 더욱 깊이 이해시키기 위해서.

메리 앨딘이 말했다.

"그렇다면 그것은 과실이 아니라 고의적이었다는 건가요?"

"그것은 잘 모르겠습니다. 아니, 알 수 없는 일이지요. 그러나 검시 법정에서 그 애는 활쏘는 것이 서툴러 난폭한 방법으로 쏘았다고 진술했지요."

"그럼, 고의적인 것은 아니었군요."

"그 애의 사건에서는 틀림없이 그렇다는 결론이 나왔었습니다."

오드리가 숨을 삼키며 물었다.

"그 농부는 어떻게 되었지요?"

"아무 일도 없었습니다. 그가 잘했는지 어떤지는 나도 모릅니다. 위험한 건 그 애 장래입니다. 농부는 상대방이 어린아이니까 선의로 해석해 주려고 생각했겠지요."

오드리가 말했다.

"그러나 당신 자신은 사건을 꿰뚫어 보셨겠지요?"

트리브스 씨는 무거운 목소리로 말했다.

"나 개인으로서는 실로 교묘한 살인이라고 생각합니다. 한 어린아이에 의해 처음부터 면밀히 계획 실천된 살인이지요."

테드 라티머가 물었다.

"그 이유가 뭡니까?"

"네, 뚜렷한 동기가 있었습니다. 용서없이 말한다면 어린아이다운 심술이겠지요. 증오심이 부채질한 겁니다. 어린아이의 미움이란 곧……."

메리가 외쳤다.

"하지만 용의주도하게 계획을 세우다니!"

트리브스 씨는 고개를 끄덕였다.

"그렇습니다, 그런 생각을 가지시면 안 됩니다. 마음속에 살의를 품고 날마다 비밀리에 연습을 하여 마침내 해치운다. 난폭한 활솜씨, 파국 그리고 슬픔과 절망을 꾸며 보이는 일까지도 해치운 어린아이. 이것은 정말 믿을 수 없는 일입니다. 법정에서도 믿지 못했을 겁니다."

케이가 호기심에 못 이겨 물어 보았다.

"그 애는 어떻게 됐지요?"

"틀림없이 이름을 바꿨으리라고 여겨집니다. 검시 법정에서 이름이 널리 알려져 버렸거든요. 그 애도 이제 성인이 되어 있을 겁니다. 이 세상 어디에선가. 문제는 지금도 살인할 마음을 가지고 있는지 어떤지 하는 겁니다."

그는 심각한 어조로 덧붙였다.

"얼굴을 보면 나는 알 수 있습니다."

로이드가 가로막았다.

"설마 그런 일이……."

"아니, 정말입니다. 그 아이에게는 좀 육체적인 특징이 있으니까요. 자, 그 이야기는 이제 그만둡시다. 그리 기분좋은 이야기가 아니니까요. 이제 정말로 돌아가 봐야겠습니다."

그는 일어났다. 메리가 말했다.

"가시기 전에 뭘 드시지 않겠어요?"

술은 방 끄트머리 식탁 위에 있었다. 식탁 가까이 앉은 토머스 로이드가 벌떡 일어나 위스키 마개를 열었다.

"위스키 소다로 하실까요, 트리브스 씨? 라티머, 당신은?"

네빌이 낮은 목소리로 오드리에게 말했다.

"정말 좋은 밤이오. 잠시 밖으로 나가지 않겠소?"

오드리는 창가에 서서 달빛에 비춰진 테라스를 바라보고 있었다. 네빌은 그 옆을 지나 밖으로 나가 그녀를 기다렸다. 그녀는 고개를 저었다.

"나는 피곤해요. 그만 자고 싶어요."

그녀는 방에서 나갔다. 케이가 크게 하품했다.

"나도 졸려요. 메리, 당신은?"

"네, 나도 졸려요. 안녕히 주무세요, 트리브스 씨. 토머스, 트리브스 씨를 바래다 드리세요."

"안녕히 주무십시오, 미스 앨딘, 스트렌지 부인."

케이가 말했다.

"내일 점심 식사하러 가겠어요. 테드, 내일도 오늘처럼 무더우면 수영해요."

"아, 당신을 찾고 있었소. 잘 자요, 메리 앨딘."

두 여자는 방에서 나갔다.

테드 라티머는 기분좋은 듯 말했다.

"함께 가시지요. 나는 나루터까지 가므로 호텔 앞을 지나게 됩니

다."

"정말 고맙소, 라티머 씨. 바래다 주다니, 이거 좀 미안하군요."

트리브스 씨는 돌아가려는 듯 보이기는 했지만 그리 서두르지 않았다. 천천히 즐겁게 술을 마시면서 토머스 로이드로부터 말레이시아의 생활 이야기를 듣는 데 열중해 있었다.

로이드의 대답은 "네"와 "아니오"의 연속이었다. 그로부터 일상생활 이야기를 꺼내게 하는 것조차 마치 국가의 기밀을 알아내려는 것만큼 힘들었다.

테드 라티머는 안절부절못하고 있었다. 완전히 싫증나서 빨리 돌아가고 싶은 듯했다.

그는 갑자기 입을 열었다.

"아, 깜박 잊고 있었군. 케이가 가지고 싶어하는 레코드를 가져왔었는데. 홀에 두었으니까 가져오지요. 내일 케이에게 이 말을 전해 주십시오, 로이드 씨."

로이드는 고개를 끄덕였다. 테드는 방에서 나갔다.

트리브스 씨가 말했다.

"저 젊은이는 조금도 차분한 데가 없군요."

로이드는 다만 코웃음을 쳤을 뿐이었다.

"분명 스트렌지 부인의 친구라고 했지요?"

"네, 케이 스트렌지의 친구입니다."

트리브스 씨는 미소지었다.

"그렇습니다, 나도 그런 뜻으로 말한 겁니다. 첫번째 스트렌지 부인의 친구가 될 사람은 못되니까요."

로이드가 힘주어 말했다.

"네, 그렇습니다."

그리고 그는 상대방의 날카로운 눈길에 좀 얼굴을 붉히며 더듬더듬 말을 이었다.

"저, 즉 내가 말하는 것은……."

"아, 당신이 말하려는 바는 잘 알고 있습니다, 로이드 씨. 당신 자신이 그 오드리 스트렌지의 친구라고 말하려는 거지요?"

토머스 로이드는 담배 쌈지에서 천천히 담배를 꺼내 파이프에 담았다. 그는 자기 손을 내려다보며 중얼거리듯 말했다.

"그, 그렇습니다. 함께 자라 온 사이니까요."

"그분은 정말 귀여운 아가씨였겠지요?"

토머스 로이드는 다만 입 속으로 뭐라고 중얼거렸을 뿐이었다.

"한 집안에 스트렌지 부인이 둘이라서 좀 성가스럽겠군요."

"네, 그렇습니다, 약간은."

"첫번째 스트렌지 부인의 입장이 아주 난처하겠군요."

토머스 로이드는 얼굴이 빨개졌다.

"굉장히 난처하지요."

트리브스 씨는 몸을 앞으로 내밀었다. 그리고 날카롭게 질문의 화살을 던졌다.

"그 부인은 왜 이곳에 왔을까요, 로이드 씨?"

"글쎄요, 나는……그녀가 거절하고 싶지 않았을 거라고 생각합니다."

그의 목소리는 똑똑하게 들리지 않았다.

"대체 누구에게?"

로이드는 멋쩍은 듯 몸을 움직거렸다.

"저, 실은 그녀는 해마다 9월 초순에 이곳에 오게 되어 있는 것으로 나는 알고 있습니다."

"트레실리언 부인이 네빌과 새 아내를 동시에 초대하셨단 말입니까?"

노인의 목소리는 소극적이기는 하나 믿을 수 없다는 듯한 느낌이 뚜렷했다.

"그건 네빌 자신이 부탁했을 거라고 생각합니다."

"그렇다면 네빌 쪽에서, 즉 재회를 바라고 있었다는 겁니까?"

로이드는 망설였다. 그리고 상대방의 눈길을 피하며 대답했다.

"그렇다고 생각합니다."

"그건 이상하군요."

토머스 로이드가 저도 모르게 지껄였다.

"정말 바보스럽지요."

"누구나 다 귀찮게 되어 버렸다고 여기고 있을 겁니다."

로이드가 애매하게 대답했다.

"네. 하지만 요즘은 모두들 이런 일만 하고 있지요."

"나는 누군가 제3자의 생각이 아닐까 여기는데요?"

로이드가 눈을 크게 떴다.

"그게 대체 누구지요?"

트리브스 씨는 한숨을 쉬었다.

"세상에는 정말 온갖 일에 참견하기를 좋아하는 사람이 있지요. 언제나 남의 생활을 자기 편한 대로 고치고 싶어서 일부러 사이를 나쁘게 만들려고 부추기기도 하고……."

그때 프랑스식 창문으로 네빌 스트렌지가 들어왔으므로 트리브스 씨는 입을 다물었다. 그와 동시에 테드 라티머가 홀에서 돌아왔다.

네빌이 물었다.

"테드, 거기서 뭘 하고 있었소?"

"케이가 가져다 달라고 부탁한 레코드입니다."

"그렇소? 나에게는 아무 말도 않던데."

한순간 두 사람 사이에 무거운 침묵이 흘렀지만, 이윽고 네빌이 술이 놓여 있는 쪽으로 걸어가 스스로 위스키 소다를 만들었다. 그의 얼굴은 흥분되고 어쩐지 비참한 듯한 느낌이었다. 그는 깊이 한숨을 내쉬었다.

트리브스 씨가 소문에 듣기로는 '네빌 스트렌지만큼 행복한 사람은 없다. 그는 바라는 것은 무엇 하나 빠짐없이 가지고 있다'고 했지만, 지금 이 순간에는 아무래도 그를 일컬어 행복한 사나이라고 할 수 없을 것 같았다.

토머스 로이드는 네빌이 다시 돌아왔으므로 손님들의 접대는 다 끝났다고 생각하는 것 같았다. 그는 인사도 하지 않고 방에서 나갔는데, 그 걸음이 무척 빨라 마치 달아나는 듯했다.

트리브스 씨는 글라스를 내려놓으며 공손히 말했다.

"정말 즐거운 밤이었습니다. 아주 유익했습니다."

네빌이 한쪽 눈썹을 치켜 올리며 되물었다.

"유익했다고요?"

테드가 활짝 웃으며 말했다.

"말레이시아에 대한 이야기겠지요. 말수적은 토머스로부터 이야기를 듣는다는 건 굉장히 힘드는 일이니까요."

네빌이 말했다.

"정말 이상합니다, 저 로이드는. 언제나 저렇지요. 낡은 파이프를 물고 이야기를 들으면서 그저 '음'이니 '흠'이라고만 대답할 뿐입니다. 마치 올빼미 같은 슬기로움이 있다고 느껴집니다."

트리브스 씨가 말했다.

"아니, 그래도 아주 생각이 깊은 사람 같더군요. 이제는 정말로 가봐야겠습니다."

네빌이 두 사람을 홀로 배웅하며 말했다.

"며칠 뒤 또 트레실리언 부인을 만나 드리십시오. 덕분에 아주 기뻐하고 계십니다. 지금까지는 세상과 거의 교제가 없었다고 해도 지나친 말이 아니니까요. 굉장한 분이시지요 ? "

"네, 정말 이야기하기를 좋아하시는 분이더군요. "

트리브스 씨는 조용히 외투와 머플러를 두르고 다시 한 번 인사한 다음 테드 라티머와 함께 밖으로 나갔다.

밸모럴 코트는 길을 한 번 구부러져 1백 미터쯤 떨어진 곳에 있었다. 그 건물은 가까이하기 어려운 웅장한 모습을 희미하게 떠올린 채 넓은 시골 자동차길의 막다른 곳에 서 있었다.

테드 라티머가 가려는 나루터는 거기서 2, 3백 미터쯤 떨어진 강폭이 가장 좁은 곳에 있었다.

트리브스 씨는 밸모럴 코트 현관에서 손을 내밀었다.

"잘 가시오, 라티머. 당신은 이곳에 오래 있을 생각이오 ? "

테드는 흰 이를 드러내 보이며 미소지었다.

"확실하지 않습니다, 트리브스 씨. 하지만 아직 심심하지는 않으니까요. "

"그렇소, 바로 그 점이오. 요즘 젊은 사람들 거의가 다 그런 듯한데, 심심한 것이 무엇보다도 두려운가 보더군요. 하지만 나로서는 더욱 나쁜 것이 있다고 여기오. "

"무엇이지요 ? "

테드 라티머의 목소리는 부드럽고 밝았지만, 그 밑바닥에 뭔가 확실치 않은 것이 흐르고 있었다.

"아, 그건 당신 상상에 맡기겠소. 나는 당신에게 충고할 자격이 없으니까. 나 같은 노인의 참견을 코웃음쳐도 상관없소. 그러나 솔직히 말하면, 누가 그런 것을 알 수 있겠소 ?

우리 같은 노인은 거북 껍질보다 뭐라는 속담대로, 경험이 무엇이든지 가르쳐 준다고 여기기 쉽지요. 왜냐하면 이제까지의 생애

동안 그야말로 여러 가지 일을 내 눈으로 보아 왔기 때문이오."

구름이 달을 가렸다. 길은 완전히 어두워졌다. 어둠 속에서 사람 그림자가 하나 두 사람 쪽으로 언덕을 올라 다가왔다.

토머스 로이드였다.

"나루터까지 산책하고 왔습니다."

파이프를 물고 있어 그의 말은 뚜렷하지 않았다. 그는 트리브스 씨에게 물었다.

"여기가 당신의 숙소입니까? 잠겨서 못 들어가시는 건 아니겠지요?"

"아니, 괜찮을 겁니다."

트리브스 씨가 커다란 진주 손잡이를 돌리자 문이 열렸다. 로이드가 말했다.

"무사히 안으로 들어가실 때까지 바래다 드리지요."

세 사람은 홀로 들어갔다. 전등이 하나밖에 켜져 있지 않으므로 좀 어두웠다. 사람 그림자 하나 없고 저녁 식사 음식 냄새며 먼지가 잔뜩 낀 비로드, 반짝반짝하게 잘 닦인 훌륭한 가구 냄새가 코를 찔렀다.

갑자기 트리브스 씨가 당혹한 듯한 외침을 질렀다.

엘리베이터 앞에 푯말이 서 있었던 것이다.


　　운행 중지


"아니 이거 야단났군. 방까지 걸어 올라가야 하다니."

로이드가 말했다.

"정말 큰일이로군요. 달리 화물용 엘리베이터 같은 것은 없습니까?"

"아, 그런 것도 없습니다. 이 엘리베이터 하나로 모든 일을 하고 있으니까요. 괜찮습니다, 천천히 걸어 올라가면 염려없을 겁니다. 그럼, 잘들 쉬시오."

그는 천천히 넓은 층계를 올라갔다. 로이드와 라티머는 그에게 안녕히 주무시라는 인사를 하고 나서 어두운 큰길로 나왔다.

한순간 대화가 끊어졌으나 로이드가 불쑥 말했다.

"그럼, 잘 가시오."

"안녕히, 내일 또 만납시다."

"그러지요."

테드 라티머는 발걸음도 가볍게 나루터 쪽으로 언덕을 내려갔다. 토머스 로이드는 잠시 그 뒷모습을 지켜 보고 있더니 이윽고 갤즈포인트 쪽으로 향하는 반대편 길을 천천히 걸어갔다.

달이 구름 속에서 얼굴을 내밀어 솔트크리크는 다시금 은빛을 담뿍 받고 있었다.


## 7

메리 앨딘이 중얼거렸다.

"꼭 여름 같아요."

그녀와 오드리는 장대한 이스터헤드 베이 호텔 바로 아래의 모래톱에 앉아 있었다. 오드리는 하얀 수영복을 입고 있었는데, 상아로 만든 작고 섬세한 조각상 같아 보였다. 메리는 수영을 하지 않았다.

두 사람으로부터 조금 떨어진 곳에 케이가 햇빛에 그을린 몸과 등을 태양 쪽으로 향하고 엎드려 있었다.

케이가 화난 듯 말했다.

"아, 왜 이렇게 물이 차갑지요."

메리가 대답했다.

"아무래도 9월이니까요."

케이는 불평스럽게 말했다.

"영국에서는 언제나 차가워요. 남프랑스였다면 좋았을 텐데. 거긴 정말 더워요."

그 저쪽에서 테드 라티머가 나직한 목소리로 말했다.

"이곳의 태양은 진짜가 아닙니다."

메리가 물었다.

"당신은 수영 안 하세요, 라티머 씨?"

케이가 웃으며 말했다.

"테드는 결코 물 속에 들어가지 않아요. 도마뱀같이 햇빛만 쬔답니다."

케이는 손을 뻗어 그를 꼬집었다. 라티머는 펄쩍 뛰었다.

"이리 오오, 케이. 산책이나 합시다. 어, 추워."

두 사람은 바닷가를 따라 걸어갔다.

두 사람의 모습을 지켜 보며 메리 앨딘이 말했다.

"도마뱀 같다니, 좀 지나친 비유로 생각되지 않아요?"

오드리가 말했다.

"당신은 그 사람을 그렇게 생각하지요?"

메리 앨딘이 눈살을 찌푸렸다.

"별로. 도마뱀은 점잖은 데가 있어요. 하지만 그는 점잖지 못해요."

"그래요, 나도 그렇게 생각해요."

메리는 멀어져 가는 두 사람을 바라보았다.

"저 두 사람 정말 어울리지요? 아주 어울리는 한 쌍이에요."

"그래요."

"저 두 사람은 같은 것을 공통적으로 좋아하고 사고방식이 같으며 말투까지도 비슷해요. 그런데 한 가지 유감스러운 일은……."

갑자기 메리는 입을 다물었다.

오드리가 날카롭게 되물었다.

"유감스러운 일이라니요?"

메리는 천천히 말했다.

"애초 네빌과 그녀가 만났다는 것, 그게 유감스럽다고요."

오드리는 자세를 고쳐 앉았다. 메리가 '오드리의 얼음 같은 표정'이라고 부르는 것이 지금 그녀의 얼굴에 떠올랐다.

메리는 당황하며 말했다.

"미안해요, 오드리. 이런 이야기는 하지 않는 건데."

"나에게 그런 이야기는 하지 않았으면 좋겠어요."

"정말 그래요. 나는 바보예요. 저, 용서해 주겠지요?"

오드리는 천천히 머리를 돌렸다. 그리고 조용하고 거의 무표정한 얼굴로 말했다.

"용서할 것도 없어요. 나는 그런 일에 그리 마음쓰지 않아요. 오직 케이와 네빌이 행복하게 살아 주기를 바라고 있을 뿐이에요."

"당신은 정말 훌륭해요, 오드리."

"그런 말 하지 마세요. 다만 아무리 옳은 일이라도 나는 지나간 일들을 끈질기게 물고늘어져 봐야 아무 소용없다고 생각해요. '이렇게 되어 가엾다!'느니 하는 말 말예요.

이제 다 끝나 버린 일이에요. 어째서 또 그런 이야기를 꺼내는 거지요? 이제는 저마다 가야 할 길을 걸어가야만 하는 거예요."

"내 생각으론 케이나 테드 같은 사람들이 왜 우리 기분을 망치냐 하면, 지금까지 우리가 만났던 사람들과 너무도 거리가 멀기 때문인 듯해요."

"그래요, 나도 그렇게 생각해요."

메리는 갑자기 목소리에 비참한 울림을 띠며 말했다.

"당신만 하더라도 나로서는 상상조차 할 수 없는 생활이며 경험을 해왔어요. 당신이 불행했다는, 너무나 불행했었다는 것은 잘 알고 있어요. 하지만 그래도 괜찮다고 생각해요. 아무것도 없는 허무한 인생보다는 말이에요!"

마지막 말에 그녀는 아주 힘을 주었다.

오드리의 큰 눈동자에 희미하게 놀라운 빛이 떠올랐다.

"나는 당신이 그렇게 여기고 있으리라고는 꿈에도 생각지 못했어요."

메리 앨딘은 당황한 듯 웃어 보였다.

"그래요? 뭐, 그저 하찮은 울분이 입 밖으로 나온 거예요. 그리 깊은 뜻이 있었던 것은 아니에요."

오드리는 천천히 말했다.

"당신도 그리 즐겁지는 않겠지요. 캐밀러와 함께 살면서. 하긴 그 분은 좋은 분이지만요. 마음대로 외출도 못하고, 책을 읽어 드리거나 하녀들을 감독하는 일뿐이니까요."

"나는 맛있는 음식을 먹고 좋은 집에서 살고 있어요. 이만한 것조차 못하는 여자들이 얼마나 많은데요. 게다가 오드리, 나는 정말 만족하고 있어요. 나에겐 나 혼자만의 재미가 있답니다."

문득 그녀의 입가에 미소가 떠올랐다. 오드리도 빙긋 웃어 보였다.

"비밀에 붙여야 할 재미인가요?"

메리는 말끝을 흐리듯 말했다.

"네, 나는 여러 가지 계획을 세우고 있거든요. 즉 마음속으로 여러 사람들의 일을 시험해 보는 것이 즐거움이에요. 내가 무슨 말인가 하여 나 자신이 생각한 대로의 반응이 일어나는가 어떤가 하는 일이지요."

"당신은 정말 잔혹하군요, 메리. 정말 이해하기 힘든 사람이에요!"

"어머나, 아무 해도 끼치지 않는 어린아이 장난 같은 것이에요."

"나를 시험해 본 일 있어요?"

"아니오, 당신뿐이에요. 도무지 갈피를 잡을 수 없는 이는. 즉 무슨 생각을 하고 있는지 도무지 짐작가지 않거든요."

오드리는 진지하게 말했다.

"그래요, 그럴지도 모르지요."

그녀가 몸을 떨었으므로 메리가 물었다.

"추워요?"

"네, 옷을 입고 오겠어요. 아무래도 9월이군요."

메리 앨딘은 물 위에 비치는 빛의 그림자를 바라보며 혼자 거기에 남아 있었다. 썰물이 빠져 나가는 곳이었다. 그녀는 눈을 감고 모래 위에 몸을 뻗었다.

오늘은 호텔에서 훌륭한 점심 식사를 했다. 철이 지났지만 호텔은 아직 몹시 붐볐다. 혼잡한 군중들, 아무래도 상관없다. 어쨌든 오늘 하루 외출한 것이다. 나날의 그 단조로움을 깨뜨린 것이다. 요즘의 갤즈포인트에 깃들여 있는 그 숨막히는 분위기로부터 빠져 나올 수 있어 기분 전환이 되었다.

오드리 때문이 아니야. 네빌이……

갑자기 메리의 명상이 깨어지고 말았다. 테드 라티머가 그녀 옆에 털썩 앉았기 때문이다.

메리가 물었다.

"케이와 뭘 하고 있었어요?"

테드는 아무렇게나 대답했다.

"법률상의 소유자에게 빼앗겼습니다."

그 말투에 그녀는 저도 모르게 일어나 앉았다. 그녀는 반짝이는 황금빛 모래톱 끄트머리에서 물가를 걷고 있는 네빌과 케이의 모습으로 눈길을 보냈다. 그리고 옆에 앉아 있는 테드 라티머를 흘끗 보았다.

그녀는 이 사나이를 무신경하고 정체를 알 수 없는 위험한 인물로 여기고 있었다. 그러나 지금 처음으로 상처받은 젊은 사나이의 모습을 보았던 것이다.

'이 사람은 케이를 사랑하고 있어, 진심으로. 그런데 네빌이 나타나 그녀를 빼앗아가 버린 거야⋯⋯.'

그녀는 부드럽게 말했다.

"여기 있어도 충분히 즐길 수 있을 거예요."

거의 형식적인 말이었다. 메리 앨딘은 형식적인 말 말고는 결코 입밖에 낸 적이 없었다. 그것이 그녀의 이야기 방식이었던 것이다. 그러나 그녀의 목소리에는——이것은 처음 있는 일이었는데——우정의 빛이 깃들여 있었다.

테드 라티머는 대답했다.

"아마 나는 어디로 가나 혼자 즐겨야만 할 겁니다."

"안됐군요."

"하지만 당신이 걱정할 건 없습니다. 네, 그렇고말고요. 나는 남이니까요. 남이 무엇을 생각하든 참견할 필요없지요."

메리는 이 비통한 표정을 짓고 있는 잘생긴 젊은이에게로 고개를 돌렸다.

그녀는 무엇인가를 발견한 듯 천천히 말했다.

"알겠어요. 당신은 우리가 싫은 거지요?"

그는 코웃음쳤다.

"좋아하고 있으리라 여겼습니까?"

그녀는 생각깊게 말했다.

"그래요, 내가 그렇게 생각하고 있었다는 것은 아시잖아요. 물론 당연한 일이라고 생각하는 사람도 있어요. 하지만 좀 더 겸손해야 해요. 정말 당신이 우리를 싫어하고 있다고는 생각지 못했어요. 우리는 당신을 환영했다고 생각하고 싶어요. 케이의 친구니까요."

그는 재빨리 독설을 퍼부어 메리의 말을 가로막았다.

"그렇지요, 케이의 친구로서 말이지요."

메리는 지지 않고 성실함을 담아 말했다.

"저, 말해 주세요. 당신은 진심으로 그렇게 생각하고 있나요? 왜 우리들이 싫은 거지요? 우리들이 뭘 어떻게 했는데요? 어디가 나쁜 거지요?"

테드 라티머는 내뱉듯 말했다.

"너무 잘난 척한단 말입니다!"

메리는 감정을 억누르고 오직 그 말의 뜻을 생각하며 되물었다.

"잘난 척한다고요!"

그리고 고개를 끄덕이며 말을 이었다.

"그래요, 확실히 그렇게 보일 거예요."

"그렇습니다. 당신들은 모든 일이 다 그렇습니다. 이 세상의 모든 좋은 것들만 태연한 얼굴로 가지고 있으며 속세를 떠나 새끼줄을 친 자그마한 다른 세계에서 행복과 특권에 젖어 있습니다. 마치 나 같은 사람은 밖에서 서성거리고 있는 짐승쯤으로밖에 여기지 않는 겁니다!"

"용서하세요."

"내 말이 틀렸나요, 그렇습니까?"

"아니오, 그렇지 않아요. 우리는 바보여서 상상력이 부족한지도 몰라요. 하지만 결코 악의는 없어요. 나 자신만 하더라도 감히 말씀드리지만 평범하고 천박한지도 몰라요. 그러나 인간다운 마음만은 가지고 있어요. 당신이 외로워 보여서 지금도 정말 안됐다고 여기고 있으며, 내 힘으로 할 수 있는 일이라면 무엇이든지 해주고 싶은 마음이에요."

"그렇습니까, 그러시다면 정말 친절하군요."

이야기가 끊어져 버렸다. 이윽고 메리가 부드럽게 물었다.

"당신은 줄곧 케이를 사랑하고 있었나요?"

"굉장히……."

"케이는?"

"그녀도 그렇다고 생각하고 있었지요. 네빌 스트렌지가 나타나기 전까지는."

"그럼, 지금도 여전히 사랑하고 있어요?"

"물론이지요."

잠시 잠자코 있다가 메리가 조용히 말했다.

"당신은 이곳을 떠나는 게 좋지 않을까요?"

"어째서요?"

"당신 스스로 자신을 더욱더 불행하게 만들 뿐이니까요."

그는 메리의 얼굴을 바라보더니 웃음을 터뜨렸다.

"당신은 정말 좋은 분이군요. 그러나 당신이 살고 있는 조그만 세계 밖을 헤매는 짐승에 대해서는 조금도 모릅니다. 아마 머지않아 여러 가지 일들이 일어날 겁니다."

메리가 날카롭게 물었다.

"대체 어떤 일인데요?"

그는 웃었다.

"글쎄, 구경만 하십시오."

## 8

옷을 갈아입고 난 다음 오드리는 바닷가를 따라 걸어가 불쑥 튀어 나온 바위 끝을 돌아 거기서 파이프 담배를 피우고 있는 토머스 로이 드와 마주쳤다. 그곳은 강 맞은편에 흰색으로 웅장하게 세워진 갤즈 포인트의 정면에 해당되는 곳이었다.

오드리가 가까이 다가가자 토머스는 이쪽으로 머리를 돌렸을 뿐 움 직이려 하지 않았다. 그녀도 잠자코 그 옆에 앉았다. 두 사람은 서로 잘 아는 동지다운 평온함으로 침묵을 지키고 있었다.

이윽고 오드리가 입을 열었다.

"바로 저기 보이는군요."

토머스는 갤즈포인트를 바라보았다.

"그래, 헤엄쳐 갈 수 있겠어."

"지금 상태로는 불가능해요. 언젠가 캐밀러가 부렸던 하녀 중에 수 영을 좋아하는 아가씨가 있었는데 언제든지 조류가 좋을 때면 헤엄 쳐서 오갔었지요. 하지만 그것도 간조(干潮)나 만조(滿潮) 때 이 야기고, 조류가 바다 쪽으로 흘러나갈 무렵에는 하구 쪽으로 떠내 려가 버리고 말아요.

그녀도 그만 그렇게 되고 말았어요. 다행히 정신차려 갤즈포인트 쪽으로 헤엄쳐 와 닿기는 했지만, 숨이 끊어지기 직전이었지요."

"하지만 이 언저리가 위험하다는 말은 없던데."

"이쪽이 아니예요. 조류는 저쪽이니까요. 저쪽 벼랑 아래는 깊어 요. 지난해 자살을 기도한 사람이 있었지요. 스터크 헤드에서 몸을 던졌는데 다행히 도중에 나무에 걸려 해안 감시원의 구조로 살아났 어요."

"가엾게도 그 사람은 그리 고맙게 여기지 않았을걸. 죽으려고 마음 먹었는데 다시 살아났대서야 말이 안 되지. 무시당한 셈이야."

오드리는 꿈꾸듯 말했다.

"하지만 지금쯤은 기뻐하고 있을 거예요."

그 사나이는 지금쯤 어디서 뭘 하고 있을까 문득 생각해 보았다.

토머스가 파이프를 털었다. 조금 머리를 돌리자 오드리의 얼굴이 눈에 들어왔다. 그는 강을 지켜 보며 뭔가 골똘히 생각에 잠긴 그녀의 진지한 표정을 보았다. 그녀 볼의 맑은 선 위에 자리잡은 긴 갈색 속눈썹, 작은 조개 껍질 같은 귀.

그것이 우연히 그로 하여금 어떤 일을 생각나게 했다.

"참, 그렇지, 나는 네 귀고리를 가지고 있어. 어젯밤 네가 잃어버린 거야."

그는 주머니를 뒤졌다. 오드리가 손을 내밀었다.

"어머나, 그래요? 어디서 찾았지요? 테라스?"

"아니, 층계 가까이에서. 저녁 식사하러 내려올 때 떨어뜨렸겠지. 식사 때 보니 귀고리가 없더군."

"찾아서 기뻐요."

그녀는 귀고리를 받았다. 토머스는 그녀의 귀여운 귀에 걸기에는 너무 크고 또 품질도 나쁘다고 생각했다. 오늘 달고 있는 귀고리도 너무 큰 것 같았다.

"수영할 때도 귀고리를 다니? 잃어버리면 난처하잖아?"

"괜찮아요, 값싼 것이니까. 이것 때문에 나는 언제나 귀고리를 달고 다니지요."

그녀는 왼쪽 귀를 만져 보았다. 토머스는 문득 생각이 났다.

"아, 그래, 그때 늙은 개 바운서가 물었었지."

오드리는 고개를 끄덕였다.

두 사람은 어린 시절의 회상에 잠겨 입을 다물었다. 오드리 스탠디슈——라는 이름이었다——는 다리가 가늘고 긴 아이였다. 그녀가 앞다리에 부상입은 늙은 개 바운서 앞에 얼굴을 내밀었기 때문에 호되게 물려 버렸던 것이다. 그래서 상처는 꿰매기까지 했으나 지금은 거의 흉터가 없어졌다. 다만 조그만 상처자국이 남아 있을 뿐이었다.

"상처가 그리 남아 있지 않은데 뭘 그리 신경쓰지?"

오드리는 좀 망설이며 진지한 표정으로 말했다.

"그건, 나는 아무리 작은 상처 하나라도 참을 수 없기 때문이에요."

토머스는 고개를 끄덕였다. 이것은 자기가 아는 오드리로서는 실로 있을 수 있는 일이었다. 어디까지나 그녀다운 완전주의자의 본능이다. 그녀 자신 정말 단 한 군데도 나무랄 데 없는 존재였다.

토머스가 불쑥 말했다.

"너는 케이보다 훨씬 아름다워."

그녀는 홱 돌아보았다.

"어머나, 그런 말씀을. 케이는, 케이는 정말 아름다워요."

"겉보기뿐이야. 속은 틀렸어."

오드리는 좀 재미있는 듯 물었다.

"그럼, 내 마음이 아름답다는 거예요?"

토머스는 다시 파이프에 담배를 담았다. 5분쯤 두 사람은 잠자코 있었으나, 그는 몇 번이나 오드리를 쳐다보았다. 살그머니 보았으므로 오드리는 알아차리지 못했지만.

이윽고 토머스가 조용히 물었다.

"어디가 나쁘지, 오드리?"

"나쁘다니요? 무슨 뜻이지요?"

"너의 어딘가에 뭔가가 있단 말이야."

"아니, 아무것도 없어요, 결코."

"아니, 있어."

그녀는 고개를 저었다.

"말해 주지 않겠니?"

"할말이 없어요."

"나는 바보인지도 몰라. 그러나 잠자코 있을 수가 없어. 오드리, 너는 잊을 수가 없니? 물에 흘려 보낼 수 없는 거냐?"

그녀는 그 작은 손을 떨며 바위를 긁었다.

"당신은 모르실 거예요. 알려고도 하지 않아요."

"하지만 오드리, 나는 뚜렷이 알고 있어. 알고 있단 말이야."

그녀는 의아스러운 표정으로 토머스를 보았다.

"나는 지금까지 네가 어떤 일들을 겪어 왔는지 다 알고 있어. 그리고 그것이 너에게 무엇을 의미했는지도."

그녀의 얼굴에서 핏기가 가셨다. 그리고 입술에서도.

"그렇군요. 나는 아무도 알아줄 수 없으리라 여기고 있었는데요."

"아니, 나는 알 수 있어. 굳이 그 이야기를 하고 싶지는 않아. 다만 너에게 말해 주고 싶은 것은, 이제 다 끝나 버린 일이라는 거야. 지난날의 일은 이미 끝나 버렸어."

그녀는 낮은 목소리로 말했다.

"지나가 버리지 않는 것도 있어요."

"알겠다, 오드리. 하지만 돌이켜봐야 아무 소용없는 일이잖니. 네가 지옥 같은 고민을 해온 것도 잘 알고 있어. 하지만 마음속으로 아무리 되풀이 말해 봐야 쓸데없는 일이지. 앞날을 바라봐야 해. 과거가 아닌.

너는 아직 젊어. 아직 인생은 길고 그 인생은 앞날에 있지. 어제 일로 고민하지 말고 내일 일을 생각해."

그녀는 눈을 크게 뜨고 토머스를 뚫어지게 바라보고 있었으나, 특별히 마음속을 이야기하지는 않았다.

"만일 나로서는 그것이 불가능하다면요?"

"하지만 그렇게 해야만 돼."

오드리는 부드럽게 말했다.

"당신은 이해할 수 없으리라 여기고 있었어요. 나, 나는 정상이 아니예요, 어떤 면에서는."

토머스는 거칠게 그녀의 말을 가로막았다.

"쓸데없는 소리! 너는……."

그는 말을 더듬었다.

"그리고 뭐지요?"

"너의 소녀 시절 일을 생각하고 있었어. 네빌과 결혼하기 전의 일. 왜 네빌과 결혼했지?"

"왜라니요? 그를 좋아했으니까요."

"아, 그건 알고 있어. 왜 그를 좋아하게 되었느냐 말이야. 네빌에게 어떤 매력이 있었지?"

그녀는 눈가에 주름을 만들었다. 마치 지나가 버린 그 소녀 시절의 눈으로 모든 것을 보려는 듯이.

"그가 굉장히 적극적이었기 때문이라고 여겨요. 나와는 정반대였거든요. 나는 늘 우울하고……조금도 분명한 데가 없었어요.

네빌은 정말 분명했어요. 행복 그 자체로 자신에 넘쳐 있었으며 모든 일에 있어 나에게 없는 것을 갖추고 있었지요."

그녀는 미소지으며 덧붙였다.

"게다가 아주 잘생겼잖아요."

"그렇지, 이상적인 영국인이야. 스포츠맨으로 온건하고 사나이다운 전형적인 남편감이지. 가지고 싶은 것은 무엇이든지 가질 수 있는……."

오드리는 몸을 돌려 상대를 지켜 보며 천천히 말했다.

"당신은 네빌을 미워하고 있지요? 그를 무척 미워하고 있어요, 그렇지요?"

토머스는 그녀의 눈길을 피해 꺼진 파이프에 불을 붙이려고 몸을 돌려 손으로 불을 가렸다.

그는 낮은 목소리로 말했다.

"그렇다 하더라도 그리 놀랄 건 없잖니? 그는 내게 없는 모든 것을 가지고 있어. 게임을 잘하고, 수영도, 댄스도 잘하며, 게다가 말솜씨도 좋지.

그런데 나는 입이 무겁고 손도 부자연스러운 불구자, 그는 언제나 성공에 빛나고 나는 늘 보기흉한 개 같았어. 그리고 그는 내가 마음속에 간직하고 있던 단 하나의 여자와 결혼해 버렸지."

그녀는 조금 숨을 헐떡였다.

그는 물어뜯듯이 말했다.

"너 자신도 이 일을 잘 알고 있었잖아! 그렇지? 15살 때부터 내가 그토록 너를 생각하고 있었다는 것을 알고 있지 않았어? 지금도 나는……"

그녀는 그 말을 막았다.

"아니에요, 지금은 그렇지 않아요."

"지금은 그렇지 않다고? 그게 무슨 뜻이지?"

오드리는 벌떡 일어났다.

"지금은 내가 달라져 버렸어요."

"달라지다니, 어떻게?"

그도 일어나서 그녀를 마주보았다.

오드리는 괴로운 듯 재빨리 말했다.

"당신이 모르신다면 나도 말할 수 없어요……나 자신도 확실치가 않아요……다만 확실한 것은……"

그녀는 갑자기 입을 다물더니 홱 돌아서서 바위를 따라 호텔 쪽으로 재빨리 걸어갔다.

벼랑 모퉁이를 돌아선 곳에서 그녀는 네빌과 마주쳤다. 그는 엎드려 바위 틈에 난 구멍을 들여다보고 있었다. 그는 얼굴을 들고 싱긋 웃었다.

"여, 오드리."

"어머나, 네빌."

"게를 보고 있소. 아주 재미있지. 저기 있소."

그녀는 무릎꿇고 앉아 네빌이 손짓하는 곳을 지켜 보았다.

"보이오?"

"네."

"담배 피우겠소?"

그녀가 한 대 뽑아 들자 네빌은 불을 붙여 주었다. 이윽고 자기 쪽을 보지 않는 그녀를 향해 그가 조심스럽게 말했다.

"저, 오드리."

"네."

"상관없을까, 우리들 사이 말이오만……."

"네, 물론이에요."

"즉 우리는 친구 사이라는 것 말이오."

"그래요, 물론 그렇지요."

"나는 정말로 당신과 친구처럼 지내고 싶소."

그는 걱정스럽게 그녀를 보았다. 그녀는 조심스럽게 미소지어 보였다.

네빌이 말을 이었다.

"유쾌한 날이었지? 날씨도 좋았고, 모든 것이 다……."

"네, 그래요."

"9월치고는 좀 더운 것 같군."

침묵.

"오드리……."

그녀는 일어났다.

"부인이 기다릴 거예요."

"누구? 아, 케이?"

"나는 부인이라고 말했어요."

그도 일어나서 그녀를 지켜 보았다. 그리고 속삭이는 듯한 목소리로 말했다.

"당신은 나의 아내였소, 오드리……."

그녀는 홱 돌아서서 저쪽으로 가버렸다.

네빌은 바닷가 쪽으로 뛰어내려가 케이와 만나기 위해 모래밭을 걸어갔다.


9

모두들이 갤즈포인트로 돌아오자 허스틀이 홀에 와서 메리에게 말했다.

"곧 마님께 가보셔야겠습니다. 몹시 흥분해 계시며 돌아오는대로 곧 만나고 싶다고 하셨습니다."

메리는 재빨리 위층으로 달려갔다. 트레실리언 부인은 새파랗게 질려 떨고 있었다.

"메리, 잘 돌아와 주었어. 나 맥이 빠지고 말았어. 가엾게도 트리브스 씨가 돌아가셨다는 거야."

"어머나, 돌아가시다니요?"

"그렇다니까, 정말 무섭잖아? 너무 갑작스러워. 어젯밤 옷도 벗지 못하고 그대로 죽었을 거야. 돌아가자마자 쓰러지신 거야."

"어머나, 그럴 수가. 정말 안됐어요."

"물론 그분이 몸이 약하다는 것은 누구나 다 알고 있지. 심장이 나빴으니까. 하지만 여기 와 계셨을 때 건강을 해치는 일은 없었을 텐데. 저녁 식사에 뭔가 소화가 잘 안 되는 음식은 없었겠지?"

"설마……그런 말씀은 하지 마세요. 아주 건강하시고 기분좋으셨는걸요."

"난 정말로 맥이 빠졌어, 메리. 밸모럴 코트에 가서 로저스 부인에게 자세한 일을 알아보고 오겠어? 우리가 도울 수 있는 일이 있는지, 그리고 장례식에 대한 것도. 매슈를 생각해서라도 그분에게 되도록 무슨 일이든 해드리고 싶어. 그런 일들은 호텔에서 잘할 수 없을 테니까."

"캐밀러, 그렇게 걱정하시면 안 돼요. 아무튼 당신에게는 큰 충격이지만 말예요."

"아, 그렇고말고."

"곧 밸모럴 코트로 달려가 형편을 알아보고 오겠어요."

"수고해 줘. 너는 언제나 눈치가 빠르고 도움이 돼."

"부디 마음을 가라앉히세요. 이런 충격은 좋지 않으니까요."

메리 앨딘은 방에서 나가 아래층으로 내려갔다. 그리고 응접실로 들어가자마자 큰소리로 말했다.

"트리브스 씨가 세상을 떠나셨대요. 어젯밤 숙소에 도착하시자마자 말예요."

네빌이 소리쳤다.

"가엾게도! 대체 어떻게 된 일이지요?"

"역시 심장이겠지요. 돌아가시자마자 곧 쓰러지셨다니까요."

토머스 로이드가 골똘히 생각하며 말했다.

"그 층계가 나빴던 것일까?"

메리가 의아한 듯 물었다.

"층계라니요?"

"라티머와 내가 인사할 때 그분은 층계를 오르기 시작했었지요. 천천히 올라가시라고 말씀드렸었는데."

"하지만 엘리베이터를 안 타시다니!"

"엘리베이터는 운행 중지중이었거든요!"

"어머나, 그랬군요. 운이 나빴던 거예요. 가엾게도. 나는 거기에 갔다 오겠어요. 캐밀러가 뭔가 도와드릴 일이 있는지 알아보고 오라고 하셨거든요."

토머스가 말했다.

"나도 가겠습니다."

두 사람은 함께 큰길로 나와 밸모럴 코트 쪽 길로 구부러들었다.

"그분의 죽음을 알릴 친척들이 있는지 모르겠군요."

"그런 말씀은 그리 안 하시더군요."

"여느 사람들이라면 뭐라고든 이야기할 텐데요. '내 조카'라든지 '우리 집 사촌'이라든지 하고."

"그분은 결혼했습니까?"

"그렇지 않을 거예요."

두 사람은 밸모럴 코트의 열려 있는 문을 지나 안으로 들어갔다.

주인인 로저스 부인이 키큰 중년 남자와 이야기하고 있었다. 그 사나이는 메리를 향해 정답게 한손을 들어 보였다.

"안녕하시오, 미스 앨딘."

"안녕하세요, 러전비 씨. 이분은 로이드 씨예요. 트레실리언 부인이 뭔가 해드릴 일이 있는지 알아보라고 하셔서 찾아왔어요."

로저스 부인이 말했다.

"정말 친절하시군요. 자, 내 방으로 들어가요."

그들은 작고 기분좋은 거실로 안내되었다. 러전비 박사가 입을 열었다.

"트리브스 씨는 어젯밤 당신 집에서 저녁 식사를 하셨지요?"

"네."

"어땠습니까? 어디 아픈 데는 없었습니까?"

"네, 아주 건강하고 즐거운 듯했어요."

의사는 고개를 끄덕였다.

"난처하게도 이런 심장병의 경우는 대개 굉장히 갑작스럽게 오는 법이지요. 위층에서 그분의 처방을 봤는데, 굉장히 위험한 건강 상태였던 것 같습니다. 물론 런던의 주치의와 연락을 취할 겁니다."

로저스 부인이 말했다.

"언제나 스스로 아주 주의하고 계셨어요. 우리들도 가능한 한 뒷바라지를 해드렸습니다만."

의사가 말했다.

"물론 그러셨겠지요, 부인. 뭔가 약간의 긴장이 가해진 것은 의심할 나위가 없습니다."

메리가 입을 열었다.

"층계를 걸어 올라가신 것 말이에요?"

"네, 그런 일도 생각할 수 있겠지요. 아니, 실제로 무엇보다도 그런 일 때문일 겁니다. 층계를 한꺼번에 세 개씩이나 올라가게 된다면, 아니, 그분은 결코 그런 일을 하지 않았을 겁니다."

로저스 부인이 말했다.

"그럼요, 그분은 언제나 엘리베이터를 사용하시며 굉장히 조심스럽게 행동하셨거든요."

메리가 입을 열었다.

"저, 어젯밤에는 엘리베이터가 고장났는지……."

로저스 부인은 눈을 동그랗게 뜨고 그녀를 쳐다보았다.

"아니, 엘리베이터는 어제 하루 종일 한 번도 쉰 적이 없어요, 미스 앨딘."

토머스 로이드가 헛기침을 했다.

"실례입니다만 어젯밤 내가 트리브스 씨를 여기까지 바래다 드렸는데, 엘리베이터 앞에 '운행 중지'라는 푯말이 서 있었습니다."

또다시 로저스 부인의 눈이 동그래졌다.

"그거 참 이상하군요. 나는 엘리베이터에는 아무런 고장도 없었다고 말씀드렸어요. 정말로 그랬어요. 엘리베이터는, 그래요, 열여덟 달 동안 한 번도 고장이 없었어요. 그것은 절대로 확실해요."

의사가 입을 열었다.

"그렇다면 짐꾼이나 호텔 급사가 비번이어서 그렇게 해두었는지도 모르지요."

"아니에요, 자동 엘리베이터인걸요, 러전비 씨. 운전할 사람은 필요없어요."

"아참, 그렇지. 잊고 있었습니다."

"조에게 물어 봐요. 조! 조!"

러전비 박사는 이해할 수 없다는 표정으로 토머스를 쳐다보았다.

"실례입니다만, 정말로 그랬습니까? 저……."

메리가 말했다.

"로이드 씨예요."

토머스가 대답했다.

"정말입니다."

로저스 부인이 짐꾼을 데리고 돌아왔다. 조는 어젯밤 엘리베이터는 아무 고장도 없었다고 잘라 말했다. 토머스가 말한 것 같은 푯말이 있는 것은 사실이었지만, 그것은 책상 밑에 처박아 둔 채 1년이 넘도록 꺼낸 적 없다는 것이었다.

모두들 서로 얼굴을 마주보며 정말 기괴한 일이라고 떠들어댔다. 의사는 '호텔의 손님이 장난하려 했던 게 아닐까'라고 말했다.

메리의 물음에 대해 러전비 의사는 트리브스 씨의 운전수로부터 변호사 사무소 주소를 알아내 그들과 연락을 취하고 있으며, 트레실리언 부인과도 만나 장례식에 대해 의논하고 싶다는 것 등을 이야기했다.

그리고 나서 이 부산스럽고 쾌활한 의사는 돌아갔으며, 메리와 토머스는 갤즈포인트 쪽으로 천천히 걸어갔다.

"그 푯말을 봤다는 건 정말 확실한 거지요, 토머스?"

"나뿐 아니라 라티머도 보았습니다."

"정말 이상한 일이네요."

## 10

9월 12일이었다.

"이제 이틀 남았군요."

메리는 입술을 깨물며 얼굴을 붉혔다.

토머스 로이드는 뚫어지게 그녀의 얼굴을 보았다.

"왜 그러지요?"

"왜 그런지 나도 모르겠어요. '손님들이 빨리 돌아갔으면' 하고 생각해 본 적은 한 번도 없었어요. 언제나 네빌이 찾아오면 기쁘고, 그리고 오드리도……."

토머스는 고개를 끄덕였다. 메리는 말을 이었다.

"그러나 이번만은 다이너마이트 위에 올라앉은 기분이에요. 언제 폭발할지 모르는. 그래서 오늘 아침에는 혼잣말을 했어요. '이제 이틀밖에 안 남았어'라고요. 오드리는 수요일에, 네빌과 케이는 목요일에 돌아갈 거예요."

"그리고 나는 금요일에 돌아갑니다."

"어머나, 당신은 달라요. 당신은 의지가 되는걸요. 당신이 안 계시면 어떻게 해야 좋을지 나는 정말 모를 거예요."

"사람이 좋아서?"

"그뿐만이 아니예요. 당신은 아주 친절하고 차분하시니까요. 좀 이상하게 들릴지 모르지만, 내가 생각하고 있는 것을 솔직히 말한 거예요."

토머스는 좀 난처한 듯했으나 그래도 기쁜 듯이 보였다.

"어째서 우리는 이렇게 들떠 있는 걸까요. 어떻든 만일 폭발이 일어난다면 큰 소동이 벌어지게 되고 그것으로 모든 일이 끝나 버릴 텐데요."

"하지만 메리, 당신이 이런 생각을 하게 된 데에는 더욱 깊은 뜻이 있겠지요?"

"네, 있어요. 아주 불안스러운 기분이. 하인들까지 그렇게 느끼고 있는걸요. 부엌 하녀는 오늘 아침 갑자기 울음을 터뜨리며 집으로 돌아가겠다고 하지 뭐예요. 뚜렷한 이유도 없이.

요리사는 겁먹어 떨고 있고, 허스틀도 줄곧 초조해 하고 있어요. 여느 때는 군함같이 끄떡하지 않던 저 밸릿조차도 신경이 날카로운 것 같아요. 이것은 모두 네빌이 두 부인을 사이좋게 만들어 자기 양심의 가책을 덜어 보려는 어리석은 생각을 했기 때문이에요."

"그 빈틈없는 생각도 실패한 것 같지 않습니까?"

"그래요, 케이는 완전히 정신나간 사람처럼 되어 버렸어요. 솔직히 말해서 나도 케이를 동정하지 않을 수 없어요."

메리는 잠깐 말을 끊었다가 다시 이었다.

"어젯밤 오드리가 층계를 올라갈 때의 네빌의 모습을 보셨지요?

네빌은 지금까지도 오드리를 생각하고 있는 거예요, 토머스. 처음부터 끝까지 비극적인 실수였어요."

토머스는 파이프에 담배를 담기 시작했다. 그리고 거친 목소리로 말했다.

"그런 일은 처음부터 생각했어야 했습니다."

"그야 그렇겠지요. 누구나 그렇게 말해요. 하지만 그렇다고해서 이 비극적인 일을 바꾸어 놓을 수는 없어요. 나는 네빌이 가엾어 못 견디겠어요."

"네빌 같은 사람은……."

토머스는 입을 다물었다.

"네?"

"네빌 같은 사람은, 무엇이든 자기 생각대로 갖고 싶은 것은 다 가질 수 있다고 여기고 있죠. 네빌은 이번의 오드리 일이 있기 전까지는 무엇 하나 인생에 실패한 적이 없었잖습니까. 그러나 그도 이번에는 실수했지요.

그는 이제 오드리를 손에 넣을 수 없을 겁니다. 그녀는 그의 손이 미치지 않는 곳에 있으니까요. 무슨 수를 써봐야 아무 소용없지요. 그저 손가락이나 물고 있어야 할 겁니다."

"당신 말씀에도 일리가 있다고 생각해요. 그러나 그렇게 말씀하시는 건 좀 지나쳐요. 오드리는 결혼할 무렵에는 네빌을 굉장히 사랑하고 있었거든요. 그리고 두 사람 다 잘해 나갔지요."

"하지만 오드리는 이제 그를 사랑하고 있지 않습니다."

메리는 입 속으로 나직이 중얼거렸다.

"글쎄요……."

"그리고 또 한 가지 이야기할 게 있습니다. 네빌은 케이를 조심해야 했습니다. 케이는 위험한 여자입니다. 아주 위험합니다. 한번 화나면 어떤 짓을 저지를지 모르는 여자니까요. ”

“어머나……. ”

그녀는 한숨을 쉬고 나서 아까 한 말을 기도하듯 되뇌었다.

“하지만 이제 이틀밖에 남지 않았어요. ”

지난 4, 5일 동안은 사태가 실로 심상치 않았던 것이다. 트리브스 씨의 죽음은 트레실리언 부인의 병에 영향을 미칠 만큼 충격을 주었다.

장례식은 런던에서 행해졌는데, 메리는 이것을 고맙게 생각했다. 덕분에 노부인이 이 비참한 사건으로 말미암아 입은 상처도 조금은 빨리 아물게 된 것이다.

집 안은 엉망이었다. 오늘 아침에는 메리도 몹시 지쳐서 맥이 빠져 버렸다.

그녀는 큰소리로 말했다.

“날씨 탓도 있어요. 요즘 날씨는 정상이 아니니까요. ”

정말 9월치고는 여느 해와 달리 덥고 맑은 날씨가 계속되고 있었다. 이 며칠 동안 온도계는 섭씨 70도가 넘곤 했다.

메리가 그렇게 말하고 있는데 네빌이 집 안에서 걸어 나와 두 사람과 어울렸다.

그는 하늘을 흘끗 보며 말을 걸었다.

“날씨를 탓하고 있는 거요? 믿어지지 않을 정도군. 바람 한 점 없이 무더우니 신경질이 나는군요. 하지만 곧 비가 내리겠지요. 오늘 같은 열대성 기후는 그리 오래 계속되지 않을 테니까. ”

토머스 로이드는 눈에 띄지 않게 그곳을 빠져 나와서 어느 틈에 집 모퉁이를 돌아 모습을 감추고 말았다.

“우울한 토머스가 사라져 버렸군. 그는 우리들과 어울리면서 한 번도 즐거운 표정을 지은 적이 없었지. ”

메리가 말했다.

"하지만 그는 좋은 사람이에요."

"나는 그렇게 생각하지 않소. 속좁고 편견이 심하오."

"그는 옛날부터 오드리와 결혼하고 싶어했어요. 그런데 당신이 옆에서 가로채 버린 거예요."

"그가 결혼 신청을 해야겠다고 마음먹기까지는 아마 7년쯤 걸릴걸. 그때까지 오드리가 기다려 주리라고 생각했나?"

"그럴지도 모르지요. 왜냐하면 지금이라면 상관없잖아요."

네빌은 그녀의 얼굴을 쳐다보았다. 그리고 한쪽 눈썹을 치켜올리며 말했다.

"사랑이 열매를 맺었다는 거요? 오드리가 저 우울한 사나이와 결혼하겠다고 말하기라도 한 거요? 그녀는 너무 과분하지. 천만에. 오드리가 저런 우울한 사나이와 결혼하리라고는 생각할 수 없소."

"하지만 오드리는 토머스를 굉장히 좋아하고 있어요, 네빌."

"여자란 정말 귀찮겠어! 오드리가 좀 더 자유를 즐길 수 있도록 내버려둘 수 없나?"

"그것이 즐겁다면 문제가 다르지만요."

네빌이 얼른 말을 받았다.

"그녀가 행복하지 않단 말이오?"

"그런 건 생각해 보지도 않았어요."

네빌은 천천히 말했다.

"나도 마찬가지요. 오드리가 생각하고 있는 것은 아무도 모르오. 그러나 오드리는 완전한 순혈종이오. 하나에서 열까지 순수하단 말이오."

그리고 그는 메리에게라기보다 오히려 자신에게 말하듯 중얼거렸다.

"쳇, 나는 왜 이렇게 어리석지!"

메리는 좀 난처한 듯한 표정을 지으며 집 안으로 들어가 버렸다. 들어가며 아까 그 말을 되풀이했다. 이것으로 세 번째였다.

"이제 이틀밖에 남지 않았어."

네빌은 뜰과 테라스를 쉴새없이 왔다갔다하고 있었다.

뜰 가장자리에서 그는 오드리를 발견했다. 그녀는 나지막한 안벽에 앉아 눈 아래 흐르는 강물을 바라보고 있었다. 밀물 때라 강물이 가득 차 있었다. 그녀는 곧 일어나서 그에게로 다가왔다.

그녀는 그의 얼굴에서 눈길을 피하며 겁먹은 듯 재빠르게 말했다.

"집으로 들어가려던 참이에요. 곧 차시간이거든요."

두 사람이 테라스까지 오자 네빌이 말했다.

"좀 이야기할 게 있소, 오드리."

오드리는 손가락 끝으로 난간 손잡이를 움켜쥐고 있었다. 그리고 대뜸 말했다.

"말씀 안 하시는 게 좋을 거예요."

"아니, 당신은 내가 하려는 이야기를 이미 알고 있다는 거요?"

그녀는 대답하지 않았다.

"오드리, 다름이 아니라 우리 다시 옛날같이 될 수 없을까? 지금까지의 일을 모두 잊어버리고."

"케이의 일도?"

"케이는 아마 이해해 줄 거요."

"이해해 주다니, 무슨 뜻이지요?"

"간단히 말하면 그녀에게 사실대로 이야기하는 거요. 그녀의 너그러움에 운명을 거는 거지. 나는 오드리만이 내가 사랑하는 단 하나의 여자라고 진실을 털어놓겠소."

"케이와 결혼할 때 당신은 케이를 사랑하고 있었어요."

"케이와 결혼한 건 나의 가장 큰 실수였소. 나는……."

그는 입을 다물었다. 케이가 응접실의 프랑스식 창문으로 나왔던 것이다.

케이는 두 사람 쪽으로 걸어왔다. 그녀의 눈 속에서 타고 있는 노여움 앞에서는 네빌도 깜짝 놀랐다.

"두 분을 방해해서 미안해요. 이제 내가 나갈 막이라고 생각했어요."

오드리가 재빨리 떨어지며 말했다.

"나는 먼저 실례하겠어요."

그녀의 얼굴도 목소리도 완전히 빛을 잃고 있었다.

"당연하지요. 당신은 하고 싶은 일들을 다 했으니까요. 당신과는 나중에 따지기로 하고 먼저 네빌부터예요."

"케이, 오드리는 아무 일도 하지 않았소. 나를 나무라 주오. 만일 나무라고 싶다면……."

"그러지요."

케이의 눈은 노여움에 불타올라 반짝반짝 빛나며 네빌의 얼굴을 쏘아보고 있었다.

"당신은 자신이 어떤 사람이라고 생각하고 있어요?"

네빌은 씁쓰레하게 말했다.

"아주 형편없는 녀석이라고 생각하고 있소."

"당신은 당신 아내와 헤어질 건가요? 악착같이 내 꽁무니를 따라다니더니 손에 넣자마자 이혼하려는 거예요? 잠시 동안 내게 열올리더니 이제 싫증난 거로군요. 그래서 다시 그 애교 넘치는 새끼 고양이에게로 돌아가고 싶어하는 거예요!"

"그만 하오, 케이!"

"그럼, 어쩌자는 거예요!"

네빌은 파랗게 질렸다.

"당신 눈에 나는 벌레같이 보일지도 모르오. 그러나 그렇다해도 할 수 없소, 케이. 더 이상 참을 수가 없단 말이오. 내가 당신을 좋아하게 된 것은 정말 미친 짓이었소.

그러나 이제 다 틀렸소. 당신과 나는 도저히 맞지 않소. 아무리 세월이 흐른다 해도 나는 당신과 행복해질 수 없소. 알았소, 케이? 깨끗이 결말냅시다. 헤어져 친구로서 교제하는 게 어떻소? 너그럽게 생각해 주오, 케이."

케이는 일부러 침착한 목소리로 물었다.

"솔직히 말해서 어떻게 하자는 거지요?"

네빌은 그녀 쪽을 보지 않았다. 턱에 힘을 주며 그는 말했다.

"이혼합시다. 애정이 없어졌다는 이유로. 당신이라면 이혼해줄 수 있을 거요."

"당분간은 안 되겠어요. 좀 기다리세요."

"기다리겠소."

"그래서 3년 뒤에는 저 사랑스러운 오드리에게 다시 결혼해달라고 부탁하겠지요?"

"그녀가 용서해 준다면."

케이는 독기어린 목소리로 말했다.

"그야 물론 용서하겠지요. 그러면 나는 어떻게 되는 거지요?"

"자유로운 몸이 되어 나보다 훨씬 좋은 사람을 찾으면 될 것 아니오. 물론 위자료는 충분히 주겠소."

케이가 자제심을 잃고 소리쳤다.

"결코 그렇게는 안 돼요! 잘 들어 봐요, 네빌. 그런 짓은 결코 못하게 할 거예요! 나 이혼하지 못하겠어요. 당신이 좋아서 결혼한 거예요. 난 당신이 언제부터 내게서 멀어지기 시작했는지 다 알고 있어요.

내가 에스트릴로 쫓아갔었다는 이야기를 듣고 나서부터지요. 당신은 모든 것이 운명이었다고 생각하고 싶었을 거예요. 그런데 정말은 나 때문이었음을 알게 되자 당신의 허영심이 깨져 버렸지요.

나는 내가 한 짓이 그리 부끄럽다고는 여기지 않아요. 당신도 내가 좋아서 결혼한 것이니, 새삼 당신을 다시 손톱으로 할퀴려고 덤벼드는 새끼 고양이에게 돌려줄 줄 아세요!

이건 그 여자가 꾸민 일이에요. 그러나 마음대로는 안 될걸요. 우선 당신을 죽여 버릴 거예요. 알겠어요? 당신을 죽여버릴 거예요. 그리고 그 여자도. 두 사람이 죽는 것을 내 눈으로 똑똑히 보겠어요. 나는……"

네빌은 한걸음 나서서 케이의 팔을 잡았다.

"그만 해두오, 케이, 부탁이오. 그런 이야기는 이런 데서 하는 게 아니오."

"뭐가 아니예요? 곧 알게 될 텐데. 나는……"

허스틀이 테라스로 나왔다. 그의 얼굴은 거의 무표정했다.

"응접실에 차가 준비되어 있습니다."

케이와 네빌은 천천히 응접실 쪽으로 걸어갔다.

허스틀은 우뚝 선 채 두 사람을 지켜 보았다.

하늘에 구름이 퍼져 갔다.


11

7시 15분 전에 비가 내렸다. 네빌은 침실 창문으로 그것을 바라보고 있었다.

그 뒤로 케이와 서로 이야기하지 않게 되었다. 차를 마신 뒤에도 서로 피해 버렸다.

그날 밤의 만찬은 정말 훌륭했다. 네빌은 느긋하니 마음놓고 있었다. 케이는 여느 때보다 정성들여 짙은 화장을 하고 있었다.

오드리는 마치 얼어붙은 유령처럼 앉아 있었다.

메리 앨딘만이 어떻게든 이야기의 실마리를 찾아내려 애쓰고 있었다. 그녀는 토머스 로이드가 여기에 협조해 주지 않아 좀 화가 났다.

허스틀은 몹시 신경이 날카로워져서 야채 쟁반을 가져올 때 손이 덜덜 떨리고 있었다.

식사가 끝날 무렵 네빌이 아무렇지도 않은 듯 말했다.

"식사가 끝나면 이스터헤드에 가서 라티머를 만나고 오겠소. 당구라도 쳐야지."

메리가 말했다.

"열쇠를 가져가요. 너무 늦게 돌아오면 곤란하니까요."

"참, 그렇군. 가져가겠소."

모두들 응접실로 가서 커피를 마셨다. 라디오의 뉴스는 기분을 전환시켜 주었다.

저녁 식사가 끝난 뒤 줄곧 하품만 하고 있던 케이가 이제 자야겠다고 말했다. 머리가 아프다는 것이었다.

메리가 물어 보았다.

"아스피린을 줄까요?"

"네, 고마워요."

케이는 방에서 나갔다.

네빌은 라디오를 음악 프로에 맞췄다. 그리고 잠시 동안 말없이 앉아 있었다.

오드리 쪽으로는 눈길을 보내지 않고 마치 실망한 소년처럼 몸을 둥그렇게 하고 앉아 있었다. 메리는 저도 모르게 그가 가엾다고 생각했다.

그는 몸을 일으켰다.

"자, 어서 가봐야겠군."

"자동차를 타고 갈 거예요? 아니면 나룻배로?"

"아, 나룻배요. 15마일이나 돌아서 간다는 건 바보스럽잖소. 좀 걷고 싶기도 하고."

"비가 오는데요."

"알고 있소. 레인코트가 있으니까."

그는 문 쪽으로 걸어갔다.

"안녕."

홀에서 집사 허스틀이 그에게로 다가왔다.

"시간 있으시면 트레실리언 마님 방까지 가주시겠습니까? 꼭 당신을 만나고 싶어하십니다."

네빌은 흘끗 시계를 보았다. 벌써 10시였다.

그는 어깨를 으쓱하고 층계를 올라가 복도를 지나서 트레실리언 부인의 방문을 두드렸다.

거기에 서서 대답을 기다리는 동안 아래층 홀에 있는 다른 사람들의 말소리가 들려 왔다. 오늘 밤은 모두들 빨리 자려는 것 같았다.

트레실리언 부인의 또렷한 목소리가 들려 왔다.

"들어와요."

네빌은 안으로 들어가 등뒤로 문을 닫았다.

트레실리언 부인은 완전히 잘 준비를 끝내고 있었다. 침대 옆에 놓인 독서용 램프 말고는 모든 불이 꺼져 있었다. 부인은 책을 읽고 있다가 이제 막 덮은 듯했다.

그녀는 안경 너머로 네빌을 지켜 보았다. 어딘지 거스를 수 없는 눈길이었다.

"너에게 할말이 있다, 네빌."

네빌은 저도 모르게 미소지으며 대답했다.

"네, 교장선생님."

트레실리언 부인은 웃지 않았다.

"이 집 안에서 내가 용서하지 못할 일이 있다, 네빌. 나는 남의 비밀 이야기를 엿들을 생각은 없지만, 너와 케이가 내 침실 바로 밑에서 싸우면 싫어도 듣게 되지.

　너는 케이와 이혼하고 오드리와 다시 결혼할 생각이라지. 그런 일은 네 재간으로 도저히 할 수 없을 거야. 첫째, 내가 결코 용서하지 않겠어."

네빌은 어떻게든 그녀의 기분을 가라앉히려고 애쓰는 것 같았다.

"법석떨어 죄송합니다."

그는 간단히 말하고 나서 덧붙였다.

"그러나 이 일은 제 문제입니다."

"아니, 그렇지 않아. 너는 오드리와 가까이하기 위해 내 집을 이용했어. 그렇지 않으면 오드리 쪽에서 이용한 것일까."

"그녀는 그런 짓 못합니다. 그녀는……."

트레실리언 부인은 한손을 들어 그 말을 가로막았다.

"아무튼 그런 일은 있을 수 없어, 네빌. 케이는 너의 아내야. 케이에게는 네가 거절할 수 없는 권리가 있어. 그 문제에 있어 나는 절대로 케이 편이다. 자기가 저지른 일은 스스로 책임져야 해. 너에게는 케이에 대한 의무가 있으며, 솔직히 말해서……."

네빌은 한걸음 앞으로 나섰다. 그리고는 목소리에 힘을 주어 말했다.

"대체 당신과 무슨 상관이 있습니까?"

트레실리언 부인은 네빌의 항의에 귀기울이지 않고 말을 이었다.

"그리고 오드리는 내일 여기를 떠나게 되어 있어."

"마음대로요? 내가 잠자코 보고만 있을 것 같습니까?"

"고함지르지 마라, 네빌."

"저는 어떤 일이 있어도……."

복도 어디선가 문닫히는 소리가 들려 왔다…….


### 12

눈이 파란 하녀 앨리스 벤섬이 웬지 허둥거리며 요리사 스파이서 부인에게로 달려왔다.

"아, 스파이서 부인, 이 일을 어쩌면 좋지요?"

"대체 무슨 일이냐, 앨리스?"

"밸릿 씨 말씀인데요, 한 시간 전에 커피를 가져갔었는데 어찌나 깊이 잠들었는지 도무지 일어나야지요. 하지만 나는 깨우기가 싫었어요.

5분 전에 아직 밸릿 씨가 내려오시지 않고 마님의 차는 준비되고 해서 다시 한 번 가봤는데 여태까지 자고 있어요. 내 힘으로는 도저히 깨울 수가 없어요."

"흔들어 봤니?"

"네, 세게 흔들어댔어요. 하지만 깊이 잠든 채 얼굴빛이 굉장히 나쁜 것 같아요."

"설마 죽지는 않았겠지."

"어머나, 무슨 말씀을. 숨소리가 들리던데요. 하지만 그 숨소리가 좀 이상해요. 병이 난 게 아닐까요?"

"알았어, 내가 가보지. 너는 마님에게 차를 갖다 드려. 새로 끓여야 해. 이상하게 생각하실지 모르니까."

앨리스가 시키는 대로 하고 있는 동안 스파이서 부인은 3층으로 올라갔다.

앨리스는 차쟁반을 들고 복도를 지나 트레실리언 부인의 방문을 두드렸다. 두 번이나 두드려도 대답이 없어 그녀는 안으로 들어갔다.

그 순간 그릇깨지는 소리와 찢어지는 듯한 비명이 이어지더니 앨리스가 방에서 뛰어나와 층계를 달려 내려와 홀에서 응접실로 들어가는 허스틀에게로 갔다.

"아, 허스틀 씨, 강도예요. 마님이 돌아가셨어요. 살해됐어요. 머리가 깨져서 온통 피바다……."

## 미묘한 음모

### 1

배틀 총경은 휴가를 즐겁게 보내고 있었다. 아직 사흘이나 남았는데 날씨가 바뀌어 비가 내렸으므로 그는 좀 실망했다. 그러나 영국에서 이 이상 바랄 수 있겠는가. 게다가 이제까지 그는 굉장히 행복했던 것이다.

그가 조카 제임즈 리치 경감과 아침 식사를 하고 있는데 전화가 걸려 왔다.

"곧 가겠습니다."

제임즈는 대답하고 수화기를 내려놓았다.

배틀 총경이 물었다.

"사건이냐?"

조카의 심상치 않은 표정을 본 것이다.

"살인입니다. 트레실리언 부인이군요, 이 언저리에서는 아주 이름나 있는 노부인으로 그동안 병을 앓고 있었지요, 솔트크리크에 저택이 있습니다, 저 벼랑 옆에."

배틀은 고개를 끄덕였다.

"지금부터 두목(리치는 서장을 이렇게 부르고 있었다)을 만나——

저, 그분은 트레실리언 부인의 친구입니다——함께 가보겠습니다."

그는 문 쪽으로 걸어가며 호소하듯 말했다.

"큰아버지, 도와주시겠지요, 이번 사건 말입니다. 이런 사건은 저도 처음입니다."

"여기서 묵고 있는 동안은 도와주지. 강도짓이겠지?"

"그건 아직 모르겠습니다."


## 2

30분 뒤, 경찰서장 로버트 마이클은 배틀과 그 조카에게 진지한 말투로 이야기하고 있었다.

"아직 이런 말 하기에는 이른 것 같지만, 한 가지만은 확실하네. 즉 외부 사람의 짓이 아니라는 거지. 도둑맞은 물건도, 외부에서 침입한 흔적도 없으니까. 오늘 아침 모든 창문과 문이 잠겨 있었다는 게 밝혀졌어."

그는 배틀을 똑바로 보며 말을 이었다.

"내가 런던 경찰국에 이 사건을 의뢰하면 당신에게로 돌아갈 거요. 당신은 사건이 일어난 곳에 있었으니까요. 게다가 조카 리치 경감도 있지요. 그래서 당신만 싫다고 하지 않으면 좋겠는데요……모처럼의 휴가를 도중에 중단해 버리는 셈이기는 하지만요."

배틀이 말했다.

"그런 건 상관없습니다. 그리고 에드거 경(에드거 코튼 경은 런던 경찰국 부국장)에게도 의뢰하시는 게 좋을 겁니다. 아마 그분은 당신의 친구분이시지요?"

마이클 서장은 고개를 끄덕였다.

"그렇소, 에드거라면 부탁을 들어줄 거요. 자, 이로써 모든 일이 잘됐군! 이제 염려없이 잘되어 나갈 거요."

그는 전화기에 대고 명령했다.

"런던 경찰국을 대줘."

배틀이 물었다.

"이것이 중대 사건이 되리라고 생각하십니까?"

마이클은 진지한 얼굴로 말했다.

"어떤 일이 있어도 실패하기 싫은 사건이 될 것 같소. 절대로 확실한 데까지 범인의 증거를 잡아야겠소. 물론 그것이 여자일지라도 말이오."

배틀은 고개를 끄덕였다. 이 말 속에 포함되어 있는 뜻을 그는 뚜렷이 읽어낸 것이다.

(서장은 누가 범인인지 알고 있는 것이다. 더욱이 상대는 만만치 않다. 누군가 유명인일 것이다. 내기를 해도 좋다!)

### 3

배틀과 리치는 구석구석 손길이 간 아름다운 침실문 앞에 서 있었다. 그 바닥에서 순경 한 사람이 골프채——쇠머리가 달린 묵직한 골프채 손잡이에서 주의깊게 지문을 검출하고 있었다.

침대 옆에는 이 지방 경찰의인 러전비 박사가 트레실리언 부인의 시체 위에 엎드려 있었다.

그는 한숨을 쉬며 몸을 일으켰다.

"이것은 확실합니다. 부인은 정면으로 세게 얻어맞은 겁니다. 첫번째 일격으로 뼈가 으스러지고 즉사했는데도 다시 한번 후려갈겼지요. 복잡한 의학 용어는 쓰지 않겠습니다. 알아듣기 쉽게 말씀드리지요."

리치가 물었다.

"죽은 지 몇 시간쯤 지났습니까?"

"10시에서 12시 사이에 살해되었습니다."

"좀 더 정확하게 말씀하실 수 없겠습니까?"

"좀 어려울 것 같은데요, 모든 사항을 종합해 보아도 말입니다. 오늘날은 사후 강직에 대해 의견이 구구하거든요. 10시 이전은 아니고 12시 이후도 아니라고밖에 말할 수 없습니다."

"저 골프채로 후려갈겼습니까?"

의사는 그쪽을 흘끗 보았다.

"아마 그럴 겁니다. 다행스럽게도 범인이 저것을 두고 갔군요. 상처만 보고서는 도저히 저 골프채로 맞았다고 상상하지 못했을 겁니다. 골프채가 흉기로 쓰였다 하더라도, 그 날카로운 모서리 쪽이 아니라 구부러진 뒤쪽 부분으로 내리쳤을 게 틀림없습니다."

"그렇게는 좀 힘들지 않겠습니까?"

"그렇지요, 처음부터 그렇게 하려고 마음먹었더라면 말입니다. 나는 충동적으로 이 범행을 저지른 게 아닌가 생각됩니다."

리치는 무의식적으로 내리치는 흉내를 내며 두 손을 올렸다.

"역시 이상한데요."

의사도 생각에 잠기며 말했다.

"그렇습니다. 모든 점이 다 이상합니다. 보십시오, 부인은 오른쪽 관자놀이를 맞았습니다. 그렇다면 여기를 치기 위해서는 침대 오른편에 서 있어야만 하지요, 침대머리 쪽을 향해서 말입니다. 그러나 오른편에는 서 있을 만한 데가 없습니다. 벽으로부터의 각도가 너무 좁으니까요."

리치는 귀기울이고 있었다.

"왼손잡이가 아닐까요?"

"그런 점까지는 자세히 말할 수 없습니다. 눈에 보이지 않는 단서가 굉장히 많으니까요. 거기에 대해 가장 쉬운 해석은 범인이 왼손잡이라는 것이겠지요. 그러나 다른 관점도 있습니다.

이를테면 범인이 내리치려는 순간 노부인이 조금 왼쪽을 돌아보았다고 합시다. 또는 범인이 처음부터 침대를 움직여 놓고 그 위쪽에 서서 내리치고 나서 나중에 다시 침대를 본래대로 돌려놓았다고 생각할 수 있지 않겠습니까?"

"나중 의견은 좀 무리일 것 같군요."

"그럴지도 모르지요. 그러나 있을 수 있는 일입니다. 나는 이런 사건에 얼마쯤 경험이 있습니다만 알겠습니까, 경감님? 이처럼 참혹한 일격을 왼손잡이가 해치웠다고 생각하는 것은 함정에 걸려드는 것과 같습니다."

존즈 형사부장이 바닥에 앉은 채 말을 걸었다.

"이 골프채는 오른손잡이의 것입니다."

리치는 고개를 끄덕였다.

"그러나 범인의 것이 아닐지도 모르지요. 범인은 남자겠지요, 러전비 씨?"

"아니, 꼭 그렇다고 할 수는 없습니다. 흉기가 이 육중한 골프채라면, 여자라도 내리쳐 세게 한방 날릴 수 있으니까요."

배틀 총경이 조용한 목소리로 말했다.

"하지만 그것을 흉기라고 잘라 말할 수는 없겠지요?"

러전비는 흥미있는 듯 흘끗 배틀을 보았다.

"글쎄요, 그것이 흉기였을지도 모른다든가 흉기일 수도 있다는 추정밖에는 할 수가 없습니다. 묻어 있는 혈액을 분석해서 같은 혈액인지 조사해 보겠습니다. 머리칼도."

배틀 총경도 찬성했다.

"그렇게 하셔야지요. 철저하게 조사해 주시기를 부탁드리겠습니

다."

"당신이 보기에 이 골프채에 뭔가 미심쩍은 점이 있습니까?"

배틀은 고개를 저었다.

"아니오, 나는 단순한 사람입니다. 내 눈으로 본 것을 그대로 믿으려 하지요. 노부인은 무언가 무거운 것으로 얻어맞았다. 이 골프채도 무겁다. 게다가 피와 머리칼이 묻어 있다. 이 피는 틀림없이 부인의 피일 것이다. 따라서 이것은 흉기다. 대강 이런 거지요."

리치가 물었다.

"타격을 받았을 때 부인은 깨어 있었을까요, 아니면 잠들어 있었을까요?"

"내 의견으로는 깨어 있었다고 생각합니다. 얼굴에 놀라는 표정이 떠올라 있으니까요. 이건 개인적인 의견에 지나지 않습니다만 부인은 이런 결과가 될 줄은 꿈에도 생각지 못했던 것 같습니다. 반항한 흔적도 없고 겁먹은 것 같지도 않으니까요.

나는 이렇게 말하겠습니다. 부인은 마침 잠이 깼었으나 아직 멍한 상태에 있었다. 또는 범인이 도저히 자기를 해칠 사람은 아니라고 믿었다고 말입니다."

리치가 생각에 잠기며 말했다.

"전등은 다 꺼지고 침대 옆에 램프밖에 켜져 있지 않았습니다."

"그것도 두 가지로 생각할 수 있지요. 누군가 들어왔기 때문에 갑자기 잠이 깨어 불을 켰든가, 아니면 그 전부터 켜져 있었든가……."

존즈 형사부장이 바닥에서 벌떡 일어섰다. 그리고 아주 기쁜듯 싱글싱글 웃으며 말했다.

"여기 완전한 지문이 있습니다. 정말 아주 뚜렷합니다!"

리치는 깊이 한숨을 쉬었다.

"그렇다면 간단히 해결되겠군."

의사가 말했다.

"정말 예의바른 범인이군요. 흉기를 그대로 두고, 게다가 지문까지 남기다니. 명함은 두고 가지 않았습니까?"

배틀이 말했다.

"굉장히 당황해 있었던 거겠지요. 가끔 그런 녀석도 있거든요."

의사는 고개를 끄덕였다.

"정말 그럴 겁니다. 이제 나는 다른 환자를 봐줘야겠습니다."

배틀이 갑자기 흥미를 보이며 물었다.

"어떤 환자입니까?"

"이 사건이 발견되기 전에 이 집 집사의 연락을 받았지요. 오늘 아침 트레실리언 부인의 하녀가 혼수 상태에 빠져 버렸다고 합니다."

"대체 어떻게 된 일이지요?"

"수면제를 너무 많이 먹어 중태입니다만 나을 겁니다."

"하녀가 말이지요?"

어딘지 황소와 비슷한 배틀의 눈이 커다란 벨 끈 쪽으로 천천히 옮겨 갔다. 그 끈은 살해된 부인의 손 가까이 베개 위에 늘어져 있었다.

러전비는 고개를 끄덕이며 말했다.

"그렇습니다. 뭔가 예사롭지 않은 일이 일어났다면 부인은 재빨리 이것을 잡아당겼을 겁니다. 벨을 울려 하녀를 부르기 위해서 말입니다. 부인은 틀림없이 숨이 끊어질 때까지 이것을 잡아당겼겠지요. 하녀에게는 들리지 않았을 테지만요."

배틀이 말했다.

"이건 그냥 보아넘길 수 없군요. 그 하녀는 수면제를 먹는 습관 같은 건 없었던 게 확실하지요?"

"네, 그 점은 확실합니다. 그녀의 방에는 그런 약이 흔적도 없었으니까요. 게다가 어떻게 그녀에게 먹였는지도 알았습니다. 센나(아라비아, 아프리카 지방에서 완하제로 쓰이는 식물)껍질입니다. 저녁마다 그녀는 센나 껍질을 달인 즙을 마시거든요. 그 속에 수면제를 넣은 겁니다."

배틀은 턱을 긁었다.

"음, 이 집 사정을 잘 알고 있는 녀석이군. 러전비 씨, 이 사건은 정말 색다르군요."

"네, 아무튼 이건 당신의 영역이니까요."

의사가 밖으로 나가자 리치가 말했다.

"저분은 정말 좋은 의사로군요."

두 사람만이 남게 되었다. 현장 사진을 찍고, 조사내용도 빠짐없이 기록했다. 두 경찰관은 범행이 일어났던 방에 대해서 알아야 할 것은 모조리 알게 되었다.

배틀은 조카의 말에 고개를 끄덕여 보였다. 그는 무언가 골똘히 생각하고 있는 것 같았다.

"그 골프채를 누군가가 장갑을 끼고 사용했으리라 여기지는 않느냐? 그 지문이 찍히고 난 뒤에."

리치는 머리를 저었다.

"그런 일은 불가능합니다. 골프채의 지문이 지워지지 않도록 그것을 잡는다는 건 무리입니다. 그 지문은 반쯤 지워진 것도 아니고 아주 똑똑히 남아 있으니까요. 큰아버지도 보셨잖습니까?"

배틀은 과연 그렇다고 생각했다.

"그럼, 모두들의 지문을 받아야지. 공손히 부탁해야겠지. 물론 강제로 할 수는 없어. 하지만 누구나 다 응해 줄 거야. 그렇게 하면 밝혀지겠지. 이 집 안 어떤 사람의 지문과도 맞지 않든지, 아니면

……."

"아니면 그것으로 범인이 밝혀질 거라는 말입니까?"

"그렇게 생각해. 여자일지도 모르지."

리치는 고개를 저었다.

"아니, 여자는 아닐 겁니다. 이 지문은 남자의 것입니다. 여자의 지문치고는 너무 크거든요. 게다가 여자의 범행이 아닙니다."

"그렇겠지."

배틀은 동의하고 나서 말을 이었다.

"분명 남자의 짓이야. 잔인하고 폭력적이며 어딘지 스포츠맨 같은 데가 있으면서도 좀 엉성한 점이 있어. 이런 사람이 이 집 안에 있느냐?"

"아직 어떤 사람들이 있는지 잘 모릅니다. 모두들 식당에 모여 있습니다."

배틀은 문 쪽으로 걸어갔다.

"만나 봐야지."

그는 어깨너머로 흘끗 침대를 돌아보고 머리를 흔들며 덧붙였다.

"아무래도 저 벨 끈이 수상하단 말이야."

"그것이 어떻다는 겁니까?"

문을 열며 그는 말했다.

"아무리 생각해 봐도 이상해. 대체 누가 부인을 살해하려고 생각했을까? 심술궂은 할멈들이 흔히 있긴 하지만, 부인은 그런 사람 같지 않고 오히려 사람들로부터 사랑받고 있었다니 말이야."

배틀 총경은 문득 말을 끊더니 물었다.

"부인은 부자였다고? 상속자는 누구지?"

리치는 무슨 뜻인지 알아듣고 얼른 대답했다.

"그 녀석입니다! 맨 먼저 그 녀석부터 조사해 봐야겠습니다."

두 사람은 나란히 아래층으로 내려갔다. 배틀은 들고 있는 리스트로 눈길을 보내 읽었다.

"미스 앨딘, 로이드, 스트렌지, 스트렌지 부인, 오드리 스트렌지 부인……흠, 스트렌지 집안 사람들이 꽤 많군."

"스트렌지에게 아내가 둘 있기 때문일 겁니다."

배틀은 눈썹을 치켜 올리며 중얼거렸다.

"그는 바람둥이냐?"

집안 사람들은 식당의 식탁에 모여 앉아 뭔가 먹는 척하고 있었다.

배틀 총경은 자기를 쳐다보는 모든 얼굴에 날카로운 눈길을 던졌다. 그는 독특한 방법으로 그들을 판단하고 있는 것이었다.

만일 그의 눈에 자기들이 어떻게 비쳤는지 안다면 그들은 아마 깜짝 놀랐을 것이다. 무서울 만큼 선입관에 빠진 판별법이었기 때문이다. 법률에서는 유죄 판결이 내려지기까지 무죄로 보게 되어 있으나 이 배틀 총경은 살인에 관련된 사람은 모조리 살인 용의자로 보고 있었던 것이다.

식탁 윗자리에 핼쑥한 얼굴로 단정하게 앉아 미소짓고 있는 메리 앨딘, 그 옆에서 파이프에 담배를 담고 있는 토머스 로이드, 의자를 뒤로 밀어내고 오른손에는 커피, 왼손에는 담배를 쥐고 있는 오드리, 넋잃은 사람처럼 안절부절못하며 떨리는 손으로 담배에 불을 붙이고 있는 네빌, 식탁에 팔꿈치를 얹고 짙은 화장 아래에 핼쑥한 얼굴을 감추지 못하고 있는 케이.

배틀 총경은 생각했다.

미스 앨딘은? 새침데기 여자로군. 꽤 유능해 보인다. 쉽게 꼬리가 잡히지 않으리라. 그 옆의 사나이는 추측하기 힘든 사람이다. 한쪽 팔이 덜렁거리고 있군. 그야말로 무표정한 얼굴이다. 아마 열등감에 사로잡혀 있는 듯싶다.

그리고 저 여자는 두 아내 가운데 하나로군. 금방이라도 숨이 넘어갈 듯 겁먹고 있어. 틀림없이 겁먹고 있어. 커피잔이 떨리는 것을 봐.

저 사나이가 스트렌지군. 틀림없이 어디서 만난 적 있는데, 몹시 안절부절못하고 있군. 신경이 너덜너덜해진 사람 같아. 음, 빨강 머리 여자는 다루기 힘들겠는데, 화를 잘 내겠어. 틀림없이 그럴 거야.

그가 그렇게 인물평을 하고 있는 동안에 리치 경감은 좀 딱딱한 연설을 한바탕했다. 메리 앨딘이 한 사람씩 이름을 대면서 소개했다.

그리고 다음과 같이 말을 맺었다.

"말씀드릴 것도 없이 이번 일은 우리 모두에게 굉장히 큰 충격을 주었어요. 우리는 되도록 협력해 드리려고 해요."

리치는 골프채를 들어올리며 물었다.

"우선 이 골프채를 아시는 분 없습니까?"

케이가 나직이 고함질렀다.

"어머나! 저것은……."

그녀는 갑자기 입을 다물었다.

네빌 스트렌지가 일어서더니 식탁을 돌아서 다가왔다.

"내 것과 비슷한데 좀 봐도 되겠습니까?"

리치가 말했다.

"네, 지금은 괜찮습니다. 손에 쥐고 보셔도 상관없습니다."

이 좀 뜻있는 듯한 '지금은'이라는 말은 보고 있는 사람에게 아무 반응도 일으키지 않는 것 같았다. 네빌은 골프채를 자세히 들여다보았다.

"이것은 내 가방 속에 있는 골프채 가운데 하나인 것 같습니다. 1, 2분이면 확인할 수 있는데, 함께 가시겠습니까?"

두 사람은 그의 뒤를 따라 층계 밑 커다란 벽장으로 갔다. 네빌이 벽장문을 열자 배틀의 혼란된 눈에는 그 안이 글자 그대로 테니스 라켓으로 된 산더미처럼 보였다. 그와 함께 배틀은 어디서 이 사나이를 보았는지 생각해 냈다.

그는 빠르게 말했다.

"당신이 윔블던에 출전한 것을 본 적이 있습니다."

네빌은 반쯤 돌아보며 말했다.

"아, 그렇습니까?"

그는 라켓을 몇 개 꺼냈다. 벽장 안에 골프 가방이 2개 낚시 도구 옆에 세워져 있었다.

"골프를 하는 사람은 나와 아내뿐입니다."

네빌은 설명하고 나서 덧붙였다.

"이건 남자용이지요, 맞습니다. 역시 내 것입니다."

그는 가방을 꺼냈다. 그 속에는 적어도 14자루의 골프채가 들어 있었다.

리치 경감은 마음속으로 중얼거렸다.

'이런 스포츠맨들은 금방 진지해지지. 이 녀석의 볼보이가 되고 싶지는 않은걸.'

네빌이 설명했다.

"이것은 세인트 에스버트 상점에서 산 쇠머리가 달린 월터 허드슨 골프채 가운데 하나입니다."

"정말 고맙습니다, 스트렌지 씨. 덕분에 일 한 가지를 덜었습니다."

네빌이 말했다.

"내가 이상하게 생각하는 일은 아무것도 도난당한 물건이 없다는 점입니다. 게다가 외부에서 침입한 흔적도 없습니다."

그 목소리는 당황하고 또 어쩐지 겁먹은 것 같은 느낌을 주었다.

배틀은 생각했다.

'모두들 이 점을 생각하고 있었구나, 누구나 할 것 없이.'

네빌이 말을 이었다.

"하인들은 모두 틀림없는 사람들뿐입니다."

"하인들에 대해서는 미스 앨딘으로부터 듣기로 하지요."

리치 경감은 잘라 말하고 나서 물었다.

"그보다도 트레실리언 부인의 변호사가 누구인지 가르쳐 주겠습니까?"

"애스퀴스 앤드 트릴러니입니다. 세인트 루의……."

"정말 고맙습니다, 스트렌지 씨. 트레실리언 부인의 재산 관계에 대해서는 모두 그분에게 물어 봐야겠지요?"

네빌이 물었다.

"이를테면 상속인이 누군가 하는 것 말입니까?"

"그렇습니다. 유언장이며 그 밖의 여러 가지에 대해서……."

"부인의 유언장에 대해서는 들은 바가 없습니다. 내가 아는 한에서 말씀드리면 그리 대단한 재산은 없었던 것 같습니다. 대강 이야기는 나도 할 수 있습니다."

"그렇습니까, 스트렌지 씨?"

"돌아가신 매슈 트레실리언 씨의 유언에 따르면 나와 아내가 그것을 상속하게 되어 있습니다. 트레실리언 부인은 다만 종신 재산권을 소유하고 있었을 뿐이지요."

"그렇습니까?"

리치 경감은 취미로 골동품을 모으는 사람이 새로 굉장한 물건을 발견한 것 같은 눈으로 네빌을 보았다. 네빌은 완전히 풀이 죽고 말았다.

리치 경감이 말을 이었는데, 그 목소리는 기분나쁠 만큼 부드러웠다.

"금액을 아시겠지요, 스트렌지 씨?"

"지금 곧 정확히 말씀드릴 수는 없지만 10만 파운드쯤 될 겁니다."

"그렇습니까. 두 분에게 저마다?"

"아니오, 그것을 둘이서 나눕니다."

"과연 굉장한 액수군요."

네빌은 미소지으며 조용히 말했다.

"그러나 나는 스스로 충분히 살아 나갈 수 있을 만큼 재산을 가지고 있습니다. 돌아가신 분의 도움을 받지 않더라도 말입니다."

리치 경감은 자기 때문에 네빌이 이런 말을 한다고 여겨져 좀 멋쩍었다.

세 사람은 식당으로 돌아왔다. 리치가 다시 다음 설명을 시작했다. 그것은 지문에 관한 것이었다. 정해진 순서로 피해자의 침실에서 검출한 지문이 이 집 사람의 것인가 하는 데 대한 것이었다.

모두들 기꺼이 지문을 찍겠다고 했다. 거의 열심이라고 할 만큼. 그리하여 모두들 서재로 따라 들어갔다. 존즈 형사부장이 거기서 작은 롤러를 들고 기다리고 있었다.

배틀과 리치는 하인들을 심문하기 시작했다.

하인들로부터는 이렇다 할 수확이 없었다. 허스틀은 집 안의 문단속 방법을 설명한 다음 아침에 일어나 보니 아무데도 손댄 흔적이 없었다고 증언했다. 외부로부터 사람이 침입한 흔적은 없었던 것이다. 그의 설명에 따르면 정면 현관문은 열쇠만 잠가두었다고 한다. 말하자면 빗장을 지르지 않았으므로 밖에서 열쇠로 열 수 있도록 되어 있었다.

그는 말했다.

"네빌 씨가 이스터헤드 베이로 놀러 가셨으므로 늦게 돌아오셔도 지장이 없도록 그렇게 해두었지요."

"몇 시쯤 돌아왔는지 알고 있소?"

"네, 2시 30분쯤입니다. 누군가 함께 오신 것 같았습니다. 말소리가 들리고 자동차가 멀어져 가는 소리도 났습니다. 그 뒤 문닫히는 소리가 나고 네빌 씨가 2층으로 올라오셨습니다."

"어젯밤 이스터헤드 베이에 몇 시쯤 갔소?"

"10시 20분쯤입니다. 그때 문닫히는 소리를 들었으니까요."

리치는 고개를 끄덕였다. 지금으로서는 이 집사에게 더 이상 물어 볼 게 없을 것 같았다. 그는 다른 사람들도 만나 보았다. 모두들 몹시 겁먹어 안절부절못했다. 사실 이런 때 그렇게 되는 것은 당연한 일이겠지만.

마지막으로 신경질적인 식당 하녀가 문을 닫고 나가 버리자 리치는 무언가 묻고 싶은 듯한 표정으로 큰아버지를 보았다.

배틀은 말했다.

"그 심부름하는 아이를 한 번 더 불러 보자. 눈이 나온 아이 말고 좀 여위고 후리후리하니 키가 큰 아이 말이다. 그 애는 뭔가 알고 있을 거야."

에머 웰즈는 굉장히 불안해 보였다. 이번 심문은 몸집큰 나이든 사람이 직접 하겠다고 하는 바람에 그녀는 더욱 놀라고 말았다.

배틀은 쾌활하게 말을 꺼냈다.

"좀 주의해 둘 일이 있소, 웰즈 양. 경찰에게는 하나도 숨기지 않는 게 좋소. 불리한 눈길로 보게 되니까. 내 말을 알아듣겠소?"

"저……나는 정말 아무것도……."

배틀은 크고 네모난 손을 뻗었다.

"아니, 아니, 당신은 뭔가를 보았거나 들었소. 그것이 뭐지요?"

"나는 뚜렷이 들은 것은 아니예요. 얼떨결에 들었으니까요. 허스틀

씨도 들었어요. 그러나 나는 그것이 살인과 관계있다고는 생각지 못했어요."

"그래, 살인과는 아무 관계없을 거요. 그래, 그것이 무슨 소리였는지 말해 주겠소?"

"저……나는 막 침대에 들려는 참이었어요. 10시가 좀 넘었을 때 나는 미스 앨딘에게 끓인 물이 든 병을 가져갔어요. 여름이나 겨울이나 그분은 더운물을 마시거든요. 그래서 마님의 방 앞을 지나게 되었던 거예요."

"그래서?"

"마님과 네빌 씨가 다투는 소리가 들려 왔어요. 굉장히 큰소리로, 네빌 씨가 막 고함을 지르고 계셨지요. 그래요, 역시 말다툼이었어요!"

"그가 무슨 말을 했는지 뚜렷이 기억하고 있소?"

"저, 당신이 말씀하시는 뜻으로는 저……귀기울여 듣지 않았으므로……."

"그건 알고 있소. 하지만 두세 마디쯤은 들었을 게 아니오."

"마님이 이 집안에서 뭔가를 하는 일은 용서할 수 없다고 하자, 네빌 씨가 '그녀는 그런 짓 못합니다' 하고 말했어요. 네빌 씨는 굉장히 흥분하고 계셨지요."

배틀은 무표정한 얼굴로 다시 한 번 심문해 보았으나 그 이상의 것은 알아낼 수 없었다. 그는 하녀를 물러가게 했다.

그들은 서로 얼굴을 마주보았다. 이윽고 리치가 말했다.

"이제 존즈가 지문에 대해 무언가 말할 겁니다."

"방은 누가 조사하고 있지?"

"윌리엄즈입니다. 빈틈없는 사나이니 하나도 놓치지 않을 겁니다."

"모두들 자기 방으로 못 들어가게 했겠지?"

"네, 윌리엄즈의 일이 끝날 때까지는."

그때 문이 열리고 젊은 윌리엄즈가 목을 들이밀었다.

"좀 오셔서 봐주십시오, 네빌 스트렌지의 방입니다."

세 사람은 2층으로 올라가 서쪽 네빌의 방으로 갔다.

윌리엄즈는 바닥 위에 있는 한 덩어리의 물건을 가리켰다. 짙은 감색 윗옷과 바지, 그리고 조끼였다.

리치가 날카롭게 물었다.

"어디서 찾았지?"

"옷장 바닥에 둘둘 말려 있었습니다. 지금 저 모양대로 말입니다."

그는 윗옷을 집어 들어 짙은 감색 소매 끝을 보여 주었다.

"거무스름한 얼룩이 있지요? 피입니다. 그렇지 않다면 내 목을 드리겠습니다. 보십시오, 소매 위까지 튀어 있잖습니까."

배틀은 상대의 열띤 눈길을 피하며 말했다.

"음, 네빌이 불리하게 되겠군. 그리고 다른 옷은?"

"의자에 짙은 녹색 옷이 걸려 있습니다. 이 세면기 옆의 바닥은 물 투성이입니다."

"몹시 당황하여 피를 씻으려고 했었나 보지? 잠깐, 열려 있는 창문 옆이니 빗물이 들어왔는지도 모르지."

"그렇더라도 바닥에 저렇게 물이 괼 리 없지요. 아직 마르지 않았을 정도니까요."

배틀은 아무 말도 하지 않았다. 그의 눈앞에 하나의 광경이 떠올랐다. 손과 소매 끝이 온통 피투성이가 된 사람이 옷을 벗자마자 피에 물든 옷을 옷장 속에 집어 넣고 손과 팔에 물을 퍼붓고 있는 모습이었다.

그는 다른 한쪽 벽에 있는 문을 쳐다보았다. 윌리엄즈가 그의 표정에 대답했다.

"스트렌지 부인의 방입니다. 문은 잠겨 있습니다."

"문이 잠겨 있다고? 이쪽에서?"

"아니오, 저쪽에서 잠갔습니다."

"음, 부인 쪽에서 잠갔군."

배틀은 잠시 생각에 잠겨 있다가 덧붙였다.

"다시 한 번 집사를 만나 보지."

집사 허스틀은 안절부절못하고 있었다.

리치는 또렷한 말투로 물었다.

"왜 당신은 어젯밤 스트렌지 씨와 트레실리언 부인이 싸우는 소리를 들었다고 말하지 않았소?"

노인은 눈을 깜박거렸다.

"그런 일은 생각지도 못했습니다. 당신이 말하는 말다툼이란 생각도 할 수 없었으니까요. 아주 친한 사이에 일어난 의견 차이 정도로 생각하고 있었거든요."

"아주 친한 사이의 의견 차이라고! 스트렌지 씨는 어제 저녁식사 때 어떤 옷을 입고 있었지요?"

배틀이 다시 부드럽게 물었다.

"짙은 감색 옷이었지요? 아니면 잿빛 줄무늬 양복? 당신이 모른다고 해도 누군가가 말해 줄 거요."

허스틀이 겨우 입을 열었다.

"이제야 생각났습니다. 짙은 감색입니다."

그는 체면을 깎이게 하면 큰일이라고 염려하며 덧붙였다.

"이 집 가족들은 여름 휴가 기간에는 저녁 식사 때 옷을 갈아입지요. 식사 뒤에도 늘 밖으로 나다니시니까요. 정원이나 때로는 나루터 쪽까지 나가신답니다."

배틀은 고개를 끄덕였다.

허스틀은 밖으로 나가다가 문가에서 존즈와 마주쳤다. 존즈는 몹시 흥분해 있는 것 같았다.

"식은 죽 먹기입니다. 지문을 모두 채취했는데 꼭 들어맞는 것이 하나 있습니다. 물론 대충 비교한 것이지만 틀림없을 겁니다."

"그래서?"

"골프채의 지문은 네빌 스트렌지 것과 똑같습니다."

배틀은 의자에 앉았다.

"그런가. 이것으로 끝난 셈이군. 그렇지 않나?"


## 4

경찰서장실에 세 사나이가 진지하고 당황한 표정으로 모여앉아 있었다.

마이클 서장은 한숨을 쉬며 말했다.

"그렇다면 그를 체포할 수밖에 없겠군."

리치가 조용히 말했다.

"그렇겠지요, 서장님."

마이클은 배틀 총경을 보며 동정하듯 말했다.

"힘을 내시오. 동지가 많으니까요."

배틀 총경은 '후유' 한숨을 쉬며 말했다.

"아무리 생각해 봐도 납득이 안 갑니다."

"누구나 다 납득이 안 가오. 그러나 증거가 훌륭히 갖춰져 있단 말입니다."

"너무나 잘 갖춰져 있단 말입니다."

"하지만 이 정도인데도 체포장을 내지 않으면 경찰은 뭘 하고 있느냐는 말을 듣게 되오."

배틀은 애매하게 고개를 끄덕였다.

서장이 말했다.

"다시 한 번 생각해 봅시다. 동기는 확실하오. 스트렌지 부부는 노부인이 죽으면 거액의 돈을 상속받게 되어 있지요. 그리고 그는 부인의 살아 있는 모습을 맨 마지막으로 본 사람이오. 말다툼하는 소리도 들렸소. 게다가 그날 밤 입고 있던 옷에 피가 묻어 있었소. 아니, 무엇보다도 흉기에 그의 지문이 묻어 있소. 다른 누구 것도 아닌 그의 지문이."

"그런데도 서장님, 당신은 납득이 안 간다고 말씀하시는 겁니까?"

"그렇소, 납득이 안 가오."

"어떠한 점이 납득이 안 가십니까, 서장님?"

마이클은 코를 문지르며 대답했다.

"너무도……그렇다면 그 사람은 바보 짓을 한 것이잖소?"

"그러나 범인이란 흔히 바보 짓을 하는 법이지요."

"그건 나도 알고 있소. 잘 알고 있소. 그래서 우리들이 힘이 덜 들잖소."

배틀은 리치에게 말했다.

"짐, 너는 어디가 마음에 안 들지?"

리치는 못마땅한 듯 몸을 움직거리며 말했다.

"나는 본래 스트렌지를 좋아했거든요. 벌써 이곳에서 몇 년이나 만나고 있었지요. 그는 훌륭한 신사며 게다가 스포츠맨입니다."

"그러나 테니스의 명수가 살인자가 되지 말라는 법은 없지. 그 말은 이치에 맞지 않아."

배틀은 말을 끊었다 다시 이었다.

"내가 꺼림칙하게 여기는 것은 저 골프채야."

마이클이 여우에게 홀린 듯한 표정으로 되물었다.

"골프채라고요?"

"그렇습니다. 그렇지 않으면 그 벨이 이상합니다. 벨 아니면 골프채. 둘 다는 아니지만."

그는 천천히 주의깊은 목소리로 말을 이었다.

"실제로 어떤 일이 일어났으리라고 여기십니까? 스트렌지가 부인의 방으로 가서 말다툼하다가 흥분하여 골프채로 내리쳤다. 만일 그렇다면, 즉 돌발적으로 그런 사건이 일어났다면 어째서 골프채 같은 것을 가지고 있었겠습니까? 그것은 밤중에 들고 다닐 만한 물건이 아니잖습니까?"

"스윙 연습이라도 하고 있었는지 모르지요. 어쩌면 그와 비슷한 일이라도……."

"그럴지도 모르지요. 그러나 아무도 그런 증언을 하지 않았습니다. 본 사람도 없습니다. 그가 골프채를 들고 있는 것을 보았던 건 1주일 전 샌드 쇼트를 연습하고 있을 때뿐이었습니다. 따라서 그는 연습을 하고 있었을 리 없습니다.

말다툼을 하고 흥분했다——그러나 나는 그전에 코트에서 그를 본 적 있는데, 그러한 토너먼트 시합에서는 선수들이 모두 흥분해서 초조해지기 쉬우므로 만일 누군가가 화내든지 하면 곧 알 수 있지요. 그런데 스트렌지는 한 번도 그런 기색을 보이지 않았습니다.

그는 아주 자제심이 강합니다. 정말 여간 강한 게 아닙니다. 그런데 우리는 그가 화가 나서 저 병중에 있는 노부인의 머리를 내리쳤다고 단정하고 있는 겁니다."

서장이 말했다.

"그러나 또 다른 견해도 있소, 배틀."

"알고 있습니다. 미리부터 살인 계획을 세웠다는 말씀이시지요? 그는 부인의 돈이 탐났다, 이것은 벨에 대한 일과도 맞아들어 갑니다. 그리고 하녀에게 수면제를 먹인 일과도.

그러나 골프채와 말다툼 이야기는 들어맞지 않습니다! 만일 부인을 살해하려 마음먹고 있었다면 말다툼 같은 것은 하지 않도록 조심했을 겁니다. 하녀에게 약을 먹이고 밤중에 몰래 부인 방으로 들어가 머리를 내리치고는 강도짓으로 꾸미기 위해 골프채를 잘 닦아 본래대로 넣어 두면 되니까요!

하나에서 열까지 모두 이상합니다, 서장님. 치밀한 살인 계획과 돌발적인 폭력이 함께 얽혀 있습니다. 더욱이 이 두 가지는 물과 기름 같은 것인데 말입니다."

"확실히 당신 의견에도 일리가 있소, 배틀. 그래, 당신은 어느 쪽이라고 생각하오?"

"골프채입니다."

"하긴 네빌의 지문을 지우지 않고 부인의 머리를 내리칠 수는 도저히 없소. 그 점은 확실하오."

배틀이 말했다.

"그 경우, 뭔가 다른 것으로 맞았는지도 모릅니다."

마이클 서장은 크게 숨을 쉬었다.

"그건 좀 비약적인 추측이 아니겠소."

"아니, 아주 당연한 추측이라고 생각합니다. 스트렌지가 그 골프채로 부인을 쳤든지, 아니면 아무도 그것으로 치지 않았든지 둘 중 하나입니다. 나는 아무도 골프채를 쓰지 않았으리라고 생각합니다. 그렇다면 그 골프채에 일부러 피와 머리칼을 묻혀 그 방에 놓아두었다는 결론이 나옵니다.

러전비 박사도 그 골프채에 대해 납득이 가지 않는 듯했습니다. 다만 그것이 그곳에 있었고, 또 흉기가 아니라고 잘라 말할 수 없었으므로 마지못해 인정했던 겁니다."

마이클 서장은 의자에 기대 앉았다.

"계속해 보오, 배틀. 사양 말고 이야기해 보오. 다음 단계는?"

"이 골프채를 무시해 버리면 다음에 무엇이 남지요? 우선 동기입니다. 네빌 스트렌지에게 트레실리언 부인을 살해할 만한 동기가 정말 있었을까요? 그는 재산을 상속받습니다. 따라서 그는 돈이 필요했느냐, 아니냐 하는 것이 굉장히 중요합니다.

이 점에 대해 그 자신은 돈이 필요없다고 말하고 있습니다. 나는 확인해 보겠다고 말해 두었는데, 그의 재산 상태를 조사해 볼 겁니다. 만일 경제적으로 곤란받고 돈이 다급해서 손을 내밀 만한 상태라면 그의 용의는 아주 강력한 것이 되겠지요. 그러나 그의 말이 옳으면, 경제 상태가 좋다고 하면……."

"음, 그렇다면?"

"그렇다면 그 집안 사람 가운데 다른 이들의 동기를 조사해야만 되겠지요."

"그런 경우 네빌 스트렌지는 누명을 쓴 셈이 되겠군요?"

배틀은 눈을 가늘게 떴다.

"내가 읽은 책 가운데 나의 공상을 즐겁게 해준 구절이 있습니다. '훌륭한 이탈리아 글씨체에 감춰진 미묘한 음모'라는 구절이었지요. 내가 이 사건에서 느끼는 게 바로 그것입니다.

확실히 겉보기에는 흉포하기 그지없다 해도 지나친 말이 아닌 아주 잔악한 범죄입니다만, 나로서는 이 뒤에서 무엇인가가 살며시 노려보고 있는 것 같은 느낌이 듭니다. 이 뒤에서 움직이고 있는 미묘한 음모 같은 것을……."

서장이 배틀을 지켜 보고 있는 동안 꽤 긴 침묵이 흘렀다. 이윽고 서장이 입을 열었다.

"당신 말대로일지도 모르오. 한 번 끝까지 파헤쳐 보오. 이 사건에는 뭔가 기괴한 데가 있소. 그래, 당신의 계획은?"

배틀은 네모난 턱을 쓰다듬으며 말했다.

"글쎄요, 나는 언제나 확실한 방법으로 일을 해나가고 싶습니다. 모든 것이 네빌 스트렌지 씨의 용의를 증명하고 있습니다. 그러니 그대로 그를 의심해 가도록 하겠습니다.

그렇다고 실제로 체포할 것까지는 없지만, 우선 체포해 보인 다음 심문하고 추격하는 겁니다. 그리하여 다른 사람들의 반응을 관찰하는 거지요. 그의 진술을 바탕으로 그날 밤 그의 행동을 빠짐없이 확인해 보겠습니다. 사실 우리들의 속셈을 모두 털어놓는 거지요."

서장은 눈을 빛내며 말했다.

"대단한 마키아벨리(이탈리아 문예 부흥기의 정치사상가. 1469~1527)로군. 명배우 배틀이 주연하는 둔감한 경찰관 제1막인가."

배틀이 싱긋 웃었다.

"나는 기대에 어긋나지 않으려고 늘 생각하고 있습니다. 이번 사건은 천천히 캐나갈 작정입니다. 서두르지 않고 천천히 여러 가지 것을 캐내고 싶습니다.

네빌 스트렌지에게 혐의를 씌워 두면 캐내는 데 좋은 구실이 될 테니까요. 아시다시피 그 집안에는 정말로 뭔가 묘한 공기가 흐르고 있습니다."

"이성 문제면에서 말이오?"

"그렇게 말씀하신다면 그렇다고 할 수도 있지요."

"당신 좋을 대로 해주오, 배틀. 당신과 리치 경감 둘이서."

배틀은 일어섰다.

"고맙습니다. 변호사 쪽에서는 뭐 특별한 연락이 없습니까?"

"없소. 전화를 해두었소. 트릴러니는 그 집안과 잘 아는 사이요. 매슈 경과 트레실리언 부인의 유언장 사본을 이쪽으로 보내 주게 되어 있소.

부인은 우량 증권에 투자하여 1년에 5백 파운드쯤의 수입이 있었소. 유산의 일부를 밸릿에게, 집사 허스틀에게도 조금 남기고 나머지는 메리 앨딘에게 남기고 있소."

"그 세 사람에게도 주의를 기울여야겠군요."

마이클은 재미있는 듯한 표정을 지었다.

"당신은 정말 의심많은 사람이구려."

배틀은 자신있게 말했다.

"뭐, 5만 파운드에 현혹될 필요는 없습니다. 50파운드도 못 되는 돈 때문에 일어나는 살인 사건이 얼마든지 있으니까요. 얼마쯤의 돈이 필요한가가 문제지요. 밸릿은 유산을 받게 되어 있습니다. 혐의를 벗기 위해 수면제를 먹는 일쯤은 간단히 할 수 있지요."

"그녀는 죽을 뻔했었소. 러전비가 아직 면회를 허락하지 않고 있을 정도요."

"잘 모르고 너무 많이 먹었는지도 모르지요. 그리고 허스틀도 몹시 돈이 필요했다는 것을 우리는 잘 알고 있습니다. 그리고 미스 앨딘도 자기에게 돈이 없다면, 너무 늦기 전에 얼마쯤의 돈을 만들어 인생을 즐기고 싶다고 생각했는지도 모르고요."

서장은 의아스러운 표정이었다.

"아무튼 당신들의 일이니⋯⋯자, 시작해 주오."

5

배틀과 리치는 갤즈포인트로 되돌아와서 윌리엄즈와 존즈의 보고를 들었다.

어떤 침실에서도 미심쩍은 물건이나 단서가 될 만한 것은 발견되지 않았다. 하인들이 일하게 해달라고 귀찮을 만큼 조르는데 허락해도 좋겠느냐고 물었다.

"그도 그렇군."

배틀은 말을 끊고 나서 덧붙였다.

"우선 위층의 방 두 개를 보고 올까. 자주 쓰이지 않는 방이란 그 방을 쓰는 사람의 모든 것을 잘 말해 주는 법이니까."

존즈는 테이블 위에 작은 종이 상자를 놓았다.

"네빌 스트렌지의 짙은 감색 옷을 조사해 보니 한쪽 소매 끝에 빨간 머리칼, 칼라와 오른쪽 어깨 안쪽에 금빛 머리칼이 붙어 있었습니다."

배틀은 두 가닥의 빨간 머리칼과 여섯 가닥쯤 되는 금빛 머리칼을 집어 들고 자세히 살펴보았다. 그리고 눈을 좀 반짝이며 말했다.

"아주 좋은 것을 발견했군. 이 집에는 빨강 머리 여자가 한 사람, 금발이 한 사람, 그리고 갈색 머리가 한 사람 있지. 따라서 어디서 부터 손써야 하는지 곧 알 수 있게 됐군. 소매 끝에 빨간 머리칼, 칼라에 금발이라? 네빌 스트렌지는 좀 바람기가 있어. 두 손에 꽃을 들고 있으니……."

"소매에 묻어 있던 혈액은 지금 분석하고 있습니다. 결과가 나오는 대로 전화가 걸려 오게 되어 있습니다."

리치는 고개를 끄덕이며 물었다.

"고용인들은?"

"경감님 지시대로 했습니다. 아무도 해고시키겠다는 말을 들은 사람은 없었고, 노부인에게 원한을 품고 있었던 사람도 없는 것 같습니다. 부인은 엄격한 사람이었지만 모두들의 존경과 사랑을 받아 왔지요, 어느 경우에나 하인들은 미스 앨딘이 다스려 왔습니다. 미스 앨딘도 하인들 사이에서는 평이 좋은 것 같습니다."

배틀은 입을 열었다.

"한눈에 그녀는 아주 유능한 사람이라고 생각했지. 그녀가 범인이라고 한다면 그리 쉽사리 꼬리를 잡히지 않을걸."

존즈는 놀라는 것 같았다.

"그러나 그 골프채의 지문은……."

"알고 있네, 알고 있어. 그건 인상좋은 스트렌지의 것이지. 스포츠맨이라면 일반적으로 머리 회전이 좋은 사람이 없다고 믿어져 오지만 아니, 그건 전혀 근거가 없는 말일세. 그 네빌 스트렌지가 완전히 저능이라고는 할 수 없네. 하녀가 먹고 있던 센나 껍질은 어떤가?"

"그것은 3층에 있는 하녀 전용 욕실 선반 위에 늘 놓여 있었습니다. 날마다 낮에 달여 잘 때까지 그대로 놓아둔다고 하더군요."

"그렇다면 누구든지 쉽게 다가갈 수 있겠군! 집안 사람이라면 누구든지."

리치는 확신있게 말했다.

"네, 집안사람의 짓이 틀림없습니다!"

"나도 그렇게 생각해. 이것은 관계자의 한정된 범죄가 아니야. 누구든지 열쇠만 있으면 정면 현관문을 열고 들어올 수 있지.

네빌 스트렌지는 어젯밤 그 열쇠를 가지고 있었어. 그러나 현관문 열쇠쯤 부수는 일은 간단하고 전문가라면 철사 토막으로도 쉽게 열 수 있지.

하지만 외부 사람이 그 벨에 대해서며 하녀 밸럿이 밤마다 센나를 마신다는 것을 알고 있으리라고는 생각할 수 없어! 이것은 틀림없이 집안 사정을 잘 아는 사람의 짓이야!

자, 함께 가보자, 짐. 올라가서 그 욕실이며 다른 방들을 조사해 봐야지."

모두들 3층으로 갔다. 맨 먼저 낡고 망가진 가구와 여러 가지 잡동

사니가 가득 들어 있는 창고로 들어갔다.

존즈가 말했다.

"이 안은 살펴보지 않았습니다. 깜박 잊었군요."

"대체 뭘 찾고 있었지? 하지만 괜찮아, 시간 낭비일 뿐이니까. 바닥의 먼지를 보니 적어도 반년은 아무도 들어가지 않은 것 같군."

3층에는 하인들의 방과 욕실이 딸린 빈 침실이 두 개 있었다. 배틀은 각 방들을 흘끗 둘러보고 곧 하녀 앨리스가 창문을 잠그고 잔다는 것, 그리고 여윈 하녀 에머에게는 많은 친척이 있어서 그 사진을 장롱 서랍 속에 가득 넣어 두었다는 것, 허스틀이 금이 가기는 했지만 값비싼 드레스덴제 도자기와 크라운더비제 도자기를 한두 개 가지고 있다는 것까지 알아냈다. 요리사 방은 먼지 하나 없이 깨끗했지만 부엌 하녀 방은 굉장히 어질러져 있었다.

배틀은 충계를 내려가는 복도 옆에 있는 욕실로 들어갔다. 윌리엄즈는 세면기 위의 칫솔과 컵, 여러 가지 고약과 소금병, 헤어로션 등이 놓여 있는 긴 선반을 가리켰다. 그 중간쯤에 센나 껍질 봉지가 얹혀 있었다.

"컵과 봉지에도 지문이 없나?"

"그 하녀의 지문밖에 없습니다. 지문은 그녀의 방에서 검출했습니다."

리치가 말했다.

"범인은 컵에 손을 대지 않았습니다. 수면제를 컵 속에 떨어뜨리기만 하면 되거든요."

배틀은 리치와 함께 충계를 내려갔다. 3층에서 내려오는 도중에 보니 좀 이상한 위치에 창문이 나 있었다. 갈고리 달린 막대기 하나가 그 한구석에 세워져 있었다.

리치가 말했다.

"저것으로 맨 위 창틀을 잡아당겨 내려 보십시오. 도둑이 숨어들지 못하게 되어 있지요. 저 창문은 아래로 내려갈 수는 있지만, 거기로 해서 들어오기에는 너무 좁거든요."

"나는 외부에서 들어왔다고 생각지 않아."

배틀의 눈은 생각에 잠겨 있었다.

그는 2층 모퉁이 방으로 들어갔는데, 그곳은 오드리 스트렌지의 방이었다. 방안이 깨끗이 정돈되어 깔끔한 느낌이 들었다. 화장대에 상아 브러시가 놓여 있고, 마구 벗어 던진 옷도 없었다.

배틀은 옷장 안을 들여다보았다. 간소한 윗옷 두 벌과 스커트, 야회복 두 벌, 여름용 드레스 한두 벌. 드레스는 모두 값싼 것이었다. 잘 지어진 윗옷은 재단이 돋보여 비싼 것 같았으나 새것은 아니었다.

배틀은 고개를 끄덕였다. 그는 1, 2분 동안 압지 왼쪽에 있는 펜 접시를 만지작거리며 책상 옆에 서 있었다.

윌리엄즈가 말했다.

"압지에도, 휴지통 속에도 이렇다 할 것이 없습니다."

"그렇겠지. 여기에는 이미 아무것도 없을 거야."

모두들 다른 방으로 들어갔다.

토머스 로이드의 방에는 여기저기 옷이 내던져져 있었다. 테이블 위며 침대 옆에 파이프와 담뱃재가 흩어져 있고 키플링의 《킴(Kim : 1902년 작품)》이 반쯤 펼쳐진 채 놓여 있었다.

배틀이 말했다.

"틀림없이 말레이시아인 하인이 그의 뒤를 따라다니며 깨끗이 정돈해 주었을 테지. 낡은 통속 소설에 취미가 있나 보군. 보수적인 사람이야."

메리 앨딘의 방은 작지만 아늑했다. 배틀은 선반 위의 여행기와 예스러운 오목한(凹) 모양의 은브러시를 바라보았다. 가구며 방안의 색채가 다른 방에 비해 훨씬 현대적이었다.

"그녀는 그리 보수적이 아니로군. 사진도 없고, 과거에 사는 타입의 여자가 아닌가 보구먼."

그리고 또 서너 개의 방이 있었지만, 어느 방이나 모두 손님용으로서 깨끗했다. 그 밖에 욕실이 둘 있었다. 그 다음은 트레실리언 부인의 두 칸짜리 넓은 방이었다. 그리고 작은 층계를 세 단 내려가니 스트렌지 부부가 쓰고 있는 방 두 개와 욕실이 있었다.

배틀은 네빌의 방에서는 그리 시간을 끌지 않았다. 그는 창문 밖으로 바깥을 흘끗 내다보았다. 그 아래에는 바다 위로 내밀어진 바위산이 있었다. 전망은 서쪽이 더 넓고 험한 모습으로 수면에 우뚝 솟아오른 스터크 헤드에 맞닿아 있었다.

배틀이 중얼거렸다.

"오후의 햇볕이 드는 방이로군. 그러나 아침나절에는 좀 어둡겠어. 간조 때에는 견딜 수 없을 만큼 해초 냄새가 나지. 게다가 저 바위산 모습은 아주 음침하군. 저러니까 자살도 하고 싶어지는 거야!"

그는 큰 방 쪽으로 들어갔다. 문은 잠겨 있지 않았다.

여러 가지 물건들이 멋대로 나뒹굴고 있었다. 옷이 산더미처럼 쌓여 뒤죽박죽이었다. 엷은 속옷, 스타킹, 벗어 던진 잠바류……의자 등받이에 걸린 무늬있는 여름 드레스는 금방이라도 미끄러져 내릴 것 같았다.

배틀은 옷장 안을 들여다보았다. 모피, 야회복, 짧은 팬츠, 테니스복, 운동복 등이 가득했다.

배틀은 살며시 옷장문을 닫았다.

"돈이 많이 드는 취미로군. 남편의 돈깨나 없애는 여자인걸."

리치가 속삭이듯 말했다.

"틀림없이 그 때문에……."

그러나 그는 도중에 입을 다물어 버렸다.

"그 때문에 10만 아니, 5만 파운드가 필요하게 되었을까? 그럴지도 모르지. 그녀는 뭐라고 할지 모르지만."

모두들 아래층 서재로 내려갔다.

윌리엄즈는 하인들에게 일을 계속해도 좋다는 말을 전하러 나갔다. 가족들도 자기 방으로 돌아가고 싶으면 좋다는 허락이 내려졌다. 그리고 나서 리치 경감이 한 사람씩 따로 만나 보고 싶어한다는 뜻이 전해져 네빌 스트렌지부터 시작하기로 했다.

윌리엄즈가 방에서 나가자 배틀과 리치는 견고하게 만들어진 빅토리아 왕조풍 테이블에 자리잡았다. 한구석에 젊은 경관이 수첩과 연필을 들고 앉아 있었다.

배틀이 말했다.

"그럼, 시작하자. 짐, 잘해봐라."

리치가 고개를 끄덕이자 배틀은 턱을 쓰다듬으며 눈살을 찌푸렸다.

"왜 에르큘 포아로가 머리 속에 떠오르는지 모르겠군."

"그 벨기에인 할아버지, 몸집작은 이상한 사람 말입니까?"

"몸집작은 이상한 사람이라니, 그는 독사와 표범을 합쳐 놓은 것 같은 사나이야. 물이 흐르듯 연설할 때는 말이지. 그가 이 자리에 있었으면! 틀림없이 그의 독점 무대가 될 텐데."

"어떤 점에서요?"

"심리학적인 면에서. 정통적인 심리학에 대해 아무것도 모르는 어중간한 사람들과는 다르니까."

그의 생각은 원망을 담고 미스 앤프리에게로 달려갔다. 그리고 그의 딸 실비아에게로.

"실로 진짜지. 가짜의 정체를 똑바로 꿰뚫어 보니까. 범인에게 실컷 지껄여대게 하는, 이것이 포아로의 수법이지.

어차피 누구든 진실을 말하게 되거든. 결국은 거짓말하기보다 진실을 말하는 쪽이 훨씬 편한 법이니까. 그래서 뜻밖의 실패를 해버리고 마는 거야. 그때 잡아내는 거지."

"그래서 네빌 스트렌지의 망을 넓게 쳐놓는 거군요?"

배틀은 뭔가 다른 일을 생각하고 있는 듯 건성으로 고개를 끄덕였다. 그리고 난처한 듯 머뭇거리며 덧붙였다.

"그러나 한 가지 마음에 걸리는 일은 무엇이 나에게 에르큘 포아로를 생각나게 했는가 하는 거야. 위층, 분명히 위층인데 대체 무엇을 보고 그 몸집작은 사람이 생각난 것일까?"

네빌 스트렌지가 방으로 들어왔으므로 그 이야기는 중단되었다.

네빌은 핼쑥하고 고민스러운 모습이었으나 아침 식사 때보다는 훨씬 차분해져 있었다. 배틀은 그를 날카롭게 지켜 보았다.

누구든, 그것도 정상적인 사고를 하는 사람이 흉기에 자기 지문이 묻어 있고 더욱이 경찰에서 자기 지문을 채취해 갔다면, 굉장히 신경질적이 되지 않을 수 없을 것이며, 또한 철면피를 가장하지 않을 수도 없을 것이다.

네빌 스트렌지의 태도는 아주 자연스러웠다. 충격으로 고민하고 슬퍼하는 표정을 짓고 있었지만, 그것 역시 거짓 표정은 아니었다.

제임스 리치는 서부 지방의 밝은 어조로 말하기 시작했다.

"좀 물어 볼 일이 있습니다, 스트렌지 씨. 어젯밤의 당신 행동과 어떤 사실에 관한 것입니다. 만일 당신이 질문에 대답하고 싶지 않다면 하지 않아도 좋습니다. 당신 변호사를 불러도 좋습니다."

그는 몸을 내밀고 상대방의 반응을 기다렸다.

네빌 스트렌지는 분명히 당황하고 있는 것 같았다.

리치는 마음속으로 중얼거렸다.

'이 사나이는 우리가 생각하고 있는 것을 꿈에도 모르는가 보군. 그

렇지 않다면 이 사람은 명배우야.'

네빌이 아무 대답도 하지 않았으므로 그는 소리높여 다시 말했다.

"어떻게 하시겠습니까, 스트렌지 씨?"

네빌이 말했다.

"좋습니다. 무엇이든지 물어 보십시오."

배틀이 쾌활한 목소리로 물었다.

"당신이 말씀하시는 것은 모두 기록되고 나중에 법정에서 증거물로 채택될지도 모른다는 사실을 알고 계시겠지요?"

순간 스트렌지의 얼굴에 화난 기색이 넘쳐흘렀다. 그는 날카로운 목소리로 물었다.

"내게 겁주는 겁니까?"

"아닙니다, 스트렌지 씨. 다만 경고해 두었을 뿐입니다."

네빌은 어깨를 으쓱했다.

"이것도 모두 당신들의 직업상 하는 일이겠지요. 그럼, 어서 말씀하십시오."

"물어도 좋겠습니까?"

"물론입니다!"

"그럼, 어젯밤 당신이 무얼 하셨는지 사실대로 말씀해 주십시오. 저녁 식사 뒤부터 부탁해 볼까요."

"좋습니다. 저녁 식사 뒤 나는 다른 사람들과 응접실로 가서 커피를 마셨습니다. 라디오를 들으며, 뉴스인가 뭔가였지요. 그리고 나서 이스터헤드 베이 호텔로 가서 거기에 묵고 있는 사람을 만날 생각이었습니다. 그는 내 친구입니다."

"친구의 이름은?"

"라티머입니다, 에드워드 라티머."

"친구입니까?"

"네, 그렇다고 할 수 있지요. 우리는 자주 만나고 있습니다. 그가 이리로 식사하러 오기도 하고 이쪽에서 놀러 가기도 했지요."

배틀이 물었다.

"이스터헤드 베이에 가기에는 좀 늦은 시간이 아니었을까요?"

"그곳 오락장은 밤새도록 영업하고 있습니다."

"하지만 이 집 사람들은 좀 빨리 주무시는 편이지요?"

"네, 그렇습니다. 그러나 나는 현관문 열쇠를 가지고 있었습니다. 모두들 잠들어도 상관없도록."

"부인이 함께 가고 싶어하지 않았습니까?"

네빌의 목소리가 조금 바뀌어 딱딱해졌다.

"네, 아내는 머리가 아프다고 하며 이미 잠자리에 들어 있었습니다."

"계속하십시오."

"나는 옷을 갈아입으려고……."

리치가 입을 열었다.

"잠깐 실례하겠습니다만, 어떤 옷으로 갈아입었지요? 턱시도? 아니면 턱시도를 벗었나요?"

"아니, 그 어느 쪽도 아닙니다. 나는 짙은 감색 양복을 입고 있었지요. 내 옷 가운데 가장 좋은 것입니다. 비가 좀 내리고 있는데다 나룻배로 건너 저쪽 기슭에서 다시 반 마일쯤 걸어야만 했으므로 헌 옷으로 갈아 입었습니다. 더 자세히 말씀드리면 그것은 가는 줄무늬가 있는 잿빛 옷입니다."

리치는 상냥하게 말했다.

"아무튼 확실한 게 좋으니까요. 계속하십시오."

"그래서 2층으로 가려는데 허스틀이 와서 트레실리언 부인이 나와 만나고 싶어한다고 하기에 부인 방으로 가서 좀 이야기를 나누고 나왔지요."

"그럼, 살아 있는 부인을 맨 마지막으로 본 사람은 당신인 셈이군요, 스트렌지 씨?"

네빌의 얼굴이 빨개졌다.

"그런 셈이지요. 그때는 아무 이상 없었는데……."

"부인 방에 얼마 동안 있었지요?"

"20분에서 30분쯤입니다. 그리고 내 방으로 가서 옷을 갈아입고 나갔습니다. 현관문 열쇠를 가지고."

"몇 시쯤이었습니까?"

"10시 30분쯤이었을 겁니다. 서둘러 언덕을 내려가 겨우 나룻배를 타고 이스터헤드로 건너갔습니다. 호텔에서 라티머를 만나 한두 잔 하고 나서 당구를 쳤지요. 어느 틈에 시간이 너무 늦어져 마지막 나룻배를 놓치고 말았습니다. 그 배는 1시 30분에 나가지요.

그래서 라티머가 친절하게도 자기 자동차로 바래다 주었습니다. 자동차로는 아시다시피 솔팅턴을 빙 돌아야 하므로 25킬로미터쯤이나 되지요. 2시에 호텔을 나와 2시 30분쯤 여기에 도착했습니다.

테드 라티머에게 고맙다고 한 뒤 한잔하고 가지 않겠느냐고 물어보니 그냥 가겠다고 했으므로 나는 안에 들어와 그대로 침실로 올라갔습니다. 특별히 이상한 것은 없었던 것 같습니다. 집 안은 편히 잠들어 있는 것 같았지요. 그리고 오늘 아침 하녀의 비명이 들려와……."

리치가 입을 열었다.

"흠, 그럼, 이야기를 좀 앞으로 돌리겠는데, 트레실리언 부인과 당신이 이야기를 할 때 부인의 모습에 뭔가 이상한 점은 없었습니까?"

"네, 전혀."

"어떤 이야기를 하셨습니까?"

"그……여러 가지……."

"다정히 이야기를 나누었습니까?"

네빌의 얼굴이 빨개졌다.

"네, 물론이지요."

리치는 지체없이 물었다.

"이를테면 심한 말다툼 같은 것은 하지 않았습니까?"

네빌은 곧 대답하지 않았다.

"사실대로 말씀하시는 게 좋을 겁니다. 솔직히 말하면 당신들이 주고받은 이야기가 바깥에까지 새어 버렸으니까요."

네빌은 빠르게 말했다.

"뭐, 약간의 의견 차이에 지나지 않았습니다. 그 밖에는 달리 뭐……."

"그 의견 차이란 어떤 것이었습니까?"

네빌은 가까스로 기분이 좋아졌는지 웃어 보였다.

"솔직히 말하면 나는 부인으로부터 꾸중을 들었습니다. 자주 있는 일이지요. 부인은 마음에 들지 않는 일이 있으면 누구든지 마구 꾸짖습니다. 옛 기질이 그대로 남아 있었지요. 현대적인 방법이나 사고방식에는 곧 화를 내서……이를테면 이혼 같은 것에 몹시 화를 냈지요.

우리들은 토론을 했고, 나는 좀 흥분했을지도 모릅니다. 의견은 맞지 않았지만 싸우지 않고 모든 것을 다 해결한 다음 헤어졌습니다."

그리고는 좀 열띤 말투로 덧붙였다.

"분명히 말씀드리는데, 나는 아무리 토론에 열중했다 하더라도 부인의 머리를 치거나 하는 짓은 하지 않습니다. 만일 당신들이 그런 일을 생각하고 계신다면 말입니다만!"

리치는 배틀 쪽을 쳐다보았다. 배틀은 천천히 몸을 테이블 위로 내밀었다.

"당신은 오늘 아침 그 골프채가 당신 것이라고 인정하셨습니다. 거기에 당신 지문이 묻어 있다는 사실에 대해 해명할 수 있습니까?"

네빌은 눈을 크게 떴다. 그리고 날카롭게 말했다.

"나의——그러나 그야 그렇겠지요——내 것이고 이따금 사용하니까요."

"당신이 마지막으로 그 골프채를 쥐었었다는 것을 지문이 나타내고 있으니, 그 사실을 해명하라는 겁니다."

네빌은 꼼짝도 하지 않고 앉아 있었다. 얼굴에서 핏기가 가셨다.

"거짓말입니다, 그런 일은 있을 수 없습니다. 내가 그것을 쥔 뒤에도 그 골프채를 누군가 다른 사람이 사용할 수 있습니다. 장갑만 낀다면."

"아닙니다, 스트렌지 씨. 당신이 말하는 대로는 될 수 없습니다. 당신의 지문을 지우지 않고 그것을 사용할 수는 없으니까요."

침묵이 이어졌다. 긴 침묵이었다.

"오, 하느님!"

네빌은 몸을 크게 떨었다. 그리고 두 손으로 눈을 가렸다. 두 경찰관은 뚫어지게 그 모습을 지켜 보고 있었다.

이윽고 그는 손을 내리더니 자세를 바로잡았다.

"그건 거짓말입니다, 터무니없는 거짓말입니다. 당신들은 내가 부인을 살해했다고 생각하고 있지만, 나는 하지 않았습니다. 맹세코 그런 일은 하지 않았습니다. 뭔가 무서운 착오가 있습니다."

"그럼, 이 지문에 대해 아무 해명도 할 수 없다는 겁니까?"

"어떻게 해서 그런 일이……나는 다만 놀라울 뿐입니다."

"당신의 짙은 감색 양복 소매 끝에 피가 묻어 있는 사실에 대해서는 설명할 수 있습니까?"

"피?"

그것은 두려움으로 짓눌린 낮은 목소리였다.

"설마!"

"예를 들면 당신 자신의 실수로 어디를 베었다든가……."

"아니오, 물론 그런 일은 없었습니다!"

두 사람은 말없이 그를 지켜 보고 있었다.

네빌 스트렌지는 이마에 주름을 잡고 골똘히 생각에 잠겨 있는 것 같았다. 이윽고 그는 두려움에 사로잡힌 눈길로 두 사람을 지켜 보았다.

"망상입니다! 망상입니다! 모두 거짓말입니다."

배틀이 말했다.

"사실은 움직일 수가 없습니다."

"하지만 어째서 내가 그런 짓을. 도저히 생각할 수 없습니다. 믿을 수 없는 일입니다! 나는 태어날 때부터 지금까지 캐밀러를 잘 알고 있었습니다!"

리치가 헛기침을 했다.

"당신 자신이 트레실리언 부인이 세상을 떠나면 막대한 돈이 들어 온다고 말했잖습니까?"

"그것이 살인 동기였다고 생각하시는가 보군요? 그러나 나는 돈 같은 건 탐내지 않습니다! 그런 건 필요없습니다!"

잔기침을 하며 리치가 말했다.

"말은 그렇게 하겠지요, 스트렌지 씨."

네빌은 벌떡 일어났다.

"알겠습니다. 나는 증명해 보일 게 있습니다, 돈이 필요없는 까닭을요. 은행의 지배인에게 전화걸게 해주십시오. 직접 은행과 이야기해 보시지요."

전화가 이어졌다. 선이 좋아서 2, 3분도 안 되어 런던과 연결되었다. 네빌이 전화를 받았다.

"로널드슨입니까? 나는 네빌 스트렌지입니다. 목소리만 듣고도 알겠지요? 저, 경찰이 지금 이곳에 와 있는데, 나에 대해 뭔가 알고 싶은 게 있는 듯하니 가르쳐 주십시오. 그럼, 부탁합니다."

리치가 수화기를 건네 받았다. 그는 조용히 이야기했다. 질문과 응답이 계속되었다.

그는 수화기를 제자리에 놓았다.

네빌이 열심히 물었다.

"자, 뭐라고 합니까?"

리치가 무표정하게 대답했다.

"당신에게는 예금이 아주 많고, 그리고 당신의 투자도 은행이 취급하고 있으며 성적이 좋다고 기록되어 있다고 합니다."

"그것 보십시오!"

"그럴지도 모르지만, 그러나 스트렌지 씨, 빚이 있다든가 협박당하고 있었다든가, 뭔가 우리들이 알 수 없는 돈이 필요했는지도 모르잖습니까?"

"그런 것은 없습니다! 정말로 없습니다! 아무리 찾아봐도 나오지 않을 겁니다."

배틀 총경은 그 단단한 어깨를 움직거렸다. 그리고 아버지 같은 부드러운 목소리로 말했다.

"당신도 납득해 주리라 생각합니다만, 우리는 당신에게 체포장을 낼 수 있는 충분한 증거를 쥐고 있습니다. 그러나 실행에 옮기지는 않겠습니다, 지금으로서는. 우리는 당신을 선의로 해석하고 있으니까요."

네빌은 씁쓰레한 목소리로 말했다.

"그럼, 당신들은 처음부터 범인을 나라고 정해 놓고 내가 하는 말 같은 건 듣지도 않고 사건의 앞뒤를 끼워 맞추기 위해 동기가 필요하다는 겁니까?"

배틀은 한마디도 하지 않았다. 리치는 천장을 바라보고 있었다.

네빌은 절망한 듯 말했다.

"마치 악몽 같군, 내 힘으로는 어떻게도 할 수 없는. 이렇게 된다면 덫에 걸려 빠져 나올 수 없는 거나 다름없지."

배틀 총경은 몸을 움직거렸다. 그 반쯤 감겨진 속눈썹 사이로 이지적인 빛이 반짝였다.

그는 말했다.

"정말 교묘하게 짜여져 있어. 아주 교묘하군. 그렇기 때문에 나에게 생각나는 것이 있는데⋯⋯."


## 6

존즈 형사부장은 부부가 서로 얼굴을 마주치지 않도록 조심하여 네빌을 홀 밖으로 내보내고 케이를 프랑스식 문으로 들어오게 했다.

그는 말했다.

"하지만 네빌은 다른 사람들과 만날 겁니다."

배틀이 말했다.

"그편이 좋아. 아직 아무것도 모르는 사이에 내가 심문하고 싶은 것은 케이뿐이니까."

그날은 바람이 세고 어딘지 모르게 음산했다. 케이는 트위드 스커트에 자줏빛 스웨터를 입었으며, 머리칼은 번쩍번쩍 빛나는 구리 그

릇을 생각나게 했다. 그녀는 몸을 떨며 얼마쯤 흥분해 있는 것 같았다. 그녀의 아름다움과 젊음은 어두운 빅토리아 왕조풍 책장이며 의자를 배경으로 마치 활짝 핀 꽃과도 같았다.

리치는 쉽사리 어젯밤의 이야기로 그녀를 이끌어 갔다.

케이는 머리가 아파서 일찍 잠들었다. 9시 15분쯤이라고 그녀는 말했다. 깊이 잠들었으므로 아침까지 아무 소리도 듣지 못했는데, 누군가의 비명에 놀라 잠을 깼다.

배틀이 물었다.

"남편은 외출하기 전에 당신의 용태를 보러 오지 않았습니까?"

"네."

"당신은 응접실에서 나간 뒤 오늘 아침까지 남편과는 만나지 않았단 말이지요?"

케이는 고개를 끄덕였다.

배틀은 턱을 쓰다듬었다.

"스트렌지 부인, 당신과 남편의 방 사이의 문이 잠겨 있더군요. 누가 잠갔지요?"

"내가요."

배틀은 아무 말도 하지 않았다. 다만 기다리고 있었다. 나이든 고양이가 쥐가 나올 때까지 줄곧 쥐구멍을 지켜 보고 있듯이.

이 침묵은 심문하는 것보다도 더 효과가 있었다. 케이가 격렬한 말투로 이야기하기 시작했다.

"아, 이미 모든 것을 알고 계시는군요! 저 집사 허스틀이 차시간 전에 우리가 나눈 이야기를 다 엿들은 거예요. 내가 아무 말 하지 않아도 그 노인이 당신들에게 모두 이야기해 버리겠지요. 벌써 해 버렸는지도 모르고요.

네빌과 나는 싸웠어요. 심하게 싸웠지요! 나는 머리끝까지 화가 났었어요. 침실로 가서 문을 잠가 버렸지요. 화가 나서 견딜 수 없었거든요！"

배틀은 동정하는 표정으로 말했다.

"그렇습니까, 그랬군요. 그런데 무엇 때문에 싸우셨습니까？"

"그것이 이 일과 무슨 관계있어요？ 네, 하긴 당신에게 이야기해도 괜찮을 것 같군요. 네빌은 정말 어리석은 짓을 하고 있었거든요. 하지만 나쁜 건 그 여자예요."

"누구 말씀이십니까？"

"그의 전아내 말예요. 그녀가 먼저 네빌을 이리로 불렀거든요."

"그것은 당신과 만나기 위해서입니까？"

"그래요. 네빌은 이것이 모두 자신의 생각이라고 여기고 있어요. 정말 바보같이！ 그러나 그렇지 않아요. 언젠가 공원에서 그녀를 만나 그런 생각에 전염되어 자기 생각인 것처럼 여기기 전까지 네빌은 이런 계획 같은 건 생각해 본 적도 없었어요. 네빌은 자기 생각이라고 믿고 있지만, 나는 처음부터 그 뒤에 있는 오드리의 미묘한 음모라는 것을 알고 있었어요."

"그녀는 왜 그런 일을 해야만 했을까요？"

"그건 네빌을 다시 뺏고 싶어서예요."

케이의 말투가 빨라지고 숨소리도 거칠어졌다.

"그녀는 네빌이 나와 함께 살게 된 것을 결코 용서하지 않고 있어요. 이것은 그녀의 복수예요. 그녀가 그를 부추겨 모두들 이리로 모이게 한 거예요.

그리고 그녀는 그에게 손을 뻗었어요. 우리들이 이곳에 와 닿은 뒤부터 늘 그랬지요. 그녀는 아주 영리해서 어떻게 하면 가엾고 나약하게 보일 수 있는지 잘 알고 있어요. 그리고 어떻게 하면 다른 남자까지 낚을 수 있을까 하는 것도요. 그녀는 토머스 로이드, 언제나 그녀에게 반해 있는 충실한 사촌 오빠 토머스 로이드까지 이리로 오게 하여 마치 결혼이라도 할 듯 꾸며 보이며 네빌을 미치게 만들어 버렸어요."

케이는 몹시 화가 난 듯 숨소리도 거칠게 말을 끊었다.

배틀은 부드럽게 말했다.

"당신 남편은 전아내가 사촌 오빠와 잘 되는 것을 기뻐하고 있지는 않을까요?"

"어머나, 기뻐하고 있다고요! 그는 질투 때문에 죽을 지경이 되어 있는데도요!"

"그럼, 남편은 아직도 그 부인을 무척 사랑하고 있나 보군요?"

"그럴 거예요."

마치 내뱉듯 말하고 나서 그녀는 덧붙였다.

"그녀도 그것을 잘 알고 있었던 거예요!"

배틀은 아직 의심스러운 듯 손가락으로 턱을 어루만지고 있었다. 그리고 슬쩍 물었다.

"그러나 이리로 오는 것에 당신이 반대할 수도 있었을 텐데요?"

"어떻게 반대할 수가 있겠어요! 그러면 마치 내가 질투하고 있는 것처럼 보일 게 아니예요?"

"그렇겠군요. 그러나 결국은 그렇지 않습니까?"

케이는 얼굴이 빨개졌다.

"네, 언제나 그랬어요! 나는 줄곧 오드리를 질투하고 있었지요. 처음부터 말예요. 그래요, 그렇게 말해도 좋을 정도예요.

언제나 그녀가 집안에 달라붙어 떨어지지 않는 것 같은 느낌이었어요. 마치 내 집이 아니라 그녀의 집 같았지요. 색채 같은 것을 바꿔 보았지만 소용없었어요! 집안에 마치 그녀의 잿빛 유령이 숨어 있는 것 같았지요.

나는 네빌이 오드리에게 큰 타격을 주었다고 생각하며 고민하는 걸 알고 있었어요. 네빌은 그녀를 잊을 수 없다고 말하기도 했어요. 이처럼 그녀는 우리에게 붙어 떨어지지 않았던 거예요. 그의 마음속 양심을 좀먹듯 말예요.

　왜 그런 사람이 흔히 있잖아요. 이렇다 할 특징도 재미도 없으면서 뭔가 끌리는 사람."

배틀은 깊은 생각을 하는 듯 고개를 끄덕였다.

"됐습니다. 정말 고맙습니다, 부인. 지금은 이것으로 좋습니다. 좀더 여러 가지를 묻고 싶은데 특히 남편이 트레실리언 부인으로부터 많은 재산을, 5만 파운드나 되는 재산을 상속받게 되어 있는 점에 대해서요."

"반씩이 아닌가요? 우리는 매슈 경의 유언에 따라 그것을 상속받게 되어 있는 게 아닌가요?"

"당신은 모든 걸 다 알고 있었군요?"

"네, 그건 매슈 경이 부인이 돌아가시면 네빌과 그의 아내가 유산을 분배받도록 이미 유언하신 일이에요. 그러나 나는 그 노부인이 죽었다고 해서 기쁠 것도 없어요. 나는 그 할머니를 그리 좋아하지 않았지요. 하지만 강도가 들어와 노부인의 머리를 부숴 버리다니, 생각만 해도 소름이 끼쳐요."

케이는 나갔다. 배틀은 리치 쪽을 보았다.

"그녀를 어떻게 생각하느냐? 확실히 미인이군. 저쯤이면 남자들이 곧 넋을 잃고 말겠어."

리치도 긍정했다. 그리고 그는 미심쩍은 듯 말했다.

"하지만 어느 모로 보나 숙녀 같지는 않군요."

"지금은 사정이 다르잖니. 그럼, 이번에는 첫 아내를 만나볼까. 아니, 먼저 미스 앨딘부터 만나 보도록 하자. 이 결혼소동을 제3자가 어떻게 보고 있는지 알아봐야겠어."

메리 앨딘은 차분한 태도로 들어와 자리에 앉았다. 표정이 아주 냉정한 듯했으나 그녀의 눈은 굉장히 불안해 보였다.

그녀는 리치의 심문에 똑똑히 대답하며 그날 밤 네빌의 진술을 인정했다. 자신은 10시에 침대에 들었다고 말했다.

"그 무렵 스트렌지 씨는 트레실리언 부인 방에 있었겠군요?"

"네, 두 분의 말소리가 들렸어요."

"말소리가 들렸습니까, 아니면 말다툼 소리가 들렸습니까?"

메리는 얼굴이 빨개졌으나 차분하게 대답했다.

"아시다시피 부인은 논쟁을 좋아하셨어요. 마음속으로는 대수롭지 않게 여기면서도 곧잘 신랄한 이야기를 하셨지요. 게다가 전제적이고 너무 권위를 내세우셨거든요. 그런 경우 남자들은 여자들보다 참지 못하지요."

배틀은 마음속으로 중얼거렸다.

'당신 만큼은……'

그는 메리의 이지적인 얼굴을 바라보았다. 그때 그녀 쪽에서 침묵을 깨뜨렸다.

"나는 바보 같은 이야기는 드리고 싶지 않지만, 그러나 아무래도 믿어지지가 않아요. 당신들이 가족들을 의심하시다니. 왜 외부사람의 짓으로 보지 않지요?"

"거기에는 뚜렷한 이유가 있습니다, 미스 앨딘. 예를 들면 도난당한 물건이 아무것도 없고, 침입한 흔적도 없거든요. 당신에게 이 집이며 지형에 관해 이야기할 것까지는 없겠지만, 이 점을 잘 유의해 보아야 합니다.

서쪽은 바다로 깎아지른 듯 솟은 벼랑, 남쪽에는 안벽과 바다로 이어진 돌층계 딸린 테라스가 두 개. 그리고 동쪽은 모래톱과 이어졌다고 할 수 있는 정원의 비탈입니다. 출입구로는 큰길로 나가는 작은 문이 있지만 오늘 아침에도 여느 때와 마찬가지로 빗장이 걸리고 길가에 잇닿은 정면 현관문도 잠겨 있었습니다.

저 담을 뛰어넘을 사람이 없다고는 잘라 말할 수 없습니다. 그리고 정면 현관문의 여벌쇠나 다른 열쇠를 써서 들어올 수 있으리라고도 생각합니다. 그러나 내가 보는 범위에서는 그런 흔적이 발견되지 않았습니다.

이 범행을 저지른 자가 누구든 그는 하녀 밸릿이 밤마다 센나껍질 달인 것을 먹는다는 걸 알고 있어서 그 속에 수면제를 넣었습니다. 이것은 이 범행이 이 집 사람의 짓임을 말해 주고 있지요. 골프채도 층계 밑 벽장 안에서 꺼낸 겁니다. 따라서 이것은 외부 사람 짓이 아닙니다."

"네빌은 아니예요! 네빌이 아니라는 것만은 확실해요!"

"당신은 어떻게 그런 확신을 할 수 있습니까?"

메리는 절망한 듯 두 손을 들었다.

"그 사람답지 않은 짓이에요. 그 때문이지요! 병으로 앓아 누워 손도 못 내미는 노인을 살해할 사람이 아니예요. 그 네빌만은 말이에요!"

배틀은 설득하듯 말했다.

"물론 그럴지도 모르지요. 그러나 사람이란 욕심을 내면 어떤 일이라도 해치운다는 것을 알게 된다면 당신도 깜짝 놀랄 겁니다. 네빌 스트렌지 씨는 목구멍에서 손이 나올 만큼 돈이 탐났을지도 모르잖습니까?"

"그럴 리 없어요. 네빌은 낭비가가 아니예요. 그런 일은 없었어요."

"그렇습니까? 그러나 부인은?"

"케이 말인가요? 네, 그럴지도 모르지요. 그러나 그건 너무 바보스러워요. 요즘 네빌이 고민하고 있었던 건 돈 때문이 아니라는 것만은 확실해요."

배틀은 헛기침을 했다.

"그럼, 그 밖의 다른 고민이 있었습니까?"

"케이가 말했겠지요? 정말은 좀 성가신 일이 있어요. 그러나 그것은 이 무서운 사건과 아무 관계도 없어요."

"그럴지도 모르지만, 그 일에 대해 당신 의견을 듣고 싶습니다, 미스 앨딘."

메리가 천천히 말했다.

"그러시겠지요. 그것이 좀 귀찮게 되어서……글쎄, 누구 생각인지는 모르지만…… ."

배틀 총경은 교묘하게 그 말을 가로막았다.

"틀림없이 네빌 씨의 생각이라고 들었습니다만."

"자신은 그렇게 말하고 있어요."

"그러나 당신 자신은 그렇게 생각하지 않는다는 겁니까?"

"네, 이것도 그 사람답지 않다는 생각이 들어요. 누군가가 이런 생각을 그 사람 머리 속에 불어넣은 거라고 줄곧 여겨 왔어요."

"오드리 스트렌지 부인이라고 짐작되겠지요?"

"오드리가 그런 일을 하다니 생각할 수 없는 일이에요."

"그럼, 누구일까요?"

메리는 자신없는 듯 어깨를 으쓱했다.

"모르겠어요. 정말 기묘해요."

배틀은 생각깊게 말했다.

"기묘하다, 그렇습니다. 이번 사건에 관해서는 나로서도 그런 느낌이 드는군요. 정말 기묘합니다."

"하나에서 열까지 모두 기묘해요. 무언가 느껴지는 거예요. 말로는 표현할 수 없는 것이 이 언저리에 넘쳐흘러 있어서. 그래요, 사람을 위협하는 듯한 것이⋯⋯."

"모두들 흥분해 있겠지요?"

"네, 그래요. 우리 모두가 그것에 붙들려 있는 거예요. 라티머까지도⋯⋯."

그녀는 입을 다물어 버렸다.

"라티머 씨에 대해서 좀 물어 보고 싶은 게 있습니다. 라티머 씨에 대해 뭔가 이야기해 주실 것은 없습니까? 그는 어떤 사람입니까?"

"글쎄요, 나는 잘 모르겠어요. 케이의 친구예요."

"스트렌지 부인 친구라고요? 옛부터 친구인가요?"

"네, 결혼하기 전부터요."

"스트렌지 씨는 그를 좋아합니까?"

"네, 굉장히 좋아한다고 생각해요."

배틀은 뜻깊게 물었다.

"특별한, 트러블 같은 것은 없었습니까?"

메리는 곧 힘주어 말했다.

"그런 일은 없어요!"

"트레실리언 부인은 라티머 씨를 좋아했습니까?"

"그다지⋯⋯."

그 대답이 어디까지나 무관심한 말투였으므로 배틀은 화제를 바꾸었다.

"이번에는 그 하녀 말인데, 제인 밸릿은 오래 전부터 트레실리언 부인에게 고용되어 있었지요? 믿을 수 있는 사람이라고 생각하십니까?"

"그건 말할 나위도 없어요. 그녀는 트레실리언 부인을 위해 헌신적으로 일해 왔지요."

배틀은 의자 등받이에 기대 앉았다.

"그렇다면 밸릿이 부인을 살해하고 의심받지 않기 위해 약을 먹었다고는 전혀 생각할 수 없겠군요?"

"물론이에요. 어째서 밸릿이 그런 끔찍한 일을……."

"그녀는 부인으로부터 유증을 받게 되어 있습니다, 아시다시피."

"나도 그런걸요."

그녀는 눈 한 번 깜박이지 않고 배틀을 지켜보았다.

"그렇지요, 당신도 그렇습니다. 액수를 알고 계십니까?"

"지금 막 트릴러니 씨가 오셔서 가르쳐 주었어요."

"그러니까 전부터 알고 있었던 건 아니군요?"

"네. 트레실리언 부인이 이따금 말씀하셨으므로 얼마쯤 받게 되리라는 것은 알고 있었어요. 나는 돈이 하나도 없다고 해도 지나치지 않을 정도고, 뭔가 일하지 않으면 살아갈 수가 없지요.

부인은 적어도 1년에 1백 파운드쯤은 내게 주실 거라고 생각하고 있었어요. 하지만 부인에게는 사촌 동생도 있고, 그 자신의 재산을 어떤 식으로 분배했는지 나는 전혀 모르고 있었어요. 물론 매슈 경의 유산은 네빌과 오드리에게 갈 줄로 알고 있었지만요."

메리 앨딘이 방에서 나가자 리치가 말했다.

"그럼, 메리는 부인이 무엇을 남겨 두었는지 모르고 있었군요. 적어도 그녀의 말을 믿는다면 말입니다."

배틀은 고개를 끄덕였다.

"그래, 그녀의 말을 믿는다면. 그럼, 바람둥이의 첫 아내를 만나 볼까."

## 7

오드리는 엷은 잿빛 플란넬 슈트를 입고 있었다. 그녀의 모습은 너무나 핼쑥하여 마치 유령처럼 보였으므로 배틀은 케이의 말을 떠올렸다.

'집안에 마치 그녀의 잿빛 유령이 숨어 있는 것 같았지요.'

그녀는 배틀의 물음에 아무 감정도 나타내지 않고 간단하게 대답했다.

"네, 10시에 잤어요. 미스 앨딘과 같은 시각이에요. 밤중에 아무 소리도 듣지 못했어요."

배틀이 물었다.

"개인적인 일을 물어 죄송합니다만, 어떻게 해서 이 집에 오시게 되었는지 좀 설명해 주시겠습니까?"

"해마다 이맘때쯤 이곳에 묵으러 오는걸요. 올해에는 내……내 전 남편도 같은 때에 오게 되었는데, 지장없다면 함께 지내자고 내게 부탁했어요."

"그가 부탁했군요?"

"네, 그래요."

"당신이 말한 것은 아닙니까?"

"네."

"하지만 동의하셨군요?"

"네, 동의했어요……나는……거절하기 힘들 것 같은 느낌이 들어서……."

"왜 그런 느낌이 들었지요, 스트렌지 부인?"

"누구에게든지 친절히 하고 싶었기 때문이에요."

오드리의 대답은 애매했다.

"당신은 피해자였다지요?"

"네?"

"말하자면 이혼당한 것은 당신이었지요?"

"네."

"저——실례지만, 당신은 그를 원망하고 있습니까?"

"아니오, 전혀."

"굉장히 너그러우시군요, 스트렌지 부인."

그녀는 아무 대답도 하지 않았다. 배틀은 침묵 수법을 썼지만 오드리는 케이와 달리 쉽게 입을 열지 않았다.

그녀는 동요하는 빛도 보이지 않고 말없이 앉아 있을 수 있었던 것이다. 배틀은 자신이 졌다는 것을 깨달았다.

"이것이, 그러니까 이번 모임이 당신 생각이 아니었다는 것은 확실합니까?"

"네."

"당신은 지금의 스트렌지 부인과 사이좋게 지내고 있습니까?"

"그녀는 나를 그리 좋게 생각하고 있다고 여길 수 없어요."

"당신은 좋아하십니까?"

"네, 아주 아름다운 부인이라고 생각하고 있어요."

"그렇습니까. 정말 고맙습니다. 이제 끝났습니다."

오드리는 일어서서 문 쪽으로 걸어갔다. 그러나 조금 머뭇거리더니 다시 돌아왔다.

그녀는 안절부절못하며 빠르게 말했다.

"저, 좀 말씀드릴 게 있는데요. 당신들은 네빌이 범행을 저질렀다고, 돈 때문에 그가 부인을 살해했다고 생각하고 계시지요? 그러나 나는 그렇지 않다고 확신해요.

네빌은 돈 문제에 대해서는 담백한 사람이에요. 나는 그와 8년 동안이나 함께 살았어요. 돈 때문에 그가 살인을 저질렀다고는 도저히 생각할 수 없어요. 네빌이 아니예요. 내가 이런 말씀을 드려 봐야 아무 증거도 될 수 없다는 것은 잘 알고 있지만 그러나 믿어 주셨으면 좋겠어요."

그녀는 홱 돌아서서 빠른 걸음으로 방을 나갔다.

리치가 물었다.

"그녀를 어떻게 생각하십니까? 저토록 감정을 드러내지 않는 사람은 처음 보는데요."

"감정을 드러내지 않지만 가지고는 있어. 굉장히 강한 감정을. 그것이 어떤 건지는 나도 모르지만……."


## 8

토머스 로이드가 마지막이었다. 마치 올빼미를 연상케 하는 눈을 깜박거리며 무겁게 꾸밈없이 자리에 앉았다.

8년 만에 처음으로 말레이시아에서 돌아왔으며 소년 시절부터 이 갤즈포인트에 묵는 습관이 있었다는 것, 오드리 스트렌지는 먼 사촌 누이로 9살 때부터 자기 가족들과 함께 자랐다는 것 등을 이야기했다.

사건이 일어난 날 밤에는 11시 전에 잠들었으며 네빌이 나가는 소리를 들었지만 모습은 보지 못했다. 아마 10시 20분인가 그보다 좀 더 늦게 외출했을 것이다. 로이드 자신은 한밤중에 아무 소리도 듣지 못했다. 트레실리언 부인의 시체가 발견되었을 때는 이미 일어나서 정원에 있었다. 늘 일찍 일어나기 때문이다.

침묵.

"미스 앨딘은 이 집안에 심상치 않은 공기가 흐르고 있다고 말하셨는데, 당신도 그걸 느끼고 있었습니까?"

"그렇게는 생각지 않습니다. 그리 눈치빠른 편이 못 되어서요."

배틀은 마음속으로 중얼거렸다.

'그건 거짓말이야. 당신은 아주 눈치가 빨라. 정상이 아닐 만큼.'

토머스 로이드는 네빌이 그토록 돈에 궁하리라고는 생각지 않고 있었다. 그는 확실히 그렇게 보이지 않았다. 그러나 스트렌지의 속사정에 관해서는 거의 모르고 있다고 해도 좋다.

"두 번째 스트렌지 부인과는 어느 정도 아십니까?"

"여기 와서 처음 만났습니다."

배틀은 마지막 패를 던졌다.

"로이드 씨, 우리가 흉기에서 스트렌지 씨의 지문을 발견했다는 것을 알고 계시지요? 어젯밤 그가 입었던 윗옷 소매에 피가 묻은 것도 발견했습니다."

배틀은 말을 끊었다.

로이드는 고개를 끄덕였다. 그리고 중얼거리듯 말했다.

"네빌이 우리에게 말해 주었습니다."

"솔직히 묻겠습니다만, 당신은 그의 범행이라고 생각하십니까?"

토머스 로이드는 조금도 서두르지 않았다. 그는 1분쯤 동안이나 입을 열지 않고 있다가——그것은 굉장히 길게 느껴졌다——이윽고 겨우 대답했다.

"왜 내게 그런 질문을 하시지요? 그건 나와 관계없는 일입니다. 당신들이 할 일이지요. 나로서는 도저히 그렇게 생각되지 않는다고밖에 말할 수 없습니다."

"누군가 범인이라고 여겨지는 사람은 없습니까?"

토머스는 고개를 저었다.

"그런 짓을 할 수 있으리라고 여겨지는 사람이 꼭 하나 있기는 하지만, 그 사람은 도저히 그런 흉내를 내지 못할 겁니다. 그뿐입니다."

"그게 누구지요?"

그러나 로이드는 고개를 저었다.

"말할 수 없습니다. 다만 내 개인적인 의견에 지나지 않으니까요."

"경찰에 협력해 주는 것은 당신의 의무입니다."

"사실이라면 무엇이든지 이야기하겠지만 이것은 사실이 아닙니다. 내 상상이지요. 그리고 아무튼 이것은 있을 수 없는 일이니까요."

로이드가 나가자 리치가 말했다.

"저 사람으로부터는 그리 많이 못 들었군요."

배틀은 고개를 끄덕였다.

"글쎄……저 사람은 알고 있어, 무언가 확실한 것을. 그걸 알아냈으면 좋겠는데. 이번 사건은 색다른 범죄야, 짐."

리치가 미처 대답하기 전에 전화벨이 울렸다. 그는 수화기를 집어 들고 이야기했다. 1, 2분쯤 귀기울이고 있더니 수화기를 내려놓았다.

"윗옷 소매에 묻어 있는 피는 사람의 것이며, 트레실리언 부인과 같은 혈액형이랍니다. 역시 네빌의 범행이라고……."

배틀은 창가로 걸어가 열심히 바깥을 내다보았다.

"저기 미남자가 있군. 굉장한 미남자지만 불량기가 있어 보이는군. 저 사나이가 라티머인 듯한데, 그가 어젯밤 이스터헤드 베이에 있었던 일은 불리하게 될걸. 목적을 위해 수단을 가리지 않는 녀석이고, 경우에 따라서는 친할머니의 머리라도 깨뜨려 버릴 타입이야."

"하지만 저 사나이와는 아무 관계없잖습니까? 부인이 죽었다 해도 그에게는 한푼도 이득될 게 없으니까요."

또 전화벨이 울렸다.

"자주 오는군. 이번에는 무슨 일일까?"

리치가 수화기를 집어 들었다.

"여보시오. 아, 의사 선생이시군요. 네? 그녀가 와 있다고요?

네？ 뭐라고요？"

그는 돌아보며 말했다.

"큰아버지, 좀 오셔서 들어 보십시오."

배틀이 수화기를 건네 받았다. 여느 때처럼 아무 표정도 보이지 않고 전화에 귀기울이고 있었다. 그는 리치에게 말했다.

"네빌 스트렌지를 불러와라, 짐."

네빌이 들어왔을 때 배틀은 마침 수화기를 내려놓는 참이었다.

핼쑥하고 몹시 지쳐 보이는 네빌은 스코틀랜드야드(런던 경찰국)의 총경을 의아스러운 눈길로 지켜 보았다. 그 목각 같은 가면 아래 숨겨진 감정을 읽어 내려는 듯이.

배틀이 입을 열었다.

"스트렌지 씨, 당신을 싫어하고 있는 사람이 누구인지 아시겠습니까？"

네빌은 눈을 크게 뜬 채 머리를 저었다.

배틀이 강조했다.

"틀림없지요？ 더 분명히 말씀드리면 싫어한다기보다도 당신을 뼛속 깊이 미워하고 있는 사람 말입니다."

네빌은 멍하니 자리에 앉았다.

"그런 사람은 전혀 없는데요."

"말해 주십시오, 스트렌지 씨, 당신이 상처입힌 사람은……."

네빌은 얼굴을 붉혔다.

"내가 상처입힌 것은 꼭 한 사람뿐입니다. 하지만 원한을 품을 만한 사람은 아닙니다. 첫 아내입니다. 내가 다른 여자와 결혼했거든요. 그러나 그녀가 나를 미워하고 있지 않다는 것은 확실합니다. 그녀는, 그녀는 마치 천사 같습니다."

배틀 총경은 테이블 위로 몸을 내밀었다.

"알겠습니까, 스트렌지 씨, 당신은 운이 좋았습니다. 당신을 체포하고 싶었다고는 말하지 않겠습니다. 나는 당신을 체포하지 않았습니다.

그러나 이것은 사건입니다! 만일 이대로 있었다면 배심원들이 당신을 인간적으로 좋지 않은 사람으로 생각했을 것이고, 결국 당신은 교수형당할 뻔했습니다."

"당신은 마치 이미 일이 다 끝나 버린 것같이 말씀하시는군요."

"과거입니다. 당신은 살았습니다, 스트렌지 씨. 정말이지 우연 때문에 말입니다."

네빌은 아직도 뭔가 알아야겠다는 듯이 상대를 지켜 보고 있었다.

"어젯밤 당신이 부인 방에서 나간 뒤 부인은 벨을 울려 하녀를 불렀습니다."

네빌이 그 말을 이해하기까지 배틀은 기다리고 있었다.

"내가 나가고 나서…… 그럼, 밸릿이 부인을 보았단 말인가요?"

"그렇습니다. 살아 있는 부인을 보았지요. 게다가 밸릿은 부인 방으로 들어가기 전에 당신이 나가는 것을 보았습니다."

"그러나 그 골프채, 게다가 내 지문은……."

"부인은 그것으로 맞은 게 아닙니다. 러전비 씨도 처음부터 그렇게 생각하지 않았지요. 나도 같은 의견입니다. 부인은 다른 흉기로 당한 겁니다.

그 골프채는 당신에게 혐의를 씌우기 위해 일부러 거기에 둔 겁니다. 틀림없이 당신들의 말다툼을 엿듣고 있던 자가 당신이라면 혐의를 받도록 만들 수 있으리라고 생각했든지, 아니면……."

배틀은 말을 끊고 또다시 물어 보았다.

"스트렌지 씨, 이 집안에서 당신을 미워하고 있는 사람이 누구입니까?"

## 9

"당신에게 묻고 싶은 이야기가 있습니다, 러전비 씨."

배틀이 말했다.

그들은 진료소에서 밸릿과 간단한 면접을 마치고 의사의 집으로 돌아온 것이었다.

밸릿은 쇠약해지고 완전히 지쳐 있었지만, 그 진술은 아주 뚜렷하고 확실했다.

그녀가 센나 껍질 달인 것을 마시고 침대에 들려는데 트레실리언 부인이 울리는 벨소리가 났다. 시계를 보니 10시 25분이었다.

그녀는 가운을 입고 2층으로 내려갔다. 아래층 홀에 인기척이 나서 난간 너머로 내려다보았다.

"네빌 씨가 외출하는 참이었어요. 레인코트를 옷걸이에서 내리고 있었지요."

"그는 어떤 옷을 입고 있었지요?"

"잿빛 줄무늬 양복이에요. 아주 근심스럽고 난처한 듯한 표정을 짓고 계셨지요. 마치 기분이 언짢아 못 견디겠다는 듯 코트에 팔을 끼고 있었어요. 그리고 밖으로 나가 문을 쾅 닫았지요.

나는 마님의 방으로 들어갔어요. 보니 벌써 꾸벅꾸벅 졸고 계셔서 무엇 때문에 나를 부르셨는지 알 수가 없었지요. 그런 일은 곧잘 있답니다, 가엾은 마님. 그래서 나는 베개를 편안하게 고쳐 드리고 컵의 물을 새로 갈아 드렸어요."

"뭔가 흥분했거나 겁먹고 있지는 않았습니까?"

"다만 피곤하신 것 같았어요. 나도 피곤했지요. 하품이 나왔어요. 위층으로 올라가 곧 잠들었어요."

이것이 밸릿의 이야기였다. 부인이 죽었다는 소식을 듣고 진심으로 슬퍼하며 떨고 있는 그 모습으로 보아 의심한다는 것은 도저히 불가능한 일이었다.

러전비가 말했다.

"무엇이든지 물어 보십시오."

"트레실리언 부인이 몇 시쯤에 숨을 거두었다고 생각하십니까?"

"이미 말씀드렸잖습니까. 10시에서 12시 사이입니다."

"당신이 그렇게 말씀하신 것은 기억하고 있습니다. 그러나 내가 알고 싶은 것은 당신 개인으로서는 어떻게 생각하고 계시는가 하는 겁니다."

"비공식적으로라는 뜻입니까?"

"그렇습니다."

"좋습니다. 내 추정으로는 11시 가까이라고 생각합니다."

"그렇게 말씀하실 줄 알고 있었습니다."

"그것은 또 어째서입니까?"

"부인이 10시 20분 전에 살해되었다고는 도저히 생각할 수 없으니까요. 밸릿의 수면제를 조사해 보아도 그 시간에는 효과가 나타나지 않았거든요. 수면제는 살인 사건이 그보다 훨씬 뒤에 일어났다는 것을 나타내 주고 있습니다. 즉 한밤중에 말입니다. 나 자신은 12시라고 추정하고 싶습니다만."

"그럴지도 모르지요. 11시라는 것은 다만 내 추측이니까요."

"그러나 12시 이후라고는 생각할 수 없겠지요?"

"그렇습니다."

"2시 30분 이후도?"

"그건 도저히 생각할 수 없습니다"

"그렇군요. 이로써 스트렌지 씨도 결백해진 것 같습니다. 하긴 그가 집에서 나간 뒤의 행동을 조사해 봐야겠지만 말입니다. 그의 진술이 틀림없다면 그의 혐의는 풀리게 되니 우리는 다른 용의자로 옮아 가야 되겠지요."

리치가 물었다.

"유산을 받게 되어 있는 다른 사람이겠지요?"

배틀이 말했다.

"그럴지도 모르지. 그러나 왜 그런지 나로서는 그렇게 생각되지 않아. 내가 찾고 있는 것은 비굴한 생각을 가진 녀석이야."

"비굴하다고요?"

"굉장히 비굴한 녀석이지."

두 사람은 의사의 집을 나와 나루터로 갔다. 이 나루터는 월과 조지 번즈 형제가 나룻배 한 척으로 공동 운영하고 있었다.

번즈 형제는 솔트크리크 주민이라면 모르는 사람이 없었다. 게다가 이스터헤드 베이에서 건너오는 사람들까지도 거의 다 알고 있었다.

조지는 서슴없이 스트렌지 씨는 어젯밤 10시 30분에 갤즈포인트에서 맞은편으로 건너갔다고 말했다. 그리고 돌아올 때에는 배를 타지 않았다. 이스터헤드 쪽에서의 마지막 배는 1시 30분에 떠났는데 그는 타고 있지 않았다.

배틀은 라티머를 알고 있느냐고 물어 보았다.

"라티머? 라티머라고요, 아, 그 키큰 미남자? 호텔에서 갤즈포인트로 온 사람 말이지요? 네, 알고 있습니다. 그러나 어젯밤에는 한 번도 못 봤습니다. 오늘 아침 저쪽으로 건너갔지요, 지금 이 배로."

두 사람은 나룻배를 타고 이스터헤드 베이 호텔로 갔다.

여기서 두 사람은 저편에서 돌아온 라티머를 만났다. 두 사람이 탔던 바로 전 배로 건너온 것이다.

라티머는 자신이 할 수 있는 일이라면 무엇이든지 협력하겠다고 말했다.

"그렇습니다. 네빌 씨는 어젯밤에 왔었지요. 무슨 일이 있었는지 굉장히 우울해 보였습니다. 노부인과 말다툼했다든가 하더군요. 케이와 무슨 일이 있는 것 같았는데 그것은 내게 말해주지 않았습니다. 아무튼 좀 의기소침한 모습이었지요. 내가 상대해 주어 굉장히 기뻐하는 것 같았습니다."

"스트렌지 씨는 어젯밤 당신을 금방 찾아낼 수 없었다고 하던데요?"

라티머가 날카롭게 말했다.

"왜 그랬을까요? 나는 라운지에 앉아 있었는데요. 스트렌지 씨는 안을 들여다보았으나 내가 보이지 않았다고 말했지만, 그는 아주 침착하지 못했으니까요.

그렇지 않으면 내가 5분쯤 정원을 거닐고 왔기 때문인지도 모르지요. 언제든지 밖으로 나갈 수 있도록 준비하고 있었으니까요. 왜냐하면 이 호텔에서는 이상한 냄새가 나거든요. 어젯밤 바에서 알았는데, 하수구 때문이랍니다.

스트렌지 씨도 그렇게 말하고 있었지요. 두 사람 다 그 냄새를 맡았거든요. 썩은 듯한 굉장히 지독한 냄새였지요. 당구실 바닥 아래 쥐가 죽어 있을 겁니다."

"당구를 치셨군요? 그리고 그 다음에는?"

"네, 조금 이야기를 나누다가 한두 잔 했지요. 그러다가 네빌 씨가 '아, 나룻배가 끊어졌겠군' 하고 말하기에 내 자동차로 바래다 주겠다고 했습니다. 저쪽에 닿으니 새벽 2시 30분쯤 되었더군요."

"스트렌지 씨는 줄곧 당신과 함께 있었습니까?"

"네, 그렇습니다. 누구에게 물어 봐도 괜찮습니다. 모두들 그렇게 말할 테니까요."

"정말 고맙습니다, 라티머 씨. 하나라도 빠뜨리면 안 되니까요."

어디까지나 자신만만해 보이는 미소짓는 젊은이와 헤어지자 리치가 물었다.

"왜 네빌 스트렌지에 대해 그처럼 자세히 물어 보셨지요?"

배틀은 다만 웃음지을 뿐이었다. 리치는 알았다는 듯이 말했다.

"아, 알았습니다! 네빌의 적이기 때문이군요, 그렇지요?"

"아직 확실치는 않아. 어젯밤 테드 라티머가 어디에 있었는지를 정확하게 알 필요가 있어. 11시 15분부터 12시 지나서까지 그가 네빌 스트렌지와 함께 있었다는 것은 알고 있어. 그러나 그 전에 어디 있었는가. 스트렌지가 호텔에 가 닿았을 때 그가 보이지 않았다고 했지? 그때 어디에 있었을까?"

두 사람은 끈질기게 묻고 다녔다. 바 담당, 종업원, 엘리베이터 보이 등등. 라티머는 9시부터 10시 사이에는 라운지에 있었다. 10시 15분 지나서는 바에 있었다. 그러나 그 시각부터 11시 20분까지의 발자취를 알아낼 수가 없었다. 그런데 한 하녀의 증언으로 다음과 같은 대답에 부딪쳤다.

"라티머 씨는 북부에서 오신 뚱뚱한 부인, 베도즈 부인과 함께 작은 도서실에 계셨어요."

시간에 대해 다시 물어 보니 그녀는 11시쯤이라고 대답했다.

배틀은 어두운 표정으로 말했다.

"이제 다 틀렸군. 그는 줄곧 여기에 있었어. 다만 그 뚱뚱한──틀림없이 부자겠지──부인과의 관계를 남에게 알리고 싶지 않았던 거겠지.

그렇다면 고용인들, 케이, 스트렌지, 오드리, 메리 앨딘, 토머스 로이드, 이 가운데 한 사람이 노부인을 살해한 거야. 그러나 대체 누구일까? 진짜 흉기만 발견된다면……."

거기까지 말했을 때 그는 무릎을 탁 쳤다.

"알았어, 짐! 왜 에르퀼 포아로가 생각났는지. 점심 식사가 끝나면 갤즈포인트로 돌아가자. 너에게 보여 줄 게 있으니까."

## 10

메리 앨딘은 안절부절못하고 있었다. 집 안팎으로 들락날락하며 여기저기 시든 달리아를 뽑는가 하면 응접실로 돌아와 아무렇지도 않은 꽃병을 옮기기도 했다.

서재에서 희미하게 속삭이는 목소리가 들려 왔다. 트릴러니 씨가 네빌과 함께 안에 있었다. 케이와 오드리의 모습은 어디에도 보이지 않았다.

메리는 다시 정원으로 나갔다. 안벽 옆에서 조용히 담배를 피우고 있는 토머스를 발견했다. 그녀는 그 옆으로 다가갔다.

"어머나, 여기 계셨군요."

메리는 깊은 한숨을 쉬며 그 옆에 앉았다.

"무슨 일이 있었습니까?"

메리는 좀 히스테릭하게 웃었다.

"당신이 아니고는 그런 말 하지 못할 거예요. 집안에 살인 사건이 났는데 '무슨 일이 있었습니까?'라니."

좀 놀란 표정으로 토머스가 말했다.

"아니, 나는 무슨 새로운 일이 일어났느냐는 뜻으로 말한 겁니다."

"네, 그건 잘 알고 있어요. 당신처럼 언제나 변함없는 사람이 있다니, 정말 굉장히 도움이 되네요."

"너무 서두르면 일을 망쳐 버리는 법이지요."

"네, 그래요. 당신은 정말 육감이 좋군요. '어떻게 하면 당신처럼 될 수 있을까' 난 늘 감탄하고 있어요."

"글쎄요, 나는 제3자니까 그렇겠지요."

"그건 그래요. 네빌의 용의가 벗겨졌다고 해서 당신은 우리들처럼 안도의 숨을 몰아 쉬지는 않을 테니까요."

"아니오, 나도 기뻐하고 있습니다."

메리가 몸을 떨었다.

"정말 아슬아슬했어요. '만일 네빌이 나가고 나서 캐밀러가 벨을 울려 밸릿을 부르지 않았더라면' 하고 생각하니……."

그녀는 끝까지 말하지 않았다. 토머스가 말을 이었다.

"그랬다면 저 네빌이 살인자로 몰려 버릴 뻔했지요."

이 말투에는 어딘지 심술궂은 만족감이 깃들여 있었는데, 메리의 비난하는 듯한 눈길을 받자 그는 가볍게 미소지으며 머리를 저었다.

"그렇다고 나는 냉혈한은 아닙니다. 네빌의 용의가 벗겨진 지금 그 사나이를 떨게 만들었다는 것이 나는 기분좋은 겁니다. 그는 늘 자신만만해 있으니까요."

"정말은 그렇지도 않답니다, 토머스."

"그럴지도 모르지요. 그러나 그의 태도 말입니다. 아무튼 오늘 아침에는 떨고 있었잖습니까."

"당신은 정말 냉혹하군요!"

"그러나 이제 잘되었잖습니까. 알겠습니까, 메리, 여기까지 이르렀는데도 저 네빌은 운이 좋았습니다. 다른 가엾은 사람이라면 그만한 증거에 둘러싸여 꼼짝 못했을 겁니다."

메리는 다시 몸을 떨었다.

"그런 말씀 마세요. 나는 죄없는 사람은 반드시 구원받는다고 생각하고 싶어요."

"그렇습니까?"

그의 목소리는 부드러웠다.

갑자기 메리가 소리쳤다.

"토머스, 나는 걱정스러워요. 정말 걱정스러워요!"

"어째서지요?"

"트리브스 씨 말예요."

토머스는 포석 위로 파이프를 떨어뜨렸다. 그것을 주우려고 몸을 숙였을 때 그의 말투가 바뀌었다.

"트리브스 씨가 어떻게 되었는데요?"

"그분이 이곳에 오신 날 밤 이야기해 주신 그 어린 살인자 말예요! 나는 줄곧 그 생각을 하고 있었어요, 토머스……그것은 단순한 이야기였을까요? 아니면 무슨 목적이 있어서 하셨을까요?"

토머스가 신중하게 말했다.

"말하자면 그때 그 자리에 모인 사람들을 향해 한 말이었다는 뜻이지요?"

메리가 속삭이듯 대답했다.

"그래요."

토머스는 조용히 말했다.

"나도 꺼림칙하게 생각하고 있었습니다. 솔직히 말하면 당신이 지금 이리로 왔을 때도 나는 그 생각을 하고 있었지요."

메리는 반쯤 눈을 감았다.

"나는 생각해 내려 애쓰고 있어요……그분은 아주 신중히 마음쓰며 말하셨지요. 더욱이 일부러 그런 이야기를 꺼내, 그리고 어떤 곳에 있든지 그 사람을 알아볼 수 있다고 강조하셨어요. 마치 그 사람을 알고 있는 듯이."

"그렇습니다, 나도 그렇게 생각하고 있었지요."

"어째서 그런 말씀을 하셨는지 모르시겠어요? 대체 어떤 목적으로?"

"틀림없이 경고의 뜻으로 한 말이 아닐까요? 그 이상의 것은 아닐 겁니다."

"그때 트리브스 씨는 캐밀러가 살해되리라는 것을 알고 계셨다는 건가요?"

"아니오, 그것은 너무나 공상적입니다. 다만 경고가 아니었겠습니까?"

"내가 생각하고 있는 것은, 그 일을 경찰에 이야기해야 하는가 하는 점이에요. 당신은 어떻게 생각하세요?"

토머스는 다시 신중하게 자기 생각을 나타냈다.

"아니, 그렇게까지 할 필요는 없다고 생각합니다. 그리 이렇다 할 관계가 있다고는 생각되지 않으니까요. 또 트리브스 씨가 살아 계셔서 무슨 증언을 할 수 있는 것도 아니고요."

"그렇군요. 그분은 돌아가셨어요!"

메리는 다시 몸을 떨었다.

"정말 이상해요, 토머스, 그분의 죽음이."

"심장마비였지요. 심장이 나빴거든요."

"내가 말하는 것은 그 엘리베이터가 운행 정지되어 있었던 일이에요. 아무리 생각해도 납득이 가지 않아요."

"나도 납득이 안 갑니다."


11

배틀 총경은 침실을 둘러보았다. 침대는 잘 정돈되어 있었다. 그 밖에는 그리 달라진 것이 없었다. 맨 처음 보았을 때도 정돈이 잘되어 있었고, 지금도 깨끗이 정돈되어 있다.

배틀은 구식 강철 재반이를 가리키며 말했다.

"저거야. 뭔가 이상하다고 생각되지 않니?"

제임스 리치가 말했다.

"닦았군요, 깨끗해졌습니다. 그리 이상한 것은 없는데요, 그렇군요, 다만 왼쪽 손잡이가 오른쪽 손잡이보다 반짝거리는군요."

"에르큘 포아로를 생각나게 한 것은 바로 이거야. 포아로의 '생각나는 대로'란 서로 들어맞지 않는 것에 온 신경을 집중하는 걸 말하지. 나는 나도 모르게 '이것은 저 포아로가 고개를 갸우뚱하는 때와 같은 상태다'라고 생각했으므로 포아로 이야기를 꺼냈던 거야.

존즈, 지문 채취 도구를 준비해 주게. 그 두 개의 손잡이를 조사해 볼까."

존즈가 곧 보고했다.

"오른쪽 손잡이에는 지문이 있습니다. 그런데 왼쪽에는 없습니다."

"그렇다면 왼쪽 것을 조사해야 돼. 오른쪽 지문은 하녀가 청소할 때 묻힌 것일 테니까. 왼쪽 지문은 나중에 지워진 거야."

존즈가 말했다.

"이 휴지통에 속에 헌 샌드페이퍼가 조금 들어 있었습니다. 그리 이상하다고는 생각지 않았습니다만."

"그것은 자네가 뭘 찾고 있는지 몰랐기 때문일세. 그런데 잘보게, 틀림없이 이 손잡이의 나사가 풀어져 있을 테니까. 보게, 생각한대로지."

곧 존즈가 손잡이를 들어올렸다.

그는 그 무게를 재며 말했다.

"꽤 무겁군요."

리치가 들여다보며 말했다.

"나사 위에 뭔가 검은 것이 묻어 있는데요."

배틀이 말했다.

"피야, 그렇게 보이지는 않지만. 손잡이의 것은 잘 닦아 냈지만 나사에 묻은 작은 얼룩에는 주의를 기울이지 않았을 테지. 노부인의 두개골을 깬 흉기임에 틀림없어.

그러나 더 찾아낼 게 있네. 존즈, 다시 한 번 책임지고 이 집안을 수색해 보게. 이번에는 무엇을 찾아내야 할지 잘 알고 있겠지?"

그는 자세한 지시를 두세 가지 했다. 그리고 창문 쪽으로 가서 머리를 내밀었다.

"저 물통 속에 뭔가 노란 것이 떠 있군. 저것도 의혹의 씨야. 틀림없어."

## 12

홀을 가로질러 가다가 배틀 총경은 기다리고 있던 메리 앨딘과 만났다.

"총경님, 잠깐 말씀드릴 게 있는데요."

"네, 좋습니다. 이리로 들어갈까요?"

그는 식당문을 열었다. 허스틀이 막 점심 식사 뒤처리를 끝낸 참이었다.

"좀 물어 볼 게 있어요, 총경님. 당신은 아직도 이 무서운 범죄가 집안 사람들 가운데 누군가의 짓이라고 단정하고 계시지요? 천만에요, 외부 사람이 한 거예요! 미친 사람이나 누군가가!"

"그 말씀이 전혀 맞지 않는다고는 말하지 않겠습니다. 내 눈이 잘못되지 않았다면 미친 사람 짓이라는 말은 이 범인에게 꼭 들어맞습니다. 그러나 외부 사람 짓은 아닙니다."

메리는 눈을 크게 떴다.

"그럼, 이 집 안의 누군가가 미친 사람이라는 말인가요?"

"당신은 입에 거품을 물고 눈동자가 이상한 사람을 상상하고 있겠지요? 미쳤다고 해서 다 그런 건 아닙니다. 아주 위험한 살인광 가운데에는 당신이나 나같이 정상적으로 보이는 자도 있지요.

다만 고정관념에 사로잡혀 있다는 것이 문제입니다. 마음속을 좀 먹고 있는 생각이 차츰 비뚤어져 가는 겁니다. 비관적이면서도 분별있는 사람이 당신 집에 찾아와 자신이 얼마나 학대받고 얼마나 감시받고 있는지 호소한다면 당신은 정말로 틀림없다고 생각하는 경우가 흔히 있을 겁니다."

"이 집에 있는 사람들 가운데 자신이 학대받고 있다고 생각하는 사람은 아무도 없어요."

"아니, 나는 다만 예를 들었을 뿐입니다. 정신이상에는 여러 가지 유형이 있지요. 아무튼 범인이 누구인지는 몰라도 어떤 고정관념에 사로잡힌 사람이라고 나는 믿고 있습니다. 글자 그대로 아무것도 아닌 일을 마치 굉장히 중대한 일로 생각하는 관념 말입니다."

메리는 몸을 떨었다.

"꼭 알려 드려야 할 일이 있어요."

그녀는 트리브스 씨가 만찬에 초대되었던 일, 그리고 이야기한 것을 요령있게 똑똑히 설명했다. 배틀 총경은 굉장히 흥미를 나타내 보였다.

"그 사람을 곧 알아볼 수 있다고 했단 말이지요? 그래, 그것은 남자입니까, 여자입니까?"

"이야기 내용으로 보아서는 소년이라고 생각했지만 그러나 트리브스 씨가 실제로 그렇게 말한 건 아니예요. 참, 생각나는군요. 그분은 나이며 성별은 확실히 해두지 않겠다고 말씀하셨어요."

"그렇습니까. 아마 그 말에도 의미가 있었을 겁니다. 그러니까 그 아이가 어디에 있든 곧 알아볼 수 있는 육체적 특징이 있다고 말했습니까?"

"네."

"아마 상처 자국이겠지요. 여기 있는 사람들 가운데 상처 자국이 있는 사람은 없습니까?"

메리가 그 말에 대답하기 전에 조금 망설이는 것을 그는 알아차렸다.

"나는 잘 모르겠는데요……."

배틀은 미소지었다.

"알겠습니다. 당신은 뭔가를 알고 있습니다. 만일 그렇다면 나로서도 곧 그것을 알게 될 거라고 여겨지지 않습니까?"

메리는 고개를 저었다.

"나, 나는 아무것도 몰라요."

그러나 배틀은 그녀가 놀라서 당황하고 있음을 알았다. 무엇인지는 몰라도 그의 말이 그녀에게 굉장히 불쾌한 생각을 불러일으킨 듯했다. 그것이 대체 무엇인지 배틀은 알고 싶었지만, 지금 여기서 그녀를 다그쳐 봐야 아무 소용없음을 그는 경험적으로 잘 알고 있었다. 그리하여 화제를 트리브스 노인에게로 돌렸다.

메리는 그날 밤의 비극적인 일을 이야기했다. 배틀은 좀 자세히 묻고 나서 조용히 말했다.

"그건 처음 듣는 이야기인데요, 처음 듣습니다."

"처음이라니요?"

"엘리베이터 앞에 푯말을 세워 두는 간단한 방법으로 사람을 죽였다는 이야기는 들어 본 적 없습니다."

그녀는 겁먹은 표정을 떠올리며 물었다.

"그럼, 당신은 그것이 정말로……."

"살인이었다고 생각하느냐고요? 물론입니다! 아주 신속하고 지능적인 살인입니다. 물론 반드시 성공할 수 있는 것은 아니지만 그러나 성공했으니까요."

"단지 트리브스 씨가 알고 있다는 사실만으로……."

"그렇습니다. 트리브스 씨는 이 집 안의 특정 인물에게 우리 주의를 쏠게 할 수 있었으니까요. 우리는 이제까지 어둠 속을 헤매고 있었습니다. 그러나 이제 겨우 광명이 비쳐 시시각각 사건이 뚜렷해져 가고 있습니다.

미리 말씀드려 두겠는데, 이 살인은 처음부터 세세한 점에 이르기까지 아주 용의주도하게 계획된 것입니다. 한 가지만 꼭 강조해 두지요. 지금 그 이야기를 내게 하셨다는 말을 아무에게도 하지 마십시오. 이것은 굉장히 중요한 일입니다. 아시겠지요?"

메리는 고개를 끄덕였다. 그녀는 아직도 멍해 있는 것 같았다.

배틀 총경은 방에서 나와 메리 앨딘 때문에 중단되었던 일을 계속했다. 그는 빈틈없는 사나이였다. 어떤 정보를 손에 넣고 싶었던 것이다. 새로운 유망한 수확물이 나타나더라도 거기에 정신을 빼앗기는 일 없이 자기가 해야 할 일을 묵묵히 해내고 있었다. 하기야 이 새로운 수확물은 몹시 마음쓰게 하는 것이었지만.

그는 서재문을 두드렸다. 네빌 스트렌지의 목소리가 대답했다.

"들어오십시오."

배틀은 트릴러니 씨에게 소개되었다. 검은 눈이 날카롭고 키가 크며 풍채가 훌륭한 사람이었다.

배틀이 말했다.

"방해가 되었다면 죄송합니다. 좀 분명치 않은 점이 있어서요. 스트렌지 씨, 당신은 돌아가신 매슈 경의 유산 절반을 상속받게 되어 있는데, 나머지 반은 어느 분이 받게 됩니까?"

네빌은 놀란 표정을 지었다.

"말씀드리지 않았던가요? 내 아내입니다."

배틀은 불만스럽게 헛기침을 했다.

"하지만 어느 쪽 부인이지요?"

"아, 그렇군요. 내가 말을 잘못했습니다. 오드리가 받게 되어 있습니다. 유언장이 만들어졌을 때에는 그녀가 내 아내였으니까요. 그렇지요, 트릴러니 씨?"

변호사는 동의했다.

"유산에 대해서는 아주 명확하게 기재되어 있습니다. 이 유산은 매슈 경의 피후견인인 네빌 스트렌지와 그의 아내 오드리 엘리자베스 스트렌지——옛 성은 스탠디슈입니다——가 반씩 나누어 가지며, 이혼과는 관계가 없습니다."

배틀이 말했다.

"그것으로 확실해졌습니다. 그녀도 이 점을 잘 알고 있겠지요?"

트릴러니 씨가 말했다.

"그렇습니다."

"그럼, 지금의 스트렌지 부인은?"

네빌은 좀 놀라는 것 같았다.

"케이 말인가요? 네, 알고 있겠지요. 글쎄요……이 일에 대해서는 그녀와 그리 이야기한 일이 없어서요"

"틀림없이 부인은 잘못 알고 계십니다. 트레실리언 부인이 돌아가시면 유산은 당신과 지금의 부인 것이 되리라 여기고 있을 겁니다. 적어도 오늘 아침 우리에게 진술한 부인의 말투로 보아서는 그랬습니다. 그래서 그 점을 분명히 해두어야겠다고 생각되어 물어 본 겁니다."

네빌이 말했다.

"그거 곤란한데요. 하지만 이런 일도 흔히 있지 않겠습니까? 네,

언젠가 아내가 한두 번 '캐밀러가 죽으면 우리가 재산을 받게 되지요' 하고 말했지만, 그것은 내가 상속받을 몫에 대해서 이야기한 것이라고 생각했었지요."

"그거 놀랍군요. 한 가지 문제를 가지고 늘 이야기하는 두 사람 사이에 오해가 생기니까요. 두 사람 모두 다른 일을 상상하면서 그 차를 알아차리지 못하고 있다니……."

그리 관심도 없는 듯 네빌이 말했다.

"틀림없을 겁니다. 어차피 그리 중요한 문제는 아니잖습니까. 우리는 돈이 궁한 것도 아니니까요. 오드리를 위해서는 정말 잘됐다고 생각합니다. 그녀는 무척 고생해 왔는데, 이제부터는 좀 달라지겠지요."

배틀은 생각나는 대로 말했다.

"하지만 이혼했을 때 그녀는 당신으로부터 당연히 위자료를 받게 되어 있었을 텐데요."

네빌은 얼굴을 붉히며 멋쩍은 듯 말했다.

"거 자존심 때문에 말입니다, 총경님. 오드리는 내가 주기로 되어 있는 돈에 전혀 손대려 하지 않았습니다."

트릴러니 씨가 입을 열었다.

"굉장한 액수였습니다. 그러나 오드리 부인은 언제나 되돌려 보내며 받지 않았지요."

"참 재미있군요."

배틀은 말을 마치자 아직 누구도 그 말뜻을 물어 보기 전에 방에서 나갔다.

밖으로 나오니 조카가 있었다.

"겉으로 볼 때 이 사건에는 거의 모두라고 해도 좋을 만큼 금전상의 동기가 확실히 있어. 네빌과 오드리에게는 저마다 5만 파운드라는 큰돈이 들어오게 되어 있지. 케이는 자기도 5만 파운드를 받으리라 여기고 있어. 메리 앨딘은 일하지 않고도 살아갈 수 있는 수입을 얻게 되고.

토머스 로이드만은 아무 이익도 없어. 그러나 허스틀과 밸릿도 관련이 있지. 만일 혐의를 받지 않기 위해 그녀가 죽을지도 모르는 위험을 무릅쓰고 그런 일을 했다면 말이야.

맞아, 내 말대로 금전상의 동기는 충분해. 그러나 내 눈이 잘못되지 않았다면 금전은 이번 문제와 전혀 관계가 없어. 오직 증오로 말미암아 살인 사건이 일어날 수 있다면, 틀림없이 이번 사건이 그 경우야. 만일 방해만 끼어들지 않았다면 나는 당장이라도 범인을 체포해 보이겠는데!"

### 13

앤드루 맥허터는 이스터헤드 베이 호텔 테라스에 앉아 강 맞은편에 솟아 있는 스터크 헤드를 바라보고 있었다.

그는 지금 자신의 기분과 감정을 진지하게 음미하고 있는 중이었다.

무엇이 이렇게 며칠 동안 덧없는 나날을 이곳에서 보내도록 결심하게 한 것인지 그는 알 수 없었다. 그러나 무엇인가가 그를 이 지방으로 데려온 것이다. 아마 자기 자신을 시험해 보고 싶은 기분이었으리라. 그 절망감이 아직 자기 마음속에 남아 있는지 어떤지 확인해 보고 싶었다.

모녀? 이제는 아무렇지도 않게 생각하고 있다. 다른 남자와 결혼해 버렸다. 어느 날 거리에서 그녀 옆을 스쳐 지나간 일이 있었는데, 아무런 감정도 일지 않았다. 버림받았을 때의 슬픔이며 고뇌는 생각해 낼 수 있었지만 이제는 이미 지나가 버린 일이다.

흠뻑 젖은 개의 울음 소리와 여자 아이의 찢어질 듯한 고함소리에 그는 회상에서 깨어났다. 여자 아이는 그가 새로 알게 된 13살 된 다이애너 브링턴이었다.

"어머나, 안 돼, 돈. 옆에 오면 안 된다니까! 아유, 지독해! 바닷가에서 돈이 물고기에게 덤벼들었어요. 멀리 떨어져 있어도 비린내가 나요. 물고기가 형편없이 썩어 있었거든요. 자, 봐요!"

맥허터의 코가 그것을 확인했다.

"바위 위에 난 틈 같은 곳이에요. 나는 바닷속으로 돈을 끌고 들어가 씻어 주려 생각했는데, 이렇게 되어 버렸어요."

맥허터는 고개를 끄덕였다. 돈이란 털이 거친 온순한 테리어로, 친구가 옆에 오지 못하게 하자 몹시 기분이 상한 것 같았다.

맥허터가 말했다.

"바닷물은 좋지 않을걸. 더운물과 비누가 제일이야."

"알고 있어요. 하지만 호텔에서는 마음대로 할 수가 없잖아요. 우리는 전용 욕실이 없거든요."

마침내 맥허터와 다이애너는 돈을 앞세우고 옆문을 지나 맥허터의 욕실로 살짝 들어가 머리에서 발끝까지 씻어 주었으므로 두 사람 다 물투성이가 되고 말았다. 다 씻고 나자 돈은 이상하게 풀이 죽어 버렸다.

'또 이 맡기 싫은 비누 냄새로군. 다른 개들이 부러워할 만한 좋은 물고기 냄새를 겨우 찾아냈는데. 아, 사람이란 늘 이렇다니까. 무엇이 좋은 냄새인지 도무지 모르거든.'

이 조그만 일로 말미암아 맥허터는 훨씬 기운이 났다. 그는 곧 버스를 타고 솔팅턴으로 갔다. 양복 세탁을 부탁해 두었던 것이다.

'24시간 안에 해드립니다'가 전매 특허인 세탁소 여자 아이가 물끄러미 그를 바라보았다.

"맥허터 씨지요? 아직 안 된 것 같은데요."

"이미 됐을 텐데."

그가 세탁물을 부탁한 것은 그저께니까 24시간이 아니라 48시간이나 지난 것이다. 여자였다면 이런 말을 하며 마구 야단칠 것이다. 그러나 맥허터는 다만 얼굴을 찌푸렸을 뿐이었다.

기계적인 미소를 지으며 여자 아이가 말했다.

"하지만 시간이 없어서……."

"바보같이!"

여자 아이가 애교있는 웃음을 지우고 내뱉듯 말했다.

"아무튼 아직 안 됐어요."

"그럼, 그냥 가져 가겠어."

"손도 안 댔는데요?"

"그냥 가져가겠다니까."

"내일까지는 해드리겠어요, 특별 서비스로."

"나는 특별 서비스 같은 건 부탁한 적 없어. 괜찮으니 양복을 줘."

화난 듯한 표정으로 여자 아이는 안으로 들어갔다. 그리고 구깃구깃한 옷뭉치를 카운터 위로 밀어 주었다.

맥허터는 그것을 받아 들고 밖으로 나왔다. 바보스러운 이야기지만, 그는 뭔가 승리한 듯한 느낌이었다. 실제로는 세탁소에 그 양복을 맡겨야 할 텐데도!

호텔로 돌아오자 그는 옷뭉치를 침대 위에 내던지고 난처한 듯 쳐다보았다.

'호텔에서도 다림질을 해줄 거야. 그것도 나쁘지 않아. 세탁까지 할 필요는 없을지도 몰라.'

그는 꾸러미를 풀었다. 그리고 벌컥 화를 냈다.

'24시간 안에 해드립니다라니, 어이가 없군! 그건 그렇고, 이건

내 양복이 아니잖아. 빛깔도 다르고, 그것은 짙은 감색양복이었는데. 멍청이 같은 녀석들!'

그는 화내며 종이 쪽지를 보았다. 틀림없이 맥허터라고 씌어 있다. 그럼, 다른 맥허터인가? 아니면 멍청하게도 쪽지를 잘못 붙인 것일까?

그는 화가 나서 그 양복을 바라보고 있었는데, 갑자기 무슨 냄새가 코를 찔렀다.

틀림없이 어디서 맡아 본 냄새인데——독특하고 불쾌한 냄새—— 어딘지 개와 관계가 있는 냄새……정말 코를 틀어막고 싶은 물고기 냄새다!

그는 몸을 굽혀 양복을 살펴보았다. 윗옷 어깨 언저리에 빛바랜 얼룩이 있다. 어깨 위에……

맥허터는 생각했다.

'이건 정말 이상한데. 아무튼 내일 그 '24시간 안에 해드립니다' 세탁소에 가서 그 여자 아이를 혼내 줘야지. 바보스러운 것도 정도가 있지!'


## 14

저녁 식사 뒤 그는 호텔을 나와 나루터 쪽으로 산책했다. 맑게 갠 밤이었으나, 마치 초겨울을 생각나게 할 만큼 추웠다. 여름은 지나갔다.

맥허터는 나룻배로 솔트크리크 쪽으로 건너갔다. 스터크 헤드에 온 것은 이로써 두 번째. 이 지방은 어딘지 그의 마음을 붙잡고 놓아 주지 않는 것이다.

천천히 언덕을 올라가 밸모럴 코트 앞을 지나니 벼랑가에 커다란 저택이 서 있었다. '갤즈포인트'라는 이름이 페인트 칠을 한 대문에 씌어 있었다.

'그래, 여기가 그 노부인이 살해된 집이야.'

호텔에서는 그 소문으로 시끄럽고, 하녀들도 그 이야기만 하고 싶어했으며, 신문들도 톱 기사로 다루고 있었다. 세계 정세라면 관심이 많은 맥허터였지만 범죄에는 조금도 흥미가 없어 눈살을 찌푸렸다.

그는 계속 걸어갔다. 다시 언덕을 내려가 작은 모래톱과 근대적으로 지은 낡은 낚시 오두막을 몇 채 지나쳤다. 그리고 다시 길이 끝나는 데까지 올라가자 막다른 곳이 스터크 헤드였다.

스터크 헤드 위는 으스스하니 귀신이라도 나올 것 같았다. 맥허터는 벼랑 위에 서서 바다를 내려다보았다. 그날 밤에도 여기 이렇게 서 있었던 것이다.

그때의 감정을 다시 한 번 돌이켜보려고 생각했다. 절망, 분노, 피로. 그리고 이 모든 것에서 달아나고 싶은 간절한 바람.

그러나 아무것도 그의 마음에 되살아나지 않았다. 모든 것은 다 지나간 일이다. 그 대신 싸늘한 분노 같은 것이 솟쳤다. 저 나무에 걸려 해변 감시원의 구조를 받아, 그 결과 마치 장난꾸러기 소년같이 병원에서 떠들어대었던──아, 굴욕과 수치의 연속.

왜 내버려두지 않았을까? 몇 번이나 죽고 싶어했었지. 지금도 그렇게 느끼고 있다. 그러나 단 한 가지 그것에 빠져서는 안 될 요소, 즉 충동을 잃어버린 것이다.

그때는 모너 일을 생각하는 것만으로도 얼마나 가슴이 아팠던가! 지금은 실로 냉정하게 그녀를 생각할 수 있다. 그녀는 언제나 바보스러운 여자였다. 금방 사람들에게 넘어가고 말았다.

아름다웠다. 그래, 확실히 아름다웠다. 그러나 속은 텅 비어 있었다. 그가 꿈에 그리고 있던 여자는 아니었다.

그러나 미인은 미인이었다. 흰 옷자락을 날리며 칠흑 같은 어둠 속을 달려오는 여인의 희미한 모습……뱃머리의 용두를 닮은……다만 그것처럼 꼭 박혀 있지는 않았지만…….

이때 갑자기 마치 연극 같은 믿을 수 없는 일이 일어났다. 어둠 속에서 사람 그림자가 뛰어나온 것이다. 한순간 그 모습은 잘 보이지 않았지만, 다음 순간 모습을 드러냈다. 달려오는 하얀 사람 그림자, 달리고 또 달려서——벼랑 끝으로.

추적을 받으며 죽을 힘을 다해 달아나려는 아름다운 사람 그림자! 말할 수 없는 절망을 안고 달려오고 있다. 맥허터는 그 절망을 잘 알 수 있었다. 그것이 어떤 것인지를…….

그는 어둠 속에서 달려나와 벼랑의 불쑥 튀어나온 곳으로 다가가는 순간에 그녀를 붙잡았다. 그리고 격렬하게 말했다.

"안 됩니다, 이런 짓을 해서는……. "

마치 작은 새를 잡고 있는 듯했다. 그녀는 몸부림쳤다. 아무 말없이 몸부림치던 그녀는 갑자기 작은 새처럼 순해져 버렸다.

"투신 자살을 하다니, 안 됩니다! 이렇게 하지 않으면 안 될 일이란 없습니다. 그런 일은 결코 없습니다. 당신이 불행의 밑바닥에 빠져 있다 하더라도……. "

그녀는 목소리를 냈다. 저 멀리서 유령이 웃고 있는 듯한 느낌이었다.

"불행하지 않다고요? 그럼, 대체 왜 그러시지요? "

그녀는 속삭이듯 대답했다.

"무서워요. "

"무섭다고요? "

그는 놀라 그녀를 놓아주고 좀 더 자세히 그 모습을 볼 수 있도록 뒤로 물러섰다.

그는 그 말이 사실임을 알았다. 그녀를 달리게 한 것은 두려움이었다. 이 작고 이지적인 얼굴을 멍하니 공허하게 보이도록 한 것도 두려움이었다. 그녀의 눈동자를 크게 뜨게 한 것도 두려움이었던 것이다.

그는 의심스럽게 물었다.

"뭐가 무섭지요?"

들릴락말락한 목소리로 그녀가 대답했다.

"교수형에 처해지는 게……."

그렇다, 정말로 그녀는 이렇게 말했던 것이다. 그는 뚫어지게 그녀를 지켜 보았다. 그리고 그녀로부터 벼랑 가장자리로 눈길을 옮겼다.

"그것이 무서워서?"

"네, 차라리 스스로 목숨을 끊고 싶어요."

그녀는 눈을 감고 몸을 떨었다. 덜덜 떨고 있었다.

맥허터는 마음속으로 이것저것 이야기 줄거리가 맞도록 끼워맞추고 있다가 겨우 입을 열었다.

"틀림없이 트레실리언 부인이었지요, 그 살해된 노부인은?"

그리고 그는 꾸짖듯 덧붙였다.

"당신은 스트렌지 부인이지요? 첫번째의?"

떨면서 그녀는 고개를 끄덕였다.

맥허터는 지금까지 들은 이야기를 모조리 생각해 내려고 애쓰며 천천히 주의깊은 말투로 계속했다. 소문은 사실과 맞았던 것이다.

"남편은 구속되었지요? 아닙니까? 불리한 증거가 몇 가지씩이나 나왔다면서요. 그런데 그 증거가 누군가에 의해 꾸며진 것임을 경찰에서도 알게 되어……."

그는 말을 끊고 그녀를 보았다. 그녀는 이제 떨고 있지 않았다. 솔직한 어린아이같이 그를 지켜 보고 서 있었다. 그의 눈에는 그 모습이 너무나 가엾어 보였다.

그는 말을 이었다.

"그렇지……나는 당신이 왜 그랬는지 알겠습니다. 남편은 다른 여자 때문에 당신을 버렸지요? 그런데 당신은 그를 사랑하고 있었습니다……그래서……."

그는 잠시 말을 끊었다가 다시 이었다.

"이해할 수 있습니다. 내 아내도 나를 버리고서 다른 남자와……."

그녀는 팔을 크게 벌리며 격렬하게 절망적으로 더듬더듬 말했다.

"그, 그렇지 않아요. 그, 그런 게 아니예요……."

그는 그녀를 가로막고 힘주어 명령하듯 말했다.

"자, 돌아가십시오. 무서워할 것 없습니다. 알겠습니까? 틀림없이 당신이 교수형받지 않도록 해드릴 테니까요!"


15

메리 앨딘은 응접실 소파 위에 누워 있었다. 머리가 아프고 온몸이 솜뭉치처럼 축 늘어졌다.

검시 법정은 어제 열려서 형식적인 신원 확인 증언이 있은 뒤 1주일 뒤로 연기되었던 것이다.

트레실리언 부인의 장례식은 내일 거행하기로 되어 있었다. 오드리와 케이는 상복을 맞추기 위해 자동차를 타고 솔팅턴으로 갔다. 테드 라티머도 함께 갔다. 네빌과 토머스 로이드는 산책나갔으므로 집에는 고용인들과 그녀밖에 없었다.

오늘은 휴일이므로 배틀 총경과 리치 경감에 대해 신경쓸 필요가 없었다. 메리에게 있어 그 두 사람이 오지 않는다는 것은 어두운 그림자가 걷혀진 것과도 같았다.

그 두 사람은 분명 예의바르고 밝은 태도였으나 너무 침착하게 모든 사실을 빠짐없이 체로 쳐내며 줄곧 묻는 바람에 정말 신경질적이 되지 않을 수 없었다. 이제 그 목각 얼굴을 한 총경도 이 열흘 동안의 모든 사건, 진술된 여러 가지 이야기들, 그리고 몸짓까지 완전히 머리 속에 간직하고 있을 것이다.

모두들 외출해 버려 정말 조용하다. 메리는 느긋하게 쉬고 있었다. 모든 것을 잊어버리고 싶었다, 하나에서 열까지. 그저 반듯이 누워서 쉬는 것이다.

"저, 죄송합니다만 앨딘 양."

문가에 허스틀이 미안스러운 듯한 표정으로 서 있었다.

"뭐지요, 허스틀?"

"남자분이 면회를 청해 서재로 안내해 드렸습니다."

메리는 깜짝 놀라 당황한 표정으로 그를 바라보았다.

"누구신데요?"

"맥허터 씨라고 하시는데요."

"들어보지 못한 이름이군요."

"네."

"틀림없이 신문 기자일 거예요. 안으로 들이지 않았더라면 좋았을 텐데요."

허스틀은 헛기침을 했다.

"신문 기자는 아닙니다. 오드리 양의 친구분이라고 생각됩니다."

"아, 그렇다면 또 모르지만."

머리를 매만지고 나서 메리는 지친 듯한 걸음으로 홀을 지나 작은 서재로 들어갔다. 창가에 서 있던 키큰 사나이가 돌아본 순간 웬지 그녀는 뜻밖이라는 느낌이 들었다. 그는 도저히 오드리의 친구로 보이지 않았기 때문이다.

그래도 그녀는 명랑하게 말을 걸었다.

"스트렌지 부인이 외출중이라서 미안합니다. 부인을 만나고 싶다고 말씀하셨지요?"

그는 깊은 생각에 잠긴 모습으로 그녀를 지켜 보았다.

"당신은 미스 앨딘이시지요?"

"네."

"당신도 도움될 수 있으리라고 생각합니다. 실은 밧줄을 찾고 있거든요."

메리는 깜짝 놀라 되물었다.

"밧줄?"

"네, 로프 말입니다. 이 집에서는 로프를 어디에 보관해 두시지요?"

나중에 생각해 보니 메리는 이때 자신이 반쯤 최면술에 걸려 있었던 듯싶었다. 만일 이 이상한 사나이가 뭔가 직접적인 설명을 했더라면 그녀는 틀림없이 그가 시키는 말을 듣지 않았을 것이다. 그러나 앤드루 맥허터는 그럴듯한 설명이 떠오르지 않았으므로 아예 설명하지 않는 편이 좋으리라고 현명한 판단을 내렸다. 그리하여 자기가 바라는 바를 한마디로 해치웠던 것이다. 메리는 반쯤 넋을 잃은 채 밧줄을 찾고 있는 자신을 알아차렸다.

"어떤 밧줄이지요?"

"어떤 밧줄이라도 상관없습니다."

메리는 애매하게 말했다.

"창고 속에 있을까."

"안내해 주시겠지요?"

그녀가 앞장섰다. 삼실(麻絲)과 코드 토막이 얼마쯤 있었지만, 맥허터는 고개를 저었다.

그는 밧줄이 필요한 것이다, 잔뜩 감아 놓은 밧줄이.

"작은 창고도 있습니다만……"

"아, 거기 있을지도 모르겠군요."

두 사람은 안으로 들어가 2층으로 올라갔다. 메리는 창고문을 열었다. 맥허터는 문 앞에 서서 안을 들여다보았다. 그리고 굉장히 만족스러운 기묘한 한숨을 내쉬었다.

그가 말했다.

"여기 있군요."

문 바로 안쪽에 낡은 낚시 도구며 이끼긴 쿠션 등과 함께 굵은 밧줄이 한 뭉치 상자 위에 놓여 있었다. 그는 메리의 손을 잡아 가볍게 안쪽으로 밀어 넣었다. 두 사람은 함께 그것을 내려다보았다.

그는 손으로 만지며 말했다.

"이 점만은 기억해 두어야 합니다, 미스 앨딘. 여기 있는 물건들은 모두 먼지투성이인데 이 밧줄만은 먼지가 묻어 있지 않습니다. 직접 만져 보십시오."

"좀 젖은 것 같군요."

"그렇습니다."

그는 밖으로 나가려고 몸을 돌렸다.

"그럼, 이 밧줄은? 이것이 필요한 게 아니었던가요?"

맥허터는 미소지었다.

"나는 그 밧줄이 어디에 있는지 알고 싶었습니다. 그뿐입니다. 자, 문을 잠그고 그 열쇠를 보관해 주시겠습니까? 그 열쇠를 배틀 총경이나 리치 경감에게 전해 주시면 고맙겠습니다. 그 두 사람에게 건네 주어 보관하도록 하는 게 좋습니다."

함께 아래층으로 내려가며 메리는 애써 용기를 내려 했다. 두 사람이 홀까지 왔을 때 그녀는 결심하고 말했다.

"솔직히 말해 나는 뭐가 뭔지 도무지 모르겠어요."

맥허터는 딱 잘라 말했다.

"당신은 아실 필요가 없습니다."

그는 메리의 손을 잡더니 진심을 담아 꼭 쥐었다.

"도와주셔서 정말 고맙습니다."

말을 마치자 그는 현관을 지나 곧 나가 버렸다. 메리는 여우에게 홀린 게 아닌가 생각했다.

이윽고 네빌과 토머스가 돌아왔다. 이어서 자동차가 와 닿았다. 케이와 테드가 너무 즐겁게 이야기하는 바람에 메리는 당황하고 말았다. 두 사람은 소리내어 웃으며 농담을 주고받고 있었다.

메리는 마음속으로 중얼거렸다.

'그래, 뭐가 나쁘다는 거야? 캐밀러 트레실리언은 케이에게 아무 관계도 없으니까. 이 음산한 비극 같은 건 젊고 쾌활한 사람들에게는 정떨어지는 사건이니까.'

경찰관들이 도착했을 때는 마침 모두들 점심 식사를 막 끝낸 뒤였다.

"배틀 총경님과 리치 경감님이 응접실에서 기다리고 계십니다."

모두들에게 알리는 허스틀의 목소리에는 어딘지 겁먹은 듯한 울림이 담겨 있었다.

배틀 총경은 인사할 때 표정이 아주 부드러웠다.

"방해해서 죄송합니다만, 한두 가지 가르쳐 주셨으면 하는 일이 있어서요. 이 장갑은 어느 분 것이지요?"

그는 작고 노란 사슴 가죽 장갑을 보여 주었다. 그는 오드리에게 물어 보았다.

"당신 것입니까?"

"아니에요, 내 것이 아니에요."

"미스 앨딘?"

"아니에요. 그런 빛깔의 장갑은 없어요."

케이가 손을 내밀었다.

"보여 주시겠어요? 내 것도 아닌데요."

"좀 끼어 보시겠습니까?"

케이가 끼어 봤지만 너무 작았다.

"미스 앨딘, 당신도 끼어 보시겠습니까?"

메리도 끼어 보았다.

"당신에게도 작군요."

배틀은 오드리를 보았다.

"당신 손에는 꼭 맞을 것 같군요. 다른 분들보다 손이 작으니까요."

오드리는 장갑을 받아 오른손에 끼었다.

네빌이 날카롭게 말했다.

"그녀는 당신에게 말했잖습니까, 자기 것이 아니라고."

"틀림없이 부인이 잘못 생각하고 있는 걸 겁니다. 그렇지 않으면 잊어버리셨든지……."

오드리가 말했다.

"내 것인지도 모르겠어요. 장갑이란 모두 비슷하니까요."

"아무튼 이것은 당신 방 창 밖에 있었습니다, 오드리 부인. 바구니 속에 틀어박혀 있었지요, 다른 한 짝과 함께."

침묵이 흘렀다. 오드리는 무슨 말을 하려고 입을 열었지만 다시 다물고 말았다. 총경이 뚫어지게 지켜 보자 그녀는 눈을 내리떴다.

네빌이 앞으로 나섰다.

"총경님."

배틀이 위엄을 갖추고 말했다.

"괜찮다면 당신과 단둘이 이야기했으면 하는데요, 스트렌지 씨."

"좋습니다. 서재로 가실까요."

그가 앞장서고 두 경찰관이 뒤따랐다.

문이 닫히자마자 네빌이 덤벼들듯 말했다.

"장갑이 오드리 방의 창문 밖에 있었다는 바보 같은 이야기는 대체 어떻게 된 일입니까?"

배틀은 조용히 대답했다.

"스트렌지 씨, 우리는 이 집안에서 아주 이상한 것을 발견했습니다."

네빌은 눈살을 찌푸렸다.

"이상한 것이라고요? 대체 뭐가 이상하다는 거지요?"

"보여 드리지요."

눈짓에 응해 리치가 방에서 나가더니 아주 묘한 물건을 가지고 들어왔다.

배틀이 말했다.

"보시다시피 이것은 빅토리아 왕조풍 난로의 재받이에서 떼어 온 강철공입니다. 굉장히 무거운 공이지요. 그리고 이것은 테니스 라켓의 손잡이 부분만 떼어 온 건데, 이 공은 라켓 손잡이 부분에 감춰져 있었습니다. 이것이 트레실리언 부인을 살해하는 데 쓰인 흉기임이 분명합니다."

네빌은 몸을 떨었다.

"무서운 일이로군! 그러나 어디서 찾아내셨지요, 이 악몽 같은 기구를?"

"공은 깨끗이 닦여 재받이에 도로 끼워져 있었습니다. 그러나 범인은 나사를 닦는 것을 잊었던 것 같습니다. 그 위에서 피의 흔적을 발견했지요. 그리고 라켓 손잡이도 외과용 반창고로 붙여져 있었습니다. 그리고 층계 밑 벽장 안에 슬쩍 던져 놓았더군요. 만일 우리들이 이와 같은 것을 찾지 못했다면 다른 여러 가지 물건 속에 섞여 들어가서 전혀 알아차리지 못하고 지나갔을 겁니다."

"굉장하시군요, 총경님."

"뭐, 당연한 일이지요."

"지문은 없었겠지요?"

"이 라켓은 무게로 보아 케이 부인의 것인 듯한데, 당신과 부인이 함께 사용했는지 두 사람의 지문이 묻어 있더군요. 그런데 당신이 사용한 뒤 누군가가 장갑을 끼고 그것을 만진 흔적이 뚜렷이 남아 있습니다.

그리고 다른 지문이 또 하나 있는데 이것은 부주의하여 묻은 것 같습니다. 라켓을 본래대로 붙이는 데 쓰인 외과용 반창고에 묻어 있었습니다. 이 지문이 누구 것인가 하는 건 지금으로서 말씀드릴 수 없지만, 꼭 말씀드려야 할 게 하나 있습니다."

배틀은 잠시 말을 끊었다가 다시 이었다.

"부디 놀라지 마십시오, 스트렌지 씨. 먼저 한 가지만 묻겠습니다. 이곳에서 다 같이 모이자는 생각은 틀림없이 당신이 계획한 것으로, 오드리 부인이 제안한 것은 아니었지요?"

"오드리는 그런 일을 하지 않았습니다. 오드리는……."

문이 열리고 토머스 로이드가 들어왔다.

"방해해서 죄송합니다만, 내가 이 자리에 참석하는 게 좋을 것 같아서요."

네빌은 좀 난처한 표정으로 그를 돌아보았다.

"아니, 이건 비밀 이야기입니다."

"그런 말 하지 마십시오. 밖에서 이름을 들었습니다. 오드리의……."

네빌 스트렌지는 화내며 내뱉듯 말했다.

"대체 오드리라는 이름이 당신과 무슨 상관있습니까?"

"그럼, 당신과는 관계있다는 겁니까? 나는 오드리에게는 아직 확실히 말하지 않았지만, 그녀에게 결혼 신청을 하기 위해 여기에 온 겁니다. 그녀도 이 사실을 알고 있으리라고 나는 생각하고 있습니다. 나는 그녀와 결혼할 생각입니다."

배틀 총경이 헛기침을 했다. 네빌은 그를 홱 돌아보았다.

"미안합니다, 총경님. 이런 방해자가……."

배틀이 말했다.

"나는 괜찮습니다, 스트렌지 씨. 그런데 한 가지 더 물어 볼 게 있습니다. 그 범행이 일어났던 날 밤 저녁 식사 때 당신이 입고 있었던 짙은 감색 윗옷 말인데요, 그 깃과 어깨에 금빛 머리칼이 묻어 있었지요. 어디서 그것이 묻었는지 기억나지 않습니까?"

"내 머리칼이 아닐까요?"

"아니오, 당신 머리칼이 아닙니다. 여자 머리칼입니다. 그리고 소매에는 빨간 머리칼이 묻어 있었지요."

"그렇다면 아내 케이의 것이겠지요. 또 하나는 오드리의 것일까? 그럴 겁니다. 맞았습니다. 언젠가 밤에 테라스에서 그녀의 머리칼이 내 소매 단추에 낀 적이 있었지요."

리치가 중얼거렸다.

"그렇다면 소매에 금발이 묻어 있어야 할 텐데요."

네빌이 소리쳤다.

"대체 무슨 말씀을 하려는 겁니까!"

배틀이 말했다.

"윗옷 깃 안쪽에 흰 분이 묻었던 흔적이 있었습니다. 플리머베러 내추럴 NO1——아주 좋은 향기가 나는 고급 화장품입니다—— 설마 당신이 그런 물건을 쓸 리는 없겠지요. 그리고 케이 부인은 오키드 생 키스를 사용하고 있더군요. 오드리 부인이 바로 플리머

베러 내추럴 NO1을 사용하고 계십니다."

"그것이 어쨌다는 거지요?"

배틀은 몸을 내밀며 말했다.

"내가 말하고 싶은 것은 어떤 기회에 오드리 부인이 그 윗옷을 입었다는 겁니다. 그렇게 생각하지 않으면 그 머리칼과 분을 설명할 수가 없지요. 그리고 아까 그 장갑도 보셨지요? 그것은 틀림없이 그녀의 장갑입니다. 그것은 오른손 것으로 여기 왼손 것이 있습니다."

총경은 주머니에서 그것을 꺼내 테이블 위에 놓았다. 꾸깃꾸깃해진 채 녹 같은 갈색 얼룩이 묻어 있었다.

네빌은 공포에 질려 목소리가 떨렸다.

"그 얼룩은 뭐지요?"

배틀은 딱 잘라 말했다.

"피입니다, 스트렌지 씨. 게다가 이 장갑은 왼손 것임을 아시겠지요? 오드리 부인은 왼손잡이입니다. 내가 그것을 처음으로 안 것은 그녀가 아침 식사 때 오른손에 커피, 왼손에 담배를 쥐고 앉아 있는 것을 보았을 때입니다. 그리고 그녀 책상 위의 펜 접시도 왼쪽에 놓여 있었습니다.

모든 것이 꼭 맞아 들어갑니다. 그녀 방의 난롯가에서 나온 재받이 손잡이, 그녀 방 창문 밖에 있던 장갑, 당신 윗옷에 묻은 머리칼과 분.

트레실리언 부인은 오른쪽 관자놀이를 맞았지요. 더욱이 침대 위치로 볼 때 그쪽에 선다는 것은 거의 불가능합니다. 따라서 부인을 오른손으로 내려치는 것은 아주 어렵다는 결론이 나오게 되지요. 그러나 왼손잡이라면 아주 자연스러운 동작으로 내리칠 수가 있거든요⋯⋯."

네빌은 비꼬듯 웃었다.

"당신은 오드리가, 오드리가 돈이 탐나서 어마어마한 계획을 꾸며 오랫동안 친하게 사귀어 온 노부인을 살해했다고 말씀하시는 건가요?"

배틀은 고개를 저었다.

"아니, 그런 뜻으로 말씀드리고 있는 건 아닙니다. 실례지만 스트렌지 씨, 사건이 풀려 나가는 것을 있는 그대로 보아 주셔야 합니다.

이 범죄는 처음부터 끝까지 줄곧 당신에게 불리하게 꾸며져 있지요, 당신에게 버림받은 뒤 오드리 스트렌지 부인은 복수의 기회를 엿보고 있었던 겁니다. 그 때문에 정신 이상이 되어 버리고 말았지요, 아마도 정신력이 약해졌을 겁니다.

그녀는 당신을 살해할 것을 생각했지만 그것만으로는 충분치 않았습니다. 그리하여 드디어 당신에게 살인죄를 뒤집어 씌워 교수형에 처해지도록 생각해 낸 겁니다. 그리고 당신과 노부인이 말다툼한 것을 알고 그날 밤을 택했습니다.

그녀는 당신 방에서 윗옷을 훔쳐 입었지요, 노부인을 내리칠 때 핏자국이 묻도록 말입니다. 당신 지문이 발견되도록 바닥에 당신 골프채를 팽개쳐 놓고 그 끝에 피와 머리칼을 묻혀 두었습니다.

그녀가 묵는 동안에 당신이 이리로 오도록 서서히 유혹한 것은 그녀였습니다. 그런데 당신을 구해 준 것은 그녀가 꿈에도 생각지 못했던 한 가지 사실입니다. 그것은 트레실리언 부인이 벨을 울려 밸릿을 부른 덕분에 당신이 외출하는 것을 밸릿이 확인한 일입니다."

네빌은 두 손으로 얼굴을 감쌌다.

"거짓말! 거짓말입니다! 오드리가 내게 원한을 품을 리 없습니다. 당신들은 하나에서 열까지 오해하고 있습니다. 그녀는 누구보다도 올바른 마음을 가진 성실한 사람입니다. 그녀의 마음속에는 티끌만큼의 나쁜 생각도 없단 말입니다!"

배틀은 한숨을 쉬었다.

"당신과 이야기해 봐야 아무 소용없겠군요, 스트렌지 씨. 나는 다만 당신이 각오하도록 바라고 싶었던 겁니다. 지금부터 오드리 부인을 불러 함께 가자고 청하겠습니다. 영장도 가져왔습니다. 그녀를 위해 변호사를 부르는 일을 생각하시는 게 좋을 겁니다."

"믿을 수 없어, 도저히 믿을 수 없어."

"애정이란 당신이 생각하고 있는 것보다 훨씬 쉽게 증오로 바뀌는 법입니다, 스트렌지 씨."

"모든 게 잘못되어 있습니다. 터무니없는 일입니다."

토머스 로이드가 입을 열었다. 그 목소리는 조용하고 맑았다.

"그런 말만 되풀이하는 것은 이제 그만두시오, 네빌. 정신차리시오. 지금 이 상황에서 오드리를 살릴 수 있는 길은 오직 하나, 당신의 기사도 정신을 팽개쳐 버리고 진상을 털어놓는 것밖에 없습니다."

"진상이라니요?"

"오드리와 에이드리언 사이의 일 말입니다."

로이드는 배틀 쪽으로 몸을 돌리고 말을 이었다.

"사실은 이렇습니다, 총경님, 당신은 사실을 오해하고 계십니다. 네빌이 오드리를 버린 게 아닙니다. 버린 것은 그녀였습니다. 그녀는 내 형인 에이드리언과 달아났습니다. 그리고 에이드리언은 자동차 사고로 죽었지요.

네빌은 오드리에게 훌륭한 기사도적 태도를 취해 주었습니다. 즉 자기 쪽에서 이혼을 제기하여 그 죄를 자신이 걸머진 거지요."

무뚝뚝한 표정으로 네빌은 입속말을 중얼거렸다.

"그녀의 이름을 더럽히고 싶지 않았기 때문입니다. 아무도 모르는 줄 알았는데요."

"사고가 나기 얼마 전에 에이드리언이 내게 편지를 보냈었지요." 간단히 말하고 나서 로이드는 계속했다.

"어떻습니까, 총경님, 당신이 말씀하신 동기는 이로써 완전히 허물어졌습니다! 오드리는 네빌을 원망할 이유가 하나도 없습니다. 오히려 그에게 감사해야 할 처지지요.

네빌은 그녀에게 위자료까지 주려고 했지만 그녀는 받지 않았습니다. 그러니 네빌이 케이와 만나 주도록 요구한다면 그녀가 그것을 거절할 수 있겠습니까!"

네빌이 열심히 말했다.

"그렇습니다. 이로써 그녀의 동기는 없어졌겠지요? 토머스가 말한 대로입니다."

그러나 배틀의 목각 같은 얼굴은 조금도 달라지지 않았다.

"동기란 조건의 하나에 지나지 않습니다. 그 점에서는 잘못이 있었을지 모르지만, 사실이라는 것이 따로 있습니다. 모든 사실이 그녀가 유죄임을 입증해 주고 있으니까요."

네빌이 비웃듯 말했다.

"이틀 전까지는 모든 사실이 나의 유죄를 입증하고 있었지요!"

배틀은 아픈 데를 찔린 듯 움찔했다.

"확실히 그렇습니다. 그러나 스트렌지 씨, 당신은 대체 나에게 무엇을 믿게 하려는 거지요? 당신들 두 분을 미워하고 있는 어떤 사람이 있다는 건가요? 만일 당신에 대한 계획이 실패하는 경우에는 그것을 오드리 부인에게 뒤집어 씌우려는 어떤 사람이 있다고 나로 하여금 믿게 하려는 겁니까? 그렇다면 스트렌지 씨, 누군가 당신과 오드리 부인을 미워하고 있는 사람을 지적할 수 있겠습니까?"

네빌은 다시 두 손으로 머리를 감쌌다.

"그 말을 들으니 모든 것이 비현실적이 되는군요!"

"비현실적이니까 나는 사실에 따를 수밖에 없습니다. 만일 오드리 부인에 대해 해명할 말이 있다면……."

"나로서 해명할 말이?"

"어쩔 수 없습니다, 스트렌지 씨. 나는 의무를 다하지 않으면 안 됩니다."

배틀은 벌떡 일어났다. 그와 리치가 먼저 방에서 나가고 네빌과 토머스가 뒤따라 나갔다.

모두들 홀을 지나 응접실로 들어갔다.

오드리 스트렌지가 일어섰다. 그녀는 경찰관 쪽으로 다가갔다. 그리고 배틀 총경을 똑바로 쳐다보았다. 그녀의 입술은 미소를 띤 듯 반쯤 벌어져 있었다. 그리고 조용히 말했다.

"나를 데려가실 거지요?"

배틀은 아주 사무적이었다.

"스트렌지 부인, 지난주 월요일인 9월 12일에 캐밀러 트레실리언 부인을 살해한 혐의로 당신을 체포할 구속영장을 여기 가져왔습니다. 이제부터 당신이 진술하는 것은 모두 기록되어 법정에서의 증언으로 쓰여지리라는 것을 미리 말씀드리겠습니다."

오드리는 한숨을 쉬었다. 그녀의 작은 얼굴은 조각같이 침착하고 맑았다.

"이제 아주 마음이 편해요. 정말 기뻐요. 다 끝난 것이!"

네빌이 앞으로 뛰어나왔다.

"오드리, 아무 말도 해서는 안 돼. 결코!"

그녀는 그를 보고 생긋 웃었다.

"왜 그러지요, 네빌? 모든 것이 다 사실인데요. 나는 몹시 지쳤어요."

리치는 크게 숨을 내쉬었다. 자, 이로써 마무리지어졌다. 정말 미친 짓투성이었다. 하긴 이로써 고생한 보람이 있지만. 그런데 큰아버지는 왜 저러고 계시지?

그는 의아해 했다. 배틀은 마치 유령이라도 보고 있는 듯이 오드리를 지켜 보고 있었다. 자기 눈을 믿을 수 없다는 듯이 이 가엾은 미치광이 여자를 지그시 쳐다보고 있는 것이었다.

리치는 저도 모르게 한숨을 쉬며 마음속으로 중얼거렸다.

'아, 하긴 그럴 만도 할 거야. 정말 복잡한 사건이었으니까.'

그런데 그 순간 비정상적이라고 해도 좋을 만큼 그 종말은 흐지부지되어 버렸다. 허스틀이 응접실 문을 열고 말했던 것이다.

"맥허터 씨가 오셨습니다."

맥허터는 유유히 걸어 들어와 배틀 바로 앞으로 다가갔다.

"당신이 트레실리언 부인 사건 담당관이시지요?"

"그렇습니다."

"그러시다면 당신에게 중대한 말씀을 드릴 게 있습니다. 좀 더 빨리 왔어야 했는데, 월요일 밤 우연히 내가 보았던 것이 굉장히 중요한 의미를 가졌다는 것을 이제야 깨달았기 때문입니다."

그는 재빨리 방안을 둘러보았다.

"어디 다른 방으로 가서 말씀드렸으면 합니다만."

배틀이 리치 쪽을 보았다.

"리치, 오드리 부인과 이 방에 있게"

"네, 알겠습니다."

리치는 윗사람에게 대답하듯 말하고 나서 몸을 굽혀 큰아버지의 귀에 대고 뭐라고 나직이 말했다.

배틀은 맥허터를 보았다.

"이리로 오십시오."

그는 서재로 안내하고 나서 말했다.

"대체 무슨 일이지요? 내 부하가 당신을 본 적 있다고 말하더군요. 지난 겨울에."

"맞습니다. 자살을 기도했었지요. 하기는 이것도 말씀드리고 싶은 것 가운데 하나입니다."

"계속하십시오, 맥허터 씨."

"지난해 1월, 나는 스타크 헤드에서 투신 자살을 기도했었습니다. 올해 하릴없이 그 장소에 다시 한 번 가보았지요. 월요일 밤 나는 혼자 그곳으로 걸어가 보았습니다. 잠시 바다를 내려다보고, 이스터헤드 베이를 바라보고 나서 왼쪽을 돌아보았습니다. 즉 이 건물 쪽을 본 겁니다. 나는 달빛 속에서 똑똑히 보았습니다."

"그래서요?"

"오늘까지 나는 그것이 살인이 일어났던 날 밤이었음을 전혀 깨닫지 못하고 있었습니다."

그는 몸을 앞으로 내밀었다.

"그럼, 내가 무엇을 보았는지 말씀드리겠습니다."

16

배틀이 응접실로 돌아온 것은 겨우 5분 뒤였으나, 다른 사람들에게는 그보다 더욱 길게 느껴졌다.

케이가 갑자기 자제심을 잃고 오드리에게 덤벼들었다.

"당신이었다는 것을 나는 처음부터 알고 있었어요. 무언가 음모를 꾸미고 있었다는 것을……."

메리 앨딘이 재빨리 말했다.

"부탁이에요, 케이."

네빌이 날카롭게 소리쳤다.

"입다물어, 케이."

테드 라티머가 케이 곁으로 오자 그녀는 울음을 터뜨리고 말았다.

그가 부드럽게 말했다.

"정신차려요, 케이."

그리고 나서 네빌에게 화난 목소리로 말했다.

"케이가 얼마나 당신을 염려하고 있는지 모릅니까! 왜 좀 더 그녀를 감싸 주지 않는 겁니까!"

"나는 괜찮아요."

케이가 말했다.

"괜찮기는 뭐가 괜찮아. 이런 사람들이 있는 데서 데리고 나가 버려야지."

리치 경감이 헛기침을 했다. 그도 잘 알고 있듯 이런 경우에는 분별없는 말이 나오기 마련이다.

곤란한 일은 나중에 그런 일들이 굉장히 후유증을 남기게 되는 것이다.

배틀이 방으로 돌아왔다. 그의 얼굴은 무표정했다.

"소지품을 대강 챙기십시오, 오드리 부인. 리치 경감과 2층까지 함께 가주셔야겠습니다."

메리 앨딘이 입을 열었다.

"나도 함께 가겠어요."

두 여인이 리치 경감과 함께 방에서 나가자 네빌이 염려스럽게 물었다.

"그 사람이 뭐라고 하던가요?"

배틀은 천천히 입을 열었다.

"맥허터 씨가 아주 묘한 이야기를 해주었습니다."

"오드리에게 유리한 이야기였습니까? 아직도 당신은 오드리를 체포해야겠다고 생각합니까?"

"스트렌지 씨, 나는 의무를 다하지 않으면 안 된다고 말씀드렸는데요."

네빌은 얼굴을 돌려 버렸다. 그 얼굴에서 열의가 사라져 있었다.

"트릴러니에게 전화해야겠군."

"그리 서두를 건 없습니다. 맥허터 씨의 진술이 있었으므로 우선 시험해 봐야 할 일이 있습니다. 그 전에 오드리 부인의 준비가 다 됐는지 보고 오겠습니다."

오드리는 리치 경감을 따라 층계를 내려오는 참이었다. 그녀의 얼굴에는 모든 걸 초월한 조용함이 떠올라 있었다.

네빌이 다가가서 손을 내밀었다.

"오드리!"

아무 감정도 깃들지 않은 그녀의 눈길이 그에게로 돌려졌다.

"염려 말아요, 네빌. 아무렇지도 않으니까."

토머스 로이드가 마치 길을 가로막듯 문 앞에 우뚝 서 있었다.

희미한 미소가 오드리의 입가에 떠올랐다. 그녀가 중얼거렸다.

"충실한 토머스."

토머스는 말을 더듬었다.

"마, 만일 내가 할 수 있는 일이 있다면……."

"아무도 나를 도울 수 없어요."

머리를 숙인 채 그녀는 나가 버렸다. 존즈 형사부장이 탄 경찰차가 현관에 대기하고 있었다.

오드리와 리치가 그 자동차에 올랐다. 테드 라티머가 감탄한 듯 중얼거렸다.

"멋있는 퇴장이군!"

네빌이 화가 나서 그를 돌아보았다. 배틀 경감이 재빨리 그 떡 벌어진 몸으로 두 사람 사이를 가로막고 서서 분위기를 부드럽게 하려는 듯 말했다.

"아까 말한 대로 시험해 봐야겠습니다. 맥허터 씨가 나루터에서 기다리고 계십니다. 우리는 10분 안으로 그곳에서 만나야 합니다. 모터 보트가 바다로 나가게 되어 있으니까요. 부인들은 춥지 않도록 옷을 많이 입으시는 게 좋을 겁니다. 그럼, 부탁합니다, 10분 안으로."

그는 무대에서 모두들을 지휘하고 있는 감독 같았다. 모두들의 미심쩍어하는 표정 따위에는 아랑곳하지 않았던 것이다.

## 0시간

1

물 위는 추웠다. 케이는 걸치고 있던 털가죽 재킷을 여몄다.

모터 보트는 갤즈포인트 아래 강을 내려가 갤즈포인트와 스터크 헤드의 험한 바위벽으로부터 떨어져 있는 강 입구 쪽으로 천천히 들어갔다.

한두 번 질문이 나왔지만, 그때마다 배틀은 두꺼운 햄 같은 손을 치켜 들어 아직 말할 수 없다는 몸짓을 해보였다. 파도를 헤치며 달리는 물거품 말고 침묵을 깨뜨리는 건 아무것도 없었다.

케이와 테드는 어깨를 나란히 하고 서서 물을 내려다보고 있었다. 네빌은 두 다리를 뻗고 앉아 있었다. 메리 앨딘과 토머스 로이드는 뱃머리에 앉아 있었다.

그리고 모두들 배꼬리 가까운 곳에 초연히 서 있는 맥허터의 키큰 모습을 의아스러운 눈으로 흘끔흘끔 훔쳐보았다. 그는 모두들에게 눈길 한 번 보내지 않고 어깨를 펴고 서 있었던 것이다.

스터크 헤드의 깎아지른 듯한 바위벽 아래까지 가기 전에 배틀은 엔진을 꺼버리고 드디어 설명으로 들어갔다. 그의 말투는 아주 당당하고 엄숙했다.

"이것은 정말 색다른 사건입니다. 내가 지금까지 알고 있는 사건 가운데 가장 기묘한 사건입니다.

내가 말씀드리려는 것은 일반적인 살인 사건의 주인공에 관한 어떤 사항입니다. 지금부터 이야기하는 것은 내 개인의 생각이 아니고, 왕실 고문변호사인 대니얼 씨가 이와 비슷한 말을 한 것을 우연히 들은 적 있습니다. 틀림없이 범인도 그 말을 누군가 다른 사람으로부터 들었을 겁니다. 바로 그가 이 수법을 썼으니까요.

그것은 이렇습니다! 당신들이 어떤 살인 기록을 읽을 경우에——아니, 살인을 다룬 소설이라도 좋습니다——흔히 살인이 일어난 곳에서부터 이야기가 시작되겠지요. 그러나 그것은 큰 잘못입니다. 살인은 '그 훨씬 전부터' 시작되고 있는 것입니다.

살인이란 어떤 일정한 시각에 일정한 장소로 집중된 수많은 여러 가지 조건이 누적된 극점입니다. 사람들이 세계 여러 곳으로부터 예측할 수 없는 이유 때문에 그 지점으로 옮겨 오는 것입니다.

로이드 씨는 말레이시아에서 이리로 오셨습니다. 맥허터 씨는 과거에 자살하고자 했던 곳에 다시 한 번 가보고 싶은 생각이 들어 이리로 오셨습니다. 살인 그 자체는 이야기의 종말인 것입니다. 즉 0시간입니다."

그는 문득 말을 끊었다.

"지금이 바로 그 0시간입니다."

다섯 개의 얼굴이 일제히 총경 쪽을 보았다. 다섯 개뿐이었다. 왜냐하면 맥허터는 돌아보지 않았던 것이다. 여우에게 홀린 듯한 다섯 개의 얼굴.

메리 앨딘이 입을 열었다.

"그럼, 트레실리언 부인의 죽음이 오랫동안에 걸쳐 여러 가지 조건이 누적된 사건이라는 말씀이신가요?"

"아니오, 미스 앨딘, 트레실리언 부인의 죽음은 그렇지 않습니다. 트레실리언 부인의 죽음은 범인의 첫번째 목적에 덧붙여진 사건에 지나지 않습니다. 내가 말하는 살인 사건은 오드리 스트렌지를 살해하려는 사건을 가리키고 있습니다."

날카롭게 숨을 들이쉬는 소리가 총경의 귀에 들려 왔다.

누군가가 겁이 나서 떨고 있구나, 그는 순간적으로 생각했다.

"이번 범죄는 실로 오랜 시간에 걸쳐 미리 계획된 것입니다. 아마도 지난해 겨울부터였을 겁니다. 세부적인 사항에 이르기까지 치밀하게 계획된 것입니다. 하나의 목적, 그리고 목적은 오직 하나뿐입니다. 즉 오드리 스트렌지를 교수형으로 살해한다는……

자신의 머리가 굉장히 좋다고 생각하고 있는 누군가에 의해 이 범죄는 교묘하게 계획되었습니다. 살인범이란 대개 자만심이 강하지요.

우선 맨 처음 우리에게 곧 발각될 수 있는, 어디까지나 자연스럽지만 불충분한 증거를 네빌 스트렌지 씨에게 불리하게 꾸며 놓았습니다. 그러나 너무 많은 가짜 증거를 보인 뒤인 만큼 그와 같은 수법을 되풀이하리라고는 우리가 생각지 못하리라고 범인은 여기고 있었던 겁니다. 하지만 오드리 스트렌지를 불리하게 만드는 모든 증거가 날조된 것이었다는 건 좀 더 조사해 보면 확실해질 겁니다.

그녀의 방의 난로 재받이에서 꺼낸 흉기, 그녀의 장갑——피묻은 왼쪽 장갑 말입니다——그녀 방 창문 밖에 감춰져 있었지요. 그리고 윗옷 깃 안쪽에 묻어 있던 분. 같은 곳에 묻어 있던 몇 가닥의 머리칼. 그녀의 방에서 나온 반창고에 아주 자연스럽게 찍혀진 그녀의 지문. 게다가 왼손잡이가 내리쳤다는 사실.

　그리고 오드리 부인 자신에게도 결정적인 증거가 있습니다. 당신들 가운데——범인인 오직 한 사람만 빼고——우리가 부인을 체포할 때 그녀의 태도를 보고 그 무죄를 믿을 사람은 아무도 없었으리라고 나는 믿습니다. 실제로 그녀는 자신의 범죄를 인정하지 않았습니까? 나도 어떤 개인적인 경험이 없었더라면 그녀의 무죄를 믿을 수 없었을 겁니다.

　내가 그녀와 만나 그녀의 말을 듣고 있을 때였습니다. 그녀의 눈을 보고 나는 곧 알았습니다. 왜냐하면 자기가 저지르지 않은 죄를 자기가 했다고 인정한 어떤 소녀를 나는 알고 있기 때문입니다. 오드리 스트렌지는 그 소녀와 똑같은 눈으로 나를 쳐다보고 있었습니다.

　나는 내 의무를 다하지 않으면 안 됩니다. 그것은 잘 알고 있습니다. 우리들 경찰관이란 증거를 바탕으로 하여 행동해야만 합니다. 느낀 것, 생각한 것에 따라서만 행동하면 안 되지요.

　그러나 그 순간 내가 기적을 빌었다고 해도 좋습니다. 왜냐하면 이 가엾은 부인을 살릴 수 있는 것은 기적밖에 없다고 생각했기 때문입니다.

　그렇습니다, 기적이 일어났습니다, 그 자리에서! 여기 계시는 맥허터 씨가 증언을 가지고 나타나 주었던 것입니다."

그는 잠시 말을 멈추었다.

"맥허터 씨, 그 집에서 내게 이야기하신 것을 다시 한 번 여기서 되풀이해 주시겠습니까?"

맥허터가 돌아보았다. 그는 뚜렷하고 날카로운 투로 말했다. 그것이 실로 간결했으므로 설득력이 넘쳐흘렀다.

그는 지난해 1월 자신이 벼랑에서 생명을 구원받았다는 것, 그리고 다시 한 번 그 장소에 가보고 싶었다는 이야기를 하고 나서 말했다.

"나는 월요일 밤 그곳에 올라갔었습니다. 그리고 우두커니 생각에 잠겨 서 있었습니다. 아마 11시 가까이였다고 생각합니다. 나는 곳 위에 서 있는 건물을 바라보고 있었습니다. 갤즈포인트 저택이었지요."

그는 잠깐 말을 끊었다가 다시 이었다.

"그 집 창문으로부터 물 위로 늘어뜨려진 한 가닥의 밧줄을 올라가는 한 사나이를 보았던 겁니다……"

모두들이 이것을 이해하기까지 한동안 침묵이 흘렀다.

메리 앨딘이 소리쳤다.

"그렇다면 역시 외부 사람 짓이었군요! 우리들과는 아무 관계도 없었던 거예요. 단순히 강도였군요!"

배틀이 말했다.

"너무 빨리 결정내리지 마십시오. 그는 강 맞은편에서 온 사나이였습니다. 그렇습니다. 헤엄쳐서 건너왔던 겁니다. 그러나 집안에 있는 누군가가 그 사나이를 위해 밧줄을 준비해 주지 않으면 안 되었을 터이므로 집안의 누군가가 관계하고 있었다는 이야기가 되지요."

그는 다시 천천히 말을 이었다.

"그날 밤 강 맞은편에 누가 있었는지 우리는 알고 있습니다. 10시 30분에서 11시 15분 사이에 모습을 감춘 사나이, 그리고 강을 헤엄쳐 왕복할 수 있는 사나이입니다. 그러면 강 맞은편에 있던 사람이 누구인가 하는 점입니다. 라티머 씨는 어떻습니까?"

테드는 한걸음 뒤로 물러서며 떠들어댔다.

"하지만 나는 수영을 못 합니다! 내가 수영을 못한다는 것은 모두 알고 있습니다. 이봐, 케이, 말 좀 해주시오!"

케이가 소리쳤다.

"그래요, 테드는 헤엄을 못 쳐요."

배틀은 밝은 목소리로 말했다.

"그렇습니까?"

테드가 보트 반대쪽으로 몸을 옮겼기 때문에 배틀이 그쪽으로 걸어갔다. 그 순간 배가 흔들리며 물이 높이 튀겨 올랐다.

총경이 걱정스럽게 말했다.

"저런, 라티머 씨가 물 속에 빠졌군요."

놀라서 그 뒤를 따라 뛰어들려는 네빌의 팔을 배틀이 붙잡았다.

"아니, 스트렌지 씨, 당신까지 젖을 필요는 없습니다. 내 옆에 부하가 둘이나 있으니까요. 바로 옆에서 작은 배를 타고 낚시를 하고 있지요."

배틀은 보트 옆을 돌아보았다. 그리고 재미있는 듯이 말했다.

"정말이군. 그는 정말 헤엄칠 줄 모르는군요. 이제 염려없습니다. 부하들이 구조했으니까요. 나중에 사과드리겠지만, 헤엄칠 줄 아는지 어떤지 확인하기 위해서는 직접 물 속에 빠뜨려보는 수밖에 없으니까요.

아시겠습니까, 스트렌지 씨, 나는 철저하게 시험해 봐야겠습니다. 그래서 우선 라티머 씨를 시험해 보았지요. 여기 계시는 로이드 씨는 팔이 부자유스럽습니다. 도저히 로프를 타고 올라갈 수 없을 겁니다."

배틀의 목소리가 탁해졌다.

"그렇다면 남은 사람은 당신뿐이군요, 스트렌지 씨. 뛰어난 스포츠맨, 등산가, 게다가 수영도 잘하고, 모든 게 다 갖춰져 있습니다. 당신은 틀림없이 10시 30분 나룻배로 강을 건너갔지만, 라티머 씨를 찾고 있었다는 말과 달리 이스터헤드 베이 호텔에서는 11시 15

분까지 아무도 당신을 본 사람이 없습니다."

네빌은 팔을 들고 머리를 흔들며 웃음을 터뜨렸다.

"내가 강을 헤엄쳐 건너가 밧줄을 타고 올라갔다는 말씀인가요?"

"당신 방에서 미리 늘어뜨려 놓은 밧줄을 타고 올라갔지요."

"트레실리언 부인을 살해하고 다시 헤엄쳐 건너갔다는 건가요? 왜 내가 그런 바보 같은 짓을 해야만 했다는 겁니까? 그리고 대체 누가 나에게 불리한 증거를 꾸며 놓았지요? 내가 일부러 자신을 불리하게 만들었을까요?"

"바로 그렇습니다. 아주 좋은 생각이었지요."

"그렇다면 무슨 이유로 캐밀러 트레실리언 부인을 살해할 마음을 먹었겠습니까?"

"당신은 그 부인을 살해할 생각은 하지 않았습니다. 그러나 당신은 자기를 버리고 다른 남자에게 가버린 여자를 교수형에 처하고 싶었지요. 당신은 정신적으로 어딘지 미쳐 있었던 겁니다. 그렇지요?

어릴 때부터 그랬지요. 그래서 나는 그 화살 사건을 조사해 보았습니다. 당신에게 상처를 준 사람은 누구든지 벌을 주어야만 한다. 당신은 그 벌이 죽음이라 할지라도 결코 가혹하다고는 여기지 않았던 겁니다.

오드리를 죽이는 것만으로는 당신의 직성이 풀리지 않았습니다. 당신이 사랑하고 있었던 오드리를 말입니다. 아, 확실히 사랑이 미움으로 바뀌기 전까지 당신은 오드리를 진심으로 사랑하고 있었으니까요.

당신은 뭔가 죽음 이상의 죽음을 생각해 내지 않으면 안 되었습니다. 오랫동안 고통을 줄 수 있는 특별한 죽음 말입니다. 결국 당신이 그것을 생각해 냈을 때 어머니와 다름없는 노부인을 죽일 필요가 있다는 일에조차 당신은 아무런 고통도 느끼지 않았던 겁니

다."

네빌이 입을 열었다. 그 목소리는 너무도 조용했다.

"거짓말입니다, 모두 거짓말입니다! 나는 미치지 않았습니다."

배틀은 무시하듯 말했다.

"그녀가 다른 남자 때문에 당신을 버린 일만큼 당신에게 치명적인 타격은 없었습니다. 그렇지 않습니까? 당신의 허영심에 상처를 입힌 겁니다! 짓밟힌 거나 다름없었으니까요.

당신은 그것을 감추기 위해 자기에게 빠져 있는 다른 여자와 결혼하여 스스로 그녀를 버린 듯이 세상에 알려 당신의 자존심을 지켜 왔습니다. 그러나 마음속으로는 오드리를 어떻게 처치해야 할까 하는 것만 생각하고 있었지요. 그리하여 그녀를 교수형에 처하는 것보다 더 무서운 형벌은 없다고 생각했습니다.

훌륭한 생각이었지요. 그러나 좀 더 감쪽같이 해치울 수 있는 머리를 가지고 있지 못했다는 것이 딱하기 그지없군요!"

트위드 재킷을 입은 네빌의 어깨가 움직거렸다. 그것은 기묘하게 꿈틀거리는 것 같은 움직임이었다.

배틀은 말을 이었다.

"유치하기 이를 데 없는 그 골프채 등의 증거들! 당신에게로 쏠린 그 거짓 증거! 오드리 부인은 당신이 무엇을 노리는지 똑똑히 알고 있었을 겁니다! 그녀는 틀림없이 마음속으로 웃고 있었을 테지요. 내가 당신을 의심하지 않는 것을 생각하고 말입니다! 대체 살인자란 이상한 조무래기들이거든요! 오만하여 언제나 자기는 머리좋고 책략이 풍부하다고 생각하고 있지만, 사실은 가엾을 만큼 유치합니다."

네빌이 기묘한 고함 소리를 질렀다.

"빈틈없는 생각이었어. 정말 빈틈없는 생각이었지! 탄로날 리 없었어, 결코! 저 건방진 방해자만 뛰어들지 않았다면 이 바보 같은 경찰 녀석들한테는 탄로나지 않았을 거야! 하나에서 열까지 다 생각해 두었는데, 세밀한 점까지!

일이 잘못된 것은 내 탓이 아니야! 오드리와 에이드리언의 진상을 로이드가 알고 있는 줄 내가 어떻게 알았겠어!

오드리와 에이드리언⋯⋯저 오드리, 그녀를 교수형에 처하는 거야, 교수형에 처하는 거야. 잔뜩 겁먹게 한 뒤 그녀를 죽여 버리고 싶었어, 죽여 버리고 싶었단 말야.

그녀가 저주스러워. 그녀를 죽여 버리고 싶었단 말이야⋯⋯그녀가 저주스러워⋯⋯그녀를 죽여 버리고 싶었던 거야⋯⋯."

쩌렁쩌렁 울리는 높은 목소리가 꺼져 들어갔다. 네빌은 무너지듯 털썩 주저앉더니 소리죽여 울기 시작했다.

메리 앨딘이 말했다.

"하느님."

그녀는 입술까지 핏기가 가셔져 있었다.

배틀이 낮은 목소리로 조용히 말했다.

"미안합니다. 그러나 이 사람을 끝까지 몰아붙여야만 했거든요. 결정적인 증거가 적어서 말입니다."

네빌은 여전히 흐느껴 울고 있었다. 그 목소리는 마치 어린아이 같았다.

"그녀를 교수형에 처하고 싶었어, 정말로 그렇게 하고 싶었어⋯⋯."

메리 앨딘은 몸을 떨며 토머스 로이드를 쳐다보았다.

그는 그녀의 손을 꽉 쥐어 주었다.

오드리가 말했다.

"나는 언제나 떨고 있었어요."

모두들은 테라스에 앉아 있었다. 오드리는 배틀 총경에게 기대 앉아 있었다. 배틀은 다시 휴가를 받아 친구로서 갤즈포인트에 묵고 있었다.

"언제나 겁먹고 있었어요."

배틀은 고개를 끄덕이며 말했다.

"처음 당신을 만난 순간부터 당신이 몹시 겁먹고 있다는 것을 느낄 수 있었습니다. 뭔가 굉장히 강한 감정을 억누르고 있는 사람의 그 내성적이고 핼쑥한 모습을 하고 있었으니까요. 사랑이나 미움 때문이었는지도 모르지요. 그러나 사실은 두려움 때문이었군요."

그녀는 고개를 끄덕였다.

"나는 네빌과 결혼하자마자 곧 그 사람이 무서워지기 시작했어요. 그런데 더욱 무섭게도 나로서는 그 이유를 이해할 수가 없었지요. 나는 혹시 내가 미친 게 아닐까 생각하기 시작했어요."

배틀이 말했다.

"당신 쪽이 아니었습니다."

"그와 결혼했을 때 나에게는 네빌이 아주 착실하고 정상적인 사람으로 보였어요. 언제나 기분좋고 명랑하며……."

배틀이 말했다.

"그거 재미있는데요. 그는 훌륭한 스포츠맨 역할을 맡아 왔었군요. 그래서 테니스 시합 때에도 그토록 감정을 억누를 수 있었던 겁니다. 그로서는 당당한 스포츠맨 역할을 연기하는 게 시합에 이기는 것보다 중요했던 거지요. 물론 이러한 한 가지 역할만을 연기하고 있는 것은 그를 노이로제 환자로 만들어 버렸지요. 눈에 보이지 않는 곳이 악화되어 갔던 겁니다."

오드리는 몸을 떨며 속삭이듯 말했다.

"눈에 보이지 않는 곳이 말이지요. 그래요, 언제나 그랬어요. 이따금씩 단순한 말씨나 표정을 보고 나는 어쩐지 좀 이상하다고 생각하게 되었어요. 그리고 지금 말했듯 내 쪽이 틀림없이 이상하다고 단정지어 버렸지요. 그리고 차츰 무서워지면서, 병에 걸리고 말 것 같은 그 까닭을 알 수 없는 두려움!

나는 나 자신에게 말했어요. 너는 미쳤다고. 그러나 어떻게 할 도리가 없었어요. 그리하여 거기서부터 달아나기 위해서는 어떤 일이라도 해야겠다고 마음먹게 되었지요.

그 무렵 에이드리언이 찾아와 나를 사랑하고 있다고 말했어요. 나는 '그 사람과 둘이 멀리 달아나 버린다면 얼마나 좋을까' 생각했었어요. 그리고 그도……."

그녀는 잠시 말을 멈추었다.

"그리고 나서 어떻게 되었는지는 당신도 잘 알고 있지요? 나는 에이드리언을 만나러 갔었어요. 그는 영원히 돌아오지 않았어요. 자동차 사고로 죽은 거예요……하지만 네빌이 무슨 손을 쓰지 않았나 해요."

배틀이 말했다.

"아마 그랬을지도 모르지요."

오드리가 깜짝 놀란 표정으로 돌아보았다.

"어머나, 당신도 그렇게 생각하세요?"

"이젠 알아낼 도리가 없습니다만, 자동차 사고란 마음대로 할 수 있는 것이니까요. 그러나 그런 것은 깊이 생각하지 않는 게 좋습니다. 정말로 사고였는지도 모르니까요."

"나, 나는 완전히 쇠약해져 버려 목사관을 찾아갔었어요. 에이드리언의 집이지요. 우리 둘이서 그의 어머니에게 편지를 쓰려 했었는데, 어머니가 우리들 일을 모르고 계셨으므로 나는 아무 이야기도 하지 않은 채 그대로 덮어두고 싶었던 거예요.

그러자 곧 네빌이 달려왔어요. 그는 정말 부드럽고 친절하여 나는 그에게 줄곧 계속되는 두려움 때문에 병이 나고 말았다고 털어놓았지요.

그는 아무에게도 에이드리언의 이야기를 할 필요가 없다, 곧 증서를 보내 줄 테니 그것으로 이혼할 수 있다, 자기도 나중에 재혼할 것이라고 말해 주었지요.

나는 얼마나 고마웠는지 몰라요. 그가 케이를 매력적으로 여기고 있다는 것을 알고 있었고, 모든 게 잘 풀려 나가 이 기묘한 강박관념을 내쫓을 수 있게 되기를 진심으로 바라고 있었던 거예요.

나는 지금도 내 머리가 어떻게 되었을 것이라고 생각하고 있어요. 그러나 그것을 내쫓을 수는 없었어요. 결코. 그것으로부터 벗어났다고는 한 번도 느껴 보지 못했지요.

어느 날 공원에서 네빌과 마주쳤어요. 그는 내게 케이와 사이좋게 지내 주었으면 좋겠다고 하며 9월에 이곳으로 올 거라고 말하더군요. 나로서는 도저히 거절할 수가 없었어요. 그렇잖겠어요? 그가 그토록 친절하게 해줬는데……."

배틀이 말했다.

"부디 우리 집을 지나가 주세요, 하고 거미가 파리에게 말했습니다."

오드리는 몸을 떨었다.

"네, 그 말이 꼭 맞아요."

"그 점에 있어 그는 아주 영리했습니다. 모두들에게 이것은 자기 생각이라고 마구 떠들고 다녔으니까요. 그래서 모두들 그렇지 않을 거라고 생각하게 된 겁니다."

오드리가 말했다.

"그래서 나는 여기에 오게 된 거예요. 마치 악몽 같았어요. 뭔가 무서운 일이 일어나리라는 것을 나는 알고 있었던 거예요. 네빌이 그 일을 일으키려 하고 있다는 것도, 그리고 나 자신에게 일어나리라는 것도 말예요.

그러나 그것이 무엇인지는 몰랐어요. '내 머리가 어떻게 되어버린 게 아닌가.' 나는 생각했던 거지요! 그래요, 오직 두려움에 사로잡혀 있었거든요. 마치 꿈속에서 무슨 일인가가 일어나려 하고 있는데, 도저히 몸을 움직일 수 없을 때처럼요."

배틀이 말했다.

"뱀에게 놀라서 날 수 없게 되어 버린 작은 새라고 느끼고 있었습니다. 하지만 지금은 그렇지 않으신 것 같은데요."

오드리가 말을 이었다.

"트레실리언 부인이 살해되었을 때조차 나는 그것이 어떻게 된 영문인지 도무지 알 수가 없었어요. 생각만 하고 있었지요. 네빌은 전혀 의심하지 않았어요. 그가 돈을 욕심내고 있지 않다는 것은 나도 알고 있었거든요. 5만 파운드의 유산이 탐나서 그가 부인을 살해했으리라고는 도저히 생각할 수 없었지요.

나는 트리브스 씨의 일──그분이 그날 밤 말씀하신 것을 몇 번이나 생각해 봤어요. 그때도 네빌을 그 일과 연결시켜서 생각해 보지는 않았어요. 트리브스 씨는 그 애에게는 신체적인 특징이 있어서 곧 알아볼 수 있다고 말씀하셨어요. 내 귀에 상처가 있지만, 당신이 알아차린 것과 같은 것을 다른 분도 느끼고 있으리라고는 전혀 생각지 못했지요."

"미스 앨딘에게는 흰 머리가 한줌 있습니다. 토머스 씨는 오른팔이 굽어지지 않는데, 이건 반드시 지진 때 그렇게 됐다고만은 말할 수 없지요. 테드 라티머 씨는 머리 골격이 좀 색다르게 생겼습니다. 그리고 네빌 스트렌지 씨 말인데……. "

"네빌에겐 아무런 특징도 없지요 ? "

"아니, 있습니다. 그의 왼쪽 새끼손가락이 오른쪽보다 짧습니다. 이건 정말 이상합니다. 정말입니다. "

"그렇다면 그 일 말인가요 ? "

"그렇습니다. "

"그래서 네빌이 그 푯말을 엘리베이터 앞에 ? "

"그렇습니다. 라티머 씨와 로이드 씨가 노인에게 술을 권하고 있는 동안 호텔에 갔다온 겁니다. 영리하고 간단한 방법, 그것이 살인이라고 증명될 수 있을지. "

오드리는 다시 몸을 떨었다.

"아, 이제 다 끝나 버린 일입니다. 자, 계속하십시오. "

"당신은 정말 솜씨가 좋으시군요……요 몇 해 동안 이렇게 많이 이야기해 본 적은 처음이에요 ! "

"바로 그것이 나빴던 겁니다. 네빌 씨의 속셈을 알아차리기 시작한 것은 언제부터였습니까 ? "

"확실히는 기억나지 않지만, 한꺼번에 모든 것을 다 알게 되었어요. 그 자신만 결백해지고 우리 모두가 혐의를 받게 되었을 때, 바로 그때였어요. 갑자기 그가 나를 쳐다보고 있는 것을 알아차리게 됐어요. 뭐랄까, 어디까지나 고소하다는 표정을 짓고서. 그래서 나는 알게 된 거예요. 그때가……. "

그녀는 갑자기 말을 끊었다.

"그때가 어떻단 말입니까 ? "

오드리가 천천히 말했다.

"생각대로 해버리는 게 가장 좋을 거라고……내가 여겼던 때였어요."

배틀이 고개를 저었다.

"결코 져서는 안 된다는 게 내 좌우명이지요."

"정말 옳은 말씀이에요. 하지만 너무 오랫동안 두려움에 떨다 보면 어떻게 되어 버리는지 당신은 잘 알고 있을 테지요. 마비되어 버리는 거예요. 생각할 수도 계획을 세울 수도 없게 되어 버려서 그저 잠자코 무서운 일이 일어나기를 기다리고 있을 뿐이지요. 그리고 그것이 일어나 버리면……."

갑자기 그녀는 미소지었다.

"뜻밖에도 안도의 숨을 쉬게 되는 거예요! 이제는 기다릴 필요도 무서워할 필요도 없어졌어. 올 것이 오고 말았단 말이야!

당신이 살인 용의자로 나를 체포하러 왔을 때 내가 아무렇지 않았다고 말씀드린다면 아마 미쳤다고 여기실 테지요. 네빌이 목적을 이루었으므로 그로써 모든 일은 다 끝난 셈이 되니까요. 리치 경감에게 연행되어 갈 때는 정말 안도의 숨을 내쉬었어요."

"우리가 당신을 체포한 것도 전혀 이유가 없지는 않았습니다. 당신을 미치광이의 손이 닿지 않는 곳으로 데려가고 싶었던 거지요. 게다가 그를 막다른 골목까지 몰아붙이기 위해서는 그 반동에서 오는 충격도 계산에 넣어야 한다고 여겼던 겁니다. 그는 자기의 계획이 생각대로 잘 진행되었다고 여기고 있었으니까요. 그만큼 동요도 컸던 겁니다."

오드리가 낮은 목소리로 물었다.

"만일 그가 자백하지 않는다면 달리 뭔가 증거될 게 있었나요?"

"그렇게 많지는 않았습니다. 맥허터 씨가 달빛 속에서 남자가 밧줄을 타고 기어 올라가는 것을 보았다는 말과 그 말을 뒷받침해 주는 창고 안의 로프가 아직 조금 젖어 있기는 했지만 말입니다. 참, 그 날 밤에는 비가 내리고 있었지요."

그는 입을 다물었다. 그리고 오드리가 무슨 말을 꺼내기를 기다리고 있는 듯 그녀의 얼굴을 뚫어지게 지켜 보았다.

그녀가 다만 흥미깊게 귀를 기울이고 있는 것 같았으므로 그는 말을 이었다.

"그리고 줄무늬 양복 말인데요, 말할 나위도 없이 그는 이스터헤드 베이 쪽 바위 그늘에서 벗어 바위 밑에 쑤셔 넣어 두었는데 그것이 우연히도 만조 때 썩어 가는 물고기 더미 위로 밀려나왔지요. 그래서 어깨있는 데 냄새가 배어 비린내가 풍겼습니다.

나는 호텔의 하수구가 고장났다는 이야기도 들었습니다. 네빌 자신이 말을 퍼뜨리고 다닌 거지요. 그는 양복 위에 레인코트를 입고 있었지만 냄새를 막을 수는 없었습니다. 그래서 그 양복을 세탁하려고 세탁소에 가져갔는데, 바보스럽게도 자기의 본래 이름을 대지 않았지요. 호텔의 숙박부에서 본 이름을 생각나는 대로 댔던 겁니다. 그리하여 당신 친구인 맥허터의 손으로 들어가게 되었지요.

그는 머리가 좋았으므로 그것을 밧줄을 타고 기어 올라간 사람과 결부시켜 생각했습니다. 썩은 물고기를 밟고 찰 수는 있어도 밤중에 헤엄치기 위해 그것을 벗는 일이 없는 한 어깨에 묻힐 수는 없으니까요. 게다가 9월 비내리는 밤에 누가 수영 같은 것을 하겠습니까. 그는 모든 것이 꼭 들어맞는다고 생각했던 겁니다. 정말 맥허터 씨는 재기가 넘치는 사람입니다."

오드리가 말했다.

"재기 이상의 것이 있어요."

"네, 확실히 그럴지도 모릅니다. 그에 대해 알고 싶습니까? 그에 대한 일이라면 조금은 알고 있습니다."

오드리는 열심히 그 이야기를 듣고 있었다. 배틀은 그 진지함을 알아차릴 수 있었다.

"나는 그분에게 아주 큰 은혜를 입고 있어요. 그리고 당신에게도." 배틀이 말했다.

"나는 아닙니다. 아니, 좀 더 영리했더라면 나는 벨에 주의했어야 했습니다."

"벨? 무슨 말씀이시지요?"

"트레실리언 부인 방의 벨 말입니다. 나는 그 벨에 대해 무언가 잘못된 게 있다고 늘 생각해 왔습니다. 내가 3층에서 내려와 창문을 여는 데 쓰는 막대기를 보았을 때는 거의 모든 것을 알고 있었지만 말입니다.

네빌 스트렌지에게 알리바이를 제공한 것은 저 벨입니다. 트레실리언 부인이 무엇 때문에 벨을 울렸는지는 아무도 모릅니다. 그럴 수밖에 없었지요. 부인 자신이 벨을 울리지 않았으니까요. 네빌이 그 긴 막대기를 써서 통로 밖에서 복도의 천장에 이어져 있는 줄을 잡아당겨 울리게 했던 겁니다. 그리하여 밸릿을 3층으로부터 내려오게 하여 아래층으로 내려가는 자신의 모습을 보도록 했던 거지요.

밸릿은 트레실리언 부인이 살아 있다는 것을 확인한 셈이 되었지요. 아무튼 이 하녀가 한 일은 모두 멍청했습니다.

한밤중이 되기 전에 살인하기 위해 하녀에게 수면제를 먹이는 것은 어떤 점에서 유리했을까요? 아마 그 시각까지 그녀가 의식을 잃을 리는 없을 겁니다. 그러나 내부 사람들의 범행이라는 것이 이로써 확실해지고 네빌이 첫 용의자 역할을 하는 데 조금 시간을 벌 수 있겠지요. 그리고 밸릿이 진술합니다. 네빌의 혐의는 당당히 풀려 이제는 어느 누구도 그가 호텔에 도착한 시간을 확인하기 위해 심문하지 않게 되는 겁니다.

그가 나룻배를 타고 돌아오지 않은 것은 확실했고, 보트도 사용되지 않았으니까요.

그래서 헤엄쳤다는 가능성이 남게 됩니다. 그는 수영을 아주 잘합니다. 하지만 꽤 바빴을 겁니다. 자기 침실에서 늘어뜨린 밧줄을 타고 올라가 우리가 발견한 바와 같이 바닥에 물이 꽤 흘러 있었지요. 하긴 그 점을 확실히 포착하지 못했던 건 유감스럽습니다만, 자기의 짙은 감색 양복 윗옷과 바지를 입고 트레실리언 부인 방으로……이 이야기는 뺍시다. 아마 2분은 걸렸을 겁니다. 그는 미리그 강철공을 끼워 두었지요. 그리고 나서는 돌아와 양복을 벗고 로프를 타고 이스터헤드 베이로 돌아간 겁니다. ”

“케이가 들어온 일은? ”

“틀림없이 케이에게도 수면제를 좀 먹여 놓았을 테지요. 저녁 식사가 끝나자마자 하품만 하고 있었다니까요. 게다가 케이와 일부러 싸우기까지 했으므로 케이는 자기 방문을 잠가 그가 들어오지 못하게 했던 겁니다. ”

“나는 ‘재반이 강철공이 없어진 것을 알아차렸었던가’ 하고 생각하는 참이에요. 그러나 역시 깨닫지 못했던 것 같아요. 언제 그것을 되돌려 놓았을까요? ”

“큰 소동이 벌어진 다음날 아침입니다. 테드 라티머 씨의 자동차로집에 돌아오자마자 밤새도록 범죄 흔적을 없애 버리기 위해 뒤처리를 하고 라켓을 고쳤으니까요.

그건 그렇고, 그는 노부인을 백핸드로 친 듯합니다. 그래서 왼손잡이의 범죄같이 보이게 했지요. 스트렌지 씨의 백핸드는 늘 위력이 있었거든요. 기억하시겠지요! ”

오드리는 손을 들어올리며 말했다.

"이제, 이제 아무 말씀도 하지 마세요. 더 이상 견딜 수 없어요."

배틀은 미소지어 보였다.

"물론 그러시겠지만 모두 다 말해 버리는 편이 당신에게는 좋을 겁니다. 스트렌지 부인, 실례입니다만, 당신에게 충고해 드려도 괜찮겠습니까?"

"네, 얼마든지."

"당신은 요 8년 동안 정신이상인 범죄자와 함께 살아오셨습니다. 그런 경우라면 어떤 사람이라도 신경에 이상이 생기게 되지요. 그러나 이제 그런 것들로부터 빠져 나오지 않으면 안 됩니다. 이제는 아무것도 두려워할 필요가 없습니다. 이것은 부인 자신도 뚜렷이 깨달아야겠지요."

오드리도 그에게 미소지어 보였다. 그녀의 얼어붙은 듯한 표정은 사라지고 없었다. 부드럽고 어딘지 자신없는 느낌을 주었지만 굳게 믿는 듯한 표정이었다. 그녀의 크게 뜬 눈에 감사의 빛이 넘쳤다.

조금 머뭇거리며 그녀가 말했다.

"또 한 사람, 여자 아이가 있었다고 말씀하셨지요. 나와 같은 일을 한 여자 아이가……."

배틀은 천천히 고개를 끄덕였다.

"그것은 내 딸입니다. 아시겠습니까, 기적이 일어나지 않으면 안 되었다는 것을? 이런 일은 우리의 시련으로 주어진 겁니다."


### 3

앤드루 맥허터는 짐을 챙기고 있었다.

그는 여행용 가방에 셔츠 세 장을 잘 개어 넣고 세탁소에서 가져온 그 짙은 감색 양복도 넣었다. 두 사람의 맥허터로부터 받은 두 벌의 양복에는 세탁소 여자 아이도 그만 큰소리를 질러버리고 말았다.

문 두드리는 소리가 나자 그는 말했다.

"네, 들어오십시오."

오드리 스트렌지가 들어왔다.

"인사드리러 왔어요. 짐을 챙기시는군요."

"네, 오늘 떠나려고 합니다. 모레 배가 뜨거든요."

"남아메리카로?"

"칠레입니다."

"도와드리겠어요."

그는 사양했지만 그녀는 듣지 않았다. 그는 솜씨좋게 짐을 챙기는 그녀를 지켜 보고 있었다. 일이 끝나자 오드리가 말했다.

"다 됐어요."

"정말 잘해 주셨습니다."

두 사람 다 말이 없었다. 이윽고 오드리가 입을 열었다.

"당신은 내 목숨을 구해 주셨어요. 만일 당신이 마침 그것을 보시지 않았더라면⋯⋯."

갑자기 그녀가 말을 끊었다. 이윽고 그녀는 다시 입을 열었다.

"그날 밤 벼랑에서 뛰어내리려는 나를 붙들고 '돌아가십시오, 틀림없이 당신이 교수형받지 않도록 해드릴 테니까요'라고 말씀하셨는데, 무언가 중요한 증거라도 가지고 있었나요?"

"아니오, 전혀. 생각해 보지 않으면 안 되었지요."

"그렇다면 어떻게 그런 말씀을 하실 수 있었지요?"

맥허터는 자기의 그 아주 간단한 생각의 과정을 설명하게 될 때에는 언제나 당황하고 마는 것이었다.

"나는 다만 당신이 교수형을 받지 않도록 하고 싶었던 겁니다."

오드리의 볼이 붉게 물들었다.

"내가 만일 범인이었다면?"

"그래도 마찬가지였을 겁니다."

"그렇다면 내가 범인이라고 생각했었나요?"

"나는 그런 일은 생각해 보지 않았습니다. 다만 당신의 무죄를 믿고 싶다고 진심으로 생각하고 있었지요. 내 행동에는 아무런 변화도 없었습니다."

"그래서 밧줄을 타고 기어오르는 사람을 생각해 냈나요?"

맥허터는 잠시 잠자코 있었다. 그리고 기침을 하고 나서 말했다.

"이 점을 잘 아셔야 합니다. 나는 밧줄을 타고 기어오르는 사람 같은 건 사실 보지 않았습니다. 그런 것을 보았을 리 없지요. 왜냐하면 내가 이스터헤드 베이에 간 것은 일요일 밤이지 월요일이 아니었으니까요. 나는 다만 양복 때문에 어떤 일이 일어났을까 추리해 보았습니다. 그 다음 창고 안에서 밧줄이 발견되어 그것이 증명된 셈이지요."

오드리의 밝은 얼굴에서 핏기가 가셨다.

"당신 말씀은 모두 거짓말이었나요?"

"단순한 추리만으로는 경찰을 움직일 수 없으니까요. 봤다고 하지 않을 수 없었습니다."

"하지만 내가 재판받게 되면 선서해야 할 텐데요."

"그렇지요."

"그럼 선서하실 생각이었나요?"

"네, 그렇게 할 생각이었습니다."

오드리는 의심스러운 듯 소리쳤다.

"당신은 진실을 속일 수가 없어서 실업자가 되고 또 투신 자살까지 하려 했었잖아요?"

"나는 진실을 존중합니다. 그러나 더욱 중요한 게 있다는 것을 깨닫게 되었지요."

"그게 뭐지요?"

"당신입니다."

오드리는 눈을 감았다. 맥허터는 멋쩍은 듯 헛기침을 했다.

"부디 그처럼 어렵게 생각하지 말아 주십시오. 오늘로 당신과 헤어져야 합니다. 경찰은 스트렌지로부터 자백을 받았으니 내 증언은 이제 필요없을 겁니다. 게다가 그의 건강이 굉장히 나빠져 재판날까지 목숨이 버틸지 모르겠다고 하더군요."

"정말 다행이에요."

"당신은 예전에는 그를 사랑하고 있었지요?"

"내가 생각하는 것과 같은 사람이었던 무렵에는요."

맥허터는 고개를 끄덕였다.

"나도 그렇게 생각하고 있습니다. 모든 것이 다 끝났습니다. 배틀 총경은 내 이야기를 듣고 그를 자백시킬 수 있었으니까요."

오드리가 그의 말을 가로막았다.

"총경이 당신 말을 바탕으로 한 것은 틀림없어요. 하지만 나는 당신이 그를 완전히 속였다고는 믿을 수 없어요. 그분은 알고도 모르는 척했을 거예요."

"왜 그런 말씀을 하시지요?"

"그분은 나와 이야기하며, 당신이 달빛 속에서 목격한 게 정말 '다행이었다고 말씀하시면서 그 뒤에 두세 마디 더 덧붙이셨지요. 비내리는 밤이었던가'라고⋯⋯."

맥허터는 깜짝 놀라며 말했다.

"정말 옳은 말입니다. 월요일 밤에는 아무것도 안 보였을 테니까요."

"그런 일은 아무래도 상관없어요. 당신이 보았다고 거짓말한 것을 정말 있었던 일로 총경은 믿고 싶었으니까요. 그 때문에 총경은 네빌에게 당당히 말할 수 있었던 거예요.

토머스가 나와 에이드리언의 이야기를 꺼내자 곧 그분은 네빌을 의심하기 시작했어요. 그리하여 스스로 범죄의 상황을 판단하고 다른 사람을 범인으로 지적해 보였던 거예요. 필요한 것은 네빌을 몰아세울 증거라고 총경은 깨달았던 거지요. 그분은 말씀대로 기적을 바라고 있었어요. 그런데 당신이 배틀 총경의 기도를 들어준 거예요."

맥허터가 솔직히 말했다.

"그런 일은 그분답지 않은 변명 같군요."

"아시겠어요? 당신은 기적이에요. 나에게 있어 그 무엇과도 바꿀 수 없는 기적이에요."

맥허터가 진지하게 말했다.

"나는 당신 마음에 부담을 주고 싶지 않습니다. 이제는 당신과의 인연도 끊어져 버릴 테고……."

"영원히?"

그는 그녀를 똑바로 지켜 보았다. 그녀의 귓가와 관자놀이에 빨간 핏기가 번졌다.

"함께 데려가주지 않겠어요?"

"무슨 말씀이십니까."

"아니, 정말이에요. 나는 정말로 어려운 일을 하려 하고 있어요. 하지만 이것은 목숨과도 바꿀 수 없는 일이에요. 이젠 시간이 없다는 것을 잘 알고 있어요. 아무튼 나는 낡은 여자일지도 모르지만, 우리 떠나기 전에 될 수만 있다면 결혼하고 싶어요!"

맥허터는 깊은 충격을 받은 듯했다.

"그러십니까……달리 내가 할말이 있다고는 생각되지 않는군요."

"그렇겠지요."

"나는 당신들 사회의 사람이 아닙니다. 당신은 그토록 오랜 세월 동안 당신을 생각해 온 그 조용한 사나이와 결혼할 거라고 나는 여기고 있었는데요."

"토머스 말인가요? 토머스는 정말 충실한 사람이에요. 지나치게 충실한 것 같아요. 하지만 몇 년 전에 사랑했던 여인의 모습에만 충실한 거예요! 그 사람이 정말로 생각하고 있는 여자는 메리 앨딘이에요. 그 자신은 아직도 모르고 있는 것 같지만."

맥허터는 한걸음 앞으로 나서며 뚜렷이 물었다.

"진심으로 말씀하시는 거겠지요?"

"그럼요, 나는 당신과 언제까지나 함께 있고 싶어요. 헤어지기 싫어요. 당신과 헤어지고 나면 두 번 다시 당신 같은 분을 만날 수 없을 거예요. 내 생애를 쓸쓸히 혼자서 보내게 될 거예요."

맥허터는 한숨을 쉬었다. 그는 지갑을 꺼내 돈을 세었다. 그리고 중얼거렸다.

"특별 결혼 허가를 받는 데는 돈이 많이 들 텐데요. 내일 아침 곧 은행에 다녀와야겠습니다."

오드리가 중얼거렸다.

"돈이라면 내게 있어요."

"그런 걱정은 하지 않아도 됩니다. 내 결혼이니까 내가 지불해야지요. 그렇지 않습니까?"

오드리는 부드럽게 말했다.

"그렇게 무서운 표정 짓지 마세요."

그는 그녀 앞으로 다가서며 조용히 말했다.

"전에 내가 당신을 안았을 때 당신은 마치 작은 새 같았습니다. 달아나려고 몸을 파드득거렸지요. 이제는……."

그녀가 말했다.

"이제는 두 번 다시 달아나지 않을 거예요."

# A POCKET FULL OF RYE
## 포켓에 호밀을

n="dedication"
나의 첫 단편들을
책으로 펴낼 기회를 주셨던
블루스 잉글럼 씨에게
바친다

등장인물

**렉스 포터스큐**  투자신탁회사 사장

**에딜**  렉스의 두 번째 아내

**퍼시벌**  렉스의 큰아들

**제니퍼**  퍼시벌의 아내

**랜슬럿**  렉스의 둘째 아들

**패트리시어**  랜슬럿의 아내

**엘레이느**  렉스의 딸

**미스 램즈보텀**  렉스의 처형

**비비언 뒤보어**  에딜의 남자 친구

**제럴드 라이트**  엘레이느의 애인

**메리 더브**  가정부

**클램프**  집사

**클램프 부인**  요리사

**글래디스 마틴**  심부름 하녀

**닐**  런던 경찰국 경감

**헤이**  경사

**미스 마플**  탐정일을 좋아하는 독신 노부인

# 차준비

그날 차당번은 서머즈 양이었다. 이 회사 타이피스트 가운데 그녀가 가장 신참이었고 따라서 타이피스트로서의 솜씨가 미숙했다. 어린 양처럼 순한 그녀는 그리 젊지 않은데다 무엇보다도 음울해 보이는 얼굴 모습으로 손해를 보고 있었다.

차준비를 하는 일이 서머즈 양에게는 하나의 고통인 것 같았다. 그녀는 물이 끓는 정도를 아직 완전히 터득하지 못하고 있으므로 차시간이 다가오는 게 살을 에듯 쓰라렸다.

서머즈 양은 모두들의 찻잔에 홍차를 따른 다음 달고 부드러운 비스킷을 두 개씩 접시에 놓았다.

타이피스트실의 주임인 미스 글리피스는 머리가 이미 희끗희끗한 노처녀로, 이 투자신탁회사에 16년이나 근무하고 있는 만큼 솜씨도 뛰어났지만 그 대신 잔소리가 몹시 심했다.

지금도 재빨리 새된 소리를 질렀다.

"서머즈 양, 이 차는 또 틀렸어. 맛이 전혀 우러나지 않았잖아."

서머즈 양은 또다시 안절부절못하며 새빨개진 얼굴로 우물거렸다.

"그, 그럴지도 몰라요. 이번에는 잘된 줄로 생각했는데……."

미스 글리피스는 마음속으로 생각했다.

'이런 여자는 빨리 해고하지 않으면 안 되겠어. 앞으로 한 달 동안은 회사가 바쁘니 내버려둘 수밖에 없지만, 지난번 동부개척회사에 보낸 간단한 서류마저 잘못 칠 정도라면 언제까지나 내버려둘 수 없어. 그리고 이 홍차 끓이는 방법은 대체 뭐란 말인가? 요즘은 영리한 타이피스트를 찾으려 해도 좀처럼 눈에 띄지 않으니 참고 있기는 하지만. 그리고 이 비스킷은 습기가 가득 차 있잖아! 비스킷통 뚜껑을 꼭 닫아 두지 않은 게 틀림없어.'

미스 글리피스가 속으로 이렇게 잔소리를 늘어놓기 시작하면 반드시 도중에 방해가 끼여들었다.

바로 그때도 글로브너 양이 바람을 가르듯 방으로 들어왔다. 사장 포터스큐 씨의 소중한 차를 끓이기 위해서였다.

포터스큐 씨는 사원들과 달리 특별한 차를 특별한 찻잔에 따르고 특별한 비스킷을 필요로 했다. 다만 주전자와 물만이 같았다. 그리고 지금 물이 펄펄 끓고 있어서 포터스큐 씨의 차를 넣기에 꼭 알맞았다.

글로브너 양은 깜짝 놀랄 만한 금발 미인이었다. 사치스러운 검은 옷을 몸에 꼭 맞게 입고, 그 짧은 스커트에서는 암시장에서 산 게 틀림없는 고급스러운 나일론 스타킹에 싸인 두 다리가 보기좋게 쭉 뻗어 있었다.

그녀는 새침한 얼굴로 타이피스트실을 지나가고 또 되돌아갔다. 책상을 나란히 하고 있는 타이피스트들에게 말을 건네기는커녕 고개 한 번 까딱하지 않았다. 타이피스트 따위는 그녀의 눈에 벌레 정도로밖에 비치지 않는 것이리라.

글로브너 양은 포터스큐 씨의 특별한 개인 비서였다. 말많은 사람들의 쑥덕거림에 따르면 그 '특별'이라는 말에는 특수한 의미가 포함되어 있지만, 이것은 터무니없이 넘겨짚은 소리로 사실무근한 일이었다.

포터스큐 씨는 얼마 전 두 번째 부인을 맞이했다. 이 부인은 지나치게 사치하는 결점이 있지만 매력넘치는 미인이어서 그의 눈이 다른 여자에게 끌리거나 하는 일은 결코 있을 수 없었다. 즉 글로브너 양은 호화로운 사장실의 장식품 가운데 하나로 영업상 없어서는 안 될 존재에 지나지 않는 것이다.

글로브너 양은 차도구 담은 쟁반을 마치 제단에 바칠 제물이라도 되듯 가슴 높이로 받들고 나갔다. 사무실 안쪽 응접실에 두세 명의 간부 사원이 자리잡고 있고, 그 안쪽은 그녀 자신의 대기실로 되어 있었다. 그녀는 그보다 더 안쪽의 문을 가볍게 노크하고 사장실로 들어갔다.

그곳은 아주 넓고 큰 방으로, 번쩍번쩍 빛나는 조각 나무를 이어붙인 바닥 여기저기에 값비싼 중국제 카펫이 몇 개 깔려 있었다. 은근하고 무게 있는 벽 널빤지와 번쩍거리지 않는 훌륭한 가죽 의자. 방 한가운데 자리잡은 거대한 책상 앞에 포터스큐 씨가 여유 있게 앉아 있었다.

솔직히 말해 포터스큐 씨라는 인물은 방안 장식품만큼 훌륭한 풍채의 소유자는 아니었다. 그러나 그로서는 그래도 최선을 다해 위엄을 갖추고 있는 참이었다. 디룩디룩 살찐 큼직한 몸집에 머리가 온통 벗어진 대머리로, 올굵은 트위드 옷을 풍성하게 입고 있었다.

글로브너 양이 마치 백조가 춤추듯 안으로 들어왔을 때 포터스큐 씨는 무섭도록 엄숙한 얼굴로 책상 위의 서류를 들여다보고 있는 중이었다. 비서는 그의 책상에 조용히 쟁반을 놓으며 중얼거리듯 나직한 목소리로 말했다.

"차를 가져왔어요."

그리고 그녀는 물러갔다.

포터스큐 씨는 그녀에게 흘끗 한 번 눈길을 보냈을 뿐이었다.

글로브너 양은 다시 자기 책상으로 돌아가 하던 일을 계속했다. 전화를 두 통화 걸고, 사장에게 결재받기 위해 사무실에서 보내온 서류에 정정의 펜을 가했다.

그때 외부로부터 전화가 걸려왔다.

"미안합니다만, 포터스큐 씨는 지금 회의중이라 전화를 받으실 수 없어요."

그녀는 거만한 목소리로 대답한 뒤 수화기를 놓고 시계를 보았다. 11시 10분이었다.

그때였다. 방음 장치를 해둔 사장실 문 안쪽에서 이상한 소리가 들려왔다. 짓눌리는 듯하면서도 분명하게 들리는, 마치 목을 죄었을 때 내는 것 같은 신음소리였다.

그와 동시에 글로브너 양의 책상 위에서 기분 나쁘게 벨이 길게 울렸다. 그녀는 잠시 움직임을 잊어버린 듯 멍하니 있었으나 곧 정신을 차리고 휘청거리며 일어났다. 너무나 갑작스러운 일이라 잠시 넋을 잃었지만 그래도 포터스큐 씨의 문을 노크할 때는 언제나처럼 아주 새침한 태도로 돌아가 있었다.

그러나 문을 열어 보고 글로브너 양은 완전히 넋을 잃고 말았다. 사장이 책상 앞에 앉은 채 몸을 뒤틀며 괴로워하고 있었던 것이다. 보기에도 딱할 만큼 괴로운 듯했다.

"왜 그러세요, 사장님? 기분이 언짢으신가요?"

글로브너 양은 묻는 게 어리석다는 것을 금방 알아차렸다. 포터스큐 씨의 기분이 언짢다는 것은 새삼 묻지 않아도 알 수 있었다. 급히 옆으로 다가갔을 때 그는 이미 단말마의 경련을 일으키고 있었다.

숨을 헐떡이는 그의 입에서 드문드문 낱말이 흘러나왔다.

"차가――대체 무엇을――차 속에――아――빨리 의사를――――."

글로브너 양은 당황하여 방을 뛰쳐나갔다. 그녀는 이미 언제나의 그 새침한 금발 비서가 아니라 완전히 넋을 잃고 겁에 질려 버린 단순한 여자였다.

글로브너 양은 타이피스트실로 달려가 울며 소리쳤다.

"큰일났어요, 사장님이 이상해요! 돌아가실지도 모르겠어요, 어서 의사를 불러야――고통이 심한 듯――저대로 내버려두면 틀림없니 살아나지 못할 거예요!"

타이피스트실은 금방 큰 소동이 벌어졌다. 가장 나이 어린 타이피스트 벨 양이 재빨리 나서며 말했다.

"간질병에는 입에 코르크를 물리면 괜찮다던데 누구 가지고 있는 사람 없어요?"

공교롭게 아무도 코르크를 가지고 있지 않았다.

서머즈 양이 그 뒤에 곧 덧붙였다.

"그 나이로서는 뇌일혈이 아닐까요?"

미스 글리피스도 당황했다.

"빨리 의사를 불러야, 당장 손쓰지 않으면 안 돼요!"

여간 아닌 글리피스에게서도 여느 때의 기민함은 찾아볼 수 없다. 아무튼 16년 동안이나 근무해온 그녀였지만, 사무실에서 의사를 부르는 일은 처음이었다.

글리피스에게는 물론 단골 의사가 있었다. 그러나 스트리텀 힐의 의사를 불러오려면 너무 멀다. 어딘가 가까운 곳에 없을까?

아무도 알지 못했다. 벨 양은 전화번호부를 펼쳐 '닥터'의 D부를 찾아보았다. 그러나 직업별 전화번호부가 아니었으므로 택시 번호처럼 의사 이름이 나란히 나와 있지 않았다. 병원부에서 찾으면 된다고 누군가가 말했다. 그러나 어떤 종류의 병원이 좋을는지?

서머즈 양이 말했다.

"적당한 병원이 있을 거예요. 그렇지 않으면 그런 제도는 아무 소용없는 것이잖아요. 저, 내가 말하는 것은 국민 보건소 의사예요. 틀림없이 이 근처에도 있을 거예요."

뒤이어 누군가가 999번에 전화하면 된다고 말했다.

미스 글리피스가 당황하며 말했다.

"안 돼요, 무슨 소리를 하는 거예요. 그건 경찰 번호란 말이에요."

벨 양은 전화번호부에서 구급차부를 찾고 있었다.

미스 글리피스가 또다시 큰소리로 외쳤다.

"사장님의 주치의가 있을 거예요. 포터스큐 씨의 개인용 전화번호부를 찾아봐요."

그리고 그녀는 사환을 불러 아무라도 좋으니 가까운 곳에 있는 의사를 모셔 오도록 일렀다. 사장의 개인용 전화번호부에는 주치의로서 할리 거리 에드윈 샌드먼 경의 이름이 나와 있었다.

글로브너 양은 의자에 쓰러지듯 앉아 줄곧 흐느끼고 있었다. 언제나의 거만한 모습은 어디론가 사라져 버리고 없었다.

"나는 언제나처럼 똑같이 차준비를 했을 뿐이에요. 그것은 내가 한 게 틀림없지만, 전과 조금도 다르지 않았는데……."

미스 글리피스가 전화기 다이얼을 돌리던 손을 멈추고 물었다.

"다르지 않다니, 무엇 말이에요? 당신은 왜 새삼 그런 것을 걱정하며 법석을 떨지요?"

"사장님께서 말씀하셨어요——포터스큐 씨가——차 때문이라고."

미스 글리피스의 손이 전화기 위에서 머뭇거렸다. 병원에 먼저 걸 것인가, 아니면 누군가가 말했듯 우선 999번에 걸어 경찰에 알릴 것인가. 글리피스는 아직 망설이고 있었다.

젊은 벨 양이 또다시 새로운 의견을 말했다.

"겨자와 물을 먹게 하면 좋을 거예요! 사무실에 혹시 겨자가 없을까요?"

사무실에 겨자 같은 것이 있을 리 없었다.

조금 뒤 자동차가 두 대 빌딩 앞에 멈추었다. 베스널 그린의 아이잭스 박사와 에드윈 샌드먼 경이 엘리베이터 안에서 마주쳤다. 한 사람은 전화를 받고, 또 한 사람은 사환이 찾아내어 온 것이었다.


## 독살

닐 경감은 포터스큐 씨의 커다란 책상 앞에 앉아 있었다. 부하 한 사람이 문 가까운 벽 쪽에 조심성 많은 태도로 대기하고 있었다.

닐 경감은 스마트하고 모든 일에 분명하며 쾌활한 군대식 태도를 가진 사나이로, 좀 좁은 이마에서 갈색으로 물결치는 머리를 뒤로 단정하게 빗어 넘기고 있었다.

그는 심문할 때 누구를 대하든 정해진 말——즉 '이것은 단순히 절차상 묻는 것입니다만'이라는 말로 시작하기로 하고 있었다. 조사받는 쪽에서는 속으로 '물론 당연하지, 이 녀석들. 무능한 경찰관들은 결국 절차상의 일밖에 못하거든!'이라고 생각하는 것이 보통이지만, 이것이 뜻밖에도 그렇지 않았다. 사실 그는 겉보기와는 달리 굉장히 두뇌가 빨리 돌아가는 뛰어난 솜씨꾼이었던 것이다. 그의 수사 방침 비결 가운데 하나는 심문할 때 우선 그 상대를 범인으로 가정하고 보는 것이었다.

그는 사무실에 와 닿자 곧 사건 내용을 간결하게 설명해 줄 사람으로 미스 글리피스를 골라냈다. 그의 뛰어난 눈은 틀림이 없었다. 미스 글리피스는 놀랄 만큼 요령 있게 그날 아침에 일어난 일을 보고했다.

닐 경감은 재빨리 이 충실한 고참 타이피스트가 오전 차시간의 찻잔에 독약을 넣어 사장을 죽였다고 가정해 세 가지 가설을 세워 보았다. 그리고 다음과 같은 이유들로 그런 가설은 성립될 수 없다고 여겨졌으므로 물리쳤다.

1. 미스 글리피스는 독살자 타입이 아니다.
2. 그녀와 사장 사이에 연애 관계 따위는 있을 수 없다.
3. 그녀의 정신 상태에서 이상한 점은 그리 찾아볼 수 없다.
4. 대단치 않은 일로 원한을 품거나 할 성질의 여자가 아니다.

이와 같은 추론에 의해 우선 그녀를 용의자 가운데서 제외하고 다만 중요한 정보제공자로 생각하기로 하고 그는 전화기로 눈길을 보내고 있었다.

세인트 주드 병원에서 이제 전화가 걸려 올 무렵이 된 것이다.

물론 포터스큐 씨의 갑작스러운 죽음을 단순한 병 때문이라고 생각할 수도 있다. 그러나 베스널 그린의 아이잭스 박사도 그렇게 진단하지 않았고, 할리 거리의 에드윈 샌드먼 경 역시 그렇게 생각하지 않았다.

닐 경감은 곧 왼쪽에 장치되어 있는 벨을 눌러 포터스큐 씨의 개인비서를 불러오도록 명령했다.

글로브너 양은 차츰 침착을 되찾아 가고 있었으나 아직 완전하다고 할 수는 없었다. 언제나의 그 거만스러운 태도는 어디론가 사라져 버리고 걱정스러운 듯한 얼굴로 조심조심 들어왔다.

글로브너 양은 경감의 얼굴을 보자 대뜸 외쳤다.

"내가 한 게 아니에요!"

닐 경감은 조용한 목소리로 물었다.

"호, 당신이 한 게 아닌가요?"

그는 언제나 글로브너 양이 앉아서 일하는 의자를 가리켰다. 그녀는 마지못해 거기에 앉아 겁에 질린 눈으로 경감의 얼굴을 바라보았다.

경감은 언제나처럼 또 가설을 세우기 시작했다. 유혹일까? 아니면 협박일까? 살인 사건 법정에 선 금발미인······.

"차가 잘못되었을 리 없어요. 그런 일은 있을 수 없어요."

"그만, 그만! 먼저 이름과 주소부터 묻겠소."

"글로브너, 아일린 글로브너에요."

"어떻게 쓰지요?"

"어머나, 흔히 쓰는 대로예요."

"주소는?"

"맥스월 힐의 레시무어 거리 14번지."

닐 경감은 만족스러운 듯 고개를 끄덕이며 생각했다.

'치정관계는 아닌 것 같군. 이 여자가 사는 곳은 사장과의 사랑의 보금자리는 아닌 모양이야. 아마 옛날풍의 부모와 함께 사는 아주 평화로운 가정이겠지. 협박 사건도 아닌 것 같다.'

그 밖의 가설도 모두 그의 머리 속에서 사라져 버렸다.

"그럼, 차를 준비한 것은 당신이군요?"

"네, 그것이 나의 일이에요."

닐 경감은 그녀로부터 포터스큐 씨의 아침차 마시는 습관에 대해 자세하게 들었다. 찻잔과 받침접시와 포트는 분석을 위해 벌써 담당 기관으로 보내져 있었다.

이러한 차도구를 날라 간 것은 아일린 글로브너였고, 아일린 글로브너 말고는 아무도 거기에 손댈 수 없었다. 그때 물끓이는 주전자는 사무실 사람들이 먼저 차 준비를 끝낸 뒤여서 완전히 비어 있었으므로 글로브너 양은 휴게실에서 새로 물을 떠다가 다시 끓였던 것이다.

"찻잎은?"

"포터스큐 씨에게만 드리는 차가 있어요. 고급 녹차예요. 이 방 옆인 내 방 벽장 속에 들어 있어요."

닐 경감은 고개를 끄덕였다. 그리고 이어서 설탕에 대해서도 물었다. 포터스큐 씨는 차에 설탕을 넣지 않는 습관이 있다고 대답했다.

그때 전화벨이 울렸다. 닐 경감은 수화기를 들어 귀에 댔다. 얼굴빛이 좀 달라졌다.

"세인트 주드 병원에서 온 건가요?"

수화기를 손에 든 채 닐 경감은 여비서의 물음에 고개를 끄덕이고는 물러가도 좋다고 턱짓해 보였다.

"이것으로 됐소. 수고했소, 글로브너 양."

글로브너 양은 서둘러 방을 나갔다.

닐 경감은 세인트 주드 병원으로부터 아주 사무적인 보고를 주의깊게 들었다. 저쪽 말을 들으며 줄곧 책상 위의 압지 귀퉁이에 연필로 뭔가 암호 같은 것을 쓰고 있던 그는 되물었다.

"네? 5분전에 죽었다고요?"

그리고는 손목시계를 보았다. 사망시각은 12시 43분이다.

그는 압지에 그것을 적어 넣었다.

병원의 사무적인 보고는 다시 계속되어 베른즈돌프 박사가 닐 경감에게 직접 말하고 싶어한다는 내용이 전해졌다.

"좋네, 곧 박사에게 연결해 주게."

경감의 말투는 퍽 거만하여 박사에 대한 존경심을 품고 있는 상대방에게 불쾌한 기분을 갖게 할 정도였다.

수화기 저쪽에서 전화기 놓는 소리며 벨 울리는 소리, 낮아서 무슨 말인지 알아들을 수 없는 목소리 등 갖가지 소리가 들리는 동안 닐 경감은 끈기 있게 상대방의 목소리를 기다렸다.

이윽고 낮은 베이스 목소리가 수화기 저쪽에서 들려왔다.

"여, 닐 경감이오? 오래간만이오. 이 사건이 당신 담당인가 보지요?"

닐 경감과 세인트 주드 병원의 베른즈돌프 박사는 전에도 한 번 독살 사건 수사에 협력한 일이 있어, 그 뒤로 아주 친한 사이가 되어 있었다.

"죽어버렸다지요, 박사님?"

"아, 살아나지 못했소, 병원으로 옮겨왔을 때는 이미 늦은 뒤였소."

"죽은 원인은?"

"해부해 보기 전에는 분명한 것을 말할 수 없지만 꽤 이상한 증세요. 그만큼 또 흥미롭고 재미있지요. 좋은 케이스가 날아 들어와 기뻐하고 있소."

그 힘찬 말투로 보아 벌써 베른즈돌프 교수의 머리 속에는 이 사건에 대한 연구적 흥미가 솟아나고 있음이 분명했다.

범죄 사건 냄새가 풍기고 있다는 것은 닐 경감도 이미 추측하는 바였다.

경감이 간결하게 물었다.

"단순한 병사가 아니란 말이군요?"

베른즈돌프 교수는 힘주어 잘라 말했다.

"물론이오."

그리고 곧 주의깊게 다음 말을 덧붙이는 것도 잊지 않았다.

"다만 이것은 어디까지나 내 개인적인 의견이니 그렇게 알고 들어주오."

"네, 알고 있습니다. 그런데 역시 독살인가요?"

"물론 독살이오. 그리고 이것도 역시 내 개인적인 의견이니 당신과 나만의 이야기로 해두어야겠소만, 나는 그 독의 성질도 알고 있소."

"네? 정말입니까?"

"타키신이라는 독이오. 알겠소? 타키신이오."

"타키신? 처음 듣는 독인데요."

"그럴 거요. 색다른 독이니까! 나도 우연히 3, 4주일 전에 비슷한 환자를 취급한 적이 있어 금방 알아볼 수 있었지요. 정말 특이한 독이오. 그때는 아이들이 소꿉놀이를 하다가 수송나무 열매를 따서 차 대신 먹었지요. 그런데 그것이 무서운 중독작용을 일으켰던 거요."

"수송나무 열매가 말입니까?"

"열매와 잎 양쪽 다 독이 들어 있소. 그것도 굉장히 강한 독이오. 타키신이란 물론 알칼로이드라는 식물 독이지만, 나는 아직 그것을 독살에 사용한 예를 본 적이 없소. 따라서 이 사건은 이상하기도 하지만 동시에 그만큼 흥미가 있소……. 무엇에서 어떻게 채취했는지는 모르나 사용된 독이 타키신이라는 것은 분명하게 잘라 말할 수 있소. 물론 누구에게나 실수가 있는 법이니 내 말을 그대로 받아들여서는 곤란하지만, 우선은 내 눈이 틀림없다고 믿고 있소. 당신으로서도 재미있는 사건일 거요. 곧 그 수배에 들어가 주오!"

"좋은 연구 자료라는 말이군요. 죽은 사람에게는 가엾은 일이지만──"

그리 가엾지도 않은 투로 베른즈돌프 교수가 말했다.

"그렇소. 실로 가엾은 사람이오. 운이 나빴던 거요."

"숨을 거두기 전에 뭔가 말하지 않았습니까?"

"아, 그 점이라면 당신 부하가 수첩을 들고 옆에 붙어 서 있었으니 자세히 적어 두었을 거요. 뭔가 차에 대한 이야기를 하고 있었소. 사무실에서 마신 차 속에 뭔가 들어 있었다고 말하는 것 같았지요. 그것은 물론 그의 오해로, 그런 터무니없는 일은 결코 일어날 수 없소."

닐 경감은 그때 막 그 금발 미인 글로브너 양이 끓는 차 속에 수송나무 열매를 집어넣는 모습을 머리 속으로 그려보고 있던 참이었으므로 얼른 되물었다.

"어째서 그것이 터무니없는 일이지요?"

"이 독물은 그렇게 짧은 시간에는 작용하지 않소. 내가 들은 바에 의하면 환자는 차를 마신 뒤 금방 괴로워하기 시작했다고 하더군요."

"그랬었지요."

"그렇게 빨리 작용하는 독물은 시안화물밖에 없소. 순수 니코틴 같은 것도 그렇지만."

"그럼, 시안화물도 니코틴도 아니라는 말씀이군요?"

"그런 독이었다면 구급차가 오기 전에 죽었을 거요. 그러나 그런 흔적은 조금도 없소. 스트리키닌이 아닐까도 생각했으나, 경련하는 모습이 전혀 달랐소. 이건 아직 개인적인 의견에 지나지 않지만, 나는 내 명예를 걸고 단언하겠소. 틀림없이 그것은 타키신이었소!"

"그럼, 타키신이 효력을 나타내기까지에는 얼마쯤의 시간이 걸립니까?"

"조건에 따라서 다르지만 우선 한 시간쯤 될까. 때로는 두 시간, 세 시간 걸리는 일도 있소. 그 사람은 아무래도 대식가인 듯하니 아침 식사를 든든히 먹었다면 작용이 퍽 늦어졌을 거요."

닐 경감은 생각에 잠겨 중얼거렸다.

"그럼, 아침 식사 때일까？"

베른즈돌프 교수의 웃음소리가 명랑하게 들려왔다.

"보르지아 집안(스페인 발렌시아 출신의 이탈리아 명문 집안. 로마 교황 이하 훌륭한 인물을 많이 배출했으나 구가(舊家)에 따르기 마련인 집안 소동으로 많은 사람이 독살되었음)의 아침 식사일 거요. 곧 수사에 착수하시오. 잘해 보오."

"여러 모로 친절히 해주셔서 감사합니다. 박사님, 경사에게 볼일이 있으니 전화를 끊지 말고 바꿔 주십시오."

다시 수화기 놓는 소리, 벨의 울림, 어딘가 먼 곳의 희미한 소리. 이윽고 급한 숨결이 거칠게 수화기를 통해 흘러나왔는가 싶자 헤이 경사의 목소리가 들렸다. 그는 전화에 나올 때 언제나 이처럼 부산스러운 태도였다.

그는 숨을 헐떡이며 말했다.

"여보세요, 여보세요——여보세요——여보세요——."

"헤이 경사인가？ 닐일세. 포터스큐 씨가 죽기 전에 뭐라고 말했지？ 적어 두었나？"

"차 속에 독이 들었다고 말했습니다. 사무실에서 마신 홍차지요. 하지만 의사는 그렇지 않다고 말하고 있습니다."

"그건 알고 있네. 그밖에 이상한 것은？"

"아무것도 없습니다. 아니, 한 가지 이상한 일이 있습니다. 그의 양복 주머니를 뒤져보았는데——손수건, 열쇠, 잔돈, 지갑 등 흔히 넣어두는 물건뿐이었습니다만, 한 가지 도무지 설명할 수 없는 기묘한 게 나왔습니다. 윗옷 오른쪽 주머니에 곡식알이 가득 들어 있었습니다."

"곡식알？"

"네, 그렇습니다."

"곡식알이라니, 아침 식사용 오트밀 말인가? 글로리 회사 제품 오트밀――그건가? 아니면 밀이나 보리 같은 ――"

"그렇습니다, 경감님. 그런 것입니다. 나로서는 호밀이라고 생각됩니다만, 그것이 많이 나왔습니다."

"과연 ……이상한 이야기군……혹시 장사용 견본이 아니었을까. 거래에 쓸 생각으로 가지고 다닌 거겠지."

"그럴지도 모르겠습니다. 어쨌든 일단 경감님에게 보고해 두는 게 좋으리라 생각되어――"

"아, 물론 자네 말이 맞네, 헤이."

닐 경감은 수화기를 내려놓고 잠시 앞을 노려보며 잠자코 있었다. 그의 조직적인 생각은 벌써 수사의 제1단계에서 제2단계로 옮겨가고 있었다.

처음에 막연히 품고 있던 단순한 의혹은 이미 의심할 여지가 없는 독살로 확인되었다. 물론 베른즈돌프 교수의 말은 공적인 의견이 아니었지만, 교수는 모호한 말을 입에 담을 사람이 아니다.

렉스 포터스큐 씨는 독살된 것이다. 독을 넣은 시각은 첫 증세가 나타난 때로부터 한 시간 내지 세 시간쯤 전이다. 그렇다면 회사 사람들은 우선 혐의 밖에 둘 수 있을 것 같다.

닐 경감은 일어나 사무실로 들어갔다. 아직 여러 가지로 일이 남아 있는 것 같았으나 타이피스트들은 아무것도 손에 잡히지 않는 듯했다.

"미스 글리피스, 또 묻고 싶은 일이 있는데 괜찮겠소?"

"좋아요, 닐 경감님. 자, 어서 물어보세요. 무슨 일이지요? 아, 그리고 타이피스트들을 점심 먹으러 나가게 해도 괜찮을까요? 식사시간이 벌써 지났답니다. 아니면 식사를 이리로 가져오도록 할까요?"

"그런 염려는 하지 않아도 좋소. 외출시켜도 상관없소. 그 대신 곧 돌아와 주지 않으면 곤란하오."

"그건 알고 있어요."

미스 글리피스는 닐 경감의 뒤를 따라 사장실로 들어가 침착한 태도로 의자에 앉았다.

닐 경감은 곧 질문으로 들어갔다.

"지금 세인트 주드 병원에서 연락이 왔는데, 포터스큐 씨가 12시 43분에 사망했다고 하오."

미스 글리피스는 그리 놀라지 않고 가만히 듣고 있었다.

"퍽 괴로운 모습이었으므로 그렇게 되지 않을까 걱정스러웠어요."

닐은 생각했다.

'조금도 슬퍼하지 않는 것 같군.'

"포터스큐 씨의 가정과 가족에 대해 묻고 싶소."

"좋아요, 말씀드리겠어요. 조금 전 사장님 댁에 연락해 포터스큐 씨 부인에게 병환을 알려 드리려 했었는데, 골프하러 나가고 집에 없더군요. 점심 식사 때도 돌아오지 않을 듯하고, 어느 골프 클럽에 계시는지도 모르는 것 같았어요. 포터스큐 씨 댁은 베이든 히스에 있는데, 아시다시피 세 개의 유명한 골프 코스 바로 한가운데에 해당되는 곳이지요."

닐 경감은 고개를 끄덕였다. 베이든 히스는 부유층 주택가로 런던에서 29마일쯤 떨어져 있는데, 철도가 편의를 보아주어 아침저녁의 러시아워에도 편안히 통근할 수 있는 곳이었다.

"정확한 주소와 전화번호를——"

"베이든 히스. 전화는 3400번. 수송장(水松莊)이라는 이름이 붙어 있어요."

저도 모르게 닐 경감의 입에서 날카로운 외침이 불쑥 튀어나왔다.

"아니, 뭐라고요?"

미스 글리피스는 이상한 듯한 표정을 지었다.

"수송장이에요."

닐 경감은 가까스로 자신을 억눌렀다.

"가족에 대해 자세히 설명해 주오."

"포터스큐 부인은 두 번째 아내로 사장님보다 훨씬 젊은 분이에요. 2년쯤 전 결혼하셨으며, 첫 부인은 오래 전에 세상을 떠났지요. 첫 부인과 사장님 사이에 아드님 두 분과 따님 한 분이 있어요. 따님과 큰아드님은 지금 함께 살고 있답니다. 큰아드님 역시 이 회사에서 일하고 계신데, 오늘은 공교롭게도 북부로 여행중이세요. 내일 돌아오실 예정이지요."

"언제 떠났소?"

"그저께였어요."

"연락을 취해 보았소?"

"네, 포터스큐 씨가 병원으로 옮겨간 뒤 바로 맨치스터 시의 미들랜드 호텔에 전화했어요. 하지만 오늘 아침 일찍 그곳을 떠났다니까 아마 셰필드 시나 레스터 시로 갔으리라고 여겨져요. 필요하시면 그곳에서 늘 묵는 호텔 이름을 조사해 볼까요?"

조금도 빈틈없는 여자라고 경감은 생각했다. 만일 이 여자가 범인이라면 보다 더 교묘한 방법으로 죽였을 것이다. 그러나 지금은 그런 고찰로 시간을 헛되이 보낼 때가 아니다. 다시 포터스큐 집안 문제로 돌아가자.

"둘째 아들이 있다고요?"

"네. 하지만 아버님과 사이가 원만하지 않아 지금은 외국에 가 있어요."

"두 사람 다 독신이오?"

"아니오, 두 사람 다 부인이 있어요. 큰아드님 퍼시벌 씨는 3년 전에 결혼했지요. 지금 수송장 별관에 살고 있는데 곧 같은 베이든 히스의 다른 집으로 이사한다고 하더군요."

"당신이 오늘 아침 수송장으로 전화했을 때 큰며느님도 역시 집에 없었소?"

"런던에 나갔다고 하더군요. 그리고 둘째 아드님인 랜슬럿 씨는 결혼한 지 채 1년도 안 되었어요. 부인은 돌아가신 프레드릭 앤스티스 경의 미망인이에요. 경감님도 그 부인의 사진을 본 적 있겠지요? 〈태틀러〉 잡지에 말과 나란히 서 있는 모습이 실려 있었어요. 경마장에서의 사진이었지요."

미스 글리피스는 여기까지 이야기하고 갑자기 숨을 몰아 쉬며 얼굴을 붉혔다.

닐은 직업상 상대방 마음의 움직임을 꿰뚫어보는 데 익숙해 있었으므로 곧 그녀의 기분을 미루어 짐작했다. 상류 사회에 동경과 깊은 관심을 가지고 있는 이 여자에게 포터스큐 집안의 둘째 아들이 귀족의 한 사람과 결혼했다는 사실이 강한 감동을 준 게 틀림없었다.

그렇다고 해도 귀족 사회는 그녀에게 있어 전혀 다른 세계다. 죽은 프레드릭 앤스티스 경에 대해 어떤 좋지 못한 소문이 있었다 하더라도 그녀에게는 문제가 안 되었다. 경은 자기 말을 사용하여 사기 경마를 했다는 혐의로 경마회로부터 조사당하는 궁지에 몰리게 되자 권총 자살을 하고 말았던 것이다.

닐 경감은 어렴풋이 경의 부인을 기억하고 있었다. 그 부인은 분명 아일랜드 귀족의 딸로서 처음에는 비행사와 결혼했다. 그리고 그 첫 남편은 세계대전 때 전사했다.

그 부인이 이번에는 포터스큐 집안의 망나니와 결혼한 것이다. 미스 글리피스는 분명한 이유를 말하지 않았지만, 이 젊은 랜슬럿 포터

스큐가 아버지와 사이가 나빠 외국에 가 있다는 것도 아마 그 못된 버릇의 결과일 것이다

둘째 아들 이름은 랜슬럿 포터스큐! 그리고 큰아들 이름은 퍼시벌! 이 무슨 맥다른 이름이란 말인가!

포터스큐 씨의 첫 부인이 어째서 그런 이름을 붙였는지 생각하면 할수록 고개를 갸웃거리지 않을 수 없었다. 참으로 기발한 취미를 가진 부인이다……

닐 경감은 전화기를 끌어당겨 다이얼을 돌려 베이든 히스 3400번을 부탁했다.

"네, 베이든 히스 3400번입니다."

"포터스큐 씨 댁이지요? 부인이나 따님과 이야기하고 싶은데요."

"안됐습니다만 두 분 모두 안 계십니다."

"당신은 집사요?"

"그렇습니다만……."

"포터스큐 씨가 급한 병이 나서 말이오——."

"알고 있습니다. 아까 전화로 말씀들었습니다. 하지만 우리로서는 어떻게 해야 좋을지 모르겠습니다. 퍼시벌님은 북부로 여행중이시고, 마님께서는 골프하러 가시고, 아씨께서는 런던에 나가셨습니다. 하지만 아씨께선 점심 식사 때까지 돌아오신다고 했습니다. 엘레이느 아가씨는 여자 청년단 분들과 함께 나가셨습니다."

"그럼, 포터스큐 씨의 병세를 알려줄 사람이 아무도 없는 셈이군요. 그거 곤란한데——"

"네, 램즈보텀님이라면 집에 계십니다만, 전화를 받을 수가 없습니다. 더브 양을 대드릴까요? 살림을 보살피고 있는 사람입니다."

"그게 좋겠소. 더브 양을 불러 주시오."

"알았습니다. 잠깐만 기다려 주십시오."

집사의 멀어져 가는 발소리가 전화기를 통해 또렷이 들려왔다. 그러나 가까이 오는 발소리가 도무지 나지 않았다. 갑자기 여자 목소리가 흘러나왔다.

"내가 메리 더브예요. 무슨 용건이시지요?"

낮지만 침착하고 또렷한 목소리였다. 닐의 머리에 떠오른 더브 양의 모습은 아름다웠다.

"더브 양, 좋은 소식이 아니오. 포터스큐 씨가 방금 세인트 주드 병원에서 돌아가셨소. 조금 전 회사에서 갑자기 일어난 일이지요. 급히 가족 되시는 분에게 알려줄 필요가——."

"알겠어요. 하지만 공교롭게도——"

그녀는 잠시 말을 끊었다. 목소리는 냉정했지만 분명 큰 충격을 받은 듯했다. 그러나 그녀는 다시 말을 이었다.

"당신이 만나서서 뒷일을 의논하고 싶으신 분은 퍼시벌 포터스큐님이겠지만, 공교롭게도 출장중이세요. 맨치스터 시의 미들랜드 호텔이나 레스터 시의 그랜드 호텔에 전화하시면 연락할 수 있으리라 생각돼요. 거기에 계시지 않으면 레스터 시의 셀러 증권회사로 연락하시는 게 좋을 거예요. 그곳 전화번호는 모르지만, 퍼시벌님이 레스터 시에 가시면 언제나 들르는 회사이므로 지금 그곳에 계시지 않더라도 어디에 계신지 가르쳐 주리라 여겨요. 마님께서는 점심 식사 때나 늦어도 저녁 차 마시는 시간까지는 돌아오실 거예요. 무척 놀라시겠지요. 병환이 아주 위급하셨던 모양이지요? 오늘 아침 나가실 때에는 매우 건강하신 것 같았는데요."

"아, 그럼, 당신은 오늘 아침 포터스큐 씨를 만났었군요?"

"네. 그런데 병환은? 역시 심장병이신가요?"

"심장병을 앓고 계셨소?"

"아니오, 그런 일은 없었지만 병세가 너무 갑작스러워 그렇게 생각했어요. 그런데 당신은 지금 세인트 주드 병원에서 전화를 걸고 계시는 건가요? 의사 선생님이신가요?"

"아니오, 더브 양. 나는 의사가 아니라 경찰국의 닐 경감이오. 포터스큐 씨 회사에서 전화하고 있는데, 지금 곧 그리로 가서 당신을 만날 생각이오."

"경감님이시라고요? 하지만 대체 어째서 경찰분이……?"

"포터스큐 씨는 변사하셨소, 더브 양. 이러한 변사가 일어나면 우리가 검시하러 나오게 되지요."

일부러 사건의 초점을 흐릿하게 말했으나 상대방은 곧 알아차린 듯했다.

"그 일이라면 퍼시벌님도 걱정스러워서 의사 선생님께 진찰 받으시게 하려고 두 번이나 수속했었으나 주인께서 허락지 않으셨지요. 그런 점에서는 아주 고집센 분으로, 여러분들이 걱정하고 계셨습니다만……."

그녀는 말을 우물거리더니 이윽고 다시 또렷한 목소리로 덧붙였다.

"당신이 와 닿기 전에 마님이 돌아오시면 뭐라고 말씀드리는 게 좋을까요?"

닐 경감은 목소리를 높여 대답했다.

"주인께서 갑작스럽게 돌아가신 일로 묻고 싶은 일이 있다고 말해 주시오. '단순한 절차상의 일'이라고 미리 말한 뒤 말이오."

닐 경감은 수화기를 내려놓았다.


## 포켓의 호밀

닐 경감은 전화기를 밀어 놓고 날카롭게 미스 글리피스를 바라보았다.

"지금 더브 양의 이야기에 의하면, 포터스큐 씨의 건강에 대해 가족들이 걱정하고 있었던 듯하오. 그래서 의사의 진찰을 받도록 권한 일도 있었다고 하오. 당신은 왜 그 일을 이야기해 주지 않았지요?"

"나는 전혀 모르고 있었어요. 아니, 조금도 그렇게 보이지 않았어요. 하지만……"

"네, 요즘 좀 이상하긴 했어요. 여느 때의 포터스큐 씨와 다른 것처럼 보였지요."

"뭔가 걱정스러운 일이라도 있는 것 같던가요?"

"아니오, 그렇지는 않았어요. 걱정하고 있었던 것은 우리들 쪽으로……"

미스 글리피스의 이야기가 갑자기 모호해져 갔다. 그러나 닐 경감은 끈기 있게 그녀의 입에서 정보가 새어 나오기를 기다리고 있었다.

"잘 설명할 수는 없지만, 본디 포터스큐 씨는 기분이 무척 잘 변하는 분이에요. 화가 났을 때는 심하게 호통치고, 기분 좋을 때면 너무도 터무니가 없어 도저히 믿어지지 않는 이야기를 곧잘 하셨지요. 어떤 때는 술에 취하신 게 아닌가 생각되는 일조차 있을 정도였어요. 그러나 어찌 되었든 사업에는 열심이어서, 일에 대해서는 다시없이 철저한 분이셨어요. 나는 오랫동안 이 회사에 근무하고 있지만 그동안 내내 변함이 없었는데, 요즘에는 완전히 태도가 달라져 닥치는 대로 돈을 마구 뿌려대어 지금까지의 포터스큐 씨와는 전혀 사람이 달라진 것처럼 보였어요. 얼마 전에 사환 아이의 할머니가 돌아가셨지요. 그 장례식 날 포터스큐 씨는 사환 아이를 사장실로 불러 5파운드 지폐를 주면서 경마의 두 번째 인기 말에 걸어 보면 어떻겠느냐고 하며 큰소리로 웃으셨어요. 이처럼 지금까지의 포터스큐 씨다운 데라고 조금도 없었어요. 내가 말씀드리고 싶은 것은 바로 그 점이었어요……"

"뭔가 마음에 걸리는 일이 있어 그것을 얼버무리기 위해 일부러 그러는 듯하던가요?"

"글쎄요, 분명한 것은 알 수 없지만 억지로 명랑해지려고 애쓰시는 것 같았어요. 그래요, 정말 뭔가 자신을 잊고 열중할 수 있는 일을 찾고 계신 듯했어요."

"큰일을 해내지 않으면 안 되므로 그것이 마음쓰여 들떠 있는 것 같지는 않았소?"

"글쎄요, 그렇게 말하는 편이 적절할지도 모르겠어요. 그 때문에 묘하게 흥분되어 일상적인 일은 생각지 않는 것처럼 보였지요. 그리고 요즘은 여느 때 잘 보지 못하던 사람들이 만나러 오는 일이 부쩍 늘었어요. 전에는 한 번도 온 일 없는 사람들 뿐이었지요. 퍼시벌 씨도 그 점을 걱정하고 계셨어요."

"그래요? 큰아드님 되는 분도 걱정하고 있었군요?"

"퍼시벌 씨는 옛날부터 아버님의 좋은 의논 상대여서 사장님께서는 무슨 일에 대해서나 퍼시벌 씨를 신임하고 계셨어요. 그런데 요즘은 완전히——."

"원만하지 않게 되었다는 말이군요?"

"네, 퍼시벌 씨가 강경하게 말리는 일도 예사로 하셨어요. 퍼시벌 씨는 아주 신중하고 세심한 성격인데, 요즘 들어 갑자기 아버님이 상의를 하지 않게 되자 무척 걱정하고 있었지요."

"싸움이라도 했소?"

"아니오, 싸움 같은 건 그리……하지만 한 번 포터스큐 씨가 흥분해서 큰소리를 내신 일은 있어요."

"큰소리를 냈다고요? 어떤 일로?"

"그때는 타이피스트실까지 나오셔서 ——"

"그럼, 모두들에게 들렸겠군요?"

"네, 그랬어요."

"퍼시벌 씨를 나무라던가요? 퍼시벌 씨가 무슨 일을 했소?"

"아니오, 아무것도 하지 않는다면서 화를 내셨던 거예요……퍼시벌 씨는 겁쟁이로 배짱이 없어서 사업가로서의 자격이 없다고 비난받았지요. 그리고 이런 말씀도 하셨어요. '랜스를 다시 불러들일까? 그녀석이라면 너의 열 배나 일할 수 있을 거야. 게다가 훌륭한 신분의 부인과 결혼도 했지. 한 번은 죄값을 받을 만한 무분별한 짓을 저질렀지만, 아무튼 사업가로서의 배짱이 있는 녀석이니까'라고요. 어머나, 내가 그만 공연한 말을 하고 말았군요!"

미스 글리피스는 닐 경감의 교묘한 수단에 저도 모르게 말려들어 랜슬럿이 나쁜 짓을 한데 대해 지껄이고 만 것에 새삼 얼굴을 붉혔다.

"마음에 둘 것 없소. 지나간 일은 이미 어쩔 수 없으니까."

"그렇겠군요. 벌써 먼 옛날 일이에요. 랜슬럿 씨도 그때는 아직 나이가 어려서 자신이 하는 일이 어떤 결과를 가져올 것인지 몰랐으리라고 생각해요."

경감은 전에도 어디선가 그를 변호하는 말을 들은 적이 있는 것 같은 느낌이 들었다. 그때에도 반드시 그 의견에 동조한 것은 아니었다. 아무튼 그는 다른 질문으로 옮겨갔다.

"그럼, 이번에는 회사 사원들 이야기를 해주실까요?"

미스 글리피스는 무심코 지껄여 버린 실책에서 구제받아 기쁜 듯이 사원들의 경력이며 성격 등에 대해 아주 열심히 이야기하기 시작했다.

닐 경감은 끝까지 다 듣고 나자 정중하게 인사하고 나서 이번에는 글로브너 양을 만났으면 좋겠다고 말했다.

웨이트 형사가 연필을 깎으며 들어왔다. 그는 커다란 의자며 책상,

그리고 품위 있는 간접 조명 등을 유심히 둘러보며 입을 열었다.

"이런 사치스러운 방을 쓰는 사람은 어떤 얼굴을 하고 있는지 한 번 보고 싶군요. 그리고 보니 글로브너 양이라는 여자가 있는데, 그녀는 틀림없이 공작의 친척이라도 되는 것이겠지요? 그리고 포터스큐 씨——이 사람도 역시 귀족이지요?"

닐 경감은 웃었다.

"그의 아버지는 포터스큐라고 불리지 않았다네. 실은 폰터스큐로, 중부 유럽 어딘가의 태생이지. 영국으로 옮겨오고 나서 부르기 좋도록 하기 위해 포터스큐라고 고친 것일세."

웨이트 형사는 감탄하며 경감의 얼굴을 바라보았다.

"경감님, 잘 아시는군요!"

"이리로 오기 전에 조사해 보았지."

"경찰국에 그의 기록이 있었습니까?"

"물론 없네. 꼬리잡힐 만한 바보짓을 할 인물이 아니지. 전쟁이 끝난 뒤 암시장에 관계해서 큰돈을 번 사나이니 여러 가지 위험한 장사도 해왔을 게 틀림없어. 그러나 언제나 법률의 테두리 안에서 교묘하게 해낸 걸세."

"알 만합니다. 좋지 못한 사람이었군요."

"이를테면 수완가지. 안됐지만 경찰도 아직까지 증거를 잡지 못하고 있네. 국세청도 오래도록 기쓰고 쫓아다녔지만 상대방이 한 수 위라서 말이야. 정말 대단한 사나이지. 일종의 경제적인 천재라고 할까, 이 포터스큐라는 사나이는——."

웨이트 형사가 물었다.

"그렇다면 적도 많다는 이야기가 되겠군요?"

"그렇지, 틀림없이 적이 많을 걸세. 그러나 독을 넣은 것은 집안 사람이야. 내 생각으로는 아무래도 옛날부터 흔히 있는 가정 불화의 결과인 것 같네. 착한 아들 퍼시벌이 있고 방탕한 건달 아들 랜슬럿이 있네. 이 둘째 아들은 계집질만 하고 다니지. 게다가 아버지의 두 번째 아내는 어린아이같아서 날마다 골프를 치러 다닌다고 하며 어떤 젊은이와 놀아나고 있어. 흔한 이야기지. 그런데 단 한 가지, 나로서는 잘 알 수 없는 기묘한 사실이 있네."

웨이트 형사가 되물었다.

"뭡니까, 그것은?"

그때 문이 열리며 글로브너 양이 들어왔다. 지금은 여느 때의 거만한 태도를 완전히 되찾아 매력을 발산하며 아주 새침한 태도로 말했다.

"부르셨어요?"

"사장님의 이야기를 들려주었으면 해서요. 지금으로서는 먼젓번 사장이라고 하는 편이 좋겠군."

여전히 새침한 표정으로 그녀는 말했다.

"가엾은 일이었어요."

"요즘 포터스큐 씨의 태도가 달라졌었다고 하던데요?"

"네, 그래요. 그건 확실해요."

"흠, 어떤 식으로 달라졌지요?"

"잘 설명할 수는 없지만……요즘 어처구니없는 농담을 자주 하시곤 했어요. 그런가 하면 갑자기 기분이 나빠져서 느닷없이 호통치기 시작하셨지요. 특히 퍼시벌 씨를 대할 때 심했어요. 나는 물론 꾸중들은 일은 없어요. 결코 잘못하지 않으니까요. 어떤 일을 시키든 언제나 '네, 알았습니다'라고 말씀드리고 있었거든요."

"좀더 깊이 들어가 묻겠는데, 포터스큐 씨는 당신에게——당신 개인에게——그러니까 뭐라고 할까, 무슨 신청 같은 걸 한 일이 없었소?"

글로브너 양은 화가 치밀어 오르는 듯했다.

"그런 질문은 대답할 수 없어요."

"그럼, 질문을 바꾸지요, 글로브너 양. 포터스큐 씨는 언제나 포켓에 호밀을 넣어 두는 습관이 있었소?"

글로브너 양은 놀라 얼굴을 들었다.

"호밀? 포켓에? 비둘기 모이나 뭐 그런 게 아니었을까요?"

"그렇지는 않은 것 같소만——."

"그런 것을 가지고 다니시는 줄은 몰랐어요. 포터스큐 씨가 비둘기에게 모이를 줄 리도 없고……생각할 수 없는 일이에요."

"오늘의 거래일로 보나 호밀을 포켓에 넣어 둘 필요가 있었던 게 아닐까요? 상품 견본 같은 것으로……그런데 곡물 거래는?"

"없었어요. 오후에는 아시아 석유 사람들과 만나실 예정이었어요. 그리고 티커스 건축협회 회장과도 약속이 있었어요. 그밖에는 달리 없을 거예요."

"그랬군요."

닐 경감은 그것으로 질문을 끝내고 글로브너 양을 물러가게 했다. 웨이트 형사가 후유 한숨을 내쉬었다.

"다리가 아주 예쁘군요. 그리고 그 나일론 스타킹——."

"다리가 예뻐 봐야 아무 소용없네. 수사는 여전히 아무 진전도 없어. 포켓에 든 호밀이라, 대체 어떻게 설명해야 좋을까!"

## 수송장 사람들

메리 더브는 층계를 내려가며 창 밖을 내다보았다. 마침 자동차가 현관 앞에 와서 멈추고 두 사나이가 내리는 참이었다.

키큰 사나이는 자동차에서 내리자 집으로 등을 돌린 채 잠시 둘레의 경치를 둘러보았다. 메리 더브는 주의깊게 그들을 관찰했다. 닐 경감과 그의 부하임에 틀림없었다.

그녀는 얼른 창가를 떠나 층계 중간 벽에 걸어 놓은 키만한 크기의 거울 앞에 섰다……성실하고 의젓해 보이는 몸집 작은 자신의 모습이 비쳤다. 청결 그 자체인 듯한 새하얀 칼라와 커프스, 올굵은 잿빛 옷, 새까만 머리칼은 한 가운데에서 반듯하게 갈라져 반짝반짝 물결치며 목 뒤로 돌아가 자그맣게 묶여져 있다……입술 연지는 장밋빛.

메리 더브는 자신의 용모에 일단 만족을 느끼고 입 언저리에 미소를 떠올리며 조용히 층계를 내려갔다.

닐 경감은 집 앞에 우뚝 선 채 둘레의 경치를 둘러보며 마음 속으로 생각하고 있었다.

'이런 굉장한 저택에 일부러 빈약한 것처럼 수송장이라고 이름붙이다니! 수송장이라……이것도 역시 돈 있는 사람들의 좋지 못한 취미다. 역설을 쓰며 잘난 체하는 것이다. 솔직히 말하면 저택이라고 불러야 어울릴 정도인데.'

'장(莊)'이란 본디 어떤 것인가? 닐은 그러한 환경에서 자라났으므로 잘 알고 있었다.

지금은 정부에 접수되고 말았지만, 하팅턴 공원 입구 가까이에 방이 스물 세 개나 되는 어울리지 않게 큰 이탈리아풍 아파트가 있었다.

밖에서 보면 방이 조그마해서 아주 살기 좋아 보이지만, 한 걸음 안으로 들어가면 놀랄 만큼 축축하고 지저분하며 위생 시설이 조금도 되어 있지 않았다.

그러나 닐 경감의 부모를 비롯하여 거기에 살고 있는 사람들은 누구 하나 못마땅한 얼굴을 하지 않았다. 어떻든 집세를 치를 필요가 없고 그저 아침 저녁 손이 비는 사람이 공원 문을 열고 닫기만 하면 그것으로 되었으니까. 공원에는 사냥에 쓰일 토끼를 많이 기르고 있었다. 이따금 꿩도 날아 내려왔다.

닐의 어머니는 세상 떠날 때까지 전기 다리미를 몰랐다. 현대식 난로도, 냉장고도, 꼭지를 틀면 더운물과 찬물이 바라는 대로 나오는 설거지대도, 스위치를 누르면 금방 온 방안이 밝아지는 전등도 무엇 하나 알지 못하고 일생을 보냈다.

겨울이 되면 석유 램프에 불을 켰다. 여름밤에는 어두워짐과 동시에 침대 속으로 들어가고 만다. 모든 것이 세상으로부터 한 세대쯤 옛날로 거슬러 올라간 생활이었다. 그런데도 그들 온 가족은 아주 행복하게 병자도 없이 살아왔던 것이다.

닐 경감의 머리에 이러한 소년 시절의 추억이 떠올라왔다. 그러나 이 집을 새삼스럽게 '수송장'이라고 이름붙인 것은 부유층이 궁궐같이 호화로운 건물을 지어놓고도 세상에 대해서는 '아주 보잘것없는 곳이어서' 하며 신묘한 표정을 지어 보이기 위함이다. 말하자면 '거만한 겸손'이라고 할 만한 태도의 대표적인 예였다.

저택은 붉은 벽돌을 보기좋게 쌓아 올려 높이를 자랑하기보다 오히려 옆으로 끝없이 뻗어 있었다. 곳곳에 박공이 있고, 여기저기 창문에서 두꺼운 유리가 번쩍였으며, 정원은 자연의 풍치를 버리고 지나칠 만큼 인공적인 아름다움의 극치를 이루고 있었다. 장미 꽃밭, 정자, 풀, 그리고 저택 이름이 된 원인인 수송나무 산울타리가 깨끗이 가위질되어 집 둘레를 에워싸고 있었다.

이처럼 수송나무가 집을 온통 둘러싸고 있으면 누구든 손쉽게 타키신을 뽑아내는 원료를 손에 넣을 수 있을 것이다.

오른쪽의 장미 덩굴을 올린 정자 저쪽에 유난히 큰 수송나무가 보였다. 그것은 교회나 묘지에 있는 것처럼 사방으로 뻗은 가지를 받침대 나무로 받치고 여러 작은 나무들을 굽어보며 우뚝 서 있었다.

아마 여기에 붉은 벽돌집이 세워지기 이전부터, 이 언저리에 골프 코스가 생겨 돈 많은 고객을 후원자로 하는 이른바 새로운 경향의 건축가들이 이 주위 일대의 토지를 물색해 내기 이전부터 있었던 것임에 틀림없다.

이 지대에서도 보기 드문 큰 나무가 있어서 아마 수송장이라는 이름이 떠올랐을 것이며, 아름다운 수송나무 산울타리도 새로 만들게 되었을 것이다. 그리고 문제의 그 열매도 어쩌면 이 큰 나무에서 땄을지 모른다……

닐 경감은 밑도끝도 없는 생각 속에서 문득 깨어났다. 어서 일을 시작해야 한다. 그는 현관벨을 눌렀다.

문은 곧 중년 남자의 손으로 열려졌다. 닐 경감이 전화 목소리로 상상하고 있었던 집사로 촌스러운 주제에 스마트하게 꾸며 보이려고 애쓰며 눈과 손이 줄곧 움직이는 침착하지 못한 사람이었다.

닐 경감이 자신과 부하의 신분을 밝히자 집사의 눈동자에 갑자기 경계하는 빛이 떠올랐다. 그러나 닐 경감은 그런 것에 마음쓰지 않고 물었다.

"포터스큐 부인 계시오?"

"외출중이십니다."

"그럼, 퍼시벌 포터스큐 부인은? 포터스큐 양이라도 괜찮소만."

"두 분 다 역시 나가셨습니다."

"그렇소? 그럼, 더브 양을 만나게 해주시오."

집사는 조용히 돌아보고 말했다.

"더브 양이라면 지금 마침 층계를 내려오고 있는 중입니다."

더브는 넓은 층계를 침착한 걸음으로 내려왔다. 이 여자의 경우는 닐 경감의 상상과 실제 모습이 아주 달랐다. 가정부라면 흔히 헐렁한 검은 옷을 입고 도도한 체 태도를 꾸미며 열쇠꾸러미를 절렁거리고 있는데……

작은 몸집에 야무지게 꽉 짜인 그녀의 모습이 눈앞에 나타나자 닐 경감은 적잖이 뜻밖이라는 느낌을 받았다. 부드러운 잿빛으로 갖춰 입은 옷, 새하얀 칼라와 커프스, 아름답게 물결치는 머리칼, 모나리자를 닮은 미소——30살도 안 되어 보이는 이 젊은 여자는 흔히 말하는 가정부가 아니라 메리 더브라는 훌륭한 아가씨로서 대해 줄 만한 가치가 있는 존재 같았다.

그녀는 침착한 태도로 인사했다.

"전화로 말씀하신 닐 경감님이신가요?"

"그렇소. 이쪽은 헤이 경사요. 아까 전화로 알려 드렸듯 포터스큐 씨는 12시 43분에 세인트 주드 병원에서 돌아가셨소. 사망 원인이 아침식사 때 드신 것의 중독으로 보이므로 헤이 경사에게 댁의 조리실을 조사하도록 할 생각이오. 안내해 주면 고맙겠소만……."

그녀의 눈이 닐 경감의 눈과 딱 마주쳤다. 그녀는 곧 고개를 끄덕이며 말했다.

"네, 얼마든지."

그리고는 옆에 서서 우물쭈물하는 집사에게 지시했다.

"클램프 씨, 헤이 경사님을 안내해서 마음대로 조사하도록 해드려요."

경사와 집사는 곧 부엌으로 갔다.

메리 더브는 경감에게 말했다.

"들어오시겠어요?"

그녀는 옆방 문을 열고 그를 안으로 안내했다. 그리 특색이 없는 방으로 문에 '끽연실'이라고 씌어 있었다. 벽에 널빤지를 둘렀으며 호화로운 가구가 놓여 있었다.

"앉으시지요."

경감은 메리 더브와 마주앉았다. 그녀는 일부러 전등빛을 정면으로 받는 의자를 골라 앉았다.

경찰의 방문을 받아 응대하며 앉는 자리에까지 신경쓰다니 여자로서 굉장히 머리가 잘 돌아가는 사람이다. 만일 뭔가 얼굴 표정을 보여서는 안 될 필요가 있어서 전등 그늘이 지는 의자를 골라 앉는다면 그것 역시 여자로서 보기드문 머리라고 할 수 있다.

그러나 지금의 경우 메리 더브에게 숨겨야 할 일은 그리 없는 것으로 생각되었다.

"일부러 와주셨는데 가족들이 한 분도 안 계셔서 정말 죄송하군요. 하지만 포터스큐 부인은 곧 돌아오실 거예요. 아씨도 곧 돌아오시겠지요. 퍼시벌님이 들르실 만한 곳에는 모두 전보를 쳐두었어요."

"수고했소."

"방금 경감님은 포터스큐님이 돌아가시게 된 원인이 아침 식사때 드신 것 때문이라고 하셨는데, 그렇다면 음식물 중독인가요?"

"그렇다고 여겨지오."

경감은 가만히 메리 더브를 바라보았다.

메리 더브도 침착한 태도로 마주보았다.

"생각할 수도 없는 일이에요. 오늘 아침 식사는 베이컨과 삶은 달걀, 커피, 마멀레이드를 바른 토스트였어요. 찬장에는 차가운 햄이 있었지요. 하지만 그것은 드시지 않았어요. 생선도 소시지도 드시지 않았어요."

"당신은 식사 때 음식을 모두 점검하오?"

"물론이지요. 드시는 음식을 모두 내가 지시해요. 예를 들면 어제 저녁 식사는……."

닐 경감은 손을 저었다.

"아니, 좋소. 어제 저녁 식사까지 말할 필요는 없소."

"그러나 음식물 중독은 경우에 따라 24시간쯤 지나서 작용하는 일도 있다고 들은 적이 있으므로……. ”

"아니, 이번 경우는 그렇지 않소. 나는 다만 포터스큐 씨가 오늘 아침 댁을 나오기 전에 드신 것을 정확하게 알면 되오. ”

"8시쯤 침실에서 아침 홍차를 드셨어요. 아침 식사는 9시 15분에 하셨는데, 지금 말씀드렸듯 삶은 달걀, 베이컨, 커피, 마멀레이드를 바른 토스트였지요. ”

"오트밀은? ”

"싫어하세요. ”

"커피에 넣는 설탕은 각설탕이오, 아니면 가루 설탕이오? ”

"각설탕이에요. 하지만 포터스큐님은 커피에 설탕을 넣지 않아요. ”

"아침에 약을 먹는 습관이 있었소? 완하제라든가 강장제라든가 또는 소화제라든가? ”

"전혀 없어요. ”

"당신도 함께 식사하오? ”

"아니오, 나는 따로 하지요. 가족들과 함께 먹지 않아요. ”

"식탁을 같이한 사람들은? ”

"포터스큐 부인, 포터스큐 양, 퍼시벌 포터스큐 부인. 그뿐이예요. 퍼시벌 포터스큐님은 여행중이시니까요. ”

"부인과 따님도 역시 같은 것을 드셨소? ”

"아니오, 마님은 커피와 오렌지 주스와 토스트만 드셨어요. 퍼시벌 포터스큐 부인과 따님은 언제나 아침에 많이 드시는 습관이어서 삶은 달걀과 차가운 햄 말고도 오트밀을 드셨지요. 그리고 퍼시벌 포터스큐 부인은 커피가 아니라 홍차였어요. ”

닐 경감은 잠시 생각에 잠겼다. 수사 범위는 점점 좁혀져 갔다. 고인과 아침 식사를 같이 한 것은 세 사람뿐이다. 그의 아내와 딸과 며느리, 이 세 사람 누구에게나 그의 커피잔에 타키신을 넣을 기회가 있었다.

아마도 커피 맛이 타키신의 쓴맛을 없애 주었으리라. 물론 침실에서 아침 홍차를 마시기는 했지만, 베른즈돌프 교수의 설명에 의하면 홍차 맛으로는 타키신의 쓴맛을 없애지 못한다고 한다. 하지만 자고 일어나 정신이 멍한 상태로 어쩌면 미처 알아차리지 못하고서⋯⋯.

닐 경감은 얼굴을 들었다. 메리 더브가 물끄러미 그를 지켜보고 있었다.

"지금의 질문을 들으니 약이니 강장제니 나로서는 납득되지 않는 점이 있어요. 포터스큐님의 죽음이 그런 것에 의한 것이라면 음식물 중독이라고 할 수 없잖아요?"

이번에는 닐이 물끄러미 그녀를 바라보았다.

"나는 포터스큐 씨의 죽음이 음식물 중독에 의한 것이라고 잘라 말하는 건 아니오. 지금으로서는 독사(毒死)라고 말할 수 있을 뿐이오."

그녀는 조용히 되풀이했다.

"독사⋯⋯."

그러나 메리 더브는 그리 놀라는 모습을 보이지 않았다. 오히려 이 사실이 무척 흥미를 불러일으킨 듯 처음 마주친 새로운 경험에 적잖이 흥분을 느끼는 것처럼 보였다.

메리 더브는 조금 생각한 뒤 말했다.

"나는 지금까지 독살 사건에 마주친 적이 없어요."

닐은 차갑게 대답했다.

"그리 유쾌한 일은 아니오."

"그렇겠지요. 나도 그렇게 생각해요⋯⋯."

메리 더브는 여전히 생각에 잠겨 있더니 갑자기 얼굴을 들어 웃음 지어 보이며 덧붙였다.

"하지만 내가 한 짓은 아니에요. 누구에게 물으셔도 알 수 있을 거예요."

"누구의 짓인지 아오?"

메리 더브는 어깨를 으쓱했다.

"솔직히 말씀드리면 포터스큐님은 사람들이 좋아하는 분이 아니에요. 누구나 독을 넣기 마다하지 않을 분이지요."

"단순히 마음에 들지 않는다는 이유만으로 독을 넣을 수는 없겠지요. 뚜렷한 동기가 있을 게 틀림없소."

"그건 그렇겠지요."

메리 더브는 다시 생각에 잠겼다.

"이 집안 일로서 참고될 만한 것이 있다면 꼭 들려주기 바라오."

메리 더브는 날카롭게 그를 보았다. 그 눈은 차가웠다. 그리고 그 속에서 놀라울 만큼 강한 호기심이 불타고 있었다.

"나에게 물으셔도 대답할 수 없어요. 나중에 법정에서 일일이 증언하게 되면 공연히 귀찮으니까요. 하지만 경사님이 지금 하인들을 조사하고 있는 듯하니 뭔가 정보를 얻겠지요. 그러나 참고 의견이라면, 사건 기록에 적지 않겠다고 굳게 약속해 주시면 나도 말씀드릴 수 있어요."

"약속하고말고요. 부탁하오, 더브 양."

그녀는 몸을 의자에 깊숙이 묻고 날씬한 다리를 흔들며 눈을 크게 떴다.

"미리 말씀드려 두지만, 나는 주인님에게 은혜도 원한도 없어요. 이 댁에서 일하는 것은 알맞은 급료를 받을 수 있기 때문이에요."

"당신처럼 재능과 교양이 있는 여성이 이런 일을 하고 있다니 좀 뜻밖이군요."

"그럼, 내가 회사 사무를 보는 편이 낫다는 말씀인가요? 아니면 관청에 들어가 서류정리라도 하는 편이 좋다는 말씀인가요? 닐 경감님, 나는 그렇게 생각하지 않아요. 지금 내가 하는 것은 훌륭한 일이라고 생각하고 있어요. 집안일을 잘 처리해나가는 사람에게는 아무리 많은 급료를 주어도 좋다고 여겨요. 그만큼 집안일이 중요하다는 것이 내 신념이에요. 그 때문에 나는 뛰어난 하인들을 모으는 데 온 힘을 다 기울이고 있어요. 소개소에 연락하고, 광고를 내고, 응모자를 한 사람 한 사람 면접하는 등 최선의 노력을 다하고 있지요. 우수한 하인을 모으는 것이 내가 할 일이라고 생각하고 있기 때문이에요."

"그런데 당신이 그토록 애써 모아 놓아도 이 댁에 좀처럼 붙어 있지 않는다지요? 그런 소문을 들었소. 손이 모자랄 때는 어떻게 하오?"

메리 더브는 웃음을 지었다.

"그때는 나도 침대 준비며 방청소며 식사준비에서 잔심부름까지 뭐든지 손이 모자라는 곳을 돌보지요. 물론 그런 것을 자랑으로 여기는 건 아니지만, 하인들이 모자랄 때라도 꾸려 나갈 만한 자신은 충분히 있어요. 그러나 손이 모자라는 일은 그리 흔치 않아요. 이 댁은 다행히 부자여서 최고 급료를 주어 가장 우수한 사람들을 모으고 있는 셈이지요."

"흠, 그럼 저 집사도 그렇소?"

"그 사람만은 달라요. 집사 클램프를 두고 있는 것은 클램프 부인이 필요하기 때문이에요. 그 부인의 요리 솜씨는 아무데서나 흔히 구할 수 있는 게 아니거든요. 그야말로 보석 같은 거지요. 그 부인을 붙들어 두기 위해서라면 어떤 희생을 치러도 아깝지 않다고 생각해요. 주인님께서는 식도락가라고 해도 좋을 정도인데, 클램프 부인의 요리는 흠잡을 곳이 없는 듯해요. 그 때문에 나도 비용을 생각지 않고 클램프 부인이 원하는 대로 버터며 달걀이며 크림 등 아주 좋은 재료를 대주고 있지요. 그리고 집사 클램프에게도 나쁜 점만 있는 건 아니에요. 그릇다루는 일이며 심부름을 만족스럽게 잘해내고 있어요. 술광 열쇠는 내가 맡아 가지고 있고 위스키며 진 병에도 특히 주의하고 있으므로 잘못되는 일은 없지요."

"과연 클라이튼 양이라고 할 만하군요."

"어머나, 그건 그렇고, 지금 당신은 내게서 가족들의 인품에 대해 듣고 싶으신 게 아닌가요?"

"괜찮다면······."

"분명히 말씀드리지만 하나같이 모두 싫은 사람들뿐이에요. 돌아가신 포터스큐님은 자기밖에 모르는 사람으로, 누구를 대하든 자기 사업의 번창을 자랑하지 않고는 직성이 풀리지 않는 성미였어요. 태도도 거칠고 거만했지요. 말하자면 처치곤란한 산적 우두머리인 거예요. 부인이신 에딜 마님은 두 번째 아내로 주인님과 서른 살이나 나이차가 있어요. 그때까지는 손톱다듬는 일을 하며 행운이 찾아오기를 기다리고 있었던 듯해요. 아름다운 여자로, 남자분들 말을 빌리면 성적 매력이 풍부한 분이지요."

닐 경감은 그녀의 이야기에 적잖이 놀랐지만 그것을 노골적으로 얼굴에 나타내지는 않았다. 그러나 마음속으로는 이렇게 생각하고 있었다. 메리 더브같이 교양 있는 젊은 여자도 이런 말을 입에 담게 되었으니 세상이 많이 변했구나 하고······.

메리 더브는 닐의 표정 따위에는 아랑곳없이 태연한 얼굴로 말을 이었다.

"에딜 마님의 결혼 목적이 포터스큐님의 재산에 있다는 것은 누구나 다 아는 일이지요. 아드님인 퍼시벌님과 따님인 엘레인 아가씨가 심술궂은 태도를 보이지만 영리한 분이라 무슨 소리를 하든 흘려 버리고 있답니다."

"큰아드님은 어떤 사람이오?"

"퍼시벌님 말인가요? 아씨는 간단히 '벌'이라고 부르고 있는데, 이분은 말만 잘하는 이른바 팔방미인이에요. 하지만 속마음은 계산이 치밀해서 교활한 성격이라고 할 수 있어요. 아버님 비위를 맞추기에 급급하여 무슨 소리를 하든지 '지당하신 말씀입니다'에요. 그러면서도 꾸준히 자기의 희망을 채워 가고 있지요. 이분에게는 하나에서 열까지 모두 돈뿐이어서, 재산이 그분의 모든 것이에요. 따로 집을 가지겠다고 언제나 입버릇처럼 말하면서 언제까지나 여기에 살고 있는 것도 비용을 절약하기 위해서랍니다."

"부인 쪽은?"

"제니퍼 아씨는 온순하기만 할 뿐 그리 머리 좋은 분이 아니에요. 소문에 의하면 결혼하기 전까지 병원에서 간호사로 있었다는데, 퍼시벌님이 폐렴으로 입원해 계실 때 담당 간호사가 된 인연으로 로맨스의 꽃이 피었다더군요. 제니퍼 아씨와 결혼하겠다는 이야기를 들었을 때 주인께서는 몹시 실망했어요. 포터스큐님은 상류 사회를 동경하는 분이었으므로 아드님이 이른바 훌륭한 상대와 결혼하기를 기대했었던 것 같아요. 그래서 주인님은 무슨 일에나 그녀를 업신여기며 냉대했지요. 아씨가 화내는 것도 무리가 아니라고 생각해요. 그 때문에 아씨는 쇼핑과 영화감상으로 마음을 달래지만, 공교롭게도 퍼시벌님이 돈에 대해 시끄럽게 구는 분이라 용돈이 너무 적어 불평만 늘어놓고 있어요."

"따님은 어떤 사람이지요?"

"엘레이느 아가씨 말인가요? 그 아가씨는 가엾은 분이에요. 그리 못생긴 편도 아닌데, 언제나 소녀 그대로며 정신적으로 조금도 어른이 되지 않아요. 운동도 잘하고 걸스카우트며 여자 청년단 등에 들어 훌륭하게 활약하고 있지만 아무래도 어딘지 부족한 곳이 있는 듯해요. 언젠가는 젊은 학교 교사와 연애 문제를 일으켰었지요. 주인님께서 그 교사가 공산주의자라는 것을 알아내 당장 두 사람의 로맨스는 끝장나게 하고 말았어요."

"아버지에게 반항해서 빈털터리가 되더라도 결혼할 만한 용기가 없었던가요?"

"아가씨에게는 용기가 있었지요. 없었던 것은 남자 쪽이었어요. 역시 돈문제 때문이었지요. 엘레이느 아가씨는 남자에게 있어 아무 매력도 없었던 듯해요. 가엾은 여자예요."

"또 다른 사람은?"

"나는 아직 둘째 아드님을 만난 일이 없어요. 미남으로 소문이 자자하지만 몸가짐이 좋지 못한 것으로도 이름높은 분이지요. 예전에 수표를 위조해서 문제를 일으킨 일이 있어요. 이런 일 저런 일로 해서 지금은 동아프리카에 가 있답니다."

"아버지와 사이가 원만하지 못한가요?"

"네. 그러나 아버님 회사의 중역으로 되어 있어서 포터스큐님으로서 생활비를 보내 주지 않을 수 없지만, 요 몇해 동안 편지도 전혀 하지 않는가 봐요. 랜슬럿님이 화제에 오르면 으레 '내 앞에서 그 애 이름을 말하지 마라. 그 앤 내 자식이 아니니까'라고 말씀하셨어요. 하지만……."

"하지만?"

메리는 조용히 말을 이었다.

"포터스큐님은 요즘 들어 기분이 달라져 랜슬럿님을 이곳으로 도로 불러들일 생각이었을지도 몰라요. 내 상상이지만요."

"호, 어째서 그렇게 생각하는 거요?"

"한달쯤 전에 주인님은 퍼시벌님과 크게 다투셨어요. 퍼시벌님이 아버님 몰래 무슨 일을 하고 있었던 듯한데, 그것을 주인님이 알아차리고 크게 성내셨지요. 퍼시벌님도 지금까지처럼 '네, 네' 하며 가만히 있지 않고 말대꾸를 한 것 같아요. 그분도 요즘은 완전히 달라지고 말았어요."

"포터스큐 씨가 달라졌다는 말씀인가요."

"아니오, 퍼시벌님이오. 무슨 걱정거리가 있는지——."

"그럼, 이번에는 하인들 쪽으로 옮겨가 주오. 집사 클램프에 대해서는 이미 들었고, 그밖에 어떤 사람들이 있지요?"

"글래디스 마틴이라는 아가씨가 잔심부름을 하고 있어요. 요즘은 잔심부름꾼이라 하지 않고 '웨이트리스'라고 부르는 듯 하지만요. 그녀는 아래층 담당으로, 식탁 준비며 청소를 하고 식사 때 클램프를 도와 주기도 한답니다. 의젓하고 착한 아가씨지만 머리가 아주 모자라요. 아데노이드(병적비만증) 중세가 있는 타입으로——"

닐 경감은 고개를 끄덕였다.

"하녀 엘런 커티스, 나이든 여자로 성질이 비뚤어져 있지요. 심술사나워 좀 곤란하지만 , 일을 잘해서 허드렛일하는 하녀로서는 보기드문 사람이에요. 그밖에는 임시 고용인들뿐이지요."

"그럼, 이 집에 살고 있는 사람은 지금 당신이 말한 사람들뿐이오?"

"아니오, 램즈보텀님이 계세요."

"어떤 사람이오?"

"주인님의 처형이에요. 첫 부인의 언니시지요. 첫 부인은 포터스큐님보다 훨씬 나이가 위였어요. 그러니 언니는 더 노인이지요. 70살이 넘었을 거예요. 2층에 따로 방을 가지고 손수 식사 준비며 자신의 일을 하고 계세요. 하녀는 다만 방청소를 할 뿐이지요. 성질이 까다롭고 유별난데다 포터스큐님과는 전혀 뜻이 맞지 않아요. 하지만 첫 부인이 살아 계실 때 이리로 옮겨 온 뒤로 완전히 눌러앉아 움직이려고 하지 않는답니다. 주인님께서도 그리 여러 말 하지 않고 그대로 두고 있지요. 아무튼 색다른 분이에요."

"그것으로 모두요?"

"네, 그래요."

"그럼 마지막으로 당신 자신에 대해 들어 볼까요, 더브 양."

"어떤 것을 듣고 싶으세요? 나는 고아예요. 세인트 앨프리드 비서 학교를 마치고 속기 타이피스트로 취직했었지요. 하지만 곧 그곳을 그만두고 다음 회사를 옮겼지만 또 곧 그만두고 다른 곳으로 직장을 옮기게 되었어요. 그 결과 직업 선택을 잘못한 것을 깨닫게 되어 지금 하는 일로 바꾸었답니다. 그동안 직장을 세 번 바꾸었는데 오래 있었던 게 18개월, 짧은 경우는 1년밖에 계속하지 못했어요. 하지만 이 수송장으로 오고 나서는 벌써 1년쯤 돼요. 지금까지의 직장 이름과 주소록은 나중에 타이프해서 보내 드리겠어요. 그 경사님——헤이 씨라고 하셨지요?——앞으로 보내면 되나요?"

"괜찮소, 더브 양."

닐 경감은 잠시 입을 다물고 언제나처럼 더브 양이 포터스큐의 아침식사에 독을 넣고 있는 모습을 눈앞에 그려보았다. 작은 광주리를 들고 수송나무에서 그 열매를 따고 있는 것도 상상해 보았다.

이윽고 한숨을 내쉬며 문득 현실로 돌아와서 그는 물었다.

"그러면 잔심부름 하녀, 글래디스였던가요? 그 아가씨와 허드렛일 하는 하녀 엘런을 만나 보겠소."

그리고 그는 일어나려다가 덧붙였다.

"더브 양, 온 김에 당신 의견을 듣고 싶은 일이 있소. 포터스큐 씨의 포켓에 곡식알이 들어 있었소. 여기에 대체 어떤 의미가 있을까요?"

메리 더브는 깜짝 놀란 듯 그의 얼굴을 바라보았다.

"곡식알?"

"그렇소, 곡식알이오. 뭔가 짚이는 바가 없소?"

"없는데요."

"포터스큐 씨의 옷시중은 누가 늘 드오?"

"클램프예요."

"흠……그런데 포터스큐 부처는 침실을 함께 쓰겠지요?"

"네, 하지만 거실과 욕실은 저마다 따로 가지고 계세요."

메리 더브는 흘끗 손목시계를 보았다.

"이제 마님께서 돌아오실 시간이라고 생각되는데요."

경감은 일어서며 말했다.

"한 가지만 더 들어 둘까요. 나로서는 도무지 납득가지 않는 데 부인이 나가신 곳 말이오. 하기야 골프 코스가 이 가까이에 셋이나 있소만, 그렇더라도 어느 곳이나 다 집 가까이 있으니 벌써 연락이 되어 있어야 할 것 같은데요?"

메리 더브는 쌀쌀맞게 말했다.

"경감님, 그건 조금도 이상할 게 없어요. 골프 코스에 가셨는지 어떤지 우리는 알 수 없으니까요."

경감은 계속 날카롭게 물었다.

"분명히 골프치러 나갔다고 들었는데요?"

"골프채를 가지고 나가시며 골프 코스에 간다고 말씀했을 뿐이에요. 마님이 직접 자동차를 몰고 가셨으므로 간 곳까지는 알지 못해요."

경감은 찌를 듯한 눈길로 그녀를 바라보며 그 말뜻을 헤아려 보았다.

"그럼, 이를테면 그 골프의 상대는 누구요?"

"아마 비비언 뒤보어 씨일 거라고 생각돼요."

"흠."

그리고 닐 경감은 화제를 바꾸었다.

"그럼, 글래디스를 불러 주시오. 매우 겁에 질려 있을 테니 좀 달랜 뒤에 보내시오."

메리는 문쪽으로 가더니 그 앞에서 잠시 머뭇거렸다.

"부디 지금 내가 드린 말씀을 너무 깊이 생각하지 마세요. 돼먹지 못한 소리만 늘어놓다니, 나는 정말 덜된 여자예요."

그녀는 방을 나갔다.

닐 경감은 닫힌 문을 바라보며 고개를 갸웃거렸다. 선의에서인지 악의에서인지는 알 수 없으나, 그녀가 지금 말한 것은 크게 참고가 되었다.

만일 렉스 포터스큐의 죽음이 계획적인 살인이라고 한다면, 아니 어느 모로 보나 고의적인 살해임에 틀림없으므로 수송장의 무대 장치는 제대로 갖춰 있는 셈이다.

동기에 동기가 겹쳐 있어 범죄 장면으로는 완벽한 상태인 것이다.


## 나는 아니에요

마지못해 방으로 들어온 것은 겁에 질린 얼굴을 한 못생긴 시골아가씨였다. 키가 제법 크고 붉은 포도주 빛깔의 깔끔한 옷을 입었는데도 일부러 볼품없이 아무렇게나 입은 듯한 인상을 주었다.

그 아가씨는 방으로 들어오자 곧 애원하는 눈길로 경감을 바라보며 둑이 터진 듯한 기세로 말하기 시작했다.

"내가 한 게 아니에요. 정말 나는 아무 짓도 안했어요!"

닐 경감은 상냥하게 말했다.

"아, 알고 있어."

목소리의 울림까지 밝고 부드러워져 있었다. 어떻게든 이 겁에 질린 토끼를 안심시키려고 애쓰고 있는 게 틀림없었다.

"자, 거기에 앉아. 걱정하지 않아도 돼. 다만 오늘 아침 식사 때의 이야기를 듣고 싶은 것뿐이니까."

"하지만 나는 아무 짓도 하지 않았는걸요."

"그건 알고 있어. 하지만 너는 식탁 준비를 했겠지?"

"네, 그건 내 일이니까요."

이 대답도 추궁받고서야 비로소 털어놓는 것 같은 말투였다. 마치 죄인이 자신의 죄에 떨고 있는 것 같았는데, 다행히 닐 경감은 이러한 여자를 다루는 데 익숙했으므로 이 어린 아가씨의 마음을 가라앉히는 데도 그만큼 자신을 가지고 있었다.

그래도 충분히 신경써 가며 소탈한 태도로 질문을 계속했다.

누가 맨 처음 식당으로 내려왔는가? 그 다음에 내려온 사람은?

오늘 아침 맨 먼저 식당에 모습을 나타낸 것은 엘레인 포터스큐였다. 마침 클램프가 커피포트를 가지고 식당으로 들어온 것과 같은 때였다. 그 다음에는 포터스큐 부인이 내려왔다. 그리고 퍼시벌 부인, 마지막으로는 주인이 등장했다.

식사는 저마다 직접 들게 되어 있어 심부름꾼의 손을 빌리지 않았다. 홍차와 커피, 그리고 그릇 같은 것도 필요한 대로 모두다 옆의 찬장에 갖춰져 있었다.

결국 그녀로부터는 닐이 이미 알고 있는 사실 말고는 아무것도 중요한 정보를 얻어내지 못했다. 식사도 마실 것도 메리 더브로부터 들은 그대로로 포터스큐 부부와 엘레인은 커피를 마시고 퍼시벌 부인은 홍차를 마셨다고 한다. 모든 것이 여느 아침의 습관대로였다.

식사 이야기가 끝나고 질문이 그녀 자신에게로 옮아가자 이번에는 그녀도 막힘없이 대답하기 시작했다.

그녀는 맨 처음 하녀로 출발해서 그 뒤 몇 집인가 술집으로 옮겨다닌 끝에 다시 하녀로 있고 싶어서 올 가을 수송장에 고용되었다. 그러므로 이곳에 온 지 아직 석 달밖에 안 된 셈이었다.

"만족하고 있니?"

"좋은 집이라고 여겨요. 일도 그리 힘들지 않고요. 다만 자유시간이 너무 적은 것이 유감스럽지만요."

"그래 그럼 이번에는 다른 것을 묻겠는데, 주인 어른의 옷을 손질하는 일은 누가 맡고 있지?"

글래디스는 시무룩한 표정을 지었다.

"본디는 클램프 씨의 일이에요. 하지만 모두 나에게 떠맡겨 버려요."

"오늘 포터스큐 씨가 입고 있었던 옷은 누가 손질하고 다림질했느냐?"

"어떤 옷을 입으셨는지 모르겠는데요. 즐겨 입으시는 옷이 여러 벌 있으니까요."

"아, 그건 곤란한데. 지금까지 포터스큐 씨의 포켓에 곡식알이 들어 있는 것을 본 적 있니?"

그러자 글래디스는 이상한 듯한 표정을 지었다.

"곡식알이라니요?"

"호밀, 정확히 말하면 호밀알이야."

"호밀? 저 빵 만드는 밀 말인가요? 검은 빵 말이에요. 그 빵은 그리 맛이 없어요."

"그래, 검은 빵 만드는 거지. 그 호밀알이 포터스큐 씨의 포켓에서 나왔어."

"주인님의 포켓에서요?"

"그래. 왜 그런 것이 주머니에 들어 있었는지 짐작할 수 있겠니?"

"그런 걸 내가 어떻게 알아요. 지금까지 그런 건 한 번도 들어 있지 않았는걸요."

글래디스로부터는 더 이상 얻어들을 수 없었다. 닐 경감으로서는 그녀가 아직 뭔가를 더 알고 있는 듯이 여겨졌지만, 그녀는 이상하게 입이 무거웠다. 아마 시골 아가씨에게는 경찰이 굉장히 무섭게 생각되어 견딜 수 없는 것이리라.

이쯤으로 끝내고 돌아가도 좋다고 말하자, 이번에는 글래디스 쪽에서 물어왔다.

"정말 주인님이 돌아가셨나요?"

"그래, 돌아가셨어."

"너무 뜻밖이에요. 방금 회사에서 전화가 걸려와 갑자기 발작을 일으켰다고 들었을 뿐인데요."

"그렇지. 정말 갑작스러운 일이었어."

글래디스는 말을 이었다.

"내가 아는 여자 아이 가운데에도 자주 발작을 일으키는 아이가 있었어요. 그 애가 곧잘 발작을 일으키곤 하여 그때마다 나는 깜짝 놀랐었어요."

지금의 그녀로서는 그때의 기억 쪽이 훨씬 중대하게 여겨지는 듯했다.

이윽고 닐 경감은 조리실 쪽으로 갔다.

여기에서의 심문은 아주 간단히 끝났지만, 무척 특이했다. 나타난 상대는 무서울 만큼 디룩디룩 살찐 얼굴빛이 붉고 몸집이 큰 여자였는데, 밀가루 방망이를 한손에 들고 마치 싸움이라도 할 듯이 경감 옆으로 다가왔다.

"경찰분이시라고요? 나는 아무것도 아는 게 없어요. 이야기 할 게 뭐 있겠어요? 오늘 아침 식당에 가져간 것은 날마다 아침에 먹는 정해진 음식뿐으로 아무것도 색다른 게 없었으니까요. 내가 주인님께 독이 들어 있는 음식을 드리기라도 했다는 말인가요? 당치도 않아요! 그런 말을 한다면 경찰이든 누구든 가만히 두지 않겠어요. 이 집에 상한 음식 같은 걸 내놓는 그런 얼빠진 사람은 없어요!"

몹시 화나 있는 이 요리사의 기분을 가라앉히는 데는 닐 경감의 솜씨로도 꽤 오랜 시간이 걸렸다.

헤이 경사는 옆에서 빙글빙글 웃으며 바라보고 있었다. 그도 역시 닐 경감이 나타나기 전까지 클램프 부인의 호된 공격에 쩔쩔매고 있었을 게 틀림없다.

마침 그때 전화벨이 울렸다. 닐 경감은 그 자리에서 풀려나 한숨돌린 듯 조리실 밖으로 나왔다.

메리 더브가 전화를 받으면서 줄곧 메모하고 있었다. 경감의 모습을 보고 그녀가 말했다.

"전보예요."

전화가 끝났다. 그녀는 수화기를 내려놓더니 경감에게 메모를 건네주었다. 발신지는 파리였으며 전보 내용은 다음과 같았다.

서리 주, 베이든 히스, 수송장, 포터스큐 귀하
내일 저녁 도착. 만찬에 로스트비프를 부탁.

랜슬럿

닐 경감은 눈썹을 치켜올렸다.
"마침내 방탕스러운 아드님의 귀가인가!"

## 랜슬럿

렉스 포터스큐가 마지막 차를 마시고 있었던 시각에 랜슬럿 포터스큐와 그의 아내는 샹젤리제의 가로 밑 의자에 앉아 오가는 사람들을 바라보고 있었다.

"음? 나의 아버지 말이오? 어떤 사람이냐고 물어도 좀 설명하기 어렵소. 나는 특히 설명이 서투른 편이니까. 대체 어떤 것을 듣고 싶은 거요? 한 마디로 간단히 말하면 아버지는 다루기 어려운 비뚤어진 성격이오. 하지만 당신은 그런 일을 염려할 필요없소. 결국 당신도 익숙해지지 않으면 안 될 테니까."

패트리시어가 말했다.

"그건 그래요. 당신 말대로 나도 그런 생활에 익숙해질 필요가 있어요."

패트리시어의 목소리에는 쓸쓸한 체념이 느껴졌다. 이 세상의 현실이란 너무도 우스꽝스럽고 너무도 비뚤어져 있다는 것이 지금까지 불행한 일만 겪어 온 그녀의 절실한 마음이리라.

패트리시어는 미인이라고까지 할 수는 없지만 늘씬한 다리에 키가 크고 싱싱한 매력과 따뜻한 인품을 지니고 있었다. 발랄한 동작, 보기좋게 반짝이는 갈색 머리칼, 오랫동안 경마 말을 손수 다루어 왔기 때문인지 그녀 자신의 자태까지도 서러브렛(영국말에 아라비아 말을 교배시킨 경마용 말)처럼 탄력 있고 아름다웠다.

패트리시어는 경마계의 부정에 대해서라면 속속들이 알고 있었다. 그런데 이제 경제계의 비뚤어진 이면까지도 눈을 뜨게 된 것이다.

새로 패트리시어의 시아버지가 된 사나이는 세상에서는 청렴결백의 모범으로 여겨지고 있지만, 뒤로는 이른바 요령 좋은 방법으로 법률의 눈을 피해 돈을 그러모으고 있는 게 틀림없었다. 뿐만 아니라 그것이 이 사회에서 살아가는 유일한 길인 듯했다.

패트리시어가 사랑하는 랜슬럿은 일찍이 그 링에서 벗어났기 때문에 다행스럽게도 이른바 성공한 실업가들에게는 한 조각도 남아 있지 않은 염치라는 것을 아직도 지니고 있을 수 있게 된 것이다.

"나는 아버지에 대해 사기꾼이니 협잡꾼이니 말하고 싶지는 않소. 그러나 그러한 일도 하려고 들면 할 수 있는 사람이오."

"솔직히 말해서 나는 그런 사람이 아주 싫어요. 그러니 아버님과 함께 살게 되면 싫다고 생각할 때가 가끔 있을지도 모르겠어요. 하지만 당신은 아버님이 좋은가 보지요."

그것은 질문이 아니었다. 단정이었다.

랜슬럿은 잠시 생각에 잠겨 있더니 갑자기 깜짝 놀란 듯한 목소리로 말했다.

"당신도 그렇게 생각하오? 사실 나는 아버지가 좋소."

패트리시어는 미소지었다. 사나이도 귀여운 듯이 그녀를 가만히 지켜보았다. 얼마나 귀여운 여자인가! 이 여자를 위해서라면 모든 것을 바쳐도 후회하지 않겠다.

"나는 런던으로 돌아가는 게 정말 싫소. 도시 생활은 내게 맞지 않거든. 나는 본디 산과 들을 뛰어다니며 살아야 할 사람이오. 그러나 때로는 도시에 살지 않으면 안 될 경우도 생기게 되겠지. 그때는 당신이 있음으로써 구원될 거요. 당신과 함께라면 아무리 삭막한 도시 생활이라도 즐겁게 여겨질 게 틀림없소. 그리고 아버지의 노여움이 풀어진 이상 한시 빨리 합칠 필요가 있소. 아버지의 편지를 받았을 때 나는 정말 놀랐소…….

아마 퍼시벌이 뭔가 실수를 저지른 것 같소. 형님은 좋은 사람이지만, 가끔 잔재주를 부리기 때문에 실패하지. 알겠소, 당신? 다시 한번 말해 두지만, 퍼시벌은 천성이 교활한 사람이니 주의해야하오."

"당신 이야기를 들으니 나는 도저히 형님이 좋아질 것 같지 않아요."

"형님과 나는 옛날부터 마음이 맞지 않았소. 그럴 수밖에 없었지. 나는 돈을 소중히 간직해 두지 못하는 성질이고 형님은 한 푼 두 푼 모아 두는 사람이니까. 또 나는 평판이 좋지 못한 무리들과 어울려 다녔지만 형님은 이용 가치 있는 친구 말고는 교제하지 않거든. 정말 우리 둘은 극단적이었소. 나는 형님을 딱하게 생각하고 있소. 형님은 나를 미워하고 있소. 그 까닭은 아직도 확실히 알 수 없지만 말이오."

"알 수 있잖아요, 그런 건——."

"알겠소? 당신은 머리가 좋으니까. 그리고 나는 전부터 이런 의혹을 가지고 있었소. 내가 문제를 일으킨 그 수표 문제도 형님이 꾸민 게 아닐까 하고. 나는 수표를 위조한 기억이 전혀 없소. 정말 이상한 이야기요. 내가 돈을 속이려 했다면 그런 바보 같은 흉내를 낼 리 없잖소. 입금된 것은 내 계좌이므로 언젠가 밝혀져 현금으로 고스란히 돌려주어야만 할 테니 말이오. 그래서 확실한 근거가 있는 건 아니지만, 그 수표는 퍼시벌의 짓이 아닌가 하는 생각이 자꾸 드오."

"하지만 그건 형님에게 있어 아무 이득도 없는 일이에요. 수표가 넣어진 것은 당신 계좌니까요."

"그건 그렇소. 어떻게 된 것인지 상식적으로는 생각할 수 없는 일이오."

패트리시어는 날카롭게 그를 보았다.

"당신 생각으로는, 형님이 당신을 회사에서 내쫓기 위해 일부러 꾸민 일이라고 말하고 싶은 게 아닌가요?"

"그렇지 않을까 하는 생각이 드오. 뭐, 아무래도 좋소. 좋지 못한 이야기는 이 정도로 그만둡시다. 그보다도 내가 갑자기 귀국하게 되면 형님이 어떤 얼굴을 할지 모르겠소. 자칫하면 그 구즈베리 열매 같은 파란 눈이 놀라는 순간 튀어나올지도 모르오!"

"형님은 우리들의 귀국을 알고 있나요?"

"모르더라도 그리 놀랄 건 없소. 아버지는 언제나 기분 내키는 대로 행동하는 성미니까."

"형님이 아버지의 기분을 상하게 했다면, 대체 어떤 사건이 있었던 걸까요?"

"나도 그걸 알고 싶소. 뭔가 아버지가 얼굴빛을 달리하며 화낼 만한 짓을 저지른 것만은 틀림없는데——."

"아버지의 첫 편지를 받은 게 언제였지요?"

"넉 달 전인가——그래, 다섯 달쯤 전이었소. 간단한 편지였는데 화해의 뜻이 뚜렷이 나타나 있었소. '퍼시벌이 하는 일은 여러 가지 점에서 내 마음에 들지 않는다. 어떠냐, 내 일을 같이하지 않겠니? 너도 제멋대로 하고 싶은 짓을 실컷 했을 테니 이제는 그럭저럭 마음잡아도 좋을 때다'느니 '나를 도와주면 그만한 보수는 주겠다'고 씌어 있었소. 당신에 대해서도 이야기했지. 그러한 신분의 부인이라면 아버지는 언제라도 환영한다는 거요. 내가 당신 같은 상류 부인과 결혼한 것이 아버지 마음을 누그러뜨리게 한 원인의 하나일 거요."

패트리시어는 기쁜 듯이 웃었다.

"이상하군요. 나 같은 여자는 귀족이긴 해도……말하자면 패잔자인데요."

"패잔자라는 레테르는 그리 오래 따라붙어 다니는 게 아니오. 그러나 귀족이라는 레테르는 움직일 수 없는 사실이지. 형님 부인을 당신에게 보여주고 싶소. 아무리 봐도 우체국에나 앉혀 두는 게 알맞을 것 같은 여자요."

이번에는 그녀도 웃지 않았다. 앞으로 함께 지내야 할 가족들을 줄곧 머리 속으로 그려보고 있는 듯했다.

"그리고 누이동생은?"

"엘레이느? 그 애는 착한 소녀요. 내가 집을 뛰쳐나올 때는 아직 어린아이였소. 진지하고 모든 일에 열심인 소녀. 하지만 지금은 아주 컸겠지."

"편지는 한 번도 온 일 없었지요?"

"주소를 가르쳐 주지 않았기 때문이오. 그러나 어찌 되었든 편지 같은 건 하지 않았을지도 모르오. 우리 집은 이상하게도 그런 정다운 일을 하지 않는 습관이니까."

"이상하군요."

랜슬럿은 재빨리 그녀에게로 눈길을 보냈다.

"당신은 우리 가족들 소문을 듣고 있었겠지? 하지만 마음쓸 것 없소. 나는 그들과 살 생각이 조금도 없으니까. 따로 작은 집을 가지고 말이며 개며 당신이 좋아하는 것들을 기르면서 살아갈 작정이오."

"그래도 일을 해야 하잖아요?"

"그건 나만의 일이오. 낮에는 바쁘게 돌아다녀야겠지만, 그러나 걱정할 필요없소. 런던 가까운 곳에 한적한 전원 취미가 넘쳐흐르는 곳이 있을 테니까. 일이 끝나면 곧 돌아올 수 있는 곳 말이오. 다만 요즘 들어 어쩐지 나는 사업 의욕이 솟아오르고 있는 것 같소. 이 몸 속에 흐르는 피 때문이라고 여겨지오. 아버지를 닮았든 어머니를 닮았든 나는 당연히 그렇게 될 경향이 있소."

"어머님을 기억하고 계신가요?"

"내 기억에 남아 있는 어머니는 아주 늙은 느낌이오. 실제로 늙어 있었지. 엘레이느가 태어났을 때 이미 거의 50살에 가까웠으니까. 언제나 훌륭한 옷차림으로 소파에 누워 나에게 기사 이야기를 되풀이해 읽어 주셨지. 언제나 비슷한 것뿐이어서 나는 완전히 싫증나고 말았지만. 특히 테니슨의 〈아서 왕 이야기〉 같은 건 몇 번이나 들었는지 모르오. 그러나 지금 생각하면 나는 역시 그 어머니가 좋았던 것 같소……. 어머니는 그리 특징이 없는 분이라 지금은 완전히 기억 속에서 사라져 가고 있지만, 확실히 나는 어머니가 좋았소."

패트리시어는 나무라는 듯한 눈길로 말했다.

"당신은 누구든 좋아하게 되는 성질이에요!"

랜슬럿은 그녀의 팔을 꽉 잡으며 말했다.

"내가 정말로 좋아하게 된 사람은 당신뿐이오."


## 에딜

닐 경감은 전보문을 받아 쓴 메모지를 손에 든 채 아직 우뚝 서 있었다. 바깥에서 자동차 소리가 들리더니 거칠게 브레이크를 걸어 멈추는 소리가 났다.

메리 더브가 말했다.

"틀림없이 마님일 거예요."

닐 경감은 현관으로 급히 갔다. 그는 메리 더브가 눈에 띄지 않도록 안으로 모습을 감추는 것을 알아차렸다.

닐은 생각했다.

'아마 그녀는 앞으로 일어나게 될 일을 보고 싶지 않은가 보다. 꽤 치밀한 생각이지만, 또 굉장히 호기심이 모자라는 여자이기도 하다. 흔히 여자들이란 무슨 수를 써서라도 이런 장면을 보고 싶어하기 마련인데.'

현관 가까이 이르자 경감보다 먼저 집사 클램프가 홀 쪽에서 달려 나왔다. 그도 역시 자동차 소리를 들은 듯했다.

자동차는 롤즈 벤트리의 쿠페. 안에서 두 남녀가 내려 집 쪽으로 걸어왔다. 현관문은 집사가 열었다.

에딜 포터스큐는 현관으로 들어서다가 닐 경감의 모습을 보고 깜짝 놀란 모습으로 멈춰 섰다.

에딜 포터스큐는 글자 그대로 뛰어나게 아름다웠다. 닐 경감은 아까 메리 더브로부터 노골적인 비평을 듣고 적잖이 놀랐었는데, 지금 직접 그녀를 눈앞에 대하니 메리 더브는 결코 빗나간 말을 한 게 아니었다.

에딜 포터스큐는 성적 매력, 바로 그 자체였다. 얼굴 모습은 글로브너와 닮아 보였으나, 글로브너에게는 성적 매력과 함께 고상함이 깃들여 있었다. 그러나 에딜 부인의 경우는 철두철미 성적 매력으로 가득 차 있었다. 그녀의 그것은 노골적이었다. 어렴풋한 성적 매력이라는 미적지근한 것이 아니라 노골적으로 이렇게 말하고 있는 것이다.

"자, 보세요, 나는 여자예요! 좋지요? 여자란 말이에요!"

에딜 포터스큐의 말하는 모습, 움직이는 태도——아니, 그녀가 내뿜는 숨결까지도 섹스 그것이었다. 그러나 주의깊은 사람이 찬찬히 그녀의 눈을 들여다본다면, 아마도 이 여자는 과연 남자를 좋아하지만 그보다 더 좋아하는 것은 돈이라는 사실을 알 수 있을 것이다.

다음에 닐의 눈은 그녀의 골프채를 들고 뒤에 서 있는 사나이에게로 옮겨졌다. 부잣집에 남편은 늙고 부인이 훨씬 나이 젊을 경우 언제나 등장하기 마련인 타입이었다.

아마도 이 사나이가 비비언 뒤보어일 것이다. 언뜻 보기에는 남성미가 풍부한 것 같지만, 벗겨 놓고 보면 뜻밖에도 겉보기와는 달리 대단치 않을 것 같았다. 이른바 여자 다루는 기술을 잘 아는 무리 가운데 한 사람일 것이다.

"포터스큐 부인이신가요?"

그녀는 푸른 눈을 크게 떴다.

"네. 그런데 나는 당신을……"

"닐 경감입니다. 유감스러운 소식을 알려 드리려고 왔습니다."

"우리 집에 도둑이나 뭐……"

"아니 그런 게 아닙니다, 부인. 주인께서 오늘 아침 갑자기 몸이 좋지 않으셔서……"

"렉스가! 갑자기 아프다고요?"

"11시 30분쯤부터 부인께 알려 드리려고 찾아다녔습니다만……"

"렉스는 지금 어디 있지요? 집으로 돌아왔나요? 아니면 어디 병원에?"

"세인트 주드 병원입니다. 그러나 마음을 단단히 가지시도록 부탁 드리고 싶습니다만……"

"그럼, 혹시 저 ……돌아가신 게……"

그녀는 비틀거리며 경감의 손에 매달렸다.

닐 경감은 무대 위 배우의 연기를 보고 있는 것 같아 못마땅한 생각이 들었지만, 그래도 얼른 그녀의 몸을 부축했다.

클램프가 안절부절못하며 말했다.

"정신차리시도록 브랜디를 가져올까요?"

뒤보어의 낮은 목소리가 울렸다.

"그게 좋겠소. 곧 가져오시오."

그리고 그는 경감에게 물었다.

"이쪽 방이 좋겠지요?"

왼쪽 문을 열고 세 사람은 안으로 들어갔다. 경감과 에딜 포터스큐, 그리고 비비언 뒤보어——클램프는 나중에 병과 글라스를 가지고 들어왔다.

에딜 포터스큐는 안락의자에 누워 한 손으로 눈을 가리고 있었다. 다른 한 손으로 경감이 내미는 글라스를 받아 들어 조금 맛보더니 금방 되돌려주며 말했다.

"필요없어요, 이제 괜찮아요. 현기증이 났을 뿐이에요. 그런데 렉스는 어떻게 된 거지요?"

"주인께서는 현기증 정도가 아니었습니다."

뒤보어가 물었다.

"당신은 분명 경감이라고 하셨지요?"

닐은 그를 돌아보며 상냥한 목소리로 대답했다.

"경찰국의 닐 경감입니다."

비비언 뒤보어의 검은 눈동자에 경계의 빛이 뚜렷이 떠올랐다. 이 사나이는 경관이 여기에 나타난 것을 분명히 좋아하지 않는 듯했다.

비비언 뒤보어는 슬금슬금 문 쪽으로 뒷걸음치며 물었다.

"무슨 일이 일어났는지요? 뭔가 수상한 점이라도 있습니까?"

그러자 닐 경감은 흘끗 그 모습을 바라보며 포터스큐 부인을 향해 말했다.

"정말 미안하게 생각합니다, 부인. 단순한 절차상의 일입니다만, 검시 심문을 하게 될지도 모르니 미리 양해를 바라겠습니다."

"검시 심문이라고요?"

"정말 유감스러운 일입니다만 어쩔 도리가 없습니다. 그리고 덧붙여 묻겠는데, 포터스큐 씨가 오늘 아침 회사에 출근하기 전 식사로서 어떤 것을 드셨는지 되도록 자세하게 들려주시면 크게 참고가 되겠습니다."

"그럼, 그이가 독 때문에 돌아가셨다고 생각하시는 건가요?"

"그렇다고 생각됩니다."

"믿어지지 않아요, 그런 일이, 음식물 중독일까요?"

에딜 포터스큐 부인의 목소리는 점점 무겁게 가라앉아 갔다. 닐 경감은 얼굴 근육 하나 까닥하지 않고 여전히 조용한 목소리로 말을 이었다.

"그럼, 부인, 돌아가신 원인에 대해 달리 짐작가는 바가 있습니까?"

부인은 경감의 반문 같은 건 무시하고 얼른 덧붙였다.

"하지만 우리는 모두 보시다시피 아무 이상 없는데요."

"가족 모두 이상이 없다는 말씀이시군요?"

"네, 물론 그래요."

그때 뒤보어는 손목시계를 보는 척하며 이렇게 말했다.

"나는 그만 가봐야겠습니다, 포터스큐 부인. 이만 실례하겠습니다. 기분은 이제 좋아졌습니까? 하녀를 부를까요? 그리고 그 더브 양도."

"어머나, 가면 안 돼요, 비비언, 돌아가지 말아요!"

마치 어리광이라도 부리는 것 같았다. 뒤보어는 경감 앞이라 더욱 수줍어하며 한층 더 빠져나갈 필요를 느낀 듯이 보였다.

"하지만 안됩니다. 약속이 있어서요, 더욱이 중대한 볼일이거든요. 그럼 경감님, 도미 하우스에 있을 테니 볼일이 있으면 불러 주십시오."

닐 경감은 고개를 끄덕였다. 뒤보어를 붙잡아 둘 생각은 처음부터 없었다. 그러나 그 태도에서 뒤보어가 이렇듯 당황해서 급히 돌아가지 않을 수 없는 어떤 '뒤가 켕기는 일'에 쫓기고 있는 기분을 알 수 있었다.

에딜 포터스큐 부인도 남자의 거북스러운 기분을 알아차린 듯 화제를 바꾸었다.

"돌아오자마자 느닷없이 경찰국 손님이 기다리고 있어서 정말 놀랐어요."

"그러시겠지요. 무리도 아닙니다. 그러나 우리로서는 오늘 아침 주인께서 드신 음식과 커피와 홍차 같은 것을 한시라도 빨리 조사할 필요가 있어서요."

"커피와 홍차라고요? 하지만 그런 것으로는 중독될 리 없어요. 나는 베이컨 때문이 아닌가 생각해요. 지금까지도 상하지 않았나 하고 여겨질 때가 자주 있었거든요."

"조사하면 알게 될 일입니다. 부디 걱정 마십시오. 뜻밖으로 생각되는 것에 독이 들어 있기 마련이지요. 디기탈리스를 고추냉이 같은 것으로 잘못 알고 먹어서 중독된 예도 흔히 있으니까요."

"우리 집에서도 그런 실수가 일어난 것일까요?"

"검시 뒤라면 확실한 것을 말씀드릴 수 있겠지만……."

에딜 부인은 부르르 몸을 떨었다.

"정말 검시를 하는 건가요?"

경감이 계속해서 말했다.

"저택 둘레에 수송나무가 많이 있군요. 저 열매가 잘못해서 차 속이나 어디에 섞이는 일은 생각할 수 없을까요?"

경감은 에딜 부인의 눈을 들여다보듯 하고 있었다. 부인도 역시 경감을 마주보았다.

"수송나무 열매라고요? 거기에 독이 들어 있나요?"

"아이들이 잘못 먹고 죽은 일도 있습니다."

에딜은 두 손으로 머리를 감싸 쥐었다.

"이제 그 이야기는 그만해요! 가서 쉬도록 해줘요. 괜찮겠지요? 뒤처리는 퍼시벌 씨가 해줄 거예요. 나는 도저히, 나는 할 수 없어요, 당신도 무리라고 여기지 않으세요?"

"우리는 퍼시벌 포터스큐 씨에게 곧 연락을 취했습니다. 그런데 공교롭게도 북부로 여행중이라서……"

"네, 그래요. 깜박 잊고 있었군요."

"또 한 가지 묻고 싶은 게 있습니다. 주인의 윗옷 주머니에 곡식알이 들어 있었는데, 무엇 때문인지 부인께서 혹시 아십니까?"

에딜 부인은 머리를 가로저었다. 그리고 경감의 말에 더욱더 당혹한 빛을 떠올리며 대답했다.

"참으로 이상한 것이 다 들어 있었군요. 누군가가 장난으로 넣어둔 게 아닐까요?"

"그것이 대체 무슨 장난이 되는 걸까요?"

닐 경감은 사실 그것이 장난이 되는 까닭을 알 수가 없었다. 경감은 말을 이었다.

"우선 묻고 싶은 것은 이것뿐입니다. 하녀를 방으로 보내 드릴까요? 아니면 더브 양을 부를까요?"

경감의 말에 에딜 부인은 깜짝 놀란 듯 소리질렀다.

"네? 뭐라고 하셨지요?"

멍하니 생각에 잠겨 있었으므로 경감의 말이 귀에 들리지 않았던 것이다. 에딜 부인은 무엇을 그토록 골똘히 생각하고 있었을까?

그녀는 핸드백을 열어 손수건을 꺼냈다. 그리고 떨리는 목소리로 말했다.

"무서운 일이에요. 겨우 그것을 알기 시작했어요. 지금까지 너무 갑작스러운 일이라 그저 얼떨떨해 있었지요. 가엾은 렉스!"

에딜 부인은 갑자기 울기 시작했다. 진심으로 울고 있는 것 같았다. 닐 경감도 얻어맞은 것 같은 기분이 되어 잠시 동안 그 모습을 내려다보고 있었다.

"정말 갑작스러운 일입니다. 자, 부인, 쉬시지요. 누군가 하녀를 불러오겠습니다."

닐 경감은 문을 열고 밖으로 나갔다. 그러나 복도로 나가자 곧 멈춰 서서 가만히 방안을 돌아보았다.

에딜 포터스큐 부인은 아직도 손수건을 눈에 대고 있었다. 그러나 손수건은 입 언저리까지 덮여 있지 않았다. 입술에 희미하게 미소가 감돌고 있었다.

## 슬픔의 눈물

1

헤이 경사가 보고하러 나타났다.

"조사 자료는 모두 갖춰졌습니다. 마멀레이드, 햄 그리고 홍차와 커피와 설탕, 모두 손에 넣었습니다. 오늘 아침 끓여낸 커피는 말끔히 씻어내 버렸으나, 그래도 필요한 것은 손에 넣었습니다. 까닭인즉 하인들은 언제나 몰래 훨씬 많은 커피를 만들어 자기들 식사 때 마시고 있었던 겁니다. 이것을 조사해 보도록 수배해 두었지요. 어떻습니까, 좋은 곳을 짚었지요, 경감님?"

"음, 아주 잘했네. 만일 커피에 독이 들어 있었다고 한다면 커피포트가 아니라 포터스큐 씨의 찻잔에 넣었다는 결론이 되는 셈이로군."

"그렇습니다. 그리고 저택 안에 수송나무 열매나 잎이 떨어져 있지 않은가 세심히 찾아보았습니다만, 그런 것은 눈에 띄지 않았습니다. 그건 그렇고, 포켓 속의 호밀——그것은 정말 이상한데요. 미친 짓 같습니다. 색다른 사람들 가운데 무엇이든 날것으로 먹지 않으면 안 된다고 난 체하며 떠들어대는 자들이 흔히 있지요. 나의 매부가 그런 종류의 사람인데 날인삼이며 날콩, 날순무, 무엇이든 날것 그대로 먹는답니다. 하지만 그런 사람들도 날호밀을 먹지는 않아요. 그것을 날것으로 먹으면 뱃속에서 불어나 도저히 견뎌낼 수 없을 테니까요."

그때 전화벨이 울렸다. 헤이 경사는 눈짓해 보이고 뛰어갔다. 닐 경감도 그 뒤를 따랐다.

전화는 경찰국에서 온 것이었다. 퍼시벌 포터스큐와 연락이 닿은 듯 그는 지금 런던으로 급히 돌아오고 있는 중이라고 했다.

경감이 수화기를 내려놓았을 때 현관에 자동차가 멈춰 섰다. 집사 클램프가 뛰어나가 문을 열었다. 쇼핑한 물건 꾸러미를 산더미처럼 두 팔에 안은 젊은 부인이 서 있었다. 클램프는 얼른 부인의 손에서 짐을 받아 들었다.

"고마워요, 클램프. 택시 요금을 치러 줘요. 그리고 곧 차를 마시겠어요. 포터스큐 부인과 엘레인 아가씨는 돌아오셨나요?"

집사는 좀 말을 더듬거렸다.

"아씨, 큰일났습니다. 주인님 일입니다만……."

"아버님이 어떻게 되셨나요?"

닐 경감이 앞으로 나섰다.

클램프가 말했다.

"퍼시벌 포터스큐 부인이십니다."

"아니 무슨 일이 일어났나요? 사고라도 있었어요?"

퍼시벌 포터스큐 부인은 살집좋은 몸매였으나 입 언저리에만은 쓸쓸한 빛이 감돌았다. 나이는 30살쯤이리라고 닐은 짐작했다.

퍼시벌 부인은 곧 화살처럼 질문을 퍼부어 왔다. 꽤 지루했던 듯 보였다.

"포터스큐 씨는 오늘 아침 갑자기 몸이 좋지 못해 세인트 주드 병원으로 옮겨갔는데 끝내 돌아가셨습니다."

"네? 돌아가셨다고요? 정말인가요?"

생각하고 있던 것보다 일이 훨씬 중대하므로 퍼시벌 부인은 정말 놀란 듯했다.

"큰일이군요. 남편은 여행중이라 집에 없고, 난처하군요. 벌에게 곧 알려야만 할 텐데, 지금 북부 어딘가에 있을 거예요. 간 곳은 회사에 물으면 알 수 있어요. 하지만 벌이 집에 없을 때 아버님이 돌아가시다니, 언제나 나쁜 일은 이렇게 형편이 좋지 않을 때 일어난다니까요."

퍼시벌 부인은 잠시 말을 끊고 생각에 잠겼다.

"우선 결정해야 할 일은 어디서 장례식을 치르느냐 하는 거예요. 이 집에서 해야 할지 아니면 런던에서 해야 할지?"

"그건 가족끼리 상의하실 일입니다."

"그렇군요. 하지만 어느 쪽으로 하는 게 좋을까요?"

이때 비로소 퍼시벌 부인은 자기 앞에 서 있는 사나이의 존재에 생각이 미친 것 같았다.

"당신은 경찰이신가요? 의사 선생님은 아니신 것 같군요."

"네, 말씀하신 대로 경찰입니다. 포터스큐 씨의 갑작스러운 죽음에 대해 몇 가지 물어 보고 싶은 일이 있어서요."

퍼시벌 부인이 그 말을 가로막았다.

"그럼, 아버님이 살해되었다는 말씀이신가요?"

'살해'라는 말이 이때 처음으로 사용된 것이다. 닐 경감은 도리어 거꾸로 물어 오는 그녀의 얼굴을 주의깊게 바라보며 되물었다.

"부인께서는 어째서 그렇게 짐작하셨지요?"

"내가 아니더라도 상상할 수 있는 일이에요. 갑자기 죽었다면서 경찰이 집에 와 있다면……그분을 만나 보셨나요? 그분은 어떤 태도던가요?"

"그분이라니, 누구 말씀입니까?"

"어머나, 에딜 말이에요. 나는 언제나 남편에게 그렇게 말하고 있답니다. 자기 아들보다 더 젊은 여자와 결혼하다니, 아버님도 정말 어쩔 수 없는 분이에요. 나이들어서 여자에게 빠지는 것처럼 곤란한 일은 없어요. 그 결과 이런 꼴이 된 거예요. 정말이지 지긋지긋한 일이에요. 신문에 사진이 실리고 기자들이 밀어닥치면 우리는 어떻게 해야 할까요?"

퍼시벌 부인은 참혹한 사진과 센세이셔널한 기사가 실린 신문을 눈앞에 그려보고 있는 것 같았다. 이윽고 견딜 수 없는 듯한 표정으로 퍼시벌 부인은 물었다.

"독이라니, 대체 무슨 독이지요? 청산가리인가요?"

닐 경감은 서둘러 그 말을 가로막았다.

"돌아가신 원인은 아직 밝혀지지 않았습니다. 검시 심문은 이제부터 행해지게 되어 있습니다."

"하지만 경감님, 사실을 알고 있겠지요? 그렇지 않으면 당신들이 일부러 여기까지 나왔을 리 없잖아요?"

이때 사람좋아 보이는 그 무뚝뚝한 둥근 얼굴에 교활한 듯한 빛이 살짝 스쳐 가는 것을 경감은 볼 수 있었다.

"경감님, 물론 먹은 것이며 마신 것들을 자세히 조사해 보셨겠지요? 어제 저녁 식사와 오늘 아침 식사에서——"

"지금까지의 조사 결과에 의하면 포터스큐 씨가 중독된 원인은 아침 식사에 있는 듯합니다."

퍼시벌 부인은 놀란 듯한 표정을 지었다.

"아침 식사라고요? 그런 일은 있을 수 없다고 생각해요. 하지만 그렇다면……."

퍼시벌 부인은 말끝을 흐리며 머리를 저었다.

"아침 식사 때라면 어떻게 그 여자가 그런 짓을 할 수 있었는지 짐작도 가지 않아요. 커피 속에 독을 넣는다면 모르지만 그때는 나와 엘레이느가 옆에 있었고……"

그때 뜻밖에도 두 사람 뒤에서 상냥한 목소리가 말했다.

"아씨, 서재에 차준비를 해두었습니다."

퍼시벌 부인은 깜짝 놀라 펄쩍 뛰었다.

"놀랐어요, 정말! 너무 갑작스럽게 말하는 바람에. 하지만 수고했어요, 더브 양. 차를 마시고 싶었어요. 아, 경감님, 당신도 한 잔 드시지 않겠어요?"

"아니, 괜찮습니다."

퍼시벌 부인은 잠시 머뭇거리더니 이윽고 가버렸다.

그녀의 모습이 문에서 사라지자 메리 더브가 조용히 낮은 목소리로 말했다.

"저 아씨처럼 태연히 다른 사람의 험담을 할 수 있는 사람도 그리 없을 거예요."

닐 경감은 아무 대답도 하지 않았다.

메리 더브는 다시 말했다.

"뭔가 시키실 일은 없으신가요?"

"하녀 엘런을 만나고 싶소."

"지금 곧 불러오겠어요. 2층에 가 있는 듯하니까요."

2

엘런은 애교가 없는데다 조금도 겁이 없는 여자였다. 무뚝뚝한 얼굴을 똑바로 경감에게 들이대며 말했다.

"귀찮은 일이 일어났군요, 경감님. 아무리 그렇다 해도 이런 사건이 일어나리라고는 생각도 못했어요. 하지만 나는 결코 놀라지 않아요, 끝내는 이런 일이 일어나고 말 거라고 오래 전부터 주의하고 있었으니까요. 그것이 결국 현실이 되어 나타난 거지요. 이 집안 사람들로서는 당연히 그렇게 될 거예요. 그 사람들이 하는 말을 들어 보세요. 아무리 보아도 상류 가정 사람들이 하는 말은 아니지요. 게다가 술을 마시고 하는 행동이란 보고 있는 쪽이 부끄러워질 정도거든요. 이 집에 그래도 괜찮은 사람이 있다면 클램프 부인 정도일 거예요. 나머지는 모두 낙제지요. 집사 클램프 씨나 글래디스는 예의범절 같은 건 전혀 모르는 사람들이고 또 우리들이야 어떻든 상관없지만 마님의 행동으로 말하면 나로서는 도무지——"

"도무지 어떻다는 거요?"

"곧 알게 될 거예요. 이 언저리에서는 누구나 다 알고 있는 일이니까요. 골프를 하느니 테니스를 하느니 하지만 나는 내 눈으로 직접 똑똑히 보았어요. 서재 문이 열려 있었기 때문에 그만 보고 말았지요. 끌어안고 키스하는……."

노처녀의 독설은 노골적이었다. 닐로서는 지금 누구의 이야기를 하는 거냐고 물을 필요도 없었다. 그러나 그는 시치미를 떼고 물어 보았다.

"누구 이야기지요, 그것은? 그 남자와 여자란?"

"누구의 이야기냐고 물으시는 건가요? 마님과 그 남자지요. 그 사람들은 부끄러움이라는 걸 모르니까요. 주인님께서도 어렴풋이 알아차리고 있었어요. 그래서 누군가 감시를 붙여 두어야겠다고 말씀하셨었지요. 진작 이혼했더라면 이런 일이 일어나지 않았을 텐데요."

"이런 일이라니, 무슨 말이오?"

"당신들은 주인님께서 드신 음식과 그것을 갖다드린 사람을 조사하고 있지만 구태여 조사하지 않더라도 지금 내가 말씀드린 것으로

다 알 수 있을 거예요. 그 사나이가 어디선가 그것을 구해 가지고 와서 여자에게 준 거예요. 그래서 주인의 음식에 넣은 게 틀림없어요."

"당신은 집안에서 수송나무 열매를 본 적 있소?"

가느다란 눈이 호기심으로 반짝 빛났다.

"수송나무 열매요? 아, 어릴 때 어머니로부터 자주 들었어요. 그 것을 썼나요?"

"아니, 아직 그렇다고 확실히 밝혀진 건 아니오만."

엘런은 안타까운 듯 말했다.

"솔직히 말해서 그 여자가 수송나무 열매를 만지고 있는 것을 본 일은 없지만……."

닐 경감은 다시 포터스큐의 포켓에서 나온 곡식알에 대해 물어 보았으나 역시 헛일이었다.

"모르겠는데요. 곡식알이라니, 대체 어떻게 된 걸까요?"

경감은 끈기있게 질문을 계속해 보았으나 마침내 체념하고 말았다.

경감은 마지막으로 미스 램즈보텀을 만나고 싶다고 말했다.

"말씀은 드려 보겠지만 만날 수 있을지 어떨지 모르겠어요. 아시다 시피 노인인데다 무척 고집스러운 분이니까요."

경감이 여전히 만나고 싶다고 주장했으므로 엘런은 마지못해 그를 안내하여 복도를 빠져나가 층계를 조금 올라간 2층 중간의 한 방——처음에는 아마 아이들 방으로 설계된 듯 여겨지는 방으로 갔다.

경감이 엘런의 뒤를 따라 복도를 지나갈 때 그곳 창문 너머로 커다란 수송나무 아래에서 헤이 경사가 정원사인 듯한 사나이와 이야기하고 있는 모습이 보였다.

엘런이 문을 두드리고 말했다.

"경찰에서 오신 분이 뵙고 싶다고 하는데요."

만나겠다는 대답이 들렸는지 엘런은 뒤를 돌아보며 닐 경감에게 안으로 들어가라고 말했다.

방안은 시대에 아주 뒤떨어진 옛날식 가구들로 꾸며져 있어 빅토리아 시대로 잘못 들어온 것 같은 착각을 불러일으켰다.

미스 램즈보텀은 가스 스토브 옆으로 테이블을 끌어붙여 카드를 벌여 놓고 있었다. 갈색 옷을 입었으며, 숱적은 흰 머리칼을 얌전히 둘로 갈라 뒤로 눌러 빗었다.

램즈보텀은 얼굴을 들지도 않고 카드놀이를 계속하며 빠른 말투로 입을 열었다.

"자, 어서 들어와 앉도록 해요."

하지만 어느 의자 위에나 종교 관계 책들과 팸플릿들이 수북히 쌓여 있어 앉을 수 없었다.

하는 수 없이 닐 경감이 그 출판물들을 소파 위로 옮기고 있노라니 미스 램즈보텀이 물었다.

"당신은 종교 운동에 흥미를 가지고 있나요?"

"특별한 관심을 가지고 있지는 않습니다만."

"그건 좋지 않아요. 관심을 가져야만 해요. 지금 우리들이 가장 필요로 하는 것은 그리스도 정신이에요. 지난 주일에는 아프리카에서 젊은 목사님이 나를 찾아왔었어요. 살갗이 검은——마치 당신의 모자처럼 살갗이 새까만 목사였지요. 그런데도 그는 순수한 그리스도 교도인 거예요."

닐 경감은 이래서는 문제의 핵심으로 들어가기가 무척 어렵겠다고 생각했다.

그러나 미스 램즈보텀의 이야기는 더욱더 생각 밖으로 빗나가 닐을 혼란에 빠뜨렸다.

"라디오는 가지고 있지 않아요."

"네？ 뭐라고요？"

"라디오 허가증 일로 오셨을 텐데요. 아니면 뭔가 다른 일인가요？"

"슬픈 소식을 가져왔습니다. 포터스큐 씨가 오늘 아침 갑자기 병이 나서 돌아가셨습니다."

미스 램즈보텀은 조금도 마음의 동요를 느끼는 것 같지 않았으며 얼굴빛도 달라지지 않았다. 그녀는 트럼프를 계속하며 말했다.

"그 사람이 죽었다고요. 오만의 보답이지요. 당연히 와야 할 일이 온 것뿐이에요."

"너무 슬퍼하지 마시기를……."

말할 것도 없이 슬퍼하는 표정 같은 건 찾아볼 수 없었다. 그러나 어떻게든 그녀의 의견을 물어보는 것이 경감의 방문 목적이었다.

미스 램즈보텀은 안경 너머로 날카로운 눈길을 닐 경감에게 쏘아붙였다.

"나는 그 사람이 죽었다고 해서 한숨짓거나 슬퍼하지 않아요. 렉스 포터스큐는 본디 죄많은 사람이에요. 나는 처음부터 그 사람을 아주 싫어했지요."

"하지만 너무 갑작스러운 죽음이라서요……."

그러자 미스 램즈보텀은 오히려 만족스러운 듯이 말했다.

"신의 벌이지요."

"그는 독을 먹고 죽었습니다."

경감은 램즈보텀의 반응을 살펴보았다. 그러나 전혀 아무 표정도 보이지 않았으며 다만 입 속으로 중얼거렸을 뿐이었다.

"빨강 7과 검정 8. 그것만 있으면 킹이 움직이게 되는데……."

그러나 경감이 언제까지나 입을 다문 채 기다리고 있자 그녀는 카드를 손에 든 채 돌아보며 날카롭게 말했다.

"당신은 아직 내게서 뭔가 끌어내려 하는 건가요? 내가 그를 독살한 것도 아닌데……"

"누가 했다고 생각하십니까?"

"온당치 못한 물음이군요. 이 집에 함께 살고 있는 건 내 동생이 낳은 두 아이예요. 나로서는 램즈보텀의 핏줄이 살인을 저질렀다고 생각하고 싶지 않아요. 그렇지 않겠어요? 지금 당신이 한 말대로라면 누군가 일부러 독을 넣어 죽인 사람이 있다고 여기는 듯한데……"

"그렇게 분명히 말하지는 않았습니다."

"분명히 말하든 하지 않든 마찬가지지요. 그러나 어찌 되었든 있음 직한 이야기예요. 누구나 다 렉스를 죽이고 싶어했으니까요. 그는 굉장히 악랄한 짓을 해온 사람이거든요. 옛날에 지은 죄의 보답이 이제 나타나게 된 거지요."

"누군가 특별히 그럴 만한 사람이라고 짐작가는 이가 없습니까?"

미스 램즈보텀은 테이블 위의 카드를 싹 치우고 일어났다. 뜻밖에도 키가 컸다.

"이야기는 이 정도로 좋겠지요. 그만 돌아가 주겠어요?"

화내고 있는 건 아니었으나 쌀쌀한 말투였다.

"구태여 말하라면 말하겠는데, 아마 하인들 가운데 누군가의 짓일 거예요. 클램프라는 집사는 특히 뱃속이 검은 듯 여겨지니까요. 그 잔심부름하는 아이도 지능 발달이 더디고……그럼, 이 정도로 그만 돌아가 주시겠어요?"

닐 경감은 더 이상 거스르지 않고 밖으로 나왔다. 아주 똑똑한 부인이다. 중요한 일은 한 가지도 말해 주지 않고 닐 경감을 보기좋게 내쫓은 것이다.

그는 층계를 내려와 네모 반듯한 홀로 들어갔다. 그 순간 얼굴빛이 좀 검고 키가 늘씬한 아가씨와 마주쳤다.

흠뻑 젖은 레인코트를 입은 그녀는 이상한 듯한 표정으로 그를 보았다.

"지금 들었는데, 아버지가 돌아가셨다고요?"

"정말 안됐습니다만……."

아가씨는 느닷없이 손을 뻗어 몸을 지탱하려 했다. 우연히 낡은 참나무 상자에 손이 닿자 얼른 거기에 주저앉아 버렸다.

"거짓말이에요, 그런 무서운 일이 일어났을 리가 없어요!"

두 줄기 눈물이 조용히 그녀의 볼을 타고 흘렀다.

"끔찍한 일이에요, 나는 아버지를 좋아하지 않았지만, 싫어하고 있었다고 분명히 말해도 좋을 정도였지만, 하지만 살해되다니, 그런 끔찍한 일은 생각만 해도 슬퍼요."

그녀는 그대로 주저앉은 채 멍하니 눈을 뜨고 앞쪽을 바라보고 있었다. 그 눈에서 커다란 눈물 방울이 솟아 줄곧 흘러내렸다.

잠시 뒤 그녀는 다시 입을 열었다.

"이로써 나는 자유로운 몸이 되었군요, 이제부터는 무엇이든 하고 싶은 대로 할 수 있겠지요, 제럴드와 결혼하는 것도 내 자유예요, 하지만 이런 식으로 내 자유가 얻어질 줄은 꿈에도 생각지 못했어요, 아버지가 돌아가시다니, 정말 슬퍼요! 아버지, 아버지……."

닐 경감은 수송장에 발을 들여놓고 나서 처음으로 마음속 깊이 렉스 포티스큐의 죽음을 슬퍼하는 소리를 들었다.


### 퍼시벌

닐 경감의 보고를 다 듣고 나자 런던 경찰국 부국장은 곧 말했다.

"그렇다면 두 번째 아내가 수상하군."

닐 경감의 보고는 요령있고 완벽했다. 간결하면서도 중요 사항은 아무것도 빠뜨리지 않았다.

　"틀림없이 두 번째 아내일 걸세. 자네는 어떻게 생각하나, 닐?"

　닐 경감은 자신도 그렇게 생각한다고 동의했다. 그리고는 마음속으로 정말 우스꽝스럽게 생각하고 있었다. 이처럼 가정 안에서 문제가 일어났을 경우 언제나 의심받는 것은 아내 또는 남편인 것이다.

　"물론 에딜에게는 범행의 기회가 있었네. 그런데 동기는 어떤가? 동기만 있다면 우선 그녀라고 보아도 틀림없을 걸세."

　"동기 말입니까? 물론 있습니다. 바로 뒤보어지요."

　"흠, 그 사나이가 공범인가?"

　"아니오, 그렇지는 않을 겁니다. 그는 자기 일밖에 생각하지 않는 타입의 사나이로, 흉행에 손을 빌려 주거나 하는 위험을 무릅쓰지는 않을 겁니다. 에딜이 바라는 것을 충분히 짐작하고 있었겠지만, 그녀와 함께 계획을 세워 범행을 실행하지는 않았을 겁니다."

　"아주 조심성 많은 남자 같군."

　"많은 정도가 아닙니다."

　"결론을 너무 서두르는 것도 위험하지만, 일단 용의자를 검토해 볼 필요가 있겠지. 그밖에 식탁을 같이한 두 사람은 어떤가?"

　"딸과 며느리인데, 딸은 어느 젊은 남자와 결혼하려 했으나 아버지 때문에 이뤄지지 못했다고 합니다. 단 그 사나이 역시 재산이 없다면 이 딸과 결혼할 생각 같은 건 없었다고 말할 수 있지요. 그러므로 이 딸에게도 물론 동기가 있습니다. 며느리 쪽은 아직 자세히 조사하지 않았으므로 의견을 말씀드릴 수 없습니다. 그러나 의견을 물으신다면 지금으로서 이것만은 대답할 수 있습니다. 이 세 여자는 저마다 렉스 포터스큐에게 독을 먹일 기회를 가지고 있었다는 것, 그에 비해 집안의 다른 사람에게는 그 기회가 없었다는 겁니다. 잔심부름 하녀, 집사, 요리사 모두 저마다 아침 식사에 손댈 기회는 있었지만, 그들이 미리 음식에 독을 넣어 두더라도 과연 포터스큐 씨가 그것을 먹을지 어떨지 알 수 없지요. 아직 말씀드리지 못했습니다만, 독물은 타키신이었습니다."

"그렇다더군. 지금 막 검시 보고서가 와 닿았네."

"독물에 대해서는 확정된 셈이군요."

"하인들은 어떤가?"

"집사와 잔심부름 하려는 겁에 질려 있지만 그리 수상한 점은 찾아볼 수 없었습니다. 어느 저택에나 있는 일이지만, 요리사와 허드렛일하는 하녀는 포터스큐 씨가 살해된 것을 도리어 좋아하는 듯 아주 명랑했습니다."

"그밖에 수상하다고 여겨지는 사람은 없나?"

"없는 것도 아닙니다만⋯⋯."

닐 경감의 머리에 저도 모르게 메리 더브의 수수께끼 같은 웃음이 떠올라 왔다. 그 웃음에는 희미하기는 하지만 분명히 적의의 빛이 나타나 있었다. 경감은 그 생각을 뿌리치듯 하며 말했다.

"독물이 타키신으로 확인된 이상 그것을 손에 넣은 경로를 조사해 볼 필요가 있습니다."

"그렇네. 당장 시작하도록 해주게. 그런데 닐, 퍼시벌 포터스큐가 찾아왔네. 나도 두세 가지 물어보았지만 자네가 돌아올 때까지 기다리게 해두었지. 둘째 아들 쪽도 수배중일세. 그는 지금 파리에 있는데, 오늘 그곳을 떠난다고 하더군. 자네는 비행장에서 만날 건가?"

"그럴 생각입니다."

부국장은 싱긋 웃으며 말했다.

"그럼, 지금 퍼시벌 포터스큐를 만나 두는 게 좋겠네. 굉장히 차분한 사람이더군."

퍼시벌 포터스큐는 30살 좀 넘은 단정하고 예의바른 느낌을 주는 신사였다. 엷은 금빛 머리칼과 속눈썹. 말하는 태도는 어딘지 모르게 기분에 거슬리는 데가 있었다.

　"닐 경감님, 엄청난 일이 일어나 수고를 끼쳐 드린 듯하여 정말 죄송합니다"

　"위로드릴 말씀이 없습니다, 포터스큐 씨."

　"그저께 내가 집을 떠날 때만 해도 아버지는 퍽 건강하셨는데, 음식물 중독이란 그렇게 갑작스러운 건가요?"

　"아버님 경우는 정말 갑작스러웠습니다. 그러나 그것은 음식물 중독이 아닙니다."

　"네? 그렇다면――"

　퍼시벌은 눈썹을 찌푸리고 가만히 경감을 지켜보았다.

　"아버님은 타키신을 마시고 돌아가셨습니다."

　"타키신? 들어 본 일도 없는 독이군요."

　"그리 알려지지 않은 독이지요. 그러나 꽤 강한 독으로 효과도 아주 빠릅니다."

　퍼시벌의 이마에 잡힌 주름이 차츰 깊어졌다.

　"그럼, 아버지는 그 독으로 누군가에게 살해되었다는 말씀입니까?"

　"그런 의심이 짙습니다."

　"무서운 일입니다!"

　퍼시벌은 잠시 말을 끊었다가 물었다.

　"장례식을 치러도 괜찮겠습니까?"

　"내일 검시 심문이 있을 예정입니다. 검시 심문 수속은 단순히 형식적인 것이니 곧 끝나리라고 생각합니다."

　"그것이 끝나면 되겠군요? 그런데 언제나 그렇게 간단히 끝납니까?"

"요즘은 그리 귀찮은 일이 없습니다."

"이런 것을 물어서 어떨지 모르겠습니다만, 누구의 짓인지 지금 혐의를 두고 있는 사람이 있습니까?"

그러자 닐은 중얼거리듯 말했다.

"아직 수사가 거기까지 진척되지 않았습니다."

"그렇겠지요."

"그런데, 포터스큐 씨. 당신에게 한 가지 부탁할 것이 있습니다. 이 기회에 아버님의 유언에 대해 물어 볼 수 있다면 수사상 크게 참고가 되겠는데 어떻습니까. 변호사를 만나게 해주셔도 괜찮습니다."

"아버지의 변호사는 베드포드 스퀘어의 빌링즐리 호스숍 앤드 월터즈 법률사무소입니다. 유언장에 관한 것이라면, 자세히는 모르지만 대강은 나도 들려드릴 수 있다고 생각합니다."

"그거 다행이군요. 말씀해 주시면 크게 참고가 되겠습니다. 단순한 형식이긴 합니다만 수속상 물어 두지 않으면 안 되니까요."

"아버지는 2년 전 지금의 어머니와 결혼하실 때 새로운 유언장을 만드셨습니다. 그것에 따르면 새어머니에게는 5만 파운드를 주게 되어 있습니다. 그밖에는 상속인인 내가 모두 물려받기로 되어 있지요. 그리고 나는 지금 아버지와 공동으로 회사를 경영하고 있습니다."

"동생분인 랜슬럿 포터스큐 씨에게는 아무것도 남겨 주지 않았습니까?"

"전혀 없습니다. 아버지와 동생 사이에는 오랫동안에 걸친 분쟁이 있어서요."

닐이 날카로운 눈길을 보냈으나 퍼시벌은 아무것도 알아차리지 못한 것 같았다.

"그럼, 그 유언장에 의하면 아버님의 죽음으로 유산을 받게 되는 사람은 포터스큐 부인과 엘레이느 포터스큐 양, 그리고 당신, 이 세 사람뿐이겠군요?"

"아니, 나는 그 상속으로 아무 이익도 얻지 못합니다, 경감님. 아무튼 막대한 상속세를 물어야 하고, 그리고 아버지가 아니, 당신이니까 솔직히 말씀드리는데 요즘 사업에서 어이없을 만큼 많은 실패를 하셔서……."

"그 때문에 당신과 아버님 사이에 회사 경영상의 충돌이 꽤 일어나게 되었다고 하던데요."

닐 경감은 부드러운 말투였지만 빈틈없는 질문으로 들어갔다.

"물론 나는 아버지를 많이 말렸습니다. 그러나 좀처럼 내 말을 받아들이지 않았지요."

퍼시벌은 어깨를 으쓱해 보였다.

"억지로라도 당신 의견을 밀고 나갔으면 좋았을 걸 그랬군요. 하긴 그 때문에 아버님과 몹시 다투셨다고 들었습니다만."

퍼시벌은 당황한 듯 얼굴을 붉혔다.

"그렇지도 않습니다……."

"그럼, 두 분께서 다투신 것은 다른 문제였습니까?"

"아니, 뭐 그리 다투지도 않았습니다."

"정말입니까, 포터스큐 씨? 그렇다면 그것으로 좋습니다. 아버님과 동생분 사이의 분쟁은 아직도 해결되지 않았습니까?"

"네, 아직 끝나지 않았습니다."

"아직 그렇다고 한다면, 이건 대체 어떻게 된 일입니까?"

닐 경감은 메리 더브로부터 받은 전보문을 꺼내 보였다. 퍼시벌은 말없이 그것을 읽고 있더니 느닷없이 놀라움에 찬 소리를 질렀다. 그의 얼굴에 의아해하는 빛이 뚜렷이 떠올랐다.

"어떻게 된 일인지 나로서는 이해가 가지 않는군요, 도저히 믿어지지 않는 일입니다."

"틀림없는 전보입니다. 동생분은 오늘 파리를 떠나 이곳에 와 닿게 되어 있습니다."

"그러나 아무래도 이상하군요, 나로서는 전혀 이해할 수가 없습니다."

"아버님은 아무 말씀도 하지 않으셨습니까?"

"물론 아무 말씀도 하지 않았습니다. 내 앞에서는 자주 화를 내시며 욕을 하곤 하셨지요, 아버지가 말씀하시는 것으로 보아서도 랜스와 몰래 연락을 취하고 있었다고는 도저히 생각할 수 없습니다."

"그럼, 이 전보문에 대해 달리 의견이 없으십니까?"

"없습니다. 어떻게 된 일인지 전혀 짐작가지 않습니다. 하긴 요즘의 아버지 행동으로 미루어 본다면 이런 비상식적인 일을 못할 것도 없다고 생각됩니다만——그러나 이건 어떻게든 그만두게 하지 않으면——아버지에게 당장 이야기해서……."

퍼시벌은 갑자기 말을 끊었다. 얼굴에서 핏기가 싹 가셨다.

"잊고 있었습니다, 그만 깜박. 아버지는 벌써 이 세상분이 아니신데……."

닐 경감은 안됐다는 듯이 고개를 저었다.

퍼시벌은 일어나서 돌아갈 채비를 했다. 그는 모자를 집어들며 말했다.

"뭔가 볼일이 있으면 언제든지 만나 뵙겠습니다. 당신은 수송장에 가셨었던 모양인데……."

"네, 좀 실례를 했습니다. 지금도 부하를 한 사람 댁에 머무르게 하고 있습니다."

퍼시벌은 시무룩한 얼굴로 어깨를 으쓱했다.

"그리 유쾌한 일은 아니지요. 설마 이런 일이 일어나리라고는 우리도……"

그는 한숨을 쉬고 문 쪽으로 걸음을 옮겼다.

"나는 낮 동안은 대개 사무실에 나와 있으니 런던에서 만나 뵙지요. 수송장으로 돌아가는 것은 언제나 저녁 무렵입니다."

"알았습니다."

퍼시벌 포터스큐는 가버렸다.

닐 경감은 중얼거렸다.

"과연 빈틈없는 사람이군!"

그때까지 아무 말도 하지 않고 얌전히 벽 옆에 서서 기다리고 있던 헤이 경사가 입을 열어 물었다.

"네?"

"아니, 아무것도 아닐세. 그 집안 가족들은 여자든 남자든 한결같이 불쾌한 사람들뿐이라는 이야기일세."

헤이 경사는 의아한 표정을 지었다.

"'이상한 나라의 앨리스'일세. 알겠나, 헤이? 대체 누가 앨리스란 말인가?"

"그건 아마 옛날 이야기 책이었지요. 아직 읽어보지 못했습니다."

## 아버지

### 1

여객기가 르부르제를 떠나자 랜슬릿 포터스큐는 곧 대륙판 데일리 메일지를 펼쳤다. 그 순간 깜짝 놀라 외쳤다. 옆 자리에 앉아 있던 패트리시어가 의아스럽게 랜슬릿을 보았다.

"큰일이오, 아버지가 돌아가셨소!"

"네? 아버님이?"

"회사 사무실에서 갑작스럽게 병이 나 세인트 주드 병원으로 옮겼으나 곧 돌아가셨다고 하오."

"어머나, 정말 큰일이군요. 뇌일혈일까요?"

"그렇겠지. 그런 증세가 있었으니까."

"전에도 쓰러지신 일이 있었나요?"

"아니, 처음일 거요. 내가 있을 즈음에는 그런 일이 없었소만."

"첫 발작으로는 좀처럼 죽지 않는다고 하던데요."

"가엾은 아버지……. 나는 결코 아버지와 마음이 맞지 않았지만, 그래도 돌아가시고 보니……."

"역시 아버지와 아들 사이잖아요. 핏줄이 이어져 있어요."

"당신의 사고방식은 정말 소박하오. 그건 그렇고, 이것으로 우리의 행운도 끝장일지 모르겠소."

"그렇군요. 하지만 우리가 돌아갈 때쯤 이런 일이 일어나다니, 어쩐지 이상한 느낌이 들어요."

랜슬럿은 날카로운 눈길로 아내를 바라보았다.

"이상한 느낌? 이상하다니, 무슨 뜻이오?"

패트리시어는 랜슬럿의 노기에 놀라며 대답했다.

"너무 우연한 일이어서 말예요."

"내가 귀국하는 게 잘못된 생각이란 말이오?"

"아니에요. 전혀 그런 뜻으로 말한 건 아니에요. 하지만 이런 불운이 생기다니!"

그러자 랜슬럿은 낙담한 듯 말했다.

"그러게 말이오."

패트리시어가 얼른 다음 말을 받았다.

"가엾은 사람이에요, 당신은!"

히스로에 이르러 여객기에서 내리려 할 때 항공사 직원이 큰소리로 말했다.

"랜슬럿 포터스큐 씨 계십니까?"

랜슬럿이 대답했다.

"나요."

"여기서 내리시기 바랍니다, 포터스큐 씨."

랜슬럿과 패트리시어는 직원의 안내를 받으며 다른 승객에 앞서 여객기를 내렸다. 두 사람이 맨 끝 객석을 지나갈 때 거기에 앉아 있던 사나이가 옆자리의 아내 귓가에 대고 속삭였다.

"저 사람은 틀림없이 유명한 밀수업자일 거야. 현행범으로 체포되는 참이군."


## 2

랜슬럿은 테이블 너머로 닐 경감을 바라보았다.

"마치 소설 같군요."

닐 경감이 고개를 끄덕였다.

"식물 독인 타키신입니까──수송나무 열매──하나에서 열까지 멜로드라마로군요. 당신들 경찰로서는 그리 새삼스러운 일이 아닐지도 모르지만, 이것이 현실적으로 일어난 사건이라니 놀랍습니다. 하지만 우리 집 가족 가운데 한 사람을 독살범이라고 여기다니, 당신들 생각이 좀 지나친 게 아닐까요?"

"달리 범인으로 짐작되는 사람이 있습니까?"

"없습니다. 다만 아버지는 사업면에서 적이 많은 사람이니 그 가운데 아버지를 미워한 나머지 살려 두지 않겠다든가, 사업면에서 파산하도록 만든다든가 하는 일을 꾀하는 사람들도 없지는 않을 겁니다. 그런데 독살이라니 좀 뜻밖이군요. 나는 오랫동안 영국을 떠나 있었으므로 사정을 잘 알지 못합니다만——."

"그 문제에 대해 당신에게 물어보고 싶은 게 있습니다. 형님으로부터 들은 바에 의하면 당신과 아버님 사이에 오랫동안에 걸친 불화가 있어 그 때문에 당신은 외국으로 가게 되었다고 하더군요, 이번에 돌아오게 된 것은 어떤 경위에서인지 설명해 주겠습니까?"

"물론 설명해 드리지요, 경감님. 나는 아버지로부터 편지를 받았습니다. 그게 언제였던가? 분명 여섯 달쯤 전이었습니다. 우리가 결혼하고 나서 바로였지요, 그 편지 내용은 지난 일은 흘려 버릴 테니 곧 영국으로 돌아와 회사 경영을 도와달라는 것이었습니다. 처음에 나는 망설였습니다만 결국 올 8월, 즉 석 달쯤 전에 영국으로 돌아와 수송장에서 아버지를 만나 뵈었습니다. 그때 아버지는 내게 아주 유리한 조건으로 도움을 구했습니다. 나는 일단 생각해 보게 해달라고 말했습니다. 아내와 의논해 보고 싶었기 때문이었지요, 아버지도 양해해 주셨으므로 나는 곧 비행기로 동아프리카에 돌아가 패트와 의논했습니다. 그 결과 아버지의 요구를 받아들이기로 결정했지요, 우리는 당장 여러 가지 뒤처리에 착수해서 지난달 끝무렵 겨우 마무리지어졌으므로 곧 아버지에게 편지를 보내 영국에 닿는 날짜와 시간은 전보로 알려 드리겠다고 말해 두었습니다."

닐 경감은 헛기침을 하고 질문을 계속했다.

"당신이 귀국하신다는 말을 듣자 형님은 퍽 놀라시더군요."

랜슬럿은 한순간 불쾌한 표정을 지었다.

"형님은 아무것도 모릅니다. 8월에 내가 돌아왔을 때 형님은 휴가를 얻어 노르웨이로 여행가 있었으니까요, 솔직히 말씀드리면 아버지는 형님이 집에 없을 때를 틈타 나를 불렀으므로 형님에게는 일체 비밀로 하고 있었던 겁니다. 이것은 내 상상입니다만, 아버지가 나를 억지로라도 돌아오게 하려고 한 것은 퍼시벌과 심한 말다툼을 했기 때문이 아닌가 생각됩니다. 형님은 본디 사업상 무척 아버지 일에 간섭했으니까요. 그런데 아버지는 남에게 억눌리는 것을 아주 싫어하는 성질이거든요. 어떤 문제로 불화가 있었는지는 내가 알 바 아니지만, 아무튼 아버지는 성이 나 있었습니다. 나를 회사 경영에 끌어들이려 한 것도 형님을 견제하기 위해서였다고 여겨집니다. 그리고 또 한 가지, 아버지가 형님을 싫어하는 이유가 있습니다. 그것은 형수님이 마음에 들지 않기 때문이었는데, 거기에 비해 내 결혼은 무척 기뻐해 주었습니다. 아버지는 본디 귀족 사회를 동경하고 있었기 때문이지요. 이유는 단지 거기에 있었던 겁니다."

"그 8월에는 얼마 동안이나 수송장에 머물렀습니까?"

"아니, 머무를 처지가 못 되었습니다. 겨우 한 시간쯤 있었을까요? 그날 밤 아버지도 자고 가라고 붙들지는 않았습니다. 형님에게 비밀로 하기 위해서였지요. 아마 하인들에게도 알리고 싶지 않았던 것으로 생각합니다. 나로서도 아내와 의논하여 마음을 결정하기 전까지는 다른 사람들로 하여금 어슬렁어슬렁 아버지 집으로 찾아 들었다고 생각케 하고 싶지 않았습니다. 그런 까닭으로 이번에도 미리 대체적인 도착 일정을 알려 두고 어제 파리에서 다시 전보를 쳐서 오늘 닿겠다고 연락하게 된 거지요."

닐 경감은 고개를 끄덕였다.

"그 전보는 형님을 무척 놀라게 했습니다."

"그랬겠지요. 그러나 아버지가 세상을 떠난 이상 모두 헛일입니다. 언제나 형님은 운이 좋군요. 내 귀국이 좀 늦은 것 같습니다."

경감은 생각에 잠기며 말했다.

"그렇게 됐군요."

그리고 얼른 덧붙여 물었다.

"8월에 돌아오셨을 때 가족 가운데 어느 분과 만나지 않았습니까?"

"새어머니와 차 마시는 자리에서 만났습니다."

"포터스큐 부인과는 그 전에 만난 일이 없었습니까?"

"네, 그때가 처음이었습니다. 아버지는 젊은 미인을 찾아내는 솜씨가 뛰어나더군요. 아마 아버지보다 서른 살은 아래일 테니까요."

"이건 실례되는 질문일지 모르겠습니다만, 당신은 아버님의 재혼에 대해 좋은 감정을 갖지 않았겠지요? 그것은 형님도 마찬가지겠습니다만."

랜슬럿은 깜짝 놀란 듯 얼굴을 들었다.

"나는 그리 아무렇게도 생각하지 않았습니다. 형님도 그러리라고 믿습니다. 어머니가 돌아가셨을 때 우리는 아직 어린아이였지요. 아마 형님이 12살, 내가 10살이었다고 여겨집니다. 오히려 지금까지 아버지가 독신으로 계셔 준 것이 이상할 정도지요."

닐 경감은 중얼거리듯 말했다.

"그러나 아버님이 당신보다 나이 아래인 부인과 결혼하신 것은 어떤 뜻에서 퍽 위험한 일이었다고 여겨집니다만."

"형님이 그렇게 말했습니까? 역시 형님다운 생각이군요. 형님은 빗대 놓고 말을 슬쩍 비추는데 능숙하니까요. 아버지를 독살한 혐의가 새 어머니에게 걸려 있습니까?"

"아직 거기까지는 생각하고 있지 않습니다. 당신이 뭔가 참고될 만한 일을 알고 있어 들려주신다면 도움이 되겠는데요."

"참고될 만한 일?"

랜슬럿은 잠시 생각하고 나서 말했다.

"글쎄요, 나도 뭔가 생각해 볼까요. 가족들은 어디에 있지요? 모두 수송장에 있습니까?"

"네."

"그럼, 곧 수송장으로 가보겠습니다."

그리고 그는 아내를 돌아보며 말했다.

"당신은 호텔에 가 있구려, 패트."

그녀는 곧 항의했다.

"싫어요, 랜스, 나도 함께 가겠어요."

"그건 안 되오."

"하지만 나도 가고 싶어요."

"그렇지 않소, 안 가는 편이 좋을 거요. 우선 바니스 호텔에 가 있구려. 내가 런던에 올 때는 언제나 거기에 묵지. 조용하고 차분한 호텔이오."

경감이 옆에서 거들었다.

"그렇습니다, 포터스큐 씨."

"패트, 나도 당신과 함께 바니스 호텔로 가서 방을 정한 뒤 수송장으로 가겠소."

"어째서 내가 당신과 함께 가면 안 되는 거지요?"

랜슬럿의 얼굴에 갑자기 언짢은 기색이 스쳤다.

"패트, 솔직히 말해 나는 집에서 환대받을지 어떨지 자신이 없소. 나를 불러준 것은 아버지였는에, 그 아버지가 돌아가신 지금 다른 사람들이 나를 어떻게 대할지 알 수 없잖소. 형님은 물론 새어머니도 말이오. 아무튼 그들의 태도를 보고 나서 당신을 데려가도 늦지 않으리라 여기오. 그리고——"

"그리고?"

"그리고 나는 살인자가 있는 집에 당신을 데려가고 싶지 않은 거요."

"어머나, 그런 말을……."

그러나 랜슬럿은 뚜렷이 말했다.

"나는 당신을 위해서라면 어떤 위험이라도 피하고 싶다고 생각하오."

## 돌아온 아들

1

뒤보어는 완전히 풀죽어 있었다. 화난 얼굴로 에딜 포터스큐의 편지를 갈기갈기 찢어 휴지통에 집어 던져 버렸다. 그러나 문득 무슨 생각이 떠오른 듯 정성스럽게 다시 그 종이쪽지를 주워 성냥불에 태우며 재가 될 때까지 가만히 지켜보고 있었다.

"여자란 왜 이토록 멍청할까! 좀더 신중히 행동해 줘야 할 텐데."

확실히 여자에게는 조심성 같은 관념이 조금도 없는 듯하다. 그러나 뒤보어가 그 점에 대해 이러니저러니 하는 것은 우스운 이야기로, 그 자신은 지금까지 여자의 경솔함을 아낌없이 이용해 왔던 것이다. 다만 그것이 지금에 와서는 엉뚱한 고민거리가 되어 버린 것도 사실이다.

그 자신으로서는 여러 가지로 조심하며 행동해왔다. 에딜에게도 당분간은 연락하지 말라고 일러두었다.

그런데도 에딜은 아랑곳없이 줄곧 전화를 걸어 왔으므로 그는 언제나 집에 없다고 따돌렸다. 세 번째로 에딜은 편지를 보냈다. 편지는 더욱 나쁘지 않은가!

뒤보어는 잠시 생각에 잠겨 있다가 수화기를 들었다.

"포터스큐 부인 계신가요? 뒤보어입니다."

곧 에딜의 목소리가 들려왔다.

"비비언! 이제야 목소리를 들을 수 있군요."

"잠깐, 잠깐만. 에딜, 정신차려요. 어디서 전화받고 있는 거요?"

"서재예요."

"아무도 없겠지요? 복도는 어떻소?"

"누가 있으면 안 되나요?"

"물론이오. 경찰은 아직 집에 있소?"

"지금 막 돌아갔어요. 하지만 비비언, 나 무서워요!"

"그, 그렇겠지요. 그 마음은 잘 알겠지만, 주의해야 하오, 에딜. 조심하지 않으면……."

"조심하고 있어요, 다링."

"그 '다링'이라고 말하는 것이 곤란하단 말이오. 몹시 위험하오."

"당신은 지나치게 겁먹고 있군요, 비비언. '다링'이란 누구나 쓰고 있는 말이에요."

"하긴 그렇지만 그래도 이것만은 반드시 지켜 주오. 당분간 전화와 편지를 하지 말 것!"

"하지만 그러면……."

"잠깐 동안이오. 지금은 조심에 조심을 거듭해야 하오."

에딜은 뽀로통해서 말했다.

"좋아요, 알았어요."

"에딜, 알았소? 내 편지는 모두 태워 버렸겠지요?"

에딜 포터스큐는 잠시 대답을 망설였다.

"태웠어요. 태운다고 말했잖아요."

"됐소. 그럼, 전화 끊어요. 당신 쪽에서도 전화하지 말도록 해주오. 편지도, 형편을 보아 내 쪽에서 연락하겠소."

뒤보어는 수화기를 내려놓은 다음 볼을 어루만지며 생각에 잠겼다. 이렇게 가만히 있는 것이 지금의 그로서는 견디기 어려운 기분이었다. 에딜이 정말로 편지를 태웠을까? 여자란 모두 똑같다. 입으로는 태운다고 말하면서도 사실은 몰래 간직해 두겠지.

뒤보어는 가만히 생각하고 있었다. 편지가 아무래도 문젯거리다. 여자는 무조건 편지를 바라는 법이다. 쓰지 않으려고 조심에 조심을 거듭해도 도저히 쓰지 않으면 안 될 궁지에 빠지는 수가 있다. 그의 경우에도 에딜 포터스큐에게 써보낸 편지가 몇 통 있었다. 그 속에 어떤 것을 썼던가?

언제나 이래서 실패하게 된다. 뒤보어는 우울한 듯이 중얼거렸다. 그러나 경찰의 신경을 건드릴 만한 문장이나 말은 그리 늘어놓지 않았을 것이다.

뒤보어는 이디스 톰슨 때의 일을 생각해냈다. 그때도 결코 위험한 말은 쓰지 않았다. 그런데도 그것이 원인이 되어 호된 꼴을 당하지 않았던가!

이번에도 역시 똑같은 불안이 가슴을 죄기 시작했다. 에딜은 정말 태워버렸을까? 몰래 간직해 두었다 하더라도 지금 전화를 받고 태워버리면 되지만, 어쩌면 벌써 경찰의 손에 넘어갔을지도 모른다.

대체 어디에 간직해 두었을까? 아마 2층 거실이겠지. 그렇다, 그 작은 책상 서랍이 틀림없다. 루이 14세풍을 본뜬 책상——언젠가 에딜이 그렇게 말했었다. 그 책상에는 비밀 서랍이 붙어 있다고.

비밀 서랍! 그러나 경찰의 눈을 언제까지나 속일 수는 없다.

하지만 경찰은 벌써 돌아갔다고 하지 않는가! 분명 에딜은 그렇게 말했다. 머물러 있었던 것은 그날 아침뿐으로, 지금은 이미 없는 것 같았다.

독약이 있는 곳을 찾기 위해 집안을 구석구석 뒤지고 다녔을 게 틀림없다.

그 방까지 손대지 않았으면 좋을 텐데. 그러나 너무나 염려한 나머지 이쪽에서 수선피우면 도리어 이상한 눈으로 보게 될 것이다. 아무튼 그쪽에는 수색 영장이 나와 있을 테니까.

그는 줄곧 집안 모습을 가슴속에 그려보고 있었다. 지금쯤 그곳에도 역시 저녁 어둠이 다가와 차준비가 되어 있을 무렵이다. 모두들 어느 방에 모여 있을까? 서재일까 아니면 응접실일까? 하인들은 하인방에서 역시 차를 마시고 있으리라. 따라서 2층에는 아무도 없을 게 틀림없다.

지금이라면 정원으로 몰래 들어가도 수송나무 산울타리가 가리고 있어서 사람눈에 띄지 않을 것이다. 테라스 옆에 문이 있다. 그 문은 밤까지 자물쇠를 잠그지 않는다. 그리로 들어가 2층으로 가만히 올라가면 아무에게도 들키지 않을 것이다.

비비언 뒤보어는 그로부터 앞으로 어떤 일을 만나게 될 것인지 여러 경우를 차례차례 생각해 보았다.

그러나 반드시 독살이라고 확정된 것은 아니다. 뜻밖에도 그동안에 뇌일혈이나 뭔가였음이 밝혀져 이야기가 간단히 끝날지도 모른다. 그렇게 되면 자기의 입장도 아주 달라진다.

그러나 뒤보어는 입 속으로 중얼거렸다. 어찌 되었든 자기 몸의 안전이 가장 중요한 것이다.


## 2

메리 더브는 조용히 층계를 내려왔다. 그녀는 층계 중간, 어제 닐 경감이 와 닿는 것을 보고 있었던 창문 옆에 멈춰 섰다. 문득 밖을 보니 어둠이 내리는 정원에서 수송나무 산울타리를 따라 한 사나이가 사라져가는 중이었다.

방탕아라는 말을 듣고 있는 랜슬럿 포터스큐일지도 모른다. 아마 문 앞에 자동차를 세워 두고 마음이 맞지 않는 가족들 앞에 나타나기 전에 그리운 정원을 걸어 보고 싶은 생각이 들었겠지.

메리 더브는 왠지 랜슬럿에 대해 호의적인 감정을 가지고 있었다. 그녀는 입가에 미소를 띠며 층계를 내려갔다.

아래층 홀에서 글래디스와 마주쳤다. 글래디스는 메리의 모습을 보자 깜짝 놀라 펄쩍 뛰었다.

메리가 물었다.

"지금 전화왔었지? 누구에게서 온 거지?"

"잘못 걸려 왔어요. 세탁소냐고 하더군요. 조금 전 전화는 뒤보어씨로부터 온 거였어요. 마님께 볼일이 있다고 하셨어요."

"아, 그래."

메리는 그대로 복도를 지나갔다. 그러나 도중에서 돌아보며 말했다.

"벌써 차시간이잖아. 아직 차를 가져가지 않았지?"

"하지만 아직 4시 30분이 안 되었다고 생각하는데요."

"5시 20분 전이야. 이제 가져가도 돼."

메리 더브는 서재로 들어갔다. 서재에는 에딜 포터스큐가 소파에 앉아 난롯불을 지켜보고 있었다. 에딜은 기다리다 지친 모습으로 물었다.

"차는 어떻게 됐어요?"

메리 더브가 대답했다.

"지금 곧 가져와요."

난로의 장작이 주저앉으며 한 개가 밖으로 튀어나왔다.

메리 더브는 난로 앞에 무릎꿇고 그것을 주워서 다시 난로 속으로 던져 넣었다. 그리고 남은 장작과 석탄을 조금 더 넣었다.

글래디스는 부엌으로 들어갔다. 빵반죽을 하고 있던 클램프 부인이 성난 듯이 얼굴을 들고 말했다.

"아까부터 서재의 벨이 계속 울렸어. 차준비가 늦었잖아. 빨리해!"

"미안해요."

클램프 부인은 중얼거렸다.

"오늘 밤 클램프에게도 말해 둬야지. 그이에게도 잘 말해 두어야겠어."

글래디스는 조리실로 들어갔다. 그녀는 아직 한 번도 샌드위치를 만든 적이 없다. 그러나 샌드위치 같은 것을 만들지 않아도 차와 함께 나갈 게 많이 있었다. 케이크가 두 개, 비스킷, 머핀과 벌꿀, 바로 얼마 전 암시장에서 사온 버터……굳이 일부러 샌드위치를 만들지 않더라도 이것만 있으면 충분했다.

글래디스가 조리실로 들어간 것은 달리 생각하는 일이 있었기 때문이다. 오늘은 클램프 부인의 기분이 좋은 것 같다. 클램프가 점심때 지나서 외출했기 때문이다. 이상한 부부다. 외출날이어서 남편이 집에 없으면 부인의 기분이 좋아지니…….

클램프 부인이 다시 소리질렀다.

"주전자는 물이 끓기 시작했으면 뚜껑을 열어 둬. 차준비는 아직 멀었니?"

"지금 곧 돼요."

글래디스는 분량도 재지 않고 커다란 은포트에 차를 집어넣고는 끓는 물을 그 속에 부었다. 그리고 큰 은쟁반 위에 주전자와 포트를 올려놓자 눈 가까이 받쳐들고 서재로 들어갔다.

그것을 소파 옆 작은 테이블 위에 놓고 그녀는 얼른 되돌아와 이번에는 다른 쟁반에 케이크며 머핀 등을 담아 가지고 복도로 나갔다.

그때 시계 치는 소리가 갑자기 크게 났다. 그녀는 펄쩍 뛰어오를 만큼 놀랐다.

서재에서는 에딜 포터스큐가 의아한 얼굴로 메리 더브에게 말했다.

"모두들 어디에 있지요?"

"잘 모르겠는데요, 마님. 아가씨는 방금 돌아오셨고 퍼시벌 아씨는 방에서 편지를 쓰고 계신 것 같아요."

그러자 에딜이 비꼬듯 말했다.

"그 사람은 편지만 쓰고 있어. 일생 동안 편지만 계속 쓸 생각인가? 그 계층 사람들은 모두 그 모양이야. 누가 죽었다든가 불행하다든가 하면 이상하게도 흥미가 솟아오르나 봐. 남의 불행을 기뻐하는 것 같아서 싫어."

메리는 일부러 화제를 돌렸다.

"차준비가 되었다고 알리겠어요."

메리 더브가 문 앞까지 가자 엘레이느가 들어왔다.

"밖이 굉장히 추워요."

엘레이느는 두 손을 비비며 난롯불을 쬐었다.

메리 더브는 복도에서 멈춰 섰다. 한구석 테이블 위에 케이크를 담은 큰 쟁반이 놓여 있었다. 주위에는 저녁 어둠이 깔려 있었으므로 전등 스위치를 넣었다.

그때 제니퍼 포터스큐가 2층에서 내려오는 소리가 들렸다. 그러나 기척뿐, 언제까지나 모습이 보이지 않아 메리 더브는 다시 층계를 올라가 보았다.

퍼시벌 부부는 집 한쪽 옆에 독립된 방을 가지고 있었다. 메리는 그 거실문을 두드렸다. 퍼시벌 부인은 노크 없이 문 여는 것을 아주 싫어했다. 집사 클램프가 그 말을 듣지 않는 데서 늘 그 점에 대해 불평했다.

제니퍼의 목소리가 들렸다.

"들어와요."

메리는 문을 열고 낮은 목소리로 말했다.

"차준비가 되었어요, 아씨."

뜻밖에도 제니퍼 포터스큐는 외출복 차림이었다. 낙타 외투를 지금 막 벗으려는 참이었던 것이다.

"외출하셨던가요? 나는 전혀 모르고 있었어요."

"아니, 잠시 뜰에 나가 보았을 뿐이에요. 바깥 공기를 쐬고 싶어서요, 그런데 밖이 무척 쌀쌀하더군요. 불이 그리워져요. 이 집 난방 장치는 상태가 나빠요. 빨리 수리해줘요."

메리는 약속했다.

"알았습니다."

제니퍼 포터스큐는 외투를 의자 위에 벗어던지고 메리와 함께 방에서 나왔다. 그녀가 앞에 서고 메리는 다소곳이 조금 뒤에서 층계를 내려왔다. 홀 한구석에 케이크 담긴 쟁반이 그대로 놓여 있었다. 메리는 놀라서 조리실 쪽을 향해 글래디스를 부르려고 했다.

그때 에딜 포터스큐가 서재문에서 머리를 내밀고 짜증스러운 목소리로 말했다.

"차는 와 있는데 케이크가 아직 안 오는군요."

메리는 얼른 그 쟁반을 집어 들고 서재로 들어갔다. 난로 옆 작은 테이블 위에 저마다의 접시를 늘어놓은 뒤 그녀는 빈 쟁반을 가지고 복도로 나오려 했다.

그때 현관 벨이 울렸다. 쟁반을 내려놓고 메리는 현관으로 나가며 생각했다.

'그 바람둥이 아들이 돌아온 것이라면 어떤 사람인지 빨리 보고싶 군.'

그녀는 현관문을 열었다. 거기에는 햇볕에 그을린 여윈 얼굴의 사나이가 묘하게 차가운 웃음을 입가에 띠고 서 있었다.

"랜슬럿 포터스큐님인가요?"

"그렇소."

메리는 뒤를 넘겨다보듯 하며 물었다.

"짐은?"

"짐은 이것뿐이오. 택시는 돌려보냈소."

그가 들고 있는 것은 중간 크기의 보스턴 백 하나뿐이었다. 왠지 좀 이상한 생각이 들어 메리는 말했다.

"택시로 오셨나요? 나는 걸어오신 줄로만 여겼어요. 아씨는?"

그의 얼굴이 묘하게 점점 더 긴장되었다.

"아내는 오지 않을 거요, 적어도 지금 당장은."

"그러세요? 자, 어서 들어오세요. 여러분이 서재에서 차를 들고 계세요."

메리는 그를 서재문 앞으로 안내하고 그곳에서 물러나왔다.

과연 랜슬럿 포터스큐는 아주 매력적인 사나이였다. 그러므로 여자들이 누구나 끌려들게 되는 것도 무리가 아니다.


### 3

"랜스!"

엘레인느가 급히 달려왔다. 랜슬럿의 목에 팔을 감고 소녀 기분 그대로 힘껏 끌어안았다. 랜슬럿 쪽이 오히려 놀라 가만히 몸을 사렸다.

"이분이 제니퍼 씨?"

제니퍼 포터스큐는 파고드는 듯한 눈으로 그를 바라보고 있었다.

"모처럼 오셨는데 퍼시벌은 오늘 밤 집에 돌아오지 않으리라 생각돼요. 아시다시피 남편은 아주 바쁜 것 같아요. 그야말로 하나에서 열까지 보살피지 않으면 안 되거든요. 그 까닭은 어쩌면 모르실지도 모르지만요."

그러자 랜슬럿이 슬픈 목소리로 말했다.

"무서운 일이 일어났다고 하더군요."

그는 고개를 돌려 소파 위의 부인에게로 눈길을 보냈다. 그녀도 머핀과 벌꿀을 손에 들고 마치 물건이라도 평가하듯 가만히 그를 바라보았다.

제니퍼가 큰소리로 물었다.

"당신은 아직 에딜을 모르시지요 ? "

랜슬럿은 낮게 대답했다.

"네, 물론. "

랜슬럿은 손을 내밀어 에딜 포터스큐와 악수했다. 그가 우뚝 선 채 그녀를 내려다보자 에딜의 눈이 저도 모르게 떨렸다. 왼손에 들고 있던 머핀을 테이블 위에 놓더니 그 손을 머리로 가져갔다. 여자다운 행동이었다. 굉장한 미남이 방에 들어왔다고 노골적으로 인정하는 것 같은 행동이었다.

에딜은 홍차잔을 내밀며 말했다.

"앉으세요, 랜슬럿 씨. 마침 알맞은 때 와주셨군요. 지금 우리는 집에 든든한 남자분이 있어 주었으면 하고 생각하니까요. "

"내가 할 수 있는 일이라면 무엇이든지 하겠습니다. "

"아시겠지만 이 집에는 경찰이 와 있어요. 그 사람들은, 그 사람들 로 말하면……. "

에딜은 느닷없이 흥분하여 소리질렀다.

"무서운 일이에요, 무서운 일이란 말예요 ! "

"알고 있습니다. 내가 런던 비행장에 내리자마자 그들이 곧 만나러 왔었으니까요. "

"경찰이 ? "

"네. "

"뭐라고 하던가요 ? "

"일어난 사건에 대해 자세히 설명해 주었습니다. "

"렉스는 독살당한 거예요. 경찰에서는 그렇게 믿는다고 말하고 있 어요. 단순한 음식물 중독이 아니라 누군가에 의해 독살되었다고 해요. 그리고 그 범인이 우리 가족 가운데 하나라는 거예요 ! "

랜슬럿은 얼른 웃음지어 보이며 위로하듯 말했다.

"그건 그들이 그렇게 생각하고 있을 뿐, 우리는 아무것도 걱정할 필요가 없습니다. 참 훌륭한 차로군요! 꽤 오랫동안 영국의 홍차를 마시지 못했습니다!"

모두들은 그의 말투에 끌려들어 좀 마음이 가라앉는 모양이었다.

에딜이 문득 생각난 듯 물었다.

"당신 부인은?"

"런던에 있습니다."

"함께 왔으면 좋았을 텐데요."

"여러 가지 볼일이 있어서요. 그리고 패트는, 패트는 거기에 있는 편이……."

엘레이느가 날카로운 목소리로 말했다.

"오빠는 설마……."

랜슬럿은 일부러 이야기를 바꾸었다.

"참 맛있어 보이는 초콜릿 케이크군. 좀 먹어 볼까?"

랜슬럿은 케이크를 조금 잘라 들며 엘레이느에게 물었다.

"에피 이모님은 아직 건강하시니?"

"건강하시고말고요, 랜스. 하지만 아래층에는 전혀 내려오시지 않고 식사도 혼자 드세요. 몸은 건강하시지만 성질이 몹시 까다로워지셔서……."

"옛날부터 성미가 까다로우셨지. 차를 마시고 나면 인사하러 갔다 와야겠군."

제니퍼 포터스큐가 중얼거렸다.

"그 나이가 되면 어딘가 양로원에 들어가고 싶어지는가 봐요. 정말로 친부모처럼 돌봐 주는 알맞은 시설이 있으면 좋겠는데요."

랜슬럿이 옆에서 거들었다.

"그렇군요, 어딘가 양로원에서 에피 이모님을 돌봐 주면 정말 좋을 텐데요, 그리고 엘레이느, 내가 벨을 울렸을 때 문을 열어 준 상냥한 여성은 대체 누구지?"

에딜이 깜짝 놀란 듯 물었다.

"어머나, 문을 열어 준 것은 클램프가 아니었나요? 아, 그렇군요, 깜박 잊고 있었어요, 오늘은 클램프가 외출하는 날이었지. 그렇다면 글래디스가 열어 주었을 텐데요."

랜슬럿은 그녀의 모습을 설명했다.

"눈동자는 푸르고, 머리를 한가운데에서 예쁘게 갈라 빗었으며, 상냥한 목소리를 내는 여성이었습니다. 하지만 어딘지 차가운 듯해 보이더군요, 호들갑스럽게 말하는 것 같았지만……."

제니퍼가 말했다.

"그녀는 틀림없이 메리 더브 양이에요."

엘레이느가 끼여들었다.

"이 집 살림을 맡아하는 사람이에요."

에딜도 덧붙였다.

"정말 쓸모있고 빈틈없는 사람이랍니다."

"역시 그렇군요, 나도 그런 느낌을 받았습니다."

"그 사람의 가장 큰 장점은 고용인으로서의 입장을 잊지 않는 거예요, 조금도 난 체하지 않거든요."

랜슬럿은 초콜릿 케이크를 또 하나 집어 들며 말했다.

"영리한 여성이군요."


# 또, 또, 살인!

## 1

미스 램즈보텀은 나무라듯 말했다.

"어떻게 된 거냐, 너는? 왜 지금 이런 집으로 되돌아온 거지? 하지만 생각하기에 따라선 좋은 시기에 돌아왔다고 할 수도 있겠구나. 아버지는 어제 살해되었다. 온 집안을 경찰들이 뒤지고 돌아다녔지. 휴지통까지 뒤지고 있는 형편이야. 그 창문으로 잘 보이더구나."

램즈보텀 이모는 잠시 말을 끊었다.

"네 아내를 데려왔느냐?"

"패트는 런던에 있습니다."

"그건 잘했다. 너도 아주 바보는 아닌가 보구나. 내가 네 입장이라도 데려오지 않았을 게다. 이 집에서는 무슨 일이 일어날지 알 수 없어."

"패트에게 말입니까?"

"누구에게든."

랜슬럿 포터스큐는 가만히 노파의 얼굴을 지켜보며 물었다.

"무슨 사정이 있습니까, 이모님?"

미스 램즈보텀은 뚜렷이 대답하지는 않았다.

"어제 경감이 여기 와서 나에게 여러 가지를 물었다. 그리 참고될 만한 것은 들려주지 않았지만, 그 사람은 보기보다 훨씬 날카로운 데가 있는 것 같더구나."

이모는 갑자기 화가 치미는 듯했다.

"할아버지가 살아 계셨더라면 경관들이 이 집을 뒤지도록 잠자코 보고 있지만은 않았을 텐데! 지금쯤은 무덤에서 화를 내고 계실 거야. 할아버지는 평생 엄격한 칼빈파 신도로 지내신 분으로, 내가 국교회 미사에라도 참석하면 그야말로 큰 소동이 벌어져 여지없이 혼나곤 했었지. 살인에 비하면 아무것도 아닌 일이지만 말이다."

랜슬럿은 볼에 미소를 떠올리며 듣고 있었으나 가무잡잡하게 그을린 갸름한 얼굴에 긴장된 빛이 감도는 것은 감추지 못했다.

"이모님, 나는 꽤 오랫동안 집을 나가 있었으므로 이 집 형편을 잘 모릅니다만, 요즘 어떻습니까?"

미스 램즈보텀은 천장 쪽으로 눈길을 돌렸다.

"하느님을 업신여기는 일뿐이야."

"그렇겠지요, 이모님이 그렇게 말씀하시는 기분을 이해할 수 있습니다. 그러나 아버지를 죽인 것이 가족 가운데 누구일 거라고 경찰에 의심받을 만큼 어지러운 형편입니까?"

"의심하게도 되었지. 간통 문제가 있었고, 계속해서 또 살인 사건이 일어났으니까."

랜슬럿의 눈이 번쩍 빛났다.

"에딜이?"

"나는 필요 이상의 말은 하고 싶지 않다."

"여기서만의 이야기입니다. 다른 사람에게는 아무 말도 하지 않겠습니다. 에딜에게 연인이 있나 보군요? 둘이서 아버지의 아침 차에 독을 넣었다는 겁니까?"

미스 램즈보텀이 느닷없이 말했다.

"그 일이라면, 좋은 걸 가르쳐 주지. 아마 그 애가 뭔가 알고 있으리라 여겨지는데——"

"누구 말입니까?"

랜슬럿은 깜짝 놀란 표정을 지었다.

"언제나 코를 킁킁거리는 심부름꾼 말이다. 늘 이곳으로 차를 가져다 주기로 되어 있는데, 오늘은 가져오지 않는구나. 지금 물어보니 말없이 나갔다고 하던데, 경찰에 간 게 아닐까 생각하고 있었다. 네가 왔을 때 현관문을 열어 준 건 누구였지?"

"메리 더브라는 여자였습니다. 온순해 보이는——그러나 속은 다

부져 보이는 여자입니다. 그 사람이 경찰에 갔다는 겁니까?"

"걔는 갈 수 없어. 내가 말하는 것은 좀 머리가 둔한 심부름꾼이야. 그 애가 오늘 토끼처럼 겁에 질려 있기에 무슨 일이 있었는지, 뭔가 마음에 걸리는 짓이라도 했는지 내가 물어 보았단다. 그랬더니 '나는 아무 짓도 하지 않았어요. 무엇을 할 까닭이 없잖아요?' 하며 기를 쓰더구나. 그렇다면 다행이다만 너에게 뭔가 걱정스러운 일이 있는 것 같다고 말했더니, 글쎄 그 애가 울음을 터뜨리며 '누군가에게 폐를 끼치면 안돼요. 모두 뭔가 잘못되었어요'라고 말하지 않겠니. 그래서 나는 말해 주었다. '사실을 말하도록 해. 그러면 아무에게도 폐끼치지 않고 무사할 테니까. 곧 경찰에 갔다 오너라. 그리고 네가 알고 있는 것은 아무리 말하기 어려운 일이라도 숨김 없이 다 털어놓고 오너라. 사실을 숨기고 있어서는 결코 좋은 결과를 가져오지 못하니까.' 그러자 그 애는 경찰에 갈 수 없는 까닭을 길게 늘어놓았어. 무슨 말인지 잘 알아들을 수 없었지만, 아무튼 경찰에서는 자기가 하는 말 같은 건 믿어 주지도 받아들여 주지도 않을 거라고 하는 것 같았어. 그러면서 결국 자신은 아무것도 모른다고 버티는 거야."

"그럼, 이모님도 그 애가 중요한 역할을 하고 있었다고는 여기지 않으셨군요?"

"그건 그래. 그렇게 여기지는 않는다. 다만 그 애는 뭔가를 보았거나 들어서 이 사건에 대해 중요한 것을 알고 있는 것 같았어. 아니면 그 애 자신이 그렇게 믿고 있을 뿐 전혀 엉뚱한 일일지도 모르지만."

"혹시 그 애가 아버지에게 원한을 품을 만한 일이 있어서——"
랜슬럿은 말하다가 입을 다물었다.
미스 램즈보텀은 세게 고개를 가로저었다.

"터무니없어. 아무리 아버지지만 그런 계집애에게 눈독 들일 리 없지. 누구도 그런 일은 문제삼지 않을 거다. 가엾은 아이야. 그 아이의 영혼에는 도리어 그것이 다행이겠지만 말이다."

랜슬럿은 글래디스의 영혼 같은 것에는 관심을 가지고 있지 않았다.

"그래서 이모님은 그 아이가 경찰에 갔다고 생각하시는 거로군요?"

미스 램즈보텀은 세게 고개를 끄덕였다.

"누군가가 독을 넣는 걸 보았을까요?"

"그럴지도 모르지."

"나도 그렇게 생각되는군요. 하지만 이 사건에는 이해할 수 없는 점이 많습니다. 마치 미스터리 소설같이……."

미스 램즈보텀이 불쑥 말했다.

"퍼시벌의 아내는 병원 간호사였다."

지금까지의 이야기와 너무 동떨어진 말이었으므로 랜슬럿은 깜짝 놀라 이모의 얼굴을 지켜보았다.

미스 램즈보텀은 말을 이었다.

"병원 간호사는 극약 다루는 데 익숙해 있지."

랜슬럿은 이상한 듯한 표정을 지었다.

"이 타키신이라는 독은 약국에서 쓰이는 겁니까?"

"수송나무 열매에서 얻는 거란다. 아이들이 잘못해서 수송나무 열매를 먹는 일이 있는데, 몹시 고통받게 되지. 내가 어릴 적에 한 번 그런 일이 있었단다. 지금도 모두 잘 기억하고 있어. 기억하고 있으면 언젠가는 소용되는 거로군."

랜슬럿은 고개를 번쩍 들고 램즈보텀을 바라보았다.

미스 램즈보텀은 조용히 말했다.

"어쩌다 잘못해서 독에 닿았는지도 모르지. 부디 그랬으면 좋겠다고 생각하고 있다만⋯⋯. 그러나 만일 계획적인 범죄가 있었다고 한다면 내버려둘 수 없는 일이야. 범죄라면 어디까지나 밝혀 내는 것이 우리 국민들의 의무니까."

## 2

클램프 부인은 조리대 위에서 빵반죽하던 손을 멈추고 언제나처럼 성난 듯한 새빨간 얼굴을 흔들어대며 말했다.

"내게는 한 마디도 하지 않고 가버렸어요. 아무 말도 하지 않고 뛰어갔어요! 곤란해요. 이런 식으로 살짝 빠져나가게 되면! 말을 하면 내게 꾸중들을 거라고 생각한 거겠지요. 물론 내가 보았다면 못 나가게 했어요. 생각이 틀렸으니 말이에요. 주인님께서 돌아가시고 랜슬럿님이 외국에서 돌아오신다는데 하인들이 외출하는 법이 어디 있어요. 클램프에게도 말해 두었어요. 외출날이든 아니든 우리 시중드는 사람들의 임무란 그런 게 아니거든요. 언제나 목요일 만찬에는 차가운 고기로 정해져 있지만, 오늘만은 특별히 정식 만찬을 해야 해요. 랜슬럿님이 아씨와 함께 몇 해 만에 외국에서 돌아오시는데 정식식사를 내야하지 않겠어요. 랜슬럿님은 귀족분과 떳떳하게 결혼하셨어요. 나로서는 그 아씨에게 요리 솜씨를 보여 드리고 싶어요."

메리 더브는 순순히 고개를 끄덕여 보였다.

"그런데 클램프가 그때 뭐라고 했는지 알아요. 외출날이니까 외출하는 것뿐이라는 거예요. 귀족이 어떻다는 거냐는 말까지 했지요. 대체로 클램프는 자기 일에 긍지를 가지고 있지 않아요. 그렇게 말하더니 태연한 얼굴로 나가고 말았지요. 나는 하는 수 없이 글래디스에게 너 혼자 식사 준비를 하라고 시켰어요. 그 애도 알았다고 말해 놓고는 내가 보지 않자 살그머니 달아나 버리고 말았어요. 오늘은 그 애의 외출날도 아닌데요. 식사를 어떻게 하겠어요? 랜슬럿님이 오늘 아씨와 함께 오지 않으셨으니 다행이긴 하지만……. "

"어떻든 내가 도와주겠어요, 클램프 부인. 다만 메뉴는 되도록 간단하게 해주세요. 그러면 나 혼자서라도 거들 수 있으니까요. "

메리의 목소리는 위로하는 것 같기도 하고 또 명령하는 것 같기도 했다.

클램프 부인은 불만스러운 것 같았으나 일단 그 제안을 받아들였다.

"더브 양, 더브 양이 식탁 시중을 들겠다는 건가요? "

"식사 시간까지 만일 글래디스가 돌아오지 않으면 해야지요. "

"그야 돌아오지 않을 거예요. 틀림없이 남자와 어울려 어딘가를 돌아다니고 있을 테니까요. 지금쯤 이 가게 저 가게를 기웃거리며 시시하게 돈을 쓰고 있겠지요. 더브 양은 아는지 모르지만, 그 애에게는 남자가 있어요. 앨버트라고 하는데, 다음해에 결혼한다고 내게 말했지요. 결혼이 어떤 것인지 그 애는 아직 몰라요. 나는 클램프 때문에 실컷 고생만 했어요. "

클램프 부인은 조용한 목소리로 말했으나 금방 다시 본디의 말투로 되돌아갔다.

"차는 끝났나요? 누가 치우고 씻어 놓아야 할 텐데요. "

그러자 메리 더브가 말했다.

"내가 하지요. "

서재에는 아직 전등이 켜져 있지 않았다. 에딜 포터스큐는 홍차잔을 앞에 두고 소파에 앉은 채로 있을 게 틀림없다.

메리가 크게 소리쳤다.

"전등을 켜드릴까요? "

에딜은 대답하지 않았다.

메리는 전등을 켜고 커튼을 닫으러 창가로 걸어갔다. 다 닫고 나서 돌아보니 쿠션에 머리를 묻은 부인의 얼굴이 보였다. 벌꿀을 바른 먹다 만 머핀이 옆에 떨어져 있었다. 찻잔에는 홍차가 반쯤 남아 있었다.

죽음이 에딜 포터스큐를 갑자기 덮친 것이다.


### 3

닐 경감이 조심스럽게 물었다.

"뭐지요?"

의사는 분명히 대답했다.

"청산가리가 홍차 속에 들어 있었습니다."

닐 경감이 중얼거렸다.

"청산가리……."

의사는 그의 태도에 몹시 호기심이 일어난 듯 물었다.

"아주 뜻밖으로 생각하시는 듯한데 뭔가 특별한 까닭이라도……."

"그 부인은 용의자로 지목되고 있었소."

"그런데 거꾸로 살해되었으니 다시 생각하지 않으면 안 된다는 말씀이군요?"

닐 경감은 고개를 끄덕였다. 그는 시무룩한 얼굴로 입술을 꽉 깨물고 있었다.

독살! 그의 눈앞에서 멋지게 해치웠다. 렉스 포터스큐의 아침 커피에는 타키신, 에딜 포터스큐의 오후 홍차에는 청산가리. 이것도 역시 가정 안의 트러블이 원인이라고 여겨진다! 에딜, 제니퍼, 엘레이느, 그리고 막 와 닿은 랜슬럿이 서재에서 함께 차를 마시고 있었다.

랜슬럿은 미스 램즈보텀을 만나러 2층으로 올라갔다. 제니퍼는 편지를 쓰러 자기 거실로 물러갔다. 엘레이느만이 마지막까지 서재에 남아 있었다. 그 엘레이느의 이야기에 의하면 에딜은 아주 생기 있었으며 직접 다시 한 잔 마지막 차를 따르고 있었다고 한다.

'마지막 홍차!' 그렇다, 그것이 그녀에게 있어서 마지막 차가 되었다.

20분쯤 아무도 없었다. 그리고 메리가 돌아와 처음으로 시체를 발견한 것이다.

그 20분 동안에……

닐 경감은 입 속으로 뭐라고 중얼거리며 부엌으로 들어갔다. 조리대 앞 의자에 클램프 부인의 큰 몸이 앉아 있었다.

"그 아가씨는 어디 있소? 아직 돌아오지 않았소?"

"글래디스 말인가요? 아직 돌아오지 않았어요. 아마 11시까지는 돌아오지 않을 거예요."

"틀림없이 오늘 차는 그녀가 직접 준비해서 가져간 거지요?"

"나는 전혀 손대지 않았어요. 하지만 글래디스 역시 그런 나쁜 짓을 할 리 없어요. 정말 착하기 그지없는 아이예요. 좀 머리가 둔하지만 나쁜 마음 같은 건 조금도 없어요."

닐 경감도 글래디스에게 이상한 생각이 있었다고 말하지는 않았다. 그리고 그 포트에는 청산가리가 조금도 들어 있지 않았다.

"그런데 어째서 갑자기 나간 거지요? 오늘은 외출날이 아니라던데요?"

"내일이에요."

"집사 클램프 씨는?"

클램프 부인은 가슴에 갑자기 뭔가 치미는 듯했다. 목소리까지 갑자기 커졌다.

"이 사건을 클램프와 결부시키지 말아 주세요. 클램프와는 관계없으니까요. 그이가 나간 것은 3시였어요. 지금으로서는 그이가 일찍 집을 나가 준 것을 기뻐하고 있을 정도예요. 여행중인 퍼시벌님이 이 사건에 관계없는 것과 마찬가지예요."

"아니, 조금도 당신 남편을 의심하고 있지는 않소. 다만 글래디스가 왜 없어졌는지 클램프 씨에게 물으면 사정을 알 수 있지 않을까 생각했을 뿐이오."

"그 애는 고급 나일론 스타킹을 신고 있었으니 남자를 만나러 갈 생각이었을 거예요. 차준비를 하며 샌드위치를 만드는 시간도 아까워할 정도였으니 남자와 약속이 있었던 게 틀림없어요. 돌아오면 야단치겠어요."

글래디스가 돌아오면······.

어렴풋한 불안이 닐 경감의 마음을 스쳐 갔다. 그것을 떨쳐 버리듯하며 경감은 2층에 있는 에딜 포터스큐의 침실로 올라갔다.

호화로운 방으로, 장미를 수놓은 비단 벽걸이와 금빛으로 빛나는 커다란 침대가 놓여 있고 방 한구석에 문이 있으며 그 안쪽에 욕실이 보였다. 벽에 두른 거울과 핑크빛 사기 욕조. 그 안쪽 문은 렉스 포터스큐의 화장실로 통해 있음에 틀림없다.

닐 경감은 에딜의 침실로 돌아왔다.

문 저쪽에 그녀의 거실이 보였다. 거실에도 역시 장미를 수놓은 카펫이 깔리고 앙필풍 가구가 갖춰져 있었는데, 그것 역시 눈이 휘둥그래질 만큼 호화로운 것이었다. 그 방은 어제 그 우아한 작은 책상을 조사할 때 충분히 정신을 집중하여 수사했으므로 지금은 한 번 둘러보는 것으로 끝낼 생각이었다.

그러나 갑자기 닐 경감의 주의를 끄는 것이 있어 몸을 긴장시켰다. 장밋빛 카펫 한가운데가 과자 부스러기로 더럽혀져 있었던 것이다.

닐 경감은 가까이 가서 만져 보았다. 더럽혀진 자리는 아직 말라 있지 않았다.

닐 경감은 주위를 둘러보았다. 물론 발자국 같은 건 눈에 띄지 않았다. 다만 젖은 진흙 조각이 하나 남아 있었다.

4

닐 경감은 글래디스 마틴의 침실 수사에 들어갔다. 벌써 11시가 지났다. 클램프는 30분 전에 돌아와 있었다. 그러나 글래디스는 모습을 보이지 않았다.

닐 경감은 다시 한번 방안을 둘러보았다. 글래디스는 어디서 어떤 식으로 예의범절을 배웠는지 모르지만, 천성이 아주 단정치 못한 게 틀림없었다.

침대 역시 자면 잔 대로 일어나면 일어난 대로 두는 듯했고 창문도 좀처럼 연 일이 없는 것 같았다. 그러나 지금은 그녀의 생활 습관을 조사해 내는 게 목적이 아니다. 조사하고 싶은 것은 그녀의 소지품인 것이다.

값싸고 야한 옷이 대부분으로 오래 지닐 만큼 품질좋은 것은 몇 벌 안 되었다. 하녀 앨런을 데려와 보였으나 아무 참고도 되지 않았다. 앨런은 글래디스가 가지고 있는 옷에는 조금도 관심이 없었으므로 어떤 옷이 없어졌는지 설명할 수도 없었다.

닐은 옷장 서랍을 모조리 빼내고 속에 이르기까지 뒤져보았다. 그러자 글래디스가 아주 소중하게 간직해 둔 물건이 몇 가지 나왔다. 그림 엽서, 신문에서 오려낸 쪽지, 편물본, 미용법 설명 기사, 옷 만드는 법, 올해 유행하는 옷차림 등등…….

닐 경감은 그것을 신중하게 분류했다. 그림 엽서는 주로 글래디스가 휴가 때 찾아갔으리라 여겨지는 여러 곳의 풍경이었다. 그 가운데서 세 장은 '버트'라는 서명이 들어 있었다. 클램프 부인이 젊은 남자라고 말한 그 사람인 듯했다.

첫 번째 엽서에는 아주 서투른 글씨로 다음과 같이 씌어 있었다.

모든 것이 다 멋있어. 당신이 없는 게 안타까워.

버트로부터

두 번째 것은 다음과 같았다.

이곳에는 미인이 많지만 당신처럼 예쁜 사람은 하나도 없어. 어서 당신을 만나 보고 싶군. 약속날을 잊지 말기를……. 힘을 내. 앞으로는 행복하게 지낼 수 있으니까.

세 번째 엽서에는 간단히 씌어 있었다.

잊지 마. 당신을 신뢰하며.

B로부터

그리고 나서 닐 경감은 신문에서 오린 쪽지를 골라 셋으로 분류했다. 올해의 유행과 미용법이 하나, 글래디스가 좋아하는 영화 배우 사진. 그리고 이것도 그녀의 취미인 듯한데, 최근의 여러 가지 과학상의 놀라운 일에 관한 기사가 있었다. 공중을 나는 원반, 비밀 병기, 러시아 사람들이 쓰는 진상 발견약, 미국 의학계에서 발명된 갖가지 새로운 약 등에 대한 설명 기사였다. 20세기 마술에 속하는 갖가지 기사도 있었다.

잡동사니가 많이 있었으나 그녀의 실종 원인을 분명히 해줄 만한 것은 아무것도 눈에 띄지 않았다. 처음부터 있으리라고 예상하지도 않았지만, 일기는 쓰고 있지 않았다. 쓰다만 편지도, 메모도, 렉스 포터스큐의 죽음과 관계있을 만한 것도 없었다. 두 번째 은쟁반을 복도에 놓아 둔 채 갑자기 모습을 감춰 버린 것은 아무리 생각해도 납득되지 않는 일이었다.

닐 경감은 한숨을 내쉬며 그 방에서 나와 등뒤로 문을 닫았다. 뒤충계를 내려오려고 하는데 아래층에서 시끄러운 소리가 들렸다. 헤이 경사가 흥분된 얼굴로 충계 아래에서 올려다보고 있었다.

그는 숨을 헐떡이며 말했다.

"경감님, 거기 계셨군요. 발견됐습니다, 그 아가씨가."

"그 아가씨?"

"하녀 엘런이 빨래 챙기는 일을 잊고 있었던 것을 생각해내고 뒷문으로 돌아갔답니다. 어두워서 손전등을 가지고 나갔는데, 갑자기 시체에 발이 걸린 겁니다. 그 아가씨는 목이 졸려——양말로 목이 졸려——벌써 몇 시간 전에 죽은 것 같습니다. 게다가 장난으로 생각하기에는 너무 짓궂은 일입니다만 그녀의 코에 빨래집게가 집혀 있었습니다."


## 런던에 온 미스 마플

꽤 나이가 든 부인이었다. 부인은 기차에 올라탈 때 아침 신문을 세 종류나 사들고 차 안에서 하나하나 훑어보고 있었다. 다 읽고 나자 얌전히 접어서 옆에 놓았다.

보니 어느 신문이나 3면에 같은 기사가 크게 실려 있었다. 다른 기사는 모조리 한구석으로 몰아붙이고 수송장의 삼중 살인 사건에 대해 선정적으로 보일 만큼 큰 제목을 붙여 보도하고 있었던 것이다.

노부인은 단정하게 앉음새를 바로하고 창 밖으로 눈길을 옮겼다. 주름져 있지만 아직도 풍만하고 살결이 흰 얼굴에 슬픔과 분노의 빛이 짙게 떠올라 있었으며, 입술이 꽉 힘있게 다물어져 있었다. 그날 미스 마플은 아침 일찍 세인트 메리 미드에서 기차를 타고 일단 런던까지 와서 다른 선으로 갈아타고 겨우 베이든 히스에 와 닿은 것이다.

역에서 택시를 불러 수송장으로 가자고 말했다. 이 집은 사건이 있은 뒤로 아주 엄중한 경계가 펴져 있었으나, 사람좋아 보이며 나이에 비해 살결곱고 혈색좋아 마치 솜털 냄새가 풍기는 것 같은 이 노부인은 아주 손쉽게 들어갈 수 있었다. 오히려 신문 기자며 사진 기자들은 경찰에 의해 못 들어가고 문 앞에 모여 서서 웅성거리고 있었는데, 이들 사이로 아무 질문도 받지 않고 통과할 수 있었다. 어느 모로 보나 가족의 한 사람으로 여겨졌음에 틀림없었다.

거스름돈이 필요없도록 잔돈을 긁어모아 택시 요금을 치르자 미스 마플은 현관벨을 울렸다. 문을 열어주는 집사 클램프의 얼굴을 한눈에 알아보고 마음속으로 생각했다.

'교활한 눈을 가진 사람이로군. 그뿐 아니라 이 사람은 자꾸만 두리번거리지 않으면 안 될 이유가 있는 것 같아…….'

클램프도 역시 마찬가지로 상대방 노부인을 관찰하고 있었다. 키가 큰 노부인이 아주 시대에 뒤떨어진 트위드 외투와 스커트를 입고 목도리를 두 개나 두른데다 새털이 달린 조그만 펠트 모자를 머리에 쓰고 있었다. 커다란 핸드백을 들고, 역시 옛날 것이지만 품질만은 고급스러운 슈트케이스가 발 언저리에 놓여 있었다.

그리하여 클램프는 상대를 상당한 신분의 사람으로 여기고 정중하게 맞았다.

미스 마플이 말했다.

"마님을 뵙고 싶은데, 집에 계신지요?"

클램프는 슈트케이스를 들고 노부인을 안으로 안내했다.

"하지만 부인, 용건이 무엇인지 ? "

미스 마플 쪽에서 설명했다.

"내가 온 것은 살해된 아가씨의 일 때문이에요. 그 글래디스 마틴의…… . "

"그렇습니까, 그 사건은…… . "

클램프가 말을 시작하는데 서재문이 열리며 늘씬하니 키큰 젊은 부인이 모습을 나타냈다.

클램프가 말했다.

"랜슬럿 포터스큐 부인입니다. "

패트리시어는 다가와 미스 마플과 서로 얼굴을 마주했다. 미스 마플은 가벼운 놀라움을 느꼈다. 설마 이 집에서 이런 부인을 만나리라고 생각지 못했던 것이다. 집안은 오면서 줄곧 상상했던 대로 어마어마할 만큼 호화스럽게 장식되어 있었다.

그런 만큼 더욱 패트리시어는 이 집에 어울리지 않는 존재로 보이는 것이었다.

클램프가 얼른 덧붙였다.

"아씨, 이분은 글래디스의 일로 오셨다고 합니다. "

패트리시어는 잠시 망설이는 듯하더니 이윽고 말했다.

"이리로 들어오시겠어요 ? 지금은 공교롭게도 모두 나가고 없습니다만…… . "

패트리시어는 미스 마플을 서재로 안내했다.

"정말 유감스럽게도 이야기할 수 있는 사람이 아무도 없군요. 나로서는 아무 도움도 드릴 수가 없어요. 나는 남편과 함께 2, 3일 전 아프리카에서 돌아왔을 뿐으로, 나 자신은 이 집 형편에 대해 잘 몰라요. 하지만 곧 퍼시벌 부인이나 엘레이느 아가씨가 돌아오리라고 여겨요. "

미스 마플은 패트리시어를 이 집에 있게 하는 것이 어쩐지 가엾게 느껴져 견딜 수 없었다. 이 여자는 이처럼 호화스러운 장식 속에 둘러싸여 있는 것보다 올굵은 천으로 지은 스포츠 옷차림으로 말이나 개를 상대하는 전원 생활 쪽이 훨씬 어울리리라고 여겨졌다.

세인트 메리 미드 언저리에서는 어린 말의 경매 시장이 가끔 열리는데, 그때에도 이 젊은 부인과 같은 타입의 사람을 흔히 볼 수 있었다. 미스 마플은 이 굉장한 저택 안에 틀어박혀 어딘지 불행한 그림자가 엿보이는 부인에게 친근감을 느꼈다.

정중히 장갑을 벗으며 미스 마플이 말했다.

"나는 글래디스 마틴이 살해되었다는 것을 오늘 아침 신문을 읽고 알았어요. 물론 그 애의 지금까지의 경력도 잘 알고 있지요. 그녀는 나와 같은 고향 태생으로, 큰 저택의 시중을 들 수 있도록 예의범절을 가르친 것은 바로 나였어요. 그 때문에 이런 무서운 일이 일어난 소식을 듣고 뭔가 내 힘으로 도움될 일이 있으면 하고 급히 달려온 거예요."

"이렇게 일부러 찾아와 주시다니 고맙습니다."

패트리시어는 미스 마플의 갑작스러운 출현을 그리 이상하게 여기는 것 같지 않았다.

"정말 멀리서 일부러 와주셔서 고맙게 여겨요. 글래디스 마틴에 대해 아무도 자세하게 알고 있는 사람이 없는 것 같아요. 물론 친척 같은 분을 말하는 거지요."

"그렇고말고요. 알고 있을 리가 없지요. 친척 같은 건 본디 없으니까요. 글래디스는 고아원에서 나에게 보내져 온 아이였어요. 세인트 페이스 고아원이지요. 규모는 작지만 확실한 시설이어서, 그전부터 우리는 그곳 아이들에게 좋은 몸가짐을 갖게 하도록 애쓰고 있었지요. 그 글래디스는 17살 때 내게로 보내져 왔었어요. 물론 내 곁에 오랫동안 있었던 건 아니에요. 고아들은 다 그렇지요. 그래서 예의범절을 대강 배워 알게 한 다음 하녀로 내보냈어요. 그런데 참아내지 못하고 거기서 뛰쳐나와 술집에 일자리를 구했지요. 그 나이의 아이들이란 모두 그런 생활을 그리워한답니다. 자유롭고 화려한 생활이라고 여기는 거지요."

"나는 그녀를 한 번도 만나 보지 못했습니다만, 가엾은 아이였겠지요?"

"그렇지 않아요. 정반대지요. 아데노이드가 있어서 얼굴은 여드름 투성이고 지능 발달도 굉장히 뒤떨어져 있어요. 그 애 자신은 줄곧 남자친구를 바라고 있었지만 남자들은 전혀 상대해 주지 않았으며, 같은 또래 아이들로부터 늘 이용만 당하는 어리석은 아이였지요."

"잔혹한 느낌이 드는군요."

"인생 자체가 잔혹한 것이니까요. 다만 이것은 말할 수 있겠지요. 세상이 글래디스 같은 아이를 다루는 방법을 지나치게 잘 알고 있다는 것 말이에요. 그런 아이들은 영화 따위의 영향을 받아 언젠가는 자신에게도 행운이 찾아오리라는 터무니없는 꿈을 가지고 있답니다. 꿈을 가지고 있다는 것은 어쩌면 행복한 일일지도 모르지만, 언젠가 그 꿈에서 깨어날 날이 오는 것을 막을 수는 없지요. 글래디스도 아마 술집이나 음식점에서 크게 실망을 맛보았을 거예요. 그런 생활이 조금도 화려한 게 못되며 오히려 생활고를 생생하게 보여주는 것임을 알았겠지요. 그래서 다시 하녀로 돌아가고 싶어졌던 거예요. 그 애는 이곳에서 얼마나 신세지고 있었지요?"

패트리시어는 머리를 흔들었다.

"겨우 한두 달쯤 되었다더군요. 하지만 그런 아가씨가 이처럼 무서운 사건에 말려드는 건 가엾은 일이라고 여겨요. 아마 뭔가 무서운 일을 보고 만 거겠지요."

미스 마플은 조용히 말했다.

"그 빨래집게 이야기에는 정말 화가 치밀어 견딜 수 없더군요."

"빨래집게?"

"네, 신문에 그렇게 씌어 있었어요. 죽은 그 아이의 코에 빨래집게가 집혀 있었다고요!"

말하는 동안 미스 마플의 볼에 성난 표정이 떠올랐다.

"그것이 나는 화가 치밀어 견딜 수 없어요. 이런 기분은 당신도 잘 아실 줄 압니다만, 그처럼 잔혹한 모욕이 또 있을까요! 사람을 그런 식으로 업신여기는 것은 무서운 일이라고 여기지 않으세요?"

"화내시는 기분은 잘 알겠어요. 닐 경감님을 어서 만나 보세요. 이 사건을 맡은 분인데, 지금 여기 계세요. 좋은 사람이랍니다. 만나시면 곧 알게 되겠지만, 경찰관으로서는 정말 보기 드물 만큼……"

패트리시어는 갑자기 몸을 떨었다.

"하지만 이 사건은 마치 무서운 악몽 같아요. 갈피를 잡을 수가 없어요! 미치광이 같아요! 전혀 줄거리가 서 있지 않아요!"

닐 경감이 지친 모습으로 들어왔다. 흔한 집안 문제로 여기고 있던 사건이 갑자기 혼란에 빠졌다. 틀림없이 범인이라고 지목했던 에딜 포터스큐가 두 번째 피해자가 되어 버렸다.

사건이 일어난 날 밤 부국장은 닐을 불러 둘이서 밤늦게까지 상의했었다.

닐 경감은 뜻밖의 사건 발전에 한편으로 실망을 느끼기도 했으나 속으로 짐짓 만족을 느끼는 점도 있었다. 부호의 젊은 아내와 연인. 너무도 틀에 박혀 지나치게 꼭 들어맞는다. 그는 이런 정석대로의 사건에서는 일단 만일을 생각하여 의문을 가져 보기로 하고 있었다. 그런데 지금 역시 의심해 보는 게 좋았음을 알았다.

부국장은 줄곧 방안을 왔다갔다하며 말했다.

"닐, 사건이 완전히 다른 양상을 띠기 시작했군 그래. 그러나 이것 역시 집안 문제에 원인이 있는 사건으로 여겨지네. 그 점에는 변함이 없는 것 같아. 포터스큐와 아침 식탁을 같이한 사람들 가운데 커피나 요리에 타키신을 넣은 사람이 있네. 그리고 오후에 차를 함께 마신 가족 가운데 에딜 포터스큐의 홍차 속에 청산가리를 넣은 사람이 있어. 물론 아무에게도 의심받지 않고 수상하게 여겨지지도 않을 인물이 틀림없는데, 어떤가? 자네는 누구라고 생각하나, 닐?"

닐 경감은 아주 사무적인 말투로 입을 열었다.

"퍼시벌은 집에 없었으니까 제외하지요, 두 번 다 그러했습니다."

부국장이 흘끗 그를 보았다. 닐 경감이 '두 번 다'라고 말한 게 그의 주의를 끈 것 같았다.

"그렇다면 닐, 거기에 뭔가 뜻이 있는 건가?"

"그리 특별한 뜻은 없습니다. 다만 이런 말을 할 수는 있다고 생각합니다. 그는 이로써 아주 형편좋게 되었다고 말입니다."

"흠, 그렇지. 그로서는 형편좋게 된 셈이지, 틀림없이. 아무튼 두 번 다 현장에 있지 않았으니까."

부국장은 잠시 생각하더니 말을 이었다.

"그럼, 닐. 자네 생각으로는 그가 집에 없는 것으로 보이게 하고 뭔가 잔재주를 부렸다는 건가? 어떤 방법일까? 나로서는 짐작이 가지 않는데. 그리고 그는 그런 엉뚱한 짓을 할 타입도 아닌 것 같았네만."

"그는 아주 빈틈없는 사나이입니다."

"여자들은 어떤가? 엘레이느 포터스큐와 퍼시벌의 아내 말인데, 이 두 사람은 아침 식사에도 저녁 차시간에도 함께 있었네. 어느 쪽에나 범행의 기회가 있었지. 그들에게 수상한 점은 없는가? 그리고 경력으로 볼 때 약품 지식도 있는 것으로 듣고 있는데."

닐 경감은 대답하지 않았다. 그는 지금 메리 더브에 대해 생각하고 있었다. 메리 더브에게는 혐의를 걸 만한 명확한 이유가 없다. 그러나 그녀의 주위에는 명백히 설명할 수 없는 이상한 구름 같은 것이 떠돌고 있었다.

희미하기는 하지만 반항하는 듯한 태도도 엿보였다. 사건에 대한 호기심 때문일까? 렉스 포터스큐가 죽은 바로 뒤에 특히 그것이 크게 나타났다.

그 밖의 점에서라면 그녀의 행동은 차분하고 정숙했다. 호기심의 그림자는 조금도 없고 더욱이 반항의 빛 같은 건 보이지도 않았다. 그런데도 사건이 일어났을 때 두려운 표정이 그녀 얼굴에 전혀 떠올라 있지 않은 것은 어찌 된 일일까?

글래디스 마틴의 경우는 경감에게도 책임이 있었다. 그녀가 죄의식에 쫓겨 겁먹고 있는 것을 시골 아가씨가 경찰을 무서워하기 때문이라고 생각했으니까. 지금까지의 경험으로 그렇게 믿고 말았던 것이다. 그러나 글래디스의 경우는 뭔가 특별한 이유가 있었던 게 틀림없다.

아마 그것은 아주 하찮고 막연한 일이므로 경찰관 앞에서 이야기하면 웃지나 않을까 염려했던 것이리라. 그때 얼른 들어두었더라면 좋았을 걸. 지금은 이미 두 번 다시 입을 열지 못하게 되고 말았다.

닐 경감은 지금 수송장에서 노부인과 마주앉아 있었다. 미스 마플의 조용하고 진지한 얼굴을 바라보는 동안 어떤 흥미가 솟아 올라왔다.

처음에 경감은 이 수다스러워 보이는 할멈을 빨리 돌려보내 버릴 마음이었는데, 갑자기 생각을 바꾸었다.

이 할머니는 틀림없이 도움이 될 것이다. 더없이 정직한 것 같고 노인이라 여가가 충분히 있을 테니 소문을 냄새맡는 데는 안성맞춤이다. 하인들로부터도, 포터스큐네 가족에게서도 경찰관으로서는 알아낼 수 없는 가십을 들을 수 있을 것이다.

그리하여 닐 경감은 미스 마플을 정중한 태도로 대했다.

"일부러 여기까지 오시느라고 수고 많았습니다, 미스 마플."

"천만에요. 이것이 내 의무니까요. 그 애는 한때 우리 집에서 함께 살았던만큼 그 애에 대해 나도 책임을 느끼고 있어요. 아시다시피 머리가 좀 모자라는 편이었지요."

닐 경감은 아주 영리한 부인이라고 여기며 감탄하는 듯한 눈길로 바라보았다.

"말씀하시는 대로였습니다."

그러고 나서 그녀는 질문의 요점으로 들어갔다.

"그 애는 뭔가 뜻밖의 사건에 부딪쳤던 거예요. 그것을 어떻게 처리해야 좋을지 몰랐을 테지요. 나는 말이 서툴러 그 뜻을 잘 알아듣기 어려울지 모릅니다만."

닐 경감은 고개를 끄덕였다.

"확실히 그 아가씨로서는 중요한 일과 그렇지 않은 일의 구별이 잘 되지 않았던 것으로 여겨지는군요."

"그래요, 경감님."

닐 경감이 말을 꺼냈다.

"지금 머리가 모자란다고 하신 말씀은——"

미스 마플이 곧 그 말을 받았다.

"그 애는 속기 쉬운 타입이에요. 나쁜 남자에게 속아 저금을 털리거나 할 성격이지요. 물론 그 애는 어울리지 않는 옷 같은 것에 공연한 돈을 써버리는 성질이라 저금도 없었을 테지만요."

"남자 문제는 어떻습니까?"

"남자 친구를 무척 바라고 있었어요. 그 애가 세인트 메리 미드의 우리 집을 뛰쳐나간 것도 실은 그 때문이었지요. 거기는 훌륭한 젊은이들이 적은 곳으로, 뭐랄까 경쟁이 심했거든요. 그 애는 그 무렵 생선 가게 젊은이에게 반해 있었어요. 그런데 그 젊은이는 어느 아가씨에게나 듣기 좋은 말을 하고 무슨 일에나 진심이 아니었어요. 마침내 글래디스는 버럭 화가 치밀어 그곳을 뛰쳐나가게 되었던 거예요. 하지만 결국 여기서 한 사람 붙들었나 보군요."

닐 경감은 줄곧 고개를 끄덕이며 말했다.

"그렇습니다. 앨버트 이밴즈라는 것이 분명 그 사나이의 이름입니다. 언젠가 쉬는 날 놀러 가서 만났다는데, 그 사나이도 결혼을 신청한 건 아닌 것 같습니다. 다만 글래디스 쪽에서 멋대로 그렇게 결정하고 있었던 거지요. 그 사람이 광산 기사라는 말을 글래디스로부터 요리사가 직접 들었다더군요."

"광산 기사라고요? 도저히 믿어지지 않는군요. 하지만 그 애는 그렇게 생각하고 있었던 게 틀림없어요. 아마 그 사나이가 그렇게 말해 주었겠지요. 아까도 말했듯이 그 애는 무엇이든 금방 믿어 버리니까요. 당신도 그 사람의 신분을 광산 기사로 여기지는 않겠지요?"

"물론입니다. 그리고 남자 문제로 옥신각신하고 있었던 것으로는 보이지 않습니다. 그는 한 번도 찾아온 적이 없는 것 같습니다. 가끔 그림 엽서를 보내왔는데, 그것은 모두 어느 바다 항구였습니다. 아마도 발트 항로 배에 타고 있는 사등 기관사나 뭐겠지요."

"그런 건 아무래도 좋아요. 그 애에게는 그 나름의 로맨스가 있었던 거니까요. 그처럼 짧은 생애였으니——"

미스 마플은 입을 뾰족이 내밀고 패트리시어 포터스큐에게 한 것과 같은 이야기를 하기 시작했다.

"경감님, 나는 범인의 살해 방법이 너무 잔혹하여 화가 치밀어, 화가 치밀어. 빨래집게로 코를 집어 둔다는 건 아무래도 너무 지나치다고 생각해요."

닐 경감은 갑자기 흥미가 솟아오른 듯 노부인을 지켜보았다.

"그 기분은 잘 알겠습니다, 미스 마플."

미스 마플은 좀 멋쩍은 듯 헛기침을 하고 말했다.

"가능할지는 모르겠지만, 나는 내 나름대로 도와드릴 생각이에요. 이 살인을 저지른 범인은 무척 악하고 죄많은 사람임에 틀림없어요. 경감님, 그런 나쁜 사람에게는 반드시 천벌이 내리는 법이에요."

"천벌이라고요? 당신 말씀에 반대하는 건 아닙니다만, 지금으로서는 그리 믿을 수 없는 의견이로군요, 미스 마플."

미스 마플은 생각나는 대로 갖가지 일들을 이야기했다.

"역 가까이에 호텔이 있더군요. 골프 호텔이라고 하는 것 같았어요. 그리고 이 집에는 미스 램즈보텀이 산다고 들었어요……. 외국 전도에 아주 흥미를 가지고 있는 분이더군요."

그 말에 닐 경감은 무심코 빙긋 웃었다.

"물론 살고 있습니다. 아시는 사이인가요? 그렇다면 아주 다행입니다. 만나 보시면 뭔가 정보를 얻을 수 있을 테니까요. 나도 이야기를 끄집어내려고 무척 애써 보았습니다만, 그 부인만은 헛일이었지요."

"미리 말해 두지만, 나는 결코 남의 소문을 들으러 찾아다니는 사람은 아니에요, 경감님."

닐 경감은 저도 모르게 미소지었다. 지금까지 경감은 이 부인에 대해 타고나 참견쟁이여서 멀리서 찾아온 것으로 여기고 있었는데, 그렇다면 뜻밖에도 그 아가씨의 복수가 목적이었던 것일까?

미스 마플은 말을 이었다.

"신문 기사란 아무래도 선정적으로 흐르기 쉬운 것 같더군요. 그 반면 보도의 정확성이라는 중요한 점을 전혀 생각지 않고 있어요."

"그럼, 내가 신문 대신 이야기해 드리지요. 쓸데없는 가지와 잎을 떼어버리면 사건은 결국 이렇습니다. 포터스큐 씨가 회사에서 타키신 독으로 죽었습니다. 타키신은 수송나무 열매나 잎에서 뽑아낸 독물입니다."

"이 집에서라면 누구나 손에 독을 넣을 수 있는 거로군요."

"그렇습니다. 그러나 여기서 채취했다는 증거는 없습니다."

경감은 이 점을 특히 힘주어 설명했다. 왜냐하면 이거야말로 이 수다쟁이 할머니에게 꼭 알맞은 역할이라고 생각되었기 때문이다.

수송나무 열매를 달이거나 졸인 곳은 이 집이 틀림없으므로 미스 마플이라면 분명 증거를 찾아낼 수 있으리라 믿어도 좋을 것이다. 이 노부인은 술이며 차 등을 집에서 정성들여 만드는 타입인 것 같다. 아마 이 독물을 뽑아내는 방법이나 사용법도 알고 있으리라.

"그리고 포터스큐 부인은 어떻게 된 건가요?"

"부인은 가족들과 서재에서 차를 마시고 있었지요. 마지막으로 함께 있었던 사람은 첫 부인의 딸인 엘레이느 포터스큐 양입니다. 이 아가씨의 말에 의하면, 그녀가 서재를 나올 때 부인은 차를 한 잔 더 따르고 있었다고 합니다. 그리고 2, 30분쯤 뒤 집안 살림을 맡아하는 젊은 여성 더브 양이 차도구를 치우러 들어갔지요. 그때 포터스큐 부인은 소파에 기댄 채로 이미 숨이 끊어져 있었습니다. 그 옆 홍차잔에는 차가 조금 남아 있었고, 그 앙금 속에서 청산가리가 검출된 것입니다."

"작용이 가장 빠른 독약이군요."

"그렇습니다."

"그런 위험한 약물은 아주 주의해서 다뤄야 하는데……. 그런데도 아무데나 내버려둔 게 아닌가요?"

"짐작하신 대로입니다. 정원사의 헛간에 병째 내버려져 있었습니다."

"누구나 간단히 손에 넣을 수 있었던 셈이군요. 포터스큐 부인은 차 말고 또 무엇을 들었지요?"

"이 집에서는 차와 함께 여러 가지를 먹습니다."

"케이크? 버터 바른 머핀? 아니면 잼이나 벌꿀 같은 것?"

"벌꿀을 바른 머핀과 초콜릿 케이크와 그밖에 여러 가지 접시가 있었습니다. 그러나 청산가리는 홍차 속에만 들어 있었습니다, 미스 마플."

경감은 노부인의 얼굴을 의아한 듯 바라보았다.

"네, 알고 있어요. 다만 나는 그때의 상황을 정확하게 알고 싶었던 거예요. 뭐라고 하나요, 사건 전체의 조감도라고 할 수 있는 걸 말이에요. 지금 이야기도 내게는 뭔가 뜻이 있는 것처럼 여겨지는군요."

경감은 점점 더 의아한 얼굴로 미스 마플을 바라보았다. 그녀의 얼굴에 갑자기 핏기가 오르며 두 눈이 반짝반짝 빛나기 시작했다.

"그럼, 세 번째 사건 이야기를 들려주세요."

"글래디스라는 하녀는 먼저 차쟁반을 서재로 가져갔었는데, 다음 쟁반은 홀까지 가져갔을 뿐 한구석의 테이블에 놓아둔 채 갑자기 모습을 감추었습니다. 사실 글래디스는 그날 아침부터 멍해 있었다고 하는데, 그 뒤 아무도 그녀의 모습을 본 사람이 없었습니다. 요리사 클램프 부인은 그녀가 나일론 스타킹과 외출용 구두를 신고 있었으니 몰래 놀러 나간 게 틀림없다고 주장하고 있었지요. 그 상상은 잘못된 것이었습니다. 사실은 글래디스가 차쟁반을 홀까지 가져갔을 때 갑자기 빨래를 걷지 않은 게 생각나 급히 거두려고 나갔던 겁니다. 그때 빨랫줄에서 반쯤 빨래를 끌어내리는 그녀의 등 뒤로 누군가가 몰래 다가가 목에 양말을 감아 힘껏 죄어 누른 겁니다."

"누군가 밖에서 들어온 사람일까요?"

"아마 그럴 겁니다. 그러나 내부 사람일지도 모릅니다. 범인은 글래디스가 혼자 되는 기회를 엿보고 있었겠지요. 내가 심문할 때도 그녀는 몹시 흥분해 있어 아무래도 그 태도가 예사롭지 않다고 여겨졌습니다만, 설마 살해될 만큼 중대한 뜻이 있으리라고는 짐작도 못했습니다."

"물론 그러셨겠지요. 경찰분들에게 조사를 받으면 대부분 겁을 먹어 마치 자신이 나쁜 짓이라도 한 것처럼 여기게 마련이니까요."

"그렇지요. 그러나 미스 마플, 그녀의 경우는 특별했습니다. 분명 누군가의 수상한 행동을 보았던 게 아닌가 여겨집니다. 물론 아주 뚜렷하게 살인과 관련을 갖는 행위는 아니었겠지요. 그렇지 않다면 분명 나에게 뭔가 말했을 게 틀림없으니까요. 다만 범인이 글래디스의 입으로 폭로될까 두려워한 나머지 그런 결과를 가져왔다고 생각합니다."

미스 마플은 혼잣말처럼 중얼거렸다.

"그래서 목을 졸라 죽이고 빨래집게로 집어 놓았다니……."

"정말 못된 짓을 하는 녀석입니다. 일부러 공연한 시간을 들여가며 쓸데없는 짓을 한 것으로……."

미스 마플은 고개를 저으며 말을 가로막았다.

"쓸데없는 짓이 아닐 거예요. 그렇게 해놓아야 비로소 제 모습대로 되는 거니까요."

닐 경감은 잘 모르겠다는 표정을 지었다.

"말씀하시는 뜻을 도무지 모르겠군요, 미스 마플. 제 모습대로라니, 대체 무슨 말입니까?"

미스 마플은 갑자기 얼굴을 붉혔다.

"네, 나로서는 이것들이 뭔가 연속적인 사건처럼 생각돼요. 한 가지 일을 합쳐 생각하니 어쩐지 자꾸만 그렇게 여겨지는군요."

"그래도 아직 이해가 가지 않는데요."

"아시겠어요, 경감님? 맨 처음 포터스큐 씨가 살해되었지요. 렉스 포터스큐 씨 말이에요. 런던의 회사에서 살해되었지요. 그리고 포터스큐 부인이 서재에서 차를 마시고 있을 때 테이블 위에 빵과 벌꿀이 있었어요. 그 다음이 가엾은 글래디스, 목이 졸린데다 빨래집게로 코가 집혀 있었지요. 아시겠어요? 이래도 아직 짐작 가지 않나요? 아까 그 아름다운 패트리시어 포터스큐 부인이 이 사건은 줄거리가 서 있지 않고 악몽처럼 종잡을 수 없다고 말했지만, 나는 그와 반대예요. 오히려 줄거리가 지나치게 분명해서 이상하게 여겨질 정도지요."

닐 경감은 생각에 잠기며 중얼거렸다.

"나로서는 아직……."

그러자 미스 마플은 얼른 설명을 계속했다.

"당신 나이는 서른 다섯이나 여섯이겠지요, 닐 경감님? 그렇다면 아마 기억하고 있을 거예요. 어렸을 때 들은 자장가 마더구스의 노래를 들으며 자라나지 않았나요? 나에게는 어떤 분명한 뜻이 있는 것으로 여겨지는군요."

미스 마플은 잠시 말을 끊고 망설였다. 이윽고 그녀는 결심한 듯이 말을 이었다.

"하긴 나 같은 사람이 전문가인 당신에게 이런 말을 한다는 것은 너무 주제넘은 일인 줄 알고 있지만——"

"천만에요, 무엇이든 거리낌없이 말씀해 주십시오, 기꺼이 듣겠습니다."

"그럼 말씀드리겠어요. 나같이 늙고 머리도 둔한 사람이 이런 말을 하는 것은 정말 실례되는 일이며 또 주제넘은 짓일지도 모르지만, 내가 말씀드리고 싶은 것은 티티새에 대한 거예요. 나는 티티새를 조사하는 것이 가장 좋다고 생각해요."

## 동요 살인

### 1

10초쯤 경감은 멍하니 미스 마플의 얼굴을 뚫어지게 바라보고 있었다. 그는 정말 이 할머니의 머리가 어떻게 된 게 아닐까 하고 생각하고 있었다.

경감은 되풀이했다.

"'티티새' 말입니까?"

그러자 미스 마플은 힘있게 고개를 끄덕였다.

"그래요."

그리고 나서 미스 마플은 묘한 곡조를 붙여 다음과 같은 동요를 부르기 시작했다.

포켓에 호밀을
넣고 부르는 거리의 노래,
티티새 24마리를 파이로 구워
썰어서 내놓으면 울어대지요
성 안 요리의 멋이란 이런 것
임금님은 광에서 보물을 세고

여왕님은 홀에서 빵에 벌꿀을 바르네
젊은 시녀는 뜰로 나가
입으실 옷을 널어 말리는데
거기에 작은 새가 날아와
귀여운 코를 콕 쪼았네

닐 경감이 소리쳤다.

"옳아!"

"어때요? 이야기가 너무 잘 들어맞는다고 여겨지지 않으세요? 포켓에 들어 있었던 건 호밀이었다고 하지 않았나요? 그렇게 씌어 있는 신문이 꼭 하나 있었어요. 다른 신문에는 곡식알이라고만 씌어 있었으므로 오트밀인지 콘플레이크인지, 또는 옥수수인지 알 수 없었지만, 사실은 호밀이었겠지요?"

닐 경감은 고개를 끄덕였다.

미스 마플은 자랑스러운 듯 차근차근 설명했다.

"아직 모르겠어요? 맨 처음 살해된 사람은 렉스 포터스큐 씨―― 아시겠어요? 그는 임금님으로 광에 해당하는 회사에서 쓰러졌어요. 여왕님인 포터스큐 부인이 살해된 곳은 홀의 서재로 빵에 벌꿀을 발라먹고 있을 때였고, 같은 이유에서 범인은 글래디스의 코를 빨래 집게로 집어 두는 것을 잊지 않았던 거예요."

한참 뒤 닐 경감은 겨우 입을 열었다.

"그럼, 이 사건은 모두 미치광이가 저지른 짓이란 말입니까?"

"결론을 너무 서두르는 것도 위험해요. 하지만 이것은 분명 심상치 않아요. 아무래도 당신들은 티티새를 조사해 볼 필요가 있다고 생각해요. 이 사건에는 반드시 티티새가 등장하게 될 게 틀림없어요."

그때 헤이 경사가 급히 들어왔다.

"경감님!"

헤이 경사는 미스 마플의 모습을 보자 얼른 말을 끊었다.

닐 경감은 제정신으로 돌아가 말했다.

"친절에 감사합니다, 미스 마플. 말씀대로 잘 조사해 보겠습니다. 그리고 당신은 그 하녀의 방을 보고 싶겠지요? 지금 헤이 경사에게 안내하도록 할 테니……."

미스 마플은 물러날 때임을 알고 빠른 걸음으로 방에서 나갔다.

닐 경감이 혼잣말처럼 중얼거렸다.

"티티새라고!"

헤이 경사는 옆에서 눈을 크게 뜨고 있었다.

"아, 자네인가? 뭐지?"

"경감님, 이걸 보십시오."

헤이 경사는 조금 때묻은 손수건에 싼 것을 내밀었다.

"저 풀덤불에서 발견했습니다. 뒤쪽 창문에서 던져진 것으로 보였기 때문에……."

경사는 책상 위에 손수건을 펴 보였다. 닐 경감이 허리를 굽히고 들여다보니 마멀레이드가 가득 든 병이었다.

경감은 아무 말없이 그것을 지켜보았다. 얼굴에는 멍한 표정이 얼어붙어 있었다. 그의 눈앞에 환상이 필름처럼 나타났다가 사라졌다. 마멀레이드가 든 새로운 병. 신중하게 그 뚜껑을 열고 있는 손, 그 손이 병 속에서 마멀레이드를 조금 집어내 준비한 타키신을 섞은 다음 다시 담아 표면을 얌전히 다독거리고 있다…….

"이 집에서는 마멀레이드를 식탁의 그릇에 옮겨 담도록 되어 있나?"

"그런 수고는 하지 않습니다. 전쟁중 물자가 부족했을 때 병째 식

탁에 내놓던 습관이 그대로 이어져 그 뒤로 줄곧 바꾸지 않았다고
합니다."

닐 경감은 중얼거렸다.

"그렇다면 이것이 좋은 단서가 되겠군."

"그렇고말고요. 아침 식사 때 마멀레이드를 먹은 것은 포터스큐 씨
한 사람밖에 없었습니다. 아들도 먹는다고 합니다만, 그는 여행중
이었으니 별문제지요. 다른 사람들은 모두 잼이나 꿀을 먹습니다."

닐은 고개를 끄덕였다.

"그럼, 차츰 윤곽이 뚜렷해져 가는 셈이군."

조금 전 환상의 연속이 다시금 바쁘게 눈앞을 달렸다.

장면은 아침 식탁. 렉스 포터스큐가 손을 뻗어 마멀레이드 병을 끌
어당겨 한 숟갈 떠서 버터를 얹은 토스트 위에 고루 바른다. 독을 먹
이는 데는 이것이 가장 안전한 방법이다!

아까의 화면은 그리 뚜렷하다고 할 수 없었다. 아무래도 이런 식으
로 생각되었다. 새 마멀레이드 병을 분량이 똑같게 한 또 하나의 병
과 살짝 바꾼다. 팔을 내밀어 창문을 연다. 그 팔이 다시 움직이자
병이 정원 덤불 속으로 날아간다. 누구의 팔일까?

닐 경감은 냉정한 목소리로 말했다.

"곧 분석시킬 필요가 있네. 타키신이 섞여 있는지 어떤지 조사하
게. 제대로 조사도 하지 않고 결론내리는 것은 위험하니까."

"그리고 지문을 조사해야만……."

"그건 아마 헛일일 걸세. 물론 글래디스의 지문이 있겠지. 집사 클
램프의 지문과 렉스 포터스큐의 것도 있을 걸세. 경우에 따라서는
클램프 부인, 그 요리사의 것도 있을 거야. 식료품 가게 심부름꾼
의 지문도 있겠지! 다만 타키신을 섞은 자의 것만은 묻어 있지 않
을 걸세. 아무튼 결론을 너무 서두르지 않도록 해야 해. 그런데 이

집에서는 마멀레이드를 어떤 식으로 주문하고 있지?"

직무에 열심인 헤이 경사는 벌써 그 점도 조사를 끝내고 있었다.

"잼과 마멀레이드는 반 다스씩 사들이고 있습니다. 그리하여 먼젓 것이 다 떨어지기 전에 주문하고 있답니다."

"그럼, 다음 병이 식탁에 나올 때까지 적어도 며칠 동안은 부엌에 놓여 있겠군. 그동안 가족은 물론 이 집에 드나드는 사람들은 누구 나 그것에 손댈 수 있는 셈이야."

'집에 드나드는 사람'이라는 말에 헤이 경사는 잠시 생각에 잠겼다. 경감은 이 말로써 대체 무엇을 이야기하려 하고 있는 것일까?

닐 경감은 이때 논리적으로 추리하고 있었다.

만일 마멀레이드에 미리 독이 섞여 있었다고 한다면 그날 아침 특 별히 피해자와 식탁을 같이한 사람만이 수상하다고 생각할 수는 없 다. 이것은 수사에 새로운 방침을 열어 주게 되는 것이다. 그는 벌써 이 새로운 방침을 근거로 하여 심문해야 할 사람의 명단을 머리 속에 서 만들고 있었다.

그리고 아까 그 할머니가 주의를 준 대로 자장가에도 생각을 기울 여야 한다. 정말 마더구스의 노래 내용과 너무도 비슷한 것이다. 이 상할 만큼 그것과 꼭 들어맞는다. 포켓에 가득 들어 있는 호밀!

닐 경감은 혼잣말처럼 중얼거렸다.

"티티새라고?"

헤이 경사가 깜짝 놀라 얼굴을 들었다.

"티티새가 아닙니다, 경감님. 마멀레이드입니다."


2

닐 경감은 메리 더브를 찾으러 갔다.

메리 더브는 2층에 줄지어 있는 한 침실에서 하녀 엘런에게 지시하여 침대 시트를 바꾸고 있는 중이었다. 옆 의자 위에 새 시트가 놓여 있었다.

닐 경감이 놀라운 얼굴로 물었다.

"이곳에서 묵어 갈 손님이 오시오?"

메리 더브는 방긋 웃었다. 언제나 무뚝뚝한 얼굴을 결코 바꾸는 일 없는 엘런과 달리 이런 때에도 그녀는 애교가 있었다.

"제럴드 라이트 씨를 위해 방 준비를 하고 있답니다."

"제럴드 라이트 씨? 누구지요?"

메리는 자신의 말에 무심코 감정이 나타나지 않도록 세심하게 주의하며 말했다.

"엘레이느 포터스큐 양의 친구예요."

"흠, 그 사람이 이곳에 와 있소? 언제 왔지요?"

"포터스큐 씨가 돌아가신 다음 날 골프 호텔에 와 닿았다고 하더군요."

"그 다음날!"

그러자 메리의 목소리는 한층 더 냉정해졌다.

"아가씨께서는 그렇게 말씀하셨어요. 아가씨는 호텔에 묵지 말고 이 집으로 옮겼으면 하셔서 내가 방준비를 하고 있는 중이지요. 나로서는 그 뒤 두 번이나 불행이 이어졌으므로 호텔에 그대로 계시는 편이 좋다고 여깁니다만."

"골프 호텔이라고 했소?"

"네."

"그건 낭신 말이 맞소."

엘런은 시트와 수건을 모아 두 팔에 안고 나갔다.

엘런의 모습이 사라지자 메리 더브가 닐을 바라보면 물었다.

"나에게 뭔가 볼일이 있으신가요?"

닐은 밝은 목소리로 말을 꺼냈다.

"실은 사건이 일어난 정확한 시간을 알 필요가 생겼소. 가족들 말로는 시간이 모호하므로 아무래도 당신에게서 정확한 것을 듣고 싶소. 아무튼 우리로서는 사건들로 뒤죽박죽된 이 집이 당신 힘으로 안정을 유지하고 있는 데 대해 고마워하고 있소. 특히 그 마지막 시체는 여러분들을 꽤 떨게 만들었을 텐데……."

그러나 그런 말 따위로 메리 더브의 태도를 무너뜨릴 수는 없었다.

"클램프 부부가 그만두겠다고 말하고 있어요."

"그건 안 되오. 수사 당국으로서도 지금 이 집을 떠나는 것은 허락할 수 없소."

"그렇겠지요. 나도 그들 부부에게 그렇게 말해 주었답니다. 지금 그만두지 않아 준다면 퍼시벌 아씨에게 말씀드려 꼭 만족할 수 있도록 해주겠다고."

"엘런은?"

"그녀는 그런 말은 하지 않고 있어요."

"엘런은 그만두겠다고 말하지 않는다……. 엘런 쪽의 판단력이 더 좋은 것으로 여겨지는군요."

"아니에요. 그녀는 퍼시벌 아씨와 마찬가지로 이런 불행을 아주 즐기고 있어요. 이렇게 말하면 이상하지만 마치 연극이나 뭔가를 구경하고 있는 듯 보이거든요."

"그것 참, 재미있는 생각이로군요. 그럼, 퍼시벌 부인도 이 사건을 재미있어하고 있다는 말이오?"

"아니오. 그것은 지나친 말이 되겠지요. 내 말은 그 아씨는 이 사건을 견뎌 나갈 만한 힘이 있다는 거예요."

"당신 자신은 어떻소?"

메리 더브는 눈썹을 움직였다.

"그리 유쾌한 경험은 아니에요."

어떻게든 이 여자의 냉정한 얼굴 밑에 숨어 있는 본심을 알아내고 싶은 기분이 다시 닐 경감의 가슴속에 무섭게 불타올랐다.

그러나 그는 아주 간결하게 말했다.

"나는 정확한 시간을 알고 싶소. 당신이 글래디스 마틴을 마지막으로 본 곳은 홀이었지요? 시각은 5시 20분 전?"

"그래요. 하지만 잘못 걸려 온 전화라고 하더군요. 베이든 히스 세탁소냐고 물었대요."

"그게 살아 있는 글래디스를 마지막으로 본 거군요?"

"그녀는 전화받은 뒤 10분쯤 지나서 서재로 차를 가져왔어요."

"엘레인 포터스큐 양은 바로 그 전에 돌아와 있었지요?"

"네, 3, 4분 전에요. 그러고 나서 나는 차준비가 되었다고 말씀드리러 2층 퍼시벌 아씨의 방까지 갔어요."

"언제나 당신이 가오?"

"아니오, 여느 때는 모두 바라는 시간에 내려오지요. 하지만 그때는 마님이 특히 아씨에 대해 물으셔서 부르러 올라갔어요. 2층으로 올라가려는데 퍼시벌 아씨가 내려오는 것 같은 소리가 들렸어요. 하지만 그것은 잘못 들은 것이었어요."

닐 경감은 긴장했다. 이것은 아주 새로운 뉴스다.

"누군가가 2층을 걸어다니는 발소리를 들었단 말이오?"

"네, 층계를 다 올라간 곳에서 발소리가 들렸어요. 하지만 그뿐 아무도 내려오는 기척이 없어 올라가 보았지요. 퍼시벌 아씨는 아직 방에 계셨어요. 밖에서 막 돌아온 참이었는데 산책 나갔었다고 하더군요."

"산책하러 나갔었다, 그 시각은?"

"5시 가까이였다고 여겨요."

"랜슬럿 포터스큐 씨가 와 닿은 것은?"

"내가 아래층으로 내려온 바로 그 때였어요. 하지만……."

"그보다 앞서 와 닿은 것처럼 생각된다는 말이군요, 그 까닭은?"

"정원을 거니는 모습이 층계 창문으로 보였기 때문이에요."

"정원이라고요?"

"네, 누군가가 수송나무 산울타리를 따라 걷고 있는 것이 언뜻 보였어요. 그래서 랜슬럿 님인가 하고 생각했었는데……."

"그것은 퍼시벌 부인에게 차준비가 되었다고 알리러 갔다가 내려올 때의 일이었소?"

메리는 재빨리 바로잡았다.

"아니오, 그렇지 않아요. 내가 아래층으로 처음 내려왔을 때였어요."

닐 경감은 눈을 크게 떴다.

"틀림없소, 더브 양?"

"네, 절대로 확실해요. 그러므로 그 뒤 현관 벨이 울려 내가 문을 열고 랜슬럿 님을 뵈었을 때 이상하게 생각했던 거예요."

닐 경감은 마음 속의 격렬한 동요를 눈치채지 못하도록 누르려고 애쓰며 말했다.

"그때 정원을 지나간 사람이 랜슬럿 포터스큐 씨라고 할 수는 없소. 기차는 4시 28분 도착 예정이었으나 9분 늦게 도착했거든요. 그러니 그가 베이든 히스 역에 내린 것은 4시 37분이오.

그리고 택시를 부르는 데 시간이 좀 걸렸겠지요. 그 기차는 언제나 만원이며, 내리는 손님이 많으니 택시는 금방 다 나가고 마오. 따라서 그 역을 나온 것은 5시 15분 전쯤이었을 거요.

당신이 정원을 걷는 남자의 모습을 본 건 그보다 5분 전의 일이오. 여기까지 택시로 와도 10분은 걸리니 문 앞에서 요금을 치른 것이 아무리 빨라도 5시 5분 전. 그러므로 당신이 본 것은 랜슬럿 씨가 아니오."

"하지만 누군가가 분명히 지나갔어요."

"그건 사실일지도 모르지만, 이미 어두워져 있었으므로 분명히 누구라고 알아볼 수는 없었겠지요?"

"네, 물론 그 사람의 얼굴은 보지 못했어요. 확실한 것은 늘씬하게 키큰 사람이었다는 것뿐이에요. 랜슬럿 님이 온다고 생각하고 있었으므로 그렇게 단정지어 버린 거였어요."

"어느 쪽으로 걸어갔지요?"

"수송나무 산울타리를 따라 집 동쪽으로 갔어요."

"부엌문 쪽이군요? 그곳의 자물쇠는 잠겨 있었소?"

"그곳은 밤중까지 자물쇠를 잠그지 않아요."

"그럼, 누구든 집안 사람의 눈에 띄지 않고 집안으로 들어올 수 있겠군요?"

메리 더브는 잠시 생각하고 나서 대답했다.

"……그렇군요. 네, 그래요."

그녀는 얼른 덧붙였다.

"그럼, 내가 그 뒤 2층에서 발소리를 들은 것은 누군가가 부엌문으로 몰래 들어와 어딘가에 숨어 있다가……."

"그랬을 거요."

"하지만 누가 그런……."

"그것을 찾아내야 하오, 더브 양. 수고했소."

메리 더브는 나가려고 했다. 그 뒷모습을 향해 닐 경감이 소리쳤다.

"덧붙여 한 가지 물어 두겠는데, 티티새에 대해 알려 주고 싶은 건 없소?"

처음으로 메리 더브는 흠칫 놀라는 모습을 보였다. 그녀는 날카로운 표정으로 돌아보며 물었다.

"네? 뭐라고 하셨지요?"

"티티새에 대해 묻고 있는 거요."

"그렇다면……."

닐 경감은 되풀이했다.

"티티새 말이오."

경감은 되도록 아무렇지도 않은 척 꾸미고 있었다.

"……올 여름의 사건 말인가요? 하지만 그건……."

메리 더브는 말을 끊었다.

"그것 말이오. 간단하게는 들었소만, 당신으로부터 좀더 상세히 듣고 싶소."

메리 더브는 다시 냉정을 되찾고 있었다.

"그런 건 한낱 시시한 장난이에요. 하지만 기분 언짢은 짓을 했지요. 주인님의 서재 책상 위에 죽은 티티새가 네 마리나 놓여 있었거든요. 여름이라 창문을 열어 두었으므로 정원사의 아이들이 장난친 줄 여기고 호되게 야단쳤어요. 그러나 그 애들은 울면서 그런 짓 한 적이 없다고 말했지요. 그 티티새는 정원사가 잡아 처마에 매달아 말려 두었던 거랍니다."

"누군가가 그것을 내려 포터스큐 씨의 책상에 올려놓았다는 말이군요?"

"네."

"무슨 뜻이 있을까요, 그 티티새에?"

메리는 고개를 저었다.

"몰라요."

"포터스큐 씨는 그때 어땠소? 놀라는 모습이었소?"

"물론 놀라셨지요."

"특히 뭔가……."

"상세히는 기억하고 있지 않아요."

"잘 알았소."

그는 더 이상 추궁하지 않았다. 메리 더브는 방에서 나가려다가 왠지 우물쭈물하며 망설이는 기색이었다.

경감도 사실 그 이야기를 듣고 속으로 적잖이 놀라고 있었다. 그와 더불어 저도 모르게 미스 마플에 대해 불쾌감 비슷한 감정이 느껴지는 것을 막을 수가 없었다.

차츰 그 노부인이 말한 대로 되어 간다. 티티새가 사건과 관련이 있다고 하자 정말로 그것이 나타나지 않았는가! 동요의 내용처럼 24마리는 아니었지만, 그렇더라도 이건 대체 무슨 징후란 말인가?

이야기가 여름까지 거슬러 올라갈 줄은 닐 경감도 생각지 못했다. 그러나 아무튼 귀찮은 일이 되고 말았다. 지금까지는 맑은 정신의 범인을 뒤쫓으며 물욕이나 색욕 등 욕망에 얽힌 동기를 찾아다녔는데, 티티새라는 엉뚱한 것이 튀어나온만큼 저 미치광이 같은 환상의 세계로까지 발을 들여놓지 않으면 해결을 볼 수 없는 궁지에 빠지고 만 것이다.

## 티티새

### 1

"아, 엘레이느 양. 수고스럽지만 또 질문을 드려야겠습니다. 사건 무렵의 시간을 명백히 해두고 싶기 때문입니다.

지금까지 조사한 결과 포터스큐 부인과 마지막으로 함께 있었던 사람은 당신으로 되어 있습니다. 엄밀히 말하면 피해자를 당신보다 더 늦게 만난 사람이 범인이었으므로 그 자격을 갖는 셈인데, 당신이 서재를 나간 것은 5시 20분이 지나서였다고 하셨지요?"

엘레이느는 말했다.

"거의 그 무렵이었어요. 하지만 확실히는 말할 수 없어요. 언제나 시계를 보고 있는 건 아니니까요."

"그야 그렇겠지요. 그런데 여러분이 2층으로 올라간 뒤 당신들은 무슨 이야기를 했습니까?"

"그것이 사건과 관계가 있나요?"

"없을지도 모릅니다. 하지만 뭔가 참고는 될 겁니다. 그때 어머님이 어떤 생각을 하고 있었다든가……."

"어머나, 그럼, 당신은 어머니가 자살했다는 말씀인가요?"

닐 경감의 눈에는 그때 엘레이느의 얼굴에 밝은 빛이 떠오른 것처럼 보였다. 가족들로서는 에딜의 죽음을 자살로 단정하는 게 가장 말썽없는 방법일 것이다.

물론 닐 경감은 그렇게 믿고 있지 않았다. 에딜 포터스큐는 자살할 타입이 아니다. 비록 남편을 독살한 사실이 드러났다 해도 자기 스스로 독을 마시는 그런 옛날 타입의 여자가 아니다. 체포되어 재판정에 끌려나간다 하더라도 기어이 무죄 석방되어 보이겠다고 자신만만해할 그런 여자였다.

그러나 여기서 엘레이느 포터스큐의 의견을 들어 두는 것도 헛수고는 아닐 것이다. 그래서 경감은 그녀에게 낚여 드는 듯한 표정을 지어 보였다.

"그렇지요, 그렇습니다. 좋은 점에 생각이 미쳤군요. 그럴 가능성도 있습니다, 아가씨. 그래서 그때의 이야기를 상세히 듣고 싶은 겁니다."

"네, 좋아요. 하지만 아무것도 아니에요. 나에 대한 이야기였어요."

경감은 표정을 부드럽게 하며 설명을 재촉했다.

"당신에 대한……?"

엘레이느는 여전히 망설이며 말을 이었다.

"저…… 내 친구가 마침 이 가까이에 와 있어요. 그래서 집에서 묵게 할까 하고 에딜의 의견을 물었지요."

"누구지요, 그 사람은?"

"제럴드 라이트 씨로 나의 선생님이지요. 지금 골프 호텔에 묵고 있어요."

닐 경감은 아저씨 같은 투로 말했다.

"친한 친구 같군요."

상냥한 표정을 지을 생각이었는데, 그만 열다섯 살이나 더 나이 먹은 것 같은 표정이 되고 말았다.

"곧 경사스러운 발표를 듣게 되는 겁니까?"

이 말괄량이 아가씨가 얼굴을 붉히며 대답을 망설이는 모습을 보자 딱한 생각이 들었다. 분명 이 아가씨는 지금 연애중임에 틀림없다.

"네, 하지만 우리는 아직 그런 약속을 하지 않았어요. 그러므로 발표 같은 건 할 수 없지만……그러나 괜찮아요, 곧 할 테니까요. 결국 우리는 결혼하게 될 거예요."

"그건 축하할 일이군요. 라이트 씨는 골프 호텔에 묵고 있다고 하셨지요? 오늘로서 며칠이나 됩니까?"

"아버지가 돌아가신 바로 그날 내가 그분에게 전보를 쳤어요."

닐 경감은 더욱 허물없는 태도를 보이며 말했다.

"그래서 금방 달려온 거로군요. 알았습니다. 어머님은 그때 뭐라고 말하던가요?"

"'그래, 괜찮아. 아무튼 네 친구라면 불러오는 편이 좋겠지'라고 했어요."

"아주 호의적이었군요."

"그렇지도 않아요. 다른 말도 했으니까요."

"그 밖에도 뭐라고 하셨군요?"

엘레이느는 다시 얼굴을 붉혔다.

"네, 하지만 시시한 이야기예요. 괜찮아요, 그런 건 묻지 않으셔도. 지금은 벌써 해결된 거니까요. 에딜이라면 충분히 할 수 있는 말이었어요."

"그렇겠지요, 거의 상상이 갑니다. 가까운 친척이라면 누구나 그런 말을 하지요."

"그래요, 모두 그런 말을 하더군요. 하지만 우리 집 사람들은 제럴드의 가치를 이해하지 못하고 있어요. 그이는 인텔리예요. 그러므로 사상이 진보적이지요. 그것이 우리 집 사람들 마음에 들지 않나 봐요."

"아버지와 원만하게 지내지 못한 것도 그 때문이었습니까?"

엘레이느는 얼굴을 더욱 붉혔다.

"아버지는 선입견이 너무 강해요. 그래서 제럴드를 몹시 화나게 만들어 버렸지요. 그래서 그는 몇 주일 동안이나 모습을 보이지 않았어요."

아마 아버지가 죽어 막대한 유산이 이 아가씨의 손에 굴러 들어오는 일이 없었다면, 그 사나이는 오늘도 아직 모습을 나타내지 않았을 것이다.

닐 경감은 큰 목소리로 물었다.

"어머님과 이야기는 그뿐이었습니까?"

"네, 그렇다고 생각해요."

"그것이 5시 25분. 6시 5분 전에 포터스큐 부인은 시체가 되어 있었습니다. 당신은 그동안 한 번도 그 방으로 되돌아가지 않았겠지요 ? ”

“돌아가지 않았어요. ”

“뭘 하고 있었습니까 ? ”

“나는 산책을 좀 했어요. ”

“골프 호텔까지 ? ”

“저……네, 그래요. 하지만 제럴드는 없었어요. ”

“잘 알았습니다. ”

엘레이느는 일어나며 물었다.

“이제 됐나요 ? ”

“네. 고마웠습니다, 아가씨. ”

방에서 나가려 하자 엘레이느의 뒤에서 닐 경감은 다시 아무렇지도
않은 목소리로 말했다.

“아, 아가씨, 그 티티새 이야기를 좀 들려주오. ”

엘레이느는 깜짝 놀란 듯 돌아다보았다.

“티티새 ? 저 파이 속에 들어 있었던 티티새 ? ”

그렇다, 동요의 내용은 티티새를 파이 속에 넣어 굽는 것이었다.

경감은 간단하게 물었다.

“그건 언제 일이었지요 ? ”

“석 달인가 넉 달 전이었지요. 아버지 책상 위에 놓여 있었던 일을
말씀하시는 거지요 ? 그때 아버지는 굉장히 화내셨지요. ”

“그토록 화내셨습니까 ? 그럼, 누가 그랬는지 많이 조사했겠군
요 ? ”

“네, 그것은 이미…… 하지만 범인은 끝내 알아내지 못했어요. ”

“왜 아버님이 그렇게 화내셨는지 아십니까 ? ”

“글쎄요, 아무리 작은 새라도 죽은 시체는 기분나쁘기 때문이 아닐
까요 ? ”

닐은 가만히 그녀의 얼굴을 지켜보았다. 그 천진스러운 표정에는 아무것도 숨기고 있는 기색은 보이지 않았다.

"한 가지만 더 묻겠습니다. 어머님은 유언장을 만들어 두었습니까?"

그러자 엘레이느는 고개를 저었다.

"몰라요, 하지만 만들어 두었겠지요, 뭐. 누구나 흔히 만드니까요."

"하지만 아무나 만드는 건 아닙니다. 당신만 해도 만들지 않았겠지요?"

"그야 물론이지요. 나는 지금까지 재산 같은 건 없었으니까요. 하지만 지금은……."

엘레이느의 눈동자에 새로운 생각이 떠오른 것을 경감은 보았다.

"그렇지요, 아가씨. 5만 파운드는 큰돈이니까요."


## 2

엘레이느 포터스큐가 나가고 나서 잠시 동안 닐 경감은 앞쪽을 물끄러미 바라보면서 생각에 잠겨 있었다.

지금 들은 두 여자의 이야기로 사건에 새로운 국면이 열렸다. 특히 4시 35분쯤 정원을 지나가는 사나이의 그림자를 보았다는 메리 더브의 이야기는 분명 중대한 요소를 지니고 있다.

물론 이것은 메리 더브가 진실을 말하고 있다고 가정하고서의 일이지만, 그녀가 한 이야기는 분명 중대한 요소를 지니고 있다.

닐 경감은 본디 남의 말을 경솔하게 믿지 않는 습관이 몸에 배어 있었지만, 메리 더브에게는 그리 거짓말할 필요가 있다고 여겨지지 않았다.

그 무렵의 상황으로 보아 그 사나이가 랜슬럿 포터스큐가 아니었던 것만은 명백하지만, 키며 겉모습이 그와 닮았다는 것도 의심없는 사실이다.

그리고 또 수송나무 산울타리 그늘을 지나간 것을 보면 사람 눈을 피해 찾아온 것도 확실하다. 이것은 충분히 검토할 가치가 있는 사실로서 사건의 단서가 된다.

메리 더브의 말에는 또 한 가지 중대한 뜻이 담긴 것이 있었다. 그녀는 2층에서 누군가의 발소리를 들었다고 한 것이다. 다른 사실과 결부시키면 이것 또한 충분히 이유가 있는 것으로 보아도 틀림없다. 예를 들면 에딜의 거실에 떨어져 있던 진흙 조각……

이어서 그 방에 있던 귀엽고 작은 책상이 닐 경감의 머릿속에 떠올랐다. 굉장히 구식 냄새를 풍기는 그 책상에는 비밀 서랍이 달려 있었다. 그 속에 편지가 세 통 숨겨져 있었다. 비비언 뒤보어가 에딜 포터스큐에게 보낸 것이었다.

닐 경감은 직업상 지금까지 몇십 통의 연애 편지를 보아 왔다. 정열적인 편지, 웃음이 터져 나올 것 같은 철없는 편지, 감성적인 편지, 질투에 불타는 편지…… 그밖에 남의 눈을 꺼리는 경계적인 편지 등.

이 세 통의 편지는 분명 마지막 부류에 속했다. 이혼 소송이 벌어진 경우 법정에서 읽히게 되더라도 육체적 관계 같은 건 조금도 의심받지 않고 끝날 것 같은, 말하자면 플라토닉한 사이를 일부러 강조해 보이고 있었던 것이다.

그러나 경감은 천한 말을 내뱉으며 더러운 것을 상상하고 있었다.

"플라토닉 러브라니, 흥, 웃기는 소리지!"

그는 편지를 손에 넣자 곧 경찰국으로 보내 증거로 충분히 성립될지 어떨지 검토하도록 했다.

렉스 포터스큐는 그의 젊은 아내에 의해 독살된 게 틀림없다. 아마도 그녀 연인의 지시에 따른 것이리라. 그 편지에 아무리 조심스러운 말을 늘어놓았다 하더라도 비비언 뒤보어가 에딜 포터스큐의 연인이라는 사실은 숨길 도리가 없다.

그러나 범행을 부추긴 듯한 문장은 한마디도 찾아볼 수 없었다. 그렇다면 아마 말로 꾀었을 것이다. 그는 글로 남겨 두는 경솔한 짓을 할 사나이가 아니다.

이 편지만 해도 사나이는 읽고 난 뒤 즉시 찢어 버리라고 틀림없이 여자에게 단단히 일러두었을 것이다. 하지만 에딜 포터스큐는 찢겠다고 하고는 소중히 간직해 둔 것이리라.

그러나 그 밖에도 아직 살인 사건이 둘이나 겹쳐져 있다. 그리고 이것을 고려에 넣는다면 에딜 포터스큐가 남편을 죽였다고 생각할 수가 없는 것이다.

닐 경감은 다시 새로운 이론을 꾸며야 했다. 에딜 포터스큐는 비비언 뒤보어와 결혼하기를 바랐다. 그리고 비비언 뒤보어는 그녀 남편의 죽음에 의해 그녀에게로 굴러 들어올 10만 파운드와 결혼하기를 바랐다.

아마 그는 렉스 포터스큐의 죽음이 병사로 진단되리라 여기고 있었을 것이다. 뇌일혈 같은 발작으로 간단하게 끝나리라 낙관하고 있던 게 틀림없다. 요 1년 동안 렉스의 건강이 좋지 않아 가족들이 모두 걱정했다는 것을 알고 있었기 때문이다.

그런데 그의 생각대로 되지 않았다. 렉스의 죽음은 곧 독살로 인정되고 더욱이 독의 종류까지 금방 밝혀지고 만 것이다. 만일 경감의 상상대로 범행이 에딜 포터스큐와 비비언 뒤보어의 손에 의한 것이라고 한다면, 그 뒤 그들의 심리는 어떠했을까?

비비언은 두려움에 쫓기고 에딜은 혼란에 빠졌을 게 틀림없다. 아마 그녀는 수송장 사람들의 귀에 들어가는 것도 아랑곳하지 않고 뒤보어에게 전화나 또는 다른 무엇으로 연락을 취하지 않고는 견딜 수 없는 기분에 사로잡혔을 것이다.

그리하여 자기 자신이 귀여운 비비언 뒤보어를 위해 다음에 취해야 할 수단을 물었다고 한다면……?

결론을 좀 지나치게 서둘렀는지도 모른다. 닐 경감으로써는 그날 4시 15분에서부터 6시까지 뒤보어가 호텔에 있었는지 어떤지 확인할 필요가 있었다. 뒤보어의 뒷모습은 랜슬럿 포터스큐와 비슷하다.

정원에서 부엌문으로 몰래 들어와 2층으로 올라가 편지를 찾아보았으나 눈에 띄지 않는다. 인기척을 엿보아 아래층 서재로 내려가 보니 차 마시는 시간은 끝나고 에딜 포터스큐만이 혼자 앉아 있었다…….

다시 또 결론을 너무 서두른 것 같다.

메리 더브와 엘레인느 포터스큐의 심문은 끝났다. 이번에는 퍼시벌 포터스큐의 아내와 이야기를 나눌 차례다.

## 해묵은 죄악

### 1

퍼시벌 포터스큐 부인은 2층 거실에서 편지를 쓰고 있었다. 그녀는 경감이 들어서자 겁먹은 모습으로 일어났다.

"뭔가……저, 나에게 볼일이 있으신가요?"

"부디 그대로 앉아 계십시오. 잠깐 묻고 싶은 것이 있어서요."

"어머나, 그러세요. 자, 앉으세요, 경감님. 하지만 무서운 일이에요. 나는 도무지 무서워서……."

부인은 다시 안락의자에 앉았다. 경감은 그 옆의 작은 의자에 앉아 지금까지 보이지 않았던 날카로운 눈길로 살펴보았다.

여느 몸집에 보통 키라고 할 수 있었다. 이 여자에게는 어딘지 어둡고 불행한 그림자가 떠올라 있다. 모든 일이 생각대로 되지 않는데 대한 불만의 빛이 짙게 떠올라 있다. 본디 가난한 병원 간호사 생활 쪽이 훨씬 행복했다고 말하고 있는 듯한 느낌이 들었다.

부자와 결혼하여 돈과 여가는 충분히 있지만, 그런 것으로 행복해지지는 않은 듯 보인다. 옷을 사고, 책을 읽고, 맛있는 것을 잔뜩 먹어도 그녀는 조금도 행복을 느끼지 못하는 것 같았다.

렉스가 죽은 날 밤 퍼시벌 부인은 전에 없이 생기 있고 발랄한 모습을 보여 주었다. 그것은 결코 그녀의 가슴속에 사람의 죽음을 기뻐하는 악마가 깃들여 있기 때문은 아니었다. 다만 그런 일이라도 일어나지 않으면 밤낮으로 둘러싸고 있는 죽은 권태의·세계에서 빠져 나올 수가 없는 것이다.

경감의 눈길을 똑바로 받자 퍼시벌 부인은 저도 모르게 눈을 내리깔았다. 마치 그녀에게 켕기는 일이라도 있는 듯한 태도였다.

"실례되는 일인 줄 압니다만, 사건의 성질로 보아 몇 번이고 되풀이해서 묻지 않으면 안 되므로…… 귀찮게 여겨지겠지만 용서해 주십시오. 사건이 일어난 시간을 정확히 알아 둘 필요가 있거든요. 듣건대 부인은 그날 차 마시는 시간에 맨 마지막으로 내려오셨다면서요? 더브 양이 부르러 왔었다고 하던데요."

"네, 그래요. 더브 양이 부르러 와 주었어요. 나는 그때까지 차 마시는 시간인 줄 모르고 있었지요. 편지를 쓰고 있었으니까요."

닐 경감은 책상 위를 흘끗 보았다.

"그러셨군요. 그러나 외출복 차림이었다고 들었습니다만?"

"더브 양이 그렇게 말했나요? 그래요, 외출했었어요. 퍽 긴 편지를 써서 머리가 피로해서 밖에 나가 보았지요. 하지만 그저 정원을 둘러보았을 뿐이에요."

"누군가 만나지 않았습니까?"

퍼시벌 부인은 눈을 동그랗게 떴다.

"누군가를요? 무슨 말씀이신지?"

"정원을 산책하고 있을 때 누군가와 마주치지 않았는지, 또는 누군가가 부인의 모습을 보지 않았는지 묻는 겁니다."

"훨씬 저쪽에서 정원사가 일하고 있는 것을 보았어요. 그것뿐이에요."

"그리고 돌아와서 이 방으로 들어오자 곧 더브 양이 차가 준비되었다고 부르러 왔군요?"

"네, 맞아요. 그래서 곧 아래층으로 내려갔지요."

"서재에는 누가 있었지요?"

"에딜과 엘레인느, 그리고 좀 늦게 랜슬럿 씨가 와 닿았어요. 저, 시동생 말이에요. 아프리카 케냐에서 돌아온 거예요."

"그랬었군요. 엘레인느 양은 포터스큐 부인과 5분인가 10분쯤 함께 있었다고 합니다. 그때 주인께서는 아직 돌아오지 않으셨지요?"

"네, 퍼시벌은 언제나 6시나 7시가 지나서 돌아와요. 그때쯤은 아직 런던에 있었겠지요."

"그날은 기차를 타고 돌아오셨습니까?"

"네, 역에서 택시로 왔어요."

"기차로 돌아오시는 것은 드문 일이지요?"

"가끔 있어요. 우리 회사 사무실은 자동차를 주차시키기가 불편하거든요. 그래서 남편은 캐넌 거리에서 기차를 타고 다니지요."

"잘 알았습니다. 그리고 앞서 주인께 포터스큐 부인에게 유언장이 있느냐고 물었더니 아마 없을 거라고 대답하시더군요. 혹시 부인은 그 점에 대해 뭔가 아시는 것 없습니까?"

놀랍게도 제니퍼 포터스큐는 세게 고개를 끄덕였다.

"네, 에딜은 만들어 뒀어요. 내가 확실히 물어 봤어요."

"정말입니까? 그건 언제 일이지요?"

"그리 오래지 않아요. 한달쯤 되었을까요."

퍼시벌 부인은 갑자기 신이 나서 몸을 내밀었다. 얼굴 표정에도 생기가 도는 것 같았으며, 정보를 요구받은 것이 무척 기쁜 듯이 보였다.

"퍼시벌에게도 이야기하지 않았어요. 아무도 몰라요. 나는 우연히 알았어요. 그날 나는 런던으로 나가 물건을 사러 문구점에 들렀었지요. 그때 마침 맞은편에 있는 변호사 사무실에서 에딜이 나오지 않겠어요. 앤설 워럴 법률사무소로 하이 거리에 있어요."

"아, 민사 변호사로군요?"

"네, 그래서 에딜에게 물었어요. 이런 데서 뭘 하고 있느냐고. 그러자 에딜은 '그렇게 알고 싶어?' 하면서 웃었어요. 그러고 나서 함께 걸으며 말했어요. '그럼, 말하지, 제니퍼. 지금 유언장을 만들고 온 길이야.' 내가 깜짝 놀라며 병도 없는데 왜 그런 걸 만들어야 하는지 모르겠다고 하자, 물론 병은 없지만 어쩐지 건강이 좋지 못한 듯하고 유언장이란 누구나 가지고 있는 편이 좋기 때문에 만들었다고 했어요. 그리고 우리 집 고문 변호사는 런던의 빌링즐리 씨지만 수다쟁이여서 다른 변호사에게 부탁했다고 말했어요. 나는 그 뒤 아무에게도 그 일을 말하지 않았어요. 퍼시벌에게도요. 여자는 여자끼리니까요."

닐 경감은 퍼시벌 포터스큐 부인의 비위를 맞추듯 말했다.

"물론 그렇고말고요. 잘 생각하셨습니다."

"그래요, 나는 심술궂은 짓은 하고 싶지 않아요. 솔직히 말해서 에딜과는 그리 마음이 맞지 않았어요. 에딜은 자신을 위해서라면 다른 사람의 일 같은 건 조금도 생각하지 않는 타입으로 제멋대로 행동하는 여자였거든요. 하지만 이미 이 세상 사람이 아니니 어쩌면 내가 잘못 생각한 건지도 모르겠어요."

"여러 가지로 참고가 되었습니다."

"천만에요, 무엇이든지 대답해 드리겠어요. 도움되는 일이라면 무엇이든 말씀하세요. 하지만 무서운 일이에요. 그런데 저, 오늘 오신 나이 많은 부인은 누구시지요?"

"미스 마플이라는 분입니다. 글래디스에 대한 일로 일부러 이곳까지 정보를 가져오셨지요. 글래디스 마틴은 언젠가 그 노부인 댁에서 일한 적이 있다더군요."

"그랬었군요."

"그리고 또 한 가지 물어 볼 일이 있습니다. 티티새에 대해 뭔가 아시는 일이 있습니까?"

제니퍼 포터스큐는 크게 놀란 태도를 보였다. 그녀는 핸드백을 바닥에 떨어뜨렸다가 급히 집어 들었다. 그리고 다급하게 물었다.

"티티새? 티티새라니, 어떤 종류지요?"

닐 경감이 미소지으며 말했다.

"흔한 티티새 말입니다. 살아 있든 죽어 있든, 또는 뭔가에 비유된 이야기라도 상관없습니다."

제니퍼 포터스큐는 긴장하며 말했다.

"말씀을 이해하기 어렵군요. 무얼 묻고 계신 거지요?"

"그럼, 티티새에 대해 아무것도 생각하는 게 없다는 말씀입니까?"

제니퍼 포터스큐는 천천히 말했다.

"당신이 말씀하시는 것은 올 여름 파이에 들어 있었던 티티새인가요? 그런 터무니없는 짓을 해서……."

"서재 책상에도 몇 마리 놓여 있었다지요?"

"못된 장난이었다고 생각해요. 누구에게 들었는지 모르지만, 그때 아버님은 무척 화내셨어요."

"그저 화만 내셨습니까?"

"아, 그걸 물으시는 건가요? 네, 그때 아버님은 누군가 이 언저리에서 여느 때 못 보던 사람을 보지 않았느냐고 물으셨어요."

닐 경감은 눈썹을 치켜올렸다.

"여느 때 못보던 사람?"

"네, 그렇게 말씀하셨어요."

닐 경감은 되풀이해 말했다.

"못 보던 사람…… 그 때 포터스큐 씨는 무서워하고 있지 않았습니까?"

"네?"

"겁먹고 있는 것 같은 점은 없었습니까?"

"겁먹다니요? 글쎄요……그렇게 말씀하시니까 그런 것 같기도 했어요. 물론 몇 달 전 일이라 똑똑히 기억하고 있지는 않지만. 무척 고약한 장난이라고 생각해요. 혹시 클램프가 한 짓이 아닐까요? 그 집사는 정신이 올바른 사람이 아니거든요. 분명 술을 너무 마시기 때문일 거예요. 그 사람은 가끔 아버님에 대해 욕하며 뭔가 불만을 가지고 있는 것 같았으니까요. 그래서 놀라게 해주려고 한 게 아닐까요?"

"그럴지도 모르겠군요."

그러고 나서 닐 경감은 방을 나왔다.


2


퍼시벌 포터스큐는 아직 런던에 있었다. 랜슬럿은 서재에서 아내와 체스를 하고 있었다.

"실례좀 할까요?"

닐 경감은 사과말을 하며 들어갔다.

"좋습니다. 그저 시간을 보내려 하고 있는 것이니까요. 그렇잖소, 패트?"

패트리시어는 고개를 끄덕였다.

"시시한 질문이라고 웃으실지도 모릅니다만, 티티새에 대해 물어보고 싶어서요."

랜슬럿은 재미있는 듯 활짝 웃음지었다.

"티티새라고요? 어떤 종류지요? 정말 티티새인가요, 아니면……네, 그건 분명 노예 매매 은어였지요."

"그 점도 확실하지 않습니다. 그러나 이 사건에 티티새라는 말이 관련되어 있는 건 분명합니다."

그러자 갑자기 랜슬럿은 진지한 얼굴이 되었다.

"아, 그렇다면……그러나 만일 이 사건과 관련되어 있다면 티티새 폐광(廢鑛) 말인가요?"

랜슬럿의 진지한 말투에 닐 경감도 긴장해서 물었다.

"티티새 폐광? 뭡니까, 그게?"

랜슬럿은 거북한 듯 눈썹을 찌푸렸다.

"그 말썽은 우리들이 어렸을 적에 일어났으므로 확실한 것은 모릅니다. 아무튼 아버지의 젊은 시절 경력에 오점이 된 것 같습니다. 장소는 아마 아프리카 서해안. 언젠가 에피 이모님이 그 이야기를 꺼냈더니 아버지가 무척 언짢은 표정을 짓더군요."

"에피 이모님이라면 미스 램즈보텀 말씀입니까?"

"그렇습니다."

"그럼, 그분에게 물어야겠군요. 그분은 정말 성질이 까다로우시더군요. 언제나 나는 홍역을 치르고 있답니다."

그러자 랜슬럿은 유쾌하게 웃었다.

"그럴 겁니다. 에피 이모님은 옛날부터 그렇습니다. 하지만 그 이모님과 상의하시면 틀림없이 도움이 될 겁니다. 특히 옛날 일을 알아보시려면 이모님의 도움을 빌릴 수밖에 없습니다. 기억력이 아주 뛰어난데다 좋지 못한 사건이라면 특별히 흥미를 가지고 있으니까요.

나도 그날 차를 마시고 난 뒤 2층으로 가서 이모님을 뵈었는데, 그 살해된 하녀 말입니다. 물론 그때는 아직 살해되었다는 걸 전혀 몰랐었지요. 그런데 에피 이모님은 글래디스가 경찰에 숨기고 있는 뭔가 중대한 일을 알고 있는 게 틀림없다고 말씀하셨습니다."

닐 경감은 곧 결정을 내렸다. 미스 램즈보텀이라는 토치카를 돌파해야 한다고. 그리하여 2층으로 올라가 보니 놀랍게도 미스 마플이 먼저 와 있었다. 두 노부인은 외국 전도에 대해 이야기를 주고받고 있었다.

미스 마플이 벌떡 일어나며 말했다.

"나는 곧 나가겠어요, 경감님."

닐 경감은 급히 말했다.

"아니, 괜찮습니다, 미스 마플."

그러자 미스 램즈보텀이 말했다.

"나는 지금 미스 마플에게 이 집에 머물러 달라고 부탁하고 있던 참이랍니다. 그런 골프 호텔 같은 데서 괜히 돈쓸 필요없이. 거기는 욕심많은 장사꾼들이 모이는 곳이지요. 밤새도록 술을 마시거나 노름을 하니, 경건한 그리스도 교도가 발을 들여놓을 곳이 못돼요. 마침 내 옆방이 비어 있어요. 며칠 전 목사인 메리 피터즈 박사가 묵고 갔을 뿐이에요."

"고마운 말씀이지만, 이처럼 어수선한데 방해가 되어서는……."

"어수선하다니요? 무슨 말씀을. 이 집에서 누가 렉스의 일을 슬퍼

한답니까? 에딜도 마찬가지예요. 아니면 경찰이 귀찮아할 거라는 말씀인가요? 상관없지요, 경감님?"

"부디 염려 마십시오, 미스 마플."

"자, 허가가 내렸어요. 이제 됐지요?"

"그럼, 고마우신 마음을 받아들여 그렇게 하지요. 곧 호텔에 전화 하여 예약을 취소하겠어요."

미스 마플은 방에서 나갔다.

미스 램즈보텀은 엄격한 눈길을 경감에게 돌렸다.

"그런데 당신의 볼일은?"

"티티새 광산에 대해 들려주셨으면 해서요."

미스 램즈보텀은 갑자기 새가 지저귀는 듯한 날카로운 웃음소리를 냈다.

"이제야 거기에 생각이 미쳤군요! 언젠가도 내가 냄새맡게 해주었 는데, 아무튼 생각났으니 그걸로 됐어요. 그래, 뭘 알고 싶은 거지 요?"

"무엇이든 좋으니 모조리 이야기해 주셨으면 합니다."

"그렇게 다 기억하고 있지는 않아요. 아주 옛날 일이어서요. 그래, 20년인가 25년 전쯤일지도 모르겠군. 렉스는 그 광산 채굴권을 가 지고 매켄지라는 사람과 함께 시굴(試掘)을 떠났었지요.

그런데 매켄지는 열병으로 거기서 죽고 렉스 혼자 돌아왔어요. 그 뒤 렉스는 그 광산이 폐광에 가까운 것으로, 채굴권도 아무 가 치없는 거나 마찬가지라고 설명했지요. 내가 알고 있는 것은 그뿐 이에요."

닐이 조르듯 말했다.

"좀더 상세한 사정을 아실 텐데요. 들려주십시오."

"나머지는 한낱 소문이에요. 소문은 증거가 되지 않을 텐데요."

"여기는 법정이 아니니까요."

"그렇군요, 그럼, 조금만 더 들려드리지요. 매켄지의 유족들이 자연히 떠들고 나왔어요. 렉스가 매켄지를 속여 빼앗았다는 거에요. 무엇을 빼앗았는지는 나도 모르지만. 렉스는 교활하고 빈틈없는 사람이라서 그가 하는 일은 언제나 모두 합법적이었어요. 그러므로 상대방은 법정에서 증명할 수가 없었지요. 매켄지의 아내는 머리가 돌 만큼 성격이 과격한 여자였던지 그때 이 집에까지 쳐들어와서 온갖 협박을 다 늘어놓고 갔어요. 렉스가 자기 남편을 죽였다는 거였지요.

정말 큰 소동이었어요. 지금 생각해도 확실히 그 여자는 머리가 돈 것 같았어요. 이곳으로 아이들을 모두 데리고 와서 악담을 퍼붓고 협박하며 굉장한 소동을 부렸으니까요. 그러나 이것만은 잊지 말아줘요. 티티새 광산 일만이 렉스가 저지른 나쁜 짓이라고 할 수 없다는 것을. 그는 일생 동안 그런 짓을 수없이 해왔어요. 당신들이 찾아내면 얼마든지 나올 거예요. 그런데 왜 티티새 광산만을 들고 나오는 거지요? 매켄지의 유족이라도 관계되어 있다고 보는 건가요?"

"그 가족은 그 뒤 어떻게 되었습니까?"

"난 모르겠어요. 렉스가 매켄지를 죽인 건 아닐 거예요. 그러나 죽게 내버려두고 온 것만은 틀림없어요. 사람이 만든 법률에 의하여 죽인 쪽밖에 죄가 되지 않지만 하느님 앞에 나가면 어느 쪽이나 마찬가지지요. 결국은 하느님의 벌이 그에게 내려진 거예요. 천벌은 오랜 뒤일지라도 언젠가는 반드시 나타나게 마련이지요. 어때요, 이런 이야기가 도움이 되나요?"

"도움이 되고말고요. 크게 참고가 되었습니다."

미스 램즈보텀은 방을 나가는 경감 뒤에서 소리쳤다.

"그럼, 그 미스 마플인가 하는 분을 보내 주세요. 그 부인은 역시 국교회 사람답게 입은 꽤 가볍지만, 그래도 교의를 실천하는 방법만은 충분히 알고 있는 것 같아요."

닐 경감은 전화로 두 곳에 연락을 취했다. 하나는 앤설 워릴 법률사무소, 또 하나는 골프 호텔. 그리고 헤이 경사를 불러 잠깐 외출한다고 말했다.

"변호사 사무실까지 갔다 오겠네. 그러고 나서 골프 호텔에 들를 테니 급한 볼일이 있거든 호텔로 연락해 주게."

"알았습니다, 경감님."

닐 경감은 걸어 나가며 말을 이었다.

"그리고 또 한 가지 부탁이 있는데, 티티새에 관련된 것은 무엇이든 모조리 알아봐 주게."

헤이 경사가 의아한 얼굴로 되물었다.

"티티새입니까, 경감님?"

"그렇네, 티티새. 실수해서는 안되네. 티티새야."

## 뒤보어와 라이트

1

세상에는 앤설 워릴 같은 변호사도 드물다는 것을 닐 경사는 벌써부터 잘 알고 있었다. 즉 일류 변호사라면 경찰관 앞에서 고압적인 태도로 응대하기 마련이지만, 삼사류 변호사는 도리어 저쪽에서 지레 겁을 먹고 맞아 주는 것이다.

앤설 워릴도 이러한, 그다지 잘 팔리지도 않는 작은 법률사무소 주인으로, 자기의 권리를 주장하기에 앞서 경찰을 돕는 일이라면 어떤 편의라도 제공하겠다며 닐 경감의 뜻을 받드는 데 급급해서 말을 늘어놓기 시작했다.

"네, 나는 죽은 에딜 포터스큐 부인을 위해 유언장을 만들었습니다. 5주일쯤 전이었지요……. 네, 그 부인이 직접 찾아왔습니다. 그리 흔한 일은 아니지만 나로서는 직업상 아무 말없이 부탁을 받아들였지요. 경감님도 그 점은 양해해 주시리라 생각합니다."

경감은 고개를 끄덕여 양해한다는 뜻을 나타냈다.

변호사는 계속해서 말했다.

"그 부인이 남편의 변호사에게 의뢰하기를 꺼리는 것은 당연한 일이었으니 말입니다."

가지를 쳐버리고 요점만 말하면, 에딜 포터스큐는 유언장을 만들어 자신이 세상을 떠났을 경우 모든 소유 재산을 비비언 뒤보어에게 넘겨주기로 했다는 것이었다.

변호사는 눈을 치켜 뜨고 닐 경감을 보며 말했다.

"하지만 경감님, 그 부인의 재산이라고 해야 대단한 건 아니었습니다."

닐 경감은 고개를 끄덕였다. 에딜 포터스큐가 유언장을 만들었을 즈음은 앤설 변호사의 말대로였다. 그러나 그 뒤 렉스 포터스큐가 죽은 지금으로서는 그녀의 유산이 10만 파운드라는 거액에 이르고 있고, 그것도 상속세만 치르고 고스란히 비비언 뒤보어에게 넘어가게 된 것이다.

2

골프 호텔에서는 비비언 뒤보어가 불안한 표정을 감추지 못한 채 닐 경감의 방문을 기다리고 있었다. 그가 이 호텔을 떠나려고 짐을 말끔히 가방에 챙겨 넣고 나자 경감으로부터 전화가 온 것이다.

떠나지 못하게 해서 미안하지만 두세 시간만 기다려 주었으면 좋겠다며 닐 경감은 줄곧 사과의 말을 했으나, 그 말투 속에는 명령에 가까운 엄격함이 있었다. 비비언 뒤보어도 처음에는 안 되겠다고 말했지만 이내 승낙하고 말았다.

"큰일이군요, 경감님. 나는 이렇게 시간보내고 있을 수 없습니다. 급한 볼일이 생겨서 당장 떠나야 합니다. 아무튼 일이 바빠서요……."

"그건 처음 듣는 말인데요, 뒤보어 씨. 지금까지 당신이 일을 가지고 있는 줄은 몰랐습니다."

"이 세상에서는 놀고 먹으며 살 수 없으니까요. 누구나 겉으로 보는 것처럼 한가하지는 않겠지요."

"포터스큐 부인이 세상을 떠나 무척 놀라셨지요? 아주 친한 사이로 알고 있습니다만."

"그야 뭐, 포터스큐 부인은 매력적인 분이었으니까요. 자주 골프를 치며 함께 어울렸었지요."

"무척 낙심하셨겠지요?"

그러자 뒤보어는 한숨을 내쉬며 대답했다.

"무서운 사건입니다."

"사건이 일어난 날 오후 뒤보어 씨는 부인과 전화로 이야기했다면서요?"

"아, 그랬었지요. 이제 생각납니다."

"무슨 이야기를 했는지 들려 주시오."

"대단한 이야기는 아니었습니다. 아마 포터스큐 씨의 죽음에 대해 뭔가 새로운 소식은 없느냐고 물은 것으로 기억하고 있습니다만."

"흠, 그러고 나서 산책하러 나가신 거로군요."

"네……맞습니다. 그러나 산책이 아니라 골프를 좀 쳤습니다."

닐 경감이 조용히 말했다.

"그렇지 않을 텐데요, 뒤보어 씨…… 그날은 골프치러 간 게 아니었을 겁니다. 호텔 문지기도 당신이 수송장 쪽으로 걸어가는 것을 보았다고 증언하고 있습니다."

뒤보어의 눈이 경감의 눈과 마주쳤으나 금방 피해 버렸다.

"글쎄요, 똑똑히 기억나지 않는데요."

"그때 당신이 포터스큐 부인을 방문한 것으로 우리는 알고 있습니다."

뒤보어는 갑자기 새된 목소리로 외쳤다.

"아니, 그렇지 않습니다! 그 집에는 가까이 가지도 않았습니다."

"그럼, 어디에 갔었지요?"

"나……나는 골프장까지 갔다가 거기서 되돌아왔을 뿐입니다."

"수송장에는 가지 않았다?"

"네, 결코!"

경감은 고개를 가로저었다.

"알겠습니다, 뒤보어 씨. 솔직하게 말하는 편이 당신을 위해 좋을 겁니다. 그 집에 갔다고 해도 이상할 건 없으니까요."

"그날 전화로 포터스큐 부인에게 앞으로 더 이상 만나지 않겠다고 말했던 겁니다."

경감은 일어섰다.

"그럼, 좋습니다, 뒤보어 씨. 우리는 당신의 증언을 요구하고 있지만, 당신으로서는 변호사의 입회 아래 발언할 권리를 가지고 있습니다."

순간 뒤보어의 얼굴에서 핏기가 가시며 깜짝 놀랄 만큼 핼쑥해졌다.

"나를 협박하는 겁니까, 네? 나를……."

"천만에요, 협박이라니! 오히려 그 반대지요. 나는 다만 당신이 훌륭한 권리를 가지고 있다고 말했을 뿐입니다."

"그런 건 나와 전혀 관계가 없습니다, 결코!"

"알겠습니다, 뒤보어 씨. 당신은 그날 4시 30분쯤 수송장에 있는 것을 본 사람이 있습니다. 창문으로 내다보고 있었다고 하더군요."

"나는 다만 정원에 있었을 뿐입니다. 집안에는 들어가지 않았습니다."

"정말입니까? 부엌문을 지나 2층에 올라가 포터스큐 부인의 거실로 가지 않으셨습니까? 거기서 책상 속을 뒤지지 않았습니까?"

"발견했습니까, 그 편지를? 그 에딜이라는 바보가 태워 버렸다고 해놓고는 간직해 두었던 겁니다. 하지만 당신들이 생각하는 그런 의미의 것은 아닙니다!"

"당신이 포터스큐 부인과 지나칠 만큼 친한 관계였던 것만은 틀림없더군요, 그것마저 부정할 수는 없겠지요?"

"그건 그렇습니다. 편지를 본 이상 숨겨 봐야 소용없겠지요, 다만 그 편지에 깊은 뜻이 없다는 것만은 인정해 주십시오, 우리는, 아니 에딜은 렉스 포터스큐를 없애려고 생각한 적은 한 번도 없었습니다. 나는 그런 사람이 아닙니다!"

"그러나 에딜 포터스큐 부인은 그런 사람일지도 모릅니다."

"무슨 그런 말을! 그녀도 살해되었잖습니까!"

"그건 그렇습니다."

"그렇지요? 같은 범인이 에딜의 남편을 죽이고 또 에딜도 죽였다고 생각하는 게 당연하지 않을까요?"

"그럴지도 모르지요, 그러나 달리 생각할 수도 있습니다. 예를 들면 이것은 한낱 가설에 지나지 않지만 포터스큐 부인이 남편을 죽이고 나자 이번에는 부인 자신이 어떤 인물에게 위험한 존재가 되었습니다. 그 인물은 부인의 범행에 손을 빌려 주지는 않았을지도 모릅니다. 그러나 부인을 부추기고 격려하여 부인에게 그런 결심을 하도록 하는 동기가 되었을 테지요. 따라서 범행이 있은 다음 부인은 그 인물에게는 위험한 존재가 되었던 겁니다."

뒤보어는 말을 더듬거렸다.

"당신은 나, 나를 함정에 빠뜨리려 하고 있습니다. 그러나 그것은 ……."

"에딜 포터스큐 부인은 유언장을 만들었습니다. 모든 재산을 당신에게 남겼지요. 부인이 가진 모든 것을!"

"나는 돈 같은 건 가지고 싶지 않습니다. 땡전 한 푼 바라지 않습니다!"

"그건 그리 큰돈이라고 할 수 없을지도 모르지요. 그러나 보석도 있고 모피류도 있습니다. 현금은 그리 없는 것 같지만요."

뒤보어는 가만히 경감을 지켜보았다. 이윽고 뒤보어는 턱을 아래로 축 늘어뜨리며 말했다.

"하지만 에딜의 남편이 죽었으니……."

뒤보어는 문득 무슨 생각이 났는지 곧 입을 다물었다.

"그렇게 생각했습니까, 뒤보어 씨? 그 점은 아주 흥미있군요. 당신은 대체 렉스 포터스큐의 유언 내용을 어느만큼 알고 있었습니까?"

닐 경감의 말투는 강철처럼 날카로웠다.


3

닐 경감은 같은 호텔에서 제럴드 라이트를 만났다. 제럴드 라이트는 교양을 내세우는 무척 거만해 보이는 여우 같은 젊은이였다. 또한 그 얼굴 생김이 비비언 뒤보어와는 전혀 달랐다.

제럴드 라이트가 물었다.

"무슨 볼일이신가요, 닐 경감님?"

"정보를 얻을까 해서 왔습니다."

"정보? 나에게서 말입니까? 이건 좀 놀라운데요."

경감은 좀 익살스러운 목소리로 말했다.

"그 수송장 사건에 관련된 일인데, 물론 알고 있겠지요?"

라이트는 시미치떼고 웃음지어 보이며 대답했다.

"'알고 있겠지요'라는 것은 정확한 말이 아닙니다. 사건 전말이라면 나뿐 아니라 누구나 다 알고 있지요. 어느 신문이나 모두 그 기사로 떠들썩하잖습니까? 마치 우리가 피에 굶주려 있는 것 같아서 불쾌하기 그지없더군요. 이 무슨 돼먹지 못한 시대에 태어난 것일까요? 원자 폭탄을 만드는 데 혈안이 된 녀석도 있고, 피비린내나는 살인 사건이라면 무엇이든 기뻐 뛰어드는 신문도 있으니! 볼일이란 그겁니까? 공교롭게도 나는 아무것도 모릅니다. 렉스 포터스큐 씨가 살해된 날 마침 나는 먼 섬으로 여행을 떠나 있었거든요."

"그런데 이렇게 금방 돌아오셨군요? 엘레이느 포터스큐 양으로부터 전보를 받았기 때문이었겠지요?"

"거기에 대해서는 경찰은 벌써 조사가 끝났을 테지요? 네, 엘레이느가 전보를 보냈더군요. 그래서 나는 부랴부랴 돌아온 겁니다."

"그래, 곧 결혼하실 건가요?"

"그렇게 되겠지요. 별지장은 없겠지요, 닐 경감님?"

"처음으로 결혼 이야기가 나왔던 것은 퍽 오래 전이었지요? 분명 예닐곱 달 전이었다고 들었는데요."

"그렇습니다."

"그런데 포터스큐 씨는 승낙하지 않았을 뿐 아니라 자기 뜻을 어기고 결혼한다면 딸에게 땡전 한 푼 주지 않겠다고 완강히 고집했습니다. 그래서 당신은 혼약을 깨뜨리고 떠나 버렸지요."

제럴드 라이트는 멋쩍은 듯 웃었다.

"그런 식으로 요약하는 것은 내게 너무 가혹하다고 생각하지 않습니까? 나는 다만 내 정치적 견해에 따랐을 뿐입니다. 렉스 포터스큐 씨는 전형적인 못된 자본가입니다. 나는 재산 때문에 내 정치적 신념을 굽힐 수는 없었습니다."

"그러나 지금은 5만 파운드의 유산을 받는 아내를 맞는데 그다지 저항감을 느끼지 않는다는 말이군요?"

"재산은 공공 복지에 쓸 생각입니다. 그런데 닐 경감님, 당신은 특별히 내 재산 문제며 정치적 견해를 바로잡기 위해 일부러 찾아오신 건 아니겠지요?"

"물론입니다, 라이트 씨. 범죄 사건에 얽힌 사실을 확인하러 온 겁니다. 아시다시피 11월 5일 오후 에딜 포터스큐 부인이 청산가리에 의해 독살되었습니다. 그 시각에 당신은 수송장 가까이에 있었다고 하더군요. 그래서 당신을 만나면 뭔가 수사에 참고될 만한 말을 들을 수 있지 않을까 여겨져서요."

"어째서 내가 그 무렵 수송장 가까이에 있었다고 생각하는 거지요?"

"당신은 4시 15분에 이 호텔을 나갔습니다. 그리고 수송장 쪽으로 언덕을 내려갔지요. 따라서 그 무렵 그 가까이에 있었다고 보는 게 당연하지 않을까요?"

"그건 그렇습니다만, 아무래도 좀 엉뚱한 상상으로 생각되는군요. 나는 엘레이느와 6시에 호텔에서 만나기로 약속했었지요. 그래서 잠시 이 언저리를 산책했을 뿐, 약속 시간에 맞추어 돌아왔습니다. 그런데 엘레이느는 약속을 어기고 나타나지 않았습니다. 하기야 그런 소동이 있었으니 무리도 아닌 일입니다만."

"산책 도중에 누군가 만난 사람은 없습니까?"

"자동차 두세 대와 마주쳤던 것 같습니다. 물으시는 뜻에 맞을 만한, 내 얼굴을 알고 있는 사람은 아무도 만나지 않았습니다. 좁은 샛길이라 길이 나빠서 자동차에서 진흙이 튀어 혼났습니다."

"그러면 4시 15분에 호텔을 나가 6시 약속 시간에 돌아오기까지 당신 행동은 모두 당신의 말을 믿는 도리밖에는 달리 증명할 방법이 없다는 말씀이군요?"

제럴드 라이트는 여전히 거만한 태도를 지키고 있었다.

"그러나 4시 35분에 수송장 2층으로 올라가는 층계 창문에서 뜰 앞을 거니는 당신 모습을 본 사람이 있다고 한다면……."

경감은 슬쩍 비추고 말을 끊었다.

제럴드 라이트는 분연히 눈썹을 치켜올리며 세차게 고개를 저었다.

"그 시각에는 이미 둘레가 어둑어둑했을 겁니다. 나라고 분명히 알아본 것은 아니겠지요?"

"당신은 비비언 뒤보어 씨를 아십니까? 그 또한 이 호텔에 묵고 있는데요."

"뒤보어? 뒤보어? 모르겠는데요. 혹시 그 키크고 머리카락이 검은――그렇지, 양가죽 구두를 좋아하는 사람 말입니까?"

"그렇습니다. 그 또한 그 시각에 산책을 나가 수송장 쪽으로 갔었는데, 산책하던 길에 만나지 않았습니까?"

"만나지 못했는데요."

"대체로 그날은 산책나갈 만한 날씨가 아니었지요. 시간도 늦고 길도 나빴으니까요. 누가 들어도 이상하게 여길 겁니다."

## 4

돌아오는 길에 닐 경감은 헤이 경사를 만났다.

경사는 기분좋은 듯 말했다.

"마침내 명령하신 티티새가 나타났습니다, 경감님."

"뭐라고, 정말인가?"

"정말이고말고요. 그것도 파이 속에서 말입니다. 지난 일요일 만찬에 나왔던 차가운 파이가 하나 남아서 그것을 찬장에 넣어 두었답니다. 그런데 누군가가 그 파이의 꺼풀을 벗겨 속의 고기와 햄을 모조리 꺼내고 대신 어떤 것을 넣어 두었더군요. 그것이 뭐라고 생각하십니까? 바로 정원사의 헛간에서 훔쳐낸 죽은 티티새였습니다! 누군가 터무니없는 장난을 친 겁니다."

"그것이 성 안 요리의 기막힌 멋이라는 건가?"

닐 경감은 넋잃은 표정으로 서 있는 헤이 경사를 뒤에 남겨둔 채 가버렸다.


## 10만 파운드

1

미스 램즈보텀은 카드를 쥔 손을 멈추고 말했다.

"잠깐만 기다려. 곧 끝나니까……."

램즈보텀은 킹과 그 무리를 빈 곳에 옮기더니 빨강 7과 검정 8을 놓고 손에 스페이드의 4, 5, 6을 쌓아 쥐고 나서 다시 한참 동안 카드를 움직이고 있었는데, 드디어 마지막으로 만족스러운 듯이 한숨을 내쉬었다.

"이제 더블 제스터가 되었군. 쉽사리 되는 게 아니야."

미스 램즈보텀은 만족한 듯한 표정으로 눈을 들어 난로 옆에 서 있는 부인을 보았다.

"당신이 랜스와 결혼한 사람인가?"

"네."

"키가 크군. 건강해 보여서 좋아."

"네, 아주 튼튼해요."

미스 램즈보텀은 줄곧 고개를 끄덕였다.

"퍼시벌의 아내는 얼굴빛이 나빠서 걱정이야. 맛있는 것을 너무 많이 먹고 운동을 하지 않기 때문이지. 거기 앉아. 랜스와는 어디서 만났지?"

"케냐에서였어요. 그곳으로 친구를 찾아갔을 때……."

"전에 결혼한 일이 있다지?"

"네, 두 번."

"이혼했나?"

그러자 패트리시어는 좀 떨리는 목소리로 말했다.

"아니에요, 두 사람 다 죽었어요. 첫 남편은 비행사였는데 전쟁에서 죽었지요."

"두 번째 남편은? 아, 그래, 누군가에게서 들었어. 자살했다고 하더군."

패트리시어는 고개를 끄덕였다.

"원인은 당신에게 있었나?"

"아니에요. 나 때문이 아니었어요."

"경마를 하는 분이었지?"

"네."

"나는 아직 이 나이가 되기까지 경마라는 것을 해본 일이 없지만, 그런 내기나 카드 노름은 모두 악마가 만든 거야."

패트리시어는 잠자코 대답이 없었다. 그녀는 노부인의 찌르는 듯한 눈길에 몹시 어리둥절하고 있었다.

미스 램즈보텀은 말을 이었다.

"당신은 대체 이 집 사정을 얼마나 알고 있지?"

"아마 결혼하는 여자가 흔히 알고 있는 정도라고 생각해요."

"여러 가지 문제가 있어. 가르쳐 줄까. 내 동생은 쉽게 말해서 바보였지. 그 남편인 렉스는 완전한 악한이고, 퍼시벌도 아버지를 닮아 교활해. 그리고 랜스로 말하면 바람둥이로 온 집안의 미움을 받았었지."

패트리시어는 웃으며 말했다.

"어머나, 농담을 하시는군요."

"아니, 정말이야. 하지만 퍼시벌을 가볍게 보고 있는 건 아니야. 세상에서 사람 좋다는 말을 듣는 이는 오히려 좀 얼빠진 듯 보이는 법이겠지만, 퍼시벌은 그와 반대로 사람좋은 얼굴을 하고 있으나 속은 그야말로 바늘로 찔러도 피 한 방울 안 나올 거야. 나는 그 애가 아주 싫어. 그리고 분명히 말해 두지만 랜스도 믿지 않아. 무엇보다도 그 애의 행동에는 찬성할 수가 없어. 하지만 그 애의 인간성은 좋아하지…… 물불 가리지 않는 성질이니 앞으로 당신이 잘 다독거려서 터무니없는 짓을 하지 않도록 주의를 기울여야 할 거야. 그 애에게도 퍼시벌을 무시하지 않도록 일러줘. 그리고 랜스가 하는 말을 곧이곧대로 믿었다가는 큰코 다쳐. 대체로 이 집안 사람들은 거짓말쟁이뿐이니까."

그녀는 자기 혼자만이 올바른 사람인 것 같은 표정으로 덧붙였다.

"용케도 변변치 못한 사람들만 모여 있지."

## 2

닐 경감은 전화로 경찰국에 연락을 했다.

부국장이 직접 전화를 받았다.

"자네가 부탁한 조사는 끝났네. 사나토리움을 모조리 조사해 보았네만, 그런 이름을 가진 사람은 없다는 걸세. 아마 이미 죽은 거겠지."

"그렇겠지요, 오랜 옛날 일이니까요."

그러나 해묵은 죄악은 그림자를 오래 끄는 법이다. 미스 램즈보텀도 그렇게 말했다.

부국장은 깊은 뜻을 담아 닐에게 들려주었다.

"하지만 아무튼 구름을 잡는 것 같은 이야기로군."

"그렇게도 말할 수 있지요. 그러나 전혀 무시할 수 없는 의견이라고 생각합니다. 사건과 꼭 들어맞으니까요."

"그렇게 말한다면 그렇겠군. 호밀——티티새——피해자의 이름……."

"나는 다른 면으로도 조사를 진행하고 있습니다. 뒤보어라는 사나이, 이 자에게도 충분히 수상한 점이 있습니다. 그리고 라이트, 아마 글래디스는 이 두 사람 가운데 어느쪽인가의 모습을 본 게 틀림없습니다.

그래서 찻쟁반을 홀에 놓아둔 채 그 사람이 무엇을 하고 있는지 보려고 부엌문으로 나간 거겠지요. 그 때문에 그녀는 수상한 남자에게 목졸려 죽고 빨래집게로 코를 집히게 되었다고 생각합니다."

"정말 터무니없는 짓이야! 미치광이 같은 짓을 하는 녀석이군!"

"그렇습니다. 그것이 그 노부인을 몹시 자극했습니다. 미스 마플이라는 사람좋아 보이는 노부인인데, 아주 현명하더군요. 그 노부인이 온 힘을 다해 집안을 두루 살피며 정보를 모아 주고 있습니다."

"그럼, 이제부터 어떻게 움직일 생각인가?"

"런던의 변호사와 만날 약속을 했습니다. 렉스 포터스큐의 사업 내용을 조사해 볼까 하고요. 꽤 오래 전 이야기로 거슬러 올라가게 됩니다만, 티티새 광산에 대한 것도 물어보려 생각하고 있습니다."

3

빌링즐리 호스숍 앤드 월터즈 법률 사무소의 빌링즐리 변호사는 점잖으면서도 충분히 처세에 숙달되어 직업상 속마음을 드러내 보이지 않는 인물이었다.

닐 경감으로서는 이것이 그와의 두 번째 만남인데, 처음과 달리 이번에는 허물없이 맞아 주었다. 같은 수송장에서 살인 사건이 세 번이나 잇달아 일어난 일이 빌링즐리로 하여금 직업의식을 잊게 만든 듯, 그는 되도록 수사 당국에 협조하려는 기분이 되어 있었다.

"정말 이상한 사건입니다. 이상하다고 해야 할지, 뭐라고 해야 좋을지 도무지 모르겠군요. 나는 오랫동안 이 직업에 종사해 왔지만 이런 일은 처음입니다."

"그렇습니다. 그래서 우리들도 꼭 당신의 도움을 빌려야겠다고 생각하여……."

"물론 좋습니다. 내가 할 수 있는 일이라면 무엇이든 해드리지요."

"먼저 묻고 싶은 것은, 당신은 포터스큐 씨에 대해 얼마나 아시는지요? 그리고 그 사업 내용은?"

"나는 렉스 포터스큐 씨를 잘 알고 있습니다. 16년 동안이나 고문 변호사로 있었으니까요. 그러나 그 회사의 고문 변호사는 나 한 사람만이 아닙니다."

닐 경감은 고개를 끄덕였다. 그것은 그도 잘 알고 있었다. 빌링즐리 호스숍 앤드 월터즈 법률 사무소는 렉스 포터스큐의 정당한 사업에 관한 법률 사무만을 다루고 있었다. 그 밖에 좀 음성적이고 기밀을 요하는 거래에 대해서는 빌링즐리만큼 이름이 알려져 있지 않은 이류나 삼류 변호사를 몇 사람 쓰고 있었다.

"그런데 조사하고 싶은 일이란 무엇이지요? 유언에 대해서는 지난번에 말씀드린 대로 퍼시벌 포터스큐 씨가 포괄 상속인이 됩니다."

"내가 지금 알고 싶은 것은 포터스큐 부인이 유언장을 만든 경우의 효력에 대해서입니다. 포터스큐 씨의 죽음에 의해 부인에게 10만 파운드의 유산이 주어졌다고 들었습니다만."

빌링즐리는 고개를 끄덕였다.

"거액의 재산이지요. 그러나 이건 비밀 이야기입니다만, 지금의 회사 경영 상태로는 도저히 그만한 금액을 치를 수 없으리라고 여겨집니다."

"그래요? 회사의 경영 상태가 좋지 않은가 보군요?"

"솔직히 말해서 그렇습니다. 이 1년 반 동안 사업이 아주 부진했거든요."

"뭔가 까닭이 있었겠지요?"

"글쎄요, 까닭이라면 렉스 포터스큐 씨에게 있다고 봐야겠지요. 요 1년 동안 포터스큐 씨는 마치 미친 사람 같다고 해도 좋을 정도였어요. 가지고 있는 주식을 팔아 투기 주식을 사들였지요. 아무리 충고해도 듣지 않았습니다. 퍼시벌——당신도 알고 있듯 큰아들이지요——이 가끔 내 사무실에 들러 아버지에게 충고해 달라고 부탁하곤 했지요. 그 자신도 말린 듯 하지만 물론 한 마디로 거절당했던 겁니다. 나도 기회 있을 때마다 반대 의견을 말해 보았습니다만 포터스큐 씨는 받아들이지 않았습니다. 전에는 그렇지 않았는데 마치 사람이 달라진 것 같았지요."

"하지만 그리 의기소침한 모습을 나타내지 않았나 보던데요?"

"물론입니다. 여전히 기운만은 좋아서 갈수록 큰소릴 치고 있었지요."

닐 경감은 고개를 끄덕였다. 그의 머리 속에 떠오른 하나의 가설이 차츰 형태를 갖추어 가기 시작한 것이다. 퍼시벌과 아버지의 불화 원인도 거기에 있었던 게 틀림없다.

빌링즐리는 설명을 이어 나갔다.

"그러나 부인의 유언장에 대해 물으시는 것은 의미가 없습니다. 그분은 유언장 같은 것은 만들지 않았으니까요."

"그렇다면 그것으로 좋습니다만, 나로서는 다만 법률상의 해석을 물어 보고 싶은 겁니다. 부인의 재산은 어떻게 되는지, 다시 말해서 10만 파운드의 재산은 앞으로 어떻게 될 것인지 하는 데 대해……."

빌링즐리는 머리를 세게 저어 경감의 말을 가로막았다.

"아니, 아니, 그렇게 간단히 부인의 것으로는 되지 않습니다."

"네? 그럼, 10만 파운드는 부인이 살아 있는 동안에만 주어진다는 말씀입니까?"

"네, 그 유증에는 조건이 붙어 있습니다. 부인이 그것을 상속받으려면 포터스큐 씨보다 한달 동안은 더 살아 있어야만 되는 것입니다. 이것이 현금 유증일 경우 흔히 쓰이는 조항으로 항공기 사고 같은 것을 고려해서 붙여진 것이지요. 예를 들면 여객기에 함께 타고 있다가 불행히도 추락했을 경우 어느쪽이 나중에 죽었느냐에 따라 참으로 복잡한 법률 문제가 생겨나게 됩니다. 그것을 미리 막기 위해 이런 조건이 필요해지는 겁니다."

닐 경감은 휘둥그래진 눈으로 변호사를 지켜보았다.

"그럼, 에딜 포터스큐는 10만 파운드의 유증을 받을 수가 없다는 말입니까? 그 금액은 대체 어떻게 되는 거지요?"

"회사로 갑니다. 현실적으로 포괄 상속인의 손으로 돌아가게 되겠지요."

"그렇다면 퍼시벌 포터스큐 씨로군요."

"그렇지요, 퍼시벌 포터스큐 씨의 손으로 넘어갑니다."

그리고 변호사는 무심히 덧붙였다.

"그리고 지금의 회사 상태로는 꼭 그렇게 되어 주었으면 하는 형편입니다."

닐 경감의 친구인 의사가 난 체하며 말했다.

"자네들 경찰관이 알고 싶어하는 것은……."

경감이 말했다.

"빨리 말하게, 봅."

"지금 말하는 중일세. 결론부터 말하면, 자네의 상상대로일세. 가족들도 그렇지 않은가 싶어 의사의 진찰을 받게 하려고 했던 듯한데 본인이 듣지 않았지. 증세는 자네가 말한 것처럼 과대망상증으로 온전한 사고 능력을 잃고 있었네. 하찮은 일에 흥분하여 성내고 기분좋을 때는 무턱대고 큰소리치며 허풍떨지. 자신을 대실업가로 망상하며 믿고 있는 거라네. 이렇게 되면 처치 곤란이야. 감금이라도 하면 모르지만, 그렇지 않으면 곧 파산하고 말지. 아무튼 죽어버려서 자네 친구들로서는 다행일 걸세."

닐은 조금 전에 한 말을 되풀이했다.

"내 친구가 아닐세. 모두 불쾌한 사람들뿐이지."

## 가족 회의

수송장 응접실에 포터스큐네 가족이 모두 모여 가족 회의를 열고 있었다.

퍼시벌 포터스큐가 맨틀피스에 몸을 기대고 서서 말하기 시작했다.

"정말 난처하게 된 것은, 경찰이 줄곧 이 집에 드나들고 있으며 더욱이 우리로서는 그들이 뭘 조사하고 있는지 전혀 알 수가 없다는 점이지. 사건을 수사하고 있는 것은 틀림없지만, 그것도 어쩐지 지금은 정지 상태인 것 같아. 그들로서는 방침이 서지 않은 듯하고, 우리로서는 앞으로 어떻게 행동해야 좋을지 갈피를 잡지 못하고 있는 형편이야."

제니퍼가 말했다.

"정말 터무니없는 이야기예요."

퍼시벌은 말을 이었다.

"우린 아직 아무데도 자유로이 갈 수 없다는 명령을 받고 있어. 따라서 우리는 우리대로 앞으로의 방침을 협의해야 한다고 생각해. 어떠냐, 엘레인느, 너의 의견은? 너는 결혼할 마음인 듯한데, 그 젊은이——그래, 제럴드 라이트였지. 결혼식은 언제 올릴 생각이냐?"

엘레인느가 말했다.

"빠를수록 좋아요."

퍼시벌은 씁쓰레한 표정으로 물었다.

"여섯 달쯤은 기다릴 수 있겠지?"

"그렇게 기다릴 수는 없어요. 어째서 여섯 달이나 기다려야 하지요?"

"부모가 돌아가셨어. 세상이란 그런 거란다."

"쓸데없는 걱정이에요. 한 달만 기다리겠어요. 그것도 길게 잡은 거예요."

"그래? 참 딱한 아이로군. 결혼하고 나서는 어떻게 할 생각이냐?"

"학교를 경영하고 싶어요."

퍼시벌은 머리를 저었다.

"그건 위험한 사업이야. 지금은 그런 시대가 아니거든. 알맞은 교사를 좀처럼 구할 수 없고, 무엇보다도 그런 일을 시작하려면 집안일은 누가 맡지? 당장 하녀도 없잖느냐? 나라면 좀더 깊이 생각해 보겠다."

"저희들도 깊이 생각해 보았어요. 제럴드는 이 지방 사람들을 향상

시키려면 올바른 교육밖에 없다고 말하고 있어요."

"나는 모레 빌링즐리 씨를 만나기로 했다. 그때 우리 집 재정 문제를 다시 한 번 상의해 볼 생각이야. 요전에 만났을 때 그의 의견으로는 아버지가 네게 남긴 유산을 일단 신탁 재산으로 해서 너의 자식들에게 넘겨주어야 한다더구나. 지금 재산 형편이 아주 어렵거든."

"그건 싫어요. 학교 경영에는 아무래도 돈이 들어요. 지금 팔려고 내놓은 건물 가운데 알맞은 것이 있어요. 장소요? 콘월이에요. 운동장이 넓고 아주 좋은 건물이에요. 하긴 많이 증축해야 할 필요가 있지만요."

"아니, 그럼 너는 아버지가 남겨 주신 재산을 고스란히 거기에 쏟아 넣으려는 거냐? 엘레이느, 그건 그리 칭찬할 만한 생각이 아닌데."

"재산을 묵혀 두기보다 유효하게 쓰는 편이 훨씬 칭찬받을 일이에요. 그보다도 지금 우리 회사 상태가 어떻지요? 잘 되어 나가고 있잖아요? 아버지가 살아 계실 때부터 오빠는 분명 그렇게 말하고 있었던 것 같은데요."

그러자 퍼시벌은 모호하게 얼버무렸다.

"그런 말을 했는지는 모르지만 엘레이느, 어떻든 네가 받은 재산을 모두 학교 경영을 위해 건물을 사고 설비하는 데 써버린다는 것은 어리석은 짓이다. 실패하면 어떻게 할 거지? 빈털터리가 되고 말잖느냐."

엘레이느는 끝까지 고집했다.

"걱정없어요. 성공할 테니까요."

의자에 버티고 앉아 있던 랜슬럿이 격려하듯 입을 열었다.

"나는 네 의견에 찬성한다, 엘레이느. 한번 해보는 거야. 학교 경영이 찬성하지 못할 사업이라는 것에는 나도 형님과 같은 의견이지만, 너희 두 사람, 너와 제럴드가 진심으로 그것을 바라고 있다면 비록 전재산을 잃는다 해도 만족하겠지. 하고 싶은 일은 해보는거야."

퍼시벌이 못마땅한 듯 말했다.

"네가 할 만한 말이구나, 랜스."

"그렇습니다. 알다시피 나는 건달입니다. 그러나 형님보다는 사는 보람이 있는 삶을 보내 왔을 겁니다."

퍼시벌은 차갑게 말했다.

"사는 보람이란 해석하기 나름이지. 그럼, 이번에는 너의 장래 방침을 듣기로 하자. 결국 케냐나 캐나다로 돌아가겠지. 아니면 혹시 에베레스트 등산이라도 떠날 거냐?"

"그렇게 생각하십니까?"

"그래, 너는 영국 생활에는 맞지 않으니까."

"하지만 나이를 먹으면 달라지지요. 나는 앞으로 견실한 실업가로서 다시 출발해 보려 생각하고 있습니다."

"뭐라고……?"

랜슬럿은 상냥하게 웃으며 말했다.

"나는 형님과 함께 회사를 경영해 보고 싶습니다. 물론 사장은 형님이지요. 수익의 대부분도 형님 것이고, 나는 단순히 보조 역할만 하겠지만 그래도 그만한 배당은 받고 싶습니다. 어떻습니까?"

"흠, 그런 희망이라면 좋다. 그러나 금방 싫증내고 마는 게 아닐까?"

"옛날과는 다릅니다."

퍼시벌은 잠시 눈썹을 찌푸리고 있더니 물었다.

"그럼, 너는 진심으로 그렇게 생각하고 있는 거냐?"

"진심이고말고요. 공연히 성가시게 굴지 말라고 하는 건 아니겠지요?"

"회사의 재정 내용은 너도 알 줄 안다만 극도로 악화되어 있다. 관계해 보면 알겠지만, 엘레이느가 당장 유산 분배를 요구하면 회사의 재정 상태로 보아 지급해 줄 수 있을지 어떨지도 모를 정도야."

랜슬럿이 말했다.

"그렇군! 엘레이느, 너는 정말 영리하구나. 받아 낼 수 있는 동안에 받지 않으면 언제 없어지게 될지 모르는 모양이야."

퍼시벌은 화난 목소리로 말했다.

"랜스! 그런 농담을!"

제니퍼가 거들었다.

"그래요, 말을 조심하는 게 좋아요."

조금 떨어진 창 옆에서 패트리시어가 선 채로 사람들의 모습을 바라보고 있었다. 랜슬럿이 퍼시벌을 향해 싫은 소리를 늘어놓는 목적이 그녀가 상상하고 있는 것과 같다면 그것은 훌륭하게 성공했다고 할 수 있을 것이다. 퍼시벌은 여느 때의 냉정함을 완전히 잃고 말았다.

"랜스! 너 진정이냐?"

"네, 진정입니다."

"너의 보조라는 것이 도움되리라고 생각하니? 금방 싫증나고 말게 틀림없어."

"나는 이곳에서 기분을 완전히 바꾸어 일해 보고 싶습니다. 런던의 사무실, 타이피스트들이 들락거리는——아, 정말 유쾌한 생활이 될 겁니다.

나도 한번 글로브너 양——분명 그런 이름이었지요——같은 금발 비서를 써보고 싶습니다. 형님은 그녀를 완전히 자기 사람으로 만든 듯한데, 나도 그녀와 비슷한 여자를 찾아보겠습니다. '네, 랜슬럿 씨. 아니오, 랜슬럿 씨. 차준비가 되었습니다, 랜슬럿 씨.'"

퍼시벌이 외쳤다.

"랜스, 농담은 집어치워!"

"어째서 그렇게 모든 일에 화를 내는 겁니까? 자, 나도 회사를 도울 수 있게 해주겠지요?"

"너는 지금 회사가 중대한 위기에 놓여 있다는 것을 몰라."

"그럼, 가르쳐 주면 되잖습니까!"

"요 반 년 아니, 1년이나 되는군. 그 동안 아버지는 완전히 사람이 달라져 있었다. 그래서 경영상 터무니없는 짓을 마구 해치웠지. 가지고 있는 주식을 팔아 너절한 주식만을 사 모으고, 마치 돈을 개천에 버리듯 당치 않은 짓만 하고 계셨어."

"옳아! 그러니까 아버지가 타키신을 마셔 주었기 때문에 우리 모두가 구제된 셈이로군요."

"그렇게 말하면 아버지에게 죄송하지만, 정말 네가 말한 대로야. 우리가 파산에서 벗어난 것은 아버지가 돌아가셨기 때문이야. 그러니 앞으로는 되도록 건실하게 회사를 경영해 나갈 방침이다."

"그 점에 대해서는 찬성할 수 없는데요. 건실함이 반드시 현명한 건 아니거든요. 때로는 모험도 필요한 겁니다."

"그럴 수 없어, 건실한 운영. 이것이 우리의 좌우명이야!"

"내 생각은 다른데요."

"너는 사장이 아니야!"

"알고 있습니다. 하지만 때로는 의견을 말할 수도 있잖습니까?"

퍼시벌은 애가 타서 방안을 왔다갔다 하고 있었다.

"……하지만 너와 함께 일한다면 원만하게 되어 나갈 것 같지 않구나. 의견이 너무 다르니까."

"나로서는 그 점이 도움이 된다고 생각하는데요."

"아니, 그렇지 않아. 공동 경영에 의견 충돌이 있어서는 절대로 안돼!"

"그럼, 내 몫을 떼어 주겠습니까?"

"그 밖에 달리 도리가 없겠지. 너하고는 너무도 의견이 맞지 않으니까."

"그러나 엘레이느에게도 가까스로 유산을 줄 수 있을 정도라면 어떻게 내 몫까지 떼어낼 수 있을까요?"

"현금으로는 줄 수 없어. 주식으로 나눠 주지."

"공채는 형님이 차지하고, 엉터리 주식은 내게 떠맡기겠다는 말씀인가요?"

"네 마음에 드는 주식을 고르려무나."

"그것도 좋겠지요. 그러나 고르는 것은 나 혼자 생각만으로는 안됩니다. 패트의 의견도 들어서……."

형과 동생은 동시에 패트리시어를 바라보았다. 패트리시어는 입을 열려고 했으나 곧 다물었다. 랜슬럿이 어떤 속셈으로 연극을 하고 있는지는 모르지만 공연히 참견하여 방해하지 않는 게 현명하다고 생각했던 것이다.

남편에게 뭔가 목적이 있다는 것은 그녀도 잘 알고 있었다. 다만 대체 무엇을 노리고 있는 것인지 분명치 않았으므로 좀 불안했다.

"아시겠습니까? 엉터리 다이아몬드 광산 주식, 루비 폐광 주식, 석유가 나오지 않는 석유 주식 따위는 싫습니다. 나도 그렇게 바보는 아니니까요."

"물론 우리 주식 가운데에는 투기 주식이 많다. 그러나 만일 맞아떨어지기라도 하면 엄청나게 값이 오르지."

랜슬럿은 웃으며 말했다.

"말투가 아까와는 아주 달라졌군요. 아버지에 대한 비난은 어떻게 된 겁니까? 폐광이 된 그 티티새 광산 주식이라도 떠맡길 생각인가요? 그건 그렇고, 형님. 닐 경감으로부터 티티새 광산에 대해 질문받지 않았습니까?"

퍼시벌은 못마땅한 얼굴로 대답했다.

"물론 질문받았지. 대체 그 사람은 뭘 알고 싶어하는지 모르겠더구나. 나도 자세한 이야기는 할 수 없었다. 나나 너나 그 무렵에는 아직 어려서, 아버지가 갔다가 틀렸다는 조사 보고를 가지고 돌아온 것은 기억하지만 그 이상은 아무것도 알지 못하니까."

"그건 금광이었던가요?"

"그럴 거다. 그러나 아버지 말씀에 따르면 금 같은 건 전혀 나오지 않는다는 거였지. 아버지가 그렇게 말씀한 이상 틀림없을 거라고 생각한다."

"함께 간 사람은 누구였지요? 매켄지라고 했던가요?"

"그래, 그러나 매켄지 씨는 그곳에서 죽었지."

랜슬럿은 생각에 잠기며 말했다.

"매켄지 씨는 그곳에서 죽었다, 거기에 뭔가 문제가 있는 게 아닐까요? 나는 기억하고 있습니다…… 매켄지 부인의 소동을 말입니다. 이 집으로 쳐들어와 아버지를 붙들고 마구 욕설을 퍼부었지요, 내 남편을 죽인 것은 너라고."

"그랬었지. 그러나 나는 기억이 잘 나지 않아."

"그래요? 나는 지금도 눈에 보이는 것처럼 기억하고 있습니다. 형님보다 어렸으므로 그만큼 인상이 강했는지도 모르지요. 그 티티새 광산은 어디입니까? 서아프리카였던가요?"

"아마 그럴걸."

"아무튼 내가 사무실에 나가게 되면 채굴권을 조사해 보겠습니다."

"아니, 아버지의 조사에 틀림은 없어. 돌아와서 금이 나오지 않는
다고 했으니 나오지 않는 거야."

"그럴지도 모르지요, 아마 그렇겠지요. 딱하게 된 건 매켄지 부인
이군요. 그 뒤 그 부인은 어떻게 되었습니까? 또 그때 우리 집에
데려왔던 두 아이는 어떻게 되었지요? 지금쯤은 꽤 많이 자랐을
겁니다."

## 매켄지 부인

파인우드 요양소 면회실에서 닐 경감은 백발의 노부인과 마주앉아
있었다.

헬런 매켄지는 나이보다 젊어 보이지만, 63살이었다. 파르스름한
눈동자를 멍하니 크게 뜨고 있는 그의 턱 언저리가 왠지 힘없는 느낌
이었다. 무릎 위에 엄청나게 두꺼운 책을 펴놓고 닐 경감이 이야기하
는 동안에도 거기서 눈을 떼려 하지 않았다.

이 노부인과 마주앉은 닐 경감은 조금 전 이 요양소 소장 클로스비
박사와 나눈 이야기를 생각하고 있었다.

"그 부인은 자비(自費) 환자입니다. 무료로 치료받는 환자가 아니
지요."

"이제 흉포성은 없어졌습니까?"

"완전히 없어졌습니다. 여느 때는 보통 사람이라고 해도 좋을 정도
지요. 예사롭게 이야기하며 이상한 점은 조금도 찾아볼 수 없습니
다."

닐 경감은 마음속으로 이 이야기를 생각하며 질문을 시작했다.

"나는 닐이라고 합니다. 오늘 찾아뵌 것은 얼마 전 세상을 떠난 포
터스큐라는 사람에 대해 몇 가지 물어보고 싶기 때문입니다. 렉스
포터스큐 씨 말입니다. 아시는 분으로 생각합니다만."

매켄지 부인은 여전히 책에서 눈을 떼지 않고 말했다.

"무슨 말씀인지 잘 모르겠는데요……."

"포터스큐라는 사람입니다, 부인. 렉스 포터스큐라고 하는……."

"몰라요, 나는 몰라요."

닐 경감은 몹시 놀랐다. 완전히 정상적인 상태로 돌아와 있다고 한 클로스비 박사의 말이 갑자기 의심스러워졌다.

"퍽 옛날 일이기는 하지만, 생각해 낼 수 없겠습니까? 당신이 직접 수송장까지 교섭하러 갔었다고 들었습니다만."

"저 어마어마하게 허세부리는 집 말인가요?"

"네, 맞습니다. 그렇습니다. 포터스큐 씨는 당신 남편과 함께 아프리카에 있는 광산을 경영하고 있었지요. 분명 티티새 광산이라고 들었습니다만."

"책읽을 시간이라서 나는 이만 실례했으면 하는데요."

"아, 그러시겠지요. 하지만 조금만 더. 매켄지 씨는 포터스큐 씨와 함께 아프리카에 있는 광산을 경영하고 있었지요? 분명 티티새 광산이라고 들었습니다만."

"그건 내 남편의 광산이에요. 그이가 발견해서 권리를 얻은 거였어요. 그 채굴을 시작하는 데 자금이 필요하여 렉스 포터스큐에게 상의하러 갔었어요. 내가 그 사람에 대해 좀더 상세히 알고 있었더라면 결코 그런 곳으로 보내지는 않았을 거예요."

"당신의 기분은 잘 압니다. 아무튼 두 사람은 그 길로 아프리카까지 갔었지요. 그리고 남편은 열병으로 돌아가셨습니다."

"이제 책읽을 시간이라서……."

"그럼, 당신은 포터스큐 씨가 티티새 광산을 남편의 손에서 빼앗은 거라고 생각하십니까?"

매켄지 부인은 책에서 눈길도 들지 않고 물었다.

"그렇지 않은가요?"

"글쎄요…… 아무튼 오랜 옛날 일이고, 이미 끝나 버린 사건을 또다시 조사하는 것은 아주 까다로운 일이어서요."

"끝나 버렸다고 누가 말했지요?"

"아, 당신은 아직 끝나지 않았다는 말씀이군요?"

"올바른 해결이 나기 전까지는 문제가 끝났다고 말할 수 없다고 키플링의 책에 씌어 있어요. 요즘 젊은 사람들은 키플링 같은 건 읽으려 하지도 않는 듯하지만, 그분은 위대한 문인이에요."

"그럼, 당신은 앞으로 올바른 해결책이 내려질 거라고 여기십니까?"

"렉스 포터스큐는 죽었다지요? 아까 당신이 그렇게 말씀하셨지요."

"독살되었습니다."

"아니, 열병이었어요."

"렉스 포터스큐 말입니다."

"나도 그를 말하고 있어요."

그 매켄지 부인은 갑자기 푸른 눈을 들어 닐 경감의 얼굴을 물끄러미 바라보았다.

"그는 침대에서 죽었나요? 네?"

"세인트 주드 병원에서 죽었습니다."

"내 남편은 어디서 죽었는지 아무도 몰라요. 어디에 묻혔는지도 몰라요. 렉스 포터스큐가 돌아와서 이야기하는 것을 믿을 수밖에 없었지요. 그러나 그는 굉장한 거짓말쟁이로 알려져 있어요."

"렉스 포터스큐가 살해되기 한두 달 전 책상 위에다 죽은 티티새를 놓아둔 사람이 있습니다."

"이상한 짓을 했군요."

"누구의 짓인지 짐작되는 바가 없습니까?"

"짐작같은 건 아무 소용없어요. 행동으로 옮기지 않으면 아무것도 아니에요. 나라면 모두에게 실행하도록 시키겠어요."

"모두라면 자녀분들 말입니까?"

매켄지 부인은 고개를 끄덕였다.

"그래요. 도널드와 루비. 아버지가 돌아가셨을 때 9살, 7살이었지요. 나는 그 두 아이에게 말했어요. 날마다 말해 주었지요. 밤이 되면 반드시 두 아이에게 맹세를 시켰지요."

닐 경감은 저도 모르게 몸을 앞으로 내밀었다.

"뭐라고 맹세를 시켰지요?"

"뻔하잖아요. 그를 죽이라는 거였지요."

닐 경감은 아주 당연한 듯 말했다.

"그랬었군요. 그래서 그 뒤 어떻게 됐습니까?"

"도널드는 군대에 들어가 대륙으로 파견되었는데, 당케르크 전투에 나간 뒤로 돌아오지 않았어요. 군에서 전보로 공보(公報)를 보냈더군요. '전투중 전사. 깊은 애도의 뜻을 나타냄'이라고요. 그것도 행동이었지요. 하지만 잘못된 행동이었어요."

"정말 안됐군요. 그리고 따님은?"

"나에게 딸은 없어요."

"하지만 방금 말씀했잖습니까, 루비라고."

"루비——아, 그렇군요. 내가 루비를 어떻게 했는지 아시겠어요?"

"모르겠는데 어떻게 하셨습니까?"

매켄지 부인은 갑자기 목소리를 낮추어 말했다.

"이 책을 보세요."

부인의 무릎 위에 놓여 있는 것은 성서였다. 아주 오래된 성서로,

부인이 펼친 안쪽에 수많은 이름들이 죽 적혀 있었다. 구식 집안에서 가지고 있는 이른바 가정 성서로, 아이가 태어나면 표지 안쪽에 그 이름을 일일이 적어 나가는 것이었다.

매켄지 부인은 마지막 두 개의 이름을 손가락으로 가리켰다. 하나는 도널드 매켄지로 그의 생년월일이 적혀 있고, 그 아래는 루비 매켄지로 역시 생년월일이 적혀 있었다. 그런 그 루비 매켄지의 이름은 굵은 줄로 힘차게 지워져 있었다.

"이대로예요. 나는 그 애를 이 성서에서 지워 버렸어요. 영원히 인연을 끊은 거예요. 이제 나는 그 애가 매켄지 집안의 한 사람이라고 생각지 않아요."

"어째서 그렇게 하셨습니까?"

매켄지 부인은 눈을 치켜 뜨고 경감을 흘끗 보았다.

"아실 텐데요?"

"아니, 모릅니다. 전혀……."

"맹세를 지키지 않았기 때문이에요."

"……지금 따님은 어디에 있습니까?"

"말씀드렸잖아요. 내게는 딸이 없어요. 루비 매켄지라는 인간은 내 집안에 없는 거예요."

"죽었다는 말씀입니까?"

"죽었다고요?"

노부인은 갑자기 히스테릭한 웃음소리를 냈다.

"죽는 편이 오히려 낫다고 생각해요. 그편이 훨씬 좋을 거예요."

부인은 한숨지으며 의자 속에서 잠시 동안 몸부림치더니 이윽고 정신을 차렸다.

"실례했어요. 이만 용서를 빌겠어요. 시간이란 귀중한 거니까요. 나는 책을 읽고 싶어서요."

그래도 닐 경감은 두세 가지 더 물어 보았다. 하지만 매켄지 부인은 입 다물고 대답하지 않았다. 귀찮은 듯 눈썹을 찌푸린 채 손가락으로 성서의 페이지를 쫓고 있을 뿐이었다.

닐은 일어나 작별 인사를 했다. 돌아갈 때 경감은 다시 한번 소장을 만났다.

"그 부인의 친척이라면서 면회 오는 사람이 없습니까? 예를 들면 딸이라든가……."

"지난번 소장이 있을 때 아마 딸이 찾아왔었지요. 그러나 그 딸이 오자 환자가 몹시 흥분했으므로 그 뒤로는 면회를 사양해 달라고 부탁했답니다. 그 환자와 가족 사이의 일은 이 병원의 지정 변호사를 통해 처리되고 있습니다."

"루비 매켄지가 어디에 있는지 짐작가는 바가 없습니까?"

요양소 소장은 머리를 저었다.

"전혀 모르겠는데요."

"예를 들면 결혼한 듯하다든가……."

"그것도 모르겠군요. 말씀드릴 수 있는 것은 변호사의 주소뿐입니다."

닐 경감은 이미 변호사를 만나 본 뒤였다. 그러나 그쪽에서는 아무 정보도 얻어낼 수 없었다. 알아낼 수 있었던 것은 매켄지 부인은 재산을 신탁해 두고 그 수입으로 요양소 생활을 이어나가고 있다는 것뿐이었다. 몇 해 전 그 수속이 변호사의 손으로 행해졌다. 그 즈음까지는 루비 매켄지의 모습도 가끔 볼 수 있었지만, 그 뒤로 전혀 소식을 모른다는 것이었다.

닐 경감은 그래도 밀고 나아가 루비 매켄지의 얼굴 모습을 알아내려 했으나 역시 성공하지 못했다. 여러 해 동안에 걸쳐 저마다 환자를 면회하러 오는 가족들이 상당한 수에 이르므로 요양소 직원들로서는 일일이 기억하지 못하는 것도 무리가 아니다.

매켄지 부인의 병동을 몇 년 동안 맡고 있는 간호부장의 기억에 따르면 매켄지 양은 몸집이 작고 머리칼이 검었다고 한다. 그러나 같은 병동에 있는 다른 간호사는 키가 크고 금발이었다고 말하고 있었다.

닐 경감은 부국장에게 보고했다.

"……이런 까닭으로, 그 미치광이같이 기괴하게 꾸민 짓들이 도리어 하나하나 사실과 맞아 들어가는 겁니다. 이것은 분명 뭔가 까닭이 있음에 틀림없다고 믿습니다."

부국장은 고개를 끄덕였다.

"파이 속의 티티새는 광산 이름과 관련이 있네. 시체의 포켓에는 호밀이 들어 있고, 에딜 포터스큐의 마지막 차 테이블에는 빵과 벌꿀이 있었지. 세 번째 살인 때 하녀의 코에는 빨래 집게가 집혀 있었고."

"잠깐 기다리십시오."

"뭔가?"

경감은 이마에 깊이 주름을 잡으며 말했다.

"지금 말씀하신 점인데, 어쩐지 현실과 동떨어져 어딘가 크게 뒤틀려 있습니다. 그렇습니다, 그 점이 나로서는 아무래도 이해가 가지 않는 겁니다."

그는 한숨을 내쉬었다.


## 수송나무 그늘 아래

### 1

랜슬럿과 패트리시어는 수송장의 잘 손질된 정원을 거닐고 있었다. 패트리시어가 말했다.

"랜스, 기분나쁠지 모르지만 이야기해야겠어요. 나에게는 이 정원이 좋은 취미로 생각되지 않아요."

"아무래도 괜찮소. 서슴없이 비판해 보오. 나는 정원 같은 건 전혀 모르지만, 그래도 날마다 세 정원사를 시켜 손질을 하고 있지."

"그 때문에 도리어 망치게 되었을 거예요. 돈을 들이면 들일수록 나쁜 취미가 강하게 생겨나는가 봐요. 철이 되면 석남화와 장미가 꽤 예쁘긴 하겠지만."

"패트, 당신은 뜰에 무엇을 심고 싶소?"

"영국에서라면 접시꽃이나 비련초나 풍령초를 심고 싶어요. 장미꽃 이나 천한 수송나무 같은 건 심지 않겠어요."

갑자기 패트리시어는 씁쓰레한 표정을 떠올리며 잎이 무성한 수송 나무 산울타리를 흘끗 보았다.

랜슬럿이 물었다.

"이번 사건이 연상되어서 그러오?"

"글쎄요, 그 독살범을 생각하면 몸이 오싹해져요. 틀림없이 그는 복수심이 강한 무서운 사람일 거예요."

"그렇게 여기오? 나는 그렇게 생각지 않소! 아주 타산적이고 냉 혈적인 녀석으로 생각되오."

"그렇게도 생각되는군요. 하지만 어쨌든 마찬가지예요. 사람을 셋 이나 죽이다니, 아무튼 그는 미친 거예요."

그러자 랜슬럿은 중얼거리듯 말했다.

"물론이오! 나에게도 미친놈으로밖에 여겨지지 않소."

그러고는 갑자기 둑이 터진 듯 지껄여댔다.

"패트, 제발 이 집에서 나갑시다. 런던으로 돌아가는 거요. 도시가 싫으면 데번셔나 호수지방(잉글랜드 북서부 지방)으로 가는 것도 좋소. 아니, 셰익스피어가 태어난 스트랫퍼드 온 에이번으로 여행 을 다녀오는 게 어떻겠소? 경찰도 당신이 나가겠다면 군소리하지 않을 거요. 아버지가 죽었을 때는 파리에 있었고, 그 뒤에 일어난 두 사건 때는 런던에 있었으니까. 당신이 여기에 있으니 괴로워 못 견디겠소."

패트리시어는 잠시 생각에 잠겨 있더니 조용히 물었다.

"당신은 범인이 누구인지 알고 있군요?"

"알고 있지는 않소."

"하지만 '저 사람이구나'하고 짐작되는 이는 있겠지요? …… 그래서 나를 여기에 있게 하고 싶지 않다고 말하는 거예요. 나는 알고 싶어요."

"말할 것도 없소. 나는 아무것도 모르니까. 하지만 당신을 여기에 있게 하고 싶지는 않소."

"싫어요, 가지 않겠어요. 여기 있겠어요. 결과가 좋든 나쁘든 나는 여기에 버티고 있겠어요. 내가 오면 언제나 이렇게 되는군요."

"뭐라고?"

"나는 악운을 지니고 있는 여자인가 봐요. 가는 곳마다 악운을 뿌리고 다니는 거예요."

"바보 같은 소리! 그렇게 생각해서는 안되오. 나와 결혼했지만 악운 같은 건 조금도 가져오지 않았소. 도리어 그 반대였소. 아버지가 무척 기뻐하며 용서할 테니 곧 돌아오라고 말해 왔고……."

"하지만 막상 와보니 이런 소동이 일어났잖아요. 나라는 여자에게는 확실히 악운이 따라다니나 봐요."

랜슬럿은 패트리시어의 어깨를 잡고 세게 흔들었다.

"그만 해둬! 그런 생각은 하지 마오. 쓸데없는 미신이오. 당신과 결혼할 수 있었던 것은 내게는 더없이 큰 행복이었소. 그것을 잊으면 안되오."

그리고 랜슬럿은 목소리를 낮추어 엄숙하게 말했다.

"하지만 패트, 정말 조심해 주오. 머리가 돈 녀석이 있으니 조심하지 않으면 언제 총알을 맞을지, 또 독을 마시게 될지 모르오."

"독을 마시게 될지 모른다고요?"

"내가 없을 때는 그 노부인과 함께 있구려. 이름이 뭐라고 했지? ……그래, 그래, 미스 마플이었지. 그런데 에피 이모님은 왜 그분을 머물러 있도록 권한 것일까?"

"그 이모님은 변덕쟁이라 무슨 일을 하실지 알 수 없잖아요, 랜스, 우리도 이대로 이 집에 눌러 살게 되는 게 아닌가요?"

"글쎄, 모르겠군."

"우리들이 여기서 신세지고 있지만 환영받는다고는 생각지 않아요. 형님께서 집주인이 되셨고, 우리가 그 분 마음에 들 리가 없으니……."

랜슬럿은 명랑하게 웃으며 말했다.

"물론 형님은 우리를 환영하지 않소. 하지만 당분간은 우리를 달래둘 필요가 있을 거요."

"그 다음에는 어떻게 되는 거지요? 대체 앞으로 어떻게 할 생각이에요? 동아프리카나 어디로 가버릴 건가요?"

"당신이 바란다면!"

패트리시어는 세게 고개를 끄덕였다.

"마침 잘됐군. 나도 그렇게 하고 싶소. 이제 이 나라에는 아무 미련도 없으니까."

패트리시어의 얼굴이 밝아졌다.

"기뻐요! 정말로 그렇게 해주신다면. 나는 걱정하고 있었어요. 언젠가 당신은 이 나라에서 새출발할 생각이라고 말하셨잖아요."

랜슬럿의 두 눈에 흉포한 빛이 잠깐 스쳐 지나갔다.

"하지만 패트, 아무에게도 말하면 안되오. 나는 형님을 놀려 주기 위해 그렇게 말했을 뿐이니까. "

"걱정 말아요, 랜스, 조심하겠어요. "

"나도 잘 해낼 생각이오. 그러나 나로서 알 수 없는 것은 형님이 어떻게 해서 그렇게 모든 걸 잘 해내는지 모르겠다는 거요. "


## 2

귀여운 앵무새처럼 고개를 갸웃이 하고 미스 마플은 퍼시벌 포터스큐 부인의 이야기에 귀를 기울였다.

미스 마플은 어디로 보나 이런 응접실에 어울리지 않는 존재였다. 호화스러운 비단 무늬를 짜 넣은 소파에 조심스럽게 앉아 여러 가지 빛깔의 쿠션들이 둘러싸고 있는 가운데 몸을 반듯이 하고 있었다. 이 것은 어린 시절부터 소파에 앉으면 버릇없는 자세가 되기 쉬우니 주의하도록 교육받아 온 때문이었다.

미스 마플 옆의 큰 팔걸이의자에는 상복이기는 하지만 가장 좋은 옷을 입은 퍼시벌 포터스큐 부인이 앉아 줄곧 뭐라고 떠들어대고 있었다.

미스 마플은 생각했다.

'은행가 아내인 에머트 부인과 꼭 닮았어. '

에머트 부인이 그녀의 집에 찾아오면 늘 이러했다. 휴전 기념일의 바자 때문에 왔을 때도 그 의논이 끝나자마자 에머트 부인은 웅변가가 되어 끝도 없이 줄곧 떠들어댔던 것이다.

세인트 메리 미드에서의 에머트 부인의 입장에는 꽤 미묘한 점이 있었다.

세인트 메리 미드 마을에는 다른 전원 주택가들과 마찬가지로 교회를 중심으로 겉보기에는 깨끗한 문화 주택들이 죽 줄지어 서 있다.

이 계급의 부인들은 겉보기에는 그럴듯하게 꾸미고 있었지만 부엌은 엉망이었다. 그 대신——이렇게 말하면 이상하겠지만——마을 사람들의 소식에 대해서는 샅샅이 다 알고 있어서 얼굴을 마주할 때마다 서로 이야기했다.

다행히도 혹은 불행히도 에머트네는 이 계급에 속해 있지 않았다. 에머트는 어느 은행의 지점장이었다. 다만 그는 새삼스럽게 숨겨야 소용없는 일이지만 신분 낮은 여자와 결혼하고 말았던 것이다.

따라서 부인은 남편이 교제하는 사람들과 잘 맞춰 나갈 수가 없었다. 사실 이러한 부르주아 부인들은 어딘지 심술궂은 데가 있으므로 사사건건 매정하게 대해, 부인으로 하여금 영원한 외딴 섬의 귀양살이를 시켰던 것이다.

어느 쪽 계급에서나 따돌림을 받자 에머트 부인은 수다떨 곳이 없어서 고민했다. 매주 한 번은 아무래도 둑을 터뜨릴 필요가 있었다. 그 분류를 혼자서 맞아 주는 것이 곧 미스 마플의 임무였다.

미스 마플은 에머트 부인을 딱하게 여긴 나머지 그리 싫은 얼굴도 하지 않고 그 큰일을 떠맡았는데, 지금도 그와 같은 이유로 퍼시벌 포터스큐 부인을 동정하여 얌전히 상대해주고 있는 것이었다.

퍼시벌 부인의 가슴속에는 여러 가지 불만들이 가득 차 있는 듯 외부에서 온 낯선 사람에게 마음껏 퍼부어대고 있었다.

"물론 나는 불만을 말하고 싶은 건 아니에요. 나는 그런 성질의 여자가 아니거든요. 사람은 모든 일에 단념이 중요하다는 걸 잘 알고 있어요. 몸부림쳐 봐야 소용없는 것은 참는 수밖에 없잖겠어요? 사실 나는 지금까지 단 한번도 불평을 한 적이 없답니다. 돼먹지 않은 사람에게 그런 걸 말할 수도 없고, 또 말해서 좋을 만한 분은 한 사람도 이 집에 찾아오지 않아요. 정말 이 집에는 손님이라곤 없답니다. 우리 부부가 지금까지 여기 아버님의 집에 있는 것도 손님이 적기 때문이에요. 그것이 경제적일지는 모르지만, 그래도 역시 자신의 가정을 갖는 것보다 좋은 건 없지요."

미스 마플은 찬성의 뜻을 나타냈다.

"우리의 새집은 곧 이사갈 수 있게 되어 있어요. 페인트만 칠하면 들어갈 텐데, 그 사람들이 일을 빨리 끝내지 않아서 말이에요. 물론 퍼시벌은 이 집에 그대로 있고 싶은 듯하지만, 그건 남자의 기분일 뿐 나와는 달라요. 나는 언제나 그렇게 말해요. 그렇게 생각하지 않으세요?"

미스 마플은 또 찬성했다. 확실히 남자들이란 여자와는 다른 기분으로 움직인다. 신사 계급은 여자로서는 전혀 이해할 수 없는 점이 있다. 아침 식사에도 베이컨에 달걀을 한 개씩 얹으라고 하고 하루 세 차례나 사치스러운 요리를 먹고 싶어한다.

퍼시벌 부인은 여전히 말을 계속했다.

"아시다시피 남편은 하루 종일 런던에서 일하므로 몹시 지쳐서 돌아오면 책을 보는 게 고작이에요. 나는 이렇듯 하루 종일 혼자 남아 마음맞는 이야기 상대도 없이 지내야만 하지요. 아무 고생없이 맛있는 것을 먹고 사치스럽게 살 수 있는 훌륭한 생활이기는 해요. 하지만 내가 진심으로 바라는 것은 사이좋게 지낼 수 있는 친구예요. 이 언저리에는 그런 사람이 하나도 없어요. 브리지를 하는 모임은 있지요. 하지만 좋은 브리지 모임은 못돼요. 나도 브리지에는 누구에게도 지지 않을 자신이 있지만, 이곳 모임에서는 무서울 만큼 큰 돈을 거는 거예요. 그리고 술도 많이 마시지요. 나는 그런 방탕한 생활은 질색이에요. 그래서 나는 꽃이라도 가꾸는 친구를 찾는 수밖에 없었어요."

미스 마플은 좀 거북한 생각이 들었다. 그녀 자신이 그러한 성질의 원예가였기 때문이다.

"돌아가신 분의 험담을 말하고 싶지는 않지만, 시아버님인 포터스큐 씨는 무척 어리석은 결혼을 했다고 생각해요. 나는 끝내 어머님이라고 부를 수 없었지요. 글쎄, 나와 나이가 같았으니까요.

그리고 여기서만의 이야기지만, 그분은 남자를 좋아하는 성격이어서——네, 정말이에요. 다른 사람에게는 말도 할 수 없을 정도였어요. 그리고 돈을 마구 헤프게 썼답니다! 아버님은 그 분에 반해 있었으므로 아무리 공연한 돈을 써도 전혀 화내지 않으셨지요. 남편은 그것을 아주 못마땅하게 여기고 있었어요. 그이는 대체로 돈에 대해 까다로운 사람이어서 낭비를 아주 싫어하거든요. 그 때문에 아버님과 자주 다투었어요. 아버님은 아무 쓸모없는 주식을 사모으는 등 그야말로 돈을 물쓰듯 하고 계셨지요. "

미스 마플은 겨우 틈을 보아 말을 꺼낼 수 있었다.

"그것 또한 퍼시벌 씨를 걱정하게 만든 것 가운데 하나였군요? "

"네, 퍼시벌은 그런 투기가 몹시 마음에 걸리는 것 같았어요. 그런 문제가 시작된 뒤로 퍼시벌도 사람이 달라진 것처럼——그래요, 나를 대하는 태도까지 완전히 달라지고 말았어요. 말을 걸어서 대꾸하지 않을 때가 있었거든요. "

퍼시벌 부인은 한숨을 내쉬었다.

"그리고 엘레이느——저, 시누이 말이에요——가 또 별난 성미라 언제나 밖에서만 지내고 집에는 붙어 있지 않아요. 붙임성은 있지만 교제는 싫어하거든요. 아가씨는 런던에 나가 물건 사는 것도 싫어하고, 연극 구경 같은 것도 결코 가려고 하지 않아요. 옷에도 전혀 취미가 없을 정도예요. "

퍼시벌 부인은 다시 한숨을 내쉬며 낮은 목소리로 중얼거렸다.

"하지만 나는 조금도 불평을 하고 있는 건 아니에요. "

수다를 떤 데 대한 후회가 그제야 가슴에 떠오른 듯했다. 퍼시벌 부인은 얼른 덧붙였다.

"처음 오신 분에게 이런 이야기를 한다는 건 퍽 우스운 일이라고 여기시겠지요. 하지만 이번 사건은 내게는 커다란 충격이라 누구에게든 이야기 듣기 전에는 가라앉지 않을 것 같은 기분이에요. 당신을 뵈었을 때 내가 전에 친하게 지냈던 미스 트레퓨시스 제임즈가 생각났어요. 그 분은 75살의 노부인으로 넓적다리를 다쳐 병원에 입원했었지요. 내가 오랫동안 간호해 드렸으므로 아주 친했어요. 내가 간호사를 그만두었을 때 그 분은 여우 목도리를 선사해 주었답니다."

"당신의 지금 기분을 잘 알겠어요."

정말 퍼시벌 부인의 말 대로였다. 퍼시벌 부인의 남편은 분명 이 부인에게 이제 싫증나 있었다. 게다가 그녀는 가까운 곳에서 친구를 만들 수도 없었다. 으리으리한 저택에 살며 런던으로 나가 물건을 사고 연극을 보기도 하지만 가족들과 허물없이 서로 이야기할 수 없어 쓸쓸함을 달랠 수 없는 것 같았다.

미스 마플이 말했다.

"교양없는 말이 될지 모르지만, 돌아가신 포터스큐 씨는 그리 좋은 분은 아니었던 듯하더군요."

"네, 여기서만의 이야기지만 정말 싫은 분이었어요. 누군가가 그 분을 죽일 마음이 든 것도 무리가 아니라고 생각해요."

"그렇겠지요. 그런데 혹시 누가 그런 마음을 가지게 되었는지 짚이는 바가 없나요? 아니, 나같은 사람이 할 질문이 아닌 듯하군요."

"괜찮아요. 나는 저 클램프가 수상하다고 생각해요. 전부터 나는 그 사람이 싫었어요. 그는 태도는 차분하지만 실은 넉살좋은 인간이라고 생각해요."

"하지만 그 사람에게도 동기가 있을까요?"

"아니에요. 그런 사람들은 대단한 동기 같은 게 없어도 살인쯤 넉

넉히 할 수 있어요. 혹시 아버님에게 무슨 꾸중이라도 들은 게 아닐까요. 자주 술에 취하고 게다가 성질도 보통이 아니니까요. 하지만 솔직히 말씀드리면, 처음에는 아버님에게 독을 마시게 한 게 에딜이 아닐까 의심하고 있었어요. 지금은 그분마저 살해되고 말았으므로 까닭을 알 수 없게 되었지만……. 어쩌면 클램프를 꾸중한 것은 그분이었는지도 모르겠어요. 그래서 클램프는 발끈한 나머지 샌드위치 속에 뭔가 독을 넣고, 그것을 또 글래디스에게 들켰으므로 그 애도 함께 죽여버렸는지도 몰라요. 아무튼 그 사람을 이 집에 두는 것이 무서워 견딜 수 없어요. 내가 이 집을 뛰쳐나가는 게 가장 좋은 방법이라고 생각되지만 경찰이 그것을 허락하지 않으므로 어쩔 수가 없어요. 나는 이 집을 뛰어나가 버렸으면 하고 생각할 때가 무척 많답니다. 아니, 정말이에요."

퍼시벌 부인은 잠시 미스 마플의 얼굴을 말끄러미 바라보고 있었다.

"하지만 현명한 방법은 아니지요."

그러자 미스 마플이 말했다.

"물론이지요. 좋은 생각이 아니에요. 당장 경찰에 붙잡히게 될지도 모르니까요."

"붙잡히게 될지도 모른다고요? 정말로 붙잡히게 될까요?"

"경찰을 무시해선 안돼요. 특히 그 닐 경감인가 하는 사람은 여간 똑똑한 경찰관이 아니거든요."

"어머나! 그럴까요? 나는 그를 평범한 사람으로만 알고 있었어요."

미스 마플은 머리를 저었다. 퍼시벌 부인은 좀 더듬거리며 말을 이었다.

"나는 이 집이 위험하게 여겨져 견딜 수가 없어요."

"당신이 위험하다는 건가요?"

"네……그래요……."

"뭔가 당신이 알고 있는 일이 있어서인가요?"

퍼시벌 부인은 깜짝 놀란 표정을 지었다.

"아니오, 그렇지 않아요. 나는 아무것도 몰라요. 알고 있을 리 없
잖아요. 그저 걱정스러울 뿐이에요. 저 집사 클램프가……."

그러나 사실은 퍼시벌 포터스큐 부인이 위험한, 그리고 그녀의 생
사를 쥔 인물로서 가슴에 그리는 것이 클램프가 아님을 미스 마플은
잘 알고 있었다. 미스 마플의 눈은 제니퍼 포터스큐가 뭔가를 몹시
두려워하고 있음을 분명히 알아차렸다.


## 범인은 누구일까

둘레가 어두워지기 시작하고 있었다. 마플은 뜨개질감을 안고 창문
옆으로 자리를 옮겼다. 창문 너머로 테라스를 왔다갔다 하는 패트리
시어 포터스큐의 모습이 보였다.

미스 마플은 창문을 열고 소리쳤다.

"부인, 들어오세요. 외투도 입지 않고 밖에 계시는 건 몸에 해로워
요. 벌써 꽤 쌀쌀해졌을 텐데요."

패트리시어는 순순히 고개를 끄덕이고 방으로 들어오더니 전등을
두 개 켰다. 패트리시어는 미스 마플 옆의 소파에 앉으며 말했다.

"저녁때부터 날씨가 차가워지는군요. 뭘 짜고 계시지요?"

"이것 말인가요? 어린아이 옷이에요. 당신들 젊은 분에게 말해 두
면 좋으리라 생각되는데, 어린아이란 옷이 아무리 많아도 지나친
법이 없지요. 그리고 나는 누군가에게 선물할 때는 언제나 조금 크
게 떠서 준답니다. 어린아이는 금방 크니까요."

패트리시어는 난롯불 쪽으로 다리를 뻗으며 말했다.

"이 방은 따뜻해서 기분이 좋군요. 난롯불이 타오르고 전등이 밝게

빛나고, 당신은 어린아이 옷을 짜고 계시고, 정말 영국 가정다운 마음 포근한 풍경이에요."

"그렇군요. 정말 영국 가정답다고 할 수 있을지도 모르지요. 그런데 이곳에는 수송나무가 너무 많은 것 같아요."

"그리고 이 집은 겉치레 말로라도 행복한 가정이라고 할 수 없어요. 돈이 많다고 해서 인생이 행복해지는 것이 아니라는 가르침의 표본 같아요."

이 말에 미스 마플이 동의했다.

"정말 그래요. 행복한 가정이 아니라는 것은 나에게도 상상돼요."

"에딜은 어쩌면 만족한 생활을 보내고 있었는지도 몰라요. 나는 그녀를 한번도 만나지 못했으므로 확실한 건 말씀드릴 수 없지만요. 그런데 제니퍼는 정말 비참한 모습이에요. 그리고 엘레인 아가씨도 젊은 남자에게 빠져 있기는 하지만, 나는 그 남자가 조금도 엘레인를 사랑하지 않는다는 것을 잘 알고 있어요. 가엾은 일이 아니겠어요? 이런 여러 가지 일들로 말미암아 나는 한시 빨리 이 집에서 나가 버리고 싶어요!"

패트리시어는 미스 마플의 얼굴을 보더니 갑자기 웃음을 터뜨렸다.

"이런 이야기가 있어요. 랜스는 나에게 되도록 당신 옆을 떠나지 말라고 했지요. 그것이 가장 안전하다고 여기는가 봐요."

"그건 그래요. 남편께서 보는 눈이 날카로우시군요. 그렇게 생각지 않나요?"

"네, 랜스는 눈치 빠른 사람이에요. 하지만 나로서는 지금 그 이가 무엇을 무서워하는지 한 마디라도 해주었으면 좋겠다고 생각하고 있어요. 이것만은 분명해요. 이 집의 누군가에게 광기가 있어서, 그 광기가 직접 죽음과 연결되어 무서운 일이 벌어지고 있다는 것, 이건 이미 부정할 수 없는 사실이에요."

"무서운 일이군요."

"하지만 나는 걱정 없어요. 지금은 특히 마음을 단단히 먹고 있지 않으면 안되니까요."

미스 마플이 조용히 말했다.

"당신도 무척 고생하신 것 같군요."

"네, 하지만 행복한 적도 있었어요. 어릴 때 아일랜드에서 보낸 즐거웠던 생활, 승마며 사냥이며, 그리고 언제나 햇빛이 가득 비치고 있는 널따란 큰 집. 어린 시절의 즐거웠던 추억은 평생 잊혀지지 않는가 봐요. 나에게 불행의 그림자가 드리워지기 시작한 것은 어른이 된 뒤부터였어요. 그 시초는 전쟁이었어요."

"남편께서 비행사였다고요?"

패트리시어는 난롯불을 물끄러미 바라보며 말을 이었다.

"네, 결혼한 지 한 달도 못되어 전사했어요. 그때 나는 죽으려고 생각했었지요. 그런 가혹한 운명이 어디 있겠어요. 정말 죽어 버리고 싶었어요. 그러나 마침내 그가 죽어서 돌아온 것이 다행인지도 모른다는 생각이 들었지요. 남편 돈은 싸움터에서는 훌륭한 군인이었어요. 용감하고 명랑하며 싸움터에서 필요로 하는 성질을 모두 갖추고 있었지요. 하지만 나는 일단 평화가 찾아왔을 때 이 세계에서 그가 정을 붙일 수 있을지를 의문스럽게 여겼어요. 그이는 뭐랄까요, 오만불손한 면이 있어서 세상과 금방 맞싸우고 말았을 게 틀림없어요."

"다행히도 그런 데까지 생각이 미치셨군요."

미스 마플은 뜨개질감 위로 엎드리듯 하여 한 코 뜨고 나서 입 속으로 코수를 세었다.

"겉으로 뜨기 세 코, 돌려뜨기 두 코, 미끄려뜨기 한 코, 두코뜨기 한번……."

그러고 나서 큰소리로 물었다.

"두번째 남편은?"

"프레디 말인가요? 그는 자살했어요."

"가엾은 일이군요. 어떤 사건이 있었나요?"

"우리는 처음에는 아주 행복했어요. 그런데 결혼하고 나서 2년쯤 뒤 나는 그가 뭔가를 숨기고 있다는 것을 알아차렸어요. 그렇게 생각하고 보니 여러 가지로 이상한 점이 눈에 띠더군요. 하지만 그런 것은 우리 사이에 조금도 문제되지 않았어요. 왜냐하면 프레디는 나를 사랑하고 있었고 나도 그를 사랑했으니까요. 그래서 나는 그걸 마음에 새겨 두거나 캐물으려 하지 않았지요. 어쩌면 들어서 안될 일이라면 내버려두고 싶다는 두려운 기분이 들었던 것인지도 몰라요. 하지만 아무래도 마찬가지였다고 생각해요. 물어 보았다 해도 그가 하고 있는 일을 돌이킬 수 없었을 테니까요."

"그렇게 할 수는 없었겠지요."

"나는 그를 사랑해서 결혼했어요. 그러니 어떤 일이든 참아야 할 것은 참아야 한다고 각오하고 있었지요. 그런데 사정이 점점 더 나빠지게 되었던 듯 마침내 어느 날 그는 권총 자살을 하고 말았어요. 그 뒤 나는 케냐에 사는 친구에게로 갔었지요. 영국에서 사정을 알고 있는 사람들을 대하는 것이 견딜 수 없었기 때문이에요. 그리고 케냐에서 랜스를 처음 만났어요."

패트리시어의 얼굴은 가까스로 안정을 되찾은 것 같았다. 그러나 그 눈은 여전히 난롯불을 바라보고 있었으며 미스 마플 또한 그것을 지켜보고 있었다.

이윽고 패트리시어는 얼굴을 들었다.

"그런데 미스 마플, 당신은 퍼시벌에 대해 어떻게 생각하세요?"

"나는 아직 그 분과 이야기해 보지 못했어요. 아침 식사 때 함께 있기는 하지만, 그뿐이에요. 그리고 그 분은 내가 이 집에 묵고 있는 것을 좋아하지 않는 듯하더군요."

패트리시어는 갑자기 웃음을 터뜨렸다.

"그 분은 인색해요. 돈에 대해 무척 인색한 분이에요. 랜스가 언제나 그렇게 말하고 있어요. 제니퍼도 그래서 속상해하는 것 같아요. 살림은 모두 더브 양에게 맡기고 있지만, 그래도 퍼시벌은 늘 자잘한 일들을 시끄럽게 이야기하는 듯해요. 하지만 더브 양은 자기 방침을 조금도 굽히지 않고 살림을 꾸려 나가고 있어요. 그녀는 아주 똑똑하거든요."

"정말 그렇더군요. 나는 그녀를 보면 우리 마을——세인트 메리 미드라고 하지요——의 래치모어 부인이 생각나요. 역시 똑똑한 부인으로 재향군인회 간사를 하고 있었는데, 5년 동안이나 우리는 전혀 알아차리지 못했어요. 그런데 어머나, 남의 이야기는 그만두겠어요. 그리고 본 적도 없는 고장 이야기처럼 시시한 건 없으니까요."

"세인트 메리 미드란 좋은 곳인 것 같군요."

"좋은 곳이란 어떤 것을 말하는지 모르지만, 아주 조그맣고 조용한 마을이지요. 좋은 사람도 많이 살고 있지만 불쾌한 사람도 많아요. 그러나 다른 마을과 마찬가지로 색다른 일도 갖가지 일어나지요."

"당신은 자주 미스 램즈보텀과 만나시는 것 같군요. 나는 어쩐지 그 이모님이 아주 무서운 분처럼 여겨져요."

"무섭다고요? 어째서요?"

"어딘가가 잘못되어 있다고 생각지 않으세요? 종교에 미친 것이 틀림없겠지만, 사실은 그 이상으로 미친 사람이라고 여겨지지 않으세요?"

"어떤 점이 그렇지요?"

"언제나 앉은 채 방 밖으로 한 걸음도 나가지 않고 인간의 죄악에 대해서만 생각하고 있는, 사람을 심판하는 게 자신의 사명이라고 생각하는……."

"당신 남편도 그렇게 생각하나요?"

"랜스의 생각은 몰라요. 그는 이야기하려고도 하지 않아요. 하지만 이것만은 확실해요. 누군가 머리 돈 사람이 가족 가운데 있다는 것. 퍼시벌은 멀쩡해요. 제니퍼는 사람이 좋아요. 좀 히스테릭한 점이 있지만 그뿐, 머리가 돌았다고까지는 할 수 없어요. 엘레이느도 변덕스러운 격정가이며, 그리고 지금 젊은 남자에게 열올려 연애하고 있는 중인데, 상대 남자가 그녀의 재산을 노린다는 것이 누구의 눈에나 뚜렷한데도 끝까지 그것을 인정하려 하지 않아요."

"남자는 역시 재산을 목표로 삼는 걸까요?"

"그야 물론이지요. 당신은 그렇게 여기지 않으세요?"

"우리 마을에 에리스라는 젊은이가 있는데, 같은 목적으로 철물가게 딸인 마리언 베이츠와 결혼했어요. 마리언은 부잣집 딸이라 전혀 세상 물정을 모르고 완전히 그에게 빠져 남자의 속셈을 일러주어도 도무지 들으려 하지 않았지요. 그래도 결과는 좋아서 지금은 부부 사이가 원만하답니다. 에리스나 제럴드 라이트 같은 타입의 젊은이는 가난한 집 아가씨와 연애 결혼을 했을 경우 불쾌한 성질이 나타나게 마련이지요. 생활이 고통스러워지면 마치 가난한 여자와 결혼했기 때문이라는 듯 여자를 학대하기 시작해요. 그와 반대로 부잣집 사위가 되면 언제까지나 여자를 소중히 여기지요."

패트리시어는 눈썹을 찌푸리며 화제를 처음으로 되돌렸다.

"범인이 외부 사람이라고는 생각할 수 없어요. 나뿐만 아니라 한 번이라도 이 집 공기를 맛본 사람이라면 누구나 알 수 있는 일이에요. 모두들 서로 상대방의 형편을 가만히 엿보고 있는 것 같은 이런 곳에서는 언제든 사건이 일어나기 마련이에요."

"하지만 이제 살인 사건은 없어요. 적어도 나는 그렇게 생각해요."

"정말 그럴까요?"

"네, 단언해도 좋아요. 살인한 남자는 이미 그 목적을 이루었으니까요."

"어머나, 범인은 남자인가요?"

"여자일지도 모르지요. 다만 편의상 '살인한 남자'라고 말했을 뿐이에요."

"목적이라고 말씀하셨는데, 그것이 무엇이지요?"

미스 마플은 머리를 저었다. 그것은 아직 그녀로서도 분명히 알지 못했던 것이다.

## 분노

### 1

타이피스트실에서는 서머즈 양이 홍차를 끓였는데 여전히 물을 제대로 끓이지 않아 잔소리를 듣고 있었다. 역사는 언제나 되풀이된다.

미스 글리피스는 찻잔을 눈앞에 놓고 입 속으로 중얼거리고 있었다.

"서머즈 양에 대해서는 아무래도 퍼시벌 씨에게 말씀드려야겠어. 이런 여자는 빨리 내보내는 게 좋아. 하지만 이렇게 뒤숭숭한 판에 그런 작은 문제로 의논드리는 것도 실례되는 일이고……."

그리하여 언제나처럼 미스 글리피스는 날카로운 목소리로 말했다.

"물이 제대로 끓지 않았어요, 서머즈 양."

그러자 서머즈 양은 얼굴을 붉히며 언제나처럼 대답했다.

"어머나, 그래요? 이번에는 문제없다고 생각했는데요."

늘 똑같은 대화가 그 뒤에 이어지려 할 때 랜슬럿 포터스큐가 들어왔다. 그는 잠시 어리둥절한 표정으로 방안을 둘러보고 있었다.

미스 글리피스가 달려나와 외쳤다.

"어머, 랜슬럿 씨!"

랜슬럿은 뒤를 돌아보며 아름다운 미소를 얼굴에 떠올렸다.

"여, 미스 글리피스!"

미스 글리피스는 반가웠다. 11년 만의 만남인데도 랜슬럿이 이름을 기억해 준 것이다.

미스 글리피스는 흥분한 목소리로 말을 이었다.

"용케 기억하고 있군요."

"물론 잊을 리 없지요."

한순간 흥분의 물결이 타이피스트실을 휩쌌다. 서머즈 양도 홍차따위는 잊어버리고 조금 입을 벌린 채 랜슬럿을 바라보고 있었다. 벨양도 타자기 너머로 뚫어지게 젊은이의 얼굴을 지켜보았으며, 체이즈양은 가만히 콤팩트를 꺼내어 콧등을 두드리기 시작했다.

랜슬럿 포터스큐는 방안을 둘러보고 나서 말했다.

"옛날 그대로군요."

"네, 그리 달라지지 않았어요. 그런데 햇볕에 그을려 무척 건강해 보여서 좋아요. 객지 생활이 퍽 재미있었겠지요?"

"즐거웠다고 할 수 있지요. 하지만 나는 앞으로 런던에서 일할 생각이오."

"이 회사로 돌아오시는 건가요?"

"아마 그럴 거요."

"어머나, 기뻐요."

"나는 이미 회사일을 완전히 잊어버렸으므로 다시 한번 당신에게 배워야 할거요, 미스 글리피스."

미스 글리피스는 기쁜 듯 웃음 섞인 목소리로 말했다.

"돌아오신다니, 저희는 얼마나 기쁜지 모르겠어요."

"기뻐해 주니 고맙소."

"하지만 랜슬럿 씨, 이번 뜻밖의 일로…… 저희는 설마 그런 일이 일어나리라고는……."

랜슬럿은 글리피스의 팔을 두드리며 말했다.

"악마가 이토록 무서운 것인 줄은 몰랐단 말이지요. 하지만 지난 일은 생각해 봐야 소용없소. 형님은 안에 있소?"

"사장실에 계세요."

랜슬럿은 가볍게 고개를 끄덕이고 안으로 들어갔다.

사장실에 딸린 비서실 책상 앞에 앉은 무섭고 까다로워 보이는 얼굴의 중년 부인이 점잖은 목소리로 물었다.

"이름과 볼일은?"

랜슬럿은 의아한 눈길로 그녀를 보았다.

"당신이 글로브너 양이오?"

글로브너는 멋있는 금발 미인이라고 들었다. 신문에 실린 렉스 포터스큐의 검시 심문 광경을 보아도 그러했다. 이것은 틀림없이 그녀가 아니다.

"글로브너 양은 지난 주일에 그만두었어요. 나는 허드캐슬 부인이라고 하며 퍼시벌 포터스큐 씨의 개인 비서예요."

랜슬럿은 생각했다.

'역시 형님다운 짓이로군. 성적 매력 만점인 금발 미인은 그만두게 하고 대신 도깨비를 데려다 앉히다니. 까닭이 무엇인지 모르겠는데. 이쪽이 싸게 먹히는 건가, 아니면 안전 제일주의인가?'

그러나 랜슬럿은 입으로는 상냥하게 말했다.

"나는 랜슬럿 포터스큐요."

"아, 대단히 실례했군요. 랜슬럿 씨라고요. 회사에 나오신 것은 오늘이 처음인가요?"

랜슬럿은 웃으며 말했다.

"처음이오. 하지만 마지막은 아닐 거요."

랜슬럿은 문을 열고는 돌아가신 아버지의 사무실로 들어갔다. 뜻밖에도 그 거대한 책상 앞에 앉아 있는 것은 퍼시벌이 아니라 닐 경감이었다.

경감은 책상 위에 산더미처럼 쌓인 서류를 골라 나누고 있는 참이었다.

"안녕하십니까, 포터스큐 씨? 이제 근무합니까?"

"무척 소식이 빠르군요. 내가 이 회사에서 일한다는 것을 언제 누구에게 들었지요?"

"퍼시벌 씨로부터 들었습니다."

"그래요? 형님한테서요? 형님은 진심으로 그렇게 말하던가요?"

닐 경감은 터져 나오려는 웃음을 억누르며 말했다.

"진심으로 여겨지지는 않더군요. 정말 당신은 실업가가 될 생각입니까?"

"나에게는 어울리지 않는다는 말씀입니까?"

"그런 타입으로는 보이지 않아서요."

"하지만 나는 아버지의 아들입니다."

"그리고 어머님의 아들이기도 하지요."

랜슬럿은 고개를 저었다.

"당신은 아무것도 모릅니다, 경감님. 어머니는 로맨틱한 빅토리아 시대의 대표적인 부인으로, 즐겨 읽었던 시는 테니슨의 아서 왕 이야기였어요. 우리의 색다른 이름도 거기에서 따온 겁니다.

어머니는 몸이 약해 다른 사람과 교제할 수 없었으므로 세상일에 대해서는 전혀 몰랐습니다. 그런데 나는 그렇지 않습니다. 정서라든가 로맨스 같은 것과는 인연이 없지요. 나라는 사람은 뿌리에서부터 현실주의자입니다."

"사람이란 반드시 자신이 믿고 있는 것과 같지는 않습니다."

"하지만 내 경우는 틀림없습니다."

랜슬럿은 의자에 앉아 다리를 쭉 뻗어 긴장을 풀면서 혼자 웃고 있었다. 그는 갑자기 이상한 말을 꺼냈다.

"당신은 형님보다 한 수 더 높은데요, 경감님."

"무슨 말이지요, 포터스큐 씨?"

"지금의 말은 형님을 위협해보기 위해서 한 거였지요. 형님은 정말로 받아들이더군요. 내가 정말 실업가로서 새출발할 것으로 믿고 있습니다. 하지만 형님은 자신이 하는 일에 간섭하는 것은 괜찮지만, 또 방탕을 시작해서 회사돈을 써버리지나 않을까 조마조마해하고 있답니다. 나는 재미삼아 형님을 놀려 본 것뿐입니다. 나는 경감님 짐작대로 도시의 사무실 생활은 질색입니다. 내가 바라는 건 산과 들의 공기와 모험이지요. 이런 곳에 있으면 그야말로 숨이 막힐 것 같습니다. 하지만 이건 비밀입니다. 형님에게는 아무 말 하지 말아 주십시오."

"안다 해도 그리 대단한 일은 아니잖습니까?"

"아니, 형님을 놀려 주고 싶습니다. 좀 걱정하게 해주려는 거지요. 그것으로 나는 앙갚음하고 싶은 겁니다."

"이상한 말을 하는군요, 포터스큐 씨. 앙갚음이라니 무슨 뜻이지요?"

랜슬럿은 어깨를 으쓱했다.

"이야기는 훨씬 옛날로 거슬러 올라가는데……."

"그렇지. 그 수표 이야기가 있었군요. 그럼, 그 일로?"

"잘 아시는군요!"

"그때는 분명 재판까지는 가지 않은 듯하더군요."

"네, 다만 아버지에게 쫓겨났을 뿐이었습니다."

닐 경감은 상대의 얼굴을 지켜보았다. 그러나 그가 마음속으로 생각하고 있는 것은 랜슬럿이 아니라 퍼시벌의 일이었다.

세심하고 사업에 열심이며 그 대신 인색한 퍼시벌. 닐 경감은 기묘한 사건에 머리를 들이밀 때마다 곧잘 이런 타입의 인물과 마주치곤 했다.

겉보기로는 누구의 눈에나 조심성 많은 인물로 비치지만, 마음속 밑바닥은 헤아릴 길 없는 사람이 있다. 퍼시벌에 대해서도 세상 사람들은 평범한 무사안일주의의 표본, 모든 일에 아버지 뜻대로 움직이는 인물이라고 여기는 듯했다. 부국장까지도 언젠 예의바른 사람이라고 그의 첫인상을 평했다. 그러나 랜슬럿의 입을 통해 여러 가지 사실을 들어 보니 알면 알수록 이해하기 힘든 데가 있는 사나이처럼 여겨지는 것이었다.

"형님은 지금까지 아버지 뜻대로 움직여 왔나 보던데요?"

"그걸 어떻게 압니까! 형님은 그렇게 보이도록 한 것뿐입니다. 물론 속사정은 나로서도 알 수 없지요. 그러나 지금까지의 일을 생각해 보면 형님처럼 남의 뜻대로 따르는 듯한 얼굴을 하고 있으면서 속으로는 자기가 바라는 일을 착착 해낸 사람도 없을 거라고 생각합니다."

닐 경감은 생각했다.

'그렇다, 그것은 참으로 놀랄 만한 수완이다……'

경감은 지금 골라낸 서류에서 편지 한 통을 랜슬럿 쪽으로 밀어주며 물었다.

"이건 당신이 올 8월에 쓰신 거지요?"

랜슬럿은 편지를 집어 들어 흘끗 보았다.

"네, 내가 올 여름 케냐로 돌아가서 쓴 겁니다. 아버지가 간직해 둔 겁니까? 어디에 있었지요? 이 사무실인가요?"
"아니, 수송장이었습니다."

아버지.

말씀하신 일을 패트와 의논했습니다. 패트도 기뻐하고 있습니다. 대찬성입니다. 뒤처리에 좀 시간이 걸릴 터이므로 돌아가는 날짜는 대략 10월 말이나 11월 초로 생각해 주십시오. 그 안에 정확한 날짜를 알려 드리겠습니다. 협력하도록 해주신다면 최선을 다할 생각입니다. 자세한 것은 만난 뒤에…….

랜스 드림

"어디로 보내셨었지요? 회사였습니까, 수송장이었습니까?"
랜슬럿은 이마에 주름을 모으며 생각해 내려고 애썼다.
"도무지 생각나지 않는군요. 아무튼 석달 전의 일이니까요. 아마 회사였을 겁니다. 네, 회사였습니다. 틀림없습니다. 여기 사무실로 보냈지요. 하지만 왜 그것이 문제가 됩니까?"
"그렇다면 왜 포터스큐 씨가 이 편지를 사무실 편지철에 철해 두지 않고 댁까지 가져갔을까요? 수송장 책상 속에 들어 있었습니다."
랜슬럿은 웃었다.
"형님 눈에 띄지 않는 곳에 놓아두려고 생각했었던 거겠지요."
"아, 그렇겠군요. 형님은 아버님의 그런 서류철을 뒤지곤 했나 보지요?"
"그렇지는 않겠지요. 필요하다면 언제든지 볼 수 있으니까요. 아무튼 형님이 그런 짓은 하지 않았을 거라고 생각합니다만……."
랜슬럿은 말끝을 흐렸다.

"어떻습니까, 사실은 그 반대가 아닐까요?"

랜슬럿은 웃음지어 보이며 대답했다.

"그렇겠지요, 솔직히 말하자면 그렇습니다. 형님은 그런 성격입니다."

닐 경감은 고개를 끄덕였다. 그 또한 퍼시벌 포터스큐라는 사나이에게 훔쳐보는 버릇이 있음을 처음부터 꿰뚫어보고 있었다.

그 때 문이 열리고 퍼시벌 포터스큐가 들어왔다. 경감에게 인사하려다가 랜슬럿의 모습을 보고는 그쪽으로 몸을 돌렸다.

"아니, 여기에 와 있었구나. 오늘 온다고 말하지는 않았잖니?"

"갑자기 일을 해보고 싶었습니다. 당장이라도 일을 해보고 싶었지요, 뭔가 내가 할 일이 없을까요?"

퍼시벌이 서슴없이 말했다.

"당분간은 없다. 전혀 없어. 그보다 먼저 네게 맡길 일의 범위를 정해 두기로 하지."

랜슬럿은 익살스러운 웃음을 떠올렸다.

"먼저 물어보고 싶은 게 있습니다. 형님은 어째서 글로브너 양을 그만두게 하고 저 형편없는 여자를 앉혀 놓았지요?"

"그건 너……"

"일부러 좋지 못한 사람으로 바꾸는 건 이상하잖습니까? 나는 이름난 미인을 보고 싶었는데, 어째서 그만두게 했지요? 알려지면 재미없는 일이라도 있었습니까?"

퍼시벌의 핼쑥한 얼굴에 핏기가 오르며 성난 듯한 목소리가 튀어나왔다.

"그런 돼먹지 못한 말을 하다니! 경감님, 이 녀석이 하는 말에 일일이 신경쓰면 안 됩니다. 옛날부터 이렇게 익살을 부리고 싶어 어쩔 줄 몰라하는 녀석이니까.

나는 결코 글로브너 양이 좋은 비서라고는 생각지 않는다. 일하는 데는 허드캐슬 부인이 훨씬 낫고 예의범절도 알고 있으며……."

랜슬럿은 천장을 쳐다보며 중얼거렸다.

"확실히 예절만은 바르더군요. 그러나 형님, 나는 사무실 경비를 줄이는 데는 찬성할 수 없습니다. 우리 사원들은 모두 이 불황 시대에 협력해서 일해 왔으니 오히려 급료를 올려주는 게 좋다고 생각할 정도지요."

퍼시벌 포터스큐는 나무라듯 말했다.

"바보같은 소리는 그만둬! 터무니없는 말은 하지 말아 줬으면 한다."

닐 경감은 그때 랜슬럿의 얼굴에 악마같이 심술궂은 표정이 떠올라 있는 것을 알아차렸다. 그러나 퍼시벌은 몹시 화가 나서 그것을 전혀 알아차리지 못하고 있었다.

"네 이야기는 언제나 지나쳐서 큰일이야. 이런 상태의 회사를 물려받았으니 새로 일으키려면 경비 줄이는 것 말고는 달리 방법이 없어."

닐 경감은 두 사람 사이를 중재하듯 헛기침을 하고 나서 퍼시벌을 향해 말했다.

"나도 그 일에 대해 묻고 싶은 것이 있습니다, 포터스큐 씨."

퍼시벌은 닐 쪽으로 몸을 돌리며 물었다.

"무엇이지요?"

"별다른 건 아닙니다. 이 여섯 달 내내 아니 한 해 동안 아버님의 행동에 상식을 벗어나는 일이 너무 많았으므로 당신은 여러모로 걱정하셨습니다."

"네, 물론이지요."

"의사의 진단을 받게 하려고 했으나 허락하시지 않았지요."

"그렇습니다."

"솔직히 말해서 정신병 증세라고 걱정하신 거 아닙니까? 구체적인 증상은 과대망상과 자극 감수성의 과민이지만, 결국은 완전한 정신 이상으로 악화될 염려가 있었으므로……."

퍼시벌은 놀란 표정을 지었다.

"당신이 말씀하신 대로입니다. 우리가 걱정하고 있었던 것은 바로 그 점입니다. 그래서 아무래도 의사의 진단을 받을 필요가 있다고 생각했습니다."

"치료가 늦어지면 아버님은 회사 경영에 어떤 실수를 저지를지 모르는 상태였지요?"

"그렇습니다."

"재정 상태는 벌써 위험한 지경에 이르렀습니다."

"내가 얼마나 걱정했는지 모릅니다!"

닐이 조용한 목소리로 말했다.

"회사 경영이라는 면에서 본다면 아버님의 죽음은 오히려 다시없는 행운이었겠군요."

"그러나 나는 아버지의 죽음을 그런 면에서만 보고 있지는 않습니다."

"당신이 어떻게 생각하는가를 문제삼고 있는 건 아닙니다. 나는 다만 사실을 말하고 있을 뿐입니다. 아버님은 다행히도 회사의 파산 직전에 돌아가 주셨습니다."

퍼시벌은 점점 흥분하기 시작했다.

"경감님, 당신은 대체 무엇을……."

"나는 아무것도 노리고 있지 않습니다. 다만 사실을 꿰뚫어보고 있을 뿐입니다. 그런데도 여기 한 가지 문제가 있습니다. 당신은 분명 여기 계시는 동안 동생이 몇 년 전 영국을 떠난 뒤로 전혀 소식이 없었다고 말씀하셨지요?"

"네, 그렇게 말했습니다."

"그런데 사실은 올 봄에 아버님 병환에 대해 아프리카에 있는 동생에게 편지를 보내 상의했습니다. 동생의 손을 빌려 의사의 진단을 받게 하고, 필요하다면 감금이라도 해야 한다고……."

"나는……나는……다만……."

"사실은 그러했지요, 포터스큐 씨?"

"동생과 마땅히 상의해야 한다고 생각했던 겁니다. 랜슬럿은 동생이자 우리 회사의 중역이기도 하니까요."

닐 경감은 랜슬럿에게로 눈길을 옮겼다. 그는 말없이 웃고 있었다.

"편지는 받으셨습니까?"

랜슬럿은 고개를 끄덕였다.

"뭐라고 답장을 쓰셨습니까?"

랜슬럿은 웃으며 더욱 익살스럽게 대답했다.

"나는 형님에게 '아버지는 아버지대로 자신의 행동이 옳은지 그른지 하는 것쯤은 알고 있을 테니까 공연한 짓은 그만두는 게 좋을 거요'라고 말해 주었습니다."

닐 경감은 다시 퍼시벌을 돌아보았다.

"동생의 답장은 그런 내용이었습니까?"

"네, 네, 대체로 그런 내용이었습니다. 아니, 솔직히 말하면 보다더 심한 말을 써서 형을 형으로 생각하지 않는 건방진 내용의 편지였습니다."

그러자 랜슬럿이 입을 열었다.

"경감님, 내 말을 들어주십시오. 내가 아버지의 편지를 받았을 때 곧장 달려온 것은 내 눈으로 직접 문제점을 확인해 보고 싶었기 때문입니다. 아버지와 겨우 잠깐 동안 만났을 뿐이었지만, 솔직히 말해서 나는 아버지의 어디가 이상한 건지 알 수가 없었습니다. 좀 흥분을 잘하긴 했지만 달라진 점은 그 뿐이었어요. 따라서 회사 운영쯤은 훌륭히 해나갈 만한 힘이 있는 것 같았습니다. 그래서 일단 아프리카로 돌아가 패트와 의논하여 어떻든 런던으로 돌아와서 잠시 아버지와 함께 지내기로 결정한 것입니다.”

랜슬럿은 말을 마치자 퍼시벌 쪽을 흘끗 보았다.

“그런 식으로 말하면 곤란해, 랜스. 나는 아버지를 어떻게 해보겠다는 속셈은 조금도 없었어. 다만 아버지의 건강이 걱정스러웠을 뿐이야. 물론 그 밖에도 회사 재정 상태도 걱정스러웠지만…….”

퍼시벌은 잠시 말을 끊었다.

랜슬럿은 곧 끼어들어 말했다.

“동시에 또 형님 자신의 주머니도 걱정스러웠겠지요, 그렇지 않습니까?”

랜슬럿은 벌떡 일어나더니 갑자기 태도를 바꾸었다.

“퍼시, 나는 알고 있었어. 그래서 나는 형과 함께 일하며 제멋대로 행동하지 못하게 하려고 했던 거야. 그러나 생각해 보면 한방에서 지낸다는 건 지겨워 견딜 수 없어. 형은 옛날부터 뱃속이 검은 사람이었지. 남의 비밀을 캐내거나, 거짓말하거나, 아무튼 문제를 일으키는 일만 노리고 있었어. 그 법석떨었던 수표 사건도 형이 만들어 낸 게 틀림없어. 그 덕분에 나는 아프리카로 귀양가게 되었지. 수표는 정말 졸렬한 위조 방법이었어. 그 필적을 보면 누구든 위조임을 알아차릴 수 있는 엉터리였지. 내가 만일 범인이라면 그렇게 서투른 흉내는 내지 않았을 거야. 그때까지의 내 행동이 지나치게 나빴으므로 호된 꼴을 당하고 말았지. 그러나 아버지는 뜻밖에도 진실을 알고 있었을지 몰라.”

랜슬럿의 말투는 차츰 열을 띠어 갔다.

"형, 나는 언제까지나 이런 어리석은 싸움을 계속하고 싶지 않아. 나는 이 나라가, 특히 이 대도시가 아주 싫어졌어. 형처럼 불편한 바지를 입고 검은 윗옷을 입고, 비위에 거슬리는 목소리를 내는 인간들이 정말 싫어. 그래서 형의 말대로 재산을 나눠 가지고 패트와 함께 다른 세계로 돌아갈 생각이야. 자유롭게 손발을 펴고 마음껏 공기를 마실 수 있는 곳으로. 형은 형이 좋아하는 증권 따위나 확보해 봐! 공채든 뭐든 2퍼센트, 3퍼센트, 3.5퍼센트의 배당을 받으시지. 그리고 내게는 아버지가 마지막에 사서 모은 엉터리 주식이나 줘. 대개 망해 휴지가 되어 버릴지도 모르는 회사의 것이겠지만, 그 가운데 두세 종류는 언젠가 싹이 돋아 훌륭하게 열매를 맺을 테지. 아버지는 오랫동안 고생한 장사꾼이야. 그러나 그처럼 터무니없는 것만을 샀을 리 없어. 이런 것이 들어맞게 되면 다섯 배, 여섯 배 값이 오를 게 틀림없어. 나는 아버지의 판단을 믿고, 또 아버지의 행운을 물려받을 생각이야."

랜슬럿은 형 쪽으로 다가갔다. 퍼시벌은 뒤로 물러나 책상 모서리를 돌아 닐 경감 쪽으로 다가붙었다.

"형은 처음부터 내가 객지에 눌러붙어 영국으로 돌아오지 않기를 바라고 있었어. 나는 지금 그러한 형의 희망대로 하려는 거야. 무척 만족하겠지?"

랜슬럿은 문 쪽으로 걸음을 옮겼다.

"그 티티새 광산의 채굴권이라도 넘겨주겠다면 받겠습니다. 매켄지 집안 사람을 찾아내면 아프리카로 끌고 갈 생각입니다. 이 사건은 복수입니다. 지금은 벌써 그런 생각이 잊겨진 지 오래지만——반드시 그런 생각을 일으킬 사람이 없다고는 보증할 수 없지요. 닐 경감님도 그런 의심을 하기 때문에 조사를 계속하고 있는 겁니다.

안 그렇습니까, 경감님?"

그러자 퍼시벌이 소리쳤다.

"또 바보 같은 소리를 하는구나. 이제 와서 그런 일이 일어날 리 없어!"

"경감님에게 물어 보시지. 왜 티티새와 포켓 속의 호밀을 그렇듯 끈질기게 조사하고 계시는지?"

닐 경감은 조용히 윗입술을 문지르며 말했다.

"올 여름의 티티새 이야기를 기억하고 있습니까, 퍼시벌 씨? 거기에는 분명 까닭이 있다고 생각됩니다만."

퍼시벌은 여전히 주장했다.

"그건 터무니없는 소리요! 매켄지니 하는 이름은 벌써 오랫동안 들어본 적도 없습니다."

랜슬럿이 말했다.

"맹세해도 좋지만, 매켄지 집안의 누군가가 틀림없이 우리 가까이에 있어. 경감님도 틀림없이 그렇게 생각하고 계시겠지요?"

### 2

아래 길거리에서 닐 경감은 랜슬럿 포터스큐를 만났다.

랜슬럿은 멋쩍은 듯 웃음지어 보였다.

"사실 그렇게까지 말할 생각은 없었는데, 갑자기 화가 치밀어 엉뚱한 장면이 벌어지고 말았습니다. 그러나 상관없습니다. 언젠가 한 번은 일어나야 할 일이었으니까요. 나는 지금 사보이 레스토랑으로 가는 길입니다. 패트가 기다리고 있거든요. 함께 가시겠습니까?"

"나는 베이든 히스로 돌아가야 합니다. 그 전에 잠깐 물어보고 싶은 게 있는데요."

"뭐지요?"

"아까 당신이 사장실로 들어왔을 때 내 모습을 보고 몹시 놀라더군요, 왜 그랬지요?"

"설마 경감님이 계시리라고는 생각지 않았기 때문입니다. 퍼시만 있는 줄로 알고 들어갔었으므로……."

"형님은 외출중이라는 말을 듣지 못했던가요?"

랜슬럿은 도리어 의아한 표정을 지었다.

"듣지 못했습니다. 사원들은 모두 사장실에 있다고 말했거든요."

"음, 그럼, 사원들에게는 알리지 않았나 보군요, 안의 사장실에는 출입구가 없고 비서실에서 복도로 통하는 다른 문이 있습니다. 아마 형님은 그리로 나간 거겠지요, 그런데 왜 허드캐슬 부인이 당신에게 그 말을 하지 않았을까요?"

그러자 랜슬럿이 웃으며 대답했다.

"차라도 끓이고 있다가 몰랐던 게 아닐까요?"

"음, 그럴지도 모르겠군요."

랜슬럿은 흘끗 경감을 보았다.

"그게 어떻다는 거지요, 경감님?"

"나로서는 좀 이해가 가지 않는 점이 있습니다, 포터스큐 씨……."

## 누가 루비인가

### 1

베이든 히스로 가는 열차 안에서 닐 경감은 〈타임스〉 신문의 십자말풀이를 전에 없이 똑똑히 풀 수가 있었다.

처음에는 역시 아이디어만으로 뒤죽박죽 생각이 정돈되지 않았으므로 잠깐 거기서 떠나 여러 가지 기사를 훑어보고 있었다. 일본을 뒤흔든 대지진, 탕가니카에서 우라늄 광산이 발견된 일, 사우샘턴 가까운 바닷가에 장사꾼 차림의 시체가 밀려 올라온 이야기, 조선소의 총파업이 눈앞에 다가온 일 등등……

끝으로 폐결핵에 대한 놀라운 새 약이 발견되었다는 기사를 읽던 중 문득 영감(靈感) 비슷한 것이 떠올랐다. 얼른 십자말풀이로 돌아가 보니 세 개의 열쇠가 금방 풀리고, 나머지도 문제없이 술술 써넣을 수 있었다.

수송장에 이르기 전에 경사의 방침은 정해져 있었다.

닐 경감은 현관에서 곧 헤이 경사를 불러 물었다.

"노부인은 어찌 되었나? 아직 계신가?"

"미스 마플 말입니까? 네, 아직 계십니다. 2층 할머니와 좋은 이야기 상대가 되어 있는 것 같습니다."

"역시 그렇군."

닐은 잠시 생각에 잠겨 있더니 입을 열었다.

"곧 만나고 싶은데, 지금 어디에 있지?"

미스 마플은 곧 나타났다. 숨을 좀 헐떡이며 얼굴이 발그레해져 있었다.

"무슨 볼일이신가요? 기다리게 해서는 안 되겠다 싶어 급히 달려왔어요. 클램프 부인과 부엌에서 이야기하고 있었으므로 헤이 경사가 몹시 찾아다닌 모양이에요. 실은 클램프 부인의 요리를 칭찬하고 있던 중이었거든요. 정말 어젯밤의 스프레 솜씨는 훌륭했어요. 그런 이야기로부터 차츰 본문제로 들어가려는 게 내 계획인데, 당신을 돕는 일도 그리 쉽지 않군요. 아마 당신이 직접 심문하는 것도 필요하겠지요. 나 같은 늙은이가 하는 방법은 여러 가지 쓸데없는 이야기로부터 멀리 돌아서 더듬어 들어가게 되지만 말이에요. 하지만 결국 요리사로부터 이야기를 캐내는 데는 요리 이야기부터 시작하는 게 중요하지요."

"그 요리사로부터 뭔가 알아낼 생각이신가요, 글래디스 마틴에 대해?"

미스 마플은 고개를 끄덕였다.

"그래요, 글래디스에 대해서예요. 클램프 부인은 여러 가지로 이야기해 주었어요. 물론 죽기 전의 일이지만, 내 쪽에서 묻기도 전에 그녀의 요즘 기분이며 여러 가지 이상한 이야기를 들려 주었지요. 이상하다는 것은 이번 사건에 대해서가 아니라 걷잡을 수 없는 공연한 이야기라는 뜻이지만."

"도움되는 일이 있었습니까?"

"중요한 이야기를 들었지요. 당신도 애쓰셔서 형편을 많이 알게 되었겠지요?"

"알게 된 것도 있고, 아직 모르는 것도 있습니다."

경감은 턱짓을 하여 헤이 경사를 나가게 했다. 지금부터 미스 마플과 나눌 이야기는 헤이 경사가 듣지 않는 편이 좋겠다고 생각했기 때문이었다.

"그런데 미스 마플, 한 가지 당신과 진지하게 의논하고 싶은 게 있는데요."

"네? 새삼스럽게 무슨 말씀이지요?'

"미스 마플, 실은 오늘 경찰국에서 당신에 대한 이야기를 듣고 놀랐습니다. 알지 못한 탓으로 지금까지 아주 실례가 많았습니다."

"경찰국에서 무슨 이야기를 들었는지는 모르지만, 지금까지 아무상관도 없는 범죄 사건에 가끔 말려들었으므로 거기에서도 아마 내 이름을 알고 있는 거겠지요."

"알고 있는 정도가 아니라 굉장한 평판이었습니다."

"경찰국장 헨리 클리더링 경은 옛날부터 내 친구랍니다."

"이 사건에 대해 나는 미스 마플과 관점이 다릅니다. 즉 맑은 정신을 가진 자의 범죄냐, 미치광이의 범죄냐 하는 구별입니다만…

…."

미스 마플은 고개를 조금 갸웃하며 되물었다.

"좀더 정확히 말하면?"

"맑은 정신을 가진 자의 범죄로 본다면 범죄로 말미암아 누가 이익을 얻느냐를 따져볼 필요가 있습니다. 그 관점에서 보면 확실히 이 살인 사건으로 이익을 얻는 사람이 있습니다. 한 사람이 특히 두드러진 이익을 얻게 되어 있습니다. 두 번째 살인 또한 같은 사람이 이득을 보게 되고, 세 번째 살인만이 발각되지 않기 위해 저지른 것이었다고 생각됩니다."

"두 번째 살인이란 어느 것을 말하는 거지요?"

청자처럼 해맑은 미스 마플의 눈이 더듬듯 경감을 지켜보고 있었다. 닐 경감은 고개를 끄덕이며 대답했다.

"살해한 순서 말입니까? 어제 내가 부국장님에게 보고했을 때의 이야기는 아마 잘못된 것 같습니다. 물론 동요가 선입관이 되어 있었던 겁니다. 임금님은 광에 있고, 여왕은 홀에 있고, 시녀는 빨래를 걷고 있었다……."

"동요에서는 그 순서지요, 그러나 글래디스는 포터스큐 부인보다 먼저 살해되었지요."

"그렇습니다, 당신 말대로입니다. 그 아가씨의 시체가 발견된 것은 밤늦은 뒤라서 사망 시각을 정확히 결정하기 어렵지만, 대충 5시쯤에 살해된 것으로 보면 틀림없다고 생각합니다. 그렇지 않으면……."

"그렇지 않으면 두 번째 쟁반을 서재까지 가져갔을 거라는 말씀이군요?"

"그렇습니다. 글래디스는 두 번째로 가져온 찻쟁반을 홀에 놓아둔 채 없어졌습니다. 그때 무슨 일이 일어난 게 틀림없습니다. 뭔가를 보았든가 들었든가, 아무튼 뜻밖의 일이 일어난 겁니다. 뒤보어가 2층 포터스큐 부인의 방에서 내려온 건지, 엘레인느 포터스큐의 애인 제럴드 라이트가 부엌문으로 들어온 건지 어느쪽이든 그 사나이는 글래디스에게 쟁반을 거기에 두고 정원으로 나오도록 꾀어냈습니다. 글래디스는 정원으로 끌려나가 곧 목졸려 죽고 말았습니다. 그리고 그날 밤의 날씨는 퍽 추웠는데 글래디스는 얇은 옷을 입고 있었습니다."

"당신이 말씀하신 대로예요. 즉 글래디스는 '정원에 나가 있는 시녀'에 해당하지 않아요. 그렇듯 늦게 빨래를 거두러 갈 리도 없고, 외투도 입지 않고 빨래를 가지러 갔을 리도 없어요. 빨래 집게를 쓴 것은 이야기를 동요에 맞추기 위한 장난에 지나지 않아요."

"이상한 이야기로군요. 그것이 나와 당신의 견해가 일치하지 않는 점입니다. 나로서는 도저히 그런 미친 짓 같은 이야기를 믿을 수가 없습니다."

"하지만 노래 내용에 꼭 들어맞는다는 건 인정하겠지요?"

"그건 노래대로지만, 순서는 다릅니다. 동요에서 하녀는 세 번째로 나옵니다. 그러나 이번 사건에서는 여왕이 세 번째 피해자가 된 겁니다. 에딜 포터스큐는 5시 25분에서 6시 5분 전 사이에 살해되었으며, 그때 글래디스는 이미 죽어 있었습니다."

"그렇다면 순서가 모조리 맞지 않게 되는군요. 동요와 맞아들어가지 않아요. 이건 중대한 일이라고 생각해요."

닐 경감은 어깨를 으쓱했다.

"나로서는 아무래도 생각이 너무 세밀한 곳까지 미친 게 아닌가 여겨집니다. 세 죽음이 전체적으로 동요 내용과 맞는다면 그것으로 충분하지 않을까요? 이렇게 말했다고 해서 무조건 당신 생각에 동조하는 건 아닙니다. 일단 내 생각도 들어 주셨으면 합니다. 먼저 결론부터 말하면 나는 티티새니 호밀이니 그 밖의 동요에 대한 실없는 소리는 일체 물리치고 싶습니다. 내가 다루고 싶은 것은 보다 현실적인 사실과 일반적인 상식, 그리고 정상적인 사람이 살인을 저지르게 되는 동기입니다. 렉스 포터스큐의 죽음에 의해 누가 현실적으로 이익을 얻는가? 이 경우 유산을 받을 사람은 많지만 특히 이익이 많은 것은 퍼시벌입니다. 그런데 퍼시벌은 그날 아침 수송장에 없었습니다. 따라서 그는 아버지의 아침 커피에도 아침 식사에도 독을 넣을 수가 없었습니다."

미스 마플은 눈을 반짝였다.

"아, 거기에는 뭔가 방법이 있을지도 몰라요. 나도 줄곧 그 점을 생각하고 있었으므로 내 나름대로의 해석을 가지고 있답니다. 다만 그것을 뒷받침할 증거가 없을 뿐이에요."

"당신에게는 알려 드려도 괜찮으리라 여깁니다만, 타키신은 새 마멀레이드 병에 넣어져 있었습니다. 그 병이 사건이 일어난 날 아침 식탁에 나와 포터스큐 씨의 빵에 발라지게 되었는데, 그 뒤 병은 덤불 속에 던져지고 대신 같은 모양의 병이 조리실 선반에 놓여 있었습니다. 독이 든 병은 덤불 속에서 발견되어 분석 결과 보고서가 나에게 들어와 있습니다."

"그랬었군요, 알겠어요."

닐 경감은 말을 계속했다.

"투자신탁회사는 요즘 경영 내용이 몹시 나빠져 유언장대로 에딜 포터스큐에게 10만 파운드를 주게 되면 도저히 회사를 꾸려 나갈 수 없는 상태입니다. 그러나 만일 포터스큐 부인이 남편이 죽은 뒤 한달 동안 살아 있지 않을 때는 유증을 받을 권리가 없어지게 되어 있습니다. 부인으로서는 회사가 파산하든 말든 그런 것에는 전혀 상관하지 않았겠지요. 그러나 다행인지 불행인지 부인은 유증의 조건 기간 동안 살아 있지 못했습니다. 따라서 부인이 죽었기 때문에 그 유증분은 모두 포괄 상속인의 손으로 넘어가게 되었습니다. 여기서도 이익을 본 사람은 퍼시벌 포스터큐라고 할 수 있습니다. 이런 식으로 사건을 조사해 나가면 반드시 퍼시벌 포터스큐의 이름이 나타나게 됩니다. 그는 아버지가 세상을 떠난 날 집에 없었지만, 미리 마멀레이드 병에 독을 넣을 수는 있었을 겁니다. 그러나 새어머니를 독살하고 글래디스를 목졸라 죽이는 것은 불가능했지요. 그의 비서의 증언에 따르면 그날 오후 6시에 그는 아직 런던 사무실에서 일하고 있었으며, 7시 지나서까지 귀가하지 않았다는 훌륭한 알리바이가 있으니까요."

"그 점이 문제로군요."

닐 경감은 어두운 얼굴로 말했다.

"문제라기보다는 분명히 불가능한 일입니다. 즉 퍼시벌은 피의자에서 제외해야 한다는 겁니다."

닐은 차츰 자신의 말에 열이 올라 미스 마플이 있는 것도 잊고 흥분을 나타내 보이기 시작했다.

"수사가 진척되면서 한 인물이 문제가 됩니다. 퍼시벌 포터스큐입니다! 저쪽을 조사해도 퍼시벌, 이쪽을 조사해도 퍼시벌. 그러나 퍼시벌 포터스큐에는 완전무결한 알리바이가 있습니다! 하기야 달리 피의자가 없는 것은 아니고 충분한 동기도 생각할 수 있지만 말입니다."

마침내 그는 얼마쯤 안정을 되찾았다.

미스 마플은 여전히 날카로운 목소리로 말했다.

"뒤보어 씨가 있어요. 그리고 그 라이트라는 젊은 사람, 누구든 피해자가 죽음으로써 이익을 얻는 사람들을 일단 의심해 봐야 해요. 수사를 할 경우 사람을 무조건 믿는 것은 가장 위험한 일이니까요."

닐 경감은 저도 모르게 웃었다.

"언제나 최악의 경우를 생각하라는 말씀이군요?"

그는 사람좋아 보이는 이 온순한 노부인의 입에서 이런 말을 들으리라고는 생각지도 못했던 듯하다.

미스 마플은 진지하게 말했다.

"그렇지요. 나는 언제나 일단 상대방의 악의를 의심하고 시작한답니다. 불행하게도 그것이 늘 들어맞지요. 슬픈 일이지만."

"그렇군요, 그럼, 이번에도 모두를 악인으로 생각해 봅시다. 뒤보어에게는 기회가 있었습니다. 제럴드 라이트에게도 마찬가지였습니다. 그의 경우는 엘레이느 포터스큐와 공모하여 마멀레이드에 독을 넣을 수 있었지요. 퍼시벌 부인도 범행의 기회를 가지고 있었습니다. 그리고 그녀는 현장에 함께 있었지요. 그러나 이들에게는 누구 하나 그런 미치광이 같은 흉내를 낼 만한 점이 없습니다. 티티새와도, 호밀이 든 포켓과도 전혀 관계가 없는 것 같습니다. 만일 이 사건에 이것들이 정말 관계되어 있다고 한다면, 그 대상은 단한 사람입니다. 이미 요양소에 가 있는 매켄지 부인입니다. 그러나 그녀는 여러 해 동안 병원에서 한 발자국도 나온 일이 없으므로 포터스큐 씨 집에 나타나 마멀레이드 병을 만지거나 서재의 오후 차에 청산가리를 넣었을 리 없습니다. 아들 도널드 매켄지는 당케르크에서 전사하고 남아 있는 건 그녀의 딸 루비 매켄지뿐입니다. 만일 당신 생각이 옳아서 이 세 살인 사건이 저 폐광된 광산이 발단이라면, 루비 매켄지가 반드시 이 집안에 존재해 있을 겁니다. 그리고 그 루비 매켄지로 지목해서 틀림없는 사람은 단 하나 밖에 생각할 수 없습니다!"

"독단이 좀 지나치다고 생각하지 않으세요, 경감님?"

닐 경감은 미스 마플의 주의 같은 것에는 아랑곳하지 않고 되풀이했다.

"그녀로 생각할 수 있는 인물은 단 한 사람뿐입니다."

그러고 나서 경감은 방을 나갔다.

2

메리 더브는 자기 방에 있었다. 수수하게 꾸민 조그만 방이었지만 아주 여유있는 느낌을 주었다. 아마 메리 더브 자신이 여러 가지로 연구한 것이리라.

닐 경감이 노크했을 때 그녀는 마침 필요한 장부를 뒤적이고 있었는데, 밝은 목소리로 대답했다.

"들어오세요."

경감은 안으로 들어갔다.

메리 더브는 의자를 가리키며 말했다.

"어서 그리로 앉으시지요, 경감님. 잠깐만 기다려 주세요. 생선 가게의 청구서 계산이 맞지 않아서 지금 조사하는 중이에요."

닐 경감은 의자에 앉아 그녀의 계산하는 뒷모습을 가만히 바라보고 있었다. 얼마나 조용하고 침착한 태도인가! 이 차분한 태도 속에 어떤 무서운 개성이 숨어 있는 것일까?

경감의 호기심은 한층 더 부풀어올랐다. 그는 그저께 파인우드 요양소에서 마주앉아 이야기한 여성과 닮은 점을 찾아내려고 애썼다. 피부빛이 닮지 않은 것도 아니었으나 얼굴 모습은 전혀 달랐다.

잠시 뒤 메리 더브는 겨우 계산을 끝낸 듯했다.

"오래 기다리셨어요, 경감님. 무슨 일이시지요?"

닐 경감은 조용히 말했다.

"더브 양, 아실지 모르지만 이 집 사건에는 아주 색다르고 기묘한 점이 있소."

"네?"

"우선 첫 번째 사건에서는 포터스큐 씨의 포켓에서 호밀이 나왔소."

"정말 이상한 이야기예요. 나로서는 무슨 일인지 모르겠지만요."

"다음은 티티새에 대한 일인데, 올 여름 포터스큐 씨의 책상 위에 죽은 티티새 네 마리가 놓여 있었지요. 그리고 또 파이에서 고기와 햄을 빼내고 대신 죽은 티티새를 집어 넣어 둔 사건이 일어났소. 그 두 가지 사건이 일어났을 때 당신은 이 집에 계셨지요?"

"네, 있었어요. 그때 일을 잘 기억하고 있어요. 굉장히 시끄러웠지요. 종잡을 수 없는, 다만 소름끼치는 악의밖에 느껴지지 않는 사건이었어요."

"아니, 더브 양, 전혀 종잡을 수 없는 일도 아니오. 당신은 그 티티새 광산에 대해 알고 있지요?"

"티티새 광산? 들은 일도 없는데요."

"당신 이름은 메리 더브라고 했는데, 그건 본디 이름이오?"

메리 더브는 눈썹을 치켜 올렸다. 그녀의 푸르고 맑은 눈에 경계의 빛이 스쳐 지나간 것을 닐 경감이 못 보고 지나칠 리 없었다.

"뜻밖의 질문이군요. 내 이름이 메리 더브가 아니라는 말씀인가요?"

"그렇소. 당신의 본디 이름은 루비 매켄지가 아니오?"

그녀는 순간 얼굴이 새파래졌다. 그러나 그것은 항의하는 빛이 아니었으며, 더욱이 놀랐기 때문도 아니었다. 의식적으로 효과를 노린 것이었다.

조금 사이를 두었다가 그녀는 아무 감정도 나타내지 않은 목소리로 조용히 말했다.

"내게서 뭘 듣고 싶으신 거지요?"

"대답해 주시오, 당신 이름이 루비 매켄지인지 아닌지를."

"내 이름은 메리 더브라고 말씀드렸어요."

"그것을 입증할 수 있소?"

"무엇을 보여 드리면 좋을까요? 출생 증명서인가요?"

"그것도 좋지요. 그러나 당신은 물론 메리 더브의 출생 증명서를 가지고 있을 게 틀림없소. 그 여자는 당신 친구로 아마 몇 해 전에 죽었겠지요."

"그럴 생각만 있다면 그것도 가능하겠지요. 경감님은 자신의 판단에 망설이고 있군요."

"아니, 당신이 파인우드 요양소까지 함께 가주면 곧 알 수 있소."

메리 더브는 다시 눈썹을 치켜 올렸다.

"파인우드 요양소! 파인우드 요양소는 무슨 병원이지요? 어디에 있지요?"

"당신은 잘 알고 있을 텐데요."

"전혀 모르겠어요."

"그럼, 루비 매켄지는 다른 사람이 아닌 바로 당신 자신임을 전적으로 부정하는 거요?"

"그것을 입증하는 게 지금 수사에 필요한 거겠지요?"

메리 더브의 푸른 눈에 도전적이고 어딘가 비웃는 빛이 노골적으로 떠올랐다. 닐 경감의 얼굴을 똑바로 보며 그녀는 말했다.

"그래요, 당신에게는 그것이 절대로 필요하겠지요. 할 수만 있다면 루비 매켄지가 바로 나라는 사실을 입증해 보는 게 좋을 거예요!"

## 하녀 다시 등장

1

닐 경감이 층계를 내려오자 헤이 경사가 달려와 가만히 귓가에 대고 속삭였다.

"그 할머니가 경감님을 찾고 있습니다. 급히 하고 싶은 이야기가 있다더군요."

"여보게, 더브 양의 경력을 조사해 주게. 신원 증명서든 전 고용주의 증명서든 모두 정확하게 조사하는걸세. 특히 이런 점을 알고 싶네."

경감은 종이에 두세 줄 급히 써서 헤이 경사에게 주었다.

서재에서 이야기 소리가 새어나왔으므로 닐 경감은 그 안을 들여다 보았다. 헤이의 이야기로는 미스 마플이 줄곧 그를 찾고 있었다고 하는데, 지금 그녀는 퍼시벌 포터스큐 부인과 정신없이 이야기하고 있는 참이었다. 미스 마플은 무릎 위에 뜨개질감을 올려놓고 이야기하는 동안에도 쉬지 않고 손을 움직이고 있었다.

맨 먼저 경감이 언뜻 들은 말은 이러했다.

"……나는 전부터 늘 생각하고 있었어요. 세상에 간호사처럼 고상한 직업은 없다고."

닐 경감은 가만히 뒤로 물러섰다. 미스 마플은 재빨리 경감의 모습을 보았으나 일부러 모르는 척하며 여전히 조용한 목소리로 말을 이었다.

"언젠가 손목을 다쳐서 입원한 적이 있었지요. 그때 돌봐 준 간호사가 얼마나 매력적인 사람이었는지 몰라요. 내가 퇴원한 뒤에는 스펠로 부인의 아드님을 간호했었어요. 훌륭한 해군 사관이었는데, 곧 두 사람 사이에 로맨스의 꽃이 피었답니다. 병원에서의 사랑이란 정말 로맨틱하다고 생각해요. 두 사람은 결혼해서 지금 아기가 둘이나 있어요. 그 사람의 병은 폐렴이었는데, 그런 병은 간호하기에 달렸다더군요."

"네, 그래요. 폐렴만은 정말 간호에 달렸어요. 물론 지금은 새로운 약이 나와서 옛날처럼 오래 끄는 일은 없지만요."

"틀림없이 당신은 훌륭한 간호사였을 거예요. 역시 병원이 로맨스의 출발이었나요? 퍼시벌 포터스큐 씨를 간호하게 되었던 거겠지요?"

퍼시벌 부인은 그리 마음 내키지 않는 표정으로 대답했다.

"네, 네, 그래요."

그러나 미스 마플은 아랑곳없이 다시 말을 이었다.

"이제 알았어요. 고용인들로부터 비밀 이야기 같은 걸 듣고 다니는 일은 못난 짓인 줄 알지만, 그래도 우리 나이쯤 되면 자연히 소문에 흥미가 끌리게 마련이지요. 당신에 대해서도 들어 보았어요. 처음에는 다른 간호사가 퍼시벌 씨를 돌봐 드리고 있었다더군요. 당신으로 바뀌게 된 것은 그녀가 덜렁거리는 성격 때문이었겠지요?"

"그리 덜렁거리는 사람도 아니었어요. 아마도 그녀의 아버지가 위독했기 때문에 내가 그 사람 대신으로 퍼시벌을 돌보게 된 것으로 기억하고 있어요."

"어머나, 그랬었군요. 그 뒤로 당신들 사이에 사랑이 싹터서……좋은 이야기예요."

"나는 그렇게 생각하지 않아요. 가끔은 '옛날 생활로 돌아갔으면……!' 하고 생각할 때가 있어요."

제니퍼의 목소리는 조금 떨리고 있었다.

"그것도 이해하겠어요. 당신은 타고난 직업에 열심이군요."

"그때는 전혀 그런 생각을 못했었는데, 인생이란 어쩌면 이토록 지루한 것일까요? 날마다 하는 일이라곤 아무것도 없고, 남편은 회사 일에만 몰두해 있으며……."

미스 마플은 고개를 저으며 제니퍼의 말을 가로막았다.

"지금 세상에서는 남자는 일을 해야 해요. 수입은 별문제로 하고, 누구나 여가 같은 건 정말 없어요."

"하지만 그렇게 되면 아내가 가엾어요. 쓸쓸하고 지루하고. 나는 가끔 이런 곳으로 오는 게 아니었는데 하고 생각한답니다. 정말 하는 게 아니었다고 생각해요."

"뭘 하는 게 아니었다는 거지요?"

제니퍼는 한숨을 내쉬었다.

"퍼시벌과 결혼하는 게 아니었다는 말이에요. 하지만 이런 말은 아무에게도 하지 마세요."

미스 마플도 곧 화제를 돌려 파리에서 요즘 유행하기 시작한 스커트에 대해 이야기하기 시작했다.

### 2

닐 경감은 서재문을 노크하고 들어가도 좋으냐고 물었다.

미스 마플이 말했다.

"아까는 실례했어요. 하지만 생각깊게 대처해 주서서 고마웠어요. 그때 나는 아직 두세 가지 확인하고 싶은 일이 있어 제니퍼를 놓아주지 않았던 거예요."

"방해되지 않았다면 다행입니다. 의논하고 싶은 것이 있어서 찾아왔습니다."

"자, 그럼, 이야기해 보세요. 아까는 내게도 아직 자료가 다 갖춰지지 않아 확실한 대답을 할 수 없었지만 지금은 문제없어요. 모든 걸 알았어요. 사건은 해결됐어요."

"네? 아니, 그게 정말입니까?"

"포터스큐 씨를 죽인 범인을 알았단 말이에요. 당신으로부터 마멀레이드 이야기를 듣고 사정을 완전히 알았지요. 누가 어떤 방법으로 했는지 이제 충분히 설명할 수 있다고 생각해요."

닐 경감은 눈을 깜박거렸다.

"나로서는 아직 짐작도 가지 않습니다만."

"그럼, 괜찮으시다면 처음부터 검토해 봐요. 바쁘지 않아요? 아시다시피 나는 이 집 식구 하나하나와 서로 이야기해 보았어요. 미스 램즈보텀, 클램프 부인과 그 남편, 누구의 이야기든 다 들어보았지요. 집사 클램프는 타고난 거짓말쟁이더군요. 하지만 거짓말쟁이인 줄 알고 있으면 그건 그것대로 충분히 도움이 되지요. 특히 내가 알아내고 싶었던 것은, 전화가 걸려 왔던 일과 그 애가 나일론 스타킹을 신고 있었던 일이었어요."

닐 경감은 다시 눈을 깜박거렸다.

미스 마플이라는 노부인은 머리가 뛰어난 사람이라고 경찰국에서 들었는데, 그것은 터무니없는 이야기다.

그러나 그는 생각을 바꾸었다. 뭐, 머리가 나쁘더라도 미스 마플이 알아낸 정보가 뜻밖에 도움이 될지도 모른다. 닐이 이름난 경감으로 지금까지 명성을 떨친 것은 남의 말을 정성껏 듣고서 정보를 모았기 때문이었다.

"그럼, 들어 볼까요, 미스 마플. 처음 이야기부터 부탁합니다."

"물론이지요. 처음 시작은 글래디스의 이야기예요. 내가 이리로 찾아온 것도 글래디스를 위해서였으니까요. 그때 당신은 친절하게도 그 애의 소지품을 남김없이 보여 주었지요. 그 소지품과 나일론 스타킹, 그리고 전화가 걸려 온 일, 그 밖의 이런저런 사정들로 미루어 나는 사실을 모두 안 거예요. 물론 포터스큐 씨의 죽음과 타키신에 대한 일이지만요."

"가설이 성립되었다는 말씀이군요? 누가 포터스큐 씨의 마멀레이드에 타키신을 넣었느냐에 대해……."

"가설이 아니에요. 사실이에요."

닐 경감은 세 번째로 눈을 깜박거렸다.

미스 마플이 말했다.

"말씀드리지요. 그것은 글래디스 마틴의 짓이었어요."

## 미스 마플의 설명

닐 경감은 미스 마플의 얼굴을 뚫어지게 바라보고 있더니 천천히 고개를 저었다.

"렉스 포터스큐를 살해한 것이 글래디스 마틴이란 말입니까? 나로서는 도저히 믿어지지 않는군요."

"그야 물론 그 애로서는 죽일 생각 같은 건 없었어요. 하지만 결국 그런 결과가 되었던 거예요! 당신은 그 애를 심문했을 때 겁에 질려 떨고 있었다고 말씀하셨지요? 자신의 죄로 떨고 있는 것 같았다고요!"

"떨고 있었다고 해서 반드시 살인죄 때문이라고 할 수는……."

"물론 그렇지요. 그 애도 사람을 죽일 생각 같은 건 없었어요. 타키신을 마멀레이드에 섞었을 뿐, 그것이 그처럼 무서운 독인 줄 전혀 몰랐었지요."

닐 경감은 아직도 석연치 않은 태도로 말했다.

"어떤 생각이었던 것일까요?"

"진상 발견약으로 생각했었나 봐요. 우스운 이야기 같지만, 그것이 사실이었어요. 그 애가 오려 놓은 신문 기사를 보셨겠지요? 어느 시대나 이런 아가씨의 흥미를 끄는 것은 같아요. 미용 연구법, 어떻게 하면 남자를 매혹시킬 수 있을까, 그리고 마술과 기적의 이야기. 그것이 요즘에는 완전히 과학적인 색채를 띠게 되었어요. 안 그래요? 아무리 시골뜨기라도 요즘 젊은이들은 마술사를 믿지 않으니까요. 지팡이를 한번 휘두르면 금방 사람이 개구리로 변하는 이야기 말예요.

그러나 가끔 신문 같은 데 어떤 종류의 약을 주사하면 사람의 세포 조직을 개구리처럼 변화시킬 수 있다느니 하는 기사가 실리더군요. 생각은 옛날과 마찬가지인 거예요. 그런 식으로 과학적인 말투를 쓰면 모두 믿게 되나 봐요. 그러니 글래디스가 신문의 진상 발견약 이야기를 믿은 것도 무리가 아니라고 생각해요. 더욱이 그 젊은이가 이것이 그 약이라고 보였을 때는 말예요.”

“언제 누가 그렇게 말했다는 겁니까?”

“앨버트 이밴즈지요. 물론 그것은 본디 이름이 아닐 거예요. 그 젊은이는 올 여름 휴가 캠프에서 글래디스를 만나 유혹했어요. 그 애를 자기 것으로 만들자 렉스 포터스큐 때문에 큰 고생을 하게 되었다느니 하는 이야기를 들려주었겠지요. 글래디스가 그것을 완전히 믿게 되자 이번에는 어떻게든 렉스를 자백시켜 손해배상을 받고 싶은 게 평생의 소원이라고 했어요. 물론 내가 그 장면을 본 건 아니지만, 나는 나대로 이 짐작에 자신을 가지고 있어요. 그리하여 젊은이는 그녀를 설득시켜 포터스큐 집에 들어가 살도록 했어요. 요즘처럼 하녀가 귀한 때에는 아주 쉬운 일이었지요.

그리고 두 사람은 날짜와 시간을 정했어요. 그 그림 엽서에 ‘약속날을 잊지 말기를’이라고 쓴 것을 기억하고 있지요? 그것이 결행을 약속한 날짜였던 거예요. 글래디스는 사나이로부터 받아 온 약품을 마멀레이드에 섞어 포터스큐 씨가 아침 식사 때 빵에 바르도록 손썼지요. 그리고 포터스큐 씨의 포켓에 호밀을 넣었어요. 호밀에 대해 어떤 헛소리를 했는지 거기까지는 알 수 없지만, 언젠가 당신에게 말씀드렸듯 그 애는 다른 사람의 말을 쉽게 믿거든요. 아마 그 젊은이가 한 말을 모두 진실이라고 믿고 있었을 거예요.”

"그래서요?"

닐 경감은 놀란 표정으로 귀담아듣고 있었다.

"아마 이야기는 이렇게 되겠지요. 그날 젊은이는 회사로 포터스큐 씨를 찾아가 그 문제를 캐묻겠다고 했을 거예요. 그때 쯤이면 아침에 집에서 먹은 진상 발견약이 효력을 나타내기 시작하여 포터스큐 씨가 모든 사실을 자백하게 된다고……. 그러나 포터스큐 씨가 죽었다는 말을 들었을 때 그 애의 놀라움이 어떠했을지 상상되겠지요?"

"그렇다면 그녀는 사실을 자백했을 텐데요."

"그 애를 심문했을 때 그 애가 맨 처음 한 말이 무엇이었지요?"

"'내가 한 게 아니에요'라고 했지요."

그러자 미스 마플은 자랑스러운 듯 말했다.

"그럴 테지요. 그 애는 접시 같은 걸 깨면 언제나 말하곤 했답니다. '내가 한 게 아니에요. 왜 깨졌는지 나도 몰라요'라고. 그런 아이들은 누구나 다 마찬가지예요. 그 애는 자기가 무심코 잘못한 일이 나중에 그처럼 무서운 결과를 가져왔음을 보고 떨고 있었던 거예요. 살인 같은 엄청난 일을 저지를 생각은 조금도 없었는데 죽이고 만 것을 알았을 때, 그런 겁많은 아이가 과연 어떤 태도를 취하게 될까요? 자백 같은 것은 도저히 생각할 수도 없어요."

닐 경감은 고개를 끄덕였다.

"그렇겠군요."

글래디스를 심문했을 때의 광경이 무서운 속도로 그의 머리 속을 스쳐 지나갔다. 그렇게 듣고 보니 분명 그녀는 겁에 질려 떨고 있었다. 대단한 일은 아니라고 생각하고 있었는데 그처럼 중대한 의미가 있었을 줄이야. 그러나 경감은 그것을 지나쳐 보았다고 해서 자신을 나무랄 마음은 들지 않았다.

"그래도 그 애는 살인자의 앞잡이가 되었다는 것을 믿지 않았어요. 혼란에 빠진 그 조그만 머리로 기를 쓰고 생각했지요. '아마 앨버트는 약이 그렇게 독한 줄 몰랐을 거야. 잘못해서 많이 보내고 말았을 게 틀림없어'라고요. 그 애는 끝까지 젊은이를 믿고 있었던 거예요. 그렇긴 해도 빨리 만나서 사정을 알고 싶었겠지요. 그때 마침 전화가……."

"그것도 조사하셨습니까?"

미스 마플은 고개를 가로저었다.

"아니에요, 그저 내 추리지요. 하지만 그날 누구에게서인지 모르는 전화가 꽤 많이 걸려 왔다고 하더군요. 물론 그 젊은이로부터 온 전화였는데, 언제나 집사 클램프나 그의 부인이 전화를 받는 바람에 그대로 곧 끊고는 글래디스가 나올 때까지 몇 번이고 되풀이해서 계속 걸었던 것 같아요. 아무튼 그렇게 해서 마침내 그 애와 연락이 닿았고, 만나기로 약속을 하게 되었지요."

"포터스큐 씨가 살해된 날 글래디스는 그 젊은이와 몰래 만날 약속을 한 거로군요."

미스 마플은 고개를 세게 끄덕였다.

"네, 그래요. 클램프 부인이 한 말이 맞았던 거예요. 그 애는 외출할 때의 나일론 스타킹과 좋은 구두를 신고 있었으니 분명 남자를 만나러 간 게 틀림없다고 말했었지요. 그러나 그 애는 밖으로 만나러 나갈 것까지는 없었어요. 젊은이 쪽에서 수송장 쪽으로 오기로 되어 있었으니까요.

그 애는 문 밖만을 바라보고 있다가 그만 차준비마저 늦어질 정도였지요. 마침 두 번째 찻쟁반을 가지고 홀까지 왔을 때 부엌문 쪽에서 손짓하는 젊은이의 모습이 눈에 띄었어요. 그 애는 찻쟁반을 거기에 놓아둔 채 정신없이 달려갔지요."

"그리고 느닷없이 목졸린 거로군요."

"1분도 걸리지 않았겠지요. 그 애에게 말할 틈도 주지 않았을 거예요. 마음착한 가엾은 아이, 남자를 너무 외곬으로 믿다가……그리고 그 젊은이는 그 애의 코를 빨래 집게로 집어 둔 거랍니다."

무서운 분노가 노부인의 목소리를 떨리게 했다.

"아이들 노래에 맞추기 위해서지요. 호밀, 티티새, 빵, 벌꿀, 빨래 집게. 그것은 작은 새가 코를 쪼는 대신이었어요."

"그리고 마지막에는 정신병원으로 달아나 사형을 면하겠다는 속셈이었겠지요?"

"상관없어요. 사형으로 해줘요! 그 사나이는 완전히 제정신이에요. 미치광이도 아무것도 아니에요!"

닐 경감은 날카로운 눈길을 그녀에게 보냈다.

"설명은 잘 알겠습니다. 그러나 그것은 어디까지나 당신의 가설입니다. 앨버트 이밴즈는 여름 휴가 캠프에서 글래디스 마틴을 유혹했다. 그리고 그녀를 살인 계획의 도구로 이용했다. 앨버트 이밴즈라는 사나이는 폐광 티티새 광산 사건에 얽혀 렉스 포터스큐에게 복수를 꾀하고 있었다. 본디 이름은 도널드 매켄지. 매켄지 부인의 큰아들은 당케르크에서 전사하지 않았다. 모든 사건의 배후에는 그의 모습이 숨어 있었던 것이다!"

그러나 미스 마플이 힘차게 고개를 저어 부정했으므로 닐은 놀랐다.

"그렇지 않아요! 틀려요. 나는 그런 말은 하지 않았어요, 경감님. 이 티티새 광산 이야기는 모두 만들어 낸 것임을 당신은 모르세요? 그것 또한 살인범에게 이용되었을 뿐이에요. 서재 책상 위에 죽은 티티새가 놓여 있었던 것과 파이 소를 티티새로 바꿔 둔 이야기를 알고 있는 사람에 의해 이용된 것뿐이에요. 티티새로 장난친 것은 실제로 복수를 꾀하고 있는 사람의 짓이었지요. 그러나 그것은 어디까지나 포터스큐 씨를 위협하여 겁나게 하려는 것뿐이었어요. 요즘 세상에 아이들이 자라기를 기다려 복수를 꾀하려는 그런 시대에 뒤떨어진 생각은 믿을 수가 없어요. 요즘은 아이들 쪽이 훨씬 생각이 앞서 있어서 그런 터무니없는 명령은 들어주지 않거든요. 하지만 기회가 있으면 놀라게 하고 고통을 주는 것은 괜찮다고 생각하고 있었겠지요. 바로 이 점을 살인자가 잘 이용한 거예요."

"살인자? 대체 그 살인자가 누굽니까?"

"결코 뜻밖의 인물은 아니에요. 이름을 대면 당신도 '그랬었구나……!' 하고 이해를 하리라고 생각해요. 그런 범죄를 저지를 타입이라고 당신은 곧 이해할 수 있을 거예요. 물론 제정신이며 머리도 좋지만 몸가짐 나쁜 사람, 동기는 재산, 그것도 막대한 재산이었지요."

닐 경감은 거의 울음을 터뜨릴 것 같은 목소리로 말했다.

"퍼시벌 포터스큐?"

왜냐하면 그가 말한 이름이 아니리라는 것을 그 자신 너무나도 잘 알고 있었기 때문이다. 지금 미스 마플이 지적해낸 범인의 특징은 퍼시벌 포터스큐와는 닮지 않았던 것이다.

미스 마플은 말했다.

"아니, 그렇지 않아요. 퍼시벌이 아니에요. 랜슬럿이에요."


## 우라늄 광산

1

"그런 터무니없는!"

닐 경감이 소리쳤다.

그는 등받이에 몸을 기댄 채 미스 마플을 가만히 지켜보았다.

하긴 미스 마플의 말대로 뜻밖의 인물이 아닐지도 모른다. 동기는 물론 성격도 충분히 갖추고 있다. 그러나 그에게는 절대로 기회가 없었다. 확실히 랜슬럿 포터스큐는 미스 마플이 지적한 조건에 들어맞는다. 그러나 아무리 생각해도 그라고 확정할 수 없었다.

미스 마플은 의자에서 몸을 내밀고 새겨 넣어 주듯, 마치 학생에게 대수 방정식을 설명해 주듯 자신의 이론을 설명하기 시작했다.

"그의 성격은 여전히 달라지지 않았어요. 언제까지나 불량한 근성이 고쳐지지 않았던 거예요. 타고난 외모는 여자들에게 저항하기 힘든 매력을 풍겼지요. 머리가 뛰어나고 배짱도 좋아요. 그야 배짱이 좋을 수밖에요. 자신의 매력에 대해 절대적으로 자신을 가지고 있었으니까요. 그는 올 여름 아버지를 만나기 위해 귀국했어요. 나는 그의 아버지가 편지로 불렀다는 이야기를 조금도 믿지 않아요. 그의 말대로라면 반드시 증거가 발견되어야 할 테니까요."

닐 경감은 고개를 끄덕였다.

"그렇겠군요, 아버지가 편지를 보낸 흔적은 전혀 보이지 않습니다. 랜슬럿이 보낸 편지는 수송장 아버지의 서재에서 나왔습니다. 그러나 그 사람이니만큼 이곳에 와 닿은 뒤 서재 서류철에 넣어 두는 것은 아주 쉬운 일이었겠지요."

"그래요. 빈틈없는 사람이니까요. 다시 여름 이야기로 돌아가겠어요. 그는 비행기로 아프리카에서 돌아와 아버지의 환심을 사서 용서를 받으려고 했어요. 포터스큐 씨는 쉽사리 마음을 바꾸지 않았지요. 아시다시피 랜슬럿은 얼마 전 결혼했으므로 지금까지처럼 여기서 보내 주는 얼마 안 되는 돈으로는 지낼 수 없었어요. 여러 가지 부정한 일에도 손을 대어 보았겠지요. 하지만 어느 것도 잘 되지 않았어요. 그리고 그는 패트를 몹시 사랑하고 있었으므로——이 부인은 정말 좋은 여자예요——지금까지의 타락된 생활에서 손을 씻고 참된 생활로 돌아갔으면 하고 바랐어요. 그러기 위해서는 역시 막대한 돈이 필요했지요. 랜슬럿은 여름에 수송장으로 돌아왔을 때 티티새 이야기를 들었어요. 어쩌면 에딜이 들려주었을지도 모르지요. 어떻든 그것을 듣고 머리가 빨리 돌아가는 그는 곧 매켄지 집안의 한 사람이 이 집에 들어와 있는 게 틀림없다고 생각했지요. 그는 이것을 거꾸로 이용하여 살인을 행하려고 마음먹었어요. 즉 아버지의 마음을 움직일 수 없다는 것을 알자 죽여 버리고 유산을 얻는 것 말고는 돈을 손에 넣을 방법이 없다고 생각했던 거예요. 그리고 아버지의 건강이 좋지 못하다는 것도 그는 알고 있었어요. 포터스큐 씨가 죽어 버리면 빈털터리가 될 염려도 있었지요. ”

“그는 분명 아버지의 건강 상태를 알고 있었습니다. ”

“이것으로 모든 사실을 알았으리라 여겨요. 아버지의 이름인 ‘렉스’란 마침 ‘임금님’이라는 뜻이었으므로 그 동요를 생각해냈던 거지요. 그래서 모든 것을 매켄지의 복수와 결부시켜 일을 꾸몄어요. 에딜을 죽이면 노래 내용에 맞을 뿐 아니라 10만 파운드를 주지 않아도 되거든요. 동요에 맞추려면 또 한 사람, 세 번째 피해자가 필요해요. 빨래를 말리고 있는 시녀, 여기서 그 못된 사람은 무섭고 사악한 계획을 생각해낸 거예요. 아무것도 모르는 가엾은 아이를 앞잡이로 쓰고는 금방 죽여 버렸어요. 그 애를 이용함으로써 첫 번째 살인에는 완벽한 알리바이를 만들었지요. 그 뒤의 일은 간단했어요.

역에서 집에 와 닿은 것은 5시 조금 전, 마침 글래디스가 두 번째 쟁반을 홀까지 가져갔을 때 부엌문 밖에서 그녀를 불러내어 그 자리에서 목졸라 죽이고 빨래 말리는 곳으로 옮겨갔지요. 겨우 3, 4분밖에 걸리지 않았을 거예요. 그리고 나서 현관으로 돌아가 벨을 누르고 차를 마시고 있는 가족들을 만났지요. 차가 끝나자 그는 2

층으로 미스 램즈보텀을 만나러 갔어요. 돌아오니 서재에는 에딜 혼자 홍차잔을 앞에 놓고 앉아 있었어요. 그는 소파 옆자리에 앉아 뭔가 말하여 그녀를 웃기면서 살그머니 홍차에 청산가리를 집어넣었어요. 간단한 일이지요. 아무도 알아차리지 못할 거예요. 설탕 비슷한 하얀 덩어리니까요. 랜슬럿은 손을 뻗어 설탕병에서 각설탕을 하나 집어 에딜의 홍차에 넣어 주었을 거예요. '괜히 설탕을 더 넣었나?' 그는 웃으며 말하고 에딜은 '괜찮아요, 상관없어요' 하며 스푼으로 저어 곧 입으로 가져갔겠지요……. 그는 그런 능청스러운 데가 있는 사람이에요."

닐 경감은 조용히 말했다.

"과연, 이제 완전히 알았습니다. 생각할 수 있는 일이군요. 하지만 나로서는 아직 이해가 되지 않는 점이 있습니다. 그로 말미암아 그는 대체 어떤 이익을 얻지요? 포터스큐 씨가 아직 죽지 않았다면 사업이 곧 파산하고 말았겠지요. 하지만 그의 소유로 돌아올 재산이 세 사람이나 죽일 필요가 있을 만큼 그렇게 대단한 것일까요? 나로서는 그 점이 이해되지 않는군요……."

"그건 좀 어려운 문제인데요. 그 점은 당신이 말씀하신 대로예요. 나로서는 아직 설명할 수가 없어요. 하지만 아마……."

미스 마플은 망설이며 경감을 보았다.

"저, 나 같은 늙은이로서는 경제계의 사정을 알 수 없지만, 그 티티새 광산은 정말로 폐광일까요?"

닐 경감은 생각에 잠겼다. 여러 가지 장면이 떠올랐다.

엉터리 같은 투기 주식, 퍼시벌의 마음에 들지 않는 것은 모조리 넘겨받아도 좋다고 말하는 랜슬럿의 얼굴. 티티새 광산 같은 건 매켄지의 저주를 벗어나기 위해 빨리 손을 떼어버리는 게 현명하다고 퍼시벌에게 줄곧 권하고 있던 그의 눈매.

금광이었다고 말했다. 아무 가치도 없는 폐광이라고 했지만, 아마도 그렇지 않은 게 아닐까? 아무래도 렉스 포터스큐가 잘못 보았다고 생각되지는 않지만, 최근 다시 시굴이 행해지고 있는지도 모른다.

대체 광산이 있는 곳은 어디일까? 서아프리카라고 랜슬럿은 말했지만, 그러나 누구였던가, 미스 램즈보텀이었던가, 동아프리카라고 말한 것 같다.

랜슬럿이 일부러 동쪽과 서쪽을 틀리게 말한 것이라면, 미스 램즈보텀은 노인이므로 어쩌면 잘못 기억하고 있는 건지도 모르지만 만일 동아프리카라고 한다면? 랜슬럿이 떠돌아다닌 곳도 역시 동아프리카다. 뭔가 거기에 대해 새로운 정보를 가지고 있는 것은 아닐까?

경감의 수수께끼에 갑자기 새로운 열쇠가 튀어나왔다. 기차 안에서 읽은 〈타임스〉 신문의 기사——탕가니카에서 발견된 우라늄 광산.

만일 그 우라늄 광산이 티티새 광산 채굴지 구역에 들어 있다면……그것만으로 모든 것이 설명될 수 있다. 현지에 있었던 랜슬럿에게는 정보가 일찍 들어갔을 것이다.

우라늄 광산이 거기에 있다고 하면, 그 채굴권의 가격이야말로 천문학적 숫자에 이를 것임에 틀림없다! 닐 경감은 한숨을 내쉬며 미스 마플을 바라보았다.

미스 마플도 격려하듯 그를 보았다. 마치 졸업 시험 날 아침 조카를 떠나 보내는 아주머니처럼.

"당신이라면 충분히 입증해 낼 수 있어요. 당신은 정말 빈틈없는 경찰관이니까요. 나는 처음부터 탄복하고 있었답니다. 범인의 이름은 알았어요. 이제 증거를 확보하면 돼요. 휴가 캠프갔던 곳을 조사해 보세요. 랜슬럿의 사진을 보이면 알아보는 사람이 많이 있을 거예요. 앨버트 이밴즈라는 이름으로 1주일 동안 머물러 있었던 것은 바로 그 사나이라고 증언해 주겠지요."

닐 경감은 생각했다.

'그렇다. 랜슬럿 포터스큐는 머리가 좋고 대담하다. 그런 만큼 또한 터무니없는 점도 있다. 어쩌면 목숨이 달아나게 될 위험도 예사로 저지르고 있는지 모른다.'

"해보겠습니다!"

경감은 힘주어 말했으나 다시 의혹의 구름이 자꾸 솟아 나왔다.

"하지만 이것은 단순한 추측이지요."

"그건 그래요. 하지만 추측이라도 일단 믿어서 나쁠 것은 없다고 여기지 않으세요?"

"그렇고말고요, 그러니까 해보는 거지요. 그런 타입의 사나이는 지금까지도 가끔 다뤄 보았으니까요."

노부인은 고개를 끄덕였다.

"잘됐군요. 나도 역시 그래요. 그래서 그 사람이 아닐까 하는 생각이 들었어요."

"범죄자 타입이라는 말씀입니까?"

"아니오, 이번 경우는 그렇지 않아요. 패트를 보고 그 사람의 일이 머리에 떠올랐어요. 패트는 좋은 부인이에요. 하지만 언제나 불행한 결혼만 하는 운명에 놓여 있는 것 같아요. 그래서 이번에도 역시 그렇지 않은가 하고 그 사나이를 관찰해 볼 생각이 들었지요."

"나는 이제 확신을 가질 수가 있습니다. 그러나 아직 설명을 필요로 하는 곳이 많이 있군요. 예를 들면 루비 매켄지의 일──나는 분명──."

미스 마플은 그의 말을 가로막았다.

"방침은 훌륭하지만 겨냥이 좀 빗나간 것 같더군요. 조사하려거든 퍼시벌 부인 쪽을 해보세요."

닐 경감은 말했다.

"퍼시벌 포터스큐 부인, 결혼 전의 이름을 말씀해 주시겠습니까?"

제니퍼는 크게 숨을 헐떡였다. 얼굴이 핼쑥하게 질려 있었다.

"뭐, 걱정하실 건 없습니다. 진상을 모두 털어놓는 편이 좋습니다. 당신의 결혼 전 이름은 루비 매켄지였지요?"

"네, 저 하지만 그것이……."

"나는 며칠 전 파인우드 요양원에서 당신 어머님을 뵙고 왔습니다."

"나에 대해 무척 노여워하고 계시겠지요? 요즘은 어머니를 한 번도 찾아뵙지 못했지요. 면회 가도 어머니를 흥분시킬 뿐이어서, 가엾은 어머니……아버지를 위해 일생을 바치고 만 거예요."

"어머님은 당신에게 복수를 맹세시켰지요?"

"네, 그래요. 성서를 놓고 맹세시켰어요. 결코 원한을 잊지 말도록, 언젠가 반드시 그를 죽여 달라는 것이었지요. 하지만 나는 병원에 들어가 간호사 공부를 하게 되었으므로 어머니의 정신 상태가 결코 정상이 아님을 알았어요."

"하지만 당신 자신도 억울하다는 생각을 잊은 것은 아니겠지요?"

"물론이지요. 렉스 포터스큐는 우리 아버지를 죽인 사람이에요! 권총이나 칼로 죽인 건 아닐지 모르지만, 죽어 가는 아버지를 그대로 내버려둔 것만은 틀림없어요. 이건 손으로 죽인 거나 마찬가지가 아닐까요?"

"그렇지요, 도덕적으로는 마찬가지입니다."

"그래서 나도 복수를 생각했었어요. 내 친구가 렉스 포터스큐의 아들을 간호하게 된 것을 알고 휴가를 교대해 주어서 내가 담당 간호사가 되었어요. 그때는 어떻게 할 생각이었는지……아직 어떤 결심도 서지 않은 채 그렇게 하고 말았지요. 나는 결코 아무것도 할 수가 없었어요. 물론 포터스큐 씨를 죽이겠다고 생각한 일은 없어요. 간호하다가 일부러 실수를 저질러 죽여 버리겠다는 생각이 마음 밑바닥에 있었는지도 모르겠어요. 그러나 간호사를 천직으로 알고 있는 사람이라면 누구나 마찬가지겠지만 그런 무서운 일은 할 수 없어요. 사실 나는 온 정성을 다해 퍼시벌이 회복되게 하고 말았지요. 그 뒤로 그는 나에게 애정을 느끼기 시작하여 결국 결혼을 청했어요. 그때 나는 생각했어요. 이거야말로 가장 현명한 복수가 아니냐고. 포터스큐의 큰아들과 결혼하는 것은 아버지가 사기당한 재산을 다시 고스란히 되찾게 되는 게 아니겠어요? 정말 이런 훌륭한 복수가 어디 있겠어요!"

"그렇지요, 훌륭한 방법이군요. 그럼, 책상 위에 죽은 새를 놓아둔 것도 모두 당신이 한 일이군요?"

그러자 퍼시벌 부인의 얼굴이 빨개졌다.

"네, 그래요. 하지만 생각하면 정말 어리석은 짓이었어요. 하지만 그때 포터스큐 씨는 신바람이 나서 언제 자기가 합법적으로 남의 재산을 약탈했더냐 하는 듯 무척 뽐내고 있었어요. 나는 그것이 아니꼬워서 어떻게든 그에게 자신의 죄가 깊다는 것을 알아차리도록 해주고 싶었어요. 그것은 보기좋게 성공했어요. 그를 진심으로 무서워하게 만들 수가 있었거든요. 하지만──."

제니퍼는 불안한 듯 덧붙였다.

"나는 그 이상의 일은 아무것도 하지 않았어요. 정말 아무것도 하지 않았어요! 내가 사람을 죽였다고 생각하시면 안돼요!"

닐 경감은 미소를 지었다.

"마음놓으십시오, 부인. 그렇게 생각하지 않습니다. 이야기가 달라집니다만, 부인은 최근 더브 양에게 큰돈을 주지 않았습니까?"

제니퍼는 깜짝 놀란 표정을 지었다.

"그걸 어떻게 아시지요?"

"우리 경찰들 귀에는 당신들이 상상하는 것보다 정보가 잘 들어온답니다."

제니퍼는 빠른 말투로 이야기하기 시작했다.

"더브 양이 가만히 내게로 와서 경찰에서 자기를 루비 매켄지로 의심하고 있는데, 5백 파운드를 만들어 주면 언제까지든 경찰이 그렇게 믿도록 해줘도 좋다는 거였어요. 만일 내가 루비 매켄지임을 경찰이 알면 포터스큐와 에딜의 살인 혐의가 자연히 나에게로 돌려질 거라고 위협했지요. 나는 하는 수 없이 혼자 그 돈을 마련했어요. 퍼시벌에게 이야기할 수는 없으니까요. 다이아몬드가 박힌 약혼 반지와 포터스큐 씨로부터 받은 훌륭한 목걸이를 팔았어요."

"걱정하지 마십시오, 부인. 그 돈은 곧 되돌려 드릴 테니까요."


### 3

다음날 아침이었다. 닐 경감은 다시 메리 더브의 방을 노크했다.

"메리 더브 양, 괜찮다면 5백 파운드 수표를 끊어 주실까요? 퍼시벌 포터스큐 부인 앞으로 말이오."

메리 더브의 얼굴이 차츰 핼쑥해지는 것을 경감은 재미있는 듯 지켜보고 있었다.

그녀는 말했다.

"그 바보가 지껄이고 말았군요."

"그렇소, 메리 더브 양. 이건 충분히 협박죄가 이뤄지지요."

"협박죄? 그럴 리 없어요. 나는 다만 그 아씨의 편의를 보아주었을 뿐이니까요."

"아무래도 괜찮소. 수표만 쓰면 되니까."

메리 더브는 마지못해 수표책을 꺼내고 만년필을 집어 들었다.

"어떻게 하지. 지금 돈이 모자라 쩔쩔매고 있는 참인데."

"빨리 다른 일자리를 찾아야 할 거요."

"나 역시 정말 재수 없게 걸렸어요. 전혀 생각지도 않은 일이 일어났으니까요."

"그렇군요. 그 사건이 일어나서 당신도 아주 위험한 입장에 놓이게 되었소. 언제 과거가 알려질지 모르는 상태가 되었으니까요."

메리 더브는 이미 냉정을 되찾고 있었다.

"아니에요, 경감님. 내 과거는 깨끗해요."

"물론 깨끗하지요."

닐 경감은 일단 동의하고 나서 말을 이었다.

"우리로서는 뭐 당신이 무슨 일을 했다는 게 아니오. 정말 기묘한 우연이라고 생각할 뿐이오. 지금까지 당신이 근무했던 세 군데 모두 당신이 그만둔 석 달 뒤에 똑같이 도난 사건이 있었다고 하오. 그 도둑으로 말하면, 참으로 용케도 보석이며 밍크 코트가 있는 데를 잘 알고 있었소. 우연이란 정말 놀랄 만큼 이상한 것이지요."

"그래요, 우연이란 그런 거예요, 경감님."

"그렇기는 하지만, 앞으로는 너무 우연이 자주 일어나지 않도록 해 주었으면 하오. 그렇지 않으면 또 당신과 얼굴을 마주 대해야만 할 테니 말이오."

메리 더브는 말했다.

"될 수 있으면 나도 두 번 다시 뵙고 싶지 않군요."

## 편지

### 1

메리 더브는 슈트케이스에서 털 솔이 비어져 나와 있는 것을 애써 쑤셔 넣고 뚜껑을 닫았다. 그녀는 주위를 빙 둘러보았다. 이제 잊은 물건은 아무것도 없는 듯했다.

클램프가 와서 얼른 짐을 가져갔다.

미스 마플은 미스 램즈보텀에게 작별 인사를 하기 위하여 옆방으로 갔다.

미스 마플이 말했다.

"오랫동안 폐끼치고 여러 가지로 신세졌어요. 다시 또 인사하러 찾아뵙겠어요."

미스 램즈보텀은 여전히 카드로 페이션스를 하고 있었다.

"괜찮아요. 검정 잭, 빨강 퀸……."

미스 램즈보텀은 곁눈으로 미스 마플을 보았다.

"하지만 당신은 기어코 찾아냈군요."

"네, 어쩌면……"

"그래서 경감에게 남김없이 말했겠지요? 하지만 그 사람이 입증할 수 있을까요?"

"할 수 있으리라고 생각해요. 좀 시간이 걸릴지는 모르지만요."

"새삼스럽게 그 이야기를 들을 생각은 없어요. 당신은 정말 현명한 사람이에요. 처음 만났을 때 나는 그걸 알았지요. 당신 눈만은 속이지 못한다고 말예요. 하지만 나는 결코 원망하지는 않아요. 나쁜 짓을 한 이상 언젠가 벌을 받아야 하니까요. 이 집안에는 나쁜 피가 흐르고 있어요. 다만 그것이 내 핏줄이 아니라는 게 그런대로 위안이 되고 있지요. 동생 엘바일러는 정말 어리석은 여자였어요. 이런 슬픈 결혼이 있을까요! 검은 잭."

카드를 만지며 미스 램즈보텀은 말을 이었다.

"얼굴은 잘생겼지만 마음이 검어요. 내가 전부터 걱정하고 있던 일이 역시 사실이 되어 나타났군요. 하지만 미스 마플, 나쁜 아이일

수록 귀여운 법이라서 말예요. 정말 빈틈없는 아이였지요. 이번에
도 또 나를 어떻게든 주무르려 하고 있었지요. 그날도 나는 또 거
짓말하고 있구나 하고 금방 알아차렸지만 무리하게 캐묻지는 않았
어요. 하지만 그 뒤로 나는 주욱 그 녀석을 의심하고 있었지요. 하
지만 내 동생 엘바일러가 낳은 자식이니 내 입으로 폭로할 수는 없
잖겠어요? 미스 마플, 당신처럼 외곬으로 정직한 분이 있어서 좋
군요. 정의는 결국 이기지 않으면 안되니까요. 하지만 나는 그 애
의 아내가 가엾어서 견딜 수 없군요……."

미스 마플도 슬픈 듯 말했다.

"나도 같은 생각이에요."

패트리시어 포터스큐는 호텔에서 기다리고 있었다.

"정말 헤어지기 섭섭하군요, 미스 마플. 붙잡아 두고 싶지만……."

"하지만 그만 작별하지 않으면 안돼요. 내 일은 끝났으니까요. 뒷
맛이 좋지는 않지만, 그러나 나쁜 일을 언제까지나 못 본 체 내버
려둘 수는 없으니까요."

패트리시어는 이상한 듯한 얼굴로 물었다.

"무슨 말씀이시지요? 나로서는 전혀 모르겠는데요……."

"그렇군요. 하지만 곧 알게 될 거예요. 그리고 한 마디 말씀드리겠
는데, 당신에게 만일 또 불행이 찾아오거든 이번에야말로 태어난
고향으로 돌아가도록 해요. 아일랜드로 돌아가세요. 말과 개를 기
르고 사는 게 가장 즐겁지 않겠어요?"

패트리시어는 고개를 끄덕였다.

"나는 지금도 가끔 생각해요. 프레디가 죽었을 때 고향으로 돌아갔
더라면 좋았을 걸 하고요. 하지만 그랬다면……."

패트리시어는 더욱 상냥한 목소리로 덧붙였다.

"나는 랜스를 만날 수 없었을 거예요."

미스 마플은 한숨을 내쉬었다.

"우리도 언제까지나 이 집에 머물러 있을 생각은 없어요. 이번 소동이 끝나는 대로 곧 동아프리카로 돌아갈 생각이에요."

"행복하게 살아요. 하지만 인생이란 무척 용기가 필요한 거랍니다. 당신은 물론 그 용기를 지니고 있으리라고 믿지만 ……"

미스 마플은 패트리시어의 손을 토닥거려 주고 나서 현관에 기다리게 해둔 택시 쪽으로 갔다.

2

꽤 늦은 저녁 무렵 미스 마플은 집에 닿았다.

세인트 페이스 홈을 갓 졸업한 키티가 급히 현관으로 뛰어왔다.

"기뻐요. 빨리 돌아와 주셔서. 저녁 식사에는 정어리를 사다 놓았어요. 어때요, 미스 마플? 나는 말끔히 청소해 두었어요."

"고마워, 키티. 정말 아주 깨끗해졌구나. 역시 집에 돌아오니 마음이 가라앉는군."

보니 천장 구석에 거미집이 여섯 개나 걸려 있었다. 그러나 그것을 입 밖에 내어 말할 만큼 생각이 모자라는 마플이 아니었다. 젊은 여자 아이들이란 천장 같은 건 보려고도 하지 않는 것일까?

"편지는 모두 홀의 테이블 위에 놓아두었어요. 한 통은 잘못해서 데이지 미드로 배달되었대요. 흔히 잘못되는가 봐요. 데인과 데이지는 정말 비슷하니까요. 그 편지처럼 그렇게 글씨가 지저분해서는 잘못 배달한 것도 무리가 아니에요. 게다가 잘못 배달된 집 사람들이 여행중이었으므로 오늘에야 겨우 가져다 주었답니다. 급한 편지가 아니면 좋을 텐데 하고 그분들은 걱정하더군요."

미스 마플은 우편물을 집어 들었다.

키티가 말한 편지는 맨 위에 놓여 있었다. 지렁이가 기어간 것 같은 서투른 필적이었으나 본 적이 있었다. 미스 마플은 얼른 겉봉을 뜯었다.

미스 마플님

갑자기 편지드리는 것을 용서해 주세요. 하지만 어떻게 해야 할지 나로선 알 수 없으니 용서해 주세요.

신문으로 보셨을 줄 압니다만, 살인 사건이 일어났어요. 나는 아니에요. 나는 그런 나쁜 일을 하지 못해요. 그 사람도 하지 않았다는 것을 내가 알고 있어요. 그 사람이란 앨버트를 말하는 거예요.

우리는 올 여름 처음 만나 결혼하기로 약속했어요. 하지만 버트에게는 돈이 없답니다. 많이 있었는데 죽은 포터스큐 씨에게 모두 사기 당했다는군요. 고소해 봐야 포터스큐 씨가 갖지 않았다고 하면 관리들도 버트보다 포터스큐 씨의 말을 믿을 거예요. 포터스큐 씨는 부자고 버트는 가난하기 때문이지요.

그런데 버트의 친구 가운데 약공장에서 일하는 사람이 있어요. 그 공장에서는 날마다 새로운 약을 만들어내고 있는데, 요즘 또 새로운 약을 발명했대요. 신문에서 읽으셨겠지만, 아무리 숨기려 해도 결국 사실대로 이야기해 버리고 마는 약이랍니다.

11월 5일 버트는 변호사와 함께 포터스큐 씨 회사로 만나러 가기로 했어요. 내가 아침 식사에 그 약을 넣어 먹게 해두면, 버트가 사무실에 닿기 전 약효과가 나타나 버트의 말을 사실로 인정하게 되는 거예요. 나는 그 약을 마멀레이드에 넣었어요.

그런데 포터스큐 씨가 죽고 말았어요. 아마 약이 너무 독했던가 봐요. 버트의 죄는 아니에요. 그도 처음으로 써본 것이니까요. 분량을 몰랐던 거겠지요. 그러나 경찰에 그 말을 할 수는 없어요. 틀림없이 버트가 죽일 생각으로 그랬다고 여길 테니까요.

나는 어떻게 하면 좋지요? 경찰은 날마다 집에 와 있어요. 무서운 일이에요. 온갖 것을 묻고는 우리를 열심히 노려보는 거예요. 버트로부터는 전혀 연락이 없고, 나는 어떻게 하면 좋을까요?

이런 일을 부탁하기는 어렵지만 이곳에 오셔서 도와주세요. 나는 조금도 나쁜 일을 할 생각은 없었어요. 버트도 역시 그래요. 도와주세요. 부탁이에요.

글래디스 마틴

그리고 나와 버트의 사진을 넣어 두었어요. 보아 주세요. 캠프에서 어떤 아이가 찍어 준 거랍니다. 버트는 자기가 찍힌 것을 몰라요. 그는 사진찍기를 아주 싫어한다고 했어요. 정말 잘생긴 사람이지요?

미스 마플은 물어뜯을 듯이 사진을 들여다보았다. 두 사람은 서로 마주보고 서 있었다. 글래디스는 입을 조금 벌리고 사나이의 얼굴을 황홀한 듯 바라보고 있었다. 잘생긴 좀 가무잡잡한 얼굴이 웃고 있었다. 랜슬럿 포터스큐의 얼굴이었다.

슬픈 편지의 마지막 문장이 언제까지나 그녀의 마음에 남아 있었다.

'정말 잘생긴 사람이지요?'

눈물이 방울져 미스 마플의 두 눈에서 흘러내렸다. 연민을 넘어 분노가 타올랐다. 냉혹하고 무정한 살인자에 대한 무서운 분노였다.

이윽고 연민과 분노도 그녀의 가슴에서 사라지고 대신 승리의 기쁨이 물결처럼 넘쳐흘렀다. 고생물학자가 발굴된 턱뼈와 두세 개의 이빨 화석으로 전생기 동물의 골격을 조립하는 데 성공했을 때의 그 기쁨과 비슷한 감정이었다……

# 힘내라 배틀 총경

솔팅턴 역에서 기차를 내려 11킬로미터쯤 떨어진 곳에 솔트크리크라고 불리는 그림 같은 고기잡이 마을이 있다. 런던으로부터 얼마나 떨어져 있는지 그 거리는 적혀 있지 않다. 그곳은 바닷가 피서지다.

바다로 흘러내리는 턴 강 하구 가까운 벼랑 위에 트레실리언 부인의 호화로운 갤즈포인트 저택이 우뚝 서 있다.

나룻배로 강을 건너면 맞은편 기슭에는 수영장, 현대식 방갈로, 큰 호텔이 있다. 저택에서 뭍을 따라 걸어가면 그 끝은 바다를 내려다볼 수 있는 깎아지른 듯한 벼랑이 된다.

추운 겨울밤, 한 사나이가 그의 인생을 끝내기 위해 벼랑에서 몸을 던졌다. 그런데 나무에 걸려 목숨을 건지게 된다.

그 뒤부터 운이 좋아져 남아메리카의 어떤 직장을 얻게 되고, 그곳으로 떠나기 전에 자기의 자살 미수 현장을 다시 한 번 찾아가 보고 싶다는 생각을 하게 된다.

때는 9월 초순이다.

저택에는 남편이 익사한 뒤에도 이곳을 떠나지 않은 70살 넘은 부자 노부인이 살고 있다. 먼 친척 동생인 중년의 노처녀가 그녀의 말 벗이 되어 주고 있다.

노부인이 후견인으로 되어 있는 테니스 선수 네빌 스트렌지는 여기서 여름 휴가를 보내곤 한다. 잘 생기고 돈도 많은 사나이. 물론 갓 결혼한 아름다운 부인과 함께 왔지만, 이혼한 아내도 습관대로 이곳을 찾아온다.

둘째 아내한테는 얼굴로 먹고 사는 남자 친구가 있어 언제나 붙어 다니는데, 이 남자는 호텔에 묵고 있다. 첫 아내 쪽에는 7년 만에 외국으로부터 돌아온 사촌 오빠가 그녀를 만나기 위해 저택에 와 있다.

그리고 호텔에 심장병을 앓는 변호사가 묵고 있고, 가까운 경찰서에는 휴가를 얻은 런던 경찰국의 배틀 총경이 와 있다. 이만한 사람이 다 갖춰졌지만 무엇 하나 사건이 일어날 것 같지 않은 평화스러운 피서지 솔트크리크에 별안간 문제의 사건이 일어난 것이다.

미스터리 소설은 일반적으로 말해서 용의자가 많이 등장하지 않으면 재미가 없다. 따라서 한 군데에 사람이 모이도록 하기 위해서 부득이 우연에 기대지 않으면 안 된다.

애거서 크리스티는 수많은 인물을 등장시키는 방법에 굉장히 솜씨가 뛰어난 소설가지만 그중에서도 《0시간으로》는 으뜸가는 걸작이다. 그 이유는 특히 처음 시작 부분이 잘되어 있기 때문이다.

우수한 미스터리 소설에는 여러 가지 조건이 있다. 범인의 의외성, 트릭의 교묘함, 빈틈없는 추리, 넘치는 모험 등등.

그러나 더욱 중요한 요소로서 아이디어, 즉 생각 또는 작가의 복선 (伏線)이 필요하다. 이것은 작가의 독창성을 뜻하는 것이며, 또 특정한 작품을 그 작가의 다른 작품과 구별할 수 있는 중대한 점이다.

가장 좋은 예를 든다면 엘러리 퀸의 《Y의 비극》의 아이디어는 죽은 요크 해터가 쓴 미스터리 소설 원고다. 이 아이디어가 없다면 아무리 서스펜스에 넘치고 명탐정의 추리가 뒷받침되어 있다 해도 그 작품이 지닌 것과 같은 매력은 발휘되지 못했을 것이다.

같은 의미에서 반 다인의 《비숍살인사건》의 복선은 동요에 있고, 딕슨 카의 《독자여, 속지 마라》의 복선은 사념 방사(思念放射)에 의한 살인이라는 아이디어에 있다.

그런데 《0시간으로》의 복선은 범인이 계속해서 나온다는 점이다. 단 물론 이름은 적혀 있지 않다. '그 사람'이라고만 나오고, 남자인지 여자인지조차 분간할 수 없다.

'그 사람'은 살인을 계획하고 예정일을 9월 어느 날로 정한다. 그리고는 더 이상 등장하지 않는다.

그리고 그 장면을 포착하기 위해 그 전에 '사건은 그 훨씬 전부터 시작되어 있으며, 그것이 하나의 점을 향해서 즉 시간을 향해 진행된다'고 말한 변호사의 감상이 적혀 있다. 참고삼아 말하면 그도 솔트크리크의 등장 인물 가운데 한 사람이다.

이 시작이 아주 잘되어 있으므로 우연인 것처럼 솔트크리크에 이상한 사람들만 모이게 되더라도 결코 부자연스럽지 않다.

즉 작가는 0시간이라는 착상——보다 그것을 실행으로 옮기고 있는 '그 사람', 즉 범인을 처음에 소개함으로써 이 작품의 독창성을 형성했다. 따라서 이 작품에는 명탐정이 필요없고, 빛나는 추리 같은 게 없더라도 충분히 걸작이 될 수 있었던 것이다.

애거서 크리스티의 작품에 나오는 가장 유명한 탐정은 물론 '회색 뇌세포'의 에르큘 포아로일 것이다. 그리고 미스 마플이라는 수다쟁이 할머니도 결코 무시할 수 없는 위대한 탐정이다.

여기에 비해 우리가 지금 찾아가고 있는 솔트크리크의 바닷가에는 배틀 총경을 주인공으로 한 '명배우 배틀이 주연하는 둔감한 경찰관 제1막'이라는 식으로 꽤 꾸물거리고 있다.

배틀 총경은 런던 경찰국에서 외교 관계를 전문으로 맡고 있다. 그가 처음 등장한 것은 《침니즈의 비밀(1925)》과 《세븐 다이얼의 비밀(1929)》이다.

두 작품 다 망명 외국 귀족과 외무부 관리 등이 복잡하게 얽히는 모험 미스터리로, 유감스럽게도 바위처럼 움직이지 않는 배틀 총경은 주인공 젊은이의 조역밖에 못되며 더욱이 아무리 민완 형사라도 때로는 실수하는 수도 있다(《세븐 다이얼의 비밀》에서)고 변명만 잔뜩 늘어놓고 있다.

하긴 마지막에 아름다운 아가씨로부터 "당신은 굉장한 분이시군요, 이미 결혼하셨다니 유감스러워요, 난 맥주나 마시고 참겠어요(《세븐 다이얼의 비밀》에서)."라는 말을 듣지만, 이것은 괜히 치켜세우는 말이리라.

《펼쳐진 트럼프(1937)》에서도 역시 포아로의 조역이며 《살인은 쉽다(1939)》에서는 외국에서 돌아온 미남자가 무대 중앙에 서서 사랑도 공로도 다 가로채 버린다. 그리고 《0시간으로(1944)》에서야 비로소 경감의 독무대가 된다.

주역인 이상 개인적인 생활도 조금 적혀 있는데, 부인과의 사이에 자녀가 다섯 있고 막내딸 실비아가 16살이라고 하니 《세븐 다이얼의 비밀》 사건 때에는 그도 꽤 젊었을 것이다.

이 막내딸이 기숙 학교에서 문제를 일으켰다고 하여 배틀 총경이 데리러 가는 장면이 처음에 나오는데 이것도 나중 사건과 전혀 관계가 없지 않으며, 이러한 복선을 펴는 방법은 정말 크리스티의 독무대다. 그야말로 아버지다운 애정에 넘쳐 있어서 에르큘 포아로 같은 재주도 없고 미스 마플 같은 말솜씨도 뛰어나지 않지만 신뢰할 만하다.

머리는 그리 좋은 것 같지 않지만, 《펼쳐진 트럼프》에서 포아로의 솜씨를 배워서인지 이 작품에서도 때에 따라 포아로식 탐정술이 머리에 떠올라 잘 처리해 나가는 걸 보면 신기하다.

《포켓에 호밀을》은 애거서 크리스티 중기의 대표작으로 꼽힌다.

포켓에 호밀을 넣고 부르는 거리의 노래……

닐 경감은 돌연 묘한 곡조를 붙여 동요를 부르기 시작하는 미스 마플을 멍청하게 바라보았다.

그것은 투자신탁회사 사장인 포터스큐의 죽음과 기묘하게 부합되고 있었던 것이다. 독살의 상황에서 경찰은 용의자를 집안 내의 인물로 단정했다. 그러자 제2, 제3의 연쇄 살인이 일어나자 이윽고 미스 마플의 입에서 엉터리 곡조를 붙인 노래가 흘러나온 것이다.

이 작품은 애거서 크리스티의 마더구즈 동요를 이용한 많은 작품 중에서도 찬란하게 빛나는 걸작 장편이다.